Die Kurtisane von Venedig - Veronica Franco -

Band 2 - 1569-1571

Cara Ludovica

Edition sun

ISBN: 978-3-9822632-3-6

Umschlagentwurf: Tom Jay- bookcover4everyone/www.tomjay.de, Bild Shutterstock 554925967 Sylvie Corriveau Masquerade venetian carnival mask femal theatrical feathers.

Jeder Roman ist ein Werk der Fiktion. Veronica Franco und viele der vorkommenen Personen haben im 16. Jahrhundert tatsächlich gelebt, aber eine Reihe von Romanfiguren sind auch erfunden. Ähnlichkeiten mit lebenden Personen sind zufällig und nicht beabsichtigt.

Vorlage: Venedigs dichtende Kurtisane AAVAA Verlag.

Für alle mutigen Frauen

Die frischen Rosen, die Lilien und die Veilchen
hat der glühende Hauch meiner Seufzer
verbrannt.
Auch die Sonne habe ich kläglich verblassen sehn.
Wenn meine tränenerfüllten Augen
umherschweifen,
hören die Flüsse auf zu fließen
und das Meer wird still und sanft,
aus zartem Mitgefühl mit meinem Martyrium.

VERONICA FRANCO

1569

Geheimnisse unter Frauen

Seit Wochen hüllten Regenvorhänge die Häuser Venedigs in tristes Grau. Hochwasser dümpelte schmutzig-trüb in den Kanälen und überflutete die Calle, die Campi und die Fondamente. Die Bäume im Garten von Domenicos Palazzo in Cannaregio ähnelten traurigen Krähen mit hängenden Flügeln. Veronica und Elena kuschelten sich in die bequemen Fauteuils der Bibliothek und schauten in die knisternden Flammen im Kamin. Sie wärmten, ebenso wie der Glühwein und vertrieben die ungemütliche Feuchte.

„Wie ich dich beneide, Veronica“, seufzte Elena Venier, Veronicas Freundin. „Bitte verrate mir dein Geheimnis. Mein Gatte hat sicher ebenfalls bei dir angefragt, während er mich kaum mehr besucht. Ich kann ihn ja verstehen. Was soll er mit mir anfangen, außer ein weiteres Kind zu zeugen und dies auf höchst langweilige Weise, fast im Beisein meiner Schwiegermutter.“

„Na, so schlimm wird es wohl nicht sein.“

„Doch, doch, sie mischt sich überall ein. Sogar meine Nachtgewänder sucht sie aus und ich bin hilflos. Soll ich mich meinem Gatten nackt präsentieren?“ Veronica musste lachen.

„Ja, warum nicht.“

„Bitte Veronica, verrate mir ein paar deiner Geheimnisse der Liebeskunst. Ich liebe meinen Mann und möchte ...“ Bei den letzten Worten war Elenas Stimme nur noch ein Hauch.

Veronica merkte, wie schwer es der Freundin fiel, ihr Anliegen vorzubringen. „Versteh mich bitte nicht falsch. Die Liebe war nicht gleich vorhanden, aber sie ist langsam gewachsen. Er ist älter als ich, doch gescheit, zurückhaltend, vornehm und seine Hände ...“

Veronica schluckte, Giacomos Bild erstand vor ihren Augen und sie beneidete die Freundin einen Moment. „Bitte, Veronica. Ich weiß, wir leben in zwei verschiedenen Welten. Ich zähle auf deine Hilfe.“ Nach ihren Worten schaute Elena zu Boden und eine verlegene Stille breitete sich zwischen ihnen aus und füllte den Raum. Veronica überlegte fieberhaft, wie sie es anfangen sollte, während sie eine Weile in die Flammen starrte. Ihr fielen die Unterweisungen ihrer Mutter ein und sie dachte daran, wir unangenehm ihr manches gewesen war. Dann gab sie sich einen Ruck.

„Du bist keine Jungfrau mehr Elena,

sondern eine erwachsene Frau. Ich gebe dir den Rat meiner Mutter an mich weiter: Lies die „Kurtisanengespräche“ von dem Dichter Aretino. Ich werde dir das Buch demnächst mitbringen, versprochen. Aber verstecke es vor deiner Schwiegermutter. Sonst wird sie noch liebestoll, wer weiß und nimmt sich einen Liebhaber. E va bene, es würde dein Problem lösen, du wärest sie los.“

Mit diesen Worten gelang es ihr, das Eis zu brechen. Elena lachte laut und stupste Veronica in die Seite, und dann kicherten sie wie Verschwörerinnen.

„Forza, komm schon, Veronica. Auch wenn ich auf der ehrbaren Seite der Gesellschaft stehe, ich will ja nicht in Konkurrenz treten.“

„Na gut, ein paar Tipps von einer Kurtisane. Aufgepasst: Bemühe deine Fantasie. Stell dir ein in warmes Licht gehülltes Zimmer vor. Ein Feuer flackert und schickt seinen Schein auf einen Mann und eine Frau. Die Frau hat den ganzen Tag nur von diesem einen Moment geträumt. Ihre Sehnsucht nach seinen Umarmungen, seinen Küssen, seinen Berührungen hat ein Flammenmeer in ihr zum Glühen gebracht. Jetzt endlich ist sie mit ihm allein. Sie wünscht sich nichts sehnlicher als ihn zu verführen, denn sie möchte mit ihm schlafen. Sie küsst ihn zart, öffnet spielerisch sein Hemd, berührt mit sanften Fingern seine Brust, knabbert an seinem Ohrläppchen.

Unter Umständen weilt er mit seinem Kopf noch bei seinen Geschäften und geht nicht gleich auf sie ein. Unter diesen Umständen benötigt sie ein wenig Geduld. Sie raunt ihm kleine zärtliche Worte zu, bevor sie ihn weiter mit ihrer Leidenschaft überfällt. Welche, die sie normalerweise erröten lassen."

„Was denn zum Beispiel?", fragte Elena mit heißen Wangen.

„Mein Nestchen braucht dringend eine Nachtigall oder: Es ist an der Zeit, dass Eurer schöner Obelisk das Coliseo wieder einmal beehrt oder derber: Deine süße Henne wünscht sich den Besuch ihres Lieblingshahnes."

„Oh, solche Sachen finde ich bei Aretino?" Veronica nickte lachend. „Erinnerst du dich an die Aufregung, die die Erwähnung von Aretinos Buch bei den ältlichen Donne bei der Stickrunde verursachte? Wahrscheinlich haben sie das Buch heimlich unter der Bettdecke gelesen, hätten sie sich sonst so schamhaft verhalten?"

„Du meinst?", Elena feixte.

„Gut, ich fahre fort: Die Frau merkt, dass ihr Kavalier ebenfalls Lust verspürt. Sei es, er nestelt an ihrem Mieder, umarmt sie, fasst ihr an den Busen oder an das Hinterteil. Er hat also Feuer gefangen. Jetzt beginnt das Spiel. Sie winkt ab, windet sich aus seinen Armen, haucht ein „Warte." Klimpert gleichzeitig verführerisch mit den Augen, damit er ihre Ablehnung richtig versteht, kniet sich vor ihm hin. Langsam, wiederum mit einem verführerischen Augenaufschlag, streift sie ihm seine Schuhe und seine Strümpfe von den Füßen. Dabei gewährt sie ihm einen Blick auf den Ansatz ihrer Äpfelchen oder auch etwas mehr. Wie zufällig berührt ihre Hand seinen Mannesstolz, um die Spannung zu erhöhen. Sie tändelt ein wenig herum, bis der Moment gekommen ist und sie seine Männlichkeit aus dem Gefängnis befreit."

Veronica lächelte spitzbübisch zu Elena hinüber. Sie merkte, dass die Freundin sich den Schweiß von der Stirn wischte. Nach anfänglicher Verlegenheit bereitete es ihr jetzt diebische Freude, Elena zum Schwitzen zu bringen. Mit gespieltem Ernst setzte sie ihre Einführung fort: „Unsere Freundin entdeckt seinen vielleicht schon erwartungsvoll aufgereckten Hengst. Sehr gut. Aber falls das Pferdchen noch müde im Zaumzeug hängt? Dann gibt sie ihm zärtlich ein wenig Auftrieb mit der Hand oder besser mit dem Mund oder mit ihrer Zunge? Und sie wird sehen, wie es sich bald stolz aufrichtet und sich in einen stürmischen Hengst verwandelt."

Während ihrer Worte schaute sich Veronica um und entdeckte eine Kerze, die unbenutzt neben einem Leuchter lag. Sie griff danach und führte die Kerze an den Mund, streichelte sie mit ihrer Zunge, verschlang sie aufreizend ein Stück weit, während sie Elena in die Augen schaute, um dann abzulassen und zu sagen: „Schon hat sie einen Hengst, der es kaum erwarten kann, sich vom Halfter loszureißen, um zur Stute zu gelangen. Das wette ich."

Jetzt schob sie die Kerze in Richtung ihres Schoßes, machte einige eindeutige Bewegungen mit ihr und lächelte schelmisch. „Selbst jetzt bewahrt unsere Schöne noch ein wenig Geduld, selbst wenn ihre Feige vor Verlangen bereits glüht. Sie gibt dem Verehrer ihre Pfirsiche zu kosten." Veronica legte die Kerze beiseite, langte sich an den Busen und wog ihre Brüste wie zwei reife Früchte aufreizend in den Händen. „Sollte sie sehr durchtrieben sein, reibt sie ihre Knospen vorher mit Rosenwasser ein, auch Substanzen, die berauschen, werden manchmal angewandt, doch das hat unsere Schöne nicht nötig. Jetzt ist die Courage unserer Schönen gefragt. Denn jetzt besteigt sie ihren Hengst wie eine Diana mit wippenden Busen und reitet ihn. Dabei kann sie ihren Liebsten anschauen, aber, sie kann sich auch vorbeugen und mit ihren Brustwarzen seinen Oberkörper streifen. Sie kann ihn mit ihren Haaren streicheln, selbst kleine Bisse oder eindeutige Laute betören. Wenn ihn nicht bereits der Anblick ihres vor Wonne verzückten Gesichtes ins Paradies befördert."

Bei ihren Worten schwang Veronica sich

auf, raffte ihre Röcke in die Höhe, zog einen Stuhl zu sich heran, baute sich umgekehrt auf ihn auf und ritt mit ihrem Hinterteil auf und ab. Sie hauchte mit halbgeschlossenen Augen: „Oh, wie schön mich dein Obelisk ausfüllt, ich vergehe, ich schmelze ..."

Dann erhob sie sich, setzte sich sittsam und normal in ihren Sessel und meinte sachlich: „Ich bin überzeugt, wenn unsere Heldin ihren Mann liebt, sind weitere Regieanweisungen unnötig."

Sie warf Elena einen kurzen Blick zu. Die Freundin schien in Gedanken versunken. Welcher Art diese waren, ließ sich an der Hitze, die ihr schmales Gesicht mit lebhafter Farbe überzog, eindeutig zu erkennen.

„Jetzt schaue nicht so überlegen", krächzte Elena.

Veronica kicherte und bemühte sich, ernst zu wirken. Sie trank einen Schluck Wein, als ihr noch etwas einfiel. Sie beugte sich vor.

„Ach, eines hätte ich fast vergessen. Unsere Schöne verlängert das Liebesspiel - nicht unbedingt beim ersten Mal - aber wenn ihr Galan sie des Öfteren besucht, indem sie seine Bällchen drückt. Ihr Gespiele kommt auf diese Weise nicht so rasch, sondern bereitet ihr so viel Vergnügen, dass sie meint, die Trompeten des Paradieses zu hören."

Veronica nahm wieder die Kerze, legte sie auf den Tisch, darunter deponierte sie zwei kleine runde Nüsse, die sie aus einer Schale nahm und zeigte Elena, wo und wie sie die Lanze länger am Stechen halten konnte.

„Natürlich kann sie ihm anschließend noch ihre Pobacken schenken und ihm erlauben, sie von hinten zu beglücken. Auch von der Seite ist es beglückend, aber mit Sicherheit wird ihr Galan, so er kein absolut grüner Junge ist, ihr dies schon zeigen. Wichtig ist, dass sie jeden Stoß genießt, sich dem Vergnügen hingibt, dann wird er seines uneingeschränkt bekommen."

Veronica lehnte sich entspannt zurück. Elena wischte sich die Schweißperlen von der Stirn. Den Blick wieder zu Boden gerichtet, scharrten ihre Füße nervös auf den Holzbohlen. Veronica schwieg. Der gequälte Ausdruck in Elenas Gesicht ließ eine Welle der Zärtlichkeit für die Freundin in ihr aufwallen. Veronica wusste, nach einer Weile würde die Freundin soweit sein und sie mit Fragen löchern. Sie wartete.

„Und so verfährst du mit allen deinen Galanen? Geht das? Sind die Männer sehr verschieden?" Die Stimme der Freundin kam leise und fast geflüstert bei der nächsten Frage: „Hast du mit meinem ...? Wie hat er es am liebsten?"

Elenas letzte Frage behagte Veronica wenig, obwohl sie Veronica nicht unvorbereitet traf. Immerhin hob Elena den Kopf und wagte es, Veronicas Blick zu suchen.

„Ich kann dich beruhigen, Elena. Dein Gatte zählt nicht zu meinen Liebhabern." Die Lüge lief Veronica leicht über die Lippen. Morosini hatte das Bett nur ein- zweimal mit ihr geteilt. Schließlich gebot es der gute Ton, Veronica zu buchen. Sie konnte wählen, wem sie die Ehre erteilte.

„Um deine Frage vollständig zu beantworten: Ja, die Männer sind durchaus verschieden. Manche sind überaus galant und bleiben es auch im Bett. Manche entpuppen sich entkleidet als weniger galant. Andere sind zärtlich, wieder andere wild und ungestüm. Ich bin Venus für sie und versuche zu erraten, welche Art Venus ihre erotischen Vorstellungen beflügelt. In diese verwandele ich mich."

Veronica fielen jene Liebesspiele ein, die im Salon der Genova üblich waren und den Schmerz beinhalteten. Selbst dieses Spiel der Lust hatte sie zu beherrschen gelernt. Sich öfter einmal Danae zur Hilfe geholt, jene Künstlerin der Fesselkünste. Elenas Gatte bevorzugte die dunkle Seite zu seiner Befriedigung nicht. Das entband Veronica von der Aufgabe, die Freundin in diese einzuweihen.

„Ich bin inzwischen eine Meisterin der Verwandlungen. Meine Mutter hat mir beigebracht, dass Verlangen im Kopf entsteht. Also bevor du deinen Mann beglückst, wecke in ihm das Verlangen, dich zu besitzen. Mit Blicken, mit einem Lächeln, mit zarten Berührungen, mit leichten Worten, die so und so verstanden werden können, locke ihn, sei Eva mit dem Apfel in der Hand."

„Oh je, das hört sich schwerer an, als ich annahm."

„Vergiss es, höre auf dein Gefühl, Liebe ist der beste Berater in diesen Dingen. Ohne Liebe, ja, da ist der Beischlaf schon mal ein Vergnügen, aber oft auch Arbeit." Bitternis schwang in ihren Worten. Der Mann, den sie liebte, war wahrscheinlich tot. Die anderen beiden Männer, denen sie näher verbunden war, würden in ihr nie mehr als die Kurtisane sehen, ob sie ihnen Söhne schenken würde oder nicht. Andrea würde bald seine Edeldame heiraten und sie würde ihn unter Umständen völlig verlieren. Und ob er wahrhaft begeistert war, dass sie ihre Beziehung mit einem Sohn bereichern wollte und die Frucht bereits in sich trug? Sie wusste es nicht. Mit Ludovico könnte sie es sich ebenso verscherzen, sobald sie ihm die Schwangerschaft von einem anderen Verehrer gestand. Sie schüttelte die belastenden Gedanken rasch von sich. Hatte sie gehofft, auf ein anderes Thema überzuleiten, dann sah sie sich getäuscht. Elena beugte sich zu ihr und druckste ein wenig herum, ehe sie sagte:

„Mach dich ruhig lustig über mich, Veronica. Aber mir geht eine Idee im Kopf herum. Höre mich bitte an. Die Angelegenheit ist mir überaus wichtig. Ach, ich rede nicht um den heißen Brei herum. Der Karneval steht vor der Tür. Ich bitte dich, mich zu einem der Maskenbälle mitzunehmen."

„Entschuldige, ich verstehe nicht, Elena. Du kannst mit deinem Gatten jederzeit einen der angesehenen Bälle besuchen."

Der Rat der Stadt veranstaltete in der Faschingszeit einen sogenannten Schwarz-Weiß-Ball, für die noblen Familien nachgerade Pflicht, dort zu erscheinen. Veronica hätte sonst etwas darum gegeben, am Arm von Andrea oder Ludovico mitfeiern zu dürfen. Ein ungeschriebenes Gesetz verbat jedoch die Anwesenheit von Kurtisanen bei derartigen förmlichen Anlässen. Die Freundin plante doch nicht etwa, zu einem der Bälle gehen zu wollen, zu denen die Männer sich Kurtisanen einluden, oder? Sie schickte Elena einen fragenden Blick. Offensichtlich! Elena wand sich vor Verlegenheit.

„Nein, nein, ich spreche nicht von den offiziellen Veranstaltungen. Ach, mach es mir nicht so schwer. Ich würde gern verkleidet einen der nichtoffiziellen Bälle besuchen. Halt! Bevor du mich falsch verstehst. Ich beabsichtige keinesfalls, einen fremden Mann zu betören, um ehebrecherische Beziehungen anzuknüpfen. Als vermeintliche Kurtisane möchte ich meinen Mann verführen. Einmal wäre ich nicht seine sittsame Ehefrau, sondern eine Geliebte, nach der er sich verzehrt.“

Veronica verschlug es die Worte und ihr verging das Lächeln. Die Schwierigkeiten aus diesem Handel drohten sofort wie eine schwarze Gewitterfront am Himmel. Sie sah sich bereits Blitz und Donner ausgeliefert. Würde Elenas Gatte das Spiel scherzhaft hinnehmen und darüber lachen? Fraglich. Veronica kannte die doppelbödige Moral der Männer hinreichend. Die Freundin verlangte von ihr, die ungeschriebenen Gesetze der Schattengesellschaft, in der sie sich bewegte, zu verletzen.

„Ich weiß nicht, ob das wahrhaft eine gute Idee ist, Elena. Du kannst erheblichen Ärger bekommen, nicht nur mit deiner Schwiegermutter.“

„Ach komm, Veronica, bitte, schließlich haben wir Karneval. Mein Gemahl soll mich nicht erkennen. Ich vermeide es, die Maske zu lüpfen und werde die betörende Unbekannte bleiben. Aber ich darf ihn einmal, wenigstens einmal, rundum leidenschaftlich lieben können. Bitte.“

„Nun gut, Elena, ich werde mir etwas überlegen. Unter Umständen kann ich dich mitnehmen …“, Veronicas Gedanken überschlugen sich, sie brauchte Zeit, alles sollte arrangiert werden.

„Mitte Februar findet im Palazzo Contarini ein Ball unter dem Motto „La Primavera“ statt.

Dazu kann ich dich mitnehmen. In einer Verkleidung als Schneeglöckchen? Weiß würde vortrefflich mit deinen dunklen Zöpfen und deinem gebräunten Teint harmonieren. Oder wir packen dich in Gelb, verkleiden dich als Osterglocke?“

„Egal. Aber mein Haar sollte auf jeden Fall unter einem Netz oder Ähnlichem versteckt werden. Man darf mich auf keinen Fall erkennen.“

Etwas Zeit blieb Veronica noch, die Sache vorzubereiten. Sie hatte keinesfalls vor, ihre Freundin zu verraten, aber sie hatte auch nicht vor, sie in ein Ungemach rennen zu lassen. Sie beriet sich mit Mama und bestellte Signor Morosini an einem der nächsten Abende zu sich. Ihr war ein wenig bang, wie er ihren Vorschlag aufnehmen würde.

„Ich bin hoch erfreut über die Ehre Eurer Gesellschaft, Signora Franco, Ihr steht in dem Ruf, jedem Mann unvergessliche Stunden zu schenken. Ich erinnere mich gern an die Sternstunden, die ihr mir in der Vergangenheit gewährt habt.“

„Signor Morosini, nehmt Platz. Wartet, ich ziehe Euch die Stiefel von den Füßen, damit ihr es bequem habt. Labt Euch an dem Wein, den Ihr auf dem Tischchen findet und an dem Imbiss. Wappnet Euch mit Wohlwollen für den Vorschlag, den ich Euch zu unterbreiten habe.“

Morosini runzelte die Stirn.

„Ich habe Euch nicht als Galan eingeladen, sondern als Freund. Ihr seid mir nichts schuldig. Bitte hört mich an." Sie schilderte ihm vorsichtig - mit einigen Umschreibungen – die Wünsche seiner Frau.

Während er zuhörte, verschwand das Lächeln aus seinem Gesicht. Seine Augen schauten nachdenklich. Mehrmals griff er verlegen nach dem Weinglas, führte es an den Mund. Veronica schenkte ihm aus der Karaffe nach und schwieg. Er ging ein paar Schritte vor dem Kamin auf- und ab. Sie wartete ab und beobachtete verstohlen seine Mimik. Ihr Herz wog schwer, als sie den Ernst in seinem Antlitz erkannte.

Sie würde sich irgendetwas einfallen lassen, um Elena von ihrem Vorhaben abzubringen, schwor sie sich. Sie biss sich auf die Lippen, trank ihrerseits Wein, steckte sich nervös ein oder zwei Happen in den Mund. Das Warten dehnte sich unerträglich, ihre Handflächen glänzten nass vom Schweiß. Endlich drehte sich Morosini zu ihr um. Gott sei Dank, er lächelte.

„Ich danke Euch für Eure Offenheit, Veronica. Es ist mir eine Ehre, Eurem Wunsch und dem meiner Gattin nachzukommen. Verfügt über mich." Veronica atmete erleichtert auf, sprang auf, umarmte den Mann ihrer Freundin stürmisch und keinesfalls wie eine Donna. Natürlich wusste sie, dass sie ihn für immer als Kunden verlor. Trotzdem bot sie ihm - sich auf ihre Rolle besinnend - an: „Wenn Ihr mich früher oder später buchen möchtet, ich räume Euch stets einen Sonderplatz ein." Er schüttelte den Kopf.

„Betrachtet mich als Freund und wünscht mir Glück für diese überaus spezielle Maskerade." Sie half ihm, in die Stiefel zu schlüpfen, ehe sie ihn zur Tür begleitete. Beim Abschied verbeugte er sich artig und schwenkte formvollendet sein Barett.

„Begehrenswerte Frau, ich brenne darauf, Euch und Eure schöne unbekannte Freundin zum Ball zu begleiten. Mein Gondoliere wird Euch abholen."

„Nein keinesfalls. Wir werden mit meinem Boot eintreffen und Euch zu finden wissen. Schreibt mir ein Billett – damit ich weiß, in welcher Maske Ihr Euch gefallt. Bis dahin gehabt Euch wohl."

Veronica atmete erleichtert auf, als der Abend des Balls sich näherte. Fast täglich fand Elena den Weg zu Veronica, um sie mit Fragen zu überhäufen, mit Bedenken zu überschütten und mit ihren Ängsten zu überfallen. Elena zu beruhigen, fiel von Mal zu Mal schwerer. Angesteckt von Elenas Unruhe, zitterte Veronica inzwischen ebenfalls nervös und aufgeregt, denn ohne männlichen Schutz einen Maskenball zu besuchen, gehörte nicht zu ihren normalen Übungen.

„Du siehst umwerfend aus, Elena! Niemand wird dich erkennen. Schau in den Spiegel. Ludmilla hat hervorragende Arbeit geleistet“, versicherte Veronica und führte Elena zum Ankleidespiegel. Veronicas Zofe hatte die Haut der Freundin mit einem Pfirsichpuder bestäubt. Das feine Pudermehl roch nicht nur himmlisch, sondern verlieh dem Teint einen leicht sonnigen Schimmer. Und der passte vorzüglich zum gelben Satin des Kleides und gemahnte in der Tat an eine Osterglocke. Grüne Ornamente verliehen dem Rocksaum Schwung.

Elena steckte in hohen Chopine, jenen Holzstelzenschuhen aus dem Orient und überragte Veronica jetzt um einiges. Veronica blieb vor Staunen der Mund offen, als sie sah, wie elegant sich die Freundin auf diesen unbequemen Stelzenschuhen bewegen konnte.

„Mir ist das Laufen mit diesen Teufelsdingern nie gelungen, alle Achtung“, seufzte sie. Mit der zum Kostüm angefertigten Maske, verziert mit dottergelben und grünen Blütenmotiven, den kunstvoll aufgesteckten Haaren, verknotet mit einem Schleier, gekrönt von einem passenden Hut, verwandelte sich die Freundin in eine umwerfend schöne, geheimnisvolle Unbekannte. Elena konnte sich nicht sattsehen an ihrem Spiegelbild. Sie drehte sich, lächelte sich zu, trippelte auf und ab.

„Andiamo! Gehen wir. Ich muss verrückt sein, mir eine solche Konkurrenz zum Ball mitzunehmen. Alle Nobili werden sich mit dir verabreden wollen“, lachte Veronica. Ihr eigenes Gewand schimmerte Maiengrün und die Farbe erinnerte an frische Birkenblätter im Frühjahr. Birkengrün schmückte auch ihr rötlich schimmerndes Haar. Sie zwackte einen kleinen Zweig ab und steckte ihn zwischen ihre, von der erneuten Schwangerschaft, üppigen Brüste. Sie wartete voller Unruhe auf diesen Abend und betete insgeheim, dass sein Ablauf im geplanten Sinne klappen möge. Überdies hoffte sie inständig, Morosini verstand ihre Zeilen richtig. Sie hatte ihm eingeschärft, unbedingt pünktlich zu erscheinen und natürlich seiner Frau auf keinen Fall nur einen Schimmer ihrer Abmachung zu verraten. Scherzhaft hatte sie hinzugefügt: *„Ansonsten werde ich Euch herausfordern. Auf Degen, gleich im Morgengrauen. Seht Euch vor. Ich gelte als ausgezeichnete Fechterin vor dem Herrn.“*

In dem Hin und Her um Elena hatte Veronica es versäumt, Andrea oder Benetto zu benachrichtigen. Sie konnte nur hoffen, dass die beiden Herren den Ball besuchen würden, hatte doch das Fest im Hause Contarini über Wochen zum Gesprächsthema Nummer eins hergehalten.

Abends goss es wieder einmal in Strömen. Zusätzlich fegte ein eiskalter Wind über die

Wasseroberfläche und spritzte das trübe Wasser zu unangenehmen Fahnen auf. Das den Anlegesteg überschwemmende Wasser glänzte schwarz und erlaubte es nicht, ihn normal zu benutzen. Ein Page half den ankommenden Gästen beim Verlassen der Gondel und beim Überqueren eines behelfsmäßigen Stegs. Mitten auf dem schwankenden Brett erfasste eine Böe Veronicas Rock, wickelte den leichten Stoff des Kleides um ihre Beine. Sie stützte sich auf die Hand des Pagen, um nicht zu straucheln.

Bei den Aufgängen brannten Feuer aus in verschwenderischer Zahl aufgestellten Kohlebecken. Fackeln leuchteten die Treppen aus. Frühlingsblumen bekränzten das Geländer und muteten täuschend echt an.

„Wie wunderschön, der Frühling grüßt", rief Veronica aus, um Elena und sich Mut einzuflößen. Stimmengewirr, Gelächter und Musik schallten ihnen entgegen. Einige Damen und Herren lehnten am Treppenabsatz und musterten stumm die Neuankömmlinge. Im flackernden Licht glitzerten ihre Augen diabolisch aus den Maskenschlitzen. Ehe Veronica die Klinke der hohen Eingangstür zum Saal herunterdrücken konnte, wurde sie von innen aufgestoßen. Ein kicherndes Pärchen drängte sich dicht an ihnen vorbei. Und, um sie herauszufordern, küssten sie sich direkt vor ihren Blicken schamlos, um unter weiterem Kichern, in das obere Stockwerk zu entschwinden. Elena umklammerte Hilfe suchend Veronicas Arm.

„Ich glaube, ich sollte gehen. Ich fühle mich dem Geschehen nicht gewachsen.“ Veronica wusste, die Freundin würde ihr nie verzeihen, wenn sie ihr jetzt diesen Wunsch erfüllen würde. Dabei war ihr ebenfalls unbehaglich zumute. Trotzdem sagte sie: „Schauen wir uns das Fest an. Wenn es dir nicht gefällt, verlassen wir den Ort, einverstanden?“, überredete Veronica die Freundin und versuchte, sich ihre Beklommenheit nicht anmerken zu lassen. „Komm“, bat sie und zog Elena mit sich in den Saal.

Bald reihten sich Veronica und Elena in den Reigen der maskierten Menschen ein. Schlenderten wie alle anderen im künstlich geschaffenen Sommerparadies unter unechten Palmen und zwischen aus Buchsbäumen geschnittenen und in Kübeln aufgestellten Fantasiefiguren umher. Weiße Margeriten, roter Klatschmohn, lila Flieder und rosa Kirschblüten, stämmige Sonnenblumen, Königskerzen und Paradiesblüten flanierten an ihnen vorbei. Maskenhersteller und Hutmacher hatten sich in ihrer Kreativität übertroffen und hervorragende Arbeit geleistet.

In der Mitte des Saales tanzte man nach der neusten Mode Espanola. Auf den reichlich postierten Diwanen rekelten sich freizügig, ohne auf Zuschauer zu achten, Blumenpaare unterschiedlicher Couleur. Diener liefen durch den Raum, servierten Getränke und kleine Köstlichkeiten.

Elena stieß Veronica in die Rippen, wies verstohlen auf eine kichernde Dame in rotem Samt, der zwei maskierte Herren Häppchen in den Ausschnitt steckten, um sie mit den Lippen aufzuschlecken. Zwischen dem Gedränge probten einige, sich auf Stelzen fortzubewegen, was nicht jedem der Schausteller gelang und Gelächter auslöste.

„Santo Cielo, um Himmels willen! Wie soll ich meinen Gatten in diesem Durcheinander von Masken finden? Es ist hoffnungslos! So verwirrend! Ich fühle mich hilflos“, jammerte Elena leise. Ein Herr verbeugte sich artig vor ihr und forderte sie zum Tanz auf. Mit einem Augenrollen zu Veronica folgte sie dem Kavalier.

„Oh mein schönes Maiengrün, wie lieblich, seid Ihr anzusehen. Erlaubt mir, Euch in die Sternennacht zu entführen.“ Veronica erinnerte ihre erste Erfahrung mit der Sternennacht und säuselte:

„Liebster Kavalier, weder bin ich der Mond, um den Sterne kreisen noch bin ich die Sonne, die die Nacht bezwingt. Meine Blätter lieben das Tanzen im Wind. Es sei Euch gestattet, mich auf das Parkett zu führen.“

„Ein anderes Mal, mein liebes Birkenkind, ein anderes Mal." Erleichtert tändelte Veronica weiter durch den Raum und schaute sich um. Noch gelang es ihr nicht, Morosini, Andrea oder Benetto ausfindig zu machen. Ärgerlich!

Verbarg sich hinter der geheimnisvollen Maske des Sultans Andrea? Größe und Figur stimmten überein. Seine Augen würden ihn verraten, blitzte in ihnen nicht ein Erkennen? Die Fackeln im Saal erloschen. Vor den Saalfenstern leuchtete ein bengalisches Feuer auf.

„Kommt, lasst uns das Schauspiel näher in Augenschein nehmen", flüsterte die Stimme zärtlich an ihr Ohr und aus irgendeinem Grund folgte sie ihr, bis sie vor einem der kleinen Fenster im Flur standen. Rote und grüne Lichter geisterten durch die Dunkelheit, verschafften dem noch immer fallenden Regen einen geheimnisvollen Auftritt. Die Tropfen schimmerten wie Edelsteine, ehe sie sich mit der von Farbe überzogenen Wasseroberfläche verbanden. Gebannt beobachtete Veronica das Schauspiel.

Unmerklich hatte der Sultan seinen Arm um ihre Taille gelegt und begonnen ihren Hals mit Küssen zu bedecken. Und in diesem Moment wusste sie, der Mund gehörte nicht Andrea. Trotzdem fühlte sich der Atem des Mannes, der sich beschleunigte, vertraut an. Ganz gegen ihren Willen schenkte sie ihm ihre Lippen, und ihr Körper bäumte sich dem seinen entgegen, bis die Lichter in sich zusammenfielen und die Stimmung verrauschte. Ernüchtert löste sie sich aus der Umarmung, gönnte dem Sultan noch ein Lächeln und entfernte sich rasch.

Zurück im Getümmel des Saales suchte sie die Gestalt der Freundin zu entdecken. Sie atmete auf, Elena tanzte in Morosinis Armen. Der Maskenball hatte seinen Zweck erfüllt. Ein letzter Blick zeigte ihr, dass Elena für niemanden, außer für ihren Kavalier Augen besaß. Sie stieß einen Seufzer der Erleichterung aus, bevor sie den Weg zum Ausgang antrat. Veronica ärgerte sich, Jaspuccio nach Hause geschickt zu haben. Sie wandte sich an einen der Diener.

„Seid so freundlich und ruft mir bitte eine Gondel."

„Sicher, Signorina."

„Darf ich Euch mein Gefährt anbieten, schöne Maske?"

Sie erkannte den Sultan von vorhin wieder und lächelte. Eine Stimme in ihrem Inneren warnte sie, aber viel Zeit zum Überlegen blieb ihr nicht. Ein starker Arm führte sie sicher über die Bohlen des provisorischen Stegs, und ehe sie sich versah, saß sie in der Felze der Gondel.

„Wohin darf ich mein schönes Maiengrün bringen lassen?"

Sie nannte ihm die Anschrift und lehnte

sich zurück.

„Wollt Ihr mir nicht Euer Angesicht offenbaren“, fragte sie lächelnd.

„Alles zu seiner Zeit.“ Veronica schaute, noch immer ein Lächeln im Gesicht, auf den rasch verschwindenden hell erleuchteten Palast in Dorsoduro. Plötzlich spürte sie die Kälte eines Messers an ihrem Ausschnitt. Sie drehte sich entsetzt um. Ehe sie in irgendeiner Form reagieren konnte, klaffte ihr Gewand, von oben bis unten aufgeschlitzt, offen. Der Mann warf sich wie ein Tier über sie und drang in sie ein. Sie versuchte, sich zu wehren, kratzte, spuckte, wand sich, aber seine kräftigen Arme ließen ihr keine Chance. Sie musste die Stöße ertragen. Veronica schrie um Hilfe, hoffte, der Gondoliere würde intervenieren. Ehe sie langsam begriff, dass dieser seinen Herrn gewähren lassen würde, sei es aus Furcht oder aus tiefster Ergebenheit. Von dieser Seite konnte sie keinerlei Unterstützung erwarten. Wie ein Mantra murmelte ihr Peiniger an ihr Ohr:

„Aber du willst es doch ebenfalls. Du bist doch zu haben, meine kleine Hure, warum leistest du Widerstand? Ich hätte dich längst gebucht, aber du machst dich rar. Heute nicht, heute gehörst du mir.“

Maßlose Wut staute sich gepaart mit einer verzweifelten Traurigkeit in ihr auf. Es kostete enorme Mühe, die widerstreitenden Gefühle niederzukämpfen. Kalter Zorn schenkte ihr mit einem Mal eine übernatürliche Ruhe. Offensichtlich trachtete der Unhold nicht nach ihrem Leben. Eine Eingebung flüsterte ihr zu, ihre Gegenwehr aufzugeben, um dem Vergewaltiger den Spaß zu rauben. Mit einem Mal war ihre Angst wie weggeblasen. Völlig kühl und unbeteiligt wartete sie ab. Während der Widerling auf ihr seinem Höhepunkt entgegen ritt, demaskierte sie ihn. Das Antlitz, das zum Vorschein kam, erschreckte sie. Nicht, weil es verlebt wirkte oder weil herabgezogene Mundwinkel es entstellten, vielmehr, weil sie die Züge kannte. Höhnisch leuchtete ihr das Gesicht des Kaufmannes Portensino entgegen.

Nach dem Ende des Geschlechtsaktes richtete sie ihre Gewänder notdürftig her. Nach dem Aufschauen bedachte sie ihren Peiniger mit einem vernichtenden Blick.

„Ihr habt Euer Vergnügen gehabt, jetzt zahlt."

„Oh, was fordert die Hure?"

„Eine Auskunft. Was habt Ihr Giacomo angetan?"

„Ach, Ihr trauert noch immer um Euren Jugendfreund? Die Türken haben ihn auf dem Gewissen, seht her, die Osmanen sind schuld." Er spuckte ihr vor die Füße, ehe er mit einem höhnischen Lachen die Maske des Sultans langsam erneut vor das Gesicht zog.

„Ihr werdet überschätzt, Gnädigste. Ihr

seid als Venus bei Weitem nicht so umwerfend, wie alle Welt es behauptet. Wir befinden uns am Ziel. Ihr dürft aussteigen."

Er gab dem Gondoliere ein Zeichen und sie hielten vor ihrem Haus. Halb benommen stolperte sie aus der Gondel, kümmerte sich nicht um das aufgeschlitzte Gewand, obwohl es ihre Blöße freigab. Ihre Hände ballten sich zu Fäusten und ihre Fingernägel bohrten sich schmerzhaft in die Handinnenflächen. In Zukunft würde sie ein Rapier oder einen Dolch mit sich tragen. Sollte Portensino es noch einmal wagen, ihr zu nahe zu treten, würde sie den Unhold niederstrecken, ohne Wenn und Aber.

Mit diesem Gedanken eilte sie ins Haus. Im Inneren lehnte sie sich gegen die Mauer, atmete zischend aus und verharrte einen Moment. Sie sah, dass die Tür zu ihrem Boudoir eine Handbreit offen sperrte. Offenbar hatten Elena und ihr Gatte auf das Angebot, ihre Räume zu nutzen, verzichtet.

Veronica stieg langsam die Stufen zu ihrer Bibliothek hinauf. In ihrem Ankleidezimmer streifte sie das beschädigte Kostüm vom Körper. Morgen würde sie das Kleid verbrennen. Sie warf sich einen Hausmantel über. Wie angewiesen hatte Ludmilla eine Kanne Wasser in das Kabinett gestellt. Aber Veronica hatte versäumt, ihr aufzutragen, sie solle den Kamin anzünden. Im Raum herrschten gefühlt Minusgrade. Das Waschwasser überzog eine dünne Eisschicht. Ihre Hand durchschnitt sie, tauchte den Lappen ein. Das Eiswasser wirkte wie ein Schock. Veronica genoss den Schmerz einen Moment und rieb sich mit einer Wildheit ab, als würde sie die Berührungen wegwaschen können. Jeder Streifen ihrer Haut brannte bald wie Feuer und begann fast zu bluten. Erst jetzt hüllte sie sich in ihren Morgenmantel.

Geraume Zeit kauerte sie regungslos auf dem Bett. Ihre Zähne schlugen vor Kälte zusammen und klapperten. Sie erhob sich schwerfällig. Die klammen Finger vermochten es kaum, das Zündholz zu entfachen. Traumverloren starrte sie auf die Flamme, verbrannte sich die Finger und das Hölzchen fiel zu Boden. Nach dem vierten Versuch gab sie das Feuermachen auf, rollte sich auf dem Sessel zusammen. Die Beine dicht unter sich vergraben, starrte sie auf das Fenster. Im fahlen Mondlicht prasselte Regen gegen sein Glas, vereinigte sich zu breiten Rinnsalen und lief herunter. In Abständen ergoss sich von der Dachrinne mit lautem Getöse ein Schwall in den Kanal. Die Welt löste sich in Wasser auf.

Nach einer Ewigkeit begann ihr Verstand zu arbeiten. Einmal mehr hatte sie alle Vorsichtsmaßnahmen außer Acht gelassen, die Mama ihr eingeschärft hatte. Veronica überhäufte sich mit Selbstvorwürfen. Sie würde ihre Schmach nicht teilen und selbst Mama nichts von dem Vorfall sagen. Sie hatte ihre Lektion gelernt und nahm sich vor, in Zukunft weniger leichtfertig zu handeln. Niemals wieder würde sie ohne männlichen Schutz einen Maskenball besuchen und sich zum Freiwild machen.

Von diesem Vorsatz gestärkt, erhob sich Veronica, streckte die steifen Knochen, suchte sämtliche Decken zusammen, die sie finden konnte, und verkroch sich im Bett. Schließlich übermannte sie ein erschöpfter Schlummer.

In ihren Träumen verfolgten türkische Krieger sie mit Krummsäbeln. Sie pfählten Achiletto und ritten mit seinem aufgespießten Leib davon. Schweißgebadet erwachte sie, den Hals zugeschwollen, alle Glieder wie durchgewalkt, und wankte zur Küche, in der die Köchin werkelte.

„Herrin, Ihr seht blass aus, wartet, ich werde Euch einen Kräutertee bereiten, damit das Blut in Euch besser kreist."

„Danke, bitte ruft mir Nicola. Mich hat eine Erkältung erwischt, und bitte Ludmilla, mir ein Feuer in der Bibliothek anzuzünden, danke."

„Senza dubbio, in der Tat, eine Hühnersuppe wird Euch guttun, ich werde mich darum kümmern."

„Danke."

Die nächsten Tage verbrachte Veronica mit

einem dicken Schal um den Hals, mit vielen Tassen Tee, Hühnersuppen und allerlei - von Nicola zubereiteten - Kräuterwickeln in der Bibliothek zu. Sie vermied, die Kinder zu besuchen, obgleich sie sie vermisste. Ludovico brachte ihr einen Korb mit Früchten und Andrea sandte ihr kleine Leckereien, die er bei irgendeinem Patissier aufgetrieben hatte. Mamas sorgenvolles Gesicht beugte sich mehr als einmal über sie und Ancilla streichelte ihre Hand.

„Der Regen ist unheilvoll, er wird uns noch alle krank machen", unkte die treue Magd.

Regen, Regen, Regen

Der andauernde Regen beschäftigte inzwischen selbst den Rat der Stadt. Bei der heutigen Sitzung drehte es sich nicht wie meist um die Wahl von Beamten für die zahlreichen Magistraturen oder gar die Wahl des Dogen, sondern um die verheerenden Folgen der anhaltenden Regenfälle. Sie drohten, das Stadtgefüge aus dem Gleichgewicht zu bringen.

„Marco Venier, Ihr wisst, warum wir Euch bitten, das Wort zu ergreifen?" Er blickte zum Dogen auf. Pietro Loredan saß erhöht auf einer hölzernen Bank in der Mitte des Tribunals, flankiert von seinen Beratern.

Marco war stolz, bereits seit sieben Jahren diesem Rat anzugehören. Alle ehelich geborenen Patrizier der Stadt, die keine Kirchenlaufbahn eingeschlagen hatten, besaßen diese Ehre ab dem fünfundzwanzigsten Lebensjahr. Sicher würde er bald in den Rat der Zehn, dem „Minor Consiglio", berufen werden, der die Einhaltung der Gesetze gewährleistete und der in geheimer Sitzung die Geschicke der Stadt bestimmte.

Er trat vor und nickte. Jedes Mal beeindruckte ihn die Größe des Sala del Maggior Consiglio erneut, der sich über die gesamte Breite des Palastflügels erstreckte. Marco warf einen kurzen Blick auf sein Konzept, ehe er - ohne dem Papier Beachtung zu schenken - seine Worte frei an das Auditorium richtete.

„Verehrte Ratsmitglieder! Die immensen Regenfälle der letzten Wochen haben immense Überschwemmungen verursacht. Längst baufällige Wohnhäuser in den einfachen Sestière wie San Polo und Cannaregio drohen einzustürzen. Die Wege sind sämtlich überspült. Den Menschen in diesen Gegenden fehlt jede Möglichkeit, sich zu versorgen. Der Abtransport der Abfälle, in diesen Wohnbezirken bereits in normalen Zeiten nicht ausreichend geregelt, kommt jetzt völlig zum Erliegen. Aufgrund der Einsturzgefahr weigern sich die Versorgungsboote, die meist überaus engen Kanäle zu befahren. Als Commissario für die gesundheitlichen Belange in der Lagunenstadt plädiere ich, die Bewohner rasch zu evakuieren und, soweit erforderlich, die Gebäude provisorisch abzustützen. Sollten ihre Besitzer nach Abklingen des Hochwassers nicht in der Lage sein, die baufälligen Häuser instand zu setzen, schlage ich vor, sie abreißen zu lassen. Ich rate, einen Hilfsfond ins Leben zu rufen und die Stände mit dem Wiederaufbau zu betrauen. Sie verfügen über die Kenntnis, welche bedürftigen Cittadini Wohnraum benötigen. Um noch zu rettende Gebäude zu sichern, schlage ich vor, das Militär zu mobilisieren, um an neuralgischen Punkten durch die Aufhäufung von Sandsäcken das weitere Eindringen des Wassers in die Untergeschosse der Häuser zu verhindern. Bürgeraktionen zeigten zwar erfreuliche Erfolge, sind bei weiter anhaltendem Regen auf Dauer jedoch nicht ausreichend.

Der Rat ist aufgefordert, detailliert über die Absicherung der Trinkwasserversorgung nachzudenken. Bereits jetzt sind die Zisternen teilweise verschmutzt. Das bedeutet, dass die Gefahr von Seuchen zunimmt.“

„Wir danken Euch für Eure Schilderung Marco Venier. Bitte nehmt an der Seite in den Reihen der Patrizier Platz. Ich eröffne die Diskussion“, beschied der Doge. Marco lächelte seinem Onkel Domenico zu, der sich seit

Langem aus dem Geschäft des Rates zurückgezogen hatte. Heute hatte er sich offenbar entschlossen, der Einladung zu dieser Sondersitzung zu folgen, und saß neben Marcos Vater Sebastiano. Eine Weile gingen die Erörterungen zum Für und Wider des Militäreinsatzes zur Rettung der Einwohner der einsturzgefährdeten Häuser hin und her. Nach etwa zweistündigem Abwägen einigte sich der Rat und beendete die Sitzung mit einem Beschluss. Marcos Vorschläge waren auf breite Zustimmung gestoßen.

„Gratulation, Marco“, beglückwünschte ihn der Doge mit einem Handschlag am Ende, „offensichtlich seid Ihr rechtzeitig nach Venedig zurückgekehrt.

Der Rat ist gut beraten, Euch mit dem verantwortungsvollen Amt eines Commissarios für die gesundheitlichen Belange der Stadt zu betrauen. Eure Maßnahmen klingen vernünftig und werden hoffentlich Schlimmeres für die Stadt verhindern.“

„Hoffen wir, dass Venedig in der Folge der Überschwemmungen von Epidemien verschont bleibt“, erwiderte Marco. Der Doge nickte und klopfte ihm auf die Schulter, bevor er weiterging.

„Wenn ich ehrlich bin, habe ich mir mein Amt nicht so aufwendig vorgestellt. Mir fehlte bislang die Zeit, mich bei meinen Freunden in Erinnerung zu bringen. Geschweige denn erlaubte es mir, den Schönen von Venedig Avancen zu machen“, verriet er Contarini, einem Freund.

„Das ist natürlich unverzeihbar. Selbst deinem alten Onkel Domenico bist du die Aufwartung schuldig geblieben. Durch deinen Dienst bei der Marine haben wir dich schon die letzten Jahre kaum zu Gesicht bekommen. Du hast dich überall rumgetrieben, nur nicht in deiner Heimatstadt. Wir sind froh, dich wieder bei uns zu haben“, mischte sich Domenico lachend in das Gespräch ein.

„Verehrter Onkel, deinen literarischen Zirkel rühmt man bereits vielerorts zwischen Triest und Verona. Mir ist zugetragen worden, dass eine interessante Kurtisane bei deinen Salons für Furore sorgt. Ich sollte mich einmal blicken lassen und mein Dichtertalent zur Schau stellen. Vorausgesetzt, der Wettergott stellt seinen Brunnen endlich ab. Was schreibt Maffio aus Rom?“, knüpfte Marco an den scherzhaften Verweis von Domenico Venier an.

„Er schlägt sich wacker im Dienste der Jesuiten. Besuche mich demnächst. Heute zwingt mich mein Leiden, auf direktem Wege die Heimfahrt anzutreten.“

Morosini löste seinen Onkel ab, als schien er, auf die Gelegenheit gewartet zu haben.

„Signor Contarini, erlaubt Ihr einen Moment?“, bat er Marcos Gesprächspartner, ehe er sich an Marco wandte.

„Alter Recke ist Euch bewusst, dass Ihr mein Schwager seid? Eure Schwester reagiert verstimmt. Sie beschwert sich, Euch noch nicht zu Gesicht bekommen zu haben. Aber ich werde ihr berichten, dass Ihr Euch zu einem bemerkenswert gut aussehenden Mann Anfang dreißig entwickelt habt. Schlank, hochgewachsen, mit vollem Haupthaar, einem dunklen Bart um den spöttisch schauenden Mund und mit lachenden erdbraunen Augen. Gut, dass Ihr Elenas Bruder seid, ansonsten müsste ich den Nebenbuhler fürchten. Wir wären über Euren baldigen Besuch in unserem Haus überaus erfreut."

„Richtet Elena meine herzlichsten Grüße aus, es wird sich eine Gelegenheit ergeben, ganz sicher."

Marcos Vater, Sebastiano Venier steuerte die Gruppe mit einem Lächeln um die Mundwinkel an. Bei Marco angekommen, nahm er seinen Arm, zog ihn ein Stück beiseite und flüsterte ihm vertraulich zu: „Ich bin stolz auf dich, Marco. Es wird Zeit, dass wir demnächst reden. Du bewegst dich langsam auf ein Alter zu, in dem du an eine Familie denken solltest. Wir, deine Mutter und ich, haben uns bereits umgehört ..."

„Vater, ein anderes Mal, bitte. Sowie ich die Schriftrollen mit den Beschlüssen erhalte, müssen die Maßnahmen in die Tat umgesetzt werden." Marco verabschiedete sich rasch, auch, um weiteren Familienforderungen zu entkommen.

Als er die breite Treppe hinuntereilte, grüßte man ihn ehrerbietig. Er genoss die Anerkennung, aber war froh, in die Militärbarke springen zu können, die ihn zurück in das Arsenal und zu den Kameraden brachte. So kurzfristig, wie sein Vater es sich vorstellte, würde er seinen Abschied von der Marine nicht nehmen.

Ein heikles Geständnis

Ancillas Unkenrufe an Fasching bestätigten sich. Graue, dichte Wolken wälzten sich wie eine Herde Schafe jeden Tag erneut über den Himmel. Aus ihnen ergossen sich seit drei Monaten nicht endenwollende Regenkaskaden.

Wenn Veronica Elenas Briefchen Glauben schenkte, weilte ihre Freundin ungeachtet des Regens zusammen mit ihrem Gatten in einem rosaroten Liebeshimmel. Natürlich freute sie, dass das gewagte Spiel mit der Maskerade einen glücklichen Ausgang genommen hatte.

Sie dagegen erinnerte sich ungern an ihr Abenteuer. Das leichte Fieber und die schniefende Nase, die ihr nach jenem unheilvollen Abend ein paar Tage Bettruhe eingebracht hatten, waren inzwischen vergessen, geblieben war ihr eine gewisse innere Traurigkeit und Mattigkeit. Wie stets suchte sie Hilfe bei Tinte und Feder und versuchte, sich die Schwermut von der Seele zu schreiben.

„Legt mir Eure Sonette vor, Veronica, ich bin Euch gern behilflich, falls am Stil noch gearbeitet werden muss. Oder tragt einmal etwas von Euren Sachen vor, wir sind neugierig."

„Bestimmt Domenico, irgendwann", wehrte sie höflich bei einem seiner letzten Salons ab. Die Zusammenkünfte mit anderen Dichtern und die Gesellschaft von Domenico gaben ihr Kraft. Aber sie wagte nicht, diese Texte, die ihre inneren Ängste und Zweifel offenbarten, allen vorzulesen. Die in diesen Stunden entstandenen Sonette landeten im „libro secreto" und blieben verschlossen. Bald würde sie wieder Verse schreiben, die für ein Publikum taugten, die von Helden, von der Serenissima, von der Lagune, von der Liebe handelten. Irgendwann würde sich hoffentlich der Regenvorhang lüften und den Sonnenstrahlen den Tanz auf der Oberfläche der Kanäle gestatten.

Noch immer wartete eine heikle Angelegenheit auf Klärung. Ihre Schwangerschaft war langsam nicht mehr geheim zu halten. „Ihr bekommt ein Kind, Veronica?", rief Ludovico nach den ersten Worten aus. „Wundervoll.“ „Ich befinde mich im fünften Monat. Bitte hört mich an. Ihr werdet weniger begeistert sein, wenn ich Euch gestehe, dass nicht ihr, sondern Andrea der Vater des Kindes ist.“ Ludovico schwieg. Sie hatte es geahnt; er war verärgert. Der verletzte Blick, mit dem er sie anschaute, tat ihr weh. Er wanderte unruhig im Zimmer umher. Veronica zog den Umhang fester um sich.

„Ich wollte Euch nicht kränken. Verzeiht mir meine Unbesonnenheit.“

Sie bereute, nicht ihn zum Vater auserkoren zu haben. Veronica eilte zu Ludovico, umarmte ihn. Er wäre die bessere Wahl gewesen, das sah sie jetzt ein. Hatte ihre Angst, Andrea als Verehrer zu verlieren, eine Rolle gespielt? Das Wissen, dass er bald die Edeldame Beatrice da Lezze heiraten würde? Elenas spitze Anmerkungen zu diesem Thema streiften ihr Denken und sie dachte daran, wie wenig begeistert Andrea ihre Enthüllung aufgenommen hatte.

„Ich werde auf meinen Landgütern nach dem Rechten schauen. Mein Verwalter klagt, dass eine Aussaat unmöglich sei. Die Felder in der Terra ferma stehen knietief unter Wasser. Die Blüten an den Bäumen faulen. Uns erwartet ein karges Jahr. Die Preise schnellen in die Höhe. Fraglich, ob von den Vorräten noch etwas zu retten ist. Die Leute auf dem Land beginnen zu murren. Zur Untätigkeit verdammt, verdienen sie nichts. Ich sorge mich um die Gesundheit von Achiletto. Für den Kleinen wäre die Luft außerhalb der Stadt zuträglicher. Deshalb bitte ich Euch, begleitet mich auf die Terra ferma. Außerdem bietet sich Euch die Gelegenheit, die beiden Landgüter, die fast neben meinem Landsitz liegen und die Achiletto gehören, selbst in Augenschein zu nehmen. Ihr lernt den Verwalter kennen, macht Euch ein Bild vom Anbau und von den Erträgen anhand der Bücher. Selbst wenn ich nicht der Vater Eures ungeborenen Kindes bin, mache ich mir Sorgen um Euch. Ihr seid dünn, seht blass und abgespannt aus. Bitte! Lasst Eure Sachen packen."

Veronica begriff in diesem Moment eines: Ludovico liebte sie. Wärme überflutete ihr Herz. Zärtlich nahm sie seine Hand.

„Ich danke Euch für Eure Worte, Ludovico. Meine Mutter ist überaus schwach in letzter Zeit. Versteht, ich möchte in ihrer Nähe bleiben." Ludovico sah sie zweifelnd an und strich ihr wie einem kranken Kind sanft über die Wange.

„Veronica, bitte sei vernünftig. Venedig droht eine Seuchengefahr. Im steigenden Wasser sammelt sich mehr Unrat als üblich und das Trinkwasser wird knapp. Noch beschränkt sich die Typhus-Epidemie auf die Ärmsten der Armen, aber das kann sich rasch ändern. Die Lebensmittelversorgung der Stadt steht vor dem

Kollaps."

„Ich weiß Eure Sorge zu schätzen und stehe mehr als mir lieb ist in Eurer Schuld. Viele Nobili haben sich auf ihre Landgüter zurückgezogen. Meine Einnahmen sind auf ein Minimum gesunken. Ich werde Euch kaum den Mietzins für das Haus zahlen können. Wäre Achiletto etwas größer, würde ich ihn mit Euch reisen lassen. Hinzukommt, dass die neue Kinderfrau für Giacometto selbst fast noch ein Kind ist. Ornella hat sich für sie eingesetzt. Ach Ludovico, ich bin so unentschlossen und fürchte mich vor einem Fehler. Dieser verdammte Regen."

Ludovico schloss sie in die Arme und strich ihr über den Kopf. Seine Wärme tröstete.

„Ich würde Euch gern begleiten, glaubt mir", meinte Veronica nach einer Weile.

„Ich kann Euch nicht zwingen, Veronica. Lebtwohl einstweilen. Ich melde mich bei Euch, sowie ich zurück bin. Hoffen und wünschen wir uns, dass der Himmel uns bald wieder mit seinem Blau verwöhnen wird."

Mit gemischten Gefühlen blickte sie ihm vom Fenster aus nach, als er ihr aus der Gondel heraus zum Abschied zuwinkte. Im diffusen Licht des Zimmers wirkten das riesige Bett und die Möbel wie Requisiten einer anderen Zeit und Veronica fühlte sich plötzlich fremd in ihrem eigenen Leben.

„Darf ich den Raum richten, Signora?",

schreckte sie die Stimme von Ludmilla auf und sie nickte. „Ich weile in meiner Bibliothek." Erst als ihre Finger später über die Sammlung von Buchrücken strichen, fügten sich die grauen Inseln in ihrem Fühlen wieder zu einem Festland zusammen.

Die Maiwochen gingen ins Land, ohne dass der Regen aufhörte. Anders als bei den ersten beiden Schwangerschaften litt Veronica. Feste Speisen vertrug sie nicht, konnte nur Suppe zu sich nehmen, fühlte sich schlapp. Ihr Leib wölbte sich zwar nicht allzu stark, aber das Kind strampelte bereits heftig.

Sie schleppte sich zu Nicola, um die Kräuterfrau um ein Mittel zu bitten. Vor dem Abschied bettelte sie: „Nicola, was bringt mir die Zukunft?", und streckte ihr die Hand hin. Die alte Vertraute winkte ab: „Du kannst vor deinem Schicksal nicht davonlaufen, auch wenn ich es dir vorhersage. Das Leben ist kein ewig währendes Fest, Veronica. Schmerzliche Erfahrungen geben uns die Gelegenheit zu wachsen, denk daran. Und jetzt geh nach Haus, schone dich, sonst gefährdest du das Kind, das in dir heranwächst."

Nicola wird langsam alt, dachte Veronica traurig auf dem Heimweg. Würde Gott ihr diesmal ein Mädchen schenken? Ein verlockender Gedanke, der versöhnte. In der nächsten Minute wies sie ihn entschieden von sich. Sie würde wieder einen Sohn zur Welt bringen. Ein Junge hat es einfacher und gefiele auch Andrea. Enea würde sie ihn nennen.

Aeneas ein Name aus dem Griechischen. Überdies der Vorname eines bekannten Poeten. Enea Silvio Piccolominis lockeren, eher schlüpfrigen Verse hatten ihr und Andrea oft Spaß bereitet. Sie kicherte bei dem Gedanken, dass dieser Enea im vorigen Jahrhundert nicht nur ein Dichter gewesen, sondern zum Papst berufen worden war. Wenn ihr Sohn Enea erwachsen sein würde, gäbe das eine anmutige, witzige, kleine Geschichte für ihn.

Als sie einen Blick aus dem Fenster warf, öffnete sich die Wolkendecke und einen Zipfel Blau schimmerte unschuldig und hoffnungsvoll am Himmel.

Der unheilvolle Anschlag

Mit dem Beginn des Monats Juni kündigte sich eine Wetterbesserung an und bescherte der geschundenen Serenissima eine Reihe von Tagen ohne tropfendes Nass vom Himmel. Zwar schafften die wenigen Sonnenstrahlen es nicht, die Wolken dauerhaft zu vertreiben und die Feuchtigkeit hing in den Häusern fest und erschwerte das Atmen. Um dem Muff zu entfliehen, strömten die Einwohner, so wie sich ein

Hauch Blau am Himmel zeigte, in Scharen ins Freie. Mit Lachen und Scherzen zu den Launen des Wettergottes balancierten sie über die inzwischen auf den Hauptrouten ausgelegten Fußgängerstege. Noch immer überschwemmte das Wasser die Fondamente und die Calle knietief. Trotzdem genossen alle selbst die kürzesten Intermezzi der Sonne.

Veronica bedauerte, sich dem munteren Treiben nicht anschließen zu können. Ihr durch die Schwangerschaft empfindlicher Magen quittierte jeden nicht genehmen Geruch mit einem unwiderstehlichen Brechreiz. Und es stank gewaltig in den Gassen. Der hohe Wasserstand hatte allerlei Unrat zurückgelassen, der langsam an den Hauswänden trocknete. Zudem drückte das Gewicht des Kindes auf die Blase. Dieser Umstand zwang sie, sich in der Nähe des Abtritts im Hof aufzuhalten. Schmunzelnd hatte sich Veronica inzwischen mit dem erzwungenen Hausarrest abgefunden. Er erlaubte ihr, ohne ein schlechtes Gewissen zu verspüren, weiter an einem Sonett zu arbeiten. Seit Tagen schwirrte es ihr durch den Kopf.

Ludovico inspizierte noch immer seine Landgüter. Andrea und Benetto befanden sich auf ihren Schiffen und befuhren die Gewässer des östlichen Mittelmeeres. Beide würden erst in einigen Monaten zurückkehren. Arturo besuchte sie trotz ihres Zustandes regelmäßig.

Sie plauderten über Montaigne, Petrarca oder andere Meister der Dichtkunst. Einmal in sieben Tagen - meist an den Montagen - wagte sie sich, die wenigen Meter bis zu Domenicos Haus zurückzulegen. Veronica las ihm ihre Verse vor und wechselte seine Verbände. Er litt - ebenso wie sie - an leichten Depressionen. Das feuchte Wetter machte seinen Beinen zusätzlich zu schaffen.

Sorge bereitete Veronica, dass sie seit über drei Wochen ihre Mutter nicht mehr zu Gesicht bekommen hatte. Paola lag krank danieder, doch hatte sich jeglichen Besuch von ihr verbeten.

„Veronica, du bist schwanger. Ich weiß nicht, welche Krankheit mich heimgesucht hat. Unter Umständen ist es Typhus und ansteckend. Ich möchte weder dich, dein Ungeborenes oder deine anderen Kinder gefährden. Also sei vernünftig. Domenico hat mir eine Pflegerin zur Verfügung gestellt und es mangelt mir an nichts“, hatte sie Veronica geschrieben.

Das schwarze Buch wurde im Augenblick eh nicht gebraucht, höchstens um Minusbeträge zu verbuchen. Sie zehrten vom Ersparten. Veronica brauchte zum Glück kaum Sorgen an ihre Kosten für das Haus zu verschwenden. Ludovico und Andrea bestritten, obwohl nicht in der Stadt, den größten Teil dieser Ausgaben.

Mathilda, das neue Kindermädchen, stürmte - Giacometto im Schlepptau - ins Zimmer.

„Dürfen wir ein wenig spazierengehen, Signora Franco?“ Giacometto vollführte mit beiden Armen kräftige Ruderbewegungen und rief: „Ich bin ein Schiff, Mama, schau, wie gut ich rudern kann.“ Veronica beobachtete das Schauspiel mit gespieltem Ernst. Die Irrfahrt des Odysseus spukte ihrem Söhnchen im Kopf. Veronica las ihm jeden Abend vor und die Geschichte befeuerte seine - offensichtlich bereits im Übermaß vorhandene - Begeisterung für die Seefahrt. Sie betrachtete ihren Großen. Giacometto war jetzt bereits fünf Jahre alt. Veronica plante, Elena zu bitten, ihn in einen gemeinsamen Unterricht mit Laura zu schicken. Mit seinen ungezählten Fragen entwickelte sich der Kleine zu einem rechten Plagegeist. Zärtlich strich sie eine vorwitzige Strähne aus Giacomettos Gesicht. Er reagierte nicht auf ihre Geste. Die Zeichnungen mit den Schiffsabbildungen an der Wand nahmen seine Aufmerksamkeit gefangen.

„Bitte Mama, gestatte Mathilda, mit mir zum Markusplatz und zu den mächtigen Schiffen zu gehen“, bettelte er.

„Die Gassen sind noch überflutet, Giacometto. Ich weiß nicht“, wiegelte sie ab.

„Der Weg nach San Marco wurde gesichert, Signora. Kurz vor der Schiffswerft und in der

Nähe der ankernden Schiffe, hat der Rat, wie auf der Piazza selbst, viele Stege legen lassen. Damit die Schiffe bequem entladen werden können. Die meisten Cittadini vergnügen sich dort bei einem Spaziergang. Von der Lagune fächelt einem angenehm die Luft um die Nase. Ihr Sohn sprüht vor Kraft. Und etwas Auslüften würde ihm guttun." Mathilda knickste artig.

„Wie alt seid Ihr, Mathilda?", fragte Veronica. „Ornella meinte, Ihr würdet bald sechzehn Lenze zählen? Ihr seht jünger aus." Sie betrachtete das Kindermädchen. Das einfache Baumwollkleid hing locker über den überaus schlanken Mädchenkörper. Das haselnussbraune, glatte Haar fiel zurückgenommen zu einem Zopf im Rücken herunter. Das schmale Gesicht mit den riesigen braunen Augen schien auf eine gewisse Weise stets erstaunt zu schauen. Mathilda sah aus wie zwölf. Nur ihre Haltung drückte bereits so viel Ernst und Verantwortungsgefühl aus, dass man die eigene Schätzung anzweifelte. Veronica seufzte innerlich. Sie hätte Ornella nicht nachgeben und eine ältere Kinderfrau für Giacometto engagieren sollen.

„Das Mädchen verfügt über keine Chance. Seine Jungfräulichkeit wird von den Eltern an den Nächstbesten verkauft. Sie wird am Rialto enden." Bei ihren Worten hatte Ornella sich bekreuzigt.

„Bitte, Signora Veronica. Ich fühle

mich verantwortlich. Sie ist eine entfernte Verwandte. Ich werde sie anlernen. Es soll Euer Schade nicht sein. Sie benötigt nur wenig Lohn, wenn sie bei Euch Unterkunft und Essen findet."

Veronica löste den Blick von der Gestalt des Mädchens und wandte sich Giacometto zu. Einen Moment versetzte sie sich in ihre Kindheit. Hatte für sie die größte Fron nicht darin bestanden, im Haus festgehalten zu werden? Sie gab sich einen Ruck.

„Nun gut, ich bin einverstanden, Mathilda. Aber bleibt nicht zu lange und meldet Euch nach Eurer Rückkehr sofort bei mir. Komm her, mein Liebling. Gib Mama einen dicken Kuss zum Abschied." Sie umarmte Giacometto. Wehmut schlich sich ein.

Bald würde er ihre Küsse mit den Worten abwehren: „Ich bin kein kleiner Junge mehr, Mama." Sie würde ihn nur noch ansehen dürfen. Wie stolz wäre Giacomo auf seinen Sohn. Ein Klaps auf den Po des Schlingels löste sie aus ihrer sentimentalen Stimmung.

„Also los jetzt, mein kleiner Commandante. Und, dass du brav in der Nähe von Mathilda bleibst. Keine Einzeltouren! Großes Ehrenwort?" Giacometto salutierte. „Großes Ehrenwort."

Nach dem Türenschließen setzte sie sich erneut an ihren Sekretär und beugte sich über das Sonett, an dem sie arbeitete. Über ihre Notizen schrieb sie das Datum: 13. April 1569.

Es blieb dabei. Sie erhob sich, trat an das Fenster und dachte: „Bald wird hoffentlich eine Kinderschar durch das Haus toben. Sobald das Hochwasser vollständig zurückgegangen und die Entbindung überstanden ist, werde ich Hieronymus schreiben, dass er seine Kinder zu mir schicken soll. Wie bedauerlich, dass Orletta bei der Geburt des zweiten Kindes starb und er nun Witwer ist. Aber sie war überaus zart und schon die ersten beiden Geburten verliefen schwierig." Weiter kam Veronica mit ihren Gedanken nicht. Sie sah Ancilla auf das Haus zueilen und eilte zum Eingang, um sie abzupassen. Sicher brachte sie eine Nachricht von Mama.

Ancilla schniefte, ihre Augen waren klein und rot vom Weinen. „Veronica, bitte, folgt mir! Rasch - beeilt Euch! Wir haben bereits nach einem Priester geschickt. Es geht zu Ende. Nicolas Mittel helfen nicht mehr. Es ist, wie Eure Mutter vermutete, die Seuche, die grassiert, Typhus."

Veronica griff mechanisch nach ihrem Schultertuch. Sie hatte das Gefühl, als sei ihr der Boden unter den Füßen weggezogen worden und sie taumele ins Nichts. Sie rannte hinter Ancilla her. Draußen kämpften sie sich, ohne auf das Schuhwerk zu achten, mit geschürzten Röcken durch das kniehohe Wasser. Der Weg über die ausgelegten Stege hätte einen Umweg bedeutet. Im Haus der Mutter angekommen, stürmte Veronica die Treppen hinauf zum Schlafzimmer.

„Bitte, bitte, liebe Jungfrau Maria, lass es nicht zu spät sein“, murmelte sie vor sich hin. Als sie eintrat, empfing sie der Geruch von Weihrauch. Der Priester beugte sich über die Kranke und betete.

„Durch diese heilige Salbung helfe dir der Herr in seinem reichen Erbarmen, er stehe dir bei mit der Kraft des Heiligen Geistes. Der Herr befreit dich von deinen Sünden und rettet dich in seiner Gnade. Amen.“ Seine Finger tauchten in ein Schälchen mit Öl ein, er benetzte Paolas Stirn.

Erleichtert lehnte sich Veronica gegen den Türrahmen. Paola lebte! Sie kam nicht zu spät.

Mama durfte nicht sterben! Warum erhielt sie Sakramente? Sie war noch jung. Gerade eben vierzig Jahre alt! Kein Alter, um vor den Schöpfer zu treten!

Der Priester packte seine Utensilien zusammen, winkte Veronica an das Bett.

Paolas Anblick traf sie wie ein Hieb. Hohlwangig, die Haut um den Schädel gespannt, von einem wächsernen Gelb, schaute ihr der Tod aus dem Gesicht der Mutter entgegen. Nur die Löckchen, die, zwar verschwitzt, etwas verfilzt den Kopf einrahmten, wirkten vertraut.

„Mama, du darfst nicht gehen, bitte nicht,

bitte ..." Tränen schossen ihr in die Augen, sie griff nach der Hand der Mutter, die sich schlaff und kraftlos anfühlte. Sie wollte Paola noch so vieles fragen, über ihre Ehe, ihre Beziehungen vor der Ehe, ihre Zeit als Kurtisane. Wie verhielt es sich mit den Andeutungen, die Hieronymus einmal machte? Es blieben so viele Rätsel. Bestanden Zweifel an der Vaterschaft von Francesco? Könnte es sein, dass er nicht ihr leiblicher Vater war? Warum hatte Paola nie erzählt, weshalb er die Familie verließ?

„Bitte Veronica, meine Zeit ist um, grüß mir Hieronymus, Oratio und Serafino. Ihr vier Kinder wart mein ganzer Stolz. Die Briefe ..."

Ihre überaus matte Stimme versagte. Paolas Kopf ruckte zur Seite, ein kleiner Faden Speichel lief aus dem Mundwinkel das Kinn hinunter. Der Priester beugte sich zu ihrer toten Mutter. Unter Murmeln eines Gebetes drückte er die Lider zu, schloss die starr nach oben blickenden Augen und faltete mit den Worten „Friede ihrer Seele" ihre Hände über der Brust. Nach dem Kreuzzeichen über der Stirn der Verstorbenen drehte er sich zu Veronica um, sagte: „Mein Beileid", und trat zur Seite. „Ihr möchtet sicher Abschied nehmen? Ich lasse Euch allein."

Veronica streichelte sanft mit den Fingern das Gesicht ihrer Mutter. Es fühlte sich noch warm an und auf irgendeine Weise hoffte Veronica, Paola würde die Augen jeden Moment wieder aufschlagen.

Sie saß einfach da, schaute auf die leblose Gestalt im Bett. Noch kreisten Fragen, Gedanken durch ihr Hirn. Erst nach einer Weile kehrte Ruhe in sie ein.

Eine seltsam feierliche Stimmung bemächtigte sich ihrer. Sie sah die Mutter an ihrem Kinderbett stehen, lächeln. Erinnerte den schmerzlichen Ausdruck ihres Gesichtes, als sie ihr offenbarte, Kurtisane werden zu wollen. Viele Begebenheiten fielen ihr ein. Ihr war, als würde die Seele ihrer Mutter sich noch im Raum befinden.

„Ich verspreche dir eines, Mama, du sollst dich meiner nie schämen müssen. Ich werde mich deiner würdig erweisen. Ich werde stark sein, so wie du es warst, glaub mir“, murmelte sie.

Als Veronica nur noch Leere in sich spürte, griff sie nach den Briefen, die auf dem Nachttisch lagen, drückte sie an ihre Brust. Gefasst verließ sie den Raum, umarmte Ancilla, die ihr mit schreckgeweiteten Augen entgegenblickte. „Du weißt, dass du in meinem Haushalt jederzeit willkommen bist, Ancilla. Ich vertrau auf deine Hilfe. Vorerst müssen wir uns um alle Formalitäten kümmern.“

Die Briefe wie einen Schatz an die Brust gepresst, setzte sie einen Fuß vor den anderen, als würden die Füße nicht ihr gehören. Ihr Rocksaum schleifte im Wasser, es kümmerte sie nicht.

„Signora, Ihr seid ja patschnass", rief Ludmilla, als sie ihr die Tür öffnete, „Ihr müsst sofort ein neues Gewand anlegen. Ihr erkältet Euch sonst."

Veronica schüttelte den Kopf, ließ sich dann aber, wie in Kindertagen, im Vestibül die nassen Schuhe von den Füßen winden, die Röcke abstreifen und wie einer leblosen Puppe trockene Sachen überziehen. Noch betäubt vom Angesicht des Todes, starrte sie blicklos vor sich hin, unfähig, die Tatsache vollends zu akzeptieren. Erschöpft und ohne auf den Protest von Ludmilla zu hören, hockte sie sich auf die nächstbeste Treppenstufe, als sei jeder weitere Schritt zu viel.

In der gleichen Zeit riss Giacometto sich aus dem Griff des Kindermädchens los. Aufgeregt zeigte er auf die in der schwülen Luft behäbig hin- und herschaukelnden Bootsmasten. Mit seinen Bewegungen scheuchte er zwei Möwen auf, die auf einem Polder Platz bezogen hatten. Als sie hoch flatterten, sich in die Höhe schwangen und mit ihrem „au, au ..." protestierten, lachte er.

„Mathilda! Mathilda! Schau, die Schiffe!", rief er begeistert einen Moment später.

„Giacometto! Bitte. Bleibt hier an meiner Hand, denkt an das große Ehrenwort, das Ihr

Eurer Mama gegeben habt.“

„Nun gut“, murmelte er. Ganz kleiner Kavalier trottete er mit gesenktem Kopf zurück, fügte sein schmales Händchen in das des Kindermädchens, um sie jedoch sofort mit sich in Richtung der Schiffe zu ziehen. Wieder und wieder wies sein freier Finger auf einen Gegenstand, der ihm auffiel: Ein rostrotes Segel, eine drollige Meerjungfrau am Bug eines Seglers, ein geschnitzter Löwenkopf, der in vielen Varianten die Reling eines Bootes schmückte. Bis sie - ohne es zu merken - kurz vor dem Eingang des Arsenales standen. Stege halfen, trockenen Fußes bis zu den beiden Türmen des Eingangs zu laufen.

„Schaut, wie traurig der Löwe auf der Fahne blickt. Das rote Tuch ist pitschnass, unmöglich das Schwert in seiner Hand zu erkennen. Sicher ist er müde vom vielen Regen.“

„Wir müssen umkehren, Giacometto“, mahnte Mathilda und ließ sich nicht weiter auf das Dirigieren der Jungenhand ein. Ein Herr näherte sich, sie wichen zur Seite aus, um ihn auf dem Steg passieren zu lassen. Er lächelte ihnen zu und dankte. Als er Giacometto anblickte, schüttelte er zweifelnd seinen Kopf.

„Das kann kein Zufall sein, Junge. Ja, in der Tat, du bist der Knabe vorn auf dem großen Gemälde, das kürzlich in der Bibliothek der Admiralität aufgehängt worden ist.“ Er ging auf die Knie und betrachtete eingehend Giacomettos Gesicht.

„Seid Ihr ein Admiral, Messèr?“ Der Mann lachte und wiegelte ab.

„Nun, ein Admiral bin ich nicht. Aber ich arbeite im Arsenale, in Venedigs Schiffswerft. Du weißt sicher, wofür die Löwenrepublik gerühmt wird?“ Er lächelte. „Ich verrate es dir gern. Ihre Schiffsbaumeister können ein Langschiff in weniger als einem Tag zusammenbauen. Wir fertigen alle Teile nach einem Baukastensystem, nehmen sie auf Lager und fügen sie später nur noch zusammen. Natürlich braucht das Werk einen ausführlichen Plan. Genau diesen zeichne ich. Das ist die Aufgabe eines Schiffbaumeisters, eines Arsenalottis. Du interessierst dich für den Bau der Schiffe?“ Giacometto nickte eifrig.

„Kannst du mir zeigen, wie ein Schiff gebaut wird? Ich möchte ebenfalls Schiffe bauen, wenn ich groß bin.“ Die Augen des Jungen strahlten.

„Ich kann dir an einem Modell erläutern, wie wir das fertigbringen. Falls dein Kinderfräulein einverstanden ist, begleitet mich.“ Er lächelte entschuldigungsheischend zu Mathilda. „Unser kleiner Herr hier wird Euch ewig dankbar sein, Signorina. Ihr habt Glück, dass ich heute etwas Zeit erübrigen kann. Wie heißt du, mein Junge?“

„Sein Name ist Giacometto. Ich weiß nicht, es wird zu spät ...“, versuchte sie, den Vorschlag abzulehnen.

„Bitte, Mathilda, bitte."

Die Ermahnungen der Signora schossen ihr durch den Kopf, das Verbot, nie mit Fremden mitzugehen. Wobei, dieser Herr sah in der Tat vertrauenswürdig aus. Er besaß ein nettes, rundliches Gesicht, sein Wams war das eines Höhergestellten und er verfolgte bestimmt keine bösen Absichten. Und es bot sich ihr die Gelegenheit, endgültig das Vertrauen ihres kleinen Schützlings zu erwerben. Sie würde ihn beschwören, nichts gegenüber seiner Mutter verlauten zu lassen. Ein gemeinsames Geheimnis, das würde Giacometto gefallen. Mathilda nickte mit dem Kopf.

„Gut, wir folgen Euch. Aber bitte haltet uns nicht über Gebühr auf. Giacometto findet, wenn es um Schiffe geht, kein Ende. Wir müssen bald nach Hause."

Die Wache vor dem Eingang salutierte, als sie das Eingangstor passierten. Sie folgten dem Signore zu einer ausladenden Halle.

„Schau, kleiner Mann, hier stapeln wir Hölzer. Wir nehmen nur das Beste. Das Holz muss austrocknen, ehe daraus Schiffsteile gefertigt werden. Siehst du dort? Jene Baumstämme wurden bereits zerlegt und präpariert. Wir verfügen über ein ungeheures Lager: Planken für die Rümpfe, Bohlen für das Deck, Ruder, Segel, Anker und Ankerketten, Tauwerk und, nicht zu vergessen, Geschütze, samt Munition.

Rund um die Uhr arbeiteten über tausend Handwerker, um Teil für Teil zu fertigen. Zusammengesetzt entsteht später in kurzer Zeit eine seetüchtige Galeere. Es handelt sich um ein ausgeklügeltes System. Manche fremde Macht beneidet uns darum."

Wie ein Erwachsener antwortete Giacometto: „Ihr sprecht von den Osmanen?"

„Du weißt ja schon genau Bescheid. Dein Vater ist sicher unbändig stolz auf seinen Sohn."

„Mein Vater ist von den Türken ermordet worden, heißt es. Aber Mama glaubt, er kommt wieder." Sie wanderten an den Gebäuden vorbei. Es roch nach Holz und Pech und die Luft war von Lärm erfüllt. Sie hörten Hämmern und Sägen aus den Hallen, die Kommandos der Vorarbeiter, das Poltern von Karren. Arbeiter hetzten an ihnen vorbei, Lasten auf den Schultern, die meisten grüßten trotzdem ehrerbietig. Jeder schien in dem Gewirr seinen Platz zu kennen. Sie gelangten schließlich zu einem kleineren Gebäude.

„So, das ist mein Reich, kommt herein."

Er hielt ihnen die Tür auf.

„Oh!", rief Giacometto und lief zu einem fast raumgroßen Schiffsmodell aus Holz. Auf den Ruderbänken saßen winzige Figuren. Am Mast stand eine hölzerne Nachbildung des Kapitäns. Giacometto betrachtete alles eingehend, bis sein Blick an dem vorn lang herausragenden beeindruckenden Rammsporn hängen blieb.

„Mit ihm zerteilt die Galeere das Wasser und, wenn sie es mit einem gegnerischen Schiff aufnehmen muss, durchstößt sie damit dessen Rumpf. Ich wusste, dass unserem kleinen Seemann die Modelle gefallen würden“, erläuterte der Schiffsbaumeister. Sein Wortschwall brach abrupt ab, als eine gewaltige Detonation die Schiffswerft erschütterte und die Erde zum Beben brachte.

„Bei Gott, die Türken greifen an“, stammelte der Schiffsbauer fassungslos. „Bleibt hier“, forderte er und rannte hinaus. Eine weitere Explosion folgte, die Feuerglocken schlugen an. Aufgeregte Rufe, entsetzte Schreie, fürchterliches Gepolter drangen zu ihnen durch. Mathilda zog den verängstigten Giacometto mit sich.

„Kommen die Türken mich holen, wie meinen Vater?“, fragte er.

„Nein, nein. Wir versuchen rasch, nach Hause zu gelangen.“ Vorsichtig lugte sie aus der Tür. Dichte Rauchschwaden behinderten die Sicht und brachten sie zum Husten. Sie rochen das Feuer, es musste in der Nähe sein, man hörte sein Prasseln. Mathilda sah Menschen durch den Rauch laufen, etwas entfernt lagen, völlig verkrümmt, leblose Körper mit verdrehten Gliedmaßen.

„Rettet Euch, gleich kann das Magazin in

die Luft gehen“, schrie jemand und sie liefen los. Der Kleine stolperte, seine kurzen Beinchen verhedderten sich und sie kamen nur langsam voran. Mathilda war unsicher. Bewegten sie sich Richtung Ausgang? Verzweifelt nahm sie Giacometto auf den Arm. Er weinte nicht, schaute nur mit großen, erschrockenen Augen.

„Ist jetzt Krieg?“ Sie antwortete nicht, sondern versuchte noch immer, sich zu orientieren.

„Was treibt ihr hier? Seht zu, dass ihr aus der Gefahrenzone kommt“, forderte ein Arbeiter sie barsch auf, als er ihnen mit einem Eimer Wasser in der Hand entgegeneilte. Plötzlich bebte die Erde erneut, dieses Mal wesentlich stärker. Der Boden wurde hochgehoben, als wäre er aus Pappe und nicht aus Stein und als wären sie leicht wie Federn, schossen Holzlatten, Werkzeuge, Schiffsteile und Mauerstücke durch die Luft. Nichts blieb an seinem Platz. Der Arbeiter samt Eimer wurde vor ihren Augen hochgeschleudert und segelte durch das Chaos wie eine Puppe. Während Mathilda zu Boden gedrückt wurde, entglitt Giacometto ihren Armen und verschwand aus ihrem Blickfeld. Sie versuchte aufzustehen, aber konnte sich kein Jota rühren. Ein Holzbalken hatte ihren Körper unter sich begraben. Ein ziehender, greller Schmerz durchflutete ihren Leib, alles um sie herum war nass und rot. Sie wurde mit einem Mal sehr müde und so sehr sie sich wehrte, es gelang ihr nicht, ihre Augen offen zu halten.

Durch den Schleier des Schmerzes hörte Veronica die Kirchenglocken läuten. Sie hockte noch immer auf der Treppenstufe. Nicht nur die Glocken einer Kirche, sondern alle Küster zogen gleichzeitig an den Seilen und gaben Alarm.

„Es brennt, es brennt! Die Türken haben die Schiffswerft angegriffen. San Francesco della Vigna wurde zerstört", schrie Ludmilla ihr entgegen, als sie von draußen hereinkam. Veronica nickte matt, erhob sich müde, als würden die Steine auf ihrem Herzen an ihren Füßen haften. Was kümmerten sie der Brand des Arsenale und ein Angriff der Türken? Ihre Mutter war tot. Nur langsam und vorsichtig öffnete sich ihr Verstand der Realität um sie herum. Könnten Serafino oder Oratio im Arsenale betroffen sein? Sie besaß keinen Schimmer, ob ihre Brüder im Augenblick in Venedig weilten oder auf einem der Schiffe im Mittelmeer kreuzten.

Die Briefe! Sie brannten plötzlich förmlich in ihrer Hand wie Feuer. Sie musste ihren Brüdern eine Nachricht zukommen lassen. Hieronymus in Mantua verständigen, ebenso wie Domenico Venier, falls er sich in der Stadt aufhielt und nicht wie die anderen Nobili inzwischen auf dem Land weilte. Es gab so viel zu tun.

„Giacometto und Mathilda sind nicht vom Spaziergang zurück, Signora Franco“, schrie Ornella. „Wir müssen sie suchen gehen.“ Der Ruf schien Veronica schlaftrunken in eiskaltes Wasser zu tauchen und riss sie aus ihrer Lethargie,

„Was sagt Ihr, Ornella? Giacometto ist nicht zurück? Mein Gott, sie wollten zu den Schiffen! Unter Umständen befinden sie sich in der Nähe der Werft! Dio, ti prego, aiutami! Bitte lieber Gott, hilf mir.“ Ohne eine Antwort abzuwarten, stürmte sie zur Tür.

„Ihr bleibt bei Achiletto. Ich hole Ancilla zur Hilfe. Gib Jaspuccio Bescheid, er soll uns rudern, das geht schneller.“

„Er ist nicht greifbar, Signora. Ihr habt ihm heute freigegeben.“ Veronica nickte nur, war in der nächsten Sekunde draußen vor dem Haus und bahnte sich erneut einen Weg durch das kniehohe Wasser. Gleich darauf pochte sie an die Tür ihres Elternhauses. Ancilla öffnete.

„Schnell, Giacometto ist in Gefahr, bitte hilf mir.“ Ancilla blickte ihr aus rot umränderten Augen entgegen. Ohne ein weiteres Wort zog die Magd die Tür hinter sich zu und schloss sich Veronica an. Das Sturmgeläut der Kirchenglocken hing bedrohlich über der Stadt.

Bis zum Markusplatz war es ihnen ein

Leichtes, durchzukommen. Aber bereits im Umkreis der Piazzetta drängelten sich die Menschen auf den provisorischen Gehsteigen, schubsten und machten rücksichtslos von ihren Ellenbogen Gebrauch. Schwächere Passanten stieß man rüde beiseite und es geriet zu einem schier aussichtslosen Unterfangen, sich dem flüchtenden Menschenstrom entgegenzustemmen. Veronica sprang kurzerhand vom Steg herunter. Das Wasser behinderte das Gehen und wurde noch ein wenig tiefer, als sie sich der Mole näherten. Veronica verzweifelte. Es dauerte Ewigkeiten, bis sie die Fondamenta Arsenale erreichten.

Im Sichtfeld der Eingangstürme sperrte ein dickes Hanfseil die Straße ab, vor ihm patrouillierten zwei Marinesoldaten und kontrollierten den Zugang. Dicke Rauchwolken hüllten den Himmel über der Schiffswerft ein und erschwerten das Atmen. Veronica hustete. Holzteile und herabgefallene Trümmer verteilten sich auf der Mole und auf der Fondamenta. Verletzte schrien und wurden beiseitegeschafft. Veronica trat zu einem der Soldaten.

„Habt Ihr einen kleinen Jungen und ein junges Mädchen gesehen?“ Der Mann schüttelte nur den Kopf. Unschlüssig blieb sie vor der Absperrung stehen. Wenn es ihr gelang, einen der Offiziere ausfindig zu machen, könnte sie selbst suchen. Mit Wahrscheinlichkeit fand sich jemand von den Höhergestellten, jemand, den sie kannte.

„Bitte verlasst den Zugang. Ihr könnt hier nicht weitergehen Signora.“ Ihre Arme sanken herunter, hilflos starrte sie durch den Rauch.

„Bitte, ich muss meinen Sohn suchen. Meine Brüder dienen als Offiziere bei der Marine. Sie befinden sich auf der Werft.“

„Kommt später wieder. Ihr seht doch, die Aufräumarbeiten sind in vollem Gange.“ Sie drückte sich zur Seite, flüsterte Ancilla zu: „Ich versuche mich durchzuschlängeln. Bitte lenk die Wachhabenden ab. Verwickle sie in ein kurzes Gespräch. Warte.“ Veronica beobachtete, wie die Soldaten halfen, einen Verletzten auf eine Barke zu hieven.

„Nicht nötig. Der Zeitpunkt ist günstig, lass uns durchschlüpfen.“

„Veronica“, protestierte Ancilla, aber folgte ihr. Als die Wachen wieder ihre Posten bezogen, hatten sie die Sperre hinter sich. Um den Blicken zu entgehen, verbargen sich einen Moment im Schatten eines dicken Holzbalkens, den es auf die Fondamenta geschleudert hatte. Veronica lugte vorsichtig hervor, bis das herrschende Chaos ihnen zu Hilfe kam und bei der nächsten Ablenkung der Wachen einfach in die Werft rannten. Der Rauch nahm zu und jetzt sahen sie Flammen, die meterhoch aus einer Halle in die Höhe züngelten, spürten die Hitze, die sie verbreiteten.

Männer schufteten, die Gesichter vom Ruß geschwärzt, mit schweißnassen Körpern, um das Feuer zu besiegen. Sie schenkten den beiden Frauen keinerlei Beachtung. Veronica hielt nach einem Offizier Ausschau.

„Marco Venier? Ihr?", rief sie erleichtert aus. Sie stürmte auf Marco zu, der wie eine Boje im Meer inmitten des Aufruhrs stand. Eine Reihe Arbeiter reichte sich mit Wasser gefüllte Eimer. Andere eilten hin und her, holten sich Anweisungen vom Vorgesetzten. Venier hörte sie an, schaute auf seinen Plan, erteilte einen Befehl und der Helfer ordnete sich in den Ameisenhaufen ein. Würde sie nicht vor Sorge um ihren Sohn umkommen, könnte Veronica der Ordnung in diesem Inferno eine gewisse Achtung abgewinnen. Aber Rauch, Gestank, Schreie von Verletzten und der verbissene Eifer der Männer machten Angst, und sie zitterte.

„Was haben diese Frauen hier zu schaffen? Hier ist militärisches Sperrgebiet", forderte Venier streng, als er ihrer ansichtig wurde.

„Marco, erkennt Ihr mich nicht? Ich bin Veronica Franco", rief sie.

„Veronica? Entschuldigt, die Zeit eignet sich nicht für Konversation. Bitte verlasst das Gelände. Sofort!"

„Marco, ich suche meinen Sohn. Er ist erst fünf Jahre alt. Ich vermute, dass er sich hier aufhielt, als das alles geschah." Ihr Finger wies auf die Zerstörungen.

„Einer der Wachhabenden meinte, Giacometto und sein Kindermädchen wären mit dem Herrn Schiffsbaumeister zusammen hereingekommen. Das Kind ist vernarrt in Schiffe. Bitte, zieht Erkundigungen ein, ob ihn jemand gesehen hat.“ Sie sah Marco den Unmut an, sich neben den übrigen Problemen mit denen einer Frau zu beschäftigen, die über ihren weggelaufenen Sohn wehklagte.

„Bitte, Marco, um unserer gemeinsamen Jugend willen.“ „Veronica! Seid vernünftig, begebt Euch nach Hause. Ich werde sehen, was ich tun kann und lasse Euch Bescheid zukommen. Die Lage hier ist noch immer gefährlich. Jederzeit können die restlichen Gebäude einstürzen. Wir wissen nicht, ob irgendwo weiterer Sprengstoff versteckt ist. Die Gefahr ist nicht gebannt. Das ist keine Bitte, sondern ein Befehl!“ Er winkte einen der Männer zu sich heran. „Bitte geleitet diese Damen aus der Gefahrenzone.“

Im nächsten Moment drehte er sich um und, als wären sie Luft, fuhr er in seiner Arbeit fort. Veronica musste sich geschlagen geben. Es ergab wenig Sinn, weiter in ihn zu dringen. Allein konnte sie nichts ausrichten. Sie musste Marco vertrauen, musste warten. Warten, warten, warten, mit blutendem Herzen.

„Ich bleibe bei Euch“, meinte Ancilla nur, nahm ihren Arm und führte sie nach Hause zurück.

Nach dem Eintreffen im Haus übernahm Ancilla die Regie:

„Zündet Lichter an, bereitet ein Bad für die Herrin, rasch." Erneut wurden Veronica die nassen Sachen vom Leib gewunden. Wie einen leblosen Gegenstand lotste Ancilla Veronica später in die Badestube, half ihr in die Sitzwanne. Im heißen Wasser schloss Veronica einen Moment erschöpft die Augen. Sofort überfielen sie die Schreckensbilder. Sie ließen sich nicht verdrängen, selbst als Veronica in die Schwärze starrte, die sich langsam vor den Fenstern über die Stadt senkte. Die Glocken schwiegen inzwischen. Stille dehnte sich unheilverkündend.

Ancilla führte Veronica in die Bibliothek, presste sie in den Sessel, stellte ein Glas Tee vor sie hin. Veronica rührte sich lange Zeit nicht, dann schlug sie die Beine unter sich, wiegte den Oberkörper hin und her. Ein verzweifelter Versuch, dunkle Gedanken im Zaum zu halten. Jede Viertelstunde steckte Ancilla den Kopf zur Tür herein, warf ihr einen sorgenvollen Blick zu. „Ihr müsst essen, Veronica", bat sie bei einem ihrer Kontrollbesuche und stellte Veronica einen Teller mit etwas Brot und ein paar Oliven auf das Tischchen. Veronica schüttelte stumm ihr Haupt. Die Angst breitete sich Stück für Stück weiter aus, erstickte jegliches Gefühl, lauerte als Feind, nahte sie zu verschlingen.

Wie ein Streiflicht leuchtete die erste Nacht mit Giacomo in ihrem Gedächtnis auf, das Zusammenfinden, die Woge des Glücks. Jetzt schlug die Woge des Unglücks über ihr zusammen, drohte sie mit sich in die Tiefe zu reißen. Sie würde in ihr ertrinken, das wusste sie. Irgendwann erhob sich Veronica, wanderte unruhig auf und ab. Stunden verstrichen, zäh wie Leim. Endlich zeichnete der Morgen sein diffuses Licht an den Himmel. Eine fahle Sonne versuchte, sich durch die aufsteigende Feuchtigkeit zu kämpfen. Immerhin - es regnete nicht mehr.

Ein Pochen an der Pforte störte sie aus ihrem Dämmerzustand auf. Fast versagten ihr die Füße den Dienst. Sie taumelte, fasste sich und lief zur Treppe. Noch vom Treppenabsatz aus wollte sie dem Mann - er wartete unten im Eingang - entgegenschreien: „Habt ihr meinen Sohn gefunden?“ Als er zu ihr hochschaute, erübrigte sich die Frage. Sie konnte die schlechte Nachricht allein von seinem Gesicht ablesen.

„Schickt Euch Signor Venier?“, fragte sie, um irgendetwas zu sagen. Der Soldat nickte. „Er bittet mich, Euch auszurichten, dass wir über den Verbleib des Jungen nichts herausgefunden haben. Wir werden Euch verständigen, sowie sich die Sachlage ändern sollte.“

„Danke. Lasst Euch zu essen geben und

etwas Milch. Ihr schaut aus, als hättet Ihr die ganze Nacht gearbeitet."

„Danke, Signora." Ludmilla stand bereits in der Tür der Küche und winkte ihn zu sich. Veronica zog sich wieder in die Bibliothek zurück. Enea strampelte. Das Kind in ihrem Leib spürte die Unruhe seiner Mutter. Sie war gezwungen, sich an der Stuhllehne festzuhalten, um nicht ohnmächtig zu werden, wankte zum Bett, probierte, die Augen zu schließen. Die Bilder der Zerstörung fielen über sie her, ließen sich nicht verdrängen. Erneut kämpfte sie dagegen an, versuchte, ihnen keinen Raum zu geben. Umsonst. Es glückte ihr nicht. Obwohl sie sich verzweifelt die Maserung der Holzdecke in allen Einzelheiten einprägte.

Gegen Mittag gelang es der Sonne, schüchterne Strahlen ins Zimmer zu werfen. Das Licht brachte die Bücher hinter dem Glas der Vitrine zum Leuchten. Das dunkle Braun der Buchrücken versuchte, Trost zu spenden. Die Briefe auf dem Schreibtisch mahnten an das Vermächtnis der Mutter. Veronica zwang sich aufzustehen, trank einen Schluck kalten Tee, öffnete das Fenster, lüftete.

Auf dem Campo spielten Kinder in dem jetzt nur noch knöcheltiefen Wasser. Sie balgten sich um irgendeinen Gegenstand. Veronica erkannte nicht, was es war. Der Geruch des trocknenden Schlamms schwängerte die Luft. Brandgeruch mischte sich mit ihm.

Übelkeit machte ihr zu schaffen und sie fühlte eine Ohnmacht nahen. Sie hockte sich auf den Boden. Einfach nie mehr aufstehen, so sitzen, die Beine zu sich herangezogen. Einen Moment legte sie den Kopf auf die Knie, schluchzte trocken.

Achilettos Weinen riss sie aus ihrer Erstarrung. Im Kinderzimmer nahm sie ihn aus seinem Bettchen. Sein Pfirsichgeruch tröstete. Sie drückte sein Köpfchen an sich, spürte seinen Herzschlag. Giacometto! Das Rad der Verzweiflung drehte und drehte sich. „Schlaf mein kleiner Prinz, deine Mutter ist bald zurück." Sie hatte einen Entschluss gefasst. Sie konnte nicht länger warten, sie musste handeln.

„Ich werde nochmals zum Arsenale gehen. Kann sein, Giacometto wurde von jemandem mitgenommen? Er ist in der Lage anzugeben, wo er wohnt und wie er heißt. Oder Mathilda hat sich unter Umständen verirrt? Sie kennt sich in Venedig nicht genügend aus. Giacometto ist doch bereits ein Kavalier und sicher würde er sie nicht allein lassen." Veronica klammerte sich an diesen Gedanken.

„Wenn die Feuer gelöscht sind, kann ich bei den Aufräumarbeiten helfen. Alles ist besser als dieses Warten."

„Aber Eure Schwangerschaft …", wagte Ludmilla einzuwerfen. Veronica scherte sich nicht um die Worte ihrer Zofe. Sie griff nach ihrem Schultertuch und stürmte zur Tür. „Ruft Ancilla." An der Eingangstür, die Klinke in der Hand, stieß sie mit Marco Venier zusammen.

„Kommt", bat er mit müder Stimme, und führte sie, ohne ihren Protest zu beachten, zurück ins Haus. „Euer Haus verfügt über einen Empfangsraum? Bitte, lasst uns dorthin gehen. Und Ihr bringt uns bitte zwei Würzwein", ordnete er an und Ludmilla gehorchte.

„Spannt mich nicht auf die Folter", forderte Veronica unwirsch, als sie vor ihm her die Treppe ins Piano hinaufstieg. „In nome di Dio, in Gottes Namen, ich warte seit gestern auf eine Nachricht! Ihr könnt jetzt nicht so tun, als würdet Ihr einen Höflichkeitsbesuch absolvieren." Endlich im gewünschten Raum angekommen, warf ihm Veronica im Spiegel einen forschenden Blick zu. Er ließ sich auf einen Stuhl fallen. Sein Gesicht, von Ruß geschwärzt, wirkte eingefallen. Erschöpfung und Schmerz sprachen aus seinen Augen. Seine Sachen rochen nach Rauch und Blut. Plötzlich schämte sich Veronica für ihr rüdes Benehmen.

„Warten wir auf den Wein. Ihr bringt schlechte Nachrichten, vermute ich?"

In diesem Moment brachte Ancilla, ihr Tuch bereits um die Schultern, den bei Ludmilla georderten Wein, goss jedem ein Glas ein, reichte es ihnen. Als sie knickste und Anstalten machte, sich zu entfernen, bedeutete Veronica ihr zu bleiben. Sie bezog Stellung hinter Veronicas Stuhl. Veronica blickte zu Marco.

„Danke“, murmelte er, als er das Glas abstellte.

„Wir haben das Mädchen gefunden, das ihr uns beschrieben habt. Es ist tot. Ein Balken begrub es unter sich. Von Eurem Sohn fehlt jede Spur. Wir suchen weiter. Hoffen wir, dass er weglaufen konnte. Möglicherweise hat er sich versteckt, findet nicht mehr zurück. Wie gesagt, hoffen wir ...“

Veronica zog scharf Luft in die Lunge, beinahe hätte sie das Atmen vergessen. Tiefe Furcht befiel sie, zerstörte den Hoffnungskeim, der sie vorhin noch beflügelte. Mathilda musste ihr Leben lassen, bevor es richtig begonnen hatte. Warum rief der Herrgott sie so früh zu sich? Welche Ungerechtigkeit! Veronica verzweifelte. War denn zurzeit nur Tod um sie herum?

Ancilla hinter ihr schluchzte. Ein wenig vom Nass ihrer Tränen fiel auf Veronicas Nacken. Wie gern hätte Veronica sich ebenfalls der Trauer hingegeben; aber sie zwang sich, den Impuls niederzukämpfen. Sie wusste, würde sie anfangen, würde sie der Tränenstrom wegreißen; sie ertrinken lassen in seinen Strudeln. Sie musste hoffen, sie musste glauben, sie musste beten, dass Giacometto noch lebte.

„Veronica, entschuldigt mich.“ Marco Venier erhob sich, verbeugte sich höflich. Seine

Stimme klang rau, heiser und müde. „Wie bereits gesagt. Meine Leute sind angewiesen, weiter nach Eurem Sohn zu suchen. Wir melden uns, sobald wir etwas wissen.“ Er hielt sich an der Stuhllehne fest, sie sah, dass er vor Erschöpfung wankte.

„Ancilla, bitte, führ Signor Venier hinaus.“

Die Wartezeit war also noch nicht vorüber. Inzwischen dämmerte der Abend herauf. Er schmückte sich heute mit einem kleinen Abendrot. Die Schattengestalten einer weiteren Nacht lauerten auf sie, bereit, sie zu verschlingen. Als Ancilla zurückkehrte, bedachte sie Veronica mit einem strengen Blick und ordnete wie in Kindertagen an:

„Veronica, Ihr geht jetzt schlafen. Ich rühre Euch ein Laudanum in die Milch. Es nützt weder Euch noch Giacometto, wenn Ihr die Nacht wacht, von Eurem ungeborenen Kind ganz zu schweigen. Und ich lasse keine Widerrede gelten.“ Veronica besaß nicht die Kraft, sich aufzulehnen. „Gleich in der Früh gehen wir nochmals Giacometto suchen“, tröstete sie Veronica, als sie ihr die Milch einflößte und sie, wie früher zudeckte.

Weinen und Schluchzen weckte Veronica am nächsten Morgen. Sie sprang von ihrem Lager auf, rannte barfüßig aus dem Zimmer, hinunter zur Küche. Agnesia, Ludmilla, Ornella und Ancilla saßen um den Tisch, alle Tücher in der Hand. Ancillas rundes Gesicht wirkte völlig aufgedunsen, ihre Augen verschwollen vom vielen Weinen.

„Was ist geschehen?“

„Sie haben Giacometto vor einer Stunde gebracht, Herrin. Der Sarg steht drüben in der Kammer. Ein Fischer hat ihn gefunden, er wurde ... Es ist so schrecklich.“ Veronica drehte sich auf dem Absatz um.

„Ich will ihn sehen.“

„Bitte, Veronica, lasst es, bitte. Behaltet den Kleinen so in Erinnerung, wie Ihr ihn beim Abschied gesehen habt, bitte, im Namen Eurer toten Mutter.“ Veronica schüttelte den Kopf.

„Nein, ich möchte ihn sehen.“

Sie stürmte aus der Küche in die Kammer, fand den kleinen, einfachen Holzsarg, der rasch zusammengenagelt worden war. Einen Moment verharrte sie im Türrahmen, das Bild der Kiste, denn um eine solche handelte es sich, in sich aufnehmend. Ehe sie sich vorsichtig vortastete, sich bückte, den Deckel lupfte und zurückprallte. Der kleine Kopf lag vollständig zertrümmert auf dem Holzboden. Das Gesichtchen kaum noch erkennbar. Blut klebte überall. Die Gliedmaßen schienen wie Fäden am Rumpf zu hängen. Veronica schloss die Augen, um den Anblick zu verdrängen. Öffnete sie wie unter Zwang wieder. Trat erneut an den Sarg. Zärtlich strich sie mit der Hand über das kleine, zerstörte Angesicht, verschloss die

Lider über Giacomettos Augen, berührte mit den Fingern die Lippen und drückte einen Kuss auf seinen Mund.

„Lebewohl mein Kind der Liebe. Falls dein Vater im Himmel weilt, wünsche ich mir, dass ihr euch findet."

Sie schloss den Deckel der Kiste und richtete sich auf. Schwärze wollte sich in ihr ausbreiten, es reizte, sich in ihr fallen zu lassen. Sie krallte sich am Türrahmen fest, den Blick in die Ferne gerichtet. Ihre Brust war wie zugeschnürt, sie zitterte. Nach einer Weile machte sie einen zögernden Schritt nach vorn. Ancilla eilte zu ihr, tränenüberströmt, stützte sie. Stumm ließ sich Veronica von der treuen Weggefährtin zu ihrem Schlafgemach leiten. Wie gern würde sie sich im Bett verkriechen, mit dem Kopf unter der Bettdecke die Außenwelt ausklammern. Als Ancilla sie zum Bett führen wollte, schüttelte Veronica den Kopf, setzte sich an ihren Sekretär. Ihr Blick streifte die Briefe der Mutter. Sie schluckte, nahm allen Mut zusammen. Die Augen taten ihr weh, brannten wie Feuer. Ihre Stimme schaffte es erst im zweiten Anlauf, voll zu klingen.

„Ancilla, bitte ruf Messèr Urbino. Ich möchte mit ihm die Vorbereitungen für die Bestattungen treffen. Wir werden meinen Sohn in einer Feier mit meiner Mutter beerdigen. Und wenn Jaspuccio kommt, schicke ihn zu mir, er wird einige Briefe zustellen müssen. Bitte richte mir ein Bad und Kleider. Ich werde im Laufe des Vormittags den Priester aufsuchen, um die Modalitäten für die Totenmesse festzulegen."

Sie hielt sich an dem Versprechen fest, das sie Paola im Totenzimmer gegeben hatte, benutzte es, wie einen Krückstock, um nicht zu fallen. Als sie den Seitenblick von Ancilla bemerkte, straffte sie ihre Schultern. „Ancilla, du wirst Jaspuccio begleiten."

Marco Venier war völlig am Ende seiner Kräfte, als er Veronicas Haus verließ. Der Anblick des kleinen zerstörten Körpers lastete ebenso tonnenschwer auf seiner Seele, wie der der vielen Toten, die der Anschlag auf das Arsenale gefordert hatte. Männer, die morgens fröhlich pfeifend ihr Haus und ihre Familie verlassen hatten, waren von einem Moment auf den anderen ihres Lebens beraubt worden. Weitere hatten ihre Arme, ihre Beine eingebüßt. Sie erwartete fortan ein Schicksal als Krüppel. Er ballte die Hände zur Faust, selbst das fiel ihm schwer, jeder Knochen schmerzte. Die letzten Stunden über hatte er funktioniert wie ein Galeerensklave, hatte versucht, den Überblick zu behalten, Befehle erteilt, Trost gespendet, Zuversicht verbreitet. Die Aufgabe hatte ihm Kraft verliehen. Jetzt fühlte er sich leer und ausgebrannt.

Veronica hatte ihm überdies das Gefühl

eingeimpft, schuldig zu sein. Trotz ihrer Verzweiflung schien sie ihm fast überirdisch schön in jenem Moment. Wie gern hätte er sie in den Arm genommen, ihr liebevoll über den Rücken gestrichen. Er konnte sie nicht trösten, nein. Aber er hätte mit ihr leiden können. Doch wie ein Racheengel hatte sie vor ihm gestanden und hätte ihm am liebsten die Augen ausgekratzt. Die Farbe ihrer Augen hatte sich in ein rauchiges Graubraun verwandelt. Er erinnerte sich gut, dass dieser Farbwechsel ihm bereits damals angezeigt hatte, dass Veronica wütend auf ihn oder Maffio gewesen war. Hätte er mehr tun können? Das Nachdenken fiel schwer, sein erschöpftes Hirn verweigerte jeden weiteren Gedanken. Er setzte seine Schritte mechanisch, atmete auf, als er die wartende Militärbarke erreichte und in das Boot springen konnte.

Veronica erledigte ihre Pflichten. Sie erlaubte sich keine Nachlässigkeiten. Erst als die Totenmessen, die Beerdigungen, die Totenfeiern, die Kondolenzbesuche, vorüber waren, gestattete sie sich, die innere Starre ein wenig zu lockern. Nachts tränkte sie die Kissen mit ihren Tränen, nahm Stück für Stück Abschied von ihrer Kindheit, ihrer Jugend und ihrer Liebe. Schmerz und Trauer fegten durch ihre Seele. Im hellen Licht des Tages versuchte sie, Fassung zu heucheln und gewährte niemandem

Einblick in die Wüstenei ihres Herzens. Mit jeder Stunde wuchs die schmerzliche Gewissheit, dass sie sich nur auf sich selbst verlassen konnte. Sie war jetzt erwachsen. Eine Frau, die sich durchkämpfen musste. Einmal mehr zollte sie im Nachhinein ihrer Mutter Respekt. Sie bat die Madonna inständig, ihr ein wenig von der Stärke ihrer Mutter zu schenken. In schwachen Momenten führte sie sich Paolas letzte Zeilen vor Augen:

Liebste Tochter,

bewahre dir deinen wachen Geist und deine Neugier. Beide werden dir die nötige Kraft verleihen, ohne die Absicherung einer Ehe in dieser Männergesellschaft zu bestehen. Setze deinen Charme ein und lerne. Du besitzt eine starke Natur und kannst kämpfen. Schaue, dass du vorsorgst und helfe den Ärmeren. Wir sind mit der Familie Venier in besonderer Weise verbunden, in Notfällen kannst du auf die Hilfe von Domenico Venier vertrauen. Gott schütze dich, Paola.

Ob Mama, was die Familie Venier anbelangte, mit ihrer Einschätzung richtiglag? Veronica zweifelte. Elena war eine aufrichtige Freundin und innerhalb ihrer Grenzen würde sie ihr helfen. Elenas Gatte, Signor Morosini, wäre ihr sicher ebenfalls behilflich. Sie gönnte ihm und Elena das Liebesglück und freute sich, dass er seine Gattin inzwischen zu allen Reisen und Veranstaltungen mitnahm. Veronica sah die Freundin nur noch selten. Elena fehlte ihr.

Der rege Briefwechsel vermochte nicht, das Gespräch zu ersetzen.

Auf Domenicos Wohlwollen konnte sie zählen. Aber ihn mit Kleinigkeiten behelligen? Ein schwierigeres Kapitel bildete Marco. Wie seine Hilfe aussah, hatte sie gerade zu spüren bekommen. Zwar hatte er seinen Leuten befohlen, Giacometto zu suchen, aber, erst nachdem alle eventuellen Angelegenheiten abgeschlossen waren. Hätte er früher einen Suchtrupp abgestellt, wäre Giacometto noch zu helfen gewesen, das war ihre feste Überzeugung. Sicher war er nach Mathildas Tod in den Trümmern umhergeirrt und erst später von einem der umherfliegenden Gegenstände erschlagen worden. Wenn Marco ihr die Suche erlaubt hätte! Sie hätte ihren Sohn sicher aufgespürt. Ihr Muttergefühl hätte ihr den Weg gewiesen. Aber Marco musste ja den pflichtbewussten Offizier rauskehren! So tun, als ob er sie kaum kennen würde! Sein Appell an den Ernst der Lage und seine Beteuerungen über seine Verantwortung gegenüber dem Ganzen änderten nichts an seiner Schuld. Von Marco konnte sie keine Hilfe erwarten, würde keine Hilfe erwarten wollen.

Wären doch ihre Brüder zur Stelle gewesen. Den Bitten von Oratio und Serafino hätte Marco Gehör geschenkt! Gott sei Dank waren sie unverletzt geblieben. Ohne ihren Beistand hätte sie den Trauergottesdienst nicht überstanden. Sie bedauerte, dass ihre Brüder sofort nach der Totenfeier zu ihrem Regiment zurückkehren mussten.

„Für den Wiederaufbau der Bootswerft wird jede Hand gebraucht. Die Türken stecken vermutlich hinter dem Anschlag. Wir suchen nach Beweisen. Serafino ist aufgrund seiner juristischen Kenntnisse dem Aufklärungsbataillon zugeteilt. Mein Vorgesetzter ist für den Wiederaufbau und die Planung der neuen Hallen verantwortlich“, hatte Oratio ihr erklärt. Hieronymus, selbst noch in Trauer um seine Orletta, hatte sie nur stumm umarmt. Als er sanft mit den Händen ihren gewölbten Leib berührte, konnte er kaum die Tränen zurückhalten.

„Aufgrund der Fürsprache der Erzherzogin haben meine Kinder einen Platz in einem Kloster gefunden. Dort werden sie vorerst redlich versorgt. Sobald Achiletto etwas älter ist, werden wir abwägen, was wir tun. Noch mag ich nicht an eine neue Ehe denken. Vater ist gesundheitlich angeschlagen. Im Notfall bin ich natürlich jederzeit für dich da. Überlege, ob du nicht zu mir nach Mantua ziehen willst, um mir den Haushalt zu führen. Der Herzog war sehr angetan und die Erzherzogin ebenfalls. Ich könnte dich zu gesellschaftlichen Einladungen mitnehmen, du hättest eine Stellung, eine Position, wärest achtbar.“

Veronica hatte den Kopf geschüttelt.

„Vorerst ist nur dieser kleine Bursche hier in meinem Leib wichtig. Bis ich die Geburt nicht hinter mir habe, kann ich nichts entscheiden. Ende August oder Anfang September müsste es so weit sein."

Das Leben geht weiter

Der Unrat der Überschwemmungen gehörte nach einiger Zeit der Vergangenheit an. Die Folgen spürten die Bewohner Venedigs länger. Die Lebensmittelpreise stiegen auf horrende Werte. Jede Möhre und jede Gurke kostete inzwischen fast so viel wie ein goldenes Damenarmband.

Veronica war Paola dankbar, dass sie die Verdienste aus guten Zeiten klug angelegt hatte. Erstaunt hatte sie beim Durchsehen der Papiere festgestellt, dass sie Besitzerin eines kleinen Hauses, einer „casseta" war und ihr außerdem ein mehrstöckiges Mietshaus - ein „case in soler" - gehörte. Aus ihrem Besitz flossen jährliche Einnahmen in Höhe von 63 Dukaten. Und sie war Ludovico zu Dank verpflichtet. Auf dem Land, das Ludovico für Achiletto in der Nähe von Treviso gekauft hatte, wurde Wein angebaut undwurden Schweine gehalten. Der Verkauf dieser Erzeugnisse sicherte ihr nochmals ein Jahreseinkommen von

89 Dukaten zu. Zwar hatte dieses Jahr der Regen die meisten Erträge vernichtet, aber etwas blieb und die Aussicht auf nächstes Jahr beruhigte. Sie war im gewissen Sinne wohlhabend und in der Lage, den Haushalt eine Weile ohne laufende Einnahmen weiterzuführen. Und er verschlang jeden Monat doch eine ziemliche Summe.

Veronica hielt sich überwiegend in ihrer Bibliothek auf. Das Himmelbett in ihrem Salon verstaubte zusehends. Um Schmerz und Leere zu betäuben, beschäftigte sie ihren Geist. Sie verfasste im Stile des von ihr verehrten Dichters Petrarca eine Art Lebensbericht in Form von Briefen. Einem unbekannten Empfänger schilderte sie ihre täglichen Erlebnisse. Nicht die Natur oder die Liebe bildeten den Mittelpunkt ihrer Sonette, sondern die Familie. Viele Nächte verbrachte sie beim Schein einer Kerze über das Papier gebeugt. Das Kratzen der Feder verdrängte die Gespenster und Seite um Seite füllte sich. An manchen Tagen fragte sie sich, ob sich je jemand für den Blick durch das Schlüsselloch ihrer Haustür interessieren würde. Dann jedoch schob sie die Frage kurzerhand beiseite und sperrte die Außenwelt wieder aus.

Veronica verdrängte die Nachrichten über die in ärmeren Stadtteilen grassierende Typhus-Epidemie, bemerkte nur, dass Agnesia sorgsam jedes Wasser abkochte, bevor sie es zum Trinken verwendeten. Sie kümmerte sich auch nicht um die schwüle Hitze, die über der Stadt lag oder um die Feuchtigkeit, welche die Luft sättigte. Erst als Agnesia jammerte: „Bis zur Erbaria durch dieses Dampfbad zu marschieren ist ein Wahnsinn!“, horchte sie auf.

„Es lohnt sich eh nicht“, klagte Ancilla, „die Stände sind gähnend leer. Selbst, wenn einer der Händler den seinen aufmacht, bietet er kaum etwas an und um dieses Wenige schlagen sich alle. Neulich gab es fast eine Rauferei zwischen den Frauen. Wir können von Glück sagen, dass wir von dem Eingemachten aus dem letzten Jahr einen Vorrat haben. Soll ich nicht zu meiner Familie zum Lido fahren? Unter Umständen gelingt es mir, dort etwas Frisches zu organisieren.“

Veronica nickte und während sie sagte: „Ja, Ancilla, sag Jaspuccio Bescheid, dass er dich zum Lido rudert“, nahm sie sich vor, wieder selbst die Regie im Haushalt zu übernehmen. Zum Dichten müssten ihr die Nächte reichen. Gleich morgen würde sie zum Markt gehen, ungeachtet des dicken Bauchs, der sie in ihren Bewegungen behinderte.

Nach dem Erwachen galt ihr Gedanke dem Besorgen eines fangfrischen Fischs, denn es war Freitag. Ihr Kopf schmerzte, sie rieb sich die Schläfen. Offensichtlich war sie beim Schreiben eingeschlafen. Sie massierte den verzogenen Nacken, stemmte den inzwischen schweren Leib hoch zum Stehen. Ein stechender Schmerz fuhr ihr durch den Unterleib, eine Lache bildete sich unter ihren Füßen. Sie versuchte vorsichtig, die Tür zu erreichen, hangelte sich von einem Punkt zum anderen. Bitte, jetzt keine Fehlgeburt, ich will dieses Kind nicht auch noch verlieren, betete sie. Sie biss die Zähne zusammen, die wenigen Schritte schienen Ewigkeiten in Anspruch zu nehmen. Endlich erreichte sie die Türklinke, öffnete die Tür einen Spalt, schrie ins Treppenhaus:

„Ancilla, Ludmilla, rasch, das Kind, holt Nicola und macht Wasser heiß, beeilt euch."

Ancilla steckte den Kopf aus der Küche, rief: „Oh, oh", hastete die Treppen hinauf, fasste Veronica unter den Armen, führte sie langsam zum Bett.

„Da hat es aber jemand eilig, ein Frühchen. So, legt Euch hier hin, Veronica. Ich renne zu Nicola, sage Agnesia und Ornella Bescheid. Keine Angst, wir bewältigen das. Ihr seid stark und jung."

Sie wischte ihr mit dem Rockzipfel den Schweiß von der Stirn. „Ganz ruhig, Veronica." Mit diesen Worten verschwand sie, erschien kurze Zeit später mit einem Glas Wasser und einem sauberen Tuch.

„Ornella ist zu Nicola unterwegs. Sie werden bald eintreffen. Kommt, nehmt einen Schluck" Sie flößte ihr die Flüssigkeit ein, strich beruhigend über ihre Wangen.

„Die Wehen folgen bereits dicht hintereinander, oh, es ist ..., es tut so weh." Veronicas Schreie gellten durch das Haus. Als sie die Augen wieder aufschlug, stand Nicola in der Tür, trat zu ihr, schlug ihr die Röcke hoch und suchte mit der eingefetteten Hand nach dem Köpfchen des Kindes.

„Veronica dein Kind ist in der Tat vorwitzig, press, press richtig, stärker, ja, es ist gleich vorbei ..." Und der Schmerz ließ nach, Veronica hörte einen zarten Schrei und sank zurück.

„Ein Junge, Veronica, noch klein und schwach, aber das kriegen wir hin."

„Enea", murmelte Veronica und fiel erschöpft in einen Schlummer.

1570

Veronicas neues Domizil

Die Zeit heilt alle Wunden, trösteten Ancilla, Elena und Domenico, wenn sie Veronicas traurige Miene bemerkten. Sie nickte und dachte im Stillen: „Oberflächlich gesehen, vielleicht" und versuchte zu lächeln.

Ludovico und Andrea setzten auf Ablenkung und eines Tages überraschte Andrea Veronica mit dem Angebot, in ein neues, großes Haus direkt am Canal Grande zu ziehen. Es lag in unmittelbarer Nachbarschaft des Palazzo Persico, einem Haus im lombardischen Stil. Schließlich solle Enea, obwohl er nur sein illegitimer Sprössling sei, in angemessener Umgebung aufwachsen, so seine Worte. Ludovico schloss sich seiner Meinung an, auch sein Sohn Achiletto solle standesgemäß wohnen. Also einigten sich die Männer und teilten sich den nicht gerade billigen Mietzins. Dass beide dafür nach wie vor eine bevorzugte Behandlung genossen und Veronica ihnen mehr als die Hälfte ihrer Zeit schenkte, ergab sich von selbst. Veronica hegte keine Skrupel, die Gunst anzunehmen. Sie war froh, den Schatten der Vergangenheit entfliehen zu können, und der Ortswechsel kam ihr gelegen.

Sie hatte sich an den einsamen Trauertagen mit dem Schreiben getröstet und viel Zeit mit Nachdenken verbracht. Einige Entschlüsse waren gereift: So plante sie, einen eigenen, bescheidenen Literaturzirkel zu gründen. Domenico Venier hatte ihr seine Hilfe für ihr Vorhaben zugesichert.

Das zweite Projekt lag ihr besonders am Herzen. Zusammen mit Elena hatte sie beschlossen, eine Stiftung ins Leben zu rufen, um Mädchen ohne Mitgift eine Zukunft zu bieten. Noch heute empfand sie die Tatsache, dass die Zuflucht in einem Kloster mit einer Mitgift erkauft werden musste, ungerecht. Die Oberin des Klosters hatte, als sie nach dem Verschwinden von Giacomo um Aufnahme nachsuchte, ihr Ansinnen ziemlich brüsk zurückgewiesen. Ihrer und Elenas Plan war, Spenden zu sammeln.

Ihre Vorhaben im Sinn, ging sie an die Einrichtung ihres neuen Domizils und es bereitete ihr Spaß, das neue Heim zu planen.

„Oben richten wir die Bibliothek ein, mit einem kleinen intimen Salon, daneben gleich mein privates Schlafzimmer. Anschließend die

Räume der Kinder mit denen der Kinderfrau. Ist der Blick von der Loggia auf den Canal nicht grandios? Wir können jederzeit das Treiben auf dem Wasser unten beobachten, welch ein Vorzug.“ Veronica sprudelte über vor lauter Stolz.

„Im Piano nobile werden wir“, Veronicas lachte, „meine Geschäftsräume einquartieren. Messèr Torino wird mir Rat wissen, was die Ausstattung betrifft. Ich vertraue seinem untrüglichen Geschmack für alles Dekorative und bin gespannt auf seine ungewöhnlichen Ideen. Überaus praktisch wird sich die gesonderte Treppe vom Erdgeschoss direkt in diese wahrhaft prächtigen Räume erweisen.“

Die Worte galten ihrer neuen Empfangsdame. Veronica hatte Signora Balboni eingestellt und sie mit den Aufgaben betraut, die vorher Paola erledigt hatte. Paola zu ersetzen war natürlich unmöglich. Veronica seufzte. Ihre Mutter hatte einfach jeden in Venedig gekannt und ihrem unaufdringlichen Charme konnte niemand widerstehen. Die Balboni war in jungen Jahren ebenfalls eine Kurtisane von einigem Rang gewesen. Sie war Mitte vierzig, kleine Fältchen zogen sich um ihre Mund- und Augenwinkel, hielt sich sehr gerade und strahlte Würde aus. Genau aus diesem Grund hatte Veronica sie aus der Vielzahl der Bewerberinnen ausgewählt. Nach den Empfehlungen, die sie mitbrachte, kannte sie sich in der oberen Gesellschaft aus. Sie würde hoffentlich mit genügend Fingerspitzengefühl wissen, in welcher Reihenfolge sie die Herren einzutragen hatte. Veronica hatte sie eingehend über die jeweilige Höhe des Liebeslohns, wie sie es nannte, informiert und der Balboni oblag es, Buch darüber zu führen.

„Signora Balboni, habt Ihr die Handwerker bereits bestellt? Wann werden die Stoffmuster geliefert? Jaspuccio soll die Matratze für das große Bett abholen und mich beim Schreiner vorbeifahren, damit ich die Zeichnungen für die Möbel ansehen kann. Ach ja, kümmert Euch bitte um die Buchungen."

Sie reichte der Balboni einen Stapel Billetts. Diese nahm sie ohne mit der Wimper zu zucken entgegen und ließ sie mit einer überaus eleganten Handbewegung in der Tasche ihres schwarzen Gewandes verschwinden. Anschließend zupfte sie mit gezierten Bewegungen die Spitze des Armaufschlages in Form, strich sich danach über die sorgfältig zurückgesteckten Haare, obwohl keines wagte, aus dem Knoten auszubrechen oder sich gar im Nacken zu kräuseln.

„Können wir, Signora Veronica?" Jaspuccio steckte seinen Kopf in die Tür, „Ancilla hat bereits in der Gondel Stellung bezogen." Bei seinen Worten lachte er und Veronica schloss sich ihm an. Wie es aussah, gaben die beiden bald ein richtiges Paar ab. Sie freute sich darüber und hoffte, Ancilla und Jaspuccio würden ihr weiter treu bleiben. Ihre Zofe Ludmilla wollte sich verabschieden und das Kindermädchen Ornella beabsichtigte, ebenfalls den Dienst zu quittieren, sowie Enea sechs Monate alt war. Es fiel schwer, sich an lauter neue Gesichter zu gewöhnen.

Veronica griff nach ihrem Schal, band ihn sich um den Kopf und um den Hals. Ein eisiger Wind fegte über den Canal und peitschte das Wasser auf. Die Balboni erwischte sie noch, bevor sie das Haus verließ.

„Signor Marco Venier fragte erneut, ob er vorsprechen könnte, Ihr sagtet ..."

„Für Marco Venier habe ich keinen Termin offen. Mein Wort gilt weiterhin. Sagt einfach, ich wäre ausgebucht, basta. Bitte sendet alle Briefe sofort an ihn zurück."

Mehr als einmal hatte Marco Venier seit dem unseligen Tag versucht, vorstellig zu werden. Sicher wollte er um ihr Verständnis für sein Verhalten bitten. Obwohl der Verstand ihr sagte, dass sie ihm unrecht tat, konnte sie ihm nicht verzeihen. Er hätte sie nicht wegschicken dürfen, ihr nicht verbieten sollen, weiterzusuchen. Vielleicht könnte Giacometto noch leben, wenn ... Sie hoffte nur, dass er nicht auf die Idee verfallen würde, über seinen Onkel ein Treffen mit ihr in die Wege zu leiten. Es würde ihr schwerfallen, ihm gegenüber die Haltung einer Donna zu wahren.

Ein neuer Doge: Alvise Mocenigo

„Achtung, Ruhe bitte, meine Herren“, versuchte sich Alvise Mocenigo Gehör zu verschaffen. Es war die erste Sitzung des Consiglio dei Dieci nach seiner Ernennung zum Dogen. Einige Mitglieder fehlten, obwohl die Glocke der Basilica San Marco an diesem Sonntag bereits geläutet hatte. Offensichtlich musste er sich erst den nötigen Respekt sichern. Seinem schmalen Gesicht mit dem dunklen Bart sah man seinen Ärger nicht an, es bewahrte Gleichmut. Nur seine braunen Augen funkelten und wer ihn kannte, war gewarnt. Er zupfte die Kappe zurecht, noch störte ihn das Tragen der ungewohnten Kopfbedeckung. Die Goldstickerei machte sie ein wenig steif, was sich hoffentlich nach längerem Gebrauch geben würde. Der rote Umhang mit dem Hermelin rutschte, wenn er seine Arme bewegte.

Er würde seine Gattin bemühen. Vielleicht wusste sie das Problem zu lösen. Besser er fragte gleich ihre Zofe. Seine Frau Loredana beschäftigte sich ungern mit Frauendingen, lieber las sie oder ergründete die Geheimnisse der Natur. Am Anfang ihrer Ehe hatte er noch versucht, ihr Interesse auf die weiblichen Tugenden zu lenken, umsonst, sie besaß einen starken Willen. Inzwischen genoss er ihre klugen Ansichten. Jetzt, in seiner Position als Doge, würde er ihren Rat sicher oft benötigen.

Denn, eine schwere Aufgabe lag vor ihm. Die Republik Venedig stand vor immensen Problemen. Die Hungersnot in der ärmeren Bevölkerung, verursacht durch die Überschwemmungen, hielt an, die Typhuserkrankungen grassierten vehementer als zuvor. Der Neuaufbau des Arsenale und der Schiffsflotte verschlangen Unsummen. Die Hintergründe des Anschlags auf die staatliche Werft beschworen die Gefahr eines Krieges herauf. Er wartete gespannt auf die Ergebnisse aus dem Untersuchungsausschuss zu diesem Punkt. Den Vorsitz des Ausschusses führte Marco Venier, ein fähiger Kopf, der Sohn des alten Sebastiano.

„Ah, endlich, meine Herren, am nächsten Sonntag bitte ich mir etwas mehr Pünktlichkeit aus. Sonst wäre ich gezwungen, ein Dekret herauszugeben, das den Kurtisanen die Arbeit an Samstagen nach 24 Uhr verbietet. Eine Möglichkeit, um den Ratsmitgliedern zu ermöglichen, ausgeruht und vor allen Dingen rechtzeitig zu erscheinen“, scherzte er.

Als alle saßen und Ruhe einkehrte, wandte er sich an Marco. „Befassen wir uns mit den Problemen. Uns interessiert, zu welchen Ergebnissen der Ausschuss gelangt ist. Signor Venier, wir erhoffen uns einen detaillierten

Bericht. Bitte."

Marco trat vor, breitete seine Papiere auf dem Rednerpult aus. Er räusperte sich, bevor er mit seiner Rede begann.

„Verehrte Anwesende. Der verheerende Anschlag auf das Arsenale vom 13. Juni 1569 forderte das Leben von annähernd zweitausend Menschen. Die Kirchen SS. Trinità, Santa Giustina, San Francesco della Vigna wurden zerstört. Mit dem Wiederaufbau ist begonnen worden. Das im Arsenale gelagerte Material für den Schiffsbau konnte nur in Bruchteilen gerettet werden. Schiffe, die sich zum Zeitpunkt der Detonation im Bau befanden oder die vor Anker lagen, müssen abgeschrieben werden. Die genauen Zahlen sind in meinem schriftlichen Bericht nachzulesen.

Die Untersuchung des Tathergangs und der Schuldfrage hat Folgendes ergeben: Als Täter in Frage kommen sechs Männer im direkten Umfeld. Sie zündeten die Lunten. Vier wurden beim Anschlag getötet. Zwei Überlebende konnten ermittelt und verurteilt werden. Vor ihrer Hinrichtung gestanden sie, dem Osmanischen Reich nahezustehen. Angaben über die Hintermänner konnten ihnen trotz Folter nicht entlockt werden. Dass welche existieren, steht zweifelsohne fest. Licht auf die Zusammenhänge werfen folgende Erkenntnisse: - Ich bitte den Rat um Verständnis, dass ich etwas aushole.

Sultan Selim II. umgibt sich mit mächtigen Männern. Einer der einflussreichsten ist ein gewisser Juan Miquez Nassi, ein portugiesischer Jude und gleichzeitig der reichste Händler der Welt. Sein Handelsimperium umspannt viele Länder und reicht von der hohen Pforte bis nach Frankreich. Unter Süleyman dem Prächtigen erwirtschaftete er als Generalpächter der Weinzölle eines der größten Vermögen des Kontinents. Nach dem Tod des Padischahs ist es ihm gelungen, sich die Freundschaft des neuen Sultans, Selim II., zu sichern. Nassi hasst Venedig und hat ein Auge auf Zypern geworfen. Gleich hinter ihm auf der Liste rangiert Signor Sokolli, ein Venezianer und somit ein Landsmann, der zum islamischen Glauben überwechselte. Er behielt unter Selim II. sein Amt des Großwesirs, das er bereits bei dessen Vater innehatte. Sein Einfluss ist ebenfalls immens. Unseren geheimen Informationen nach steht uns Sokolli in gewisser Weise wohlgesonnen gegenüber. Im Spiel um die Macht ist ihm daran gelegen, die weitgehenden Pläne des Signor Nassi zu vereiteln. Hier liegt die Chance, etwas über die Hintermänner des Anschlags zu erfahren."

„Danke, Marco Venier, bitte nehmt Platz. Ich erbitte Vorschläge."

„Ich kannte Nassi, mit ihm ist nicht zu spaßen. Er floh vor der Inquisition aus Spanien. Ging nach Antwerpen, wurde dort ebenfalls von den Spaniern behelligt und kam damals nach Venedig. Soweit ich mich erinnere, haben wir ihn ausgewiesen. Sicher hat er uns diese Tatsache nicht verziehen und will sich an der Serenissima rächen. Er könnte sehr wohl hinter dem Anschlag stecken. Die Frage ist nur, wer war mit ihm im Bunde? Um das herauszufinden, sollten wir ein Dekret herausgeben und die Juden ausweisen, mit der Begründung, dass sie Nassi unterstützt haben. Wäre es ihm sonst möglich gewesen, seine Agenten einzuschleusen? Man weiß doch, dass die Juden immer zusammenhalten."

„Ein annehmbarer Vorschlag."

„Ich gebe zu bedenken, dass der Stadt mit der Ausweisung der Juden ein beträchtliches Kapital verloren gehen wird. Außerdem, wenn wir jetzt ein Pogrom starten, wird das Nassis Hass weiter anstacheln und wir wissen nicht, welche Anschläge er als Nächstes plant. Wir werden uns noch mehr Feinde machen und können nur beten, dass nicht alle Juden an den Hof des Osmanen auswandern, um den Sultan mit ihrem Geld zu unterstützen."

Mocenigo nickte. „Ein kluger Einwand. Ich schlage vor, über den Vorschlag einer Ausweisung abzustimmen. Kraft meines Amtes behalte ich mir vor, Ausnahmen zuzulassen, sollten sich für Venedig bedrohliche Nachteile ergeben."

„Ihr seid ein schlauer Fuchs, Mocenigo. Im

Klartext bedeutet dies: Wenn die Juden unserer schönen Stadt eine ordentliche Spende übereignen, lassen wir mit uns reden."

„Jeder Beitrag zum Wiederaufbau der Schiffswerft ist uns natürlich willkommen und Wohltäter kann man schlecht ausweisen. Das sehe ich doch richtig?" Alle lachten. „Wer ist also für den Beschluss?" Die Hände der Ratsmitglieder hoben sich. Mocenigo lächelte, als er verkündete: „Der Beschluss ergeht und damit ist die Sitzung beendet, meine Herren."

Bevor Marco den Raum mit den anderen verließ, zog ihn Morosini zur Seite. „Marco, heute könnt Ihr Euch nicht verdrücken. Eure Schwester bat mich eindringlich, Euch zum Pranzo einzuladen. Bitte lehnt nicht ab, ich falle in Ungnade, falls ich Euch nicht im Schlepptau habe. Elenas Temperament ist nicht zu unterschätzen."

Marco lachte. „Va bene, vengo con te. Nun gut, ich komme mit. Ihr lasst mir keine Wahl."

Konstantinopel

„Ihr habt mich rufen lassen, ehrenwerter Großwesir?" Giacomo verneigte sich.

„Nennt mich einfach Mohammed Sokolli, Baballi. Eure Zeit am Hof des Sultans neigt sich dem Ende zu. Ihr seid Venedig verbunden, hat man mir zugetragen. Eure Heimat ist Ragusa?"

Giacomo nickte, unsicher, worauf Sokolli hinauswollte. Das Leben im Palast gestaltete sich bis auf den Umstand, dass er den zugewiesenen Bereich nicht verlassen durfte, angenehm. Man erlaubte ihm, alle Bequemlichkeiten zu nutzen und den ausgedehnten Park, die herrlichen Bäder sowie die reich bestückten Bibliotheken zu besuchen. Es war ihm sogar gestattet, sich eine Hure in seine überaus komfortabel ausgestatteten Räume zu bestellen.

Er unterrichtete eine Reihe von hochgestellten Beamten in der venezianischen Sprache, erörterte mit ihnen politische und wirtschaftliche Zusammenhänge, und die Tätigkeit bereitete ihm Vergnügen.

An die Gebetszeiten hatte er sich bei Ismail Kemal gewöhnt und hier konnte er am Freitag überdies die Moschee besuchen. Der Großwesir war kein Fremder für ihn. Er behandelte Giacomo stets mit ausgesuchter Höflichkeit und war derjenige, der die Schüler aussuchte, Fortschritte überprüfte, Themen für den begleitenden Unterricht festlegte.

Offensichtlich schlug Sokollis Herz trotz seines Wechsels ins Reich der Osmanen noch immer für seine Heimatstadt Venedig. Man munkelte allerhand über diesen Venezianer, der zum Islam übergetreten war. Soweit Giacomo den Gerüchten Glauben schenken wollte, war es seinem Einfluss zu danken, dass Selim II. von einem Krieg gegen Philipp II. von Spanien Abstand nahm. War Sokollis Gegenspieler Nassi so überaus begierig, Venedigs Machtposition zu erschüttern, weil Sokolli dessen Pläne vereitelte? Die Zerstörung der Schiffe und der Werft in Venedig bildeten am Hof ein beherrschendes Thema. Alle ereiferten sich über die offensichtlich verheerenden Verwüstungen und malten schadenfroh die völlige Kampfunfähigkeit der Venezianer an die Wand.

„Ich bitte Euch, noch ein bis zwei Monate länger am Hof zu verweilen, Baballi. Ich sehe, Eure Miene verfinstert sich. Es ist nicht einfach, ein Gefangener, wenn auch in einem Schlaraffenland zu sein. Ich verstehe Euch besser, als Ihr glaubt." Giacomo sah den Großwesir vorsichtig von der Seite an und wartete. In den Jahren der Gefangenschaft hatte er sich einiges im Umgang abgeschaut, sich die im osmanischen Raum übliche Geduld bei der Gesprächsführung zu Eigen gemacht.

„Ich weihe Euch in ein Geheimnis ein, im Vertrauen auf Eure Verschwiegenheit. Ich benötige Eure Hilfe. Kommt, lasst uns im Garten spazieren gehen, hier könnten die Wände Ohren besitzen."

Sie schlenderten gemächlich durch den Park. Zwei Männer in den im Palast gängigen langen, hellen, überaus bequemen Gewändern, wie Vater und Sohn. Ein kühler Wind brachte die kahlen Äste der Platanen zum Ächzen und klarte die Luft. Dohlen suchten sich ein neues Plätzchen, aufgestört von ihren Schritten. Erst weit entfernt von allen Palastgebäuden zog ihn der Großwesir zur Seite.

„Nassi versucht, den Sultan zu überreden, in Bälde Zypern einzunehmen. Der Verlust der Schiffe schwächt die Venezianer. Ein Angriff verspricht leichtes Spiel. Nassi schwebt vor, die Insel für seine eigenen Zwecke zu okkupieren. Er beabsichtigt, in Zypern einen zionistischen Staat zu errichten, um eine Zuflucht für Juden zu schaffen. Er hegt dieses Vorhaben seit Längerem. Sein erster Versuch ist vor Jahren gescheitert. Er wollte Juden aus Spanien und anderen Ländern in der palästinensischen Stadt Tiberias ansiedeln. Nassi verfügt über eine überaus dukatenträchtige Überzeugungskraft und ich denke, der Sultan wird ihm Gehör schenken. Ein Krieg mit Venedig ist über kurz oder lang unausweichlich. Venedig wird sich in der christlichen Welt Verbündete suchen. Von dem Plan, den Mittelmeerraum für die Osmanen zurückzuerobern, werde ich den Padischah nicht abbringen können. Sehr wohl aber von Nassis Vorhaben, in Zypern einen Judenstaat zu errichten. Ich benötige etwas Zeit und Eure Hilfe. In den Unterrichtsstunden habt ihr die Möglichkeit, in meinem Sinne Einfluss zu nehmen. Überlegt als Kaufmann mein Angebot. Ihr verlasst den Hof jetzt mit wenig Kapital. Ich verspreche Euch ein Startkapital, von dem Ihr nur träumen könnt. Habt Ihr nicht eine Rechnung mit Signor Portensino offen? Sicher interessiert Euch, dass er derjenige ist, der mit Nassi Geschäfte abwickelt.“ Giacomos Gedanken überschlugen sich. Portensino steckte also hinter dem Anschlag. Mein Gott, wie hasste er diesen Mann.

„Ich werde nachdenken. Beinhaltet Eure Offerte die Freiheit, Briefe zu senden und Erkundigungen über den Verbleib meiner Lieben einzuholen?“

„Wenn Ihr Euch zufriedengebt, diese Nachforschungen mir zu überlassen und die Briefe über meine Kuriere laufen, kommen wir ins Geschäft.“

„Dachte ich mir's doch, die Sache mit der Freiheit ist mit ein paar Haken versehen.“

„Ihr seid am Hof des mächtigsten Mannes der Welt. Da ist Freiheit ein Fremdwort, wie an den Höfen der europäischen Könige ebenfalls.“ Giacomo nickte.

„Gut, ich nehme Euer Angebot an.“

Was blieb ihm übrig? Nachdem der Großwesir sich ihm dergestalt offenbart hatte würde er im Falle der Ablehnung eine Gefahr darstellen. Er würde zwar offiziell den Palast als freier Mann verlassen, aber kein Mensch, würde ihm eine Träne nachweinen, wenn man später seine Leiche aus dem Bosporus fischte.

Immerhin bot sich ihm die Möglichkeit zu erfahren, ob Veronica noch lebte und wie es ihr ging.

In den nächsten Tagen erhielt Giacomo eine Urkunde. Sie bescheinigte ihm, dass er ein freier Mann wäre. Außerdem eine Art Arbeitsvertrag, auf ein Jahr befristet, ausgestellt. Er schöpfte Hoffnung.

Amouröses Abenteuer

Ihr „Haremspalast", wie Veronica ihre neuen Räume für die Liebe insgeheim scherzhaft nannte, bot nach der abgeschlossenen Renovierung eine gelungene Mischung aus Herrenzimmer und erotischem Boudoir. Messèr Torinos Hilfe erwies sich bei der Ausgestaltung überaus nützlich. Sie beherzigte seinen Rat und nun herrschten statt Rot und Schwarz pudrige Farben vor: ein cremiges Weiß, viel Gold und ein unaufdringliches Rosé. Seiner Meinung nach harmonierten diese Nuancen besser mit ihrem Teint und der Farbe ihres Haares als die kalten Töne des Winters. Sie hatte einfach genickt und ihm nur Einhalt geboten, wenn die Summen für die Stoffe und Handwerker allzu astronomisch in die Höhe schnellten.

„Ich bin eine arme Frau, Messèr, die sich

jeden Dukaten verdienen muss“, rief sie dann aus und sie lachten. Die wertvollen Spiegel - es war keine Gelegenheit mehr, Mama zu fragen, wem sie diese verdankte - fanden im neugestalteten Ambiente einen gebührenden Platz. Zwei, an der Decke installiert, entfalteten über dem Bett ihre raffinierte Wirkung. Das pompöse Lager, vier Ellen breit, spiegelte sich auf Trefflichste. Angeregt von jener Nacht mit Andrea, als sie ihr Abbild oberhalb eines Bettes entdeckte, freute sie sich auf eine Wiederholung in ihren eigenen Räumen. Die nackten Körper im Liebesspiel vom Mondenschein umhüllt, für die Akteure sichtbar. Andreas Wünschen nachzugeben, wäre ihr ein Pläsier.

Veronica summte vor sich hin, als sie am Schluss noch einige Blumen hier und dort drapierte. Mit dem Meister stieß sie auf den gelungenen Coup an.

„Der Raum gleicht einer Muschel und ihr die Perle darin“, meinte Torino charmant. Der Vergleich löste in ihr ebenfalls Erinnerungen aus, befeuerte ihre Libido. Sie bedankte sich und überlegte, wie sie sich revanchieren kann.

Für die Einrichtung ihrer Bibliothek benötigte sie keinen Rat. Sie entschied ohne Hilfe, wo jedes Buch hingehörte. Ebenso wie sie den Platz für den Schreibtisch schnell festlegte. Im kleinen Kabinett daneben liess sie eine einfache Schlafstatt aufstellen. Auch für die Ausgestaltung des Ankleidezimmers samt einer

Waschmöglichkeit brauchte sie keinen Rat.

„Soll ich Euch wirklich nicht helfen, Signora“, fragte Oktavia, das neue Mädchen. Veronica schüttelte den Kopf, überlegte es sich aber anders.

„Stellt mir bitte die Körbe mit den Büchern in einer Reihe vor die Schränke, danke.“ Sie verschwand im kleinen Ankleideraum, wechselte ihre Kleidung. In der Truhe mit den alten Sachen fand sie das einfache Kleid, in dem sie damals mit Paola die Stufen des Dogenpalastes hinaufgestiegen war, um sich als Kurtisane eintragen zu lassen. Sie erinnerte sich an die Furcht, die ihr den Magen zusammengekrampft hatte.

Dinge, die sie in jenen Tagen ängstigten, waren nicht jene, die tatsächlich zur Angst Anlass gaben, stellte sie rückschauend fest. Das Leben schien eine unendliche Anzahl von zu erklimmenden Stufen bereit zu halten. Einige bereiteten Mühe beim Steigen, über andere schwebte man mit Leichtigkeit hinweg und immer blieb die Ungewissheit, welche Art von Stufe sich als Nächstes vor einem aufbaute.

Veronica streifte weiße Baumwollhandschuhe über. Ihr Blick glitt zu den aus dunklem Nussbaumholz maßgefertigten Bücherschränken. Sie griff sich ein Buch. Der Zufall bescherte ihr „Die Kurtisanengespräche“ von Aretino. Paola kam ihr in den Sinn. Sie blätterte, las sich einige Stellen laut vor - lächelte, weil sie Witz und Hintersinn heute besser verstand - bevor sie dem Buch einen Ehrenplatz einräumte. Vieles aus dem im Buch geschilderten Leben einer Kurtisane stellte sich ihr unglaubwürdig dar. Aber dieses Wissen raubte ihr nicht das Lesevergnügen. Dem Verfasser stand nicht der Sinn nach einem realistischen Bild, er wollte unterhalten.

Ein weiteres Buch des Meisters fand den Weg in das Regal. Aretinos „Schilderungen über das Leben eines Höflings". Mehr als einmal von Veronica gelesen. Hier ergaben sich Parallelen zu ihrem Leben, ihrer Meinung nach. Sie erinnerte den Inhalt:

Der Dichter, ebenso wie sein Protagonist, der Höfling, werden gezwungen, sich den Herrschenden anzubieten, sonst bleiben die Türen verschlossen. Nur durch Mut, Können und Anpassung, gepaart mit anmutiger Wesensart, gelingt das Unmögliche. „Um von meinem Werken leben zu können, verlangt es einiges an Speichellecken", schrieb der Meister, genötigt, Rom zu verlassen. Erst in Venedig fand er Heimat und zollte man seiner frechen Sprache Anerkennung.

Veronica mahnte sich zur Konzentration. Ordnete jetzt zügig Buch für Buch in den Schrank. Sortierte Bände in das Fach für Sonette und Dichtkunst, andere in das Fach für alte Werke, weitere in das Fach für Wissen oder in das für Sagen und Märchen. Mit Stolz betrachtete sie die gesammelten Schätze.

„Signora, unten wartet ein Herr. Er lässt sich von mir nicht abweisen. Vom Personal ist niemand anwesend. Wäre es Euch möglich, ihn nach seinem Begehr zu fragen? Ich weiß noch nicht, wo ich ihn hinführen soll.“ Die neue Zofe knickste, im Gesicht ihre Hilflosigkeit wie ein riesiges Fragezeichen.

Veronica würde sich gleich morgen Zeit nehmen, Oktavia einzuweisen. Das Mädchen war dreizehn Jahre alt, einen umfassenden Haushalt nicht gewohnt, es war ihre erste Stelle. Wie schon bei Mathilda hatte Veronica sich breitschlagen lassen. Bei Oktavia handelte es sich um eine entfernte Nichte von Agnesia, der Köchin. Ein mageres, kleines Ding mit hellen Augen, faden Ringellocken und einem hübschen Mund. Sie würde Ancilla bitten, sich um die Anleitung von Oktavia zu kümmern. Aber ihre treue Seele wurde erst in zwei Wochen zurückerwartet.

Veronica gönnte ihr die Flitterwochen mit Jaspuccio. Der nackte Körper des Gondolieres kam ihr in den Sinn. Seine starken Muskeln, die Mulde zwischen Bauch und Unterleib, auf die sie ihren Blick damals lenkte, um nicht den herausragenden Teil weiter unten fixieren zu müssen. Sie verspürte eine gewisse Leichtigkeit bei der Erinnerung und Lust kribbelte unvermittelt durch ihren Schoss.

Sie eilte die Treppe hinunter zum Eingang. In der noch offenen Tür zeichneten sich die Umrisse eines hochgewachsenen Mannes ab. Im Gegenlicht wirkten die dunklen Haare, die den Kopf einrahmten, wie ein Helm. Gleichzeitig verweigerte ihr das Licht den Blick in sein Gesicht. „Womit kann ich Ihnen dienen, Signor?“ „Ich suche Andrea Tron. Man sagte mir, dass er bei Signora Franco weilen würde. Es wäre wichtig, enorm wichtig, ihn zu sprechen. Es handelt sich um dringliche Staatsgeschäfte.“

Sie bat den Besucher, einzutreten. Die Farbe seiner Augen überraschte. Von einem tiefen moorigen Braun funkelten sie bei der Betrachtung seines Gegenübers frech und herausfordernd. Ihr fiel das Geplänkel zwischen Zanetta und Hieronymus ein und sie lächelte spitzbübisch. Einen Moment erkannte sie sich voller Spaß im Spiegel seines Blickes: eine Zofe, die Haare mit einem Kopftuch verhüllt, eine Schürze um das einfache Kleid gewunden. Er hielt ihren Blick. Ohne Worte begann ein Spiel des Verlangens. Veronicas Fragen nach seinem Stand, seinem Namen, dem Grund seiner Suche, blieben stecken, verschluckt von diesem Moorbraun. Sie standen sich gegenüber, plötzlich näher als vorher, mit schwerem Atem.

„Andrea Tron? Tut mir leid. Ich ... Komm “, stieß sie heiser hervor, als sie es nicht mehr aushielt. Sie nahm seine Hand, zog ihn mit sich in die kleine Kammer neben der Bibliothek. Ihren Vorsatz, nie einen Mann hierher mitnehmen zu wollen, warf sie kurz entschlossen über Bord.

Ihre Lippen fanden sich. Erst vorsichtig, dann heftiger verknäulten sich ihre Zungen, lösten sich, umschlangen sich, drangen vor, zogen sich zurück. Sie fingerte an den Knöpfen seines Wamses, er an denen ihres Mieders, sie lachten, weil ihnen Missgeschicke passierten, schauten sich erneut in die Augen, bis sie ungestüm auf das Bett sanken und sich liebten. Später, nur schwer trennen sich ihre Finger und ihre Münder voneinander, erhob er sich, streifte unter ihren Blicken seine Sachen über.

„Gibt es eine Wiederholung, meine Schöne?" Sie lächelte und schüttelte den Kopf.

„Warte, ich bringe dich zur Tür." Sie zog rasch das Kleid über. „Ich muss dich wiedersehen, bitte, befürchtest du Ärger mit deiner Herrin? Ich gebe dir Bescheid, wo wir uns ungestört treffen können." Gegen ihren Willen nickte sie, während sie ihn zur Tür hinausschob.

Ihre Haut brannte, ihr Körper sehnte sich nach weiteren Liebkosungen, als wäre er aus einem Dornröschenschlaf zu neuem Leben erweckt worden. Sie ließ die Haustür hinter ihm in den Riegel fallen. Versonnen stieg sie hinauf zur Bibliothek, ging in ihre Kammer, legte sich auf das Bett, schloss die Augen, genoss in vollen Zügen den Nachgeschmack seiner und ihrer Leidenschaft.

Die nächsten Tage wartete sie, Schmetterlinge im Bauch, mit schweißnassen Händen, unruhig und zu keinen vernünftigen Gedanken fähig. Hätte sie nicht wenigstens seinen Namen erkunden sollen? Erst am dritten Tag wurde sie erlöst.

„Ein Diener hat dieses Billett abgegeben. Es ist anscheinend für Ancilla bestimmt. Der Mann sagte, es sei für die Zofe der Signora Franco. Oder meinte er damit Signora Balboni?“ „Gib ihn mir, ich kümmere mich darum, Oktavia.“ Außer Reichweite ihrer Magd brach Veronica voller Ungeduld das Siegel.

„Meine Schöne, leider führen mich meine Geschäfte aus Venedig fort und somit von dir. Du gehst mir nicht aus dem Sinn, gewähre mir noch einmal die Gunst, dich zu sehen.“

Ein Zeitpunkt und ein Ort waren genannt. Es wäre absolut verrückt von ihr, die Verabredung wahrzunehmen, doch bereits im folgenden Moment prüfte sie aufgeregt die Kleider in ihrer Truhe, die infrage kamen. Am Abend bemerkte Ludovico spitz, Veronica wäre so abwesend. Sie küsste ihn, statt sich zu verteidigen, und besänftigte ihn. Selbst Andrea bemängelte ihre Zerstreutheit. Sie wiegelte ab. Zu gern hätte sie ihn nach dem Unbekannten gefragt, hielt es aber für klüger, ihn nicht ins Spiel zu bringen.

Am nächsten Tag rannte sie mit gesenktem Kopf, in der Angst, es würde sie jemand trotz ihrer Maskerade erkennen, durch die Gassen. Zum Glück lag der Treffpunkt unweit vom Rialto entfernt. Sie brauchte nur über die Brücke gehen, einen Bogen um Rambertis Apotheke und Wohnort machen, ehe sie hinter einem Durchgang den Gasthof entdeckte und den Gesuchten fand.

„Möchtest du etwas essen?“, fragte er höflich, irgendwie verlegen. Sie hielt ihm den Mund zu und wieder funktionierte das wortlose Spiel zwischen ihnen. Sie verschwanden rasch im ersten Stock, im von ihm gemieteten Zimmer.

Ihre Leidenschaft hüllte sie ein, ließ alle anderen Dinge außen vor. Es bedurfte keiner Worte, keiner Erklärungen nach dem Wer, Was, Wie, Wo. Die Stunden, die sie dort verbrachten, genügten sie sich vollends. Sie befanden sich auf einer Insel, die nur ihnen allein gehörte. Bis sie sich erhob, sich anzog und den Ort verließ.

„Wie heißt du?“, rief er ihr nach, aber sie schüttelte den Kopf. Schon bei der Tür warf sie ihm eine Kusshand zu und eilte davon. Nein, sie würde seinen Namen nicht wissen wollen. Er würde aus ihrem Leben verschwinden, so einfach, wie er darin unvermittelt gelandet war.

Zuhause schälte sie sich aus den Sachen,

froh, unbeobachtet geblieben zu sein und nicht in Ancillas prüfende Augen blicken zu müssen. Noch etwas fahrig kleidete sie sich für den Abend an.

Der Liebhaber dieser Nacht erntete einen Nachgeschmack der ungezügelten Lust ihrer Nachmittagsliebe.

Andrea blieb die nächsten Tage fern. Sie sorgte sich nicht weiter. Er unterlag Pflichten, auch denen eines Ehemanns. Vermutlich beanspruchte der Wiederaufbau der Schiffswerft seine Kraft. Jeder Gedanke an den Anschlag schmerzte Veronica. Die Wunde, die der Tod von Giacometto gerissen hatte, war zwar leicht verschorft, aber ein kleines Kratzen genügte und sie blutete erneut.
Wie immer flüchtete sie zu ihren Versen.

Die frischen Rosen, die Lilien und die Veilchen
hat der glühende Hauch meiner Seufzer verbrannt.
Auch die Sonne habe ich kläglich verblassen sehn.
Wenn meine tränenerfüllten
Augen umherschweifen,
hören die Flüsse auf zu fließen
und das Meer wird still und sanft,
aus zartem Mitgefühl mit meinem Martyrium.

Heirat und die Politik

„Veronica! Marco wird bald heiraten! Entschuldige, dass ich dich behellige, aber ich bin dermaßen aufgeregt. Stell dir vor, mein Vater erhielt Besuch von Monsignore Borgia aus Rom. Der Kardinal steht dem Papst nahe, ist einer seiner Vertrauten. Er teilte mit uns das Mahl! Ich sage dir, er ist rund wie ein Fass." Elena kicherte bei ihren Worten und es dauerte eine Weile, ehe sie, gefasster fortfuhr: „Dabei predigen die Kirchenleute doch immer das Fasten. Maffio erzählte mir hinter vorgehaltener Hand, der Kardinal benötige zum Essen einen Tisch mit einer extra angefertigten Ausbuchtung für seinen mächtigen Bauch. Kannst du dir das vorstellen?"

Elena unterbrach ihren Wortschwall erneut. Wieder schien das Bild des dickleibigen Kardinals sie dermaßen zu erheitern, dass sie nicht mehr in der Lage war weiterzureden. Veronica wartete geduldig. „Aber Hochwürden ist hochintelligent. Er leitet die Vereinigung Jesu, der sich auch Maffio angeschlossen hat. Mönche und doch keine - verwirrend. Kardinal Borgia ist Spanier. Mein Vater ist natürlich kein Freund der Spanier. Aber dieser Mann überzeugte ihn. Und zwar sogar so weit, dass Marco eine hochwohlgeborene Adlige ehelichen wird, deren Mutter eine Hofdame von Isabella I. war und deren Vater ein Edelmann aus Florenz. Die Ehe soll noch in diesem Sommer geschlossen werden. Obwohl - Marco ist von dem Handel wenig begeistert."

Veronica enthielt sich eines Kommentars. Eine Hochzeit innerhalb der adligen Familien stellte ein besonderes gesellschaftliches Ereignis dar. Für die Frauen der Nobili eine Gelegenheit, sich neu einzukleiden und vor allen Dingen, bei den Empfängen und Festmahlen sämtliche Verwandte und Bekannte aus den Adelshäusern wiederzusehen und zu treffen. Kein Wunder, dass Elena vor Begeisterung überfloss. Aber wie sollte sie sich dazu äußern? Elena schien ihre Zurückhaltung nicht zu bemerken. Erst nach einer Weile des Schweigens fasste sie sich an den Kopf.

„Entschuldige Veronica. Ich weiß, du kannst Marco sein Verhalten beim Anschlag nicht nachsehen. Du nimmst ihm übel, nicht selbst nach Giacometto gesucht, ja, dich in deiner Suche behindert zu haben. Er konnte seinen Posten in dieser Situation nicht verlassen. Es tut mir noch immer so leid, dass der kleine Giacometto ... Komm, lass dich umarmen." Sie schlang die Arme um die Freundin und strich ihr mit den Händen über den Rücken. Veronica gab sich einen Ruck.

„Und Maffio ist zurück in Venedig? Er ist

Priester geworden in Rom? Davon hat mir Domenico gar nichts erzählt. Wird er in Venedig bleiben? Ich würde ihn vermutlich kaum erkennen, wenn ich ihm auf der Straße begegne. Schmiedet er noch Verse?“, versuchte Veronica, die Situation zu entkrampfen.

„Er hält sich sehr gerade, damit man nicht auffällt, wie klein gewachsen er für einen Mann ist. Der Größenunterschied zwischen Marco und Maffio fiel früher nicht ins Gewicht. Marco war damals fast erwachsen. Heute? Die beiden könnten unterschiedlicher nicht sein. Maffio überspielt die fehlende Körpergröße, umgibt sich mit einer Aura der Bedeutung. Er spielt jetzt die Rolle des besten Freundes. Marco betrachtet dies mit Argwohn, es gab Differenzen. Ich versuchte zu vermitteln. Mir tut Maffio leid. Sein Vater brachte das Familienvermögen durch. Ihm bleibt keine andere Wahl, als fremden Herrn zu dienen. Es erscheint folgerichtig, die Priesterwürde anzustreben. Unsere Familie ist natürlich wenig begeistert, dass er sich den Spaniern untertan macht. Aber immerhin vertraut ihm dieser Kardinal und hält große Stücke auf ihn. Bis zur Hochzeit wird Maffio auf jeden Fall in Venedig bleiben.“

Veronica nickte. Sie konnte Maffios Situation nachempfinden, in anderer Hinsicht als Elena. Zwar verfügte die Freundin nicht über Bargeld, aber alles wurde bezahlt. Überall gewährte man ihr Kredit. Sowohl ihre Eltern als auch ihr Ehemann gehörten zu den wohlhabendsten Familien Venedigs. Um die Freundin nicht zu enttäuschen, entschloss sie sich, nach der Braut zu fragen.

„Ist die angehende Ehegattin von Marco schön? Habt ihr ein Bild von ihr erhalten? Jetzt bin ich doch neugierig."

Elena nickte froh. Veronica wusste, es fiele Elena schwer, das bevorstehende Großereignis auszuklammern. „Ja, sie ist schön. Pechschwarze Haare, ebensolche Augen, eine stolze Spanierin, scheint mir, soweit das auf der Miniatur zu erkennen ist. Hoffentlich verfügt sie über genügend Temperament für meinen Bruder. Er ist in den letzten Monaten sehr ernst und in sich gekehrt, wohl wegen der Verantwortung, die auf ihm lastet. Er besitzt einen weichen Kern, selbst wenn er sich nach außen männlich gebärdet. Er schreibt Gedichte wie du. Ich wundere mich, dass du ihm bei Domenicos Zirkeln noch nicht begegnet bist. Aber vermutlich erlaubt es Marcos Zeit nicht, die Treffen zu besuchen oder mein Onkel hat, feinfühlig, wie er ist, vorgesorgt, um eine Begegnung von euch beiden zu vermeiden. Ich hoffe jedenfalls, du begräbst deinen Groll gegen ihn bald, denke an die gemeinsamen Erlebnisse aus unbeschwerten Kindertagen. Sicher, Marco weilte auf Grund seines Alters nur kurz in unserer Runde. Aber Maffio ... Soll ich ihm Grüße von dir ausrichten?“

Veronica schüttelte den Kopf.

„Besser nicht. Wenn es sein soll, begegne ich ihm bei Domenico.“

„Ja, das ist gescheit, da er jetzt ein Priesteramt bekleidet“, erwiderte Elena.

Veronica nickte. Sie lächelte. Einige hochgestellte Persönlichkeiten in seiner Profession empfing sie durchaus regelmäßig in ihren Räumen. Sie dachte daran, wie der Kardinal sich bequem auf ihrem Bett ausstreckte und sich füttern ließ. Nun, ja, jedem sein Vergnügen.

„Hat sich das Verhältnis zwischen Maffio und seinem Onkel inzwischen entspannt, Elena? Ich erinnere mich, dass Domenico Maffio oft distanziert begegnete, einer alten Feindschaft der Brüder Lorenzo und Domenico geschuldet.“

„Onkel Domenico hat uns gegenüber nie ein Wort verlauten lassen. Über die Gründe für den Bruderzwist wurde innerhalb der Familie ein schwarzes Tuch gebreitet. Ich war stets neugierig und habe neulich gewagt, Maffio zu fragen. Schließlich sind wir jetzt erwachsen. Seine Mutter hat ihm erzählt, Domenico sei auf Lorenzo eifersüchtig gewesen, weil sie Lorenzo erhört habe und nicht Domenico. Vielleicht eine Erklärung, weshalb Onkel Domenico nie geheiratet hat. Ach ja, Maffios Mutter war übrigens strikt dagegen, dass du mit uns zusammen bei Domenico ausgebildet wurdest, weil deine Mutter eine stadtbekannte Kurtisane gewesen sei. Als ich ihm erzählte, dass du ebenfalls eine Kurtisane seist und eine berühmte dazu, wurden seine Augen ganz schmal. Er schwang sich doch tatsächlich auf, mich belehren zu wollen: Eine Kurtisane sei nicht der passende Umgang für eine Donna von Stand. Stell dir das vor. Er kehrt halt bei allen Gelegenheiten den Priester heraus.“

Veronica schwieg. Elena erinnerte sie schmerzhaft daran, welche Position ihr zustand. Von Tag zu Tag verstand sie ihre Mutter besser und verzieh ihr manche Drangsalierung im Nachhinein. Jeden Abend dinierte sie mit einem dieser Nobili, aber die Grenze war gezogen und durfte nicht einmal in Gedanken überschritten werden. Wie oft fungierte sie als Seelentrösterin. Die Herren beschwerten sich über zickige Frauen und Schwiegermütter oder beklagten die zwischen den Männern herrschenden Konkurrenzkämpfe. Oft verrieten sie ihr mehr aus ihrem Seelenleben als je einem Anderen. Absolute Verschwiegenheit gehörte zu ihrem Beruf und erlaubte ihr, durch einen Rat oder einen kleinen Hinweis zu helfen. Nun, Maffio würde sicher nicht zu ihren Kunden gehören. So wie es aussah, würde er sich Veronica kaum leisten können. Sie hielt es für ratsam, dieses Thema nicht weiter auszuloten.

Veronica fiel ein, dass sie Elena an die

Stiftung für junge Mädchen ohne Mitgift erinnern wollte. Eine recht ansehnliche Summe hatte sich mit der Zeit schon angesammelt. Von ihrem eigenen Einkommen flossen ebenfalls ein paar Dukaten dazu und der Grundstock war gelegt. Die ersten Mädchen profitierten bereits von dem Projekt.

„Elena, könntest du dich bei eurem Kardinal aus Rom für die Stiftung einsetzen? Ich habe inzwischen ein Haus gefunden, das sich als Stift eignet."

„Das ist fantastisch. Eine hervorragende Idee. Die Mitgift aus der Stiftung erweist sich als brauchbare Einrichtung. Ich verspreche auch ansonsten kräftig zu klingeln und alle Damen und Herren für das Projekt zu begeistern. So sollten wir die fehlenden Dukaten für ein Haus noch zusammenbekommen. Versprochen, liebste Freundin, schließlich verdanke ich dir sehr viel." Elena strich sich über den Leib und lachte.

„Was? Sag nicht, du bist erneut in gesegneten Umständen?"

„Ja und dieses Mal macht der Kleine nicht einmal Ärger. Wie geht es deinen Rangen? Jetzt ist Enea bald ein Jahr alt und ich habe ihn nur ein oder zweimal zu Gesicht bekommen." Veronica strahlte.

„Die beiden Jungen sind mit ihrer Kinderfrau zum Lido gefahren. Du weißt, wie gern die Kinder im Sand buddeln. Das Einrichten der neuen Behausung beschäftigt mich. Ludovico nimmt mir noch immer übel, von mir nicht zum Vater auserkoren worden zu sein.“

Elena schmunzelte. „Ich habe von seinem Testament gehört. Entschuldige, es ist der Lacher auf allen Gesellschaften. Ich hoffe, du kannst dich beim Lachen anschließen?“

„Er macht mich zum Gespött der Stadt. Überall prahlt er und erzählt von seinem großzügigen Vermächtnis. Selbst in meiner Anwesenheit. Ich versuche, gute Miene zum bösen Spiel zu machen, wenn er anfängt zu rezitieren:

„Mein Geist ist zwar noch überaus klar, mein Körper allerdings besitzt nicht mehr ganz die Kraft, die ich mir wünschte, darum hielt ich es für angemessen, meinen Letzten Willen niederzulegen. Das Nachlassen der Kraft ist vermutlich meinem fortgeschrittenen Alter zuzuschreiben, nicht unwahrscheinlich könnte der Umstand auch die Folge meiner Leidenschaft für die viel geliebte Signora Veronica Franco sein. Und darum habe ich sie in meinem Testament bedacht.

Im Falle meines Todes geht mein gutes Federbett an sie. Ich denke, sie wird es wohl benötigen. Natürlich habe ich verfügt, dass sie es weder verkaufen, verpfänden, noch an die Juden abtreten darf. So wird sie immer meiner gedenken.“

Über den Spott der Umstehenden brauche ich mich nicht zu sorgen. Scheinheilig sagen sie: „Ihr Glückliche, Ihr könnt Euch weich betten“, ehe sie sich brüllend auf die Schenkel klopfen. Ich lache einfach mit, das ist das Beste. Immerhin hat er seinem Sohn einen Großteil seines Erbes zugesprochen. Ich will mich nicht beklagen."

„Schön, dass ich unversehens auf einen Sprung vorbeischauen kann, wenn ich Richtung Markusplatz unterwegs bin", wechselte Elena das Thema. Veronica nickte zustimmend, ehe sie fragte: „Wie geht es dir jetzt mit deiner Frau Schwiegermama?"

Elena verzog das Gesicht und sie prusteten los.

„Ich muss, Veronica. Arrivederci."

Nachdenklich sah Veronica der Freundin nach. Die Liebe verzauberte Elena und kleidete sie. Der Kranz ihrer kastanienbraunen Haare, zu einem Zopf geflochten, rahmte das feine Gesicht, aus dem die graugrünen Augen strahlten wie zwei Sterne. Sie war voller geworden, sicher der Schwangerschaft geschuldet. Ihr Körper atmete eine tiefe sinnliche Fraulichkeit aus, die einen gefangen nahm. Veronica kam sich neben ihr vor wie eine Zaunlatte, bei der auch noch die Farbe abblätterte. Kein Wunder, dass sie leicht mit einer Magd verwechselt werden konnte. Ihre Zofe sollte ihr heute ein besonderes Bad richten. Sie würde sich mit dem Mandelöl, das ihr Hieronymus kürzlich sandte, verwöhnen lassen, die Haare waschen und sich nur der Schönheit widmen.

Maffio Venier

Maffio Venier strahlte vor Zuversicht. Sein Eintritt in die Vereinigung Jesu hatte sich als Vorzug erwiesen. Über kurz oder lang würde er Karriere machen, aus dem einfachen Priesterstand aufsteigen, sich eine wichtige Position aufbauen und es würde ihm endlich gelingen, sich die Achtung seines Onkels Domenico zu sichern. Die Rückkehr in den Schoß der Verwandten in Begleitung eines römischen Kardinals führte ihm deutlich vor Augen, welche Vorteile es besaß, einer starken und einflussreichen Familie anzugehören. Es wäre dumm von ihm, sich weiter auszugrenzen. Onkel Sebastiano, Tante Celina, Cousine Elena, ihr Gatte Signor Morosini, behandelten ihn höflich - selbst Marco brachte ihm Respekt entgegen. Er durfte nicht zu viel erwarten. Lange hatte er Venedig den Rücken gekehrt.

Im Dezember 1565 hatte ihn Rom mit vom Schnee überzuckerten Häusern empfangen. Durchgefroren und übernächtigt war er aus der Postkutsche geklettert. Die Reise vom Norden in die Mitte des Landes hatte sich hingezogen, viele Meilen trennten Pavia von Rom. Am Ziel erwartete ihn eine Kutsche seines neuen Dienstherrn. Er sah darin eine Auszeichnung, denn man hatte sich der Mühe unterzogen, ihm, einem kleinen Sekretär, der erst den Dienst antreten sollte, ein Gefährt zu senden.

Sicher ihm hatte mehr der Sinn danach gestanden, sich nach der Ankunft die Beine zu vertreten und eine Badestube aufzusuchen. Aber es wäre frevelhaft gewesen, sich zu beklagen.

Jeder Körperteil schmerzte vom tagelangen Durchrütteln auf schlechten Straßen, vom Nächtigen in unkomfortablen Lagern. Die Gasthöfe am Weg der Poststationen ließen jeglichen Komfort vermissen. Hätte er sich gleich nach dem deftigen Mahl mit Alkohol betäubt, wären die Nächte zu ertragen gewesen. Ein oder zweimal versuchte er das Wagnis, machte sich mit den groben Menschen im Schankraum gemein. Mit dem Ergebnis, dass er als Zielscheibe ihres Spottes herhalten musste. Mit Pfaffenärschchen, Zwergengestalt, eingebildeter Laffe und Schlimmeres beschimpften sie ihn, weil er wagte, nicht für sie den Zahlmeister zu spielen. Die liederlichen Frauenzimmer, die zwischen den Tischen umher tändelten, behandelten ihn wie Luft. Ohne Silberlinge verschenkten sie nicht mal einen Blick. Nur den ältlichen Weibern hatte er Muttergefühle abgenötigt. In ihrem Mitgefühl meinten sie, ihm mit ihren Küssen etwas Gutes zu tun. Welke Lippen, hängende Brüste, vorstehende Bäuche, verbunden mit Altweibergeruch. Er hatte in den Hof eilen müssen, um sich vor Ekel zu übergeben.

Ohne die Stimulanz des Weines war er gezwungen gewesen, sämtliche Unbilden nüchtern durchzustehen. Der Lärm hatte ihn bis weit in die Nacht verfolgt, begleitet vom bestialischen Gestank nach Wein, Schnaps und Gesottenem. Von den menschlichen Ausdünstungen jeder Art, die zusätzlich grausam die Luft verpesteten, ganz zu schweigen.

Selbst unter seinem eigenen strengen Geruch, der seinen ungewaschenen Sachen und dem Fehlen seiner gewohnten Körperhygiene zuzuschreiben war, litt er unsäglich. Für einen Zuber Badewasser reichten weder Mittel noch Zeit. Im Augenblick seiner Ankunft fühlte er sich schmutzig, verschwitzt und dem Anlass nicht gewachsen. Am liebsten hätte er die Kutsche weggeschickt. Aber ihm war bewusst, dass er sich nicht in der Position befand, einen Francisco de Borja y Aragon, Herzog von Gandia und einen Priester der Gesellschaft Jesu, warten zu lassen. Vielmehr musste er sich glücklich schätzen, bald für einen so hohen Herrn arbeiten zu dürfen. Überaus schmeichelhaft, dass Monsignore Borgia - wie man den Kardinal in Rom nannte - Maffio Venier, einem kleinen Sekretär, eine persönliche Audienz gewährte. Also fügte er sich und stieg ein.

Das Gefährt des Kardinals erwies sich als

wesentlich komfortabler und besser gefedert als die einfachen Postkutschen. In rote, behagliche Samtpolster gelehnt, ließ sich die fremde Stadt angenehm betrachten. Es ging am Kolosseum vorbei, ein Stück weit den Tiber entlang. Maffio erhaschte einen Blick auf die Engelsburg, in der seine Heiligkeit, Pius IV., seit sechs Jahren residierte.

Er hatte sich zu der göttlichen Fügung beglückwünscht, die ihn erst zum Studium nach Pavia in das Collegio des Signore Borromeo und jetzt nach Rom führte. Und er dankte Gott jeden Tag für die Chance, die sich ihm bot. An jenem Tag - angekommen in Rom - war er zuversichtlich, seinen Weg auch ohne die Unterstützung der Familie Venier beschreiten zu können. Kurz hatte sich ihm die Erinnerung an seine Kindertage aufgedrängt. Ein schaler, bitterer Geschmack sich in seinem Mund gesammelt, als er an die erlittene Schmach zurückdachte. Noch immer vertrat er die Ansicht, dass es seinem Onkel Domenico ein Leichtes gewesen wäre, ihm den fehlenden Vater zu ersetzen. Ja, dass dieser die Verpflichtung gehabt hätte, ihm und seiner Mutter ein standesgemäßes Leben zu bieten. Wie der Rest der Familie hätten sie in einem Palazzo am Canal Grande wohnen sollen statt an einem stinkenden Kanal in einem gemieteten Haus.

Sein Onkel wäre verpflichtet gewesen, seiner Ausbildung die Umsicht angedeihen las-

sen, die er seinem Rang nach verdient hätte. Stattdessen hatte man ihn mit zwei Mädchen zusammen unterrichtet. Sicher war Elena seine Cousine und eine Patrizierin, aber doch auch ein Mädchen. Jene Andere hingegen: Abkömmling einer gewöhnlichen Frau, Tochter einer ehemaligen Kurtisane! Der Vater ein unbedeutender Kaufmann, dem Trunk ergeben! Noch heute trieb es Maffio die Schamesröte ins Gesicht. Unbeeindruckt von seinem Stand wagte es diese Kröte, sich mit ihm zu messen. In seinem Glanzfach: dem Dichten. Und Domenico lobte, meinte, diese kleine Franco wäre begabt. In seinen Augen kam dies posthum einer Diffamierung seines verstorbenen Vaters gleich.
Domenico wäre es außerdem ein Leichtes gewesen, ihm in Venedig ein entsprechendes Amt zu verschaffen. Das Collegio des Signore Borromeo erwies sich zwar als Glücksgriff, aber auch als Stigma. Jedem war bekannt, dass dort Adlige ohne Vermögen ausgebildet wurden.

Eine frühe Winternacht senkte sich über die Stadt, als die Kutsche nach der Fahrt den Tiber entlang und nach dem Überqueren einer Brücke im Hof einer Villa nahe dem Fluss hielt. Ein Diener öffnete ihm den Schlag. Fackeln beleuchteten den Eingang des Hauses, dessen Umrisse sich in der Finsternis verbargen. Maffio fröstelte.

„Bitte wartet hier, Signor." Zahlreiche Kerzen warfen ihr unruhiges Licht auf Deckenfresken eines großen Raumes. Über Maffios Kopf schienen die zur Feier versammelten Götter zu Fratzen anzuwachsen und hämisch auf den Neuankömmling herabzublicken. Eine Stimme aus dem Dunkel hatte Maffio erschreckt und er war zusammengefahren.

„Eine herrliche Arbeit, nicht wahr? Messèr Raffael ist es gelungen, die Hochzeit von Amor und Psyche lebendig werden zu lassen. Sicher bietet sich noch Gelegenheit, das Kunstwerk bei Tageslicht gebührend zu bewundern. Ihr seid in der ehemaligen Villa des päpstlichen Bankiers Agostino Chigi. Glücklicherweise ist von den Schäden, die bei der Sacco di Roma siebenundzwanzig von deutschen Landsknechten angerichtet wurden, nichts mehr zu bemerken. Chigi hat sich sicher im Grabe umgedreht. Die Villa stand nach seinem Ableben im Jahr 1520 leer, ehe Monsignore Borgia sein Quartier hier aufschlug. Ihr stammt nicht aus Rom?"

Maffio nickte, wandte sein Gesicht in Richtung der Stimme.

Am Ende des riesigen Raumes entdeckte er schemenhaft zwei Personen. Als sie ins Licht traten, wuchsen ihre Schatten, in schwarze Umhänge gehüllt, an der Wand zu Riesen an.

„Ich bin Venezianer und werde für Monsignore Borgia arbeiten", antwortete er, reckte das Kinn in die Höhe, um seine Unsicherheit zu verbergen.

„Willkommen in Rom. Wir stehen bei Kardinal Saleri in Diensten und erwarten ihn jeden Augenblick hier."

Eingebildete Laffen! Gaben ihm das Gefühl, wie ein kleiner Junge auf seine Unwissenheit hingewiesen werden zu müssen. Unverschämt! Zum Glück verbarg das unruhige Licht gnädig sowohl die Röte seiner Wangen als auch die abgewetzten Stellen seines Wamses. Ein Diener erschien in diesem Moment der Scham, erlöste Maffio mit seiner Bitte, ihm zu folgen. Hinter sich hörte er unterdrücktes Gelächter und schnappte das Wort „Jüngelchen" auf. Er versuchte, die Blicke der beiden Männer, die sich in seinen Rücken bohrten, zu ignorieren. Der verletzte Stolz hinterließ ein flaues Gefühl. Er gehörte noch nicht dazu, aber das würde sich ändern. Die Heilige Stadt war ein Labyrinth an Beziehungsgeflechten, er war kein Römer und würde sich durchboxen müssen. Maffio seufzte. Wieder einmal. Eine breite Marmortreppe führte hinauf in den ersten Stock des Gebäudes.

Oben eingetroffen, öffnete ihm der Bedienstete eine Tür.

„Ihr seid also Maffio Venier, erfreut Euch kennenzulernen. Mein Freund Borromeo hat mir viel Gutes über Euren Lerneifer berichtet." Die Stimme von Monsignore Borgia hallte kraftvoll durch den zwar spärlich möblierten, aber reich mit Marmor ausgekleideten Saal. Aufgemalte Säulen, Stadtansichten und Landschaftsbilder zierten die Wände. Vor dem Kamin in der Mitte des Raumes behauptete sich ein eindrucksvoller Tisch mit zwei bequemen Lehnstühlen. Monsignore Borgia stand neben der Sitzgruppe am Feuer und winkte ihn zu sich.

„Lasst Euch ansehen, Signor Venier. Hier ist das Licht besser." Maffio näherte sich der Gestalt in Schwarz. Nicht nur das Gewand aus edlem Samt, sondern auch Augen und Haar über einer hohen Stirn schimmerten wie der Bart in tiefem Schwarz. Eine lange, eindrucksvolle Nase betonte den Ernst eines asketischen Gesichts. Das hagere Antlitz bildete einen krassen Gegensatz zur massigen Gestalt des Kardinals.

„Ihr ähnelt in manchem Eurem Onkel Domenico. Wenn Euch auch die Jugend noch vollere Wangen und weichere Lippen schenkt. Außerdem einen Haarschatz, um den wir Älteren Euch beneiden."

Maffio begeisterte der Vergleich mit seinem Onkel nicht sonderlich. Aber er mied es zu protestieren. Nur schwerlich konnte er sich vorstellen, dass sein Onkel einen Lockenschopf wie den seinen besessen haben sollte, obwohl er noch heute über volles Haar verfügte. Eine Parallele zu der um den Bauch ein wenig rundlichen Gestalt seines Onkels mit seiner sehnigen Figur zu ziehen, schien ihm nachgerade als beleidigend. Gegen die Körpergröße seines Onkels hätte Maffio nichts einzuwenden gehabt. Er gestand sich ein, dass seine Nase die gleiche kräftige Linie aufwies wie die seines Onkels und vermutlich die seines Vaters. Daran bestand kein Zweifel.

„Ich sehe, der Vergleich beglückt Euch nicht übermäßig“, lachte Borgia, ehe er ernst fortfuhr. „Meine Zeit ist knapp bemessen. Vertun wir sie nicht mit Nebensächlichem. Ich erwarte von Euch in meinen Diensten absolute Loyalität und Verschwiegenheit. Ich baue darauf, dass Ihr uns in unserem Anliegen unterstützt und Schriften verfasst, welche die Gläubigen überzeugen. Gottesdienste bedeuten noch immer ein Privileg für die höheren Stände. Das einfache Volk kann beten und bitten, kann Ablässe kaufen. Aber, wenn es des Lateinischen nicht mächtig ist, versteht es nichts von den Predigten. Die Lutheraner“, er bekreuzigte sich, „haben sich diesen Umstand zunutze gemacht. Sie fingen an, in der Sprache des Volkes zu predigen und haben Boden gewonnen. Dieses Terrain gilt es, zurückzugewinnen. Ein Rat auf den Weg: Vorsicht vor den Chargen, die sich hier herumtreiben. Man weiß nie, wer für wen spioniert. Ihr seid noch jung. Außerdem haltet Euch von Weibsbildern fern. Dann habt Ihr ziemlich freie Hand.“

Maffio nickte und dachte an die beiden Männer im Dienste von Kardinal Saleri. Unsicher stand er im Raum, wartete auf weitere Weisungen. Borgia schaute stumm auf das Feuer. Nach einer Weile wagte Maffio zu fragen: „Darf ich mich zurückziehen?" Borgia blickte auf. „Entschuldigt, junger Freund. Mich beschäftigen viele Dinge. Ihr seid sicher müde von der Reise. Der Diener wird Euch im Nebenhaus ein Zimmer anweisen, und Euch etwas zu essen bringen. Ich werde Euch meinem Sekretär Signor Andrea Accolti unterstellen. Er wird Euch in Eure Aufgaben einweisen."

Maffio verbeugte sich. Er hörte beim Herausgehen Borgia murmeln: „Einfacher, die Kirche muss einfacher werden, der Prunk muss ein Ende haben."

Im Vorraum wartete - ebenfalls mit großer Leibesfülle gesegnet – ein etwas schwer atmender Mann im Habit eines Kardinals.

„Ah, Ihr seid also der junge Venier? Macht mir in den nächsten Tagen einmal Eure Aufwartung, schließlich liegt in der Jugend unsere Zukunft. Ich bin Kardinal Saleri." Er hielt ihm die Hand mit dem Ring zum Gruß hin. Maffio beugte sich darüber, hauchte einen Kuss darauf.

„Wie alt seid Ihr?" Maffio begegnete, als er sich aufrichtete, einem abschätzenden Blick aus kühlen Augen. „Achtzehn Jahre, Euer Ehrwürden."

„Ah, so jung noch“, bemerkte Saleri lächelnd, zwinkerte ihm zu und verschwand im nächsten Moment wie eine Erscheinung hinter der Tür.

Zurück im Erdgeschoss der Villa bat ihn der Diener zu warten. Ein weiterer Bediensteter würde ihn abholen, ihn zu seinem Zimmer im Nebenhaus führen und sich um sein Gepäck kümmern.

Er wanderte im Raum umher. Als er die Stimmen der beiden Männer des Kardinals Saleri hörte, rückte er, als er seinen Namen vernahm, näher und legte sein Ohr an die Wand. Tatsächlich, sie lästerten über ihn.

„Enno, ist Euch der neue Sekretär von Monsignore Borgia aufgefallen? Venedig scheint zu einem Provinznest zu verlottern. Bemerktet Ihr sein schäbiges Gewand?“ Maffio hörte ein Kichern. Die andere Stimme antwortete:

„Ist er nicht zu klein für die Loyola-Gefolgschaft? Ich dachte, sie nehmen nur große Burschen. Aber niedlich ist er und süß jung.“

„Die Veniers stellten über die Jahrhunderte mehrere Dogen.“

„Ah, verstehe. Beziehungen. Sonst wäre er wohl kaum bei Francisco Borgia gelandet.“

„Nun, Ihr wisst, mein Vater stammt aus Venedig. Von ihm weiß ich, dass der Vater des Jungen hier nicht gerade ein Vorbild an Tugend gewesen sein soll. Ein Dichter zwar, aber offensichtlich ein sadistisches Schwein.

Es kursierten mehrere unsaubere Geschichten mit stadtbekannten Huren, die er auch noch ausposaunt hat. Sein Vermögen hat er durchgebracht. Sonst müsste sich der gute Jüngling ja nicht als Charge verdingen. Wäre interessant zu erfahren, ob der Apfel weit vom Stamm fällt."

„Ihr wisst, ich besitze ein untrügliches Gespür. Es würde mich nicht wundern, wenn der Sohn dieses Hurenbocks sein Hinterteil für einflussreiche Männer reserviert. Mal abwarten, ob sich mit dem Sekretär vom Borgia etwas entwickelt. Das könnte spannend werden."

„Wer weiß, wer weiß. Womit er fast in unserem Revier wildert. Wir sollten ihn unbedingt im Auge behalten."

„Besser wir zeigen ihm gleich von Anfang an den Platz, wo er steht. Was meint Ihr? Wobei, „steht", ha, ha ..."

„Keine schlechte Idee. Aber nun zu etwas Anderem. Gerüchte besagen, dass dem hochwohlgeborenen Borgia die Führung der Loyola-Vereinigung oder den Jesuiten, wie sie sich seit kurzem nennen, anvertraut werden soll."

„Ja, das habe ich ebenfalls vernommen. Ich schätze, aus diesem Grund vergeht kein Tag, ohne dass Saleri den Kontakt zu Borgia sucht. Es begeistert ihn nicht, dass der Einfluss der Vereinigung weiter steigt. Obwohl, er ist ein schlauer Kopf und ein kühler Rechner. Seit die

Jesuiten beim Turiner Konzil für den Papst die Kastanien aus dem Feuer holten, hat unsere Heiligkeit sie zu seinen Lieblingen, seiner persönlichen Einsatztruppe erkoren. Also geht kein Weg an ihnen vorbei.“

„Ungerecht, als hätten alle anderen nichts getan. Aber so läuft es in der Welt nun mal. Und dieser Sonderstatus! Die Jesuiten brauchen weder ein Habit zu tragen noch müssen sie sich einem Kloster unterstellen. Eine recht großzügige Regelung.“

„Sie verstehen sich auf clevere Schachzüge. Bei allem Neid. Ihnen verdankt die Kirche die Regelung: „Cujus regio, ejus religio“, also: „Wessen Gebiet, dessen Religion“. Schlichtweg genial und Gold wert! Gewinne einen Landesherrn für die Sache, und das Land wird katholisch. Die ständisch organisierten Untertanen werden gezwungen, sich der Entscheidung des Fürsten oder Herzogs anzuschließen. Wollen sie bei ihrem Glauben bleiben, müssen sie wohl oder übel auswandern. Ein Entschluss, der schwerfällt, wenn man als Bettler gehen muss, weil Hab und Gut an den Landesherrn fallen. Die Jesuiten sind geschickte Werber für die rechte Kirche. Sollte es ihnen gelingen, das protestantische Geschreie der Vergangenheit anheimzugeben, dann Hut ab.“

„Vergesst nicht die Engländer und Elisabeth.“

„England ist eine Insel, weit weg und Elisabeth? Eine Frau. Was haltet Ihr von dem Ansatz, die Lutheranhänger mit ihren eigenen Waffen zu schlagen und überall Messen in der Sprache des Volkes lesen zu lassen?“

„Saleri plant, sich anzuschließen. Wenn Ihr mich fragt, will er auf den Karren aufspringen. Finde ich übertrieben. Und ich frage Euch, wo bleibt unsere Überlegenheit? Wozu haben wir uns jahrelang mit Latein rumgeschlagen?“

„Wer weiß, ob der Papst noch in der Lage ist, Saleris Bemühen zu goutieren. Die Gesundheit von Pius IV. soll recht angegriffen sein. Niemand ahnt, wen das Konzil uns als Nachfolger präsentiert.“

„Meint Ihr Saleri unterstützt Borgia? Unmöglich! Ein weiterer Borgia als Papst? Seit den Vergehen der Borgia Familie sind zwar schon hundert Jahre ins Land gezogen, aber vergessen? Da hilft selbst der untadlige Ruf dieses Borgias nicht viel.“

Im ersten Moment hatte Maffio aus dem Raum stürmen wollen, um die beiden Chargen mit Fausttritten zu Boden zu schleudern. Aber einer gegen zwei? Welches Bild würde er abgeben? Man würde ihm sofort die Rückreise nahelegen. Zum Glück gelang es ihm, seine Aggressionen im Zaum zu halten. Außerdem hätte er sich als Lauscher erkenntlich geben müssen, ein wenig schmeichelhafter Ruf.

„Vorsicht, die Tür öffnet sich, wenn man ...

Ah, Kardinal Saleri, Verehrung. Wir hoffen, Eure Unterredung mit dem Herzog von Gandia verlief erfolgreich? Wir stehen für Eure Anordnungen wie gewünscht zur Verfügung. Bringt Ihr neue Nachrichten aus der Umgebung des Heiligen Vaters?“

„Wie es aussieht, wird uns Pius IV. nicht mehr lange erhalten bleiben. Die Möglichkeiten der Nachfolge sind bereits im Vorfeld auszuloten. Ich bitte Euch …“

Ertappt fuhr Maffio zusammen, als der Diener eintrat. Er nestelte an seinem Gewand herum, murmelte: „Ich musste mich ein wenig an die Wand lehnen, die Müdigkeit von der Reise. Ich bin froh, dass ich jetzt meine Räume beziehen kann.“

Der Diener erwiderte nichts, nahm das Bündel und marschierte voran. Maffio beglückwünschte sich. Er hatte viele interessante und sachdienliche Dinge erfahren. Vermutlich war es nützlich, öfter einmal zu lauschen.

Einige Wochen später durfte Maffio sich über das Lob des ersten Sekretärs, Signor Andrea Accolti, freuen.

„Ihr kämpft vorbildlich für unsere Sache, Maffio Venier. Eure Reden zeigen Kraft und Entschlossenheit im Glauben, ein Umstand, der manchen Angehörigen des Vatikans abgeht. Solche jungen Männer wie Euch braucht die Gesellschaft Jesu.“ Maffio hob stolz den Kopf. Er befand sich auf dem richtigen

Weg.

„Es wird Zeit, dass Ihr die Schreibstube verlasst, aus den Räumen des Palazzo herauskommt und etwas von Rom und seiner Umgebung seht. Gewaltige Umwälzungen stehen ins Haus. Jeden Moment können die Glocken läuten und eine neue Ära einleiten. Wir warten stündlich auf die Nachricht, dass ein neuer Papst sein Amt antritt."

Er griff nach der großen Kladde, die neben seinem Schreibpult lag. Maffios Blick heftete sich auf den pompösen Schreibtisch mit seinem vergoldeten Sessel dahinter. Vermutlich stammte die Einrichtung wie die kunstvollen Deckenmalereien vom Vorbesitzer der Villa. Sie ließ sich nicht in Einklang mit den Forderungen der Vereinigung nach weniger Prunk bringen. Ebenso wenig schien sein Gold angemessen für Signor Accolti, den man für einen rührigen Kaufmann halten könnte. Aber täuschte man sich nicht? Waren er und Monsignore Borgia nicht die Planer eines Kreuzzuges? Maffio beobachtete Accolti, während dieser schrieb, voller Bewunderung. Accolti verfügte in seiner Kleidung und seinem Benehmen über eine unaufdringliche Eleganz. Seine Haare wellten sich glänzend bis auf die Schultern, der schwarze Bart umrahmte, sorgfältig gestutzt, volle Lippen. Blickte er vom Schreibpult auf, kniffen sich seine schwarzbraunen Augen abschätzend zusam-

men, um sein Gegenüber scharf in Augenschein zu nehmen. Seine Kleidung aus feinstem Material gefertigt, zeugte von meisterlicher Machart und strahlte Gediegenheit aus. Er trug die offensichtlich einzige Kleidung, welche die Mode in Rom für Herren des Standes erlaubte: schwarze Beinkleider, ein schwarzes Wams aus Samt, gekrönt von einem weißen Spitzenkragen.
Gleich nach seiner Ankunft hatte sich Maffio, beschämt durch die abschätzigen Worte der beiden Höflinge des Kardinals Saleri, eine ebensolche Uniform, denn die schien es ihm zu sein, zugelegt. Natürlich war der Stoff nicht so erlesen, wie der von Accoltis Oberkleid, aber er fühlte sich jetzt sicher und zugehörig. Über das Lob seines Vorgesetzten röteten sich seine Ohren. Er deutete eine Verbeugung an.

„Zum einen werdet Ihr die Klöster auf dem Gianicolo besuchen. Der Sprengel untersteht Kardinal Saleri. Er hat Monsignore Borgia gebeten, den dortigen Padres unsere Idee nahezubringen. Vorher habe ich jedoch eine andere Aufgabe für Euch. In Trastevere soll ein Prediger aus dem Norden aufgetaucht sein, der die ketzerischen Ideen dieses Luthers vertritt. Man hat mir zugetragen, dass seine Anhängerschaft im einfachen Volk im Wachsen begriffen sei. Dem gilt es mit vereinten Kräften Einhalt zu gebieten. Ihr seid noch neu in Rom. Es würde nicht auffallen, wenn Ihr

Euch sozusagen „inkognito“ ein wenig über die Methoden dieses Mannes informiert. Aber geht vorsichtig vor. Trastevere ist ein gefährliches Pflaster. Ich stelle Euch Ottilio zur Seite.“ Accolti drückte ihm einen Beutel mit Geld in die Hand.

„Das dürfte Eure Auslagen decken, wählt besser unauffällige Kleidung. Ihr habt Euch hier an die Umgebung angepasst, macht das dort ebenfalls, folgt Ottilios Rat.“ Damit war Maffio entlassen und Accolti senkte seinen Blick auf die Papiere. Maffio verbeugte sich und verließ den Raum.

Er kehrte in das kleine Zimmer unter dem Dach zurück, das ihm zugewiesen worden war. Die letzten Tage hatte er es nur für Spaziergänge im Park verlassen. Einmal war er zum Tiber hinuntergewandert und ein Stück an seinem Ufer entlang. Er hatte den Fischern zugesehen, wie sie ihre Netze flickten oder bei den Booten hockten, um ihren Fang zu verkaufen. Für sein Essen war gesorgt, ein Diener brachte es ihm auf sein Zimmer.

Es entsprach nicht völlig Maffios Vorstellungen, dass das Protokoll keine gemeinsamen Mahlzeiten aller Beschäftigten vorsah. Er hätte sich einen Austausch mit den anderen Schreibdienern gewünscht. Mitte Dezember hatte sein Vorgesetzter eine Zusammenkunft anlässlich des Todes von Pius IV. einberufen. Bei dieser Gelegenheit hatte er feststellen können, dass sechs weitere Sekretäre neben Accolti für Monsignore Borgia tätig waren. Jedem war ein ausgewähltes Gebiet zugewiesen. Einer wickelte den Schriftverkehr mit den Gesandten der Königshäuser ab, ein anderer den mit den Handelsvertretungen, ein weiterer durfte die Schreiben an den Papst ausfertigen und einer schrieb die Protokolle bei den Sitzungen der Vereinigung. Die unterschiedlichsten Männer waren vertreten. Leider wohnte niemand wie er im Gesindehaus der Villa.

Am nächsten Morgen weckte ihn nicht das gedämpfte Läuten der Santa Maria aus Trastevere, sondern der kraftvolle Klang aller Kirchenglocken Roms. Die Stadt schien zwischen den Hügeln in ihrem Glück zu beben. Die Christen besaßen ein neues Oberhaupt. Man schrieb den 7. Januar 1566. Das Konklave aus Kardinälen hatte sich auf einen Papst geeinigt. Maffio griff nach seinem Rock, wartete nicht auf den Diener, der ihm das Frühstück bringen würde und trat ins Freie.

Vor der Tür mischte sich der Klang der Glocken mit den Stimmen der aufgeregten Menschen. Sie machten sich in breiter Front auf, mehr über den gerade gewählten Papst zu erfahren, und pilgerten in Richtung des Vatikans. Maffio schloss sich dem Strom der Gläubigen an, der sich aus Trastevere durch die Porta Settimana ergoss. Ihm schlug das Herz bis zum Hals. Er fühlte sich als Teil der Geschichte. Sein Aufenthalt in Rom bekam eine völlig neue Dimension. Und gleich den Handwerkern, den Tagelöhnern, den Wäscherinnen, den Advokaten, den Schuhmachern, den Mönchen murmelte er im Gehen die Gebete des Rosenkranzes und passte sich den Schritten der Menge an.

Am Tiber kamen noch die Fischer und die Huren hinzu, aber in dieser Stunde der Ergriffenheit gab es keine Unterschiede, alle fühlten sich gleichberechtigt und vom Sog der Zuversicht erfasst. Ein derber Knecht am Rande der Straße fiel aus der Reihe, er schrie etwas von „Fahrt zur Hölle." Weiter kam er nicht, denn er wurde niedergestreckt und fuhr wohl selbst zur Hölle. Niemand wollte sich ausschließen lassen oder gestattete, dass man ihm die innigen Gefühle für den rechten Glauben nahm. Vielmehr umarmten sich Menschen, die sich unbekannt waren. Sie hielten sich an den Händen und gingen weiter, immer weiter. Bis sie zu dem großen Platz vor der Peterskirche kamen, dessen halb fertige Kuppel seit dem Tod von Messèr Michelangelo vor über einem Jahr wie eine mahnende Hand in den Morgenhimmel ragte. Ein frischer, eisiger Windstoß erfasste einige Kopfbedeckungen, blies sie hinweg.

„Der Bischof von Mondovi wird als Pius V.

den Heiligen Stuhl besteigen. Der Großinquisitor ..." Der Ruf schwoll wie eine Woge an, flutete über die Menge, löste in seinem Abebben unnatürliche Stille aus. Mit gesenkten Köpfen verharrten die Menschen, plötzlich starr vor Schreck.

Ein Dominikanermönch, seine weiße Kutte blähte sich im Wind, bestieg eine der Mauern. Sein kräftiges Organ hallte über den Platz.

„Es lebe der neue Papst. Folgt ihm in Demut. Pius der V. wird uns den reinen Glauben wiederbringen, uns endlich von der Verschwendungssucht der Kardinäle befreien, wird den Huren im Bett der Mächtigen den Kampf ansagen, wird uns in eine bessere Welt führen, betet mit mir." Köpfe hoben sich, erst wenige, nach und nach mehr, schauten plötzlich, als wäre der Mönch in seiner weißen Kutte Petrus persönlich, nickten, knieten nieder, schlossen sich den Gebeten an.

Als Maffio etwas später - eingekeilt in der Menschenmenge - in Richtung Engelsburg getrieben wurde, geisterten die Worte des Predigers durch sein Hirn. Ihm war, als würde seine Mutter ihn begleiten.

„Vertraue auf die göttliche Weisung, Maffio. Der Herr wird dich auf deinem Weg leiten. Gebe den Versuchungen Luzifers nicht nach. Bedenke: Alle Huren sind Geschöpfe des Teufels! Meide jene Ausgeburten des Satans!

Sie zerstörten unser Leben, sie nahmen dir den Vater und das dir zustehende Vermögen. Schwöre, den Hexen den Kampf anzusagen. Bekämpfe sie mit allen Mitteln und wo du kannst.“ Er war nicht allein. Selbst die Kirche verurteilte diese Frauen. Hier lag seine Bestimmung. Er würde den Kampf seines Vaters fortführen. Mit Gottes Hilfe würde er gegen das Unwesen der Kurtisanen kämpfen. Seine Mutter sollte stolz auf ihn sein. Er faltete die Hände zum Gebet.

Dieser Papst war sein Schicksal. Gott hatte seine Wege gelenkt und ihn in dieser wichtigen Stunde nach Rom gesandt. Der Heilige Vater brauchte ihn, Maffio Venier, um den Kampf gegen das böse Weib zu führen. Sprach man nicht überall ganz offen darüber, dass die Päpste vor ihm sich Mätressen gehalten hatten? Jeder Römer wusste von diesen Frauen, sie besaßen riesige Villen, ihnen wurden sogar pompöse Grabmäler in Kirchen errichtet. Und war nicht bereits in der Bibel Eva, das erste Weib, Schuld am Sündenfall?

Eine große Ruhe und Sicherheit kehrte in Maffio ein, Freude überwältigte ihn. Seine Angst schwand. Er würde ein Teil der Inquisition werden und mit der Feder für den wahren Glauben kämpfen.

Beschwingten Schrittes löste er sich aus der Menge und marschierte am Ufer des Tibers zurück zur Villa Chigi, um seinen ihm angekündigten Helfer zu treffen. Sein Weg war von höherer Seite vorherbestimmt, nichts würde ihn aufhalten. Als er die Villa erreichte, öffnete sich gerade die Eingangspforte. Accolti verabschiedete sich von einem Mann in schlichter Kleidung.

„Venier, welch ein Glück, dass Ihr in diesem Moment eintrefft. Heute ist ein besonderer Tag. Papst Pius V. hat unseren Monsignore Borgia bereits eine Depesche übersandt und wird ihn bald in einer Privataudienz empfangen. Pater Ottilio ist Euertwegen hier, ich wollte gerade nach Euch rufen lassen. Es gibt viel zu tun in der nächsten Zeit."

Maffio sah sich einem hageren Mann gegenüber, dessen kohlschwarze Augen ihn ernst musterten und dessen schwarzes Haupthaar sich ungeordnet kringelte. Der Mann streckte ihm die Hand hin und lächelte:

„Auf eine gute Zusammenarbeit in Gottes Namen."

Maffio nahm die Hand und bekräftigte:

„Ja, in Gottes Namen. Verfügt über mich."

Ottilio dachte an das vorangegangene Gespräch mit Accolti und betrachtete seinen neuen Schützling eingehend. Dieser Maffio Venier war ein noch ungeschliffener Diamant. Unsicher, wohin er sich wenden sollte, gleichzeitig von Ehrgeiz durchdrungen, klein von Wuchs, schlank und wendig. Auf der Suche nach einer Aufgabe für seine wache Intelligenz, bereit, sich einer Leitfigur anzuschließen. Geschickte Führung würde ihn zu dem Werkzeug machen, das die Jesuiten in Venedig benötigten. In ein paar Jahren würde man, mit den nur der Kirche zur Verfügung stehenden Mitteln, die Wahl seines Onkels Sebastiano zum Dogen unterstützen. Es würde nicht einmal schwer werden, denn dann hätte dieser das passende Alter erreicht. Die Familie hatte in der Vergangenheit bereits mit mehreren Dogen ihre Befähigung bewiesen. Maffio würde nach Venedig zurückkehren, mit den entsprechenden Beziehungen zum mächtigen Rom, um an der Seite des Dogen zu wirken. Natürlich würde er die richtigen Interessen zu vertreten wissen. Bis dahin war es zwar noch ein weiter Weg, aber, Ottilio lächelte innerlich, die Kirche rechnete in anderen Zeiteinheiten als ein Kaufmann. Er klopfte dem jungen Mann auf die Schulter.

„Kommt, Signor Maffio, wir haben viel zu besprechen."

Ottilio erwies sich als hervorragender Lehrmeister. Zusammen schrieben sie Reden für unzählige Predigten, überzeugten Priester von deren Wert und leisteten gute Arbeit. Eines Tages bat Monsignore Borgia höchstpersönlich Maffio, am Buch der Exerzitien für die Gesellschaft Jesu mitzuwirken.

„Das Buch ist von enormer Wichtigkeit für unseren Orden. An ihm mitzuarbeiten, stellt eine große Auszeichnung dar, Maffio Venier. Ottilio hat mir nur Gutes über Euch berichtet. Wir hörten, Ihr verspürt den Wunsch, die Gelübde abzulegen. Ich freue mich darüber. Ich erinnere mich gut, wann mein Entschluss, Gott zu dienen fiel. Ich war zu jener Zeit König von Katalonien, habe wie alle Granden an den Trauerfeierlichkeiten von Kaiserin Isabella teilgenommen. Das Trauergebet, das Johannes von Avila sprach, berührte mein Herz. Mich befiel tiefe Frömmigkeit. Ich schwor, mein Leben Gott zu weihen, absolvierte ein Studium der Theologie und trat der Gesellschaft Jesu bei. Nach dem Ende der Erziehung meiner Kinder, meine Frau ist mir früh gestorben, verschrieb ich mich völlig der Kirchenarbeit. Ich danke Gott jeden Tag für diese Gnade. Ich wünsche mir, dass Ihr ebenso unerschütterlich im Glauben Eure Bestimmung findet."

Drei Jahre vergingen nach diesem Gespräch, bis Maffio bat, einer der ihren zu werden, und bereit war, die Weihen zu empfangen. Lange hatte Maffio gehadert. Noch in der Nacht vor dem feierlichen Akt hatte er mit Ottilio diskutiert, ob der Schritt in die Gemeinschaft der Bruderschaft von Loyola sich als der wahre Weg erweisen würde. Im Kirchenvorraum, im Angesicht mit den voll besetzten Reihen, befielen ihn erneut Zweifel. Immer wieder führte er sich vor Augen, dass er die vierwöchigen Exerzitien erfolgreich abgeleistet hatte und es ihm dank Ottilios Hilfe möglich gewesen war, den Leidensweg Christi nachzuvollziehen, ihn zu visualisieren, sich in Ekstase zu versetzen. Erinnerte sich mehr als einmal an Ottilios aufmunternde und liebevolle Worte:

„Die geistigen Übungen müssen sich in ihrer Anwendung nach der Beschaffenheit derer richten, welche sich denselben unterziehen wollen. Sie müssen das Alter, die Bildung oder die geistigen Anlagen des Delinquenten berücksichtigen, damit ihm nicht Dinge vorgelegt werden, die er nicht tragen und aus denen er keinen Nutzen ziehen kann. Vielmehr sollte er aus ihnen einen Nutzen erzielen und einen Fortschritt erlangen können. Maffio, du musst an dich glauben, du bist noch jung, da greift die Sünde des Fleisches stärker nach einem, im Alter legt sich das Verlangen, sei nicht zu streng mit dir.“

Sehnsüchtig hatte sich Maffio gewünscht, sich der Bestimmung so sicher zu fühlen wie Monsignore Borgia. Er fragte sich fortwährend, ob seine Seele wirklich vorbereitet sei.

Hieß es nicht: „Es gilt, die Seele vorzubereiten und instand zu setzen, damit sie alle ungeordneten Neigungen von sich entferne? Und nach ihrer Entfernung den göttlichen Willen suche und finde, in der Regelung des eigenen

Lebens, zum Heile der Seele?“

Warum gelang es ihm nicht, die sündigen Träume zu verdrängen, in denen der väterliche Freund eine herausragende Rolle spielte? Wollte Gott ihn in besonderem Maße prüfen? Warum war er zu feige, Ottilio die Versuchungen des Teufels zu beichten? Ihm zu beichten, dass er lose Frauenzimmer aufsuchte, obwohl er diese Frauen verachtete? Diese verworfenen Geschöpfe stillten seine Sehnsucht nicht, sondern fachten sein Verlangen eher an. Er hatte sich einem anderen Beichtvater anvertraut, von einem Unbekannten die Absolution erhalten. Er schämte sich. Er fiel auf die Knie, stammelte:

„Ottilio, ich bezweifele, den hohen Anforderungen des Priesteramtes gerecht zu werden. Ich kann die Weihen nicht empfangen, ich bin unwürdig.“ Ottilio berührte seinen Arm und hieß ihn, sich zu erheben. Er schaute ihm in Augen. So verharrten sie einen Moment.

„Maffio, bedenke, die Bruderschaft Jesu wählt nur die Fähigsten und Intelligentesten aus, um sie in die Welt hinauszuschicken. Es ist eine Auszeichnung, dazuzugehören.“ Tränen stahlen sich in Maffios Augen. Ein Gefühl des Stolzes durchdrang ihn. Er nickte. Ja, er würde zur Bruderschaft gehören. Die Bruderschaft und Ottilio hielten ihn – Maffio – für würdig. Er wurde auserwählt, für den rechten Glauben zu kämpfen. Der Leitsatz, der ihm auf dem Weg gegeben worden war, erschien mit Goldlettern geschrieben vor seinen geistigen Augen: „Wir können nicht tatenlos warten, bis die Menschen von sich aus zur Kirche finden. Sondern müssen den verlorenen Schafen nachgehen, um ihre Seelen ringen, in allen Orten und mit allen Methoden. Der Zweck heiligt die Mittel." Er bekreuzigte sich, schwor sich, diese Maxime der Gesellschaft Jesu zu der seinen zu erheben.

Das Te Deum, intoniert von dunklen und hellen Männerstimmen, erschallte und füllte mit seiner Kraft feierlich den Innenraum der Kirche. Maffio löste sich aus dem Dunkel, trat in den Mittelgang.

„Jesus erbarme dich meiner." Den Blick starr zum Kreuz gerichtet, schritt er langsam zum Altar. Die einfache Ausstattung des Kircheninneren, die eine große Kuppel und einen Tambur vermissen ließ, kam seinem Wunsch nach Erlösung entgegen. Unauffällig und schlicht würde er Gott dienen. Er würde dem Orden Ehre erweisen, ohne von außen als Priester erkennbar zu sein, ohne sich in die abgeschiedene Welt eines Klosters zurückzuziehen. Er würde dorthin gehen, wohin ihn Gottes Befehl rief.

Eine tiefe Frömmigkeit übermannte ihn, als er nach der Kyrie aufgerufen wurde, um das Gehorsamsversprechen abzulegen. Er kniete nieder, Monsignore Borgia legte ihm die Hand auf das Haupt, sprach das Weihegebet. Die anwesenden Priester schlossen sich an und weihten das neue Mitglied mit dem Auflegen ihrer Hand. Ottilios Hand ruhte eine Sekunde länger als die der anderen auf seinem Kopf. Anschließend vollzogen sie die rituelle Salbung, reichten ihm Kelch und Hostienschale.

„Willkommen im Kreis der Auserwählten, mein Freund", umarmte ihn Ottilio nach dem Zeremoniell. Stolz schwellte Maffios Brust, während er in der Umarmung verweilte. Er wünschte sich, diesen Moment festhalten zu können und verachtete sich im nächsten für seinen Wunsch.

Am folgenden Tag bestellte ihn Accolti zu sich und verbeugte sich knapp vor ihm.

„Wir begrüßen Euch im internen Kreis, Maffio Venier. Kardinal Borgia bittet Euch, ihn bei seiner Reise als Sekretär zu begleiten. Eine große Ehre. In Kürze steht eine Mission in Eure Heimatstadt Venedig an. Monsignore Borgia wird Euch im Laufe der Reise über die Hintergründe informieren. Nur so viel vorweg:

Ein neuer Konflikt mit den Osmanen im Mittelmeer ist zu befürchten. Kommt es zum Krieg, wird es ein Heiliger Krieg sein. Christen gegen Ungläubige. Der Heilige Vater wird die westliche Welt zum Kreuzzug aufrufen. Wir werden dafür sorgen, dass Spanien eine Allianz mit Venedig eingeht. Uns ist bekannt, dass Signor Sebastiano Venier nach einer geeigneten Verbindung für Euren Cousin Marco sucht. Er besitzt trotz seiner Jugend bereits ein hohes Vertrauen beim Rat der Zehn. Wir könnten uns vorstellen, dass eine Heirat mit einer der Kirche überaus wohlgesonnenen jungen Dame aus dem spanischen Hochadel sich als vorteilhaft für Venedig erweisen würde. Der Kardinal wird Euch ins Bild setzen. Er wird in Venedig Eure Familie besuchen, um den Veniers die Vorzüge der Verbindung vor Augen zu führen. Wir wünschen Euch eine gute Reise."

Maffio schwebte keineswegs vor Begeisterung in höheren Sphären, wie es Accolti offensichtlich vermutete, als er ihm als Abschluss des Gespräches auf die Schulter klopfte. Sein Herz war voller Trauer. Der Abschied von Ottilio fiel ihm schwer.

„Weilt Ottilio noch im Hause?", fragte er Accolti. Der erste Sekretär schüttelte den Kopf.

„Er wurde gestern, gleich nach Eurer Weihe, nach Pisa abberufen. Eine überraschende Mission, scheinbar ließ sie ihm nicht einmal Zeit, sich von Euch zu verabschieden." Maffio nickte.

„Offensichtlich", murmelte er traurig.

Ohne sich um die Winterkälte zu scheren, wanderte er am Ufer des Tibers entlang. Überall brannten Feuer in Kohlebecken und die Huren sammelten sich an ihnen, um sich die Hände zu wärmen. Sie warfen ihm einen auffordernden Blick zu, die eine oder andere bot sich an.

„Signore, sicher braucht Ihr einen geschützten Hafen für Euer stolzes Schiff, meiner ist warm und lebendig und Ihr werdet im Paradies landen. Nur einige Silberlinge und Ihr findet die Einfahrt …“ Maffio ließ sich nicht beeindrucken und lief mit gesenktem Haupt weiter. Als er die Insel im Tiber erreichte, traten zwei Männer aus der Dunkelheit auf ihn zu.

„Ah, der junge Sekretär des Monsignore Borgia, so spät am Abend noch auf der Suche nach Schäfchen?“ Er erkannte die beiden Schreiber des Monsignore Saleri wieder. Jene, die sich bei seiner Ankunft in Rom das Maul über ihn zerrissen hatten. Zum Glück war er ihnen nach diesem ersten Zusammentreffen nur zwei- oder dreimal bei irgendwelchen Feierlichkeiten über den Weg gelaufen. Immer hatten sie sich bemüßigt gefühlt, ihn anzusprechen, unübersehbar mit einem spöttischen Unterton in der Stimme. Er wollte gar nicht wissen, was sie hinter seinem Rücken alles erzählten, denn dass sie über ihn herzogen, erkannte man deutlich in ihren Gesichtern.

„Ich wollte noch ein wenig römische Luft schnappen, bevor ich wieder in meine Heimatstadt aufbreche“, gab er ihnen zu verstehen. Im

Inneren unschlüssig, warum er sich vor diesen Gestalten verteidigte.

„Ah, so nennt man das jetzt. Aber, Ihr habt Recht, wir sind aus dem gleichen Grunde hier“, lachten sie lauthals. „Wollt Ihr Euch nicht uns anschließen, beim Luftschöpfen? Wir kennen uns sicher besser aus als Ihr, da Ihr ja lange Zeit auf dem Lande unterwegs wart. Wie wir vernommen haben, sehr erfolgreich.“ Ihn ritt der Teufel, als er zustimmte.

Sie wanderten über die Brücke zur Insel. Ein Holzbau erstreckte sich auf der anderen Seite oberhalb an ihrem Ufer. Man hörte Musik und Fackeln leuchteten etwas verweht die dort aufgestellten Tische und Stühle aus. Trotz der Winterkälte feierte man, fast im Freien, eine Art Karneval.

„Hier, nehmt.“ Einer der Höflinge reichte ihm eine Maske.

„Damit lässt es sich angenehmer den unerlaubten Freuden frönen. Aber verratet uns nicht.“ Er lachte über den in seinen Augen offensichtlich gelungenen Scherz. Maffio band sich die Maske vor das Gesicht und reihte sich in das Treiben ein. Eine Hure kam ihm entgegen, lächelte breit, öffnete ihren Mantel, um ihm nackte Brüste von erstaunlichen Ausmaßen zu präsentieren. Er schüttelte schockiert den Kopf.

„Unserem Freund hier steht mehr der Sinn nach dem Knabenhaften, sicher habt

Ihr solches ebenfalls in Eurem Angebot.“ Die Frau zog den Umhang wieder fest um sich, lachte heiser. Maffio sah ihren kurzen Seitenblick, als wollte sie feststellen, wer sich hinter der Maske verbarg. Offensichtlich war sie die Chefin dieses Hurenhauses unter fast offenem Himmel. Einige der Damen tanzten mit ihren Kavalieren zwischen den reichlich aufgestellten Kohlebecken. Andere schlenderten auf und ab.

Die Frauen waren elegant gekleidet, mit pelzverbrämten Mänteln, Kappen und Handschuhen.

Maffio fragte sich, ob es sich um Damen der Gesellschaft oder Huren handelte. Seine wenigen Erfahrungen bezogen sich auf die Donne, die seine Mutter besucht hatten oder die er bei den Bällen, auf denen sie ihn als Zwölfjährigen mitnahm, kennenlernte. In Rom war kaum Gelegenheit gewesen, die Damen der Gesellschaft näher in Augenschein zu nehmen. Die kleinen Huren, die er aufgesucht hatte, waren nicht so prächtig gekleidet dahergestelzt. Aber Frauen wie diese hier, stießen ihn ab, er ekelte sich vor ihnen und noch mehr vor sich. Bis eine sich ihm näherte, die ihn plötzlich in ihren Bann zog. Knabenhaft schlank, größer als er, fasste sie ihn bei der Hand und führte ihn aus dem Schein des Lichtes hinaus.

„Komm“, raunte sie mit ihrer tiefen Stimme nur geheimnisvoll, und ohne, dass ein weiteres Wort fiel, folgte er ihr.

Maffio zwang sich, mit seinen Gedanken in die Gegenwart zurückzukehren. Er blickte zu Marco hinüber und lächelte, als er dessen gequälte Miene sah. Die Verbindung mit der spanischen Edeldame war keine Liebesheirat und er, Maffio, würde dafür sorgen, dass es auch keine Liebe werden würde. Dieser Umstand machte den Schmerz, Rom den Rücken kehren und auf jene unbekannte Schöne verzichten zu müssen, wett.

Er würde in dieses Nest nahe Florenz reisen und die Braut abholen. Die Fahrt würde Zeit genug bieten, seine Position als Priester ins Feld führen zu können. Wie er wusste, war diese Ines del Rossana in einem Kloster erzogen worden. Oblag es nicht den Seelenhirten, die Menschen an ihre Sterblichkeit zu erinnern? Ihnen vor Augen zu führen, dass die Hölle sie erwartete, wenn sie sich der Sünde hingaben? Und war nicht jede Fleischeslust Sünde? Er würde die junge Braut in dieser Hinsicht belehren. Sie würde eine sittsame Ehefrau abgeben.

Die Vorstellung hob seine Stimmung. Er führte sein Weinglas zum Mund. Das Haus Venier hatte sich den hohen Besuch des Monsignore Borgia einiges kosten lassen. Der Wein war von handverlesener Güte und Reinheit. Er funkelte im geschliffenen Glaskelch rubinrot. Er nahm sich vor, einen Abstecher nach Murano einzulegen. Aus der Manufaktur von Onkel Domenico würde er einen besonders schönen Spiegel mitnehmen. Als Geschenk für jene Schöne der Nacht, damit sie ihm gewogen blieb. Bald würde er wieder in Rom weilen und …

Ein erster Verdacht

Marco verschwendete keinen Blick auf die langen Reihen der wertvollen Bücher, deren Ledereinbände ihren angenehm herben Duft im Raum verbreiteten. Sogar das Treiben auf dem Campo Santa Maria Formosa, die Kinderstimmen, die Ausrufe der Händler und das Stundenläuten der Kirche drangen nicht bis zu ihm vor. Die Hände geballt, lief er unruhig auf und ab. Sein Onkel saß auf einem bequemen Sessel und beobachtete ihn amüsiert.

„Onkel Domenico, wie habt Ihr es geschafft, nicht zum Wohl des Staates und der Familie verheiratet zu werden? Verratet mir Euer Rezept. Sicher bringt die Dame, die man mit mir verheiraten will, alten Adel und eine gute Mitgift ins Spiel. Sogar ein spanischer Kardinal bemüht sich aus Rom hierher, um seine Fäden zu spinnen. Seit wann sind wir Venezianer dem Vatikan und Rom hörig? Ich kann mich nicht erinnern, dass sich der Rat der Zehn jemals von Rom hat einschüchtern lassen. Und die Spanier mit ihren Eroberungen in Übersee, die unseren Handel aushebeln, sollen wir auf einmal zu uns holen, sei es auch nur in Gestalt einer holden Maid? Eine verklärte Miniaturansicht schickt man mir mit dem Ansinnen, sie zu heiraten. Ich soll die Katze im Sack kaufen. Ist die Familie Venier so arm dran, dass sie solchen Kuhhandel nötig hat? Ich bin dermaßen wütend. Am liebsten würde ich das nächste Schiff besteigen, um nach Zypern oder Korfu auszuwandern. Aber selbst bis dorthin reicht der Arm der Familie."

Domenico konnte Marco verstehen. Schließlich liebte er seinen Neffen als wäre er sein eigener Sohn. Schon daher verbat er sich, ihm zum jetzigen Zeitpunkt die Geschichte und den Grund seiner Ehelosigkeit aufzutischen. Die verstrichene Zeit hatte die Erinnerung der Menschen zum Glück ausgelöscht und Augenzeugen lebten nicht mehr. Marco tat ihm leid und ihn belastete der Gedanke, dass Maffio diesen Handel eingefädelt haben sollte. Er kam zwar zu dem Schluss, dass im Schachspiel um Macht und Einfluss Maffio nur für einen Bauer stand, aber dies änderte nichts. Die Bedrohung der Türken ließ sich nicht wegdiskutieren und forderte ungewöhnliche Bündnisse.

„Marco, Venedig hat von seinen Nobili immer verlangt, dass sie sich das Wohl der Stadt als erste Pflicht zu Herzen nehmen. Für einen Mann im besten Alter ist die Ehe eine erstrebenswerte Sache. Ich vermisse eine Frau an meiner Seite. Willst du ebenfalls als Hagestolz ohne Erben sterben?“

„Onkel! Weder will ich noch wirst du in absehbarer Zeit das Zeitliche segnen. Denk daran, die Veniers erreichten oft ein Alter, von dem andere nur träumen. Unsere Gene sind hervorragend. Sieh dir meinen Vater Sebastiano an. Er ist rüstig, trotz seines hohen Lebensalters, und wie ich ihn kenne, wird er das Amt des Dogen, das ihm bald offeriert wird, nicht ablehnen.“

„Dieses Amt wird Sebastiano sicher in Zukunft angetragen werden. Kein Vergnügen für ihn in den schwierigen Zeiten, die auf uns zueilen. Venedig wird jede Hilfe dringend benötigen. Sobald die Mittel zur Verfügung stehen, muss der Aufbau der Schiffswerft zügig in Angriff genommen werden. Was sind wir ohne Schiffe? Und eine Allianz mit den Spaniern hält uns den Rücken frei. Rom ist bereit, den Kampf gegen die Ungläubigen finanziell zu unterstützen, ohne selbst auf den Plan zu treten. Solche Pakte werden häufig mit Ehen besiegelt. Da wird nicht nach dem Willen eines Einzelnen gefragt, da ist die Staatsräson vorrangig.“

„Ich sehe schon, nicht einmal von deiner Seite ist Hilfe zu erwarten. Du warst meine letzte Trumpfkarte im Spiel um: Ehe ja oder nein. Aber du lässt dich von mir nicht vor den Karren spannen. Schade."

„Welchen Eindruck hast du von Maffio gewonnen?"

„Oh, er spielt den weltmännischen Diplomaten, hält den Kopf hoch, fühlt sich überaus bedeutsam. Aber, er kann einem kaum in die Augen schauen. Schwierig für ihn. Nun, er ist kurz geraten, er schlägt aus der Art." Marco lachte bitter.

Domenico erinnerte sich an seinen Bruder Lorenzo. Auch er war klein von Wuchs, wurde aus diesem Grund in jungen Jahren von anderen gehänselt. In der Dichtkunst eiferte er Aretino nach. Als der Dichter in Venedig lebte, versuchte er, ihn zum Freund zu gewinnen. Aber Lorenzo blieb in allen Dingen erfolglos. Das allein, war zu verzeihen. Unverzeihlich hingegen sein hinterhältiges, zum Sadismus neigendes Verhalten. Domenico gestand sich ein, es war ihm selbst in Maffios Kindertagen nicht gelungen, ihn vorurteilsfrei zu sehen. Ungerechterweise lastete er ihm die Taten seines Vaters an. Er nahm sich vor, diesen Fehler beim erwachsenen Maffio nicht zu wiederholen. Sein Neffe schien über Intelligenz und Geschick zu verfügen, was sein rascher Aufstieg bezeugte. Endlich hatte sich Marco beruhigt. Es sich auf dem Sessel ihm gegenüber bequem gemacht, einen Schluck vom Wein getrunken, vom Gebäck genascht.

„Euer Wein ist hervorragend, Onkel. Vielleicht könntet Ihr mir eine Partie abtreten. Eine Feier zu meiner Beförderung steht aus."

Domenico nickte. „Ich werde meinem Diener Bescheid geben, dass er dir welchen schickt." Er nahm an, Marco würde sich jetzt verabschieden wollen. Aber offenbar lag seinem Neffen ein weiteres Problem auf dem Herzen. Domenico nahm bedächtig sein Glas in die Hand und wartete.

Marco druckste, ehe er zögernd das Wort ergriff.

„Andrea Tron hat mir von zwei erfahrenen Condottière aus Treviso berichtet. Offensichtlich hat man die beiden mit einem Sondereinsatz betraut. Es braut sich etwas zusammen. Unter Umständen erhalten wir bald Klarheit, wie der Anschlag auf das Arsenale durchführbar war, und wissen, wer die Männer eingeschleust hat, die den Sprengstoff zündeten. Der Name dieses reichen Kaufmannes – Portensino - fiel in diesem Zusammenhang erneut. Du treibst Geschäfte mit ihm? Beim Muranoglas seid ihr im Handel? Die Verbindung könnte sich in Luft auflösen. Bitte sei nicht so unklug, Portensino sofort die Aufträge zu entziehen. Das könnte ihn auf falsche Gedanken bringen. Aber die Lieferungen hinauszuzögern und zu schauen, dass Außenstände bezahlt werden, rate ich dir." Domenico lächelte.

„Danke für deine Warnung und den Hinweis, Marco." Natürlich war er bereits informiert worden. „Portensino ist ein überaus undurchsichtiger Geselle. Leider kam ich nicht an ihm vorbei. Getraut habe ich ihm nie völlig. Ich erinnere mich an einen Eklat bei einem meiner Zirkel. Veronica Franco geriet mit ihm aneinander. Worum es genau ging, wollte sie mir nicht sagen. Ramberti erzählte mir, dass Portensino die Mitschuld daran trägt, dass der Vater ihres ersten Kindes in Malta von den Türken getötet wurde."

„Veronica? Sie scheint leicht Schuldzuweisungen zu verteilen. Mag sein, dass sie bei Portensino zutreffend urteilt. Aber in meinem Fall? Sie weist mir die Schuld am Tod ihres Sohnes zu. Ich erinnere mich ungern an den Tag. In dem heillosen Chaos stand sie unvermittelt vor mir. Wie eine Furie forderte sie, ich soll meinen Befehlsstand verlassen, um ihr Kind zu suchen. Ein unmögliches Ansinnen! Meine Leute arbeiteten wie die Berserker und es bestand die Gefahr einer weiteren Explosion. Ich musste sie wegschicken. Natürlich bedauere ich, dass ihr Sohn eines der Opfer des Anschlages wurde. Viele tapfere Männer ließen ebenfalls ihr Leben. Meine späteren Versuche, ihr mein Mitgefühl auszudrücken, scheiterten. Sie empfängt zwar die hohen Herren der Stadt, aber nur zu anderen Zwecken. Schade, als kleines Mädchen war sie nett, intelligent und hatte Herz. Ich mochte sie."

„Marco, du siehst Veronica in einem falschen Licht. Dieses Kind bedeutete ihr unheimlich viel, es war der einzige Unterpfand, der ihr von ihrer großen Liebe blieb, für die sie alle Sicherheiten aufgab. Jede Mutter wird zur Löwin, wenn es um ihre Brut geht. Sie hat sich nicht geändert, glaube mir und ist trotz ihres Berufes ehrbar. Ein überaus wertvoller Mensch, voller Güte und Warmherzigkeit. Außerdem verfügt sie über außerordentliches dichterisches Talent. Ebenso exzellent und mit viel Fingerspitzengefühl bringt sie die unterschiedlichsten Temperamente zusammen, von ihrem Organisationstalent ganz zu schweigen. Mein Zirkel wäre ohne sie nicht das, was er ist. Gib ihr Zeit. Wenn ihre Wunden verheilt sind, wird sie für dich und dein Handeln Verständnis aufbringen. Hoffen wir, dass der Hauptschuldige für den Anschlag auf die Werft gefunden und bald verurteilt wird. Erst dann werden sich die Wogen glätten. Sicher wird dieser Umstand Veronicas Trauer erleichtern. Das Kind bringt ihr niemand zurück. Doch sie hat inzwischen sowohl Ramberti als auch Andrea Tron einen Sohn geschenkt, ihren beiden Hauptmäzenen. Ich denke, diese Tatsache wird sie den Verlust leichter überwinden lassen." Marco nickte.

„Bei dem Wort Sohn fallen mir meine Pflichten ein. Ich verabschiede mich, Onkel. Elena hat mit Vehemenz die Hochzeitsvorbereitungen in die Hand genommen, trotz ihrer Schwangerschaft, die ihr außerordentlich gut bekommt. Ich werde mich mit dem Gedanken trösten, dass es mir ähnlich wie Elena gelingen wird, meine Pflicht in eine Freude zu verwandeln. Offensichtlich liebt sie Morosini inzwischen leidenschaftlich. Der Glückliche. Eine Weile hat es gedauert. Aber jetzt ist Morosini kaum noch für irgendwelche Unternehmungen außerhalb des Hauses und ohne seine Frau zu begeistern. Warten wir ab, wie sich mein spanisches Pferd im Sattel macht."

„Ich sehe, du hast deinen Humor wiedergefunden, mein Neffe."

„Wie geht es deinen Beinen? Unhöflich von mir, mich nicht gleich danach zu erkundigen."

„Erinnere mich nicht."

Als Domenico eine Stunde später in seine Gondel stieg, mahnten ihn die Schmerzen in seinem Bein lebhaft, dass es nicht zum Besten damit stand. Er biss die Zähne zusammen und genehmigte sich einen zusätzlichen Schluck aus der Taschenflasche, in die eine schmerzlindernde Tinktur gefüllt war. Er würde Ramberti bald wieder um ein Mittel bitten müssen. Im Moment waren andere Angelegenheiten vordringlicher.

„Meldet mich dem Dogen", bedeutete er

dem Diener, nachdem er sich mühsam die vielen Stufen in das erste Stockwerk des Dogenpalastes hinaufgequält hatte. Er ließ sich ächzend auf die Besucherbank fallen und war froh, dass es einige Minuten dauerte, bis der Doge Zeit fand, ihn zu empfangen.

Ihm fielen die temperamentvollen Debatten über die Ausgestaltung der Decke der Scala d'oro ein, zu der Zeit, als er Ratsmitglied gewesen war. Wenn Schmerzen das Blickfeld verengen, degradieren sie den Schmuck einer Treppe zur unwichtigsten Sache der Welt. Den Gepeinigten interessiert nicht, ob die Deckengemälde von Messèr Sansovino oder von Messèr Volta stammen. Sein Blick richtet sich auf das Wesentliche, die Treppe. Hoffen wir, überlegte Domenico wehmütig weiter, dass die Serenissima, dargestellt als Neptun und Herrscher der Meere, auch künftig den Sieg über den Geburtsort der Venus – Zypern – wird behalten können. Ansonsten würde das Motiv des Kunstwerkes an der Decke bald der Geschichte angehören.

„Domenico, welch ein Glanz in meiner bescheidenen Hütte", begrüßte ihn der Doge, Alvise Mocenigo, und sein schmales Gesicht überzog ein Lächeln. „Ich dachte, Ihr seid nur noch in Eurem literarischen Zirkel anzutreffen und lasst Euch von den Dichtern oder besser von charmanten Dichterinnen als Göttervater Zeus huldigen. Kommt, gehen wir in meine privaten Gemächer und ich lasse uns eine Stärkung servieren. Mein Weib ist mit ihren Pflanzen beschäftigt. Sie wird unsere Männerwelt nicht stören.“ Er reichte Domenico wie selbstverständlich den Arm. „Ich hatte immer einmal auf Euren Besuch gehofft. Beim Empfang zu meiner Amtseinführung vor einigen Monaten habe ich Euch vermisst. Die jüngeren Leute sind meist übereifrig und erstarren vor Ehrfurcht vor dem Amt, sodass die Unterhaltung mit ihnen unerquicklich ist. Mir fehlen hier in meinem Elfenbeinturm intelligente Gespräche. Wenn Loredana mir nicht zur Seite stünde, würde ich verzweifeln.“

Als sie eine kleine Sitzgruppe erreichten, bat er Domenico, Platz zu nehmen. Bevor er sich zu ihm gesellte, erteilte er dem Diener Anweisungen. Kurze Zeit später standen Gläser, Erdbeeren und etwas Gebäck auf dem Tisch. Mocenigo von Neugier erfüllt, was den alten Fuchs heute zu ihm trieb, beugte sich zu Venier vor. Er vermutete, sein Neffe hatte ihm gesteckt, dass Portensinos Kopf bald rollen würde. Und im Geschäft mit dem Muranoglas steckten sicher viele Gelder.

„Der Verdacht, dass der Kaufmann Portensino eine entscheidende Rolle bei dem Anschlag auf das Arsenale spielte, hat sich bestätigt, hörte ich. Liegen inzwischen Beweise vor?“ Mocenigo wiegte den Kopf.

„Ja und nein.“

Domenico erlöste ihn von weiteren Ausweichmanövern. „Ihr habt Mohammed Sokolli an seine venezianische Geburt erinnert, nehme ich an?" Jetzt lächelte Alvise verhalten.

„Etwas mehr war schon vonnöten. Ich sehe, Ihr seid auf dem Laufenden. Vielleicht gelingt es uns, Zypern zu retten und die Türken bleiben, wo sie sind. Einen Versuch ist es wert. Viel Hoffnung hege ich nicht. Wir müssen unsere diplomatischen Angeln nach allen Richtungen auswerfen. Dazu gehört die spanische Seite in Form einer Braut für Euren Neffen."

„Einer der einflussreichsten jüdischen Kaufleute - ich lasse seinen Namen außen vor - wies mich auf einen Salomo Aschkenasi hin. Aschkenasi wurde auf venezianischem Boden bei Undine geboren, danach war er Leibarzt von König Sigismund II. August in Polen. Ihm wurde ein lukratives Angebot für den Hof von Selim II. unterbreitet."

Der Doge schaute Domenico erstaunt an. Das Gespräch nahm eine andere Richtung als erwartet.

„Ich verstehe nicht", sagte er und zog die Augenbrauen zweifelnd in die Höhe. „Auf diesen Juden kann ich mir keinen Reim machen. Wird er die Front des Signor Nassi stärken und damit die des Mohammed Sokolli schwächen? Das wäre fatal und würde noch schneller zu einem Krieg führen."

Domenico schien diese Erwägungen bereits angestellt zu haben, er fuhr fort:

„Keine Angst, er verstärkt die venezianische Front, selbst wenn dies etwas übertrieben ist. In erster Linie werden beide wohl ihrem Herrn, dem osmanischen Sultan, untertan sein."

„Ihr meint, wir sollten Sokolli unter der Hand auf diesen Mann hinweisen?"

„So ähnlich, denn ohne Grund wird uns seine Gegenwart nicht gesteckt worden sein. Ihr solltet natürlich das Edikt gegen die Juden etwas lockern, obwohl noch Aufbauhilfe für die Schiffswerft vonnöten ist. Wenn Portensinos Kopf rollt, könnte Venedig dessen Vermögen beschlagnahmen und was liegt näher, als es für den Wiederaufbau zu gebrauchen."

„Ihr seid doch ein alter Taktiker, Domenico, alles, was Recht ist. Der Rat wäre in der Lage, den Ständen weitere Mittel zu überlassen und sie mit der gerechten Verteilung an die Familien der Opfer betrauen. Hoffen wir, dass es gelingt, den Krieg hinauszuzögern, bis unsere Flotte wieder vollständig sein wird. Danke für den Hinweis."

Jetzt hoffen wir, dass die Beweise für Portensinos Schuld sicher nach Venedig gelangen, dachte der Doge sorgenvoll, und mit Estore Martinengo die richtige Wahl für den Begleitschutz getroffen wurde. Der junge Haudegen hatte sich zwar auf dem Schlachtfeld bewährt, aber in diplomatischer Mission?

Er war gespannt auf den Kaufmann, der Sokollis Vertrauen besaß und dessen Name noch im Geheimen lag. Der Kronzeuge stand unter dem Schutz des Rates der Stadt. Untergebracht werden würde er an einem sicheren Ort. Bei einer Persönlichkeit, die für seine Sicherheit sorgen könnte. Keinesfalls durfte ihm etwas zustoßen. Vielleicht bei Ramberti? Man würde sehen.

„Eigentlich wissen bereits zu viele Ohren zu viel. Wir müssen vorsichtig sein. Domenico. Schärft dies auch Eurem Neffen ein. Er ist noch ein Hitzkopf und redet sich leicht um Kopf und Kragen."

Domenico lächelte und stemmte sich an den Lehnen des Sessels in die Höhe.

„Eine Bitte gewähre mir, Alvise. Sucht Euch eine Wohnung mit annehmbareren Stufen ins Piano hinauf, andernfalls kann ich Euch nicht mehr besuchen."

„Domenico, schickt Euren Diener vor und lasst Euch über die Prunktreppe direkt in meine Räume tragen." Domenico winkte lachend ab.

„Damit alle Laffen im Dogenpalast sich über meine Gebrechlichkeit die Mäuler zerreißen? Alvise!" Der Doge umarmte Domenico zum Abschied und klopfte ihm auf die Schulter. „Ich dachte, über das Alter der falschen Eitelkeiten seid Ihr hinaus." Domenico schmunzelte nur.

Villa Rotonda

„Nein, bitte, bringe die Girlanden etwas höher an, Ornella. Ja, so passt es. Sie müssten in Kürze eintreffen. Ich bin schon ganz aufgeregt und bin so froh, wenn sich dieser riesige Palazzo wieder mit Leben füllt. Schau bitte, ob Agenesia den Kuchen fertig hat und ob der Tisch gedeckt ist. Wir wollen doch, dass die Überraschung für Ancilla und Jaspuccio auch gelingt."

Veronica warf nochmals einen Blick auf das Schild in Herzform, auf dem stand: „Bienvenuti Ancilla & Jaspuccio", bevor sie sich wieder zum Haus wandte.

Einen Moment dachte sie, Giacomettos Haarschopf hinter dem Fenster zu erspähen, als würde er in dem Ausguck eines Schiffes sitzen. Ein Spiel, das sie zuweilen gespielt hatten. Ein Schatten legte sich über ihre Freude. Ornella tauchte mit Achiletto auf dem Arm auf.

„Ich werde Ausschau halten. Sobald sich die Gondel nähert, geb ich Euch Bescheid." Veronica schob die grauen Gedanken beiseite. Denn die Sonne strahlte und das Wasser auf der Oberfläche des Canals glitzerte.

Sie eilte ins Esszimmer zurück, prüfte den gedeckten Tisch, rückte hier und da eine Serviette zurecht. Aus dem Schrank holte sie eine kleine hölzerne Schatulle mit dem Hochzeitsgeschenk hervor: Ein Beutel mit zehn Dukaten für die Aussteuer der Vermählten. Sie stellte das Geschenk auf den Tisch. Zusätzlich hatte sie ein Zimmer im Dachgeschoss des Hauses für das junge Ehepaar reserviert und eingerichtet. Veronica freute sich auf Ancillas überraschtes Gesicht, wenn die treue Seele alles in Augenschein nehmen würde.

„Sie kommen!", hörte sie Ornella rufen und stürmte hinunter zum Hauseingang. Agnesia und ihre Hilfe eilten aus der Küche herbei. Die Köchin wischte sich ein paar Tränen mit der Schürze aus den Augen. Oktavia trug Enea auf dem Arm. Selbst Madame Balboni ließ es sich nicht nehmen, sich in die Reihe einzugliedern. Alle standen jetzt am Anleger und warteten, dass die Gondel anlegte.

Vor kurzem hatte Veronica eine neue Gondel angeschafft. Das alte Boot, bereits in gebrauchtem Zustand von Mama erstanden, erwies sich als nicht mehr funktionstüchtig. Dieses Schmuckstück war nach der neuesten Mode aus schwarz lackiertem Holz, glänzte wie poliert, und besaß eine Felze.

Jaspuccio ruderte mit kräftigen Schlägen, Ancilla winkte. Etwas erstaunt schauten alle auf den Jungen, der neben der Magd stand und um den sie ihren Arm gelegt hatte. Er war etwa zwölf oder dreizehn Jahre alt.

Oh, dachte Veronica, Ancilla wird uns doch nicht etwa mit einem Sohn aus früheren Zeiten überraschen? Der Junge blickte wie verzaubert auf die herrschaftlichen Häuser, sein Kopf drehte sich mal nach hier, mal nach dort. Sein Mund sperrte vor Staunen offen. Veronica bemerkte es belustigt.

„Herzlich willkommen, Ihr Hochzeiter. Wir wünschen Euch alles, alles Gute. Tanti auguri! Auguri affettuosi! Hoch sollen sie leben, dreimal hoch." Jaspuccio vertäute verlegen die Gondel, während Ancilla auf die Fondamenta stieg. Ehe sie auf Veronica zustürmte, gab sie dem Jungen einen Wink, ebenfalls auszusteigen.

„Ich bin so glücklich, Veronica, ich danke Euch." Sie umarmte Veronica und nach und nach auch die anderen Mitglieder des Hauses. Tränen liefen ihr die Wangen hinab. Dann fiel ihr offensichtlich der Junge ein, der mit gesenktem Haupt dastand, wie vergessen, und nervös mit den Füßen scharrte.

„Mein Gott, Andrea, jetzt habe ich ihn einfach so stehen gelassen. Veronica, das ist der Sohn meiner Schwester. Kann ich Euch nachher unter vier Augen sprechen?" Veronica nickte und schob den Jungen zu Agnesia.

„Bitte Agnesia, geht mit dem jungen Herrn in die Küche, schneidet ihm schon mal ein großes Stück Kuchen ab. Er ist sicher hungrig von der Reise. Komm Ancilla, bevor wir uns alle an der Tafel versammeln, gehen wir beide für einen Moment in meine Räume." Ancilla knickste und folgte ihr.

„Also, raus mit der Sprache, hast du uns einen unehelichen Sohn verschwiegen? Sei ehrlich."

„Nein, Veronica, es ist wahrhaft der Sohn meiner Schwester, Gott hab sie selig. Sein Vater hat eine neue Frau gefunden und ihn einfach bei meinen Eltern gelassen. Sie werden langsam zu alt für einen solchen Nachwuchs. So haben wir, Jaspuccio und ich, uns entschlossen, ihn zu uns zu nehmen. Falls Ihr einverstanden seid. Andernfalls müssten wir ihn in einem Waisenhaus abliefern."

„Schon gut. Unser Haus bietet genügend Raum, behaltet ihn. Wir werden sehen, wo wir ihn unterbringen können. Er wird sicher ebenfalls noch mit satt." Ancilla schnäuzte.

„Veronica, das werde ich Euch nicht vergessen, Ihr seid wirklich ..." Der Rest ging im Schniefen unter.

„Jetzt komm. Wir wollen deine Hochzeit mit Jaspuccio feiern. Du musst uns berichten, welche Worte der Pfarrer euch mit auf den Weg gegeben hat. Wie der Hochzeitstanz ausgefallen ist, einfach alles."

Sie nahm Ancilla bei der Hand, deren Lachen die Tränen ablöste und sie rannten, fast wie früher, die Treppen hinunter. Etwas atemlos trudelten sie im Esszimmer ein.

Agnesia stellte die dampfenden Schüsseln mit Pasta und Soße auf den Tisch. Der halbwüchsige Andrea trug einen Korb mit Brot hinter ihr her. Offensichtlich hatte er sich bereits mit Agnesia angefreundet. Seine Augen blickten überaus zuversichtlich in die Runde. Ancilla zog ihn an sich, versetzte ihm einen Klaps und forderte ihn auf, sich zu setzen. Das Eis war gebrochen, als Veronica verkündete:

„Hört zu, dieser Junge dort neben Ancilla mit Namen Andrea gehört ab sofort zu unserem Haushalt. Damit hat Achiletto gleich einen älteren Bruder." Sie hob das Glas. „Salute! Lasst euch das Hochzeitsmahl schmecken. Vorher stoßen wir auf die Neuvermählten an und wünschen ihnen alles Glück der Welt." Die Gläser klirrten aneinander. Veronica, am Kopf des Tisches, überschaute stolz ihre Familie und fühlte sich seit langer Zeit wieder rundherum wohl.

Nach dem Essen meldete sich die Balboni bei ihr.

„Signora, ich wollte nicht stören. Ihr habt eine ungewöhnlich exzellente Buchung. Der Herr ist vornehm und reich und wird alle Eure Unkosten tragen. Er zahlt den doppelten Preis. Allerdings will er Euch nicht in Eurem Haus besuchen, sondern wünscht Euch für einen Ball in seinem Haus in der Terra ferma. Er wird Euch ein Boot schicken und Euch von einem Diener abholen lassen. Eine Zofe steht Euch in seinem Haus ebenfalls zur Verfügung."

Veronica reagierte unwirsch.

„Habt Ihr Erkundigungen über ihn eingeholt? Wie ist sein Name?" Die Balboni nannte einen Namen. Er war Veronica unbekannt.

„Der Herr ist kein Venezianer, sondern ein Deutscher. Er hat Euch gewählt, weil Ihr seine Sprache sprechen würdet. Außerdem hat er von dem Venusbild erfahren und meinte, er würde gern das Original kennenlernen."

„Also kennt er den Hof der Gonzagas und unter Umständen meinen Bruder Hieronymus? Reicht die Zeit, bei meinem Bruder nachzufragen?"

„Leider nein, Signora. Der Ball wäre bereits morgen. Er sagte, er hätte einige Nobili aus Venedig eingeladen. Wobei Ihr nicht befürchten müsst, die Väter Eurer beiden Söhne dort zu treffen." Veronica schüttelte verunsichert ihr Haupt.

„Ich weiß nicht, Madame Balboni, die Sache behagt mir wenig. Allerdings könnte unser Haushalt das Geld gut gebrauchen, da er gewachsen ist. Einverstanden, sagt zu. Doch ich werde Jaspuccio und Ancilla mitnehmen müssen. Oktavia ist mir noch zu unerfahren."

Ancilla und Jaspuccio maulten, Venedig gleich am übernächsten Tag wieder verlassen zu müssen. Aber, es tröstete sie, dass sie zusammen sein würden. Veronica bemerkte mit etwas Neid ihre schmachtenden Blicke, als sie in aller Früh in die Terra ferma aufbrachen.

Sie hatte einige Roben einpacken lassen und trug ein Kleid, das von Torino für Aufenthalte auf dem Lande angefertigt worden war. An den Rock waren knielange Pantalons gearbeitet und bei Bedarf ließ er sich kurzerhand entfernen. Das eröffnete ihr eine herrliche Bewegungsfreiheit. Es erlaubte ihr, damit zu reiten und sich ungehindert wie ein Mann zu bewegen.

Das Wetter verwöhnte Venedig auch heute und der Gedanke an das Land, die Felder, den Geruch der Erde heiterte Veronica auf. Gern hätte sie den Jungen mitgenommen – Andrea gefiel ihr von Stunde zu Stunde mehr, denn seine Neugier verriet einen wachen Geist –, aber das war ein Ding der Unmöglichkeit. Sie würde ihm nach ihrer Rückkehr Venedig zeigen und ihm die Palazzi am Canal näherbringen. Bereits jetzt freute sie sich darauf. Sie seufzte und lehnte sich im Sitz zurück.

Am Festland erwartete sie eine Kutsche. Nach dem Umladen setzte sich Jaspuccio neben den Kutscher. Ancilla und Veronica nahmen innen Platz. Bald fuhren sie durch blühende Felder. Die frische Landluft betörte und Veronica beobachtete das Auffliegen der Vögel, die das Gefährt mit seinem Rumpeln aufschreckte. Wenn sie die Balboni zutreffend verstanden hatte, lag das Haus in der Nähe der Stadt Padua, ohne einen direkten Stadtzugang zu haben. Voller Neugier begann das Abenteuer, ihr Spaß zu bereiten.

Die Fahrt zog sich länger hin als erwartet. Paduas Türme lagen bereits hinter ihnen und die Kutsche schaukelte in Richtung Vicenza. Ehe sie der Stadt ansichtig wurden, bogen sie in eine mit Pappeln gesäumte Allee ein und hielten auf eine elegante Villa zu. Eingangssäulen in einem strahlenden Weiß grüßten majestätisch. Aus der Ferne meinte Veronica, einen römischen Tempel zu sehen. Eine Kuppel krönte den Bau, als sei er eine Kirche. Veronica wusste sofort, sie hatte ein Gebäude des bekannten Architekten Palladios vor sich. Sie klatschte aufgeregt und begeistert in die Hände. Die Villa war in der Tat ein Meisterwerk dieses bekannten und bewunderten Architekten.

Hatte nicht Ludovico bei einer der Reisen von der Villa Rotonda geschwärmt? Sie gehörte den Grittis und die hatten ihr Kleinod einem Fremden überlassen?

Ein Diener eilte herbei, öffnete den Schlag und half ihr aussteigen. Sie wanderte staunend herum, schaute voller Bewunderung auf den quadratischen Bau mit seiner Kuppel darüber. Mit den vier Portiken davor wirkte er ästhetisch und bestach mit seiner Schlichtheit.

„Der Hausherr bittet um Entschuldigung. Er wird sich verspäten. Wir werden Euch Eure Räume zeigen. Er trug mir auf, Euch zu sagen,

Ihr sollt Euch wie zu Hause fühlen. Die Gäste für den Ball werden am frühen Abend erwartet. Die Herrschaft wollte Euch die herrliche Villa für ein paar Stunden allein gönnen."

Veronica lachte, weil der Diener die aufgetragenen Worte so gedrechselt vorbrachte, als würde er ein Gedicht vortragen.

„Mein Diener und meine Zofe werden Euch mit dem Gepäck zur Hand gehen. Wenn Ihr gestattet, werde ich von dem großzügigen Angebot Eures Herrn reichlichen Gebrauch machen. "

„Soll ich Euch nicht besser Gesellschaft leisten, Veronica?", fragte Ancilla eilfertig. Veronica schüttelte den Kopf.

„Geh nur mit Jaspuccio." Sie zwinkerte Ancilla zu und diese errötete.

Veronica ließ das Haus links liegen, um im Park zu lustwandeln. Nach dem langen Sitzen genoss sie es, sich die Beine zu vertreten. Immer wieder wanderte ihr Blick zu dem gelungenen Bauwerk. Inspiriert von seiner klaren Schönheit sprudelten Verse durch ihren Kopf und eine unbändige Freude für so viel erhabene Anmut erfüllte sie. Sie rezitierte ein Gedicht, erfand weitere Zeilen hinzu.

Es bereitete ihr diebisches Vergnügen, die Worte in die Natur hinauszuposaunen. Sie schallten wie Fanfaren in die frische Luft. Das Haus warf sie als leises Echo zurück. Nach einer Weile, sie fühlte sich erfrischt wie nach einem

Bad, betrat sie die Villa selbst. Auch im Inneren herrschte eine bewundernswerte Symmetrie. Die Möbel schlicht und klar gehalten, betonten das stimmige Konzept. Eine männliche Stimme störte sie aus ihren Betrachtungen auf.

„Du?“ Sie drehte sich verblüfft auf dem Absatz um. Ein Schauer lief ihr über den Rücken. Mein Gott, dieser Mann? Mit den Augen, in denen man wie in einem Moor versank. Unmöglich konnte er derjenige sein, der ihre Dienste bestellt hatte. Er war kein Deutscher, also war er ein Angestellter. Vermutete er in ihr ebenfalls eine Bedienstete? Ehe es einen Skandal gab, musste sie die Sache klären. Niemand durfte erfahren, dass sie wie eine Magd einem schnellen Abenteuer nachgegeben hatte. Ihr Ruf wäre ein für alle Mal vernichtet. Sie ärgerte sich im Nachhinein über ihre Dummheit, sich jetzt der Bandbreite und der Folgen ihres Handels bewusst. Als er jedoch vor ihr stand und sie anschaute, wurden ihr die Knie weich. Und sie wusste, sie würde ihr Handeln, Konsequenzen hin oder her, auch heute wiederholen. Bevor sie zu einer Erklärung ansetzen konnte, zog er sie beiseite.

„Ihr seid Veronica Franco? Die ehrenwerte Kurtisane? Über Venedig hinaus überaus bekannt für Eure Schönheit und Eure Dienste?“

Er verbeugte sich kurz und flüsterte dicht an ihrem Ohr: „Entschuldigt, dass ich Euch mit Eurer Zofe verwechselte.“ Sie erwartete ein Lachen, ein Lächeln, einen spöttischen Ausdruck in seinen Augen, aber sein Gesicht schaute ernst und seine Stimme klang leise und eindringlich.

„Ihr seid in Gefahr, man hat Euch in böser Absicht hierhergelockt. Ich kann Euch nicht alles verraten, ohne meine Deckung zu gefährden. Nur so viel: Lasst Euch sofort zurückchauffieren. Schützt ein Unwohlsein vor. Egal, eine Ausrede wird Euch einfallen." Sie schüttelte zweifelnd ihren Kopf.

„Wenn ich Euch den Namen Portensino nenne, ändert das Euren Entschluss?" Ihre Augen weiteten sich erschreckt. Portensino? Was führte er im Schilde? Egal, sie vertraute diesen moorbraunen Augen.

„Wer seid Ihr?" Er reagierte nicht auf ihre Frage, vermied sie anzuschauen, drückte nur ihren Arm. Sein Atem ging schwer und sie merkte, er kämpfte, sie nicht in die Arme zu schließen.

„Bitte", murmelte er nur und verschwand unvermittelt, als wäre sein Erscheinen ein Trugbild. Sie blieb in den Weiten des Hauses zurück, fühlte sich verloren und der Ort schien ihr mit einem Mal unheimlich. Wurde sie beobachtet? Versteckten sich Schemen hinter den Mauervorsprüngen oder in den Nischen? Unbehagen und Panik erfasste sie und löste ein Zittern am ganzen Körper aus. Wie festgenagelt verharrte sie, war bei pochendem Herzen unfähig, auch nur einen Schritt zu wagen.

Einen Moment später schüttelte sie die Angst ab, zwang sich zu handeln. Mit dem Gefühl, neben sich zu stehen, konzentrierte sie sich auf Wesentliches und suchte nach einem Diener. Hinter den Türen, die sie öffnete, fand sie unbewohnte Räume und schloss sie wieder. Der Ernst der Lage wurde ihr von Minute zu Minute bewusster. Das Haus schien menschenleer zu sein. Einzig und allein sein Eingangsbereich war hergerichtet worden. Endlich entdeckte sie in einem kleinen Hinterzimmer einen Bediensteten. Er schaute ihr misstrauisch entgegen und fragte: „Fehlt es Euch an etwas? Kann ich etwas für euch tun?“

„Entschuldigt mein Eindringen“, flüsterte sie mit ersterbender Stimme. Sie lehnte sich, eine Hand an den Bauch gepresst, an die Wand, als würde sie gleich eine Ohnmacht ereilen. Weit hergeholt war diese Aussage nicht, schon der Gedanke an Portensino löste Übelkeit in ihr aus. Ihr Magen krampfte sich vor lauter Angst zusammen.

„Bitte verständigt meine Dienerschaft! Die Blüten im Garten scheinen meine Gesundheit anzugreifen, ich fühle mich mit einem Mal unwohl. Unmöglich kann ich länger hier verweilen. Sie müssen wissen, dieses Leiden befällt mich des Öfteren auf dem Lande und verschlimmert sich rasch. Mir bleibt nur eines, sofort abzureisen.“

„Aber, ich werde Ärger mit meinem Herrn bekommen“, versuchte der Mann einzuwenden. Veronica tupfte sich mit ihrem Taschentuch imaginäre Schweißtropfen von der Stirn und griff nach ihrem Fächer, um bei jedem Fächerschlag herzerweichend zu seufzen: „Bitte, haltet Abstand, man weiß nicht, ob die Krankheit ansteckend ist.“

Sein Gesicht verzog sich vor Abscheu und er murmelte: „Sehr wohl, Madonna. Bitte begebt Euch zum Ausgang des Hauses.“

Anstecken lassen wollte er sich auf keinen Fall und schuld sein, dass sein Herr sich eine Krankheit zuzog, ebenfalls nicht. Bald kehrte er mit Ancilla im Schlepptau zurück.

„Ancilla! Meine Krankheit hat mich eingeholt. Bitte richte Jaspuccio aus, er möchte unser Gepäck im Wagen verstauen und den Kutscher anweisen, die Pferde einzuspannen. Wir müssen diesen Ort umgehend verlassen.“

Ancilla musterte sie mit einem verstörten und verblüfften Seitenblick. „Steh nicht töricht in der Gegend herum, dumme Pute. Willst du, dass deine Herrin hier auf dem Boden zusammenbricht? Du weißt, mein Leiden kann sich rasch verschlimmern, eil dich.“

Die Kutsche stand bald bereit und in kurzer Zeit ließen sie die herrliche Villa Rotonda hinter sich. Veronica atmete auf, als sie einige Stunden später die Türme von Padua entdeckte und sie sich somit dem Bootshafen annäherten. Ancilla hielt besorgt ihre Hand. Aber erst als sie sicher im Boot saßen und die Kutsche aus dem Blick verloren hatten, lachte Veronica erleichtert auf.

„Ihr habt mich auf den Arm genommen, wie so oft schon, Veronica. Was sollte die Posse?“, fragte Ancilla entrüstet. „Aber, „Bei der „dummen Pute“ wusste ich sofort, dass Gefahr im Anzug ist“, meinte Ancilla. Veronica nickte.

„Ich bin gewarnt worden und danke Gott dafür. Ich werde Madame Balboni noch striktere Anweisungen geben müssen, was meine Kunden betrifft. Diese Buchung hätte beinahe schiefgehen können.“ Ancilla gab sich mit der Erklärung zufrieden. Sie wiegte nur zweifelnd den Kopf, wie Veronica es von ihr kannte, wenn sie etwas anstellte, das Ancilla missfiel.

Veronica lehnte sich zurück und atmete erleichtert auf. Ihr stand die letzte Begegnung mit Portensino nur zu deutlich vor Augen. Mit Grausen erinnerte sie seinen harten Blick. In ihm las sie das Vergnügen, das es ihm bereitete, ihr Schmerz zuzufügen, seine Grobheit, seine Lust, sie zu verletzen, ja, seinen Hass. Als die Häuser der Stadt in Sichtweite rückten, verschwanden die schrecklichen Bilder in die Ferne. Wurden abgelöst von der Frage, was dieser Condottière mit den verführerischen Augen in der Villa Rotonda zu suchen hatte. Von seinem übermütigen Lächeln, seiner Art, die Dinge auf die leichte Schulter zu nehmen, war nichts zu spüren gewesen. Im Gegenteil, seine Anspannung hatte greifbar im Raum gestanden. In wessen Auftrag handelte er? War Andrea sein Vorgesetzter? Was hatte Andrea mit Portensino zu schaffen? Andrea war kein Kaufmann, sondern ein Mann des Militärs. Hatte sich Portensino endlich entlarvt und wurde von den Behörden gesucht? Sie schickte ein Stoßgebet zum Himmel.

Wenn dem so wäre, würde sich ihre dauernde Angst, diesem Unhold an irgendeinem Ort zu begegnen, in Luft auflösen. Welche Erleichterung! Weshalb meinte dieser Condottière, er würde auffliegen? Viele Fragen auf einmal. Sie könnte Andrea vorsichtig aushorchen und auch den Namen des Unbekannten erfragen, doch die Gefahr sich zu verraten bestand. Mein Gott, hoffentlich wusste er nicht längst von ihrem Abenteuer! Erst bemerkte sie, dass er ihr Haus einige Zeit, etwa unter Umständen aus diesem Grund, gemieden hatte. Sie beschloss, ihm gleich nach ihrer Ankunft ein paar Zeilen zu schreiben. Aber das erwies sich als unnötig. Denn Oktavia meldete ihr:

„Signor Tron erwartet Euch in Eurem Gemach. Ich habe ihm Würzwein serviert und einen Imbiss. Er ist bereits vor einer Stunde eingetroffen."

„Oh, wundervoll." Sie eilte schnurstracks in den Salon und fand ihn quer im Bett liegend.

Er spielte mit seinem Dolch, warf ihn in die Höhe und nachdem die Waffe sich in der Luft zweimal gedreht hatte, fing er sie geschickt am Griff auf.

„Ihr könntet in einem Zirkus auftreten“, sagte sie und schaute ihm eine Weile zu.

„Eure kleine Zofe meinte, Ihr würdet erst morgen zurückerwartet. Mein Glück, dass sie sich irrte.“ Er grinste spitzbübisch und Veronica ahnte, dass er über all ihre Aktionen genau im Bilde war. Sie fragte sich einmal mehr, ob er wirklich nur Kommandant einer Galeere war.

„Ich mache mich etwas frisch, entschuldigt mich einen Moment.“ Sie verschwand im Kabinett, schälte sich aus den Reisekleidern und erfrischte sich mit Wasser. Anschließend warf sie sich eine durchsichtige Gamurra über.

Beim Bett angelangt, griff sie sich eine der Pfirsichscheiben, die auf dem Teller mit dem Imbiss lagen. Wie ihre Mutter es ihr beigebracht hatte, steckte sie langsam die Scheibe in den Mund und schaute Andrea in die Augen. Er streckte die Hand nach ihr aus und zog sie an sich. Sein Gesicht näherte sich ihrem.

„Meine heiß geliebte Venus, seid vorsichtiger mit Eurem Umgang“, raunte er, bevor sich ihre Lippen trafen. Veronica schloss die Augen. Die überstandene Gefahr entfachte unbändige Lust, der sie sich gern hingab.

Später, sie fuhr mit den Fingern durch sein lockiges, etwas widerborstiges Haar, wagte sie zu fragen: „Was ist mit Portensino?“ Als Andrea nicht gleich antwortete, erzählte ihm Veronica von ihrem Erlebnis in der Villa Rotonda. Als er weiter schwieg, vom Maskenball und der Gondelfahrt.

„Dieses Schwein“, murmelte Andrea und setzte sich ruckartig auf. „Hör zu, wir werden ihn kriegen. Dieser Schurke hat noch einiges mehr auf dem Gewissen. Wir haben ihm eine Falle gestellt. Marco Venier ist mit einem Trupp erfahrener Männer unterwegs, ihn auszuhebeln. Wir wissen, dass Portensino der Mittelsmann ist, der für den Anschlag auf das Arsenale verantwortlich zeichnet. Wenn wir Glück haben, hilft uns eine hochgestellte Persönlichkeit am Hofe des Sultans, dies zu beweisen. Strikte Geheimhaltung. Ich kann mich auf dich verlassen? “

Veronica zuckte bei Andreas Worten zusammen und nickte. Stumm ballte sie ihre Hände zu Fäusten.

Schwierige Rückkehr

Die Oberfläche des Meeres glänzte dunkel wie Öl. Der fehlende Wind ließ die Segel der Galeere schlaff herunterhängen. Das Geräusch der Ruder, ihr gleichmäßiges Klatschen beim Eintauchen in die See, beruhigten Giacomos aufgewühltes Gemüt. Er meinte, Land zu riechen. Gierig sog er den Geruch des Salzes in die Nasenflügel. Die Anfeuerungsbefehle für die Ruderer drangen nur gedämpft zu ihm. Noch umkreiste keine vorwitzige Möwe die Masten. Die Nähe der Küste schien zu täuschen. Irgendwo hinter dem Horizont verbarg sich die felsige Küstenlinie mit ihren verschwiegenen Buchten.

Er dachte an die Listen der Seeräuber, die des Nachts Lichter über das Meer schickten, um Schiffe in die Untiefen zu locken. An jene Geschichten aus seiner Jugendzeit, die ihm besonders gefallen hatten. Schon als Junge hatte er es kaum erwarten können, endlich Land zu sehen und ungeduldig das Einlaufen in den Hafen herbeigesehnt. Zum einen, weil ihn die Seekrankheit einmal mehr einmal weniger quälte und zum anderen, weil er es kaum erwarten konnte, so rasch als möglich nach Hause zu gelangen. Heute? Giacomo bezweifelte, noch ein Zuhause zu besitzen.

Das letzte Treffen mit seinem Vater hinterließ einen bitteren Geschmack im Gaumen. Der sture alte Esel! Fünf Jahre zogen seither ins Land. Hatte die Weisheit des Alters die Sturheit abgelöst? Oder hatte sie zugenommen und sein Vater würde ihm die Tür weisen, wie schon einmal? Sein Mund war trocken und es bereitete ihm Schwierigkeiten, den Kloß im Hals hinunterzuschlucken.

Wie ein Getriebener wanderte Giacomo an Deck auf und ab. Wenn doch der Wind endlich auffrischen und die Fahrt beschleunigen würde. Er verschränkte die Hände im Rücken, versuchte, seiner inneren Anspannung Herr zu werden. Zwar freut er sich auf das Ende seiner Gefangenschaft, aber seine Freiheit forderte einen hohen Preis. Sein Blick wanderte hinüber zu seinem Begleiter - oder war es sein Bewacher? - für diese Reise, Estore Martinengo. Sie befanden sich im gleichen Alter. Ein Condottière, jedoch aus völlig anderem Holz geschnitzt als dieser ungeschlachte Schweizer im Dienste von Portensino. Obwohl er sich seinen Erzählungen nach ebenfalls auf vielen Schlachtfeldern rumgetrieben und kein Abenteuer ausgelassen hatte. Ein Heldentyp, dem nichts zu schwierig deuchte, den die Frauen anschmachteten, die Dichter besangen. Einer, der die Jugend gepachtet hatte, keine Herausforderung ablehnte und früh sein Leben würde lassen müssen. Giacomo meinte, mit seiner eher nüchternen, abwägenden Haltung eines Kaufmanns im Vergleich zu ihm ein gesetzter Mann zu sein. Gern hätte er auf die abenteuerreichen letzten Jahre verzichtet.

Abgesehen von der Haarfarbe und der Augenfarbe unterschieden sie sich wenig: Beide waren sie hochgewachsen und schlank. Und Estore bevorzugte wie er Bewegung in frischer Luft. Sein Teint wies eine leichte Sonnenbräune auf.

Noch rätselte Giacomo, welche Gründe den Großwesir und den Sultan bewogen haben mochten, den Venezianern Portensinos Kopf zu liefern. Er mutmaßte, dass Konstantinopel ein Interesse hatte, den kurz vor dem Ausbruch stehenden Konflikt um die Herrschaft im Mittelmeer hinauszuzögern.

„Ein wenig mehr Wind wäre vortrefflich." Die Stimme Martinengos störte Giacomo aus seinen Gedankengängen auf. „Wenn die Flaute anhält, werden wir noch Tage brauchen, um Eure Heimatstadt Ragusa zu erreichen. Die Zeit wird uns fehlen. Ich habe Euch von meinen Abenteuern berichtet, wollt Ihr zur Abwechslung nicht einmal über Eures berichten? Wie sah Euer Leben als Sklave aus? Ich habe einen Blick hinuntergeworfen zu den Ruderern. Unschöne Sache, dort unten auf der Galeerenbank zu sitzen. Harte Burschen, nicht zimperlich. Ihr hattet dagegen Glück im Unglück, oder?"

Giacomo nickte, auch er hatte den Männern eine Weile zugeschaut. Ihre schweißnassen Rücken, ihre angespannten Muskeln, die ausgemergelten Körper und die Striemen registriert, die von Bestrafungen zeugten, wenn die Männer nicht wie ein Rädchen funktionierten. Ihre verzweifelten, hasserfüllten oder stoischen Blicke verfolgten ihn in seinen Träumen. Martinengos Bemerkung traf ins Schwarze. Was sprach dagegen, Martinengo von Marisa, vom Sklavenmarkt in Attaleia, von den Teppichen zu erzählen und von seiner Dummheit, Portensino in die Falle gegangen zu sein.

„Alle Achtung. Ob die Venezianer ihre Gefangenen so kulant behandeln würden? Und diese Marisa? Habt Ihr sie wiedergesehen?“, meinte Estore, als Giacomo endete.

Giacomo schüttelte den Kopf. „Sie befindet sich im Harem des Sultans. Es ist ihr verboten, mit Männern in Kontakt zu treten.“ Er verschwieg seinem Gegenüber, dass Marisas Freiheit die ausschlaggebende Bedingung war, den zweischneidigen Auftrag anzunehmen. Sofern der Großwesir sein Versprechen hielt, war es Marisa erlaubt, in den nächsten Wochen nach Zypern zu reisen.

„Ich hoffe, in Venedig eine andere Frau wiederzusehen, die mir viel bedeutet. Aber das erst, wenn unsere Mission beendet ist, denn ich möchte ihr Leben nicht in Gefahr bringen.“

„Eine Donna? Vielleicht kenne ich die Signorina? Wollt Ihr mir nicht Ihren Namen verraten?“ Giacomo schüttelte den Kopf.

Martinengo klopfte ihm auf die Schulter.

„Ich kann Euch nur beipflichten, behaltet den Namen für Euch. Ich bin als Frauenheld verschrien. Obwohl, in den letzten Jahren sah mich Venedig nur alle Jubeljahre einmal.

Wenn ich in der Heimat bin, treibe ich

mich in Treviso bei meiner Mutter rum. Sie ist eine begnadete Köchin. Ihr müsst uns besuchen und ihre Penne mit Meeresfrüchten probieren, ein Gedicht, sage ich Euch. Dort treffe ich meinen Bruder. Zwei Jahre jünger als ich, mir ähnlich, eifert er mir nach. Zum Kummer meiner Mutter verpflichtete er sich ebenfalls als Condottière. Ein Kaufmann mit Frau und Kindern wäre ihr Traum. Sie hasst Helden."

Giacomo lachte. Eine Möwe flog über das Deck. Sie schauten ihr nach und dann zum Ausguck hoch.

„Land, Land in Sicht!", hieß es kurz darauf. Estore klopfte Giacomo auf die Schulter. „Die erste Etappe haben wir geschafft."

Viel Zeit ließ ihm Estore für den Besuch im Elternhaus nicht. Nur mit Mühe erkannte er den einst stolzen und unbarmherzigen Vater wieder. Grau, mit eingefallenem Gesicht, der einmal muskulöse Körper mager, die Haut faltig und wie der Hals eines Truthahnes um den Leib hängend, lag er krank in der Stube. Die Mutter umarmte ihren Sohn stumm. Die Not in ihren Augen erschreckte ihn. Sie beschwor Giacomo zu bleiben:

„Dein Vater wird bald vor den Schöpfer treten müssen. Sollte er das Bewusstsein nochmals erlangen, wäre es ihm Trost zu wissen, dass du ihm verzeihst. Er bereute seine Härte, bevor er sich in ein Halbdämmer flüchtete. Bitte deinen Begleiter um ein oder zwei Wochen, höchstens drei. Das sollte doch realisierbar sein, Giacomo. Wenn du es nicht für deinen Vater tust, weil er dir zu wehgetan hat, bitte ich dich für mich, bleib."

„Es tut mir leid Mutter, es geht nicht, selbst wenn ich wollte." Der Abschied fiel ihm schwer. Kurz darauf begaben sie sich wieder an Bord. Der Wind wehte günstig und das Schiff benötigte nur wenige Tage, um nach Venedig zu gelangen.

Als Giacomo von Weitem den Campanile und die Kuppel der Basilica San Marco erblickte, kämpfte er mit der Rührung. Gleichzeitig beschlich ihn Angst und er wünschte sich in diesem Moment, umkehren zu können. Würde man ihn als Verräter ansehen? Oder als nützlichen Informanten, den man, sobald der Vorhang fiel, im Gefängnis verschwinden ließ? Er fühlte sich unwohl in seiner Haut. Er verfügte nicht einmal über die Rechte eines Cittadino. Er dachte an Veronica in ihrem kindlichen Stolz. Alle weiteren Gedanken an sie verwehrte er sich. Erst nach dem Erfüllen seines Auftrages war Zeit, über sein künftiges Verhalten zu entscheiden. Weit draußen in der Lagune ankerte das Schiff. Ein Boot näherte sich und legte längsseits an. Ein Offizier kletterte an Bord, sprach mit Estore.

„Es geht los.“ Giacomo sah, dass sie nicht auf Venedig zusteuerten, sondern auf Murano. Auf der Insel hielten sie vor einer Glashütte.

„Wie sind am Ziel.“ Der Offizier bat, ihm zu folgen. Die Arbeiter in den Fabrikationsräumen warfen ihnen aus den Augenwinkeln heraus Blicke zu, ließen sich aber durch die Herren nicht in ihrer Arbeit stören. Giacomo hatte in der Vergangenheit des Öfteren solche Betrieben besucht, um Ware einzukaufen. Sein Blick fiel auf halb fertige Glasartikel in Rot, Blau oder in Weiß und in allen erdenklichen Formen: Vasen, Weingläser, Schalen, Schmuckgegenstände, jeder Hausdame würde das Herz höherschlagen. Sie durchquerten die Halle, traten in einen Hof, steuerten auf ein schlichtes, niedriges Haus zu. Man erwartete sie. Eine Dienerin öffnete, nachdem sie angeklopft hatten und führte sie in eine gemütlich eingerichtete Stube.

„Das Essen für die Herren ist in einer Viertelstunde auf dem Tisch“, meinte die stämmige Frau, bevor sie den Raum verließ. Sie setzten sich an den Esstisch, während der Offizier an der Tür Wache bezog.

Giacomo schaute fragend zu Estore hinüber. „Und jetzt?“

„Ich besitze keinen blassen Schimmer.“

Der Tisch war für drei Personen gedeckt. Dieser Unbekannte würde hoffentlich in der Lage sein, die Fragen in Giacomos Kopf zu beantworten. Seine Hand ruhte auf dem Päckchen. In eine wasserfeste Haut eingeschlagen, bewahrte er die brisanten Papiere, die seine Rolle im Prozess bezeugten und die von Sokolli höchstpersönlich ausgestellt worden waren.

Es klopfte, Giacomos Kopf wandte sich zur Tür.

„Ramberti?“, rief er freudig aus und sprang auf, um dem Freund entgegenzueilen. Ein Stein fiel ihm vom Herzen. Er kämpfte mit den Tränen.

„Ramberti“, wiederholte er, als er Ludovico umarmte.

„Ihr seid der Zeuge vom Hof des Sultans? Ihr Giacomo?“, rief Ludovico Ramberti mit Staunen in der Stimme, als Giacomo ihm wieder die Luft dazu ließ.

„Ihr lebt? Es hieß, Ihr wäret vor Malta getötet worden. Ich freue mich, dass die Nachricht sich als falsch erweist. Mein Gott, Ihr lebt! Niemand wusste, wen der Sultan schicken würde. Es wurde kein Name genannt. Aber die Zeit eilt. Zurück zu meinem Auftrag. Der Rat der Zehn hat mich ausgewählt, Euch zu begrüßen und Euch zu informieren. Aber lasst Euch ansehen. Ihr habt Euch kaum verändert. Seid schlanker geworden, reifer.“

„Bitte, Ramberti, was erwartet mich?“

„Man ist Portensino auf den Fersen und er wird vermutlich just in diesem Moment gefangen genommen. Sobald er sich im Kerker befindet, wird die Verhandlung angesetzt werden. Wir bitten um Euer Verständnis und bitten Euch, bis zu diesem Zeitpunkt als Gast der Republik Venedig in diesem Haus auszuharren. Uns ist außerordentlich daran gelegen, Euer Leben zu schützen. Ihr seid ein Kronzeuge, bedenkt diesen Umstand."

„Ich habe Ähnliches erwartet, trotzdem bin ich enttäuscht. Entschuldigt." Er war also frei und doch nicht frei, aber immerhin, auf den Freund konnte er bauen. Wenigstens würde man ihn nicht in dunklen Verliesen verschwinden lassen. Ramberti konnte seine Ehrbarkeit bezeugen.

Die Hausdame und ihre Dienerin trugen Schüsseln mit dampfendem Brei, Hühnerschlegeln und Pastinaken herein und stellten die Speisen auf dem Tisch ab. Das Gespräch verstummte.

„Das Essen ist angerichtet, meine Herren."

Die Mahlzeit zog sich in die Länge, alle griffen herzhaft zu. Man plauderte über das Wetter und die Preise für Lebensmittel. Ramberti erzählte von seinen Reisen in die Terra ferma, und als die Sprache auf Treviso kam, fanden er und Estore kein Ende. Giacomo saß auf glühenden Kohlen. Er wünschte sich sehnlichst die Gelegenheit herbei, mit Ludovico unter vier Augen zu sprechen. Er widmete der Unterhaltung nur wenig Aufmerksamkeit. Seine Gedanken weilten bei Veronica. Die Männer diskutieren den Wiederaufbau der Werft, regten sich über die Überschwemmungen des letzten Jahres auf, äußerten sich hoffnungsvoll und erhofften sich bessere Zeiten. Als die Runde zum Thema der Bedrohung durch die Osmanen wechselte, stockte das Gespräch. Offensichtlich erkannten alle Anwesenden erst jetzt, dass einer am Tisch nicht dazugehörte, alle Augen wandten sich Giacomo zu.

„Die Osmanen werden in Kürze versuchen, Zypern einzunehmen", sagte Estore in die entstandene Gesprächspause hinein. „Was meint Ihr, Giacomo?" Giacomo schluckte und zuckte die Schultern.

„Bitte versteht, ich kann zu diesem Thema keine Stellung beziehen. Im Palast des Padischahs habe ich geschworen, über die Dinge des Hofes in Konstantinopel Stillschweigen zu bewahren. Bitte zieht in Betracht, dass ich mich im Status eines gerade freigelassenen Sklaven befinde. Meine Freiheit wurde nur mit einem Gegendienst, nämlich diesem hier, erkauft. Für die kleinste Silbe, die ich verlauten lasse, würde man mich sofort umbringen. Überall lauert jemand, der für Geld einen Dolch in unliebsame Ausplauderer bohrt. Ich bin froh, noch zu leben. Wenn ich die Sache hier hinter mich gebracht habe, werde ich mich völlig aus jeglicher Politik raushalten. Ich bin Kaufmann und hoffe, bald wieder als solcher Geschäfte tätigen zu können. Bitte Ludovico, gewährt mir ein paar Minuten in privaten Angelegenheiten."

Ramberti nickte, er wusste nur zu gut, welche Auskunft Giacomo sich von ihm erhoffte. Ihm war beklommen zumute bei dem, was er seinem Freund würde berichten müssen. Sähe er ihn überhaupt noch als Freund an? Ein Bote des Rates rettete ihn aus der misslichen Lage. Man bat ihn, ohne zu zögern im Dogenpalast zu erscheinen. Das konnte vielerlei bedeuten. Im günstigsten Fall hatte man Portensino inzwischen gefangen gesetzt. Er verabschiedete sich ohne große Umschweife von Giacomo.

„Ich bedauere, Giacomo. Wir werden noch Gelegenheit erhalten, die Angelegenheiten zu bereden, die Euch am Herzen liegen. Nur so viel, Veronica ist wohlauf." Für das folgende Treffen würde er sich seine Worte zurechtlegen, die Aussprache war nur aufgeschoben. Im nächsten Moment eilte er dem Boten hinterher zur Gondel.

Als er den Dogenpalast erreichte, bestätigten sich Rambertis Vermutungen in keiner Weise. Vielmehr war offensichtlich bis zu Alvise Mocenigo durchgedrungen, dass der Kronzeuge Giacomo da Baballi hieß und dass er da Baballi aus früheren Tagen kannte. Venedig konnte nicht riskieren, dass er Giacomo aufgrund ihrer alten Verbundenheit irgendwelche Informationen, unter Umständen unbeabsichtigt, liefern würde.

„Ich habe vernommen, dass dieser Giacomo da Baballi mit Signora Veronica Franco bekannt sein soll, mit der ihr einen gemeinsamen Sohn habt. Eure Verschwiegenheit, ausnahmslos, ist der Staatsräson geschuldet. Ihr müsst mir Euer Ehrenwort geben. Bis zur Verurteilung darf kein Sterbenswörtchen nach außen dringen. Weder, wer uns aus Konstantinopel geschickt wurde, noch, dass es diesen Mann überhaupt gibt. Selbst am Hof des Sultans könnte jemand sein, der ihn mundtot machen will, obwohl er uns von dort gesandt wurde.“

Ramberti hob die Hand zum Schwur. Man lieferte ihm einen Aufschub. Der Doge schenkte ihm eine Entschuldigung gegenüber Veronica. Er atmete auf, wenn auch das ungute Gefühl in seiner Magengrube ihm sagte: Aufgeschoben ist nicht aufgehoben.

Verfolgungsjagd

Die Hufe der Pferde flogen über den harten Boden und kleine Steine spritzten hoch. Die

Menschen am Weg verschwanden ängstlich in ihren Hütten, als die Soldaten sich näherten. Niemand wollte mit ihnen etwas zu tun haben. Man wusste nie, welches Ungemach sie brachten, welche Steuern sie einzutreiben hatten und jedermann betete, dass ihn das Schicksal verschonen möge. Die Leute atmeten auf, als die Männer nicht Halt machten und bekreuzigten sich in der Sicherheit ihrer Behausung.

„Unser Ziel liegt jenseits des Waldstücks. Vorsichtige Annäherung und ausscheren“, befahl der Hauptmann, der den Trupp anführte. Die Pferde fielen in Trab. Marco hielt sich dicht hinter dem Befehlshabenden. Jetzt schluckte der Moosboden den Lärm der Hufe. Als die Hand des Anführers sich zum Zeichen des Haltens hob, stoppten die Reiter, saßen ab und banden die Pferde fest. Ein Mann blieb zur Bewachung zurück. Der Rest formierte sich und bewegte sich geduckt auf die Rückseite des Hauses zu. Lediglich ein hüfthohes Gebüsch grenzte das Grundstück ein. Es stellte kein Hindernis dar. Heugabeln, Eimer, Pflöcke und zwei Eisenwannen zeigten an, dass sie sich im Wirtschaftsbereich befanden.

Seitlich rainte die Gerümpelwiese an einen Hühnerstall und auf der anderen Seite standen Boxen für Kaninchen. Von einem Misthaufen und einem Abort wehte Gestank herüber.

Die hintere Tür hing windschief in den Angeln und klaffte einen Spalt offen. Auf ein

Zeichen des Hauptmanns zogen die Männer stumm die Degen. Einer der Soldaten öffnete die Tür und schlich sich lautlos in das Innere während der Rest wartete. Eine Minute später ein Winken, der Trupp folgte. Ein langer, leerer Korridor gähnte vor ihnen auf. Es roch nach Essen. Aus der nahe gelegenen Küche drang das Klappern von Geschirr an ihr Ohr.

Marco rief sich den Plan des Hauses ins Gedächtnis und wusste, die herrschaftlichen Räume lagen weiter vorn. Plötzlich öffnete sich die Küchentür und ein Diener betrat den Korridor. Seine Augen weiteten sich vor Schrecken, als er die Bewaffneten vor sich sah. Das Tablett mit dem gefüllten Weinglas darauf polterte zu Boden. Bevor er Laut gab, beförderte ihn einer der Männer mit einem gezielten Schlag auf den Kopf in den Schlaf. Sie warteten einen Moment. Es blieb ruhig und sie setzten ihren Weg fort.

Am Ende des Ganges sperrte eine halbgeöffnete Tür. Sie warteten. Eine ungeduldige Stimme schnarrte in barschem Ton: „Was braucht Er so lange, um mir ein Glas Würzwein zu bringen?“

Marco lächelte. Der Fuchs befand sich im Bau. Der vertrauliche Hinweis erwies sich als Treffer. Der abenteuerliche Ritt weit über die Staatsgrenzen hinaus bis hinter Veronas Grenzen, nicht umsonst. Eindeutig handelte es sich um die befehlsgewohnte, etwas nörgelnde

Stimme Portensinos. Marco nickte.

„Hier, der Herr“, rief der Hauptmann und stürmte das Zimmer. Marco folgte. In der nächsten Minute hatten sie Portensino überwältigt. Überrumpelt und verblüfft schaute er auf die Degenspitzen. Marco trat vor, während zwei Männer auf Befehl des Hauptmannes den Raum inspizierten. Die Restlichen schwirrten aus. Portensino saß im Lehnstuhl, vor sich einen Tisch, auf diesem ein Kassenjournal, ein Tintenfass und eine Feder. Seine nur mit Strümpfen bekleideten Füße bezeugten, wie sicher er sich gefühlt haben musste.

„Was fällt Euch ein, Venier, mich in meinem Landhaus zu überfallen?“, meinte er trotz seiner misslichen Lage herablassend.

„Wir verhaften Euch im Namen des Rates der Republik von Venedig. Ihr seid verdächtig, den Anschlag auf das Arsenale geplant und verantwortlich geleitet zu haben. Wir haben den Auftrag, Euch nach Venedig zu überführen.“ Portensino lachte, wenn auch gequält.

„Die Gerichtsbarkeit Venedigs endet einige Meilen vor diesem Sprengel. Ihr verfügt also über kein Recht, hier einzudringen. Vielmehr stellt Euer Überfall ein Vergehen dar. Ich werde mich bei der Obrigkeit beschweren und Euch die Büttel für diese Frechheit auf den Hals hetzen. Ich bin ein angesehener Bürger dieser Region.“

Marco verzog keine Miene. Er wusste, Portensinos Angabe entsprach der Wahrheit. Mut besaß dieser Bastard. Unverfroren Forderungen mit herrischer Stimme vorzubringen, obwohl ihm die Degenspitzen fast die Gurgel kitzelten.

Aber weder Mut noch das Berufen auf sein Recht würden ihm helfen. Portensino hatte verspielt. Sie würden ihn fesseln, kurzerhand auf ein Pferd binden und ihn innerhalb eines Tages der Gerichtsbarkeit Venedigs ausliefern.

„Egli, Euer treuer Schweizer Condottière hat geplaudert wie ein Wasserfall. Selbst Ihr werdet noch reden. Das Haus ist umstellt. Eure Leute gefangen genommen."

Hufschläge ließen Marco zusammenzucken. In Portensinos Augen blitzte Zuversicht auf. Als kurze Zeit später zwei Männer Francesco Martinengo hereinführten, atmete Marco auf.

„Macht Euch keine Hoffnungen, Portensino. Dieser Condottière ist ein trojanisches Pferd. Er steht im Dienst der Republik Venedig. Ihr könnt ihn freilassen, Hauptmann."

Martinengo dankte Marco. Er rieb sich die Handgelenke. Zusammen beobachteten sie, wie Portensino nicht nur an den Händen, sondern auch an den Füßen gefesselt wurde. Der Mund des Kaufmanns wurde mit einem dicken Knebel verschlossen. Als die Männer ihn aus dem Zimmer transportierten, warf Portensino Marco und Martinengo hasserfüllte

Blicke zu. Martinengo verbeugte sich. Als sie verschwunden waren, wandte Martinengo sich an Marco.

„Portensino hat auf angenehmere Gesellschaft gehofft. Wir sollten ihm die Kurtisane Veronica Franco als Geisel liefern. Sein Plan wäre fast aufgegangen. Die ehrenwerte Dame handelte leichtfertig. Daher war ich ein wenig spät dran. Fühlte sich überaus sicher, der windige Herr.“ Marco klopfte ihm auf die Schulter. Martinengo lächelte. „Dieser Auftrag war ein Kinderspiel. Ich habe nicht geglaubt, dass es so leicht sein würde, Portensinos Vertrauen zu gewinnen. Aber niemand ist für Schmeicheleien anfälliger als ein hintertriebener Gauner, der es zu etwas gebracht hat. Dieser Mann, der über Leichen ging, um Reichtümer zu horten, mutierte zum kleinen Jungen, wenn man ihn wie einen Adligen behandelte.“

„Begleitet Ihr uns bis zur Grenze, Signor Martinengo? Ich kenne Eure Anweisungen nicht.“

„Mein Befehl lautet, bis zum Morgengrauen hier die Stellung zu halten. Nach dem Ende meiner Mission werde ich nach Treviso reiten. Ich freue mich schon jetzt auf die Nudeln meiner Mutter. Ihr wisst ja, ich bin ein junger, harmloser Landedelmann, der den Freuden des Lebens nicht abgeneigt ist und vom Erbe seines Vaters lebt. Nur auf Anfrage verdinge ich mich als Söldner."

„Ihr stellt Euer Licht unter den Scheffel, ich hörte von einigen Sonderaufträgen, die Ihr und Euer Bruder Estore mit Bravour gemeistert habt. Euer Bruder hat uns den Kronzeugen aus Konstantinopel hergebracht. Ebenfalls keine einfache Aufgabe, denn wie wir wissen, sind die Interessen am Hofe des Sultans geteilt."

„Ja, allerdings. Ein Anschlag ist schnell bewerkstelligt. Aber lassen wir das. Besucht mich einmal in Treviso, Marco Venier." Marco nickte.

„Ich muss mich verabschieden, Martinengo. Das Personal wurde in einem viel Raum bietenden Zimmer im ersten Stock des Hauses für die Dauer der Aktion weggesperrt. Bitte befreit die Leute. Sie werden keine andere Wahl haben, als sich einen neuen Dienstherrn zu suchen. Arrivederci."

Als Marco aus der hinteren Tür trat, entfernten sich seine Männer mit dem Gefangenen bereits Richtung Wald. Es dauerte nicht lange und er schloss zu ihnen auf. Sie erreichten die Pferde, die im Schatten der Bäume warteten. Mit einem gezielten Schlag auf den Hinterkopf wurde Portensino kurzerhand außer Gefecht gesetzt. Der leblose Körper verschwand in einem Sack. Einer der Reiter positionierte das „Gefahrengut" vor seinem Sattel. Man konnte in dem Bündel ebenso einen Hirschkadaver oder eine tote Wildsau vermuten, die auf der

Jagd erlegt worden waren. Der Trupp wählte jetzt kleine Nebenstraßen und ritt gesittet durch die Dörfer, um kein unnötiges Aufsehen zu erregen.

Marco wusste, dass er sich voll auf die ihm zur Seite gestellten Soldaten verlassen musste. Für Aktionen wie dieser mangelte es ihm an Erfahrung. Schließlich war er kein Condottière wie Martinengo, trotz seines langen Dienstes in der Marine.

Die Zöllner salutierten und öffneten die Schranke, als der Trupp einige Stunden später die Grenze zum venezianischen Hoheitsgebiet erreichte. Marco glitt vom Pferd, griff in seine Satteltasche, entnahm ihr eine Schriftrolle, eilte zum Häuschen des Offiziers.

„Wir haben Euch bereits erwartet, Signor Venier", bedeutete ihm der Wachhabende. Marco reichte ihm das Schriftstück. Er nahm an, der Zollbeamte würde die Unterlagen prüfen wollen und lehnte sich gegen die Mauer. Doch das Papier wurde einzig entrollt, mit einem Stempel versehen und dann an ihn zurückgegeben.

„Ihr könnt passieren, die Angelegenheit wurde von höherer Seite abgesegnet", war der einzige Kommentar.

Marco atmete auf. Die erste Hürde war übersprungen, gleichwohl legte sich seine Nervosität noch nicht. Der Weg bis zu der geheimen Stelle, an der die Boote warteten und zu der sie den Gefangenen bringen mussten, lag noch vor ihnen. Erst am frühen Morgen würden sie den Canal erreichen. Er dankte dem Zollbeamten mit einem Tippen an sein Barett, eilte nach draußen und schwang sich auf sein Pferd.

Die Einheit setzte sich in Bewegung. Auf dem weiteren Weg hüllte die Nacht sie ein. In mäßigem Trab bewegten sie sich die nächsten Stunden durch ruhige Dunkelheit. Nur ein fahles Mondlicht half ihnen, die Pfade zu finden.

Als sie sich dem Fluss und der Stelle mit den Booten näherten, dämmerte der Morgen herauf. Marco hätte sich für die Mission einen nebligen Tag im November gewünscht, nicht diesen klaren, unschuldigen Sommermorgen, an dem die Sonne gleich nach ihrem Aufgang alles mit scharfem Licht ausleuchtete. So konnten die drei Strolche sie schon von Weitem ausmachen und ihnen im dichten Schilf des Weges zum Wasser auflauern. Zum Glück stellte der unbeholfene Überfall keine ernste Gefahr dar. Sie entpuppten sich als einfältige Wegelagerer und es gelang Marcos Leuten rasch, die Banditen in die Flucht zu schlagen. Vom Hunger getrieben, hatten sie es auf die Jagdbeute abgesehen.

Mit zeitlicher Verzögerung lag der „ungenießbare Braten" endlich, geschützt vor gierigen Blicken, auf den Bootsplanken, bereit für den Weg in das Verlies. Drei Barken glitten bald darauf fast geräuschlos durch das Wasser.

Erst jetzt, in heimischen Gewässern, gönnte sich Marco eine Verschnaufpause. Er bedauerte, nicht mehr über die Leichtigkeit seiner jungen Jahre zu verfügen. Insgeheim beneidete er Martinengo. Die Aufgaben eines Kommissars für den Rat stellten hohe Anforderungen. Einerseits deckte man ihn mit Schreibtischarbeit ein, andererseits verlangte man - wie beim Überfall auf das Arsenale oder heute – einen strategischen Einsatz. Er war gezwungen, nach allen Seiten zu taktieren. Bedachte man nur den Wiederaufbau der vom Regen verfallenen Häuser in den ärmeren Sestière. Ein schier unlösbares Problem, den Ständen, Besitzern und den Spendern gleichermaßen Dukaten aus dem Säckel zu locken. Aber das alles bedeutete nichts gegen die vermaledeite Staatsräson, denn die forderte von ihm, eine steife Spanierin zu ehelichen! Es war zum Auswachsen!

Endlich leuchtete in der Ferne die Stadt wie ein riesiges Schiff aus Stein aus dem Wasser auf. Keine Zeit mehr für persönliche Befindlichkeiten. Marco konzentrierte sich auf das Wesentliche.

Der Morgen schickte eine frische Brise durch das offene Fenster. Veronica setzte sich im Bett auf. Ihr Blick schweifte über die zerknüllten Laken, die halb geleerten Weinkelche und die angetrockneten Reste einer kleinen Mahlzeit vom vergangenen Abend auf dem Tisch. Ihr Kavalier, ein reicher Händler aus Modena, etwas älter und relativ leicht zufriedenzustellen, hatte sich beim ersten Hahnenschrei verabschiedet. Danach hatte Veronica zwischen Wachen und Träumen dagelegen, ohne sich zu rühren. Sie liebte diese Zeit der Inspiration, in der die Nacht sich leise fortschlich und der Tag anklopfte.

Um das Fenster zu schließen, erhob sie sich. Barfüßig schaute sie zum von der Morgensonne rosa gefärbten Himmel, der sich eitel in der Oberfläche des Canals spiegelte. Das Wasser floss ruhig und träge dahin. Der Ruderschlag mehrerer Boote weckte ihre Aufmerksamkeit. Neugierig hielt sie inne, obwohl es sie inzwischen fröstelte. Drei Barken, an denen das Staatsemblem blinkte, strichen zügig vorbei. Ihr Mittelbau verbarg das Transportgut. Veronica richtete ihr Augenmerk auf die beiden Männer, die am Heck des mittleren Bootes standen. Sie unterhielten sich nicht entspannt, sondern tasteten mit den Augen unruhig die Fondamente und Palazzi ab. Sie erkannte plötzlich Marco Venier, erinnerte sich an die Worte von Andrea und an die Gerüchte der letzten Tage. Ob Portensino als Gefangener in einer der Barken mitgeführt wurde? Ein Schauer lief ihr den Rücken hinunter. Ihr Herz schlug aufgeregt bis zum Hals. Ein Albtraum würde enden.

Sie wartete, bis die Boote ihr Sichtfeld verlassen hatten, erst dann suchte sie ihren Morgenmantel, zog ihn über und schlenderte nachdenklich hinüber in ihre Bibliothek. Sie dachte an die schlanke, hohe Gestalt von Marco auf dem Boot. Ernst, aufrecht und selbstbewusst hatte er gewirkt. Sie würde ihn um Entschuldigung bitten für ihr ungerechtes Verhalten. Die Schuld am Überfall auf die Schiffswerft traf nicht ihn, sondern allein Portensino. Dieser Lump hatte die Männer geschleust, die für die Detonation verantwortlich waren und das alles für eine fremde Macht! Seine Machenschaften hatten ihr Giacomo genommen. Portensino war ein Mörder, er hat ihren Sohn Giacometto getötet!

Als sie später in die Küche ging, um sich ein Glas Milch zu holen, überfielen Ancilla und Agnesia sie regelrecht.

„Portensino ist gefangen genommen worden und die ganze Stadt redet von nichts anderem. Es heißt, der Rat besitze Beweise, dass er die Attentäter in die Schiffswerft eingeschleust hat. Man spricht von einem geheimnisvollen Kronzeugen aus dem Osmanenreich. Portensino wird vor Gericht gestellt. Bereits morgen soll der Prozess beginnen."

Veronica setzte sich für einen Moment an den Küchentisch. Sollte sie nach dem Ankleiden bei Ludovico am Rialto vorbeischauen?

Als Ratsmitglied verfügte er sicher über umfangreichere Informationen. Sie war neugierig.

„Ich brauche Jaspuccio nachher und du wirst mich ebenfalls begleiten, Ancilla. Wie geht es dem Jungen deiner Schwester? Hat sich Andrea gut eingelebt?“ Ancilla nickte.

„Er stellt sich sehr geschickt an und hilft Agnesia bei kleinen Verrichtungen. Ich bin Euch so dankbar, Veronica.“

„Ist schon gut, bitte, richte mir ein Bad, und lege mir ein einfaches Gewand heraus, ich werde zur Apotheke von Ludovico fahren.“

Aber sie traf weder Ludovico in seiner Wohnung noch Domenico, den sie als Nächsten aufsuchte, in seinem Haus an.

Der Kronzeuge

In Murano litt Giacomo währenddessen unter seiner Gefangenschaft. Veronica nur wenige Bootsminuten entfernt zu wissen, brachte ihn schier um den Verstand. Seit zwei Tagen baute sich Venedig vor ihm als Kulisse auf. Giacomo mied den Blick auf die Lagune und die ferne Stadtsilhouette. Er versuchte, sich abzulenken, beobachtete aus dem zweiten Fenster die Arbeiter in den Fabrikationsräumen. Tag und Nacht brannte der Ofen und Leute werkelten. Neben dem Unvermögen, sich der Liebsten zu nähern, wuchsen seine Zweifel von Stunde zu Stunde. Aus welchem Grund hatte man Ramberti abgelöst und einen anderen Kontaktmann geschickt? Würden ihn die Venezianer nach dem Prozess einfach gehen lassen? Bestand die Gefahr, dass Nassis Schergen ihm auflauern würden, um ihm den Garaus zu machen? Je mehr er darüber nachgrübelte, wurde ihm klar, worauf er sich eingelassen hatte. Er würde in ewiger Angst leben müssen. Ein beunruhigender Gedanke.

Er sah inzwischen nur einen Ausweg: Sofort nach der Aussage zu verschwinden und sich unter falschem Namen eine neue Existenz aufzubauen. An einem Ort, wo niemand ihn kannte und vermutete. Sicher war er nirgends mehr. An diesem Punkt seiner Überlegungen angelangt, fiel ihm Veronica ein. Könnte er ihr ein solches Leben zumuten?

Er verfluchte zum zigsten Mal Portensino. Klammerte sich an den Strohhalm, dass er sich schon durchschlagen könnte. Allein - ja, aber mit einer Frau und einem Kind? Erst jetzt fragte er sich, wie Veronica ihn überhaupt empfangen würde. Unter Umständen würde sie ihn nicht einmal mehr wiedererkennen. Er begann zu rätseln, was sich in ihrem Leben wohl verändert habe und ob sie ihrem Mann Kinder schenkte. In den Jahren der Trennung hatte er diese Gedanken ausgeklammert, sich an den schönen Erinnerungen festgeklammert, als würde Zeit keine Rolle spielen.

Jetzt musste er sich der Gegenwart stellen. Glasklar stand ihm seine Situation vor Augen. Niemals war er in der Lage, Veronica und ihren Kindern Sicherheit zu bieten. Ein gehetzter Mann, von fremden Mächten als vogelfrei gebrandmarkt und würde er sie ebenfalls dieser Gefahr ausliefern. Die Erkenntnis verfinsterte sein Gemüt. Das Schicksal bot ihm und Veronica keine Chance. Es gab keine Zukunft für sie beide. Unruhig wanderte er von einer Seite des Zimmers zur anderen, nicht nur einmal, sondern wieder und wieder.

Die Hausmamsell fragte, ob er einen Wunsch habe. Ihr Blick verriet ihm die Sorge um ihren Gast. Auf sein Kopfschütteln hin entfernte sie sich. Später stellte sie ihm das Abendessen auf den Tisch, richtete die Gabel und eine Serviette daneben, wünschte eine gesegnete Mahlzeit.

Giacomo stocherte ohne rechten Appetit im Essen herum. Als er den Teller von sich schob, klopfte es an der Tür. Er öffnete. Der ihm unbekannte Mann grüßte knapp, lehnte Giacomos Einladung ab, sich zu setzen, und sagte: „Ich habe Order, Euch folgende Nachricht zu überbringen: Portensino befindet sich in Gewahrsam. Die Verhandlung ist für morgen angesetzt. Noch vor Morgengrauen werdet Ihr abgeholt und dann versteckt in der Felze einer Gondel zum Dogenpalast gebracht.

Über einen geheimen Eingang werdet Ihr in das Innere geschleust. Wenn alles wie geplant verläuft, bittet man Euch, am Abend die Stadt zu verlassen. Ein Segler wird bereitstehen, um Euch in Eure Heimatstadt Ragusa oder zu einem anderen von Euch gewünschtem Ziel zu bringen. Der Kapitän des Schiffes ist angewiesen, Euren Anweisungen zu folgen."

Seine ärgsten Befürchtungen bewahrheiteten sich und erwiesen sich nicht nur als Hirngespinste. Er konnte unmöglich abreisen, ohne Veronica zu sehen. Es würde nicht das Wiedersehen sein, von dem er all die Jahre über geträumt hatte. Aber er würde sie treffen. Das wäre seine Bedingung, um auszusagen. Er würde fordern, sie ohne Aufsehen auf das Schiff zu bringen. So wäre sie nicht in Gefahr. Nach der Unterredung würde er Befehl zum Auslaufen geben. Er nahm sich vor, ihr seine Situation und seine Befürchtungen schonungslos offenzulegen. Wenn sie ihn noch liebte, würde sie Verständnis für seine Beweggründe aufbringen.

Am nächsten Tag war der Prozess Stadtgespräch. Bereits am frühen Morgen erhielt Veronica einen Brief von Ramberti. Er bat sie, das Haus bis zu seinem Erscheinen nicht zu verlassen. Es sei zu ihrer Sicherheit erforderlich. Die Gründe würde er ihr persönlich darlegen.

Der Hausarrest verlangte von Veronica

einiges an Geduld. Sie eilte erleichtert auf Ludovico zu, als er endlich am Abend eintraf. Voller Ungeduld nahm sie seinen Umhang entgegen. Nachdem Ancilla Würzwein und einen kleinen Imbiss auf dem Tisch angerichtet hatte, bat sie die Magd, nicht mehr zu stören. Ja, sie schob die treue Seele geradezu aus dem Zimmer. Gespannt wartete sie auf Ludovicos Bericht.

„Portensino wurde zum Tod durch Enthaupten verurteilt. Bereits morgen wird er dem Henker gegenüberstehen."

Sie setzte sich, die Knie zitterten ihr, ihr Magen fühlte sich flau an. Jetzt war es offiziell: der Unhold verurteilt. Warum Portensino selbst vor Landesverrat nicht zurückgeschreckt war, blieb ihr unerklärlich. Alle erdenklichen Schandtaten hatte sie ihm von je her zugetraut, aber die eigene Stadt ins Verderben stürzen? Wobei, überlegte sie kurz, er war kein Cittadino, das erklärte manches.

„Wie kann ein Mensch nur einen derartigen Hass entwickeln, dass er zu einer solchen Tat fähig ist, Ludovico?" „Ausuferndes Selbstbewusstsein? Oder Realitätsverlust aufgrund eines übersteigerten Machtbewusstseins? Habsucht? Gier? Seit einiger Zeit liefen seine Geschäfte weniger erfolgreich. Mag sein, dass schlicht und einfach Gold die entscheidende Rolle gespielt haben mag." Er zuckte mit den Achseln. „Wer weiß schon, was in einem kranken Hirn vorgeht? Niemand kann in einen Menschen hineinsehen."

Veronicas Gedanken überschlugen sich: Dieser Mann ist kein Mensch. Aus reiner Habgier hat er das Land verraten und hat nicht davor zurückgeschreckt, unzählige Menschen grausam in den Tod zu schicken. Ihn traf die Schuld, dass sie ihren Schatz, das Kind ihrer Liebe, verloren hatte. Veronica dachte an den harten Blick, mit dem er sie nach der Vergewaltigung hasserfüllt betrachtet hat.

Die Erinnerung ließ sie frieren. Sie zog ihr Schultertuch enger um sich. Morgen würde der Unmensch zur Verantwortung gezogen werden, würde vor den Schöpfer treten müssen. Veronica wünschte ihm das Fegefeuer. Sie drehte, ihren Gedanken nachhängend, das Weinglas in ihrer Hand.

Es dauerte eine Weile, bis ihr auffiel, dass Ludovico unruhig im Zimmer auf- und abging. Als er hüstelte und verlegen „Veronica" anhub zu sagen, sich dann unterbrach, um schweigend seinen Marsch durch den Raum fortzusetzen, wurde sie aufmerksam. Sie suchte seinen Blick, aber sein Gesicht war zum Boden gerichtet. Als er aufschaute, sprang ihr aus seinen Augen Qual entgegen. Verunsichert fragte sie: „Gibt es noch irgendetwas? Dein Unmut hängt nicht nur mit Portensino zusammen?"

Veronica hatte Ludovico nie von dem Vorfall im Boot erzählt. Hatte sich Portensino bei der Verhandlung damit gebrüstet, um Ludovico zu treffen? Wobei, sich zur Vergewaltigung einer Kurtisane zu bekennen, spielte bei der Anklage für diesen Bastard sicher keine entscheidende Rolle. Der Grund für Ludovicos Verlegenheit musste ein anderer sein. Sie wartete. Als das Schweigen bedrückend den Raum füllte, räusperte sich Ludovico, setzte sich zu ihr an den Tisch.

„Ich habe dir von dem Mann erzählt, den der Großwesir des Sultans für die Beglaubigung und Echtheit der Aussage schickte. Ohne diesen Kronzeugen gäbe es keine Anklage und Verurteilung von Portensino. Dieser Mann kommt aus Konstantinopel, ist jedoch kein Osmane, was ihn seine Glaubwürdigkeit erhöhte. Er ist selbst ein Opfer von Portensinos Rache. Der Schurke hat ihn äußerst geschickt in eine Falle gelockt. So landete er auf dem Sklavenmarkt in Attalia, einer Stadt im Süden des Osmanenreiches, und verbrachte die letzten Jahre als Sklave bei den Osmanen. Bis zu seinem Eintreffen wusste niemand im Rat seinen Namen, noch kannte jemand seine Herkunft. Seine Geschichte war unbekannt. Der Rat betraute mich vor drei Tagen mit dem Auftrag, diesen Zeugen unter strengsten Sicherheitsmaßnahmen in Murano in Empfang zu nehmen. Höchste Geheimhaltungsstufe war angesagt. Man drohte mir mit Verbannung, wenn über die Identität dieser Person irgendetwas durchsickern würde. Als ich ihn traf, erschrak ich, denn er war mir gut bekannt. Plötzlich erschien mir die Anordnung des Dogen überaus hilfreich. Ich konnte mich dahinter verstecken. Selbst jetzt bringt mich das Wissen, um wen es sich handelt, in einen Konflikt. Das Schweigeedikt gilt noch bis morgen, aber ich denke ..."

Er schaute Veronica an und haschte nach ihren Händen. „Veronica, der Kronzeuge ist niemand anderes als Giacomo." Veronica griff sich ans Herz. Einer Ohnmacht nahe, starrte sie Ludovico an, unfähig, einen Ton herauszubringen. Wie ein Blitz war die Nachricht eingeschlagen, ihr Körper schien lichterloh zu brennen.

„Giacomo hat sich ein Treffen mit dir ausbedungen. Der Rat erklärte sich einverstanden. Ich soll dich nach der Enthauptung von Portensino auf den Segler bringen, der Giacomo aus Venedig herausbringt. Sein Leben ist extrem gefährdet.

Ich vertraue darauf, dass das Gesagte unter uns bleibt. Ich fand, du solltest etwas Bedenkzeit haben, ehe du ihn wieder triffst."

Ein Unwetter tobte in ihrem Hirn und ihre Gedanken überschlugen sich, bis eine Ohnmacht sie gnädig erlöste.

Als sie die Augen aufschlug, legte ihr Ancilla ein kühlendes Tuch auf die Stirn. „Geht es Euch besser, Veronica?“, fragte sie mit besorgtem Blick. Veronica bemühte sich zu nicken. Umsonst, der Kopf gehorchte nicht. Ludovico saß an ihrem Bett, die Wärme seiner Hand, die ihre Wange streichelte, brachte schlagartig die Erinnerung zurück. Sie bat: „Danke Ancilla. Lass uns allein.“ Erst nachdem die Tür eine Weile verschlossen blieb, wagte sie zu fragen:

„Täusche ich mich? Konstantinopel sandte Giacomo als Kronzeugen? Nach der Hinrichtung von Portensino kann ich ihn treffen?“ Als würde ihr erst nach Ludovicos Nicken die Tragweite all dessen bewusst, richtete sie sich voller Unruhe auf. Doch als sie die Angst, sie zu verlieren in seinen Augen erkannte, zügelte sie ihre Ungeduld. Ludovico hatte all die Zeit treu an ihrer Seite gestanden. Sie besaßen einen gemeinsamen Sohn. Sie nahm seine Hand.

„Bitte verzeih. Lange Jahre hoffte ich auf Giacomos Rückkehr und wartete. Später glaubte ich ihn tot. Jetzt erfahre ich, dass er lebt. Ich muss ihn sehen, muss wissen, wie es ihm geht. Bitte hab Verständnis. Glaub mir, ich weiß deine Fürsorge, deine Umsicht und Ritterlichkeit zu schätzen.“

„Sorg dich nicht, Veronica. Wäre Giacomo nicht gefangen genommen worden, hätten wir nie zusammengefunden. Selbst wenn wir nicht als normales Paar verbunden sind, fühle ich sehr viel für dich. Was auch geschieht, ich bleibe dein Freund. Ich werde immer für unseren Sohn Verantwortung übernehmen.“

An den Schläfen breitete sich Grau in seinem Haar aus und um seine Augen kerbten sich Fältchen ein. Veronica strich zärtlich eine verirrte Strähne aus seiner Stirn.

„Ja, ich weiß mein Lieber, ich danke dir für alles. Bitte erzähle mir, was du über Giacomo erfahren hast. Wenn ich deine Worte nicht verkehrt deute, zwingt man ihn, die Stadt sofort nach der Vollstreckung des Urteils zu verlassen. Fürchtet der Rat diplomatische Verwicklungen durch seine Anwesenheit?“

„Wir nehmen an, dass der Sultan, Selim II., sich mit dieser Auslieferungsaktion Zeit verschaffen wollte. Sein Großwesir, Sokolli, ein ehemaliger Venezianer, hat bei diesem Handel die entscheidende Rolle gespielt. Sicher wollte er seinem Nebenbuhler, dem einflussreichen Nassi, eins auswischen. Beide ziehen am Hof des Sultans die Fäden und können einander nicht ausstehen. Natürlich lag die Zerstörung der Werft im Interesse des Osmanenherrschers. Die Türken werden in der nächsten Zeit versuchen, Zypern zu erobern. Aufgrund des Verlustes einer Vielzahl unserer Schiffe können wir nur wenig dagegen tun. Nassi verspricht sich als Belohnung die Insel Zypern, um dort ein Zionistenreich zu schaffen. Seine Passionen führen also in eine eigene Richtung. Portensino muss als Werkzeug in den Händen von Nassi gesehen werden.

Giacomo ist ein Mann Sokollis. Es braucht nicht viel, um sich vorzustellen, dass Giacomos Leben nach dieser Aktion gefährdet ist. Er hat sich einen neuen, gefährlichen Feind geschaffen. Das Geringste, was Venedig für ihn tun kann, ist, ihm ein Schiff zur Verfügung zu stellen, damit er irgendwohin untertauchen kann, um dort unter falschem Namen unerkannt zu leben."

Veronica liefen Tränen über die Wangen, als sie die Tragweite dieser Konstellation erkannte. Die Folgen, die ein Neuanfang mit Giacomo nach sich ziehen würde, tauchten überdeutlich vor ihren Augen auf: Sie würde ihre Kinder in Gefahr bringen oder sie müsste ihre beiden Söhne in der Obhut von fremden Leuten zurücklassen. Achiletto und Enea wären gezwungen, ohne ihre Mutter aufzuwachsen. Eine Forderung, die keine Liebe der Welt rechtfertigt. Es wollte ihr scheinen, als sei dies die härteste Prüfung, die ihr je auferlegt worden war. Veronica zitterte bei dem Gedanken, dass das Schicksal mit ihr so erbarmungslos umging und erneut einen Abschied verlangte. Veronica würde den Liebsten nur kurz sehen können.

„Ist Giacomo bekannt, dass ich eine Kurtisane bin? Und, hat man ihm gesagt, dass sein Sohn beim Anschlag auf das Arsenale umkam?" Ludovico blickte verlegen zu Boden, ehe er den Kopf schüttelte.

„Mir fehlte die Gelegenheit, ihn zu informieren. Ich wurde kurzfristig abberufen. Möchtest du, dass ich mit ihm spreche?“

„Nein. Ich werde mit Giacomo reden. Aber jetzt bin ich müde Ludovico. Nimm mir nicht übel, dass ich dir heute nicht zur Verfügung stehe.“

Er nahm ihre Hand und küsste sie.

„Ruh dich aus, Veronica.“ Ludovico erhob sich, sie sah, wie er mit hängenden Schultern zur Tür ging. Erschöpft schloss sie die Augen.

Ein warmer Wind drang von außen ins Zimmer, löste einen Bilderbogen der Erinnerungen aus. Ihre abenteuerliche Reise mit Giacomo nach Augsburg, das Stroh in den Scheunen, das Bankett, der Diamant, die Heimkehr, der Abschied. Sie lachte, weinte, umklammerte das Kopfkissen, trank einen Schluck, setzte sich auf, wiegte den Oberkörper hin und her wie im Tanz. Die Kaurimuschel fiel ihr ein und sie schlüpfte aus dem Bett und rannte hinauf zur Bibliothek. Ein kurzes Kramen in den Schubladen ihres Sekretärs und sie hielt die Muschel in der Hand. Zärtlich strichen ihre Finger über ihre glatte, braun gesprenkelte Oberfläche, bis sie glänzte wie an jenem Tag, als Giacomo sie ihr schenkte. Schließlich legte sie die Muschel neben die Miniatur von Giacometto, ging ins Kabinett, wusch sich, kämmte die Haare. Dann machte sie sich auf den Weg ins Kinderzimmer. Ancilla kam ihr entgegen, schaute ihr strahlend ins Gesicht.

„Habt Ihr Euch erholt Veronica? Agnesia mutmaßte, Ihr wäret in gesegneten Umständen.

Es würde mich freuen, ich erwarte ein Kind und wenn Ihr ebenfalls …“ Veronica zwang sich zu lächeln. Sie umarmte die Langvertraute.

„Glückwunsch. Ich freue mich für dich und Jaspuccio. Um mich mach dir keine Sorgen. Es war nur eine kleine Schwäche, die vorübergeht. Wir feiern die freudige Nachricht später. Heute und morgen passt es schlecht. Versprochen.“

Ancilla nickte und begleitete Veronica. Beide standen gerührt vor Eneas Bettchen. Er schlief, den Daumen im Mund, süß und selig. Für ihn existiert die Schlechtigkeit der Welt noch nicht, tröstete sich Veronica. Sie zog sich in die Bibliothek zurück, um zu warten.

„Signor Venier möchte Euch sprechen, Veronica.“ Veronica winkte ab. Die Gedanken über die verlorene Zukunft brodelten in ihrem Inneren. Das Warten strapazierte ihre überaus angespannten Nerven. Sie konnte niemanden empfangen, am allerwenigsten Marco Venier. Entsprechend unwirsch fiel ihre Antwort an Ancilla aus.

„Habe ich Signora Balboni nicht deutlich gemacht, dass ich für Marco Venier nicht zu erreichen bin? Hört kein Mensch in diesem Haushalt auf meine Worte? Ich muss mich sehr wundern." Ancilla zog den Kopf ein. Es geschah fast nie, dass Veronica dermaßen ungehalten reagierte. Aber wenn, schien die Luft zu kochen. Sie kannte ihre Veronica gut genug.

„Entschuldigt. Nicht Marco, Domenico Venier spricht vor. Ohne Grund wird er den für ihn beschwerlichen Weg nicht auf sich genommen haben. Es wäre unhöflich, ihn wegzuschicken."

Veronica hatte nur mit halbem Ohr zugehört, sich bereits erneut über ihr Papier gebeugt. Sie schaute verwirrt auf. Domenico? Das war in der Tat ungewöhnlich.

„Führt Signor Venier in das Empfangszimmer, ich komme gleich." Ancilla knickste und verschwand. Veronica eilte in den Empfangssalon. Als sie eintrat, bedauerte sie, Domenico in dieser, für die Halbwelt in pudrigen Tönen gehaltenen und mit erotischen Zeichnungen geschmückten Umgebung, zu empfangen. Er passte wesentlich besser in die Bibliothek zu den Ledereinbänden. Veronica fühlte sich unwohl.

„Domenico, welche Ehre. Die Gründe für Euren Besuch scheinen bedeutsam zu sein. Ich hoffe, Ihr sitzt bequem und Ancilla hat Euch bereits mit einem Würzwein versorgt?"

Domenico schaute sich um.

„Alle Achtung, Ihr habt Euch eine für die Liebe anregende Atmosphäre erschaffen. Ich wage nicht, mir das intime Reich der Venus auszumalen. Die Ausstattung würde Paola gefallen."

Veronica rutschte unruhig auf dem zierlichen Stuhl herum. Sie wünschte, Domenico würde zur Sache kommen, während sie sich artig einer höflichen Konversation befleißigte. Nur noch wenige Stunden dachte sie und begann, mit den Fingern auf den Tisch zu trommeln. Nach dem Geplänkel traf der nächste Satz Veronica völlig unvorbereitet.

„Ich möchte Euch warnen. Es wäre unklug, mit Giacomo da Baballi aus Venedig wegzugehen."

„Ich verstehe nicht ganz?" War Domenico vom Dogen gesandt? Sollte er ihr ausreden, Giacomo zu treffen? Sie schaute ihn zweifelnd an. Er erriet ihre Gedanken offensichtlich, denn er beeilte sich, zu sagen: „Mich führt kein offizieller Auftrag in dieses Haus. Ich komme als Freund. Ich fühle mich verantwortlich durch das Wort, das ich Eurer Mutter vor ihrem viel zu frühen Tod gab. Venedig ist zwar Eurem Giacomo dankbar, dass er es ermöglichte, Portensino zu überführen, aber niemand im Rat traut einem Mann, der von den Osmanen gesandt wird. Er wird niemals wieder venezianischen Boden betreten dürfen, weil der Rat diplomatische Verwicklungen fürchtet. Wenn Ihr ihm also folgen wolltet, würdet Ihr für immer darauf verzichten müssen, Eure Heimatstadt wiederzusehen. Bezieht dieses Kalkül in Eure Überlegungen mit ein, hört auf Euren Verstand. Sicher ist das Herz ein guter Ratgeber und Ihr habt viel Mut bewiesen, als ihr seinem Ruf folgtet.“ Veronica biss die Lippen zusammen und schwieg.

Als sie endlich ein Wort herausbrachte, stammelte sie: „Ich …“ Domenico unterbrach sie.

„Ihr seid eine erwachsene Frau und eine couragierte dazu. Ihr werdet eine für Euch geeignete Entscheidung treffen. Verzeiht einem alten Trottel, wenn er sentimental wird und sich nichts mehr wünscht, als Euch weiter in Venedig zu wissen. Ohne Euch wäre mein Zirkel nicht das, was er ist, und ich denke, Ihr werdet uns und die Nachwelt mit Eurem Talent noch überraschen. Ganz abgesehen von den Kavalieren, die Euch vermissen würden.“

Domenico schaute verlegen zur Seite, bevor er aufstand. Irrte sie sich oder wischte er sich ganz unauffällig eine Träne aus dem Auge?

„Danke, Domenico, es ist überaus lieb von Euch, mir Eure Zuneigung so offen zu zeigen. Die Aussage macht mich stolz. Verzeiht, dass ich an Euren freundschaftlichen Gefühlen zweifelte. Glaubt mir, die Lage ist mir völlig klar. Unabhängig davon möchte ich Giacomo sprechen. Selbst wenn ich nicht einmal weiß, ob ich ihn wiedererkenne und er mich. Ich weiß nicht, ob er mich noch liebt und ob ihm meine Profession bekannt ist. Er ahnt nicht, dass ich zwei weitere Kinder habe und auch nicht, dass sein Sohn Giacometto verunglückt ist."

Domenico stand auf und stützte sich auf seinen Stock. Bei der Tür angelangt, drehte er sich um.

„Lasst Euer Herz sprechen, ich wünsche Euch viel Glück für die Begegnung."

Veronica beobachtete vom Fenster aus, wie sein Diener ihm in die Gondel half und er sofort in der Felze verschwand.

Hinrichtung

Veronica schaute nach dem Stand der Sonne. Portensinos Hinrichtung stand kurz bevor und unzählige Gondeln mit Schaulustigen schipperten bereits jetzt in Richtung Markusplatz. Die Stadt war von Unruhe erfüllt. Die Bewohner warteten, dass die Kirchenglocken Venedigs mit ihrem Läuten das Vollstrecken des Urteils verkündeten. Sie fühlte kein Bedauern für Portensino, aber Zeuge bei seiner Hinrichtung sein? Das ging ihr zu weit und außerdem beschäftigten sie eigene Probleme. Hektisch wanderte Veronica im Raum auf und ab, bis sie sich schließlich zur Geduld ermahnte, sich an den Tisch setzte und den Kopf in die Arme gestützt, ins Leere starrte.

Erst als Ancilla erschien, um die benutzten Gläser zu holen, erhob sie sich wieder. Ihrem Gefühl nach hingen inzwischen Bleigewichte an Füßen und Armen. Ancilla warf ihr einen besorgten Blick zu. Wie gern würde sie sich der Magd anvertrauen. Mit jemandem, der sie in- und auswendig kannte, über das Schicksal sprechen, dessen Rad sich so merkwürdig drehte. Plötzlich erwachte der Wunsch, in der Kirche Santa Maria Formosa zur Jungfrau zu beten. Aber sie war ans Haus gefesselt.

„Wann ist es denn so weit, Ancilla“, fragte sie und deutete auf Ancillas Bauch, um sich von ihren Problemen abzulenken. Auf Ancillas Gesicht breitete sich sofort Sonnenschein aus und ihre Augen funkelten.

„Noch fünf Monate, Veronica.“

„Aber, aber, dann habt ihr ja nicht bis zur Hochzeit gewartet, oh, oh.“

„Ihr werdet es nicht dem Priester verraten, oder? Wir werden sagen, es war ein Siebenmonatskind.“

„Sieh an, selbst dem Priester willst du nicht Rede und Antwort stehen?“

„Beichten werde ich es schon, wenn nicht meinem üblichen Beichtvater. Ist das Kindlein erst einmal auf der Welt, wird die Kirche nichts mehr gegen diese kleine Schwindelei einwenden.“ Sie lachte. „Jaspucci sieht das ähnlich.“

„Dann seid ihr euch ja einig. Das ist immerhin schon eine Voraussetzung für das Gelingen einer guten Ehe."

Bei ihren letzten Worten fingen die Glocken an zu läuten. Ancilla und Veronica schlugen ein Kreuz und traten an das Fenster.

„Ich denke so oft an den niedlichen Giacometto und es tut mir so leid."

„Ich ebenfalls, Ancilla. Ich vermisse den kleinen Kerl." Sie konnte nicht verhindern, dass ihr die Tränen die Wangen hinunterliefen. Ancilla nahm sie wie als Kind in die Arme und streichelte behutsam ihren Rücken.

„Ist schon gut, Ancilla. Danke. Bitte richte mir ein einfaches Gewand und ein Tuch für den Kopf. Man wird mich in der nächsten Stunde abholen. Ich werde mir die Haare kämmen und mich darauf vorbereiten. Du findest mich in meiner Bibliothek."

„Keines Eurer neueren Kleider? Was habt Ihr vor? Nicht, dass Ihr Euch in Gefahr begebt."

„Beruhige dich, Ancilla. Alles hat seine Ordnung. Ich kann dich nicht mitnehmen, so gern ich es wollte. Es ist eine geheime Staatssache, aus diesem Grund besuchte uns Domenico." Die Zusammenfassung entsprach nicht völlig den Tatsachen, aber schien Veronica für Ancilla ausreichend.

Sowie die Magd die Tür hinter sich geschlossen hatte, erwachte die Unruhe erneut, Veronica schwitzte und die Haarbürste glitt ihr aus den schweißnassen Händen. Als Ancilla mit einem Gewand in der Hand erschien, winkte sie ab.

„Nein, nicht das, hol ein anderes." Selbst das nächste Kleid entsprach nicht ihren Wünschen. Erst als Ancilla ein Mieder zutage förderte, ähnlich dem, das sie trug, als sie Giacomo in Augsburg begleitete, gab sie sich zufrieden. Ihr blieb nicht verborgen, dass die Vertraute sie aus den Augenwinkeln heraus misstrauisch beäugte. Klugerweise verzichtete Ancilla auf weitere Fragen. Als es endlich an der Pforte klopfte, atmete sie erleichtert auf, das Warten nahm endlich ein Ende. Doch Veronicas Herz schlug bis zum Hals.

„Serafino?" Veronica fiel ihrem Bruder in die Arme. „Lass dich anschauen. Du siehst fantastisch aus. Wir sehen uns so selten. Dich hat man beauftragt, mich zum Schiff zu bringen?" Sie schluckte weitere Worte, die ihr auf der Zunge lagen, herunter. Die ihr von Ludovico eingeschärften Vorsichtsmaßregeln im Kopf.

„Der Marinekommandant meinte, es würde unverfänglicher aussehen, wenn jemand aus der Familie dich begleitet." Sie nickte nur stumm.

„Deine Anwesenheit beruhigt mich. Ich danke dir." Er half ihr in die Gondel und gab dem Gondoliere, offenbar ebenfalls einem Angehörigen der Marine, das Zeichen abzulegen. Veronicas Haare verbargen sich unter einem Tuch, trotzdem zog sie den Schutz der

Felze vor. Sie war froh, dass Serafino außerhalb Position bezog. Offensichtlich nahm er den Auftrag, sie sicher zu Giacomo zu bringen, überaus ernst. Ein glücklicher Umstand, der sie entband, ein Gespräch führen zu müssen. Obwohl ihr einige Fragen einfielen, die sie dem Bruder gern stellen würde: An welche Orte war er in der letzten Zeit abkommandiert? Wie sah sein täglicher Dienst aus? Sah er Oratio öfter? Besaß er noch Freude am Lesen?

Hundert Dinge wären für sie von Interesse, nur nicht jetzt, nicht in diesem Augenblick. Sie musste ihre Kraft bündeln. Dankbar lehnte sie sich in den Sitz zurück, schaute auf das Wasser, versuchte, sich zu sammeln. Ihr Pulsschlag hielt sich nicht daran, er hämmerte dessen ungeachtet, unruhig und schickte ihr Schweißperlen auf die Stirn.

Das Boot näherte sich inzwischen dem Haupteingang der Stadt und der Bootsführer steuerte direkt auf die Piazzetta zu. Die Säulen von San Marco und San Teodoro ragten im grellen Nachmittagssonnenlicht wie mahnende Finger in den Himmel. Jede Einzelheit der Granitfiguren formten sich im Licht aus. Den heiligen Theodor auf der einen Seite und auf der anderen den heiligen Markus, den Schutzheiligen der Stadt, dargestellt als geflügelten Löwen. Zwischen den Säulen lag der Hinrichtungsplatz der Serenissima. Das Boot verlangsamte die Fahrt. Veronica richtete den

Blick auf die gegenüberliegende Uferseite, aber drehte dann doch den Kopf und schaute auf den Platz. Zwischen den Säulen prangten zwei Pfähle. Auf einem war der füllige Leib des Kaufmanns Portensino, auf dem anderen der abgeschlagene Kopf aufgespießt. Sie glaubte, Blut aus der abgetrennten Arterie des Halses tropfen zu sehen, meinte fast, die hellen, stechenden Augen würden sie verfolgen. Die Zunge, die aus dem Mund hing, würde sie verhöhnen und sie schüttelte sich vor Entsetzen.

Erst beim zweiten Hinschauen bemerkte sie die Menschenansammlung auf dem Platz. Immer wieder drängte sich jemand aus der Menge vor, durchbrach die Absperrung, um näher an den Torso und den Kopf auf den Stangen zu gelangen. Die Wachen mühten sich, die Neugierigen daran zu hindern und das Areal abzusichern. Der Wind trug aus der Menschenmenge wüste Beschimpfungen über das Wasser. Veronica beobachtete, wie die Menschen ausspuckten und Unrat gegen den Kopf und den leblosen Leib schleuderten. Als die Säulen und Pfähle mit dem Hingerichteten aus ihrem Sichtfeld verschwanden, atmete Veronica auf.

Portensino war also tatsächlich tot. Sie registrierte es erleichtert und doch, ein bitterer Nachgeschmack blieb zurück.

Welche Ironie des Schicksals: Seine Rache verfolgte sie und Giacomo noch über den Tod hinaus.

Wiedersehen

Veronica schob die grausamen Bilder beiseite, konzentrierte sich auf ihre Begegnung mit Giacomo. Das Boot näherte sich einem abseits in der Lagune ankernden Segler. In wenigen Minuten würde sie dem Liebsten gegenüberstehen. Sie zitterte vor Anspannung und fühlte sich fiebrig. Gleichzeitig erlebte sie einen Zustand völliger Konzentration, denn nach einem langen Weg würde sie endlich ihr Ziel erreichen.

Das Boot legte an. Eine Leiter aus dicken Tauen wurde heruntergelassen. Serafino nahm die Enden der Stricke unten in Empfang, gab dem Bootsführer zu verstehen, festzuhalten, half ihr die erste Stufe hinaufzusteigen. Die weiteren Tritte musste sie allein bewältigen.

Sie kletterte wie im Traum. Oben griff sie nach der Hand, dankbar für die Hilfe und stieg an Bord. Man führte sie zur Kajüte, hielt ihr die Tür auf. Einen Moment schloss sie die Augen, das Dämmerlicht ließ sie blind im Raum verharren. Endlich hörte sie seine Stimme.

„Veronica, ich habe dich so vermisst." Ohne zu zögern, stürmte sie in seine Arme. Sein Geruch umfing sie und fast ohnmächtig lehnte sie sich an Giacomos Brust. Einen Moment schien die Zeit zurückgedreht, dünkte ihr, sie wären nie getrennt worden. Alles wirkte vertraut, seine Stimme, seine Hände, seine Wärme. Sie fühlte sich geborgen und wunschlos glücklich. Ihre Sorgen verschwanden hinter dem Horizont. Allein dieser Moment des Glücks zählte, auf den sie so lange hatte warten müssen und auf den sie nicht mehr gewagt hatte zu hoffen. Ihr Zutrauen hatte sie nach dem Hören der schrecklichen Nachricht über Giacomos Tod von Monat zu Monat, von Jahr zu Jahr, ein Stück weiter eingebüßt. Sie löste sich langsam, fast unwillig aus der Umarmung und schaute zu Giacomo auf. Die weichen Jungenzüge waren verloren gegangen und harten, kantigen, männlichen gewichen. Die Augen, noch immer erinnerten sie an die Lagune, nur blickten sie ernster als damals. Vergeblich forschte sich nach dem kleinen schiefen Lachen von früher. Die Wirklichkeit – sie holte Veronica schlagartig ein.

„Du bist sehr schön, Veronica. Ich habe …" Seine Stimme versagte vor Rührung. Ihre Augen füllten sich mit Tränen. Sie hielt ihm die Miniatur hin. „Giacometto, unser Sohn, so sah er aus."

Giacomo griff nach dem Bild, schaute es an. Nach einer Weile räusperte er sich und fragte: „Habe ich richtig verstanden, du sagtest, sah …? Er lebt nicht mehr?" Sie nickte stumm. Er drückte das Bild an sein Herz und Tränen liefen über seine Wangen. Veronica umarmte ihn, strich teilnahmsvoll über seinen Rücken.

„Er war ein so kleiner tapferer Seemann oder Reiter, ich …“ Die Stimme versagte ihr den Dienst. Sie hielten sich aneinander fest, im Schmerz über den Verlust, gefangen.

„Wie ist es passiert?“

„Er war zur Unzeit im Arsenale.“

Giacomo ballte die Hände zu Fäusten.

„Portensino“, stieß er fast atemlos hervor. Veronica nickte.

„Bitte, setzen wir uns doch“, bat Giacomo. Sie nahmen am Tisch Platz, der im Mittelpunkt der relativ engen Kajüte verankert war. Veronica legte die Kaurimuschel auf seine Platte.

„Ich habe lange gehofft, du würdest wiederkommen, selbst als alle meinten, du wärest tot. Aber eines Tages schwand auch meine Zuversicht.“

„Ich muss dich um Verzeihung bitten, Veronica. Es war falsch, dich aus deinem behüteten, ruhigen Leben zu reißen, dich ungesichert zurückzulassen. Ich bedauere meine Rücksichtslosigkeit. Ich war ein Heißsporn. Noch jung und unvernünftig, glaubte ich, alles bewältigen zu können. Ich habe Fehler begangen, die nicht mehr rückgängig zu machen sind. Ich bitte dich, mir zu verzeihen. Glaub mir, ich habe aus Liebe gehandelt.“

Veronica steckte ein Kloß im Hals. Mein

Gott, wie gerne würde sie diesen lieben Mund mit Küssen bedecken, mit den Händen durch seine Haare fahren, sein Gesicht streicheln. Aber sie saß wie festgefroren, das Wissen um die bevorstehende Trennung im Kopf.

„Bitte entschuldige dich nicht. Ich bereue keine Sekunde, dass ich mit dir ging. Nur an deiner Seite fühlte ich mich lebendig, sprudelte der Lebenssaft in mir wie eine Quelle des Wohlseins. Nie würde ich auch nur eine Minute unseres Zusammenseins zurückgeben wollen. Aber mein Leben ging weiter und ich muss dir etwas gestehen.

Es liegt mir auf der Seele. Unter Umständen wirst du mich nicht verstehen und mich sogar verachten."

Giacomo drückte ihre Hand. „Ich werde dich niemals verachten."

„Als du weggingst, versuchte ich eine Zeit lang, mich und meine Mutter über Wasser zu halten. Doch unser Geld ging zur Neige und ich war gezwungen, eine Entscheidung zu treffen. Entweder zu meinem Ehemann zurückzugehen oder ...", ihre Stimme versagte.

„Egal, was es ist, ich kann es verstehen", flüsterte Giacomo dicht an ihrem Ohr. Er war aufgestanden, zog sie von ihrem Sitz hoch, nahm sie in den Arm, wartete.

„Ich bin eine Kurtisane", sprudelte es nun aus Veronica heraus. „Die Dienste der Venus erlauben mir unabhängig zu leben, meinen

Haushalt mit sechs Bediensteten und einen Adoptivsohn zu versorgen. Die Verantwortung für meine Familie nehme ich ernst. Ich versuche mich als Poetin, bin in diesem Metier, jedenfalls innerhalb der Grenzen Venedigs, sogar berühmt. Aber das ist noch nicht alles ..." Sie begann zu zittern. Giacomo verstärkte seinen Griff und nahm sie fester in den Arm. „Zu meinen Kavalieren gehört auch Ludovico. Mit ihm habe ich einen Sohn. Ein weiteres Kind von einem anderen Gönner."

Giacomo ließ sie los, blinzelte, machte einige Schritte im engen Raum, drehte ihr den Rücken zu. Veronica bekam kaum Luft. Sie hielt sich am Tisch fest. Nach einer Weile wandte er sich wieder ihr zu, schaute sie an. Wieder sah sie Tränen auf seinen Wangen.

„Wie konnte ich dich nur ohne Sicherheit zurücklassen. Was musstest du alles meinetwegen erdulden. Es tut mir leid, Veronica. In welches Leben habe ich dich getrieben. Bist du denn glücklich?"

„Es macht mich glücklich, dass du lebst. Niemals hätte ich zu meinem Ehemann zurückgehen können, weil ich dich liebe, immer geliebt habe und immer lieben werde." Veronica schluchzte.

Er nahm erneut ihr Hände. „Veronica, ich liebe dich, egal, was du bist und machst. Es spielt keine Rolle, du bleibst die Liebe meines Lebens. Aber das Schicksal straft uns. Ich bin ein Gehetzter, muss untertauchen. Letztendlich werde ich mir im Reich der Osmanen eine neue Existenz aufbauen. Ich kann dich nicht bitten, dich mir anzuschließen, so gern ich es würde. Du brauchst dich also nicht zu entscheiden. Ich weiß, du würdest deine Kinder nicht verlassen und ich bewundere dich für deinen Mut."

„Bitte halte mich weiter mit deinen starken Armen fest. Ich habe deine Umarmungen so lange vermisst."

Ein Lächeln umspielte ihre Lippen, als sie Stunden später die Leiter hinunterkletterte und sich von Serafino auffangen ließ. Sie blieb mit ihrem Bruder vor der Felze stehen, schaute lange zum Segler. Er hielt sie an den Schultern umfangen in einem stummen Einvernehmen. Erst als sie fast die Höhe des Markusplatzes erreicht hatten, ging sie nach innen und setzte sich. Ihr Blick mied die Piazzetta und die beiden Säulen, schweifte in Richtung Dorsoduro. Die Rückkehr von Augsburg nach Venedig erstand vor ihren geistigen Augen und sie begann, leise vor sich hin zu summen.

Ihre Erinnerungen reihten sich wie Perlen zu einer Kette, eine, die sie niemals ablegen würde. Ebenso wie jene Perlen, die Giacomo ihr jetzt zum Abschied umlegte. Sie würden sich wiedersehen, wenn nicht auf dieser Welt, dann in der jenseitigen. Ruhig und glücklich stieg sie aus.

„Falls deine beruflichen Verpflichtungen es dir erlauben, morgen noch einmal bei mir vorbeizuschauen, Serafino, ich würde mich freuen“, verabschiedete sie sich förmlich von ihrem Bruder. Serafino nickte rücksichtsvoll und antwortete ebenso gesetzt: „Ich würde mich freuen.“ Er verbeugte sich formvollendet, nachdem er ihr auf den Anleger geholfen hatte und bevor er wieder das Boot bestieg.

Wir sind beide erwachsen geworden, dachte Veronica, als sie beschwingten Schrittes auf die Haustür zusteuerte.

„Veronica ...“, empfing Ancilla sie mit einem sorgenvollen und fragenden Blick. Sie wiegelte ab.

„Ich berichte Euch alles morgen und möchte nicht mehr gestört werden.“

Wenigstens für heute Abend und heute Nacht würde sie sich die Gegenwart des Liebsten bewahren, um sie später, immer wenn es nötig war, heraufbeschwören zu können. Sollte ihr irgendwann eine Nachricht mit einer Kaurimuschel übergeben werden, egal, vorher sie stammte und mit welchem Namen sie versehen war, würde ihr Herz höherschlagen.

Das Angebot

Einige Monate später, ein leichter spätsommerlicher Windhauch strich vom Canal Grande herauf und trug den Gesang und die Rufe der Gondoliere mit sich, baute sich Andrea vor ihr auf. Ihr Kavalier stand mit dem Rücken vor dem Fenster, ein Laken um die untere Hälfte seines Leibes gebunden. Er lächelte anzüglich, während sein Blick über Veronicas Körper wanderte.

„Veronica, Ihr seid die schönste Frau Venedigs, die bekannteste Kurtisane der Serenissima und eine Dichterin von Rang. Der Rat bietet Euch an, die eleganteste Agentin der Republik zu werden. Venedig wird sich nicht lumpen lassen. Man offeriert Euch einen eigenen Poeten-Salon, Ihr könntet zu Ruhm gelangen. Domenico Veniers über die Grenzen hinaus berühmter literarischer Zirkel wird dann eine charmante weibliche Konkurrenz erhalten. Ihr seid eine Meisterin als Gastgeberin, versteht es überaus reizend, Verbindungen zu knüpfen. Nichts weiter wird verlangt. Ein geheimer Gast, ein privates Treffen, ein paar Fäden, die hinter den Kulissen gezogen werden."

Ihr Busen hob und senkte sich, als sie empört die Hände in die Hüften stemmte.

„In Eurem Auftrag soll ich als Agentin fungieren? Scherzo? Ihr nehmt mich auf den Arm! Eure viel gepriesene Verehrung für meine Schönheit treibt wilde Blüten. Ihr präsentiert mir Eure Ware wie ein Marktschreier. Da ist doch etwas faul? Versteht mich nicht falsch, aber meint Ihr, mich mit Euren Schmeicheleien so leicht einfangen zu können? Ihr haltet mir einen imaginären Lorbeerkranz hin, wie einem Gaul die Möhre. Erklärt mir, was versprecht Ihr Euch von dem Unternehmen?“ Andrea lachte lauthals.

„Die Empörung macht Euch nur begehrenswerter, liebste Freundin. Eure Augen verwandeln sich von einem Bernstein in einen Topas, seid Ihr Euch dessen bewusst?“

Veronica runzelte die Brauen, ehe sie mit leiser, vor Hohn triefender Stimme antwortete: „Eure Worte lassen mich vermuten, dass Ihr Eure Manneskraft für Eure Gemahlin benötigt. Habt Ihr vor, Euch aus dem Minnedienst für mich zurückziehen? Ich könnte es, wenn auch mit Bedauern, verstehen. Das Geschlecht der Tron besitzt bislang keinen offiziellen Erben. Einverstanden. Ich beurlaube Euch, allerdings ungern. Dafür braucht Ihr nicht derlei Unsinn vorzuschlagen. Vergessen wir das Ganze.“

Sein weiterhin belustigter Blick auf ihre Reize stachelte ihre Wut an. Wie konnte er sie derart aufziehen! Welches Spiel schwebte ihm vor? Wollte er sie auf die Probe stellen? Der

Vorschlag klang zu absurd, um ernst gemeint zu sein. Sie würde der Sache auf den Grund gehen.

Veronica legte die trennenden Schritte tänzelnd zurück. Sie blinzelte Andrea zu, öffnete leicht ihren Mund, suchte den Blickkontakt. Als sie vor ihm stand, wanderten ihre Finger schelmisch von seinem Gesicht zu seiner Halsbeuge. Mit den Spitzen ihrer Brüste rieb sie sich sacht an seinem Körper. Bevor sie die Lippen auf seinen von der Sonne gebräunten Oberkörper senkte, hauchte sie ihren Atem darauf. Ein kurzer Blick zu ihm hinauf, ehe ihre Lippen die Wanderschaft fortsetzten. Andrea atmete schneller, stöhnte leise. Sie spürte sein drängendes Begehren, seinen harzigen Geruch, seine Haut - gegen ihren Willen überrollte sie eine Welle der Erregung.

„Hört auf, Veronica." Sie gewahrte seine Finger in ihrem Haar, suchte mit ihrem Mund den seinen, schob ihre Zunge tastend seiner entgegen. Seine Hände strichen ihren Rücken abwärts, umfassten ihre Pobacken, pressten ihren Unterleib gegen seinen. Jetzt war es vollends um ihre Beherrschung geschehen. Sie taumelten zur breiten Bettstatt, setzten das Spiel der Zungen fort, bis sie gierig übereinander herfielen.

Später, noch schweißnass vom Liebesspiel rappelte sich Veronica hoch. Während ihre Finger mit seinen Schamhaaren spielten, fragte sie beiläufig: „Um auf unser Gespräch von vorhin zurückzukommen. Ihr wolltet mich aufziehen, Andrea? Es handelte sich um einen Scherz, nicht wahr?“ Andrea äußerte sich nicht. Sie beendete das Spiel ihrer Finger.

„Bitte, nicht aufhören, schöne Donna.“

Sie knuffte ihn leicht in die Seite. Er rekelte sich genussvoll, ehe er die Augen öffnete. Einen Arm auf den Ellbogen gestützt, zeichnete er mit der anderen Hand sanft die schlanke Linie ihrer Schenkel nach. Nach einer Weile bequemte er sich, auf ihre Frage zu antworten.

„Veronica entschuldige. Ich hätte mein Wams oder wenigstens meine Hosen überziehen sollen, um meinem Antrag einen offiziellen Anstrich zu geben.“

„Ja, das wäre das mindeste gewesen“, lachte sie und versetzte seinem muskelgestählten Bauch einen leichten Hieb.

„Nun gut.“ Er machte Anstalten sich zu erheben und nach seinen Pantalons zu greifen.

„Komm schon. Ich glaube dir, auch ohne Hosen“, versicherte ihm Veronica, ausnahmsweise einmal ins vertraute „du“ fallend.

„Bene, ich bekenne mich schuldig. Der Vorschlag stammt von mir. Aber der Rat der Zehn - die ehrenwerten Herren Patrizier sind Euch wohlbekannt - hat sich fast einstimmig angeschlossen. Man bittet Euch - im Namen der Republik! Um die osmanische Gefahr abzuwehren, ist Venedig jedes Mittel recht.“

Er lachte schelmisch. Veronica langte mit der Hand nach einem auf dem Boden liegenden Kissen, warf es nach ihm. Sie balgten sich, bis sie schließlich japsend innehielten und sich lachend anschauten. Nachdem sie sich wieder beruhigt hatte, fragte Veronica: „Und wie geht die Geschichte weiter?“

„Selbst Alvise Moncenigo, unser verehrter Doge, hat sich der Mehrheit ergeben. Die vereinigten Nobili bitten Euch inständig, den Posten zu übernehmen. Es soll Euer Schaden nicht sein. Ich denke mir, dass ich meine Kosten möglicherweise etwas zurückfahren könnte? Was meint Ihr? Eine derartige Vermittlung verdient eine Belohnung.“
Veronica brach in lautes Gelächter aus.

„Dachte ich es mir doch. Von daher weht der Wind. Ich werde über das ehrenwerte Angebot nachdenken. Sagt, hängt Eure Offerte mit den umlaufenden Gerüchten zusammen? Man hat mir zugetragen, dass die Osmanen in Zypern eingefallen sind und Nikosia bedrohen. Man munkelt über einen bevorstehenden Krieg.“

„Von Krieg ist noch nicht die Rede. Ihr wisst, Venedig gehört weder zum Land noch zum Meer, weder zum Osten noch zum Westen. Stets waren und sind wir Venezianer bemüht, in beiden Lagern Verständnis für den jeweils anderen zu wecken“, versuchte Andrea abzulenken.

„Ihr weicht meinen Fragen aus. Ein paar mehr Informationen müsst Ihr mir schon gönnen, wenn Ihr mich für Eure Mission gewinnen möchtet. Ich bin eine eigenverantwortliche Frau und gezwungen, gewissenhaft abzuwägen, worauf ich mich einlasse.“

„Ihr seid das charmanteste Biest weit und breit und das gescheiteste dazu“, schmunzelte Andrea unter seinem dunklen Bart.

„Bene. Die Osmanen wollen ihre Stellung ausbauen, um das Mittelmeer unter ihre Gewalt zu bringen. Das gilt es in unseren Augen zu verhindern und daran sollten Spanien, Genua und die Malteser ebenfalls interessiert sein. Philipp II. scheinen die Osmanen weit entfernt. Der Papst will den christlichen Glauben verteidigen, ihm schwebt ein neuer Kreuzzug vor. Soweit die Fakten. Aber interessieren die Euch tatsächlich? Oder liegt Euch Zypern aus anderen Gründen am Herzen, bezaubernde Frau? Gehe ich Recht in der Annahme, dass Euer Galan Giacomo für Euer Interesse verantwortlich zeichnet? Er ist Richtung Zypern aufgebrochen. So viel wissen wir.“ Veronica ernst geworden, erwiderte: „Eure Vermutung erweist sich als zutreffend. Zu Eurer Information: Giacomo bedeutet mir viel. Ich sehe ihn als meinen rechtmäßigen Gatten an, selbst, wenn wir nie verheiratet waren. Insofern berührt mich das Schicksal Zyperns. Aber dieser Umstand kann für Euch ja nur von Vorteil sein, oder?“

Andrea lächelte nachsichtig, ehe er fortfuhr: „Entschuldigt Veronica, ich wollte Euch nicht verletzen. Die Nachricht, die uns zugespielt wurde, besagt, dass das türkische Heer mit einer hohen Anzahl von Soldaten auf der Insel Zypern gelandet sein soll. Die Quelle ist nicht hundertprozentig zuverlässig, wir warten auf eine Bestätigung. Viele Edelleute hoffen noch, die Meldung möge sich als falsch erweisen. Sollten die Osmanen Nikosia bereits belagern, würde uns der nahende Winter zum Vorteil gereichen. Bislang sind die Türken stets zu Beginn der kalten Jahreszeit abgezogen. Außerdem hofft der Doge, der Sultan und seine Wesire erinnern sich an jenen Tribut, den die Republik Venedig ihnen jedes Jahr in den Rachen wirft. Es handelt sich um eine recht beträchtliche Summe.

Vom militärischen Standpunkt aus gesehen, liegt die Insel direkt im Maul des Wolfs, einen Steinwurf von der südlichen Küste des Osmanenreiches entfernt. Selim II. sitzt noch nicht lange auf seinem Thron. Er muss seinem Volk beweisen, ein ebenso bedeutender Herrscher ist, wie sein Vater, Süleyman der Prächtige. Die Vorherrschaft im Mittelmeer steht nicht zum ersten Mal zur Disposition.

Reicht dies meiner anspruchsvollen Donna an Hintergrundinformationen? Ich erwäge, Euch nächstens gleich mit zu den Ratssitzungen zu nehmen. Es würde mir ersparen, Euch die Lage der Nation explizit zu erklären. Wir hätten mehr Zeit für amüsante Dinge."

„Andrea, erinnert Euch, dass Ihr derjenige seid, der die Politik in mein Haus bringt. Außerdem schwadroniert Ihr doch recht gern über das Weltgeschehen, nicht wahr?"

Er küsste ihren Nacken, seine Lippen wanderten ihren Hals entlang, ehe er sich aufsetzte. Nach einem Stoßseufzer fuhr er fort.

„Ich gebe mich geschlagen. Nur zu. Ihr sollt auch den Rest erfahren. Ihr entwickelt Euch zu einer neugierigen Schlange. Meint Ihr nicht, das schadet Eurem Ruf?" Veronica zwinkerte ihm zu. „Ihr wollt mich zur Agentin, nur zu."

„Also gut, Ihr gebt sonst eh keine Ruhe. Die christliche Welt ist sich uneinig. Wie bereits erwähnt, liegt der Papst Venedig und allen Mittelmeerstaaten seit einiger Zeit mit seinem Wunsch nach einer heiligen Liga in den Ohren. Bislang stößt er auf wenig Gegenliebe.

Der spanische König, Philipp II., hat Ärger mit seinen Mauren und mit den Piraten im westlichen Mittelmeerraum. Zudem gehört Venedig nicht gerade zu den Staaten, die ihm am Herzen liegen. Zu Genua äußere ich mich lieber nicht. Ihr wisst, sie neiden uns seit Jahrhunderten unseren Erfolg. Ihr seht, es geht nicht um Kleinigkeiten."

Veronica presste für einen Moment die Lippen zusammen, sodass der herzförmige Schwung ihrer Oberlippen verschwand. Nach kurzem Zögern und einem prüfenden Blick entgegnete sie:

„Hoffen wir auf die weise Einsicht der Parteien. Und beten wir, dass ein Krieg vermieden wird. Ich werde für meinen Haushalt, zu dem ja auch dein Sohn Enea gehört, entsprechende Vorkehrungen treffen. Ich bin nicht begeistert von dem Angebot des Rates. Im Hinblick auf die Verantwortung für meine Familie ist es keine verlockende Aussicht, zwischen alle Fronten zu geraten. Ich bitte um Verständnis, dass ich mir Bedenkzeit erbitte."

Andrea runzelte die Augenbrauen und Veronica fühlte sich gemüßigt, ihre Worte abzumildern. Sie platzierte ein paar Küsse um seinen Bauchnabel, ehe sie in einem leichten Plauderton erwiderte:

„Für meine Entscheidungsfindung erwiese es sich als hilfreich, wenn mir einige Zahlen zur Verfügung stehen würden. Schließlich bin ich eine Frau mit vielfältigen Verpflichtungen. Unter Umständen bestände die Notwendigkeit, mein kleines, bescheidenes Boudoir zu renovieren? Wenn sich bald ausländische Persönlichkeiten von Rang in meinem

Haus die Ehre geben?“ Sie schaute sich demonstrativ in dem prächtigen Raum um. Er glänzte in voller Schönheit. Zusammen mit Messèr Torino, dem stadtbekanntesten Couturier, hatte sie ihn erst Ende des letzten Jahres unter viel Mühe und mit Sorgfalt ausgestattet. Andrea schien erleichtert aufzuatmen und lenkte ein:

„Veronica, ich werde streng darüber wachen, dass mir keine Konkurrenz erwächst. Und mit Ramberti will ich es mir ebenfalls nicht verscherzen, schließlich zahlt er die andere Hälfte deiner monatlichen Unkosten.“

„Ach, Ludovico habt Ihr ebenfalls auf Eure Seite gezogen? Ich vergaß, er gehört ja wie Ihr dem Rat der Zehn an. Wie gern hätte ich Mäuschen gespielt, als über meine speziellen Aufgaben und über meine außerordentlichen Fähigkeiten als Venus Venedigs beraten wurde. Ihr versteht, dass ich vor einer Zusage Ludovicos Rat einhole?“

Ihre Fingerkuppen kreisten um die Stelle zwischen Hüftknochen und Schambein, die sie so an ihm liebte, während ihre Gedanken sich überschlugen. Würde man ihr überhaupt eine Wahl einräumen? Saß sie bereits in der Falle? Hoffentlich vermochte Ludovico, sie aus dieser Situation zu befreien.

Sie trug schließlich Verantwortung: für ihre Söhne, Achiletto und Enea, ihren Adoptivsohn Andrea, ihre Mägde Ancilla, die junge

Oktavia, die Köchin Agnesia, deren Hilfskraft Lukrezia und für Jaspuccio, den Gondoliere. Darüber hinaus beschäftigte sie noch Signora Balboni und deren Mädchen. Sicher, die Miete, das Geld für das Brennmaterial im Winter, für das Öl der Lampen und für die vielen Kerzen teilten sich ihre beiden Hauptgönner: Der Nobili Andrea Tron - er war der Vater ihres zweiten Sohnes Enea - und Ludovico Ramberti, dem die Apotheke am Rialto gehörte. Er war der Vater von Achiletto. Einige Lebensmittel erhielten sie inzwischen von den Landgütern, welche Ludovico seinem Sohn vermacht hatte. Oder von jenen Besitzungen, in die ihre Mutter für sie die Gewinne der ersten Jahre als Kurtisane gut investiert hatte. Aber es blieben noch genügend Unkosten übrig.

Sie nahm sich vor, mit Ludovico ein ernsthaftes Wort zu reden. Wie konnte er ein derartiges Ansinnen unterstützen! Andrea, nun ja, er war ein Draufgänger und ein Mann des Militärs, der taktisch dachte. Sie hatte mehrfach festgestellt, dass er sie gern als seine Dame auf dem Schachbrett einsetzte. Abgesehen von den angenehmen Stunden mit ihr, schmückte er sich bei Gesellschaften mit ihrer Schönheit und lieh sie des Öfteren als Preis für eine Gegenleistung an einen Geschäftspartner aus.

Ganz anders Ludovico, ihr väterlicher Gönner. Er sorgte sich um sie, obwohl er wusste, dass er sie nicht für sich allein besaß.

Andreas Worte rissen sie aus ihren Überlegungen. „Seht es als Ehre an, wenn der alte Fuchs Moncenigo die Mission befürwortet. Mir dünkt, Ihr habt ihn kürzlich beim Empfang des Gesandten aus Frankreich erheitert. Keine Angst, ein Lehrmeister wird Euch in die Materie einweisen."

„Ich habe noch nicht zugesagt, Andrea", wehrte Veronica ab, trotzdem legte sie in Gedanken die Vorteile in die Waagschale: In dieser unruhigen Zeit gut informiert und bei allerlei geheimen Aktionen die Fäden ziehen zu können, erschien ihr nützlich und könnte sich als reizvoll erweisen.

„Was schwirrt durch Euer hübsches Köpfchen?" Andrea hob ihr Kinn an und schaute ihr in die Augen. Er lächelte. „Unter Umständen beflügelt es Eure Entschlussfreudigkeit, wenn Ihr hört, welchen Palazzo man Euch für den Salon ausgesucht hat. Schließlich soll alles den höchsten Ansprüchen genügen. Unsere Löwenrepublik bewies stets diplomatisches Geschick."

„Gut, gut, spannt mich nicht länger auf die Folter, also, welches hochherrschaftliche Haus habt Ihr mir zugedacht??? Wartet, lasst mich raten. Sicher nicht den Palazzo Tron, der im Entstehen begriffen ist? Eher einen der abgewrackten Palazzi nahe der Ponte delle Tette, der Tittenbrücke? Das wäre der Stadt unwürdig? Es handelt sich um eine hoheitliche Aufgabe des Staates, man denkt eher an die oberen Räume des Dogenpalastes? Habt Ihr dort ein paar der schäbigen Beamten umquartiert?“

„Veronica! Haltet ein. Euer Spott ist in keiner Weise angebracht. Wenn ich Euch verrate, dass der Herzog von Mantua und seine Gattin Eleonore von Österreich mit im Spiel sein könnten ... Fällt es Euch dann leichter, zu raten?“

„Oh, das ist allerdings ...“ Veronica hielt die Hand vor den offenen Mund.

„Euer Besuch vor einiger Zeit blieb nicht unbeachtet und Euer Bruder Hieronymus ...“

„Per l'amor di Dio, um Gottes Willen, etwa der Palazzo Foscarini?“ Sie schüttelte ungläubig den Kopf. „Denkt der Rat tatsächlich daran, die Räume in der Residenz des Herzogs, nahe San Stae, für diesen Zweck in Anspruch zu nehmen? Unmöglich. Ein solches Vorgehen könnte den Herzog von Mantua in Schwierigkeiten bringen und das bislang ausgezeichnete Verhältnis der Republik mit dem Herzogtum beschweren. Ihr führt mich aufs Glatteis.“

„In der Tat wollte ich Euch auf eine falsche Fährte führen, um Euch ein wenig aufzuziehen. Ich weiß um Eure Hochachtung für die Gonzagas, seit Ihr Gast im Palast des Herzogs wart. Es ist die Ca‘ Foscari. Die Familie stellt der Stadt den Palazzo zur Verfügung. Wie Ihr wisst, haben die Foscaris sich vor gut zehn Jahren einen Landsitz an der Brenta bauen lassen. Sie beabsichtigen, sich in der nächsten Zeit dort aufzuhalten.“ Veronica atmete hörbar aus.

„Die Forcaris sind klug, in unsicheren Zeiten lebt es sich besser auf dem Lande, besonders, wenn man eine grandiose Villa besitzt, erbaut von unserem berühmten Architekten Palladio.“

„Höre ich da etwa Neid durchschimmern?“ Veronica ging nicht auf Andreas Neckerei ein. Natürlich wünschte sich Veronica einen solchen Landsitz, wer nicht? Sie ritt gern und liebte die Natur. Sicher, sie verkehrte mit den Noblen der Stadt, schließlich war sie eine ehrbare Kurtisane und wurde eingeladen, wenn man ihre Gesellschaft wünschte. Aber sie verfügte nicht über die Rechte einer „cittadina d' ora“. Gönner bestritten ihren Lebensunterhalt. Bei allen Einnahmen aus den Diensten der Venus, ein Landhaus im Stil einer Villa würde sie sich nie leisten können.

Sie war sich ihrer Stellung wohl bewusst und würde nie wagen, sich etwas anzumaßen, das ihr nicht zustand. Zu schnell endete eine Person wie sie mittellos am Rialto als „puttana“. Mit Schaudern erinnerte sie sich an jene Dirne, zu der ihre Mutter sie vor Jahren geführt hatte: Eine völlig verwahrloste Frau, die in einer der dunkelsten Ecken der Stadt auf Kundenfang ging. Selbst jetzt dünkte es Veronica unmöglich, dass diese Frau einmal eine begehrte Kurtisane gewesen sein sollte.

Sie wusste, wie schwer es war, ohne Zecchine zu überleben! Gerade achtzehn Jahre alt, hatte sie sich für diese Profession entschieden und sich in das offizielle Verzeichnis eintragen lassen. Ihren Aufstieg zu einer gefragten Donna, einer der Besten unter den „ehrenwerten Kurtisanen“ verdankte sie zweifelsohne ihrer exzellenten Lehrmeisterin. Ihre Mutter brachte ihr nicht nur die Regeln für das Spiel der Venus bei, sondern hatte ihr als Kind erlaubt, sich zu bilden. Ohne Bildung wäre ein Erfolg undenkbar. Doch ihre Mutter hatte ihr vor ihrer Zulassung auch die Schattenseiten dieses Berufes vor Augen geführt. Erst heute konnte sie Paolas Sorgen nachvollziehen. Ihr den Eifer nachsehen, sie rasch und jung zu verheiraten. Sie hatte für Veronica nur das Beste gewollt. Natürlich war sie wenig begeistert gewesen, als ihre Tochter aus dem Gefängnis der Ehe ausbrach, um mit Giacomo, einem nur wenig älteren Kaufmann aus Ragusa, durchzubrennen. Veronica sandte einen stummen Gruß zum Himmel.

Sie könnte diesen unsinnigen Antrag der Republik, als Agentin zu fungieren, nutzen, um ihren Ruf als Poetin zu festigen. Ein eigener literarischer Salon würde sich gut für diesen

Zweck eignen, da gab sie Andrea recht. Das würde sie ihren Träumen näherbringen, ihrem Wunsch, ihre Poeme eines Tages gedruckt als Buch in der Hand zu halten. Wozu gab es in Venedig mehr Verlage und Druckereien als sonst auf der Welt. Im Mai hatte sie ihr vierundzwanzigstes Lebensjahr vollendet. Es konnte nicht schaden, ihrer Leidenschaft für die Poesie ein Standbein zu verschaffen. Einen Profit malte sie sich zwar nicht aus, dazu kannte sie zu viele arme Poeten. Aber Ruhm wäre nützlich, um ihrem Namen als Poetessa Gewicht zu verleihen.

„Nun, Veronica, ich sehe Euch sehr nachdenklich. Ich werde Euch heute nicht weiter drängen."

„Danke." Sie atmete erleichtert auf. Sie würde den Herren keinesfalls den Eindruck vermitteln wollen, sie wäre ein leichtfertiges Weib und noch schlimmer, sie wäre billig zu haben. Sie kannte inzwischen ihren Marktwert.

„Wenn ich beurteilen könnte, wie sehr der Rat meine Leistung schätzt, abgesehen von den beeindruckenden Räumen im Palazzo der Foscaris, wäre mir geholfen. Außerdem würde ich mir gern Domenicos Unterstützung sichern." Andrea lachte.

„Jetzt kenne ich meine couragierte Veronica wieder. Aber ich muss mich verabschieden, Aufgaben warten." Hübsche

Grübchen verliehen seinem eher männlich herben Gesicht mit dem dunklen Bart einen gewissen Lausbubencharme. Veronica beobachtete, nackt auf dem Bett ausgestreckt und den Kopf in den Arm gestützt, wie er sich anzog. Zum Abschied beugte er sich hinunter und hauchte ihr einen Kuss auf die Wange.

„Arrivederci, Bezwingerin meiner Sinne."

Als sich die Tür hinter ihm geschlossen hatte, nahm sie sich die Decke, wickelte sie um sich und setzte sich auf. Eine Weile saß sie versonnen und betrachtete die Staubkörnchen, die auf dem Sonnenstrahl tanzten, der in das Zimmer fiel. Sie ließ die letzten Stunden Revue passieren. Plötzlich musste sie lauthals lachen. Wie absurd! Welche Farce! Venedig verlor wahrscheinlich in absehbarer Zeit Zypern, seine Zucker- und Baumwollinsel und vielleicht weitere Kolonien im Mittelmeer an die Osmanen und dem Rat fiel nichts Besseres ein, als eine Kurtisane vor seinen Karren zu spannen.

Der nächste Abend gehörte Ludovico Ramberti. Veronica erwartete ihn mit Ungeduld. Agnesia musste eigens ihre leckeren Tartes backen und Veronica schmückte den Tisch am Kamin in ihrem Boudoir mit Sorgfalt. Nach langem Überlegen wählte sie eine fast gleiche Dekoration wie zu dem Abendessen, als Ludovico ihr erster Galan wurde. Sieben Jahre waren seither ins Land gegangen.

Vor Angst hatte sie an jenem Abend geschlottert. Trotz der Vorbereitungen von Mama und obwohl sie sich sicher sein konnte, dass Ludovico sie mochte und ihr nicht fremd war. Als Freund ihres geliebten Giacomos und als Helfer in der Not hatte sie ihn schätzen gelernt. Aber das war eine Sache, eine andere, ihn als Kurtisane zufriedenzustellen. In der Theorie gestaltete es sich einfach, Kurtisane zu sein, aber sich in der Praxis jemandem hinzugeben, den man nicht liebte? Ihm den Körper zu überlassen und noch schlimmer, seine Begierden zu stillen, denn schließlich zahlte er für die Dienste. Völlig befangen hatte sie ungeschickt an seinem Gewand herumgenestelt. Als er begann sie zu streicheln, hatte sie die Augen geschlossen und war ganz starr geworden. Nicht zuletzt war es Ludovicos Feingefühl zu verdanken, dass sie nach und nach ihre Angst ablegte und Selbstsicherheit gewann. Ohne seinen Schutz hätte sie sich in Schwermut flüchten müssen. Seine Fürsorge über die Jahre, selbst in ihren schwersten Zeiten, hatte ihre Zuneigung und Achtung für ihn wachsen lassen.

Sie fragte sich - und gelangte damit zum Ausgangspunkt ihrer Gedankenwanderung - was Ludovico bewogen hatte, sich der Mehrheit des Rates anzuschließen. Wie konnte er für einen Beschluss stimmen, der sie in eine derartig schwierige Situation hineinmanövrierte?

Veronica arrangierte auf dem blütenweißen Damast eine Vase mit gelben Rosen. Sie hoffte, er würde das Zeichen zu deuten wissen. Gewissermaßen waren die Rosen ein Hilfeschrei.

Bereits als er eintrat, war ihm das schlechte Gewissen ins Gesicht geschrieben. Ein Korb mit Feigen, Wein und Schinken, mit einer gelben Rose geschmückt und darin verborgen ein Schmuckstück, sollten sie offensichtlich besänftigen. Als sie zu reden anheben wollte, verschloss er mit seinem Finger ihren Mund.

„Veronica, ich verstehe deinen Missmut und glaube mir, ich habe diverse Vorbehalte angebracht. Meine Argumente verhallten. Der Rat greift nach jedem Strohhalm. Die Angst geht um. Hätte Andrea seine Absichten vorher mit mir abgestimmt, hätte ich ihn bewogen, von dem unsinnigen Plan abzulassen, aber er hat mich vorgeführt. Ich nehme ihm sein Vorgehen wirklich übel. Geht es um die sonstigen Zahlungen, kennt er den Weg zu mir sehr gut, glaub mir. Dem Rat erschien die Aussicht zu reizvoll, hochgestellte Persönlichkeiten unauffällig unter dem Deckmantel der Kunst zusammenzubringen. Sollte man die Identität der Künstler oder in deinem Fall, die der Kurtisane erraten, können sich alle reinwaschen. Eine zufällige Begegnung, ein privates Gespräch, wer kann daran Anstoß nehmen, zumal wenn die Veranstalterin nicht nur Dichterin, sondern eine stadtbekannte Kurtisane ist. Sonst hätte man Domenicos Salon in Betracht ziehen können. Aber Domenico ist ein Nobili, seine Verbindungen legendär. Das würde gewollt aussehen. Die Gefahren für dich? Wurden heruntergespielt. Schließlich würde sich Andrea, einer deiner Hauptgönner darum kümmern. Außerdem, wenn es um die Staatsräson geht, sind solche Dinge Marginalien. Einige meinten sogar, die Kosten für den Palazzo Foscari könnte man sich sparen. Das Treffen könnte doch hier bei dir stattfinden, denn über kurz und lang landen eh alle in deinem Bett. Erspar mir die weiteren Schilderungen und glaub mir, ich habe deine Ehre verteidigt. Der Rat schenkt dir sein Vertrauen und sieht dich als Patriotin, das ist die positive Botschaft.“

Sie setzten sich an den liebevoll vorbereiteten Tisch am Kamin. Veronica schwieg. Ludovico zupfte eine der gelben Rosen aus der Vase und legte sie auf ihren Teller.

„Gelbe Rosen? Ich liebe dich Veronica, du kannst dir dessen gewiss sein - seit unserer ersten Nacht.“ Er goss Wein aus der Karaffe in die Gläser. Nachdenklich starrte Veronica in die Flammen, sie rührte sich nicht. Erst nach einer Weile hob sie ihr Glas. „Ich danke dir Ludovico und schätze dich sehr. Verzeih. Die Sache bereitet mir Kopfschmerzen. Aber gut: Salute! Auf die Patriotin, die ihren Sohn verloren und auf ihre Liebe verzichtet hat, für ihr über alles geliebtes Venedig." Im Nachhall ihrer Worte lag ein Hauch von Bitterkeit. Ludovico schob seinen Stuhl beiseite und eilte zu ihr.

Seine Arme umfingen ihre Schultern und er umarmte sie eine Weile, als wäre sie ein kleines Mädchen, welches Trost benötigte. In Veronicas Gehirn kreisten Sätze wie: Meine Kunst als Venus schätzen sie, aber ich bin eine käufliche Ware und über die kann man nach Belieben verfügen. Und selbst Ludovico wird bei seiner wehrhaften Verteidigung meines Heimes nicht nur meine Sicherheit, sondern die seines Sohnes im Auge gehabt haben. Wut mischte sich mit Resignation. Er strich ihr über das Haar und murmelte: „Ich habe Angst um dich Veronica. Komm, setz dich und trink einen Schluck und dann lass uns etwas essen."

Sie knabberte an den Tartes, der rechte Appetit stellte sich nicht ein. Dafür trank sie mehr als üblich. Der Alkohol beruhigte ihr aufgekratztes Nervenkostüm und es gelang ihr, die charmante Gastgeberin zu mimen. Ludovico warf ihr ab und zu einen prüfenden Blick zu und ließ sie gewähren. Erst als sie später den Platz wechselten, es sich auf den Sesseln bequem machten, das Feuer im Kamin den Raum behaglich wärmte, kam er vorsichtig nochmals auf das Thema zu sprechen.

„Meine Sorge ist, dass du, wie dein geliebter Giacomo, zwischen die Fronten geraten könntest. Dein Leben wäre in Gefahr, wenn die andere Seite das Spiel durchschaut. Allerdings weiß ich nicht, ob du die Wahl besitzt, das Angebot des Rates abzulehnen. Ich mache dir einen Vorschlag: Die nächste Zeit werde ich viel auf Reisen sein. Die am Horizont lauernde Kriegsgefahr fordert einen größeren Vorrat an Medikamenten. Noch ist der Markt einigermaßen ruhig, aber das kann sich rasch ändern, wenn die Gerüchteküche weiter so heftig brodelt. Ziehe dich aus dem Geschäft einer Kurtisane zurück und begleite mich, bis die bedrohlichen Wolken sich verzogen haben. Die Kinder könnten mit Ancilla und Jaspuccio auf dem Lido wohnen. Ich würde für die Unkosten aufkommen und biete dir damit eine Ausrede für den Rat."

„Danke Ludovico. Das ist ein überaus schönes Kompliment für mich. Ich werde darüber nachdenken. Du weißt, Ancilla wird bald niederkommen und bis dahin kann ich Venedig nicht verlassen." Veronica streckte ihren Arm aus und strich zärtlich eine graue Strähne seines ansonsten noch dunklen Haares beiseite. Sie unterhielten sich eine Zeit über verschiedene Heilmittel und ihre Wirkungen, wie sie es oft taten. Aber sowohl Veronica als auch Ludovico waren nicht recht bei Sache und so versiegte das Gespräch immer wieder. Das Angebot, mit ihr das Bett zu teilen, lehnte er ab und entschuldigte sich. Er sei müde und erschöpft und aus diesem Grund würde er sich früher als üblich verabschieden. Veronica wusste um seine Enttäuschung, als sich die Tür hinter ihm schloss. Ihre fehlende Begeisterung für seinen Vorschlag, die laue Reaktion, kränkte ihn. Das großherzige Angebot rührte sie.

Lange es seinen Stolz verletzt, dass sie auch Andrea einen Sohn geschenkt hat. Inzwischen schien er sich mit Andrea, ihrem zweiten Hauptgönner, arrangiert zu haben. Ludovico liebte seinen Sohn Achiletto über alles. In ruhigeren Zeiten wie diesen würde sie seinem Wunsch nach einem weiteren Sohn Gehör schenken.

Ihre Finger tasteten nach den Perlen. Seit Giacomos Abreise aus Venedig legte sie das Liebespfand nur selten ab. Ihre glatte Oberfläche zu berühren, brachte Trost und rief Erinnerungen an Stunden der Liebe wach. Einer Liebe, der nur kurze Erfüllung gegönnt worden war. Tränen stiegen ihr in die Augen. Sie zwang sich, nach vorn zu schauen, sich ins Gedächtnis zu rufen, was sie besaß: zwei niedliche Söhne an erster Stelle. Würden beide bald nicht nur eine Kurtisane, eine Poetin, sondern auch noch eine Agentin zur Mutter haben?

Neue Aufgaben

Der nächste Morgen empfing Veronica in Grau. Frische kalte Luft durchzog das kleine Kabinett mit dem schmalen Bett neben ihrer privaten Bibliothek. Veronica fröstelte und zog die Bettdecke fester um sich, als Ancilla nach kurzem Anklopfen zur Tür hineinschaute.

„Ihr liegt noch in den Federn? Seid nicht angekleidet? Was sind das für Sachen? Im Empfangsraum steht ein Herr, der die verehrte Signora Franco abzuholen wünscht." Ancilla schüttelte missbilligend den Kopf. „Habt Ihr den Herrn nicht erwartet? Erlaubt Ihr, dass ich ihm einen Würzwein serviere, während Ihr Euch für den Ausgang zurechtmacht?" Die Magd zog die Vorhänge mit einem Ruck beiseite.

„Lass nur Ancilla, der Signore erscheint unangemeldet, sag ihm, er solle bei der Baldoni einen Termin eintragen. Oder warte, ich gehe selbst." Veronica bedachte die Hochschwangere mit einem fürsorglichen Blick.

„Weshalb versieht Oktavia keinen Dienst? Wolltest du nicht mit Jaspuccio zusammen zu euren Eltern fahren? Schieb den Abreisetermin nicht auf die lange Bank, sonst wird dir die Zeit knapp, weil das Kind auf die Welt

möchte.“ Sie warf sich den Morgenmantel über, ordnete ihre Haare und kniff sich in die Wangen, als sie den Spiegel passierte.
Vor dem Fenster des Empfangszimmers zeichnete sich die Silhouette des ungebetenen Gastes ab: ein hochgewachsener Mann von schlankem Wuchs. Er schaute auf den Canal. Sie räusperte sich, um sich bemerkbar zu machen. Der Besucher reagierte nicht. Ihr Unmut verlieh Veronicas Stimme einen scharfen Unterton.

„Signore, darf ich erfahren, was mir die Ehre Eurer unpassenden und überaus frühen Aufwartung verschafft?“

Als er sich umdrehte, fuhr ihre Hand zum Mund, als wolle sie die unhöflich gesagten Worte zurücknehmen. Ungläubig hauchte sie: „Ihr?“

„Madonna, mein Auftrag lautet, Euch abzuholen, um Euch in Euren neuen Wirkungskreis einzuführen. Die Zeit drängt. Ich wollte sichergehen, Euch anzutreffen.“

„Ich erinnere mich nicht, bereits eine Zusage erteilt zu haben“, protestierte sie. Er schmunzelte.

„Ihr seid mir noch einen Gefallen schuldig, erinnert Ihr Euch?“ Veronica schluckte, bevor sie das Lächeln erwiderte.

„Gewiss, Signor Martinengo. Ich habe nicht vergessen, dass ich Euch mein Leben verdanke. Überaus großzügig von Euch, meine

Schuld an die Serenissima abzutreten. Die Republik kann sich glücklich schätzen, über solch wackeren Diener zu verfügen“, scherzte sie. In den Tiefen seiner moorbraunen Augen leuchtete ein belustigtes Glitzern auf. Ihr bedrohlich nah, raunte er: „Ich liebe die Gefahr, die von schönen Agentinnen ausgeht.“

Wie bereits bei ihrer ersten Begegnung zog sie etwas in diesem Blick, diesem verschmitzten Lächeln, selbst in der Art, wie er das Kinn reckte, in einen überaus unheilvollen Strudel. Sie stahl sich rasch aus seinem direkten Bannkreis. Ein weiteres Mal würde sie sich nicht auf ein kurzes Abenteuer mit ihm einlassen. Damals hatte ihr Herz ihr einen Streich gespielt in ihrer Sehnsucht nach Giacomo. Aber der Zauber verfing noch immer. Sie würde sich vorsehen müssen. Nach weiteren Komplikationen in ihrem Leben stand ihr nicht der Sinn.

„Meine Dienerin wird Euch einen Würzwein kredenzen. Können wir Euch mit etwas Essbarem dienen? Besitzt die Güte und wartet hier. Ich benötige einige Zeit für meine Toilette“, bemühte sie sich, kühl, aber höflich, einzuwerfen.

„Ich fand dich am Tag unserer ersten Begegnung in den Kleidern einer Magd umwerfend, meinetwegen …“, flüsterte er vielsagend, um förmlich mit einer angedeuteten Verbeugung hinzuzufügen: „Natürlich gedulde ich mich gern, verehrte Signora Franco. Stehe stets zu Euren Diensten."

Mit überaus gemischten Gefühlen verließ Veronica den Empfangsraum. Dass Andrea ihr gerade diesen Condottière schicken musste! Ob er etwas von ihrem damaligen „avventura" ahnte? Handelte es sich um einen seiner Schachzüge, um ihre Entscheidung in seinem Sinne zu beeinflussen?

In der Gondel verbarg sie ihr Gesicht hinter dem Fächer, beobachtete betont gleichmütig die kurzen, kabbeligen Wellen, die an den schwarzen Bug des Bootes klatschten. Die kalte Luft ließ erste, kleine Herbstnebel wie gierige Finger aus den Wassern kriechen. Veronica atmete auf, als sie die Ca' Foscari erreichten. Sie würde Ort und Gegebenheiten einer sorgfältigen Prüfung unterziehen. Beim Anlegen streiften ihre Blicke über die Fassade des Palazzos.

„In realtà, tatsächlich! Andrea versprach nicht zu viel", bemerkte sie mehr zu sich selbst als zu ihrem Begleiter. „Eine ausgezeichnete Wahl: Die Front des Palazzo strahlt in prächtigem Glanz. Überdies ist seine Lage klug gewählt. Nicht unmittelbar in Nähe des Dogenpalastes, doch nur wenige Bootsminuten vom Markusplatz entfernt."

Martinengo half ihr aus der Gondel und schmunzelte. „Ein weiterer nicht zu unterschätzender, weil strategischer Vorteil: Der militärische Hafen an der Spitze des Sestière Dorsoduro kann rasch erreicht werden", ergänzte er ihre Einschätzung.

„Ah, ja?" Ihr Finger wies auf die Baumkronen, die jenseits der Mauer aufragten. „Das Anwesen verfügt über einen eigenen Park?"

„Offensichtlich."

Martinengo öffnete mit einem Schlüssel eine kleine Eingangstür neben dem Herrschaftseingang. Galant half er Veronica über die Eingangsschwelle, führte sie durch einen dunklen Korridor. Einen Moment länger als notwendig, hielt er ihren Arm fest. Die Wärme seiner Hand vermittelte ihr ein angenehmes Gefühl. Sobald sie den Gang für die Dienstboten hinter sich ließen und ins Helle traten, löste sie sich hastig aus der Berührung und ordnete ihre Kleidung. Sie vermied es, ihn anzusehen.

Das Innere des Gebäudes erwies sich dem Äußeren würdig, obwohl die wertvollen Möbel aus den Räumlichkeiten entfernt worden waren. Der ausgedehnte Festsaal im ersten Stock des Hauses wirkte hoheitsvoll. Kunstvolle Holzintarsien schmückten den Boden des Saals, in den Fluren wandelte man auf hellem Marmor und Freskenmalereien zierten die Wände.

„Schmeichelhaft, dass der Rat mir ein solches Kleinod anvertraut. Die Foscaris verfügen über Geschmack und bewiesen bei der Auswahl der Künstler eine glückliche Hand. Bei so viel Pracht kann ich mich nur geschlagen geben. Ich werde mir das Angebot der Republik reiflich überlegen."

Ihr geisterte das Absurde der Situation durch den Sinn und sie lachte lauthals auf. Ohne auf die Reaktion ihres Begleiters zu achten, tänzelte sie durch den Saal. Wenig später verbeugte sie sich vor dem Condottière und erklärte mit Schelm in den Augen: „Der Rat bittet also die ehrenwerte Kurtisane Veronica Franco, in dieser prächtigen Kulisse literarische Salons abzuhalten? Die Crème de la Crème Venedigs soll sich hier einfinden? Mio dio che teatro! Mein Gott, was für ein Theater! Sie werden sich anschließend das Maul zerreißen. Haben die Ratsherren dies ins Kalkül gezogen? Man wird lästern und vermuten, dass mindestens ein Mitglied der Familie Foscari zu meinen Liebhabern zählt. Interessieren würde die Leute welches, besonders da die Familie geschlossen an der Brenta weilt. Man wird sich Namen zuflüstern, aber das Rätsel nicht lösen können. Der Unbekannte bleibt im Dunkeln."

Sie klatschte in die Hände. „Voilà! Geheimnisse lieben die Leute, das macht es spannend und interessant. Um das Geheimnis zu lüften, werden sie zahlreich erscheinen, um den Dichterworten zu lauschen. Die Einladungen für meine Veranstaltungen werden hochbegehrt sein. Vielleicht erhaschen sie ja einen Hinweis? Mir unterläuft ein Fauxpas? Aus meinen Versen ist zu lesen, wer für diese Gunst verantwortlich zeichnet? Ist etwa unser Doge im Spiel? Sie wittern einen Skandal. Non sta bene, nein, unmöglich. Alvise Moncenigo ist über jeden Zweifel erhaben. Ich hoffe, der Zirkus erregt nicht mehr Aufregung als vom Rat erwünscht."

„Einer bewundernswerten Frau wie Euch ist die Aufmerksamkeit stets sicher." Seine Augen schimmerten bei seinen Worten belustigt, kleine Fältchen verstärkten den Ausdruck. Er nahm Haltung an. „Aber meine Lippen sind versiegelt, ich werde Euer Geheimnis nicht verraten. Ich schwöre."

Einen Moment lang war sie verführt, seinen Mund mit einem Kuss zu verschließen. Sie sehnte sich danach, seine Arme, um ihren Körper zu spüren. Rasch kämpfte Veronica den Impuls nieder und fragte: „Und, worin sieht der Rat meine Aufgabe in der Realität? Könnt Ihr mir Näheres mitteilen?" Sein Gesichtsausdruck verriet Enttäuschung und seine Augen blickten ernst. Er räusperte sich.

„Der Rat stellt sich folgenden Ablauf vor: Einige Zeit vor der Veranstaltung erhaltet Ihr eine Nachricht und erfahrt, wer Euer Ehrengast sein wird. Wie sein Inkognito beschaffen sein wird und unter welchem Namen Ihr ihn vorstellen solltet. Anweisungen geben Euch an, wie er zu behandeln ist. Ebenso, ob er hier übernachten wird, wie viele Diener er mitbringen wird, welchen besonderen Service er zu erhalten hat. Kurz, man wird Euch ein Dossier der fraglichen Person übersenden. Um alles, was im Vorfeld zu erledigen ist, werde ich mich kümmern."

„Va bene, ho capito, nun gut, ich verstehe", nickte Veronica, froh, sich wieder auf der sachlichen Ebene zu bewegen. „Prüfen wir noch die Nebenräume?", schlug sie vor. Fortan hielt sie stets einen gewissen Abstand ein und vermied den direkten Blickkontakt mit Martinengo.

Im Gegensatz zum Piano fanden sie im zweiten Obergeschoss einiges an Mobiliar. Veronica rüttelte pflichtschuldig an den Pfosten der leeren Bettgestelle, zeichnete mit den Fingern eine Spur in den Staub einer Truhe, ließ sich in einen Sessel fallen, sodass eine Wolke aufstob und sie husten musste. Hin und wieder schüttelte sie den Kopf.

„Noch viel Arbeit, bis alles wohnlich und einladend hergerichtet ist", bemerkte sie, als sie raschen Schrittes zurück zum Saal eilten. Während sie die Wandmalereien betrachtete und die Ortsnamen hinter den aufgepinselten geöffneten Fenstern studierte, überschlugen sich ihre Gedanken. Der Rat versuchte, sie mit dem prächtigen Ambiente zu ködern. Ihre Eitelkeit anzusprechen, ihre Geltungssucht, ihren Hang zur Schönheit, ihre

Lust am Einrichten. Da kannte sie jemand überaus genau und kalkulierte äußerst subtil. Keine Frage, der Palazzo gefiel ihr und war wie geschaffen, um bemerkenswerte Veranstaltungen zu arrangieren.

Veronica dämpfte ihren Enthusiasmus. Sie würde Domenicos Rat einholen, bevor sie sich entschied, Ludovicos Bedenken im Sinn. Die Gefahr, zum Spielball zu werden, wenn sie nicht aufpasste, war groß.

In Gedanken versponnen, strich Veronica über den Faltenwurf der roten Vorhänge, um verblüfft festzustellen, dass seine Üppigkeit nur aufgemalt wer.

„Der Samt glänzt wie echt. Hochachtung!", rief sie aus.

„Habt Ihr Euren Heimatort bereits entdeckt", fragte sie Martinengo, um sich aus ihren Grübeleien zu reißen. „Sämtliche Orte der Terra ferma sind versammelt."

„Ja, schaut! Hier: Treviso." Sie trat an seine Seite. „In der Tat."

„Ich denke, man hat inzwischen ein paar Häuser dazu gebaut." Sie warf einen Blick auf das Wappen und die Ansicht. Francesco schwärmte von den herrlichen Bäumen in seiner Heimatstadt Treviso und wies auf die Nähe zu Venedig. Sie nickte.

„Ich erinnere einen Aufenthalt auf dem Landsitz der Morosinis. Das Anwesen liegt in der Nähe von Oderzo, nicht weit entfernt von

Treviso. Die Fischer aus Burano und Lido fuhren mit ihren Booten über das Flüsschen Sile direkt bis in die Stadtmitte von Treviso, um ihren Fang an die Köchinnen des Ortes zu verkaufen. Das Schachern und das Geschnatter der Frauen habe ich damals amüsiert beobachtet. Mich haben die Orte beeindruckt und mehr noch die geruhsame Landschaft der Umgebung: Klare Bäche und ausgedehnte Wiesen, auf denen sich Kormorane und Störche tummelten. Befindet sich das Haus Eurer Familie innerhalb der Ortsbegrenzung?“

„Etwa eine Meile außerhalb. Richtung Norden. Es ist nicht zu verfehlen. Ein riesiger alter, weißer Kasten, mit unzähligen Nebengebäuden. Jeder in Treviso weist Euch den Weg. Bitte besucht mich einmal. Meine Mutter ist eine begnadete Köchin. Kochen ist ihre Leidenschaft.

Zum Glück bin ich viel in der Weltgeschichte unterwegs, denn ansonsten ...“ Er deutete einen nicht unerheblichen Leibesumfang an und sie lachte.

„Ich werde es mir merken. Wenn mir der Sinn nach einem üppigen Mahl stehen sollte. Verlangt Euer Auftrag, dass Ihr mich des Öfteren besuchen werdet?“ Er nickte und lächelte. Für einen Moment fanden sich ihre Blicke und das Zauberband zwischen ihnen entfaltete sich. Veronica entfernte sich rasch einige Schritte aus seiner Gefahrenzone.

„Eine Atmosphäre zu schaffen, in der die Gäste sich wohlfühlen, wird leicht sein“, überlegte sie laut, ohne ihre Wanderung zu unterbrechen. „Messèr Torino wird mir bei der Ausgestaltung helfen. Der Saal ist groß genug, um ihn in drei verschiedene Bereiche aufzuteilen: eine mit bequemen Sesseln, hingewandt zu einer Bühne, eine zum Lustwandeln mit Pflanzentrögen und eine mit kleinen Tischen für Brettspiele und anderes mehr. Meine Besucher werden sich wohlfühlen“, verkündete sie kurze Zeit später.

„Oh, Einrichten und Gemütlichkeit ist so wenig mein Ding wie die Dichtkunst, verzeiht, Signora Franco. Ihr entschuldigt mich.“

Er unterzog die verschwiegenen Nischen und alle vom Saal abgehenden Türen einer Inspektion. Als er mit seinem Degen begann, die Vorhänge anzuheben, meinte sie lakonisch: „Jedem das Seine.“

Sie überließ ihn seiner Arbeit. Nach einer Weile sagte sie: „Wenn Ihr dann soweit seid? Ich würde gern gehen.“

Francesco nickte, nahm ihren Arm und sie verließen die Ca’ Foscari. Sie schwiegen die Fahrt über. Er half ihr höflich beim Aussteigen, ehe die Gondel wieder ablegte. Ihr unvernünftiges Ich bedauerte ihr Zögern und sein korrektes Verhalten. Ihr vernünftiges Ich quittierte seinen Anstand dankbar.

Die Nachmittagssonne hatte das Spiel gegen die frühen Herbstnebel inzwischen gewonnen. Ihre Strahlen ließen das Wasser unschuldig glitzern und der Himmel erinnerte an hellblaue Bubenwäsche. Die vertraute Umgebung des Campo Maria Formosa weckte Heimatgefühle. Ehe sie Domenicos Tür suchte, schlenderte Veronica zur Kirche und zum Haus, in dem sie mit ihrer Mutter Jahre gewohnt hatte. Von Weitem sah sie Elenas Bruder auf den Platz treten.

„Marco!“ Er hörte ihr Rufen nicht, entfernte sich in die entgegengesetzte Richtung. Noch immer stand ihre Entschuldigung für ihr überaus harsches Verhalten aus. In ihrem unendlichen Schmerz stempelte sie ihn zum Schuldigen am Tod ihres Sohnes. Er war im Arsenale gewissenhaft seinen Pflichten nachgekommen und nur der Überbringer der schlechten Nachricht gewesen. Jetzt wollte der Rat ihr ebenfalls eine Pflicht auferlegen. Der Löwe aus Messing wog schwer in ihrer Hand, als sie ihn gegen das Holz der Tür schlug.

„Bitte meldet mich Signor Venier“, bat sie den Diener.

„Sicher, Signora Franco. Aber bitte haltet meinen Herrn nicht über Gebühr auf. Er fühlt sich unwohl. Verratet mit keinem Wort, dass ich Euch informierte. Ihr wisst, er liebt es nicht, an sein Leiden erinnert zu werden.“

„Seine offenen Beine? Hält er seine Diät nicht ein? Ihr müsst auf Euren Herrn aufpassen, Ricardo. Ich bringe eine Salbe von Signor Ramberti mit und werde ihn verbinden. Anschließend wird es ihm besser gehen.“ Der Diener führte sie in den Salon im ersten Stock. Domenico saß in seinem Sessel am Fenster. Ob er sie beim Überqueren des Platzes bereits beobachtet hatte? Sie gesellte sich lächelnd zu ihm.

„Meine attraktive Muse, Veronica. Welcher Glanz in meiner bescheidenen Hütte“, begrüßte Domenico sie, „Ihr nehmt mir nicht übel, dass ich auf die galante Geste des Aufstehens verzichte?“ Er legte sein Buch beiseite.

„Wo denkt Ihr hin, Domenico. Galanterie ist völlig fehl am Platze. Ich komme als Krankenschwester, nicht als Muse. Ich weiß um Eure Ablehnung von gestrengen Ordensschwestern.“ Sie übergab Ricardo ihren Umhang und bat ihn, Oktavia in der Küche zu trinken zu geben. Er verstand den Wink.

Allein mit Domenico, kniete sie sich vor seine Füße, entfernte vorsichtig die Mullbinden, langte nach der Salbe, die sie aus ihrem Beutel genommen und sich zurechtgelegt hatte. Die Inhaltsstoffe versprachen, die Entzündung zu beruhigen. Veronica nahm ein Glas, schüttete ein Pulver hinein, füllte es mit Wasser aus der Karaffe auf.

„Hier, gegen die Schmerzen. Ich sollte

Euch öfter besuchen, jeder zweite Tag reicht nicht mehr. Mit Eurer Köchin muss ich ein ernstes Wort sprechen. Wie oft habe ich Euch geraten, auf das Gewürz Zucker, auf Brot und auf süßen Wein zu verzichten."

Domenico trank, lehnte sich im Sessel zurück, schloss die Augen. Nach einer Weile erwiderte er:

„Danke, jetzt geht es mir besser. Wenn Ihr nicht Dichterin, und wie ich hörte, eine überaus begabte Dienerin der Venus wäret, würde ich behaupten, Ihr seid zur Heilerin erkoren. Allerdings befändet Ihr euch immer mit einem Fuß im Gefängnis. Insofern beruhigt mich Eure derzeitige Profession."

Veronica griff nach der frischen Mullbinde und begann das Bein zu umwickeln. Sie arbeitete konzentriert. Nach einer Weile schaute sie auf.

„Ihr wisst, was der Rat mir antrug?" Er nickte. „Ist die angetragene Aufgabe nicht ebenfalls eine, bei der ich mich mit einem Fuß in irgendeinem Verlies befinde?"

Domenico seufzte.

„Andrea, Euer Gönner, hatte nur das Beste für Euch im Sinn. Er ist in manchen Dingen von jugendlichem Eifer und überdies ein Mann des Militärs. Er hätte gut daran getan, sich vorab zu beraten. Ich betrachte die Angelegenheit, ebenso wie Ludovico, mit gemischten Gefühlen. Wir alten Esel neigen zur Vorsicht. Seht den Antrag von der Warte: Die Stadt gibt Euch die Gelegenheit, interessante und bedeutende Persönlichkeiten kennenzulernen. Weit über Venedigs Grenzen hinaus. Das ist kein Schade und wird Eurem Ruf nützen, sowohl dem der Kurtisane als auch dem der Poetin. Ich hoffe nur, dass Euch weiterhin genügend Zeit bleibt, mir einen Teil meiner Salonarbeit abzunehmen. Gern besuche ich Eure Salons, wenn Ihr sie nicht unbedingt des Nachts anberaumt."

„Ich hoffte, in Euch einen Fürsprecher zu finden, um das Ansinnen zurückzuweisen. Natürlich ist es verführerisch, selbst einen Dichtersalon zu führen, und es reizt, meinen Namen als Poetessa noch bekannter zu machen. Der Palazzo der Foscaris gäbe einen attraktiven Rahmen ab. Und trotzdem, Zweifel bleiben."

„Veronica, ich vermute, keinesfalls der Erste zu sein, der Euch sagt, dass in diesen schweren Zeiten das Wohl der Republik über dem Wohl des Einzelnen steht. Venedig wird sich erkenntlich zeigen."

Veronica nickte. Das heikle Thema damit vom Tisch. Domenicos Worte verstärkten ihre Sorgen. Fieberhaft suchte sie nach einem Ausweg.

Wenn ihre Herrenriege versagte, musste sie sich wohl oder übel direkt in die Höhle des Löwen begeben und ihre Bedenken an höchster Stelle vortragen.

Bereits am nächsten Tag machte sie sich

auf zum Dogenpalast und bat um einen Termin bei Alvise Moncenigo.

„Aber sicher, Signora Franco, wir werden Sie für eine Audienz vormerken. Sie erhalten Bescheid“, wimmelte ein Beamter sie im Vorzimmer ab.

Zypern, Nikosia

Der Anblick der osmanischen Zelte in der weiten Ebene vor der Stadtmauer gehörte für Cena inzwischen zum Alltag. Der befürchtete Angriff der Osmanen war bislang ausgeblieben. Seit einem Monat war nichts Aufregendes passiert, heute schrieb man schon den neunten September und bald würde der Winter kommen. Die Bewohner Nikosias hatten sich an die Bedrohung gewöhnt und alle vermuteten, dass die Osmanen nur ihre Macht demonstrieren wollten. Ein Säbelrasseln nach dem Motto: „Seht her, wenn wir wollen, können wir euch einnehmen, also verhaltet euch friedlich!“

Beim ersten Anblick der feindlichen Truppen direkt vor der Stadtmauer hatte Cena noch vor Angst und Schrecken gezittert. Er rief Erinnerungen in ihr wach, die sie gern verdrängte. Vor einigen Jahren hatten Osmanen ihr Dorf an der Küste überfallen und ihre Schwester Marisa entführt. Nach diesem Vorfall war die Familie in die Stadt übersiedelt.

„Ich wette darauf, dass die Osmanen mit dem Einbruch des Winters abziehen. Unser Fischhändler weiß aus seriöser Quelle, dass auf den Höhen der Berge Anatoliens bereits Schnee gefallen sei. Die Osmanen wollen nur die Pilgerroute sichern", hatte ihr Freund Dimitri sie vor einigen Tagen beruhigt, als sie sich bei der Stadtmauer trafen. „Außerdem müssen die Heiden erst einmal den grandiosen sternförmigen Wall bezwingen, den die Venezianer errichtet haben. Meine Mutter hat ja jahrelang gezetert und den Verlust der alten Bauwerke aus ihrer Kindheit beklagt. Besonders hing ihr Herz an dem Kloster San Domenico mit den Königsgräbern. Inzwischen ist sie froh, weil er uns Sicherheit garantiert."

„Hoffen wir es, Dimitri."

„Wenn ich nur nicht solchen Kohldampf schieben würde! Es ist zum Auswachsen! Hoffentlich zischen die Krummsäbel bald ab." Cena hatte ein Lächeln nicht unterdrücken können. „Selbst ohne Belagerung klagst du dauernd über Hunger. Du bist ein Vielfraß, Dimitri."

„Es ist Erntezeit! Man könnte auf das Land fahren, sich die Trauben direkt vom Stock in den Mund führen, mmhm. Eine Ziege melken und ihre Milch frisch aus dem Euter trinken. Oder …"

„Halt ein, mich überkommt Esslust.

Durst verspüre ich bereits jetzt. Wenn nur erst die Rationierung des Wassers beendet wäre …“

„Bestimmt schicken die Venezianer bald Soldaten und der Spuk geht vorüber.“

Leider waren bis heute weder venezianische Truppen eingetroffen, noch waren die Osmanen abgezogen. Vielmehr hing seit dem Morgen des neunten Septembers ein dumpfes Grollen in der Luft. Die Osmanen hatten das Feuer auf Nikosia eröffnet.

Cena, überrascht vom Angriff, kauerte seit Stunden in der Nische eines Hauses gleich bei der Mauer. Teile des Walls, die man statt mit Steinen nur mit Torf verblendet hatte, waren inzwischen eingestürzt. Die Befestigung hatte sich als nicht hoch und nicht dick genug erwiesen. Der Schutz war keiner mehr. Brandgeschosse flogen in hohem Bogen über die Begrenzung. Steine rieselten vor Cena auf den Boden und Staub hüllte sie ein. Schreie ertönten und Rauch behinderte die Sicht. Die Luft roch nach Schwarzpulver, zwang sie zu husten. Hohe Flammen schossen aus dem Dachstuhl eines ‚Gebäudes, dich hinter der Stadtmauer. Die Hitze des Feuers brachte ihre Haut zum Glühen. Tränen liefen ihr über die Wangen. Zitternd vor Angst band sie sich ihr Halstuch vor den Mund. Erst zur Zeit des Mittagsgebets schwiegen die Geschütze einen Moment länger. Cena wagte, den schützenden Unterschlupf zu verlassen, und rannte los.

Atemlos erreichte sie die Straße, in der ihr Elternhaus stand. Trotz des in der Nähe der Mauer herrschenden Chaos lag die Gasse beschaulich im Sonnenlicht. Als Cena zur schmalen Eingangstür stürmen wollte, bekam das friedliche Bild plötzlich Risse. Sie blieb wie angewurzelt stehen. Zwei osmanische Soldaten traten aus dem Nachbarhaus, schoben ihre Freundin Helena vor sich her. Noch hatten sie Cena nicht entdeckt. Sie hastete in den verwilderten Garten, der sich ihrem Haus gegenüber erstreckte. Cena kannte jeden Grashalm. So rasch sie konnte, verbarg sie sich hinter einem knorrigen alten Olivenbaum.

Wie üblich wehte ein leichter Südwind. Heute führte er, statt des normalen Duftgemisches nach Fisch, Olivenöl, Zimt und Muskatnuss, den Geruch von beißendem Rauch und den metallischen von Blut mit sich. Sie riskierte hin und wieder einen Blick auf die Gasse. Ihre Augen weiteten sich vor Schrecken, als Dimitri wie schon Helena aus seinem Zuhause getrieben wurde. Ein Soldat scheuchte ihn mit seinem Krummschwert vor sich her, dem Ende der Straße zu, das von ihrer Position nicht einsehbar war. Sie zitterte und grub die Fingernägel in die Rinde, um nicht aufzuschreien.

Etwa zehn osmanische Soldaten liefen mit gestreckten Säbeln von Haus zu Haus. Fast leise, wie Schatten, öffneten sie Türen und drangen in die Häuser ein. Cena hielt die Luft an und drückte sich in den Schutz des dicken Baumstamms. Fliegen sirrten um sie herum und ihr aufdringliches Brummen erschien ihr überlaut und unwirklich. Würden die Türken ihr Heim verschonen, wenn sie die Tür verschlossen vorfanden? Ihr Herz pochte laut. Wieder reckte sie ein wenig den Hals, um das Geschehen verfolgen zu können.

Trotz der Einwände der Mutter am Morgen trug sie ihre rote Bluse. Sie verfluchte ihre Eitelkeit. Nur weil sie Dimitri hatte gefallen wollen und er stets betonte, wie schön die leuchtende Farbe mit ihrem schwarzen Zopf harmonieren würde. Dimitri! Der Gedanken löste eine Welle des Schmerzes aus. Sie wusste, was ihm und ihrer Freundin in den Händen der Feinde blühte. Er würde zu den Janitscharen gesteckt und Helena würde in einem Harem landen. In ihrer Verzweiflung rutschte sie den Stamm hinunter, ohne Rücksicht auf ihre Kleidung und krümmte sich am Boden zusammen. Tränen kullerten ihr ungehemmt über die Wangen, sie schniefte.

Plötzlich umschlossen kräftige Männerarme ihren Oberkörper und zerrten sie aus ihrem Versteck hervor. Als sie stand, spürte sie das kalte Metall des Säbelknaufs in ihrem Rücken, es schob sie vorwärts. Als sich ihre Füße in einer Wurzel verfingen und Cena fast stürzte, sah sie aus den Hauseingängen Soldaten stürmen, die Arme bepackt mit Decken, Kerzenleuchtern und anderen erbeuteten Gegenständen. Sie bemerkte erleichtert, dass sie das Haus der Mutter verschont hatten. Sie schickte ein Stoßgebet zum Himmel.

Als sie Helena und Dimitri erreichten, raunte ihr Dimitri mit versteinerter Miene zu: „Sie haben meinem Vater und meiner Mutter den Kopf abgeschlagen." Cena hätte gern seine Hand gedrückt. Helenas Gesicht leuchtete weiß wie ein Leintuch, ihre Augen starr geradeaus gerichtet, murmelte sie unzusammenhängende Worte vor sich her.

„Vorwärts", befahl man ihnen, und sie setzten sich in Bewegung. Ein fürchterlicher Aufschrei ließ Cena zusammenfahren. Sie drehte sich um. Ihre Mutter rannte hinter den Soldaten her.

Die Männer drehten sich um, packten ihre Mutter und warfen sie zu Boden.

Einer von ihnen holte mit seinem Säbel aus. Die Schneide sauste durch die Luft. Der Kopf wurde vom Rumpf getrennt. Er fiel auf das unebene Pflaster und rollte wie ein Ball ein Stück weit, bis er vor dem Gartentor zum Halten kam. Der Leib blieb wie ein Bündel Stoff in der Mitte der Gasse liegen. Eine Fontäne roten Blutes sprudelte aus der Arterie des Halses.

Cena schrie wie ein verwundetes Tier und sackte auf die Knie. Ihr war, als hätte der Schwerthieb ihren Leib getroffen. Ein kräftiger

Arm zog sie in die Höhe und im nächsten Moment prügelte der Knauf des Säbels sie zum Weitergehen. Wie betäubt stolperte sie mehr, als sie ging, roch den fremden Atem hinter sich. Immer mehr Jungen und Mädchen schlossen sich dem Zug an. In der Nähe der Stadtmauer wurde der Qualm stärker. Cena stellte fest, dass das Feuer um sich gegriffen und bereits eine Häuserzeile erfasst hatte. Die Flammen stiegen mit einem unheimlichen Knistern hoch in den Himmel. Ihr schien es, als würde der Teufel in ihnen hausen und sie verspotten.

Man trieb sie durch eine Lücke in der Befestigungsmauer auf das freie Feld zur Zeltstadt. In eines der Zelte pferchte man sie zusammen. Cena versuchte, in die Nähe von Dimitri zu gelangen. Aber ein Bewacher teilte die Geschlechter. Sie warf ihm einen verzweifelten Blick zu, ehe er aus ihrem Sichtfeld verschwand.

Am nächsten Morgen begann ein stummer Marsch Richtung Meer. Die Jungen gingen vorn, die Mädchen hinten. Sie suchte erneut Dimitris Augenpaar. Er schaute zu Boden. Kurz darauf hörte sie ihn schreien: „Nieder mit den Osmanen."

Ein Schwerthieb spaltete seinen Leib in zwei Teile. Der Leichnam blieb am Rand des Weges liegen. Als sie die Stelle passierte, richtete Cena den Blick starr geradeaus. Ihre Zunge klebte dick und pelzig im Mund, sie hatten nur einen kleinen Schluck Wasser erhalten. Aber ausgedörrt wie ihre Kehle fühlte sich auch ihre Seele an. Sie glich einer Wüste. Ihr Herz drückte wie ein Stein im Brustkorb. Helena setzte wie gestern schon apathisch und bleich einen Schritt vor den anderen. Cena beneidete sie fast. In ihr brodelte aus lauter Verzweiflung Hass. Sie hätte am liebsten genauso laut schreien mögen wie Dimitri, um ihrem Leben schnell ein Ende zu setzen. Sie zwang sich, ihre Blicke auf die Gipfel des Kyrenia-Gebirges zu richten, betete leise vor sich hin.

Am zweiten Abend erreichten sie das Meer und eine Bucht, in der mehrere Galeeren ankerten. Ruderboote lösten sich von ihnen, steuerten auf den Strand zu. Cena watete durch das flache Wasser, kletterte ins Boot, später an Bord des Schiffes und am Schluss eine Luke hinunter in einen Laderaum. Sie hockte sich befehlsgemäß auf den Holzboden zu den anderen Mädchen.

Im Raum roch es streng nach Teer und er war nicht sonderlich groß. Nur wenig Licht drang von oben durch die Ritzen. Befehle wurden gerufen und klangen gedämpft zu ihnen herunter. Einige Mädchen wimmerten leise vor sich hin, manche wiegten den Oberkörper, eines stieß mit dem Kopf gegen das Holz des Bodens. Cenas Rücken lehnte an einer schmalen Tür, ihre Hand strich gedankenverloren über die Holzdielen. Schwarzes Pulver blieb an ihren Fingern haften. Als sie eine Haarsträhne aus dem Gesicht streifte, bemerkte sie den scharfen Geruch, der dem Qualm aus den Geschützen glich. Neugierig verfolgte sie die Spur der Pulverreste, erkannte deutliche Schleifspuren von Säcken. Ihre Lethargie verschwand von einer Sekunde zur anderen.

„Ich möchte meine Kleider richten; bildet einen Kreis um mich." Zwar hatte man ihnen keinen Bewacher mit in den Raum gesetzt, aber womöglich beobachtete man sie durch eine Ritze von oben. Drei der Mädchen folgten ihrer Bitte.

Cena machte sich an der Tür zu schaffen. Der einfache Riegel entpuppte sich als harmlos, rasch schlüpfte sie in den Nebenraum. Selbst bei dem spärlichen Licht konnte sie Säcke ausmachen. Auf ihnen prangte ein Totenkopf! Schwarzpulver!

Zufrieden trat sie den Rückweg an und nahm ihren Platz ein. Ihre Gedanken überschlugen sich. Eine Feuerlunte bot eine Lösung. Aber wie sollte sie an eine Kerze, eine Fackel oder an ein brennendes Holzscheit gelangen? Unmöglich! Hatten sie auf dem Feld nicht mit zwei Steinen einen Funken geschlagen und mit etwas Reisig eine Lunte entzündet? Aber Steine und Reisig? Woher nehmen? Der Hoffnungsschimmer erstickte im Keim. Einige Minuten verstrichen. Ihre Finger kramten in den Rocktaschen. Es schien ihr wie eine Vorhersehung, als ihre Hand auf einen Stein stieß, einen Faden und sogar ein Stück Papier fand!

„Bitte prüft, ob eine von euch einen Zweiten besitzt." Sie schaute erwartungsvoll in die Runde und hielt ihren Fund kurz in die Höhe. Eines der Mädchen kroch näher, kniete sich neben Cena.

„Hier, was willst du damit anfangen?"

„Schwarzpulver! Riech." Cena führte ihre schwarzen Finger an die Nase der Kumpanin. „Wir entzünden einen Funken. Bumm! Das Schiff fliegt mit allen Osmanen in die Luft."

„Fantastisch! Wir rächen unsere getöteten Mütter und Väter! Ja! Sterben sollen diese Barbaren. Sie verdienen den Tod! Niemals werden sie uns in ihren Harem sperren." Die Augen ihrer Gesprächspartnerin glänzten voller Begeisterung. „Ich helfe dir. Aber posaunen wir das Vorhaben nicht herum, sonst wird der Plan noch in letzter Minute vereitelt. Wir geben unser Leben für eine gute Sache." Die im Umkreis Sitzenden nickten. „Wir schließen uns an."

Cena riss ihren Unterrock in Streifen, legte die Spur. Anschließend hockte sie sich hin und begann mit kräftiger Stimme laut das Vaterunser aufzusagen. Nach und nach fielen die Mädchen ein, selbst jene, die vorher nur starr vor sich hingebrütet hatten.

„Vater unser, geheiligt werde dein

Name, dein Wille geschehe, im Himmel so auf Erden …“

Cena schlug die Steine aneinander. Einmal, zweimal, dreimal.

Sie hielt die Luft an, bis die Lunte Feuer fing. Vorsichtig setzte sie den Stoff in Brand. Bei seinem Auflodern schloss sie sich wieder dem Gebet an. „Und führe uns nicht in Versuchung, sondern erlöse uns von dem Bösen.“ Die Flamme schlängelte sich langsam vorwärts. Als sie die Tür erreichte, vereinten sich die hellen Mädchenstimmen zum:
„… in Ewigkeit, Amen.“

Wichtige Nachricht

Zwei Monate waren seit Veronicas Ersuchen um eine Vorsprache beim Dogen vergangen, ihr Antrag offensichtlich in den Amtsstuben unter Aktenbergen verschimmelt. Ebenso schien die Bitte des Zehnerrats an sie, einen Salon zu führen und als Agentin für die Republik zu fungieren, in Vergessenheit geraten zu sein.

Veronicas Empörung hatte sich gelegt. Sie hatte das in ihren Augen unangenehme Ansinnen in die hinterste Lade ihres Gedächtnisses verdrängt. Die Gerüchte um einen nahenden Krieg überlagerten alles und erforderten ihre Aufmerksamkeit. In der Stadt brodelten die Gerüchte und das Leben verlief hektisch. Die Kirchen erfreuten sich lebhaften Zuspruchs und die Kurtisanen über weitaus mehr Zuspruch als in sicheren Zeiten. Obwohl Veronica die Liste ihrer Verehrer überschaubar hielt und der Preis für ihre Leistungen das übliche Niveau sprengte, stöhnte ihre Empfangsdame Signora Balboni über die viele Arbeit.

„Signora Franco, es ist zum Verzweifeln. Die Flut der Anfragen ist kaum zu bewältigen. Die Herren stehen Schlange und lassen sich nicht abwimmeln. Auch wenn ich ihnen bedeute, dass ihr nur Stunden für sie Zeit haben werdet, schreckt sie dies nicht ab. Sie bieten bereits für eine Konversation jeden Preis."

Veronica lachte.

„Va bene, sono d'accordo, nun gut, ich bin einverstanden, nehmt einige Buchungen mehr an. Die Lebensmittelpreise sind derart in die Höhe gestiegen, dass die Mehreinnahmen sofort aufgefressen werden. Bei den Präsenten weist die Herren darauf hin, dass etwas Essbares gewünscht ist. Fertigt mir eine Abschrift Eurer Liste an und lasst sie mir bringen. Ich bin in meiner Bibliothek, könnt Ihr Oktavia ausrichten. Vergesst nicht, einen Tag in der Woche für die Schönheit zu reservieren. Ein Tag gehört Signor Ramberti, selbst wenn er zurzeit auf Reisen ist und einer Signor Tron, der meine Zeit im Augenblick gleichfalls schont."

Die vergangenen Stunden hatte Veronica im Park der Villa Foscari zugebracht und Reime geschmiedet. Die frische Luft und die Ruhe inspirierten und sie sollte sich bei Francesco Martinengo bedanken.

Eines Tages hatte er ihr den Schlüssel für die Ca‘ Foscari ausgehändigt, mit der Bitte, den Palast für Gäste vorzubereiten. Er hatte ihren Protest vom Tisch gefegt und hoch und heilig beteuert: „Dieser Dienst ist völlig unabhängig von Eurer Entscheidung für die Mission.“ Also hatte sie sich erweichen lassen und Gefallen an Haus und Garten gefunden. Fast jeden Tag plante sie einen Aufenthalt ein. Anfangs, um die Arbeiten für die Renovierung zu überwachen, später zu ihrem Vergnügen. Veronica liebte dieses Refugium mit seinem gepflegten Grün, seinen großzügigen Räumen. Man hatte sie manipuliert, sie geködert, so viel war ihr klar. Wer auch immer sich diese List ersann, er hatte ausgezeichnet kalkuliert.

Als Veronica das zum Haus gehörige Areal das erste Mal betrat, hatte sie über die Weitläufigkeit gestaunt. Der Blick durch den schmiedeeisernen Zaun vom Canal her offenbarte nur eine schmale, eher unscheinbare Baumreihe. Kein Wunder, an dieser Stelle maß das Gelände nur wenige Meter. Erst im Inneren weitete sich das Grundstück trapezförmig, bis es am Ende von einem Gebäudekomplex, der ebenfalls den Foscaris gehörte, abgeschirmt wurde. Der Park beherbergte riesige alte Laubbäume: Erlen, Buchen, Eichen und Mimosen. Steinbänke luden zum Verweilen und Wege zum Schlendern ein. In der Mitte des Anwesens plätscherte Wasser beruhigend in eine Schale, die eine steinerne Venus in zierlichen Händen balancierte. Rund um den Brunnen wuchsen niedrig gehaltene Ebereschen, die sich jetzt im Herbst mit roten Vogelbeeren schmückten. Letzte schräg einfallende Strahlen einer matten Sonne in den Baumkronen hatten heute das Laub an den Ästen prachtvoll in allen erdenklichen Rottönen aufleuchten lassen. Sie war durch die bereits zu Boden gefallenen Blätter gewandert und sie hatten unter ihren Schritten geraschelt wie ein schwerer Taftsaum. Der Garten war ein Traum, ein regelrechtes Kleinod.

Die Stimme der Balboni riss Veronica aus ihrer sentimentalen Rückschau. „Ihr könnt die Liste mit den Vormerkungen gleich mitnehmen, wenn Ihr einen Moment wartet, Signora Franco."

Veronica nickte und setzte sich auf den Besucherstuhl.

„Bei der Gelegenheit lasst mich bitte einen Blick in das Buch werfen." Die Balboni reichte ihr die schwarze Kladde. Veronica beugte sich über die Seiten und studierte die sich wiederholenden Namen. „Danke." Sie reichte das Buch der Balboni zurück.

Veronica schloss die Augen und erlaubte sich weiter zu träumen. Wenn sie ihren Kavalieren den Jahreszeiten zuzuordnen sollte, wie würde die Liste aussehen?

Ludovico, ihr treuer, fast väterlicher Freund, mit zärtlichen Händen und Fürsorge im Blick stand für den Winter. Er war ein wärmendes Kaminfeuer, wenn man durchgefroren nach Hause eintraf. Ein schützendes Haus, das die kalten Winde abhielt und die unheimlichen Dämonen der Nebel aussperrte. Stets darauf bedacht, ihr Freude zu bereiten. Beweglich, schlank wie er, war auch sein Speer. Manchmal vermisste sie die Leidenschaft, obwohl er ihr Lust verschaffte. Ludovico liebte es, sie zu betrachten. Ihr zuzuschauen, wenn sie sich ihrer Kleider entledigte, so als wäre sie ein junges, etwas scheues Mädchen. Sie würde es wohl eine Weile ohne ihn aushalten müssen.

Andrea, ihr zweiter Galan, groß gewachsen und von festem Körperbau, konnte zupacken. Seine Arme hoben sie hoch, als wäre sie eine Feder. Teils ungestüm, teils stürmisch, nahm er nicht immer Rücksicht auf ihre Lust. Seine Lanze freute sich besonders über ihr Zungenspiel. Auch einige geheime Spiele erfreuten ihn, bei der er sie anderen überließ. Er stellte sie gern stolz als Göttin zur Schau, labte sich an dem Bild, wie an einem Gemälde. Ihm würde der Sommer gut zu Gesicht stehen. Das Glitzern des Wassers, das Spiel von Schatten und Licht, die Gewitter über dem Canal, der Seewind auf der Lagune. Der Sommer machte sich rar. Sie seufzte.

Für ihre anderen Galane blieben nur Monate zur Auswahl.

Arturo, ein großer, warmherziger Patrizier mit schon fast silbergrauem Haar und einem Engelslächeln, verfügte über gewaltigen Sprachwitz und liebte mehr das Reden als die Tat. Während sie ihn streichelte, parlierten sie über Montaignes Essais, das Dekameron von Boccaccio oder er erklärte ihr Zusammenhänge der Geschichte und der Politik. Nur manchmal nahm er sie vorsichtig, als wäre sie aus Watte, von der Seite und drang zärtlich mit seinem nicht mehr so harten Glied in sie ein. Der Januar war seine Zeit, in der man Geschichten lauschte, weil das Licht sich rar machte. Er verstand es, die Dunkelheit zu erhellen, einen in eine andere Welt zu versetzen, sodass man die Geister des Winters vergaß.

Mattheo, ein hochgestellter und reicher Nobili, wollte sie bedienen. Er zog ihr liebevoll Schuhe und Strümpfe aus. Wusch mit Hingabe ihre Füße, umsorgte sie mit einer Creme, küsste jeden ihrer Zehen. Streifte vorsichtig ihre Röcke beiseite, ehe er mit seiner Hand ihre Fesseln umfasste, langsam die Schenkel streichelte, um auch diese mit Küssen zu bedecken. War er an ihrer Grotte angelangt, erlaubte sie ihm, diese zu liebkosen, ehe sie begann, sein steifes Glied mit ihren Füßen zu reiben, bis er sie bat, ihn zu reiten. Sein gutes Stück stand brav wie ein Soldat die ganze Zeit, oft ergoss er sich schnell und es kostete sie wenig Mühe. Er war mal zart, mal stürmisch, vergleichbar den ersten Boten des Frühlings im Monat März. Ein schüchterner Sonnenstrahl, der liebevoll die Gesichter erobert oder ein frischer Wind, der die Haare zaust und die feuchten Nebel endgültig vertreibt.

Arthur, ein Tedesco, eilte sofort, wenn er in Venedig weilte, zu ihr. Brachte ihr einen Korb mit Wurstwaren aus seiner Heimat, freute sich daran, dass sie seine Sprache beherrschte. Er war ein fröhlicher, unkomplizierter Bursche, mit wachsblondem Haar, heller Haut und besaß einiges Standvermögen. Am Anfang hatte er recht unerfahren von ihr die Prozedur erwartet, die er bei jeder Puttana billiger haben konnte: Sie musste ihn mit dem Mund befriedigen, ehe er sie bestieg wie ein Hengst, und die Angelegenheit rasch hinter sich brachte. Die obligatorische Frage danach: „War es schön für dich?“, hatte sie nur nach den ersten beiden Malen mit einem Nicken bejaht. Später belehrte sie ihn eines Besseren und brachte ihm so nach und nach bei, welche Liebkosungen bei den Damen Entzücken auslösen. Inzwischen streichelte er ihr Allerheiligstes voller Inbrunst oder steckte seinen Kopf zwischen ihre Beine, um ihren Nektar zu schlürfen. Sie mochte ihn recht gern. Er war ein April, der mit warmem Regen die Haut verwöhnte oder bei dem man an windigen Tagen die Wäsche auslüftete, bis sie die Frische eingefangen hatte und nach Luft duftete.

Benetto war um einiges jünger und sein muskulöser Körper glänzte wie eine pralle Olive. Er war geschmeidig wie ein Bogen und annähernd so schön wie die Statue des David von Michelangelo in Florenz. Schade nur, dass er um seine Schönheit wusste und sich deshalb nicht die Mühe gab, die andere aufwandten. Aber Veronica entkleidete ihn gern und, wenn er sich splitternackt auf ihrer Bettstatt ausstreckte, küsste sie den Armorbogen seines hübschen Mundes, seine Brustzäpfchen, den Trommelschläger und die Trommeln wie eine Amme ihren Kleinen. Er rührte keinen Finger, überließ alles ihr. Als er kürzlich einmal herzhaft bei ihren Bemühungen gähnte, versetzte sie ihm verärgert einen scherzhaften Schlag und schlug ihm vor: „Falls du dich ausschlafen möchtest, mein Bett steht dir zur Verfügung“, und erhob sich, um es sich beim Kamin gemütlich zu machen. Benetto lachte unter weiterem Gähnen.

„Glänzende Idee, gestern ist es spät geworden oder besser früh, ich bin mit Tullio und den anderen durch die Spelunken gezogen“, und drehte sich auf die Seite, um sofort einzuschlafen. Seine Aufrichtigkeit überzeugte sie und sie konnte ihm nicht böse sein. Er war eindeutig ein Kind der Venus und somit dem Mai zugehörig. Überall schoss das Grün aus den Ritzen, selbst dort, wo es nicht hingehörte. Blumen schwammen auf dem Wasser, angetrieben aus der Terra ferma, und wenn man konnte, machte man sich auf für einen Ausflug.

Silvano, obwohl seinem Verhalten nach ein Kavalier vom Scheitel bis zur Sohle, legte seine Liebenswürdigkeit mit seinen Kleidern beiseite. Er benahm sich gern unflätig wie ein Lastenträger. Erwartete von ihr, dass sie sich empörte, ihn als feine Dame zurechtwies, während er ihre Brust knetete oder ihr gar den Hintern versohlte, ehe er im letzten Anlauf sein Rapier in ihre Scheide führte. Der Juni ging ihr bei ihm durch den Sinn. Launisch überschwemmte er mit vielem Regen einmal die Fondamente, ein anderes Mal schickte er bereits eine heiße Sonne. Das Wasser der Kanäle fiel und brachte die Holzpfähle der Häuser ans Licht.

Fehlte noch Monsignore im Reigen der Jahreszeiten. Meist besuchte er Veronica vor dem Vespergottesdienst. Agnesia, ihre Köchin strahlte, wenn er sich ankündigte. Für ihn durfte sie neue Speisen erfinden, extravagante Kuchen backen und allerlei spannende unbekannte schmackhafte Kleinigkeiten entwerfen. Bereits am Vortag wurde die Küche zu einem Experimentierfeld für ihre Kreationen und nur Oktavia durfte ihr zur Hand gehen. Andere Störungen verbat sie sich strikt. Der Kirchenmann war seinem Appetit geschuldet, rund wie ein Fass und lag wie die alten Römer auf der Bettstatt und ließ sich von Veronica füttern. Dabei plauderte er auf Angenehmste mit ihr und verriet ihr manches Geheimnis. Bei ihm fiel die Zuordnung einer Jahreszeit schwer. Der Herbst fiel ihr ein. Die Erntezeit mit seiner Verschwendung an Obst und Gemüse, das doch sorgsam gehütet werden musste, wollte man den Winter heil überstehen.

Natürlich hielt sie der Ehrgeiz gefangen, bei jedem ihrer Galane die männliche Eitelkeit zu befriedigen. Die Herren sollten ihr Haus mit dem Empfinden verlassen, neben einem außergewöhnlichen Sexualakt etwas Einmaliges erlebt zu haben. Kreativität und Mut zum Ungewöhnlichen waren gefragt.

Bei manchen Kavalieren gab es eine Art Seelenverwandtschaft. Diese Männer waren feinsinnig, gewandt und elegant, aufmerksam und humorvoll. Mit Gefühl drangen sie behutsam in sie ein, ihr Mund war weich auf ihrer Haut, ihre Finger sanft. Hart nahmen sie Veronica nur auf ihren Wunsch. Aber es gab andere, die sich in Bestien verwandelten, wenn sie die Kleider von sich legten. Zum Glück konnte sie auswählen und brauchte solchen Kavalieren keinen Platz auf ihrem Tableau einräumen.

Bei allen Herren schätzte sie Intelligenz, denn sie liebte das Gespräch. Mit Witz und Geist konnten sie ihr die Dienste der Venus leicht und zu einer Freude machen. Dumme Männer waren ihr ein Graus und auch die Eingebildeten, Hochmütigen, jene ohne Humor, bekamen kaum mehr als einmal die Chance auf ihre Gesellschaft. Die raue Stimme der Balboni schreckte sie aus ihren Träumereien auf.

„Qui per favore, hier bitte, Signora Franco, die Liste. Beinahe hätte ich es vergessen zu erwähnen. Ein versiegelter Brief wurde für Euch abgeben. Es sei sehr dringend, meinte der Signore."

„Danke Signora Balboni." Veronica nahm Liste und Brief an sich und schlenderte mit einem Summen auf den Lippen in ihre Räume. An ihrem Schreibtisch griff sie nach dem Federmesser, löste das Siegel, überflog die Nachricht. Ein Name sprang ihr vom Weiß des Büttenpapiers entgegen:
„Johann von Österreich, Juan d' Austria."

Ihr erster Auftrag! Der Rat hatte sie überrumpelt. Unmöglich, einen derartigen Gast abzulehnen. Man hielt ihr das Messer an die Kehle. Sicher steckte Andrea hinter allem. Die Ratsherren hatten einfach Zeit verstreichen lassen! Und jetzt präsentierten sie ihr diesen Prinzen, von dem alle Welt sprach, den jeder anhimmelte, dessen Ruf ihm vorauseilte. Geheim, unerkannt, inkognito sollte sie ihn empfangen!

Sie setzte sich und holte erst einmal Luft. Ihre Gedanken überschlugen sich. Man zwang sie, umgehend zu handeln. Sie würde sich diesen Überfall nicht gefallen lassen! Sie würde zum Dogen eilen und resolut verlangen, sofort vorgelassen zu werden. Notfalls müsste sie ihr Glück bei seiner Gattin Loredana versuchen. Sie fasste sich an den Kopf, warum war ihr diese Lösung nicht früher eingefallen! Jeder wusste, dass die Dogaressa Einfluss auf ihren Mann besaß und über hohe Intelligenz verfügte. Mit ihrem Verständnis würde Veronica rechnen können. Veronica eilte aus dem Zimmer, um der Balboni Bescheid zu geben.

„Schlechte Nachrichten, Signora?", fragte die Balboni, als Veronica auf der Bildfläche erschien.

„Bitte besitzt die Güte und verschiebt alle Termine für die nächsten Stunden. Habt Ihr Oktavia gesehen?"

In diesem Moment öffnete sich die Tür. Oktavia knickste und streckte Veronica ein Päckchen entgegen.

„Signora Veronica, für Euch ist eine Sendung abgegeben worden. Sie wäre eilig und überaus wichtig, meinte der Bote."

„Ich werde die Lieferung später in Augenschein nehmen. Bitte bring mir meinen Umhang und nimm den deinen. Wir müssen zum Dogenpalast. Es ist dringend. Oder warte, vielleicht sollte ich mich noch umkleiden. Nein, keine Zeit. Eil dich."

„Aber Signora Veronica, der Bote bestand darauf, dass das Päckchen sofort von der Empfängerin zu öffnen sei. Der Absender habe dies extra verfügt. Ich musste ihm hoch und heilig versprechen, dass ich in Euch dringe. Ihr bringt mich in einen argen Gewissenskonflikt. Wie soll ich Euch drängen, wo Ihr doch meine Herrin seid. Das habe ich nicht bedacht. Jetzt weiß ich gar nicht, wo mir der Kopf steht", lamentierte Oktavia. Veronica konnte nur mühsam ein Lachen unterdrücken. Das junge Mädchen agierte noch recht ungelenk, aber irgendwie rührend in ihrer Unbeholfenheit.

„Ich werde dich erlösen, bedenke, deine Versprechen für das nächste Mal genauer." Die Worte für ihre Protestrede beim Dogen formten sich bereits in ihrem Hirn, während sie mit dem Päckchen in der Hand nach oben in ihre privaten Räume eilte. Oktavia folgte ihr mit gesenktem Kopf. In ihrer Bibliothek legte sie alles auf den Schreibtisch und wandte sich zu ihrem Ankleideraum.

„Bitte, Signora Veronica", bettelte das Mädchen. Veronica seufzte.

„Eines muss ich festhalten, du bist beharrlich. Also reiche mir das Messer. Dort in der zweiten Schublade des Sekretärs. Das Siegel ist mir völlig unbekannt. Wie sah der Bote aus? Hat er verraten, wer ihn beauftragte?

Warum hast du die Angelegenheit nicht Madame Balboni überlassen?“

„Signora Balboni war beschäftigt. Der Bursche gab sich geheimnisvoll und wollte mir die Sendung eigentlich nicht aushändigen. Er bestand darauf, dieses Päckchen Euch und nur Euch zu übergeben. Ich habe ihn überredet und nun?“

Veronica brach das Siegel, löste die Schnur. Das Material, mit dem die Sendung eingewickelt worden war, fühlte sich außergewöhnlich dick und fest an. Der Absender hatte es offensichtlich mit Wachs gegen Nässe geschützt. Aus einem Impuls heraus führte Veronica das Papier an die Nase. Es roch nach Fisch und Salz. Sie meinte, einen Hauch Kardamom zu riechen. Erinnerungen perlten hoch. Ihre Finger zitterten plötzlich, als sie die Verpackung hastig abstreifte. Zum Vorschein kam ein Holzkästchen, liebevoll gearbeitet und mit Intarsien versehen. Sie sah eine Rose, einen Schmetterling, einen Zweig.

„Wie bezaubernd!“, rief sie. „Vermutlich das Geschenk eines besonders liebevollen Verehrers. Bitte Oktavia hol mir ein Glas Wasser“, bat sie die junge Zofe.

„Aber ...“, protestierte die Kleine, man merkte ihr die Neugier und die Spannung an.

„Ich zeige dir nachher, was das Kästchen enthält, wenn überhaupt etwas darin ist, jetzt troll dich.“ Das Mädchen nickte und verließ den Schauplatz. Veronica strich vorsichtig über das Holz. Es atmete. Ihre Fingerspitzen meinten, durch den Deckel hindurch Wärme zu spüren. Gewiss handelte es sich um eine Nachricht von Giacomo! Sie schloss die Augen. Ihr Herz schlug aufgeregt. Sie drückte das Geschenk an ihre Brust. Vergaß für einen Moment die Welt um sich herum. Fühlte seine Arme um sich, sah sein liebes, etwas verunglücktes Lächeln, glaubte, seine warmen Hände zu drücken, seinen Geruch nach Kardamom und Zimt einzuatmen. Vorsichtig öffnete sie den Deckel ein winziges Stück. Eine Kaurimuschel lächelte ihr entgegen. Ihre Finger strichen über das Perlmutt, bevor sie danach griffen. Den unteren Teil zierte ein Goldüberzug. Veronica schloss die Augen, führte die Muschel zum Ohr. Ihr leises Rauschen erinnerte an Schilfhalme im Wind. Giacomo, rief ihr Herz.

Fieberhaft begann sie, nach einem Brief zu suchen, ohne jedoch einen zu finden. Aber war nicht die Muschel Zeichen genug, dass es ihm gut ging? Vorsichtig verstaute sie das Kleinod wieder in seinem Behälter, verschloss den Deckel.

„Euer Wasser, Signora Veronica", meldete sich das Mädchen zurück. Sein Blick schielte auf das Kästchen.

„Die wundervoll gearbeitete Holzschachtel ist das Geschenk, Oktavia."

Auf dem Gesicht der Kleinen zeichnete

sich Enttäuschung ab.

„Möchtet Ihr jetzt Euren Umhang, Signora? Gehen wir aus?“

Nur ein Kästchen, dachte Oktavia enttäuscht. Wertvoll sicher, aber dafür so viel Aufwand? Nein, das konnte sie nicht verstehen. Die Herrschaften waren schon manches Mal komisch.

„Ich verschiebe den Besuch im Dogenpalast auf morgen, Oktavia. Danke. Ich benötige im Augenblick nichts weiter. Gehe zu Agnesia und helfe ihr in der Küche. Oder nein, besser zu Ancilla. Schau, dass die Buben sie nicht zu sehr plagen. Schließlich ist sie in anderen Umständen.“

„Sehr wohl, Signora.“

Nachdem Oktavia das Zimmer verlassen hatte, strich Veronica mit einem versonnenen Lächeln die Verpackung des Päckchens glatt. Ließ sich von seinem Salz- und Fischgeruch erneut zu Träumereien verleiten. In ihnen blähte Wind die Segel eines Schiffes, Ruder klatschten ins Wasser, mit heiseren Rufen auf Gleichmaß gebracht. Möwen kreisten kreischend über dem Deck. Giacomettos Stimmchen bat: „Bitte, Mama, ein Schiff.“

Ohne ihr Zutun begannen ihre Finger, aus dem steifen Papier ein Schiffchen zu falten. Erst als eine Stelle sich störrisch ihren kunstvollen Mühen widersetzte, stieß sie zufällig auf eine winzige Tasche. Ihr Herz hüpfte vor

Aufregung. Fahrig forschte sie nach der Öffnung. Das Feuer im Kamin war inzwischen heruntergebrannt und Kälte breitete sich im Raum aus. Veronica spürte nichts davon. Endlich entdeckte sie den versteckten Zugang. Ein unscheinbarer Zettel, fast so klein, dass er in eine Flaschenpost passen könnte, fiel aus dem schmalen Schlitz. Sie überflog die wenigen Zeilen:

„Bitte nimm dich Marisas Schicksal an, Liebste. Setze dich sofort mit Estore Martinengo in Verbindung. Sein Bruder wird wissen, wo er zu finden ist. Es eilt und duldet keinen Aufschub. Ich liebe dich."

Die Nachricht gab ihr Rätsel auf. Enttäuscht drehte sie das winzige Blatt in den Händen. Warum sandte ihr Giacomo diese Botschaft in einem so kniffligen Versteck? Sie hätte unentdeckt bleiben können. Veronica begann zu überlegen, was Giacomo ihr über dieses Mädchen erzählt hatte.

Marisa stammte aus Zypern. Bei ihrer Gefangennahme in Attalia hatte man sie fälschlicherweise für einen Jungen gehalten und sie mit Giacomo zusammen in eine Zelle gesperrt. Nach der Entdeckung ihres wahren Geschlechts verkaufte man sie ebenso wie Giacomo an einen Teppichhändler. Sie lebten einige Jahre in einer Karawanserei, ehe beide im Palast des Sultans landeten. Marisa im Harem und Giacomo in den Diensten des Großwesirs Sokolli. Marisas Freilassung und Ausreise nach Zypern bildeten Giacomos Lohn für seine Aussage gegen Portensino. Jetzt schickte er dieses Mädchen nach Venedig.

Daraus konnte Veronica nur folgern, dass er sich in Zypern aufhielt! Im Belagerungsgebiet! Zwar gab es bis zum heutigen Tag keine offizielle Bestätigung für den Einfall der Osmanen in Zypern, aber die kursierenden Gerüchte ließen kaum einen Zweifel zu. Mein Gott! Zypern schien ihr bislang weit entfernt! Mit einem Mal rückte ihr die Insel so nah, als würden ihre Berge an die Mauern ihres Hauses grenzen. Wurde das Nachbarhaus bedroht, wurde auch ihr Haus, ihre Kinder, ihre Existenz bedroht und sie begann mit einem Mal, die Tragweite der Gefahr zu ahnen. Die ihr zugedachte Aufgabe einer Agentin bekam damit eine ganz andere Dimension.

Die Republik Venedig rief sie und brauchte sie, um eine patriotische Pflicht zu erfüllen. Sie war bereit, ihre Heimatstadt bis zum letzten Blutstropfen zu verteidigen.

Mamma mia! Meine Güte! Der Prinz Juan d‘ Austria! Wann erwartete man den hohen Gast? War im Dossier ein Datum genannt? Sie kramte die Unterlagen aus der Geheimlade ihres Schreibtischs hervor und begann fieberhaft zu blättern. Aufatmend stellte sie fest, dass ihr bis zum Eintreffen des hohen Gastes noch drei Wochen Zeit blieben. Sie musste unbedingt noch Giacomos Auftrag erfüllen. Sie würde morgen früh nach Treviso aufbrechen. Es passte gut, dass Ludovico auswärts weilte, so bot sich Gelegenheit, früh zu Bett zu gehen, um die Reise ausgeschlafen anzutreten. Konnte sie sich überhaupt erlauben, einfach abzureisen? Ja, entschied sie und öffnete sofort ihre Kleidertruhe, um einige Kleider für diesen Zweck herauszulegen. In der Tiefe der Truhe stieß sie auf den Burschenanzug, den sie vor vielen Jahren ihrem Bruder abgeluchst hatte. Früher leistete er ihr bei Reitausflügen gute Dienste. Schöne Erinnerungen verbanden sich mit ihm. Sentimental, wie sie war, hatte sie ihn nie ausgesondert, obwohl sein rotbrauner Samt vom häufigen Tragen an manchen Stellen dünn geworden war und glänzte.

Waren erst sieben Jahre vergangen seit jenem Tag, der die Karten ihres Schicksals neu mischte? Verstört durch den Reitunfall ihres Bruders und selbst knapp einem Überfall entronnen, hatte sie sich mutig der Kutsche entgegengestellt, um Hilfe zu erbitten. Welche Überraschung, als Giacomo sich als Besitzer und Retter zu erkennen gab.

Rasch streifte sie ihr Kleid vom Körper, schlüpfte in die Hose. Sie spannte nirgends, schmiegte sich wie angegossen um ihre Hüften und das Wams um ihre Schultern. Erneut beugte Veronica sich über die Truhe, kramte nach der passenden Kappe. Als sie die Kopfbedeckung in den Händen hielt, lachte sie lauthals. Das Ding schaute zu komisch aus, mit seinem arg zerdrückten Rand und der ramponierten Feder, die aussah, als wäre sie von den Hufen eines Pferdes zertrampelt worden. Veronica setzte sie trotz des desolaten Zustandes auf. Nicht hoffähig, aber verwegen, ihre Meinung nach einem Blick in den Spiegel.

Welche Laune des Schicksals führte sie immer wieder zu Francesco Martinengo und lieferte sie den Verlockungen dieser tiefgründigen, moorbraunen Augen aus? Jetzt würde sie also mit dem Anwesen der Martinengos Bekanntschaft machen. Nicht als Magd, nicht als Dame, sondern als Bursche sollte Francesco sie bei diesem Treffen kennenlernen. Sie strich mit den Fingern über den Samt, bevor sie den Anzug zum Auslüften über einen Stuhl hängte.

Fröhlich pfeifend suchte sie anschließend nach Ancilla und fand die treue Zofe mit Oktavia in der Küche.

„Ancilla, bitte pack einige Sachen für mich und Andrea zusammen. Ich habe bereits eine Auswahl herausgelegt. Verständige bitte Jaspuccio. Er möchte mir ein Boot bestellen. Ich wünsche, bei Sonnenaufgang nach Treviso zu reisen. Voraussichtlich werden wir in zwei bis drei Tagen zurück sein. Unterrichtet Signora Balboni, damit sie meine Termine umbucht.

Es soll der Schade der Herren nicht

sein.“ Ancilla runzelte die Augenbrauen voller Zweifel und in Oktavias Gesicht spiegelte sich Enttäuschung.

„Signora Veronica, warum nehmt Ihr Andrea statt meiner mit?“, wagte sie, leise einzuwerfen.

„Beim nächsten Mal darfst du mit mir reisen, Oktavia“, tröstete Veronica.

„Soll Jaspuccio Euch nicht rudern? Veronica, mir wäre wohler“, wandte Ancilla ein.

„Nein. Aber ich danke dir für deine Fürsorge, Ancilla. Pass mir gut auf meine beiden Jungen auf. Versprochen?“

In Treviso

Der nächste Tag im Gutshaus der Martinengos verlief anders, als Veronica es sich vorgestellt hatte. Weder Francesco noch Estore und auch die geheimnisvolle Marisa bekam sie nicht zu Gesicht. Veronica verstand die Welt nicht mehr. Hals über Kopf war sie mit Andrea nach Treviso gereist, hatte alle Verpflichtungen hinten angestellt und niemand erwartete sie. Ein Diener öffnete ihr die Tür, kümmerte sich zwar um das Gepäck und führte sie ins Haus, nachdem der Kutscher entlohnt worden war. Aber im Entrée bat er sie und den Jungen zu warten.

Veronica trat von einem Bein auf das andere, zupfte an Andreas Rock herum, um ihrer Nervosität Herr zu werden, die anfing, in Ärger umzuschlagen. Bevor der Unmut sich ihrer vollends bemächtigte, eilte eine Frau auf Veronica zu, korpulent, das Haar von einer weißen Haube verdeckt.

„Signora Franco, meine Söhne meinten, Ihr würdet uns in der nächsten Zeit Eure Aufwartung machen. So rasch haben wir nicht mit Eurem Erscheinen gerechnet. Estore ist gestern eingetroffen und gleich ins Bett gefallen. Francesco ist heute Morgen mit ihm ausgeritten, um ihm zu zeigen, was sich getan hat. Bitte folgt mir, wenn es Euch nichts ausmacht, in die Küche und leistet mir beim Kochen Gesellschaft. Natürlich könnt Ihr Euer Zimmer aufsuchen, solltet Ihr Ruhe benötigen. Ihr seht schmal aus, es würde Euch guttun, etwas zu essen. In der Zwischenzeit erzählt mir von Euch und warum Ihr in der Verkleidung eines Burschen daherkommt."

Veronica lächelte ungewollt, denn einer dermaßen resoluten Aufforderung konnte sie nichts entgegensetzen. Zusammen mit Andrea folgte sie Signora Martinengo in die Küche.

Sie betraten einen quadratischen Raum von einigen Ausmaßen. In einem langen Herd glühten die Kohlen rot und die Wärme überfiel sie regelrecht. Signora Martinengo warf einen prüfenden Blick in die auf dem Feuer stehenden Töpfe, bevor sie zur Magd trat, die am Herd mit einer riesigen Pfanne hantierte. Der Pfanne entstieg leichter Rauch. Sie rührte den Inhalt um, kostete. Griff nach verschiedenen Behältern und entnahm ihnen Kräuter, Gewürze, getrocknete Gemüse, gab sie zum Pfanneninhalt, rührte erneut um, probierte, nickte.

Während die Signora mit den Küchengeräten herumwirtschaftete, erzählte Veronica, warum sie in diesem Aufzug reiste. Sie plauderte über ihre Brüder und strich die Vorzüge des Reisens in Männerkleidern heraus. Bald zog der Geruch von gebratenem Schinkenspeck durch die Küche, dazu gesellte sich der Duft von Käse, von Salbei und Thymian. Veronica lief das Wasser im Munde zusammen. Sie schaute auf den Rücken der stämmigen Frau, bewunderte die konzentrierte Sammlung bei der Zubereitung des Mahls. Die Magd eilte geschäftig hin und her, um auf Befehl dies und jenes zu holen, Holzteller auf der groben Tischplatte zu verteilen und Holzgabeln dazuzulegen. Ein Korb mit duftendem Brot und ein Tiegel Butter verlockten zu naschen und die ergaunerten Bissen mit verdünntem Würzwein herunter zu spülen.

Veronica merkte, als sie saß, wie erschöpft sie war. Die Wärme des Kamins breitete sich angenehm in ihrem Körper aus. Sie konnte der Verlockung nicht widerstehen ihre Beine, die bequem in Hosen steckten, unter dem Tisch locker auszustrecken. Eine Haltung, die sie in Frauenkleider nicht annähernd wagen würde. Sie gab kein erfreuliches Vorbild für ihren Adoptivsohn ab.

Sie befreite ihre Haare aus der lästigen Kappe, schüttelte sie, sodass sie als rotblonde Sturzflut den Rücken hinunterfielen. Natürlich kringelten sie sich, dem Küchendunst ausgesetzt und immer wieder wagte sich eine vorwitzige Strähne in ihre Stirn. Sie konnte es kaum erwarten, bis die Teller sich mit dem leckeren Duftversprechen füllen würden. Eine Katze mit glänzendem rotem Fell rieb sich an den Beinen der Magd. Maunzend wartete sie auf einen Brocken. Veronica schmunzelte in sich hinein. Non è pazzo? Ist es nicht verrückt? Sie führte sich auf wie diese Katze. Die warme Atmosphäre verlockte, sich fallen zu lassen.

„Ihr seid nicht allzu gesprächig, Signora Franco. Ganz sicher sterbt Ihr vor Hunger." Francescos Mutter trat an den Tisch, griff sich Veronicas Teller. Ihre Wangen waren vom Kochen gerötet. „Ihr braucht dringend ein wenig Speck auf Eure Rippen. Man kann Euch, so mager wie ihr seid, wirklich mit einem Burschen verwechseln und dieser Junge da, der hat ebenfalls hungrige Augen."

Bald dampfte es vor ihnen aus gefüllten Schüsseln. Veronica resignierte vor so viel mütterlicher Sorge. Sie konnte nicht umhin, die Frau zu mögen. Veronica fühlte sich bei ihr aufgehoben, vergaß ihre Ungeduld und die Abwesenheit der Brüder. Die Schinkennudeln rochen nicht nur lecker, sie schmeckten himmlisch. Veronica schaufelte, als wäre sie ein Schwerstarbeiter. Erst als sie fast platzte, hörte sie auf. Mit einem Stoßseufzer beendete sie die Orgie.

„Uff, Ihr kocht dermaßen aufregend, dass man sich in das Essen hineinlegen möchte“, strahlte sie nach vollbrachter Tat. Ihr Blick wanderte aus dem Fenster in den Hof. Ein Sonnenstrahl fiel auf die Bäume, brachte das restliche Herbstlaub an den Ästen zum Glänzen.

Bei ihrer Ankunft, als die Kutsche das Tor und das Pförtnerhaus des Anwesens passierte, hatte ihre Aufmerksamkeit dem Landhaus gegolten - einem lang gestreckten einstöckigen Gebäude. Jetzt stellte sie fest, dass sich gegenüber dem Haupthaus ein ebenerdiges Pendant erstreckte. Veronica vermutete hier die Stallungen. In der Mitte des Hofes befand sich ein Brunnen, am Kopfende ein weiteres Tor und eine kleine Kapelle. Ein Glockenturm ragte in die Höhe.

Zwei Reiter preschten in den Hof. Ein Stallknecht nahm ihnen die Pferde ab. Kurze Zeit später wurde die Küchentür aufgestoßen. Francesco Martinengo stürmte hinein, hinter ihm eine fast gleiche Ausgabe von Mann. Das musste Estore sein. Sie brachten einen Schwall frische Luft mit.

„Es riecht göttlich, Mama.“ In diesem Augenblick fiel Francescos Blick auf Veronica. „Oh, wir haben Besuch?“ Er stutzte eine Sekunde, dann lachte er. „Ihr seid immer für Überraschungen gut, Veronica Franco. So rasch hatten wir Euch nicht erwartet. Darf ich vorstellen? Mein Bruder Estore.“

Estore verbeugte sich galant: „Signora! Piacere. Angenehm.“

Veronica bekämpfte ihren Wunsch, Estore sofort mit ihren Fragen zu belagern. Die Höflichkeit verlangte zu warten, bis die beiden Männer saßen und ein Glas Wein geleert hatten. Gleich danach sprudelte es aus ihr heraus:

„Ich sterbe vor Ungeduld, Signor Martinengo. Spannt mich nicht auf die Folter. Was wisst Ihr von Giacomo, wie geht es ihm? Ist er in Zypern, haben die Osmanen Nikosia eingenommen? Ist er in Gefahr, hat man ihn wieder gefangen genommen? Ihr müsst mir alles erzählen. Und wo befindet sich jene Marisa?“ Unruhig griff sie nach ihrem Glas, ihr war mit einem Mal fast schlecht vor Aufregung. Hastig trank sie einen Schluck, schaute erwartungsvoll zu Estore. Der lächelte.

„Nachsicht, schöne Frau. Marisa schläft. Sie war völlig erschöpft. Ihr werdet verstehen. Und, ist es zuviel verlangt, uns noch einen Moment für eine Stärkung zu gönnen? Hungrig wie Wölfe sind wir reizbar, wenn wir nichts im

Magen haben.“

Veronica errötete vor Scham über die Zurechtweisung.

„Verzeiht meine Unhöflichkeit. Das Mahl Eurer Mutter mundete fantastisch. Signora Martinengo, vielen Dank. Ich werde Euch nicht stören und mir inzwischen das Zimmer für die Nacht zeigen lassen, um meine Sachen auszupacken. Sicher erwacht Marisa bald und welchen Eindruck bekäme sie von mir, wenn sie mich in diesem Aufzug begrüßen müsste.“ Francesco nickte und gab dem Diener ein Zeichen.

„Für meinen Adoptivsohn habt Ihr ebenfalls ein Quartier?“

„Ich denke schon. Wir werden Euch abholen. Ich verspreche, wir beeilen uns. Danke, dass Ihr Euch umgehend her bemüht habt. Wir wissen Eure Eile zu schätzen, selbst wenn es im Augenblick nicht den Anschein erweckt.“

Eine Stunde später klopfte es. Veronica hatte sich umgekleidet und steckte in einem schlichten Gewand, die Haare sittsam mit einem Band zusammengebunden. Erleichtert eilte sie zur Tür. Die letzte Viertelstunde war ihr endlos vorgekommen. Da half weder das Lesen in dem kleinen Gedichtband von Petrarca noch das Betrachten der Landschaft vor dem Fenster, in ihr kribbelte alles vor Ungeduld.

„Signora, die Herren bitten Euch um

Eure Gesellschaft." Sie folgte dem Diener. Die gewundene Freitreppe gewährte Veronica einen Blick auf die eindrucksvolle Halle. Jagdtrophäen schmückten die aus dunklem Holz gefertigte Wandtäfelung. Ein orientalischer Wandteppich, dessen Seidenfäden rot und orange leuchteten, zog an einer Wand die Aufmerksamkeit auf sich. Francesco und Estore saßen in bequemen Sesseln vor dem Kamin. Die Scheite vor kurzer Zeit erst entzündet, rauchten noch. Der Diener trat zu den Herren und meldete: „Signora Franco."

Estore sprang auf, rückte ihr einen Sessel zurecht und bat Veronica Platz zu nehmen. Francesco reichte ihr ein Glas Wein. Die Flamme erfasste die Holzscheite. Es knisterte.

„Ich gebe zu, die letzte Stunde gestaltete sich hart für mich. Ich sterbe vor Neugier. Bitte berichtet mir alles über Giacomo." Estore lächelte.

„Ich beuge mich den Wünschen einer charmanten Frau", schmeichelte er. „Giacomo hat sich als Händler in Famagusta niedergelassen. Er ist erfolgreich und wohlauf. Ich soll Euch herzlich grüßen und ausrichten, dass er Euch liebt. Famagusta ist im Moment nicht bedroht. Die Osmanen sind jedoch mit Truppen auf Zypern eingefallen und halten inzwischen Nikosia besetzt. Ich hatte vor, Marisa, die Giacomo mir anvertraute, nach Nikosia zu bringen. Etliche Meilen vor der Stadt trafen wir einen alten Freund der Familie. Ihm war die Flucht gelungen. Er beschrieb uns das Drama, das am neunten September stattfand:

Ein Großteil der Einwohner wurde von den Osmanen niedergemetzelt, Kinder und Jugendliche als Sklaven mitgenommen. Unter ihnen befand sich auch Marisas Schwester Cena. Sie wurde gesehen, als sie mit den anderen gefangenen jungen Menschen aus der Stadt marschierte. Die Nachricht zwang uns, umzukehren und nach Famagusta zurück zu reiten. Giacomo bat mich inständig, die junge Dame nach Venedig mitzunehmen, weil er befürchtet, dass die Stadt Famagusta im Frühjahr ebenfalls belagert werden wird. Keine Sorge, er beabsichtigt, Zypern vor dem Frühling zu verlassen.“

Mit einem Aufseufzen registrierte Veronica, dass Giacomo nicht in unmittelbarer Gefahr schwebte. Aber er war ein Getriebener, wurde gezwungen, erneut den Wohnort zu wechseln. Wir gern würde sie ihm zur Seite stehen. Im nächsten Moment erfasste sie die Tragweise dessen, was Estore über das Schicksal des Mädchens erzählt hatte. Tränen stiegen ihr in die Augen und erstickten ihr fast die Stimme. Sie murmelte ungläubig: „Marisa wird als Kind versklavt, erlangt nach vielen Jahren die Freiheit und muss bei ihrer Rückkehr erfahren, dass ihre Mutter ermordet wurde? Sie kommt frei und ihre Schwester wird gefangen genommen? Wie kann Gott so grausam sein." Estore nickte.

„Es kommt noch schlimmer. Das Schiff, auf dem sich Cena befand, ist in die Luft gesprengt worden. Wir können davon ausgehen, dass Marisas Schwester den Tod fand." Veronica lehnte sich entsetzt zurück. Tod, Feuer, Krieg, Vertreibung, kein böser Traum, sondern Wirklichkeit und plötzlich nah. Ihr grauste.

Ihre Pflicht war es, sich um Marisa zu kümmern. Erst jetzt wurde sie sich der Tragweite der Forderung bewusst. Ihr Leben als Kurtisane war nicht angetan, einem jungen Mädchen sittsam die Aufgaben einer Ehefrau vor Augen zu führen. Als Magd könnte sie Marisa ebenso wenig einstellen. Hinzu kamen die Sorgen um die ihr angediente, ihr von den Gefahren her völlig unbekannte Agententätigkeit. Sie steckte in einem Dilemma. Gern würde sie in Giacomos Sinne handeln, aber es sprach so vieles dagegen. Veronica räusperte sich, ehe sie sich an Estore wandte.

„Euer Bruder Francesco weiß, welche Position mir die Republik angetragen hat. Ich fürchte, unter diesen Umständen ist Marisa bei mir nicht sicher."

Signora Martinengo gesellte sich zu ihnen. Francesco rückte seiner Mutter den Sessel zurecht.

„Ich habe Eure letzten Worte gehört, Signora Franco. Macht Euch keine Sorgen um die junge Dame. Sie wird uns gleich mit ihrer Anwesenheit erfreuen. Ich werde sie erst einmal hier bei mir behalten. Marisa gestand mir gestern nach dem Essen, dass sie das Kochen lernen möchte. Nun, sie darf mir über die Schulter schauen."

Von der Treppe her meldete sich eine helle Stimme: „Tatsächlich? Signora, das ist wundervoll." Wie ein Sonnenschein erschien das Mädchen in ihrer Mitte. Ihre dunklen Haare lagen zu zwei Zöpfen geflochten um den Kopf. Weite Hosen, an den Knöcheln zusammengenommen und ein Leibchen, dazu ein Seidentuch, das um ihren Hals flatterte, erweckten im Betrachter den Eindruck von Orient. Alle Kleidungsstücke leuchteten rot oder orange wie die untergehende Sonne. Veronicas Blick streifte zur Wand und zu dem aufgehängten Teppich. Das einmalige Stück zeugte von geschickten Händen und ausgeprägtem Farbsinn. Zweifellos ein Meisterwerk der Teppichknüpfkunst und offensichtlich Marisas Geschenk an die Familie Martinengo. Ihre mandelförmigen, schwarzen Augen strahlten. Die zierlichen Füße stecken in Pantoffeln, sie sah allerliebst aus. Estore stellte einen weiteren Sessel in die Runde und sie nahm stolz Platz. Veronica, noch gefangen von dem fröhlichen und frischen Eindruck, beeilte sich, zu sagen: „Das ist überaus freundlich von Euch, Signora Martinengo und auch von Euch, Marisa. Ich werde Euch, wenn Ihr es erlaubt, so oft besuchen, wie es mir möglich ist. Ich brenne darauf, Euch besser kennenlernen und von Euch alles über die gemeinsame Zeit mit Giacomo zu erfahren."

Marisa lächelte. „Oh, Ihr seid Veronica, ich freue mich, Euch von Angesicht zu Angesicht gegenüberzustehen. Ich meine, Euch lange zu kennen, soviel habe ich von Euch gehört. Ihr seid tatsächlich schön. Ich kann Giacomo verstehen."

Signora Martinengo nahm einen Teller und bepackte ihn mit Kuchen. „Du bist sicher hungrig, Marisa. Aber ich bereite dir gern etwas Herzhaftes zu, wenn dir der Sinn danach steht. Wir wollten dich nicht wecken." Das Mädchen dankte für den Kuchen und balancierte ihn auf ihrem Schoß. „Mein Gott, ich habe eine Nacht und fast einen ganzen Tag verschlafen?"

„So ist es, Signorina Marisa", konstatierte Francesco mit einem Lächeln.

„Darum habe ich solchen Hunger!" Sie führte das Kuchenstück zum Mund und biss herzhaft ab. Signora Martinengo klopfte ihr auf die Schulter.

„Esst nur Kindchen, wir haben reichlich davon." Francesco wandte sich an Veronica.

„Darf ich die Signora Franco zu einem Ausritt einladen? Ich würde gern ein paar Worte unter vier Augen mit ihr wechseln. Ihr entschuldigt uns Marisa, Mutter?"

Veronica blickte verständnisheischend in die Runde. „Falls Ihr die Zeit nicht benötigt, Euch mit Eurem Bruder auszutauschen und die junge Dame damit einverstanden ist? Ich habe lange nicht mehr das Vergnügen besessen, auf einem Pferd zu sitzen.“ Marisa lächelte und nickte. Francesco meinte, zu seinem Bruder gewandt: „Ich denke, das Wesentliche ist geklärt. Ich glaube, Estore träumt von anderen Dingen und weiß, wie er den frühen Abend verbringen möchte.“ Er zwinkerte seinem Bruder zu.

„Oh, sicher wartet eine Dame bereits seit Monaten auf Eure Rückkehr, verehrter Signor Estore.“ Veronica lachte und erhob sich. „Marisa. Danke für die Rücksicht. Wir sehen uns später noch, versprochen.“ Sie umarmte das zierliche Mädchen mit dem fein geschnittenen Gesicht. Einen Moment kam sich Veronica wie eine Verräterin vor, nicht nur wegen des verschobenen Gesprächs. Marisa tat ihr leid. Sie ließ sie allein, aber sie würde es wiedergutmachen, nahm Veronica sich vor. Im Augenblick würde Francescos Mutter Marisa guttun. Die Aussicht beruhigte Veronicas schlechtes Gewissen ein wenig.

Als sie sich später auf den Wallach schwang, stöhnte sie unmerklich. Das Essen lag wie mehrere Mühlsteine in ihrem Magen und erschwerte das Aufsitzen. Die kalte Luft und der frische Wind während des Ritts drängten alles in den Hintergrund. Veronica konzentrierte sich auf den warmen Pferdeleib unter sich. Sie galoppierten an schmalen Wasserläufen entlang, welche die Wiesen durchschnitten. In manchen spiegelte sich das Wasser so klar, dass man die Bachforellen in dem tanzenden Seegras stehen sah. In der Ferne leuchtete das Anwesen der Martinengos weiß und majestätisch aus dem mit hohen Bäumen bestandenen Park. Die Landschaft beruhigte Veronicas aufgewühltes Inneres, heraufbeschworen durch die Gefahr des nahenden Krieges.

Ein plattes Land, dem einige sanfte Hügel Gesicht verliehen. Beschauliche Gassen in winzigen Ortschaften, in denen Kinder spielten und auswichen, als sie vorüber ritten. Abgeerntete Felder, über die sie hinweg preschten. Bauern, die höflich ihre Kopfbedeckungen schwenkten und grüßten, wenn sie ihnen begegneten. Francesco hielt sich die meiste Zeit an ihrer Seite. Am Fuß eines flachen Erdwalls stoppten sie. Veronica beugte sich herunter, um den Hals ihres braven Pferdes zu tätscheln.

„Danke für den stummen Ausritt, er hat mir gutgetan. Zum einem, um das reichliche Essen Eurer Frau Mama zu verdauen, aber noch mehr, um die Nachrichten aus Zypern zu begreifen. Wollen wir jetzt ein Stück gehen, um zu reden?“

„Ich möchte Euch vorher etwas zeigen.“ Francesco glitt aus dem Sattel und half ihr beim Absitzen. Sie schlenderten zu einer Baumgruppe, banden die Pferde fest. Veronica sah nichts, was einen Aufenthalt lohnte. Francesco nahm sie bei der Hand, steuerte auf einen mit Gras überwachsenen Erdwall zu. Nach wenigen Schritten erkannte Veronica eine Art Tor am Fuß des flachen Hügels. Er trat heran, zog an einem Ring und das Tor schwang nach einigen Mühen mit Ächzen und Knarzen auf. Ein schmaler Pfad schien ins Innere der Erde zu führen. Verwirrt schaute sie ihn zweifelnd an.

„Holen wir die Pferde“, bat Francesco. „Vertraut mir, ich manövriere Euch nicht direkt in die Hölle. Lasst Euch überraschen.“

Veronica fühlte sich beklommen, als sie ihr Pferd in den schwarzen Gang hineinführte. Francesco entzündete eine mit Pech bestrichene Fackel. Wo er diese so rasch hergezaubert hatte, war Veronica schleierhaft.

„Haltet sie bitte einen Moment“, forderte er Veronica auf und drückte ihr die Fackel in die Hand. Er drängte sich an ihr vorbei, um das Tor zu verschließen.

„Danke“, sagte er einen Moment später, nahm die Fackel und die Zügel seines Wallachs. „Keine Angst“, beruhigte er Veronica. Ihre Schritte und der Hufschlag der Pferde wurden in unnatürlichem Hall von den Wänden widergeworfen. Veronica sah im flackernden Schein des funzligen Lichts Wassertropfen aufleuchten. Wasser sickerte in den Kies des Weges. So liefen sie eine Weile, bis sich der Gang weitete und sie eine Höhle erreichten. Sie maß in etwa die Größe eines Saales. In ihrer Mitte befand sich ein Wasserbecken. Seine Oberfläche glänzte dunkel, bis auf die Partien, auf die von oben Licht einfiel. Hier schimmerte das Wasser in einem durchsichtigen Blau, vergleichbar einem Aquamarin. Plätschern lenkte Veronicas Blick zu einem Wasserzulauf. Wie der Spender eines Brunnens sorgte er für frische Zufuhr. Veronica wähnte sich in einem Märchenland. Die unterirdische Schönheit verzauberte.

„Schade, dass die Temperaturen nicht erlauben, ins Nass einzutauchen - im Sommer herrlich erfrischend. Gleich neben dem Becken befinden sich zwei kleinere Höhlen.

Wir lagern unsere Lebensmittel in Gefäßen hier, wenn draußen die Hitze wütet. Mein Lieblingsplatz als Kind. Ein Schlaraffenland! Es lud zum Naschen ein. Später bei Tisch bereute ich, denn obwohl ich pappensatt war, musste ich zulangen, um mich nicht zu verraten. In der anderen Richtung führt ein Weg aufwärts zu den Ställen des Anwesens. Das Versteck ist ein altes Familiengeheimnis. Ich zeige Euch diesen Fluchtweg nicht ohne Grund." Veronica zog zweifelnd die Augenbrauen hoch und wiegte den Kopf.

„Dachte ich mir. Und, wie gelange ich zu

der Ehre, eingeweiht zu werden?“

„Ich nehme an, weil Ihr die schönste Agentin weit und breit im Dienste des Dogen seid?“

Veronica lachte. „Zieht mich nur auf.“

„Nein, ich meine es ernst. Ihr liegt mir am Herzen und es könnte der Fall eintreten, dass Ihr einen Zufluchtsort benötigt. Ich arbeite lang genug in diesem Gewerbe. Erinnert Euch an den Auftrag bei diesem schäbigen Portensino, der glücklicherweise seine Taten verantworten musste. Seid vorsichtig. Bei Eurem nächsten Gast handelt es sich um eine hochgestellte Persönlichkeit. Eine überaus beliebte Person dazu. Ein Umstand, der nicht jedem zusagt. Der Prinz besitzt Charme und den Elan der Jugend. Diese Eigenschaften erwecken Neid und Missgunst und sind einigen Leuten am Hof ein Dorn im Auge. Nicht immer werde ich zur Stelle sein, um Euch zu warnen und zu retten, wie damals.“

„Danke, Francesco, Ihr bringt mir viel Vertrauen entgegen. Ich werde versuchen, mich würdig zu erwiesen.“

Er nickte. „Bevor wir das unterirdische Paradies verlassen, noch ein paar Angaben zu Eurem Gast Juan d‘ Austria. Johann von Österreich befehligt seit zwei Jahren die spanische Flotte. Als unehelicher Abkömmling Karls V. von Habsburg ist er der Halbbruder des spanischen Königs, Philipp II. Seine Mutter ist eine gewisse Barbara Blomberg, eine Wirtstochter aus Regensburg.“ Veronica schmunzelte, während Francesco erzählte. Ihre Fantasie gaukelte ihr Bilder vor und die Geschichte in ihrem Kopf entwickelte sich zu einem Roman: Der Kaiser besucht die Stadt, macht Quartier im besten Gasthof der Stadt Regensburg. Ein junges, hübsches Mädchen bedient ihn. Sie finden zusammen und sie wird schwanger. Neun Monate später bringt sie einen Jungen zur Welt. Männer des Hofes sprechen bei ihr vor, reden auf sie ein. Unerfahren willigt sie schließlich ein, ihr Kind in fremde Hände zu geben. Ihr Sohn ist ein Prinz und wird als solcher aufwachsen, wird ihr versprochen. Nur wenige Eingeweihte wissen von der Liaison des Kaisers. Sie richten ein Augenmerk auf den unehelichen Sprössling.

„Juan wusste lange nicht um seinen Platz“, unterbrach Francesco ihre frauliche Fantasievorstellung. „Er wuchs bei Pflegeeltern auf, liebte diese wie seine eigenen Eltern. Erst im Testament des Vaters und nach seinem Tod erfuhren Juan und Philipp von ihrer Verwandtschaft. Der König erkennt ihn als Halbbruder an, ohne ihm jedoch alle Rechte seiner Stellung zuzugestehen. Juan möchte sich beweisen, das gereicht uns zum Vorteil. Es ist anzunehmen, dass er den Oberbefehl über die päpstlichen und spanischen Schiffe übernehmen wird. Wir hoffen, er macht seinem

Bruder klar, dass sich Spanien eher gestern als heute der Heiligen Liga anschließen sollte. Das Treffen ist von enormer Wichtigkeit, Veronica. Ihr tragt eine immense Verantwortung.“

Francesco erklärte, welche Besonderheiten dem Gast gebührten. „Und bitte, absolute Geheimhaltung!“ Er leitete sie einen anderen Gang entlang und nach einer Weile erreichten sie eine Tür, die direkt in den Pferdestall des Gutes führte. Francesco rief einen Stallburschen und übergab ihm die Pferde.

Als sie in den Park traten, stiegen Nebel auf und die Dämmerung überzog alles mit einem Grauschleier. Veronica fröstelte, die Bäume schienen sich in Gespenster zu verwandeln.

Zu gern hätte Francesco diese zarte Frau, von der er wusste, dass sie mutig wie eine Löwin war, an sich gezogen. Hilflos verharrte sie einen Moment wie angewurzelt, als wüsste sie nicht, wo und wer sie war. Er sah ihr an, dass es in ihr arbeitete. Ihre Augenbrauen zogen sich leicht zusammen, eine winzige Falte kerbte sich zwischen ihnen ein. In ihren Augen schimmerten Unverständnis und ein wenig Abwehr. Als sie ihn anblickte, konnte er ihre Sehnsucht nach Wärme und Liebe erkennen.

„Bitte geht schon einmal vor. Ich habe etwas vergessen“, bat er sie und wandte sich raschen Schrittes ab. Im Stall trat er zu dem Wallach, auf dem sie gesessen hatte. Er meinte, noch den Geruch ihres Körpers wahrzunehmen, obwohl er wusste, dass dies nur seiner Einbildung entsprang. Gedankenverloren reichte Francesco dem Pferd etwas Heu.

Mit ihrer Leidenschaft und völligen Hingabe hatte Veronica ihn damals überrascht. Ihr Aufeinandertreffen unterschied sich von seinen bisherigen Erlebnissen mit Frauen und das waren nicht wenige gewesen. Ihre Körper waren ineinandergeglitten, als würden sie sich kennen, es war wie ein nach Nachhausekommen oder als würde einem nach langem Durst endlich zu trinken gegeben. Es war kein Spiel zwischen ihnen, keine Scham, kein sich etwas vormachen. Alles war einfach und schien richtig. Die kleine Kuhle, in der ihr Bauchnabel sich versteckte, hatte nach Rosen geduftet und ihre Schenkel hatten Kraft besessen. Der winzige Flaum auf ihren Armen hatte sich aufgestellt, als sie mit kleinen, spitzen Schreien ihrem Höhepunkt entgegenfieberte. Ihre Zähne hatten sich in seiner Schulter verbissen, sodass er für Tage ihr Andenken spazieren führte. Der Wunsch nach einer Wiederholung durchströmte seine Lenden und er zog den Atem tief in die Lungen. Er hatte sich zuerst in die schöne unbekannte Magd verliebt. Als er sie als Veronica Franco wiedersah, verliebte er sich ebenso in die schillernde, wortgewandte

Kurtisane, die schlagfertige und romantische Dichterin, die wundervolle Reiterin ... Er verbat sich, die Liste fortzusetzen.

„Ich kann ihre Sehnsucht nicht stillen, hörst du, ich kann nicht“, flüsterte er dem Wallach ins Ohr, als würde dieser ihm die Absolution erteilen können. Morgen würde er nach Österreich aufbrechen müssen, um dem hohen Gast entgegenzureiten, ihn sicher und unerkannt nach Venedig bringen. Sein Beruf war ungeeignet, einer Frau wie Veronica Hoffnungen zu machen. Er gestattete ein Abenteuer, Liebe? Zum Abendessen ließ er sich entschuldigen.

Währenddessen nutzte Veronica die Gelegenheit, sich ausführlich mit Marisa zu unterhalten. Je länger das Gespräch dauerte, desto mehr konnte sie Giacomos Gefühle für Marisa nachempfinden. Das Mädchen verfügte über eine geradlinige, ehrliche Art, man musste sie ins Herz schließen. Lebhaft, heiter und völlig ungezwungen berichtete sie von ihren Erlebnissen im Reich der Osmanen. Veronica staunte und fragte nach, sofern Marisa einen Moment Luft holte. Sie hing an den Lippen des Mädchens, folgte dessen Schilderungen gespannt.

„Und der Palast des Sultans? Wie prächtig ist er?“

„Wirklich, die Mutter des Sultans sucht ihm die Frauen aus?“ „Der Herrscher ist gezwungen, jede Nacht mit einer anderen

Frau das Bett zu „Du kannst Teppiche knüpfen?“ „Der Wandteppich ist ein Wunderwerk.“

Die Stunden vergingen wie im Fluge. Veronika vermied, an belastende Dinge zu tippen. Marisa genoss es offensichtlich, plaudern zu dürfen. Zum Abschied umarmte Veronica das Mädchen.

„Sobald meine Zeit es mir erlaubt, besuche ich dich. Schade, dass du mir über Giacomos derzeitiges Leben in Famagusta kaum etwas berichten konntet.“

„Estore wird Eurem Wünschen diesbezüglich sicher entsprechen. Adieu, Veronica.“

Am Morgen verabschiedete sich Veronica von ihrem Ziehsohn Andrea. Francesco würde ihn als Knappen dabehalten und ihn in der Fechtkunst und anderen Männerdingen ausbilden. Der Junge stand verlegen bei den Pferden.

„Danke, Signora Veronica und bitte grüßt Tante Ancilla und Onkel Jaspuccio. Ich hoffe, sie sind mir nicht böse. Können sie Euch beim nächsten Besuch begleiten?“

„Ich werde sehen, Andrea.“

Estore und Francesco mühten sich ebenfalls mit dem Abschiednehmen. Veronica atmete auf, als sie endlich Richtung Treviso aufbrachen.

Auf der Bootsfahrt mit Estore nach

Venedig hoffte sie, Antworten auf ihre Fragen zu erhalten. Besaß Giacomo ein komfortables Haus? War sein Handel erfolgreich? Hatte er Freunde? Jede Kleinigkeit interessierte Veronica. Statt ihre Neugier zu stillen, begann Estore, Veronica über die Nobili auszufragen. Sie zwang sich, nicht unhöflich zu sein, und informierte ihn, soweit sie es vermochte.

„Es muss mir gelingen, den Dogen zu überzeugen, Truppen nach Famagusta zu entsenden. Die Stadt ist zwar wesentlich besser befestigt als Nikosia und die Chancen stehen gut, dass sie einer längeren Belagerung trotzen kann. Aber ich muss den Ratsherren klarmachen, dass Zypern nur einen Steinwurf vor der Küste der Osmanen liegt. Diesen Umstand scheint der Rat zu verdrängen. Venedig sollte lieber heute als morgen Vorkehrungen treffen, sonst geht das östliche Mittelmeer für immer verloren."

Die hingeworfenen Worte, die zornige Miene und die Sorgenfalten auf der Stirn von Estore versetzten Veronica erneut in Alarmstimmung. Die Ängste um Giacomos Wohlergehen, gerade ein wenig verdrängt, erwachten wieder.

Als das Boot endlich bei ihrem Haus anlegte, schwirrte ihr ein Katalog von Sicherheitsmaßnahmen durch den Kopf, vor dem ihr schwindelte.

Der geheimnisvolle Gast

Am nächsten Morgen hielt es Veronica nicht endlos im Bett. Zu viele Aufgaben summierten sich: Lebensmittelvorräte mussten angelegt, Feuerholz und Kerzen in ausreichendem Maße beschafft und warme Kleidung für die Mitbewohner besorgt werden. Eine lange Liste wartete darauf, abgearbeitet zu werden. Ganz oben rangierten die Vorkehrungen für den hohen Besuch im Palazzo Foscari. Es blieb keine Zeit zum Trödeln.

Sie setzte sich an ihren Schreibsekretär, verfasste einen Brief an den verehrten Signor Alvise Moncenigo. In ihm teilte sie dem Dogen mit, sie sei bereit, das ehrenvolle Angebot des Rates anzunehmen.

Nach dem Ankleiden führte sie der erste Weg zur Druckerei, um Einladungen und Ankündigungen für den Salonabend in Auftrag zu geben. Danach bat Veronica Jaspuccio, sie am Campo Santa Maria Formosa abzusetzen. Der Verbandswechsel bei Domenico gab ihr den Vorwand, sich zur Programmfolge und zum Thema ihres Vortrages den Rat von Domenico einzuholen. Anschließend sprach sie bei Messèr Torino vor, um mit ihm die Dekoration zu besprechen. Nach Stunden trudelte sie endlich erschöpft zu Hause ein.

„Bitte, bringt mir einen Würzwein in die Bibliothek“, ersuchte sie Oktavia, noch ehe sie ihren Umhang ablegte. Statt des gewünschten Getränks erschien das Mädchen mit einer kleinen weißen Visitenkarte auf dem Tablett. Es knickste: „Signora, eine Donna möchte Euch sprechen. Ich habe sie in den Salon geführt.“

„Ich bin beschäftigt“, wehrte Veronica ärgerlich ab. Als sie jedoch die Pein im Gesicht des Mädchens sah, lenkte sie ein. „Sono d’accordo, einverstanden. Ihr habt den Gast bereits hereingebeten?“

„Si, Signora.“

Veronica schaute auf den Namen. Entgeistert wagte sie einen zweiten Blick. Sie irrte sich, oder? Prangte auf der Karte tatsächlich der Name Donna Beatrice da Lezze? Welchem Umstand verdankte sie den Besuch der Gattin von Andrea Tron? Ohne ein weiteres Wort zu verlieren, eilte sie zum Empfangssalon. Ihre Besucherin stand am Fenster, drehte ihr den Rücken zu.

„Donna da Lezze? Bitte nehmt Platz, was verschafft mir die ungewöhnliche Ehre?“, erkundigte sich Veronica mit unsicherer Stimme. Langsam wandte sich Donna da Lezze zu ihr um. Einen Moment musterten sie sich stumm, ehe Veronica sich an die wartende Oktavia wandte und anordnete:

„Bringt Gläser, Zitronenwasser und ein

paar Kekse, bitte."

„Macht Euch keine Umstände. Ich werde Eure Zeit nicht lange in Anspruch nehmen. Ich würde Euch gern allein sprechen."

„Also, Oktavia, holt das Gewünschte. Oder lasst, geht in die Küche zu Agnesia. Bitte setzt Euch, Donna da Lezze."

Die Frau ihres Gönners strahlte ohne Frage Noblesse aus. Die Art, wie sie den Kopf hielt, das Kinn reckte, den Rücken straffte. Sie war nicht größer als Veronica. Zwei prüfend blickende Augen in der Farbe von Saphiren heischten um Aufmerksamkeit. Volle Lippen und ein energisches Kinn vervollständigten das klassisch geschnittene Gesicht. Als die Donna das Tuch abstreifte, tauchte braunes, festes Haar auf, zu einem Kranz hoch gesteckt. Sie zog einen Stuhl zu sich und setzte sich. Veronica nahm ebenfalls Platz.

„Entschuldigt. Es erstaunt Euch sicher, dass die Gattin eines Nobili die Gegenwart einer Frau sucht, die von ihrem Ehemann ausgehalten wird. Wir leben in ungewöhnlichen Zeiten. Andrea selbst bat mich, bei Euch, Signora Franco, vorbeizuschauen. Er war gezwungen, im Morgengrauen aufzubrechen. Mehrere Galeeren sind unter seinem Kommando in See gestochen. Aber diese Information bildet nicht den Grund meines Besuchs." Beatrices Finger spielten mit ihren Handschuhen. Veronica schwieg. Sie konnte sich absolut keinen Reim machen. Obwohl im eigenen Haus ertappte sie sich, unsicher zu sein. Die sonst üblichen Höflichkeitsfloskeln rutschten ihr nicht über die Lippen. Eine verlegene Stille breitete sich zwischen ihnen aus. Veronica wartete. Als sie sich erheben wollte, um das bedrückende Schweigen zu beenden, schaute Beatrice auf. Die Qual in den Augen ihres Gastes war unübersehbar, offenbar fiel der Donna das Gespräch schwer. Veronica überkam Mitleid, das jedoch bei den nächsten Worten schwand und eher einem Entsetzen wich.

„Ich komme ohne Umschweife zum Kern. Wie Ihr wisst, besitzen die Trons noch keinen Erben. Es geht um Enea. Hier bitte“, rückte ihr Gast jetzt unvermittelt heraus. Beatrice reichte Veronica einen versiegelten Brief. Veronica steckte die Hand nach dem Papier aus. Eindeutig verschloss den gefalteten Bogen das persönliche Siegel von Andrea. Das rote Wachs zeigte das Wappen der Trons.

Sie brach das Siegel, entfaltete den Brief und überflog die wenigen Zeilen. Ein Zittern durchlief ihren Körper, Schwindel erfasste sie. Veronica war froh, dass sie saß.

„Ihr würdet Enea an Kindesstatt annehmen und ihn aufziehen wie einen eigenen Sohn? Als einen legitimen Sprössling im Geschlecht der Tron?“, fragte sie ungläubig. Beatrice nickte.

„Denkt nicht, dass mir das Angebot

leichtfällt. Aber Andrea ist viel daran gelegen. Mir ebenfalls, die Erbfolge zu sichern. Natürlich hoffe ich, dass Andrea zurückkehrt und Gott uns einen Erben schenken wird."

„Ihr gewährt mir Überlegungszeit", fragte Veronica unsicher mit Angst in der Stimme.

„Ja. Aber Ihr solltet die Möglichkeit ernsthaft erwägen." Veronica atmete erleichtert auf. Ein Abgrund tat sich vor ihr auf. Sie konnte und wollte sich nicht von ihrem Sohn trennen.

„Ihr wisst, dass ich meinen ersten Sohn Giacometto beim Anschlag auf das Arsenale vor noch nicht einmal zwei Jahren verloren habe? Es fällt mir schwer, einen weiteren Sohn herzugeben, wenn ich auch die Ehre dieses Angebots zu schätzen weiß. Ich danke Euch für Eure Großherzigkeit und dafür, dass Ihr mir diese Nachricht persönlich überbracht habt. Wünschen wir uns, dass Euer Gatte gesund heimkehrt und Ihr ihm viele Söhne schenken werdet." Sie klingelte nach dem Mädchen. Als es erschien, bat sie: „Oktavia, geleitet die Donna hinaus."

Veronica blieb eine Weile versunken sitzen. Der nahende Krieg forderte bereits jetzt seinen Tribut. Zwar existierte die Adoption im Augenblick nur als ein von Andrea vorgebrachter Wunsch, der von Veronica zurückgewiesen werden konnte. Aber schon das

Ansinnen verunsicherte und steckte sie in eine Zwickmühle. Die Möglichkeit ihrem Sohn ein Leben als Patriziersohn zu bieten, hörte sich verlockend an. Aber schon der Gedanke, Enea wegzugeben, bohrte einen Dolch in den Mittelpunkt ihres Herzens. Sie wünschte, der Tag einer Entscheidung würde nicht anbrechen.

Die Parallelen zu Juan d‘ Austrias Lebenslauf schwirrten ihr durch den Kopf: Die Regensburgerin Barbara Blomberg gab ihn gleich nach seiner Geburt weg. Der Prinz kannte seine leibliche Mutter nicht, sie war ihm fremd. Veronica fragte sich, was fühlt diese Frau heute? Entschädigt sie der Ruhm ihres Sohnes für den Verzicht? Welche Summe erwies sich hoch genug, einen solchen Entschluss auszugleichen? Entschuldigte die Mutterliebe das Vorgehen? Wie würde es ihr ergehen, sollte Enea bei den Trons aufwachsen? Würde sich ihr Sohn von ihr abwenden? Oder würde er ihre Beweggründe verstehen können, wenn er erwachsen war?

Veronica schauderte. Sie fragte sich, ob sie überhaupt die Kraft haben würde, eine ähnliche Allianz einzugehen, um das Wohl ihres Kindes zu sichern. Sie versuchte, ihre Gedanken in eine andere Richtung zu lenken. Sah Juan d‘ Austria, von dem nur mit Achtung gesprochen wurde, wirklich so gut aus, wie man munkelte? Sie bedauerte, dass Francesco ihr keine Miniatur von ihm gezeigt hat.

Juan war im Jahr 1547 geboren und somit ein Jahr jünger als Veronica. Als Mann des Militärs besaß er trotz seiner Jugend bereits Erfahrungen mit Kriegszügen. Mehrere Angriffe der Spanier gegen die Mauren - sie bedrohten die spanische Schifffahrt im Mittelmeer - liefen unter seinem Befehl.

Für die Dichtkunst wird er wohl niemals Zeit gefunden haben? Welche Themen boten sich für eine Unterhaltung an? In welcher Form sollte sie sein Inkognito sicherstellen, wie ihn vorstellen? Erwartete der Rat von ihr mehr, als dem hohen Gast ein unauffälliges, inoffizielles Treffen mit einer hochgestellten Persönlichkeit zu bieten? Was, wenn sie sich falsch verhielt und der Republik einen Schaden zufügte?

Sie griff nach ihrer Liste. È tutto cosi deprimente, es ist zum Verzweifeln, noch so viele Punkte abzuarbeiten! Bedauerlich, dass die gute Ancilla für Botengänge und Besorgungen ausfällt. Und ärgerlich, dass Oktavia so unerfahren ist. Zum Glück hat Ludmilla sich wieder bei mir gemeldet. Aber die Zofe benötige ich für meine Schönheitspflege. Mit diesen Gedanken wanderte Veronica nervös auf und ab. Selten hatte sie sich dermaßen hilflos gefühlt.

Als der entscheidende Tag anbrach, legte sich Veronicas Aufregung. Ein Bad mit

Lavendel entspannte und stimmte sie fröhlich. Ludmilla rieb ihre Haut mit einem Seidenhandschuh ab, massierte ein nach Zitronen duftendes Öl ein, bis sie rosig glänzte und sich weich anfühlte. Die Kleider für den Abend hingen vorbereitet über einem Stuhl und die Zofe begann, sie zu frisieren. Die Prozedur zog sich in die Länge. Veronica trommelte unruhig mit den Fingern auf die Platte des Frisiertisches.

„Nachsicht Ludmilla, meine Geduld erschöpft sich. Ich möchte mich vor dem Fest nochmals überzeugen, dass in der Ca‘ Foscari alles zum Besten gerichtet wurde."

„Signora Veronica, nehmt Rücksicht auf Euer sich kringelndes Haar. Ihr zerstört meine Arbeit total, wenn Ihr in die feuchte Luft hinausgeht. Und hindert mich, eine wahrhaft prachtvolle Abendfrisur zu kreieren. Außerdem werdet Ihr Euch verkühlen! Lasst Eure Vernunft sprechen. Ihr wollt doch am Abend wie eine Königin aussehen. Zudem habe ich das Färbemittel für Eure Brauen und Wimpern bereits angerührt. Ihr wisst, welche Mühe das Mixen benötigt. Das Mittel braucht Zeit, um einzuwirken."

„Das Färben sparen wir uns für ein anderes Mal auf, verschließt die Mixtur in einem Glas. Bevor ich aufbreche, möchte ich nach meinen beiden Kleinen sehen. Ich bitte Euch, Ancilla zur Hand zu gehen. Agnesia arbeitet im Palazzo Foscari und Ancilla ist trotz ihres

Zustandes allein mit allem. Die Treppen bereiten ihr Pein. Ich werde kurz bei Nicola vorbeischauen und ihr sagen, dass es bei Ancilla bald ernst werden kann. Heute wird sie uns hoffentlich nicht mit dem Kind überraschen."

Veronica griff sich ihr warmes Schultertuch und band sich ein Tuch um die Haare.

„Zufrieden, Ludmilla?" Sie lächelte der Dienerin aufmunternd zu.

„Soll ich Euch nicht lieber begleiten, Signora?"

„Jaspuccio wird mir ausreichend Schutz bieten. Er wird am Anleger der Ca' Foscari auf mich warten. Ich fasse meinen Kontrollbesuch kurz. " Sie schob Ludmilla vor sich her aus dem Raum.

Als sie die Außengalerie überquerte, um zum privaten Teil ihres Hauses zu gelangen, streifte sie ihre Lederhandschuhe über die Hände. Der Himmel dräute dunkel und ein garstiger Wind rüttelte an den Läden der Fenster. Notgedrungen gab Veronica ihrer Zofe recht, das Wetter konnte abscheulicher nicht sein. Fehlte nur noch Regen, um Sturm und Kälte den Rang abzulaufen. Fast wollte sie umkehren, doch die Unruhe zwang sie, ihrem Entschluss treu zu bleiben. Mit gemischten Gefühlen betrat sie das Kinderzimmer, zog rasch die Tür hinter sich zu, um das Ungemach von draußen nicht hereinschwappen zu lassen.

Ihre beiden Söhne schauten nicht auf,

ins Spiel vertieft. Enea, dreizehn Monate alt, wurde von seinem Bruder Achiletto, der im Februar seinen zweiten Geburtstag feiern konnte, unter wahrem Affengebrüll, wie ein Hündchen herumgeführt. Sie quietschten und brüllten vor Vergnügen und Veronica lachte. Sie warf Ancilla, die auf einem Lehnstuhl thronte, einen besorgten Blick zu, ehe sie auf sich aufmerksam machte.

„Kommt her, meine beiden Ritter." Sie hob Enea zu sich hoch, herzte ihn und setzte ihn nach einem liebevollen Klaps wieder auf den Boden. Zu Achiletto beugte sie sich hinunter, drückte ihn an sich und gab ihm einen dicken Kuss auf die Wange.

„Mama lieb", meinte er und sie bedauerte, so wenig Zeit erübrigen zu können.

„Ich fahre auf dem Rückweg bei Nicola vorbei. Ich werde sie bitten, in den nächsten Tagen bei uns vorbeizuschauen, um uns bei den Vorbereitungen zur Geburt zu helfen." Ancilla druckste herum.

„Veronica, mein Wunsch wäre es, das Kind in meinem Heimatdorf zur Welt bringen. Kann Jaspuccio mich nicht morgen hinbringen? Dort gibt es eine Hebamme, eine entfernte Verwandte, die mir zur Seite stehen wird. Bitte, ich weiß, Ihr schwört auf Eure Kräuterhexe Nicola. Aber Nicola ist inzwischen alt. Ich vertraue ihr nicht völlig. Ihr wisst, ich war immer etwas furchtsam, was

Nicola anbelangt."

Veronica nickte. „Nun gut. Ich kann Jaspuccio im Augenblick nicht lange entbehren. Du müsstest ihn sofort zurückschicken. Es geschehen viele Dinge und ich muss gerüstet sein."

„Ach, Veronica, einen Mann kann ich beim Gebären eh nicht gebrauchen. Ihr wisst, was es heißt, ein Kind zur Welt zu bringen. Männer sind dabei nur im Wege."

Veronica lachte. „Ich muss mich sputen, Ancilla, wir reden morgen in der Früh darüber."

Veronica stieg hinunter zum Anleger des Hauses. Jaspuccio wartete mit der Gondel bereits. Sofort zog sie sich in die Sicherheit der Felze zurück, obwohl die Fahrzeit nicht länger als zehn Minuten dauerte. Inzwischen hatte Regen eingesetzt und durchnässte ihr Kopftuch auf der Stelle. Sie seufzte, ihre Locken würden nicht zu bändigen sein. Sei es drum. Wenn die Natur es so wollte.

Beim Palazzo Foscari schlüpfte sie rasch ins Innere des Hauses. Eine Erkältung konnte sie im Augenblick nicht gebrauchen, da war sie mit Ludmilla einer Meinung.

Bereits jetzt bot das Leuchten der Fackeln, am Treppenrand aufgestellt, dem spärlichen grauen Licht auf dem Canal Paroli. Veronica registrierte die Umsicht erleichtert. Ein Diener öffnete ihr die Tür zum Saal und auch hier erwartete sie eine angenehme Überraschung. Ihr Konzept funktionierte. Jedenfalls zeigte sich die Dreiteilung stimmig und erzeugte die gewünschte anheimelnde Note und selbst ohne das Kerzenlicht wirkte die Dekoration auserlesen und edel. Das Entzünden der Kandelaber würde alles in ein warmes Licht tauchen. Der Schein der Kerzen, von den Wandspiegeln vervielfacht zurückgeworfen, würde einen Eindruck hinterlassen, der überwältigte. Veronica dankte dem Schicksal. Ihre Freundschaft mit Messèr Torino beruhte auf göttlicher Fügung.

Übermütig stellte sie sich auf das Rednerpodest und rezitierte ein paar Zeilen. Hielt erschrocken über den Hall inne, tröstete sich mit dem Gedanken, dass hundert Gäste die Akustik verbessern würden, ehe sie die Dienstbotentreppe hinabstieg. Wenn in der Küche alle Vorbereitungen gediehen waren, könnte sie sich beruhigt nach Hause fahren lassen und sich weiter der Pflege ihrer Schönheit widmen.

In den unteren Raumen eilten Bedienstete, einem Heer von Ameisen gleich, geschäftig hin und her. Agnesia befehligte den Stab der Helfer und Helferinnen wie ein General. Köstliche Gerüche entwichen den Kupfertöpfen. Wenn ein Deckel klapperte, war sofort jemand zur Stelle und hob ihn an, Agnesia stürmte zum Topf und ihr wurde ein Probierlöffel gereicht. Während sie kostete, schloss sie die Augen, zeigte dann auf eine Gewürzdose, die eilig herbeigeschafft wurde. Sie entnahm eine Prise, gab sie zum Essen, probierte nochmals, nickte und wanderte zum nächsten Topf.

Veronica beobachtete das Geschehen eine Weile amüsiert, ehe man ihrer ansichtig wurde.

„Die Signora!“ Die Helferinnen knicksten, Agnesia strahlte und wischte sich die Hände an der Schürze ab.

„Bitte, Veronica, probiert. Ich hoffe, es ist alles zu Eurer Zufriedenheit.“ Ein langer Tisch an der Seite bog sich unter gewaltigen ovalen Platten mit verschiedensten exquisiten Happen. Veronica griff sich eine Jakobsmuschel in einem hauchdünnen Blätterteigmantel und schob sie sich in den Mund.

„Delikat“, seufzte sie, „Ihr übertrefft Euch, Agnesia.“ „Ah, Veronica, ein hochwohlgeborener Signore von auswärts ist bereits eingetroffen.

Ich habe ihm eines der Gästezimmer angewiesen und eine Dienerin gebeten, ihm etwas zu essen und zu trinken zu bringen. Ich hoffe, ich habe in Eurem Sinne gehandelt? Meine Zeit erlaubte es mir nicht, mich selbst um ihn zu kümmern.“

„Ja Agnesia, ich danke dir. Ich werde gleich nach dem ersten Gast des Abends schauen.“

Veronica verließ beschwingt den Küchenraum und sang leise vor sich hin, als sie die Treppen zum zweiten Stockwerk hinaufstieg. In den ehemaligen Wohnräumen der Besitzer waren vier Suiten für auswärtige Besucher hergerichtet worden. Zu jeder Einheit gehörten drei Räume und eine Kammer. Einer diente dem Aufenthalt des Gastes. Einen weiteren hatten sie mit einem Waschtisch, Nachtgeschirr, sowie einem Ständer für die Garderobe in ein intimes Kabinett verwandelt. In eine der Zimmerfluchten hatte Veronica sogar die irgendwo im Haus vorhandene Sitzbadewanne hineinstellen lassen. Das dritte Zimmer bot Schlaf- und Aufenthaltsgelegenheiten für die Bediensteten des Besuchers. Auch für sie hatte man ein kleines Boudoir für die Toilette geschaffen. Von jedem Fenster aus schaute man hinunter zum Canal Grande und hinüber zum Markusplatz. Als Veronica die Räumlichkeiten nach der Fertigstellung das erste Mal besichtigt hatte, war sie erstaunt gewesen, wie positiv sie sich von ihrem Anfangsstadium unterschieden. Natürlich hatte sie Weisung erteilt, alle Suiten vorzubereiten.

Sie überzeugte sich noch in einer der unbewohnten Suiten, ob alles gerichtet war. Doch auch dort fand sie die Betten bezogen, waren Erfrischungen bereitgestellt und Blumenschmuck arrangiert worden - in Anbetracht der Jahreszeit in Form von Seidenblumen. Ein Feuer brannte im Kamin. Beruhigt schloss sie die Tür und eilte den Korridor entlang zur nächsten Unterkunft. Offensichtlich hatten die Diener dem Gast die komfortabelste der Suiten zugewiesen. Veronica war gespannt, ob es sich es sich um ihren geheimnisvollen Besucher handelte. Aus der Entfernung sah sie einen bewaffneten Condottière vor der Tür Wache halten und schmunzelte. Er musste es sein. Der Mann verbeugte sich, als sie sich näherte.

„Bitte meldet mich Eurem Herrn. Ich bin Veronica Franco."

„Sehr wohl, Signora."

Als er nach einigen Minuten zurückkam, öffnete er die Tür weit, verbeugte sich abermals und bedeutete ihr, einzutreten. „Mein Herr erwartet Euch."

Das diffuse Nachmittagslicht des Dezembers gewährte Veronica vorerst nur einen verschwommenen Blick auf die hochgewachsene und kräftige Gestalt des hohen Gastes. Kein Zweifel, Juan d' Austria stand vor ihr. Sie knickste.

„Exzellenz."

„Bitte, Signora Franco, erhebt Euch. Einem dichtenden Kaufmann stehen weder Titel noch Hofknicks zu." Ehe sie es sich versah, eilte er an ihre Seite und half ihr aufzustehen. Galant hauchte er einen Kuss auf ihren Handrücken.

„Enchantez, Madame." Sie blickte in ein schmales Gesicht mit ernsten dunklen Augen unter ausgeprägt geschwungenen Brauen. Er besaß die typischen Lippen der Habsburger, stellte sie lächelnd fest, sich an ein Gemälde Kaiser Karls V. erinnernd.

„Molto lieto, sehr angenehm.“ Sie wechselte ins Deutsche: „Es ist mir eine Ehre, den werten Herrn von Regensburg kennenzulernen.“ Er winkte ab.

„Bitte keinen Namen. Wie erfreulich, Euch in meiner Muttersprache parlieren zu hören. Sehr aufmerksam. Ich verfüge nur über wenige Gelegenheiten, mich ihrer zu bedienen. Das Spanische und Französische sind mir geläufiger. Verratet Ihr mir, woher Eure Kenntnisse stammen? Gern frische ich die meinen auf. Ihr seht mich überdies erleichtert aufatmen. Eure Anwesenheit erlaubt mir, noch ein paar Fragen zu stellen und Euch um Ratschläge zu bitten, wie sich ein dichtender Kaufmann verhält. Ihr seht mich völlig ahnungslos.“

„Werter Herr, ich danke für Euer Interesse an meiner Person. Ich habe mich einige Zeit in Augsburg aufgehalten, einer Stadt, die auch Euer Vater häufig besuchte. Zu Eurem Erscheinen am heutigen Abend kann ich Euch beruhigen. Das Auftreten als Kaufmann dürfte Euch nicht vor Schwierigkeiten stellen. Wartet.“ Sie musterte ihn von Kopf bis Fuß. „Euer Wams ist ohne Tadel. Die venezianischen Kaufleute würden sich etwas farbenfroher kleiden. Das schlichte Schwarz zeigt, dass Ihr aus dem Norden kommt. Allerdings solltet Ihr den Degen weglassen. Sicher tragen Kaufleute ebenfalls eine Waffe, aber ich sehe, Ihr nennt ein aufwendig verarbeitetes Stück Euer Eigen. Es könnte Euch verraten. Euren Condottière werde ich als Euren Beschützer vorstellen und mir eine Geschichte ausdenken. Wenn wir den Dichter in einen Bewunderer der Dichtkunst verwandeln, dürfte es keine Schwierigkeiten geben. Ihr könnt kaum in Bedrängnis geraten."

Juan lachte. „Ihr seht mich erleichtert aufatmen, meine Dame. Meister Francesco Martinengo gab mir eine überaus schmeichelhafte Beschreibung Eurer Schönheit. Er hat mich jedoch nicht darauf vorbereitet, dass die Wirklichkeit die Schilderung bei Weitem übertrifft."

„Ich danke Euch für das artige Kompliment, werter Herr." Veronica wurde in diesem Moment bewusst, dass ihr Haar noch unfrisiert war und sie bei ihrem Aufbruch nur achtlos ein Tuch um den Kopf gewickelt hatte. Außerdem ihre Kleidung keineswegs der einer schillernden Kurtisane entsprach. Sie errötete bei dem Gedanken. Schüchtern schlug sie die Lider nieder. Beinahe hätte sie erneut geknickst. Sie besann sich rechtzeitig und lächelte.

„Werte Dame Franco, dies ist mitnichten ein Kompliment, sondern meine aufrichtige Überzeugung." Er deutete eine Verbeugung an. Sie schaute ihm in die Augen, als er sich aufrichtete. Sein Blick wirkte ehrlich.

„Signor Martinengo hat Euch nicht hierher begleitet", fragte Veronica, bemüht, die Unterhaltung auf normales Terrain zu führen. „Wir wollten keine Aufmerksamkeit erregen und legten den restlichen Teil der Reise mit dem Boot allein zurück. Aber bitte nehmt Platz, gewährt mir die Gunst ein wenig mit Euch zu plaudern." Er reichte ihr die Hand und führte sie zu den gemütlichen Fauteuils vor dem Kamin. Artig rückte er ihr den Sitz zurecht und wartete, bis sie saß. Höflich fragte er: „Darf ich Euch mit einem Glas Wein erfreuen?" Sie nickte. Er griff nach der Karaffe und schenkte ein.

„Eure Bediensteten haben mich vorzüglich versorgt", bemerkte er während des Eingießens. Er selbst nahm sich Zitronenwasser, ehe er sich ihr gegenübersetzte. „Die letzten Monate habe ich in der Gesellschaft von Männern verbracht, sodass ich den Luxus eines Bades, eines guten Essens und mehr noch das Zusammensein mit einer schönen Dame über Gebühr genieße. Einer Besichtigung der Stadt über den Wassern stimmte mein Adlatus da draußen nicht zu. Meine Überredungskunst und mein Charme verpufften an seinem Sicherheitsdenken. Die Serenissima lebt wie alle Städte rund um das Mittelmeer in unsicheren Zeiten."

Veronica überraschte, mit welcher Selbstverständlichkeit er sie bediente. Oft ließen hochgestellte Persönlichkeiten jeden Handgriff von einem Lakaien ausführen. Diese einfache Geste machte ihn ihr ungeheuer sympathisch. Sie hob ihr Glas, um ihm zuzuprosten. Nippte dann aber nur an dem Wein, bevor sie ihn auf dem Tisch neben sich abstellte.

„Wenn Ihr gestattet, begleitet mich auf einem Rundgang. Das augenblickliche Wetter ist nicht angetan, eine Stadt wie die unsere im Boot oder zu Fuß zu durchstreifen. Ein stürmischer Wind bläst vom Meer und treibt dräuende Wolken vor sich her. Die Kanäle erinnern an Spülwasser und die Häuser wachsen wie unheimliche Gestalten aus dem Wasser. Unter meiner Führung bleibt Ihr trocken, müsst das schützende Kaminfeuer nicht verlassen, wandert, wenn es beliebt, mit einem Glas Wein in der Hand durch die Stadt der Schaumgeborenen, der Venus."

Im heiteren Plauderton begann sie, von ihrer Heimatstadt zu erzählen: Das helle Licht des Sommers, das Glitzern des Wassers heraufzubeschwören und ihrem Gast die Paläste entlang des Canal Grande zu beschreiben. Sie hob die Baumeister und ihre Besonderheiten hervor und schilderte ihm, als sie beim Markusplatz und der Geschichte des Markuslöwen angelangt war, den Einfluss des Orients auf Venedig. Sie ging daran, ihm die Zeiten auszumalen, in denen Marco Polo auszog, die Seidenstraße für die Venezianer zu entdecken. Versuchte, ihm das Wunder der Glasherstellung auf Murano näherzubringen, schwärmte von den leuchtenden Farben, die das Licht der Lagune einfingen. Natürlich landete sie irgendwann bei den Ratsherren und dem Dogen und erläuterte dem Prinzen die sehr eigene Verfassung der Republik. Einmal bei den Nobili der Stadt, flossen heitere Anekdoten ein und sie lachten. Veronica vergaß völlig, wen sie vor sich hatte. Sie sonnte sich im Gefühl, Juan d' Austria bereits seit ihren Kindertagen zu kennen.

Dieser Umstand verleitete sie dazu, ihm von ihrer Kindheit, ihren Brüdern und zum Schluss von Giacomo, ihrem Liebsten zu erzählen. Von ihren Sorgen um ihn, da er in seiner Existenz bedroht war, weil er in Famagusta weilte.

Juan d' Austria revanchierte sich mit der Schilderung seines Aufwachsens in Spanien. Ohne jeden Zwang sei er aufgewachsen, fast wild, ehe man ihn bei seinen Pflegeeltern unterbrachte. Seine Pflegemutter habe ihm erst Manieren beibringen müssen und er habe von seinem Pflegevater Unterricht in allen wichtigen Fächern erhalten. Aber nur eines habe ihn als Jungen neben dem Kampfsport wirklich interessiert: die Geschichte der erfolgreichen Schlachten. Er sprach von seinen Pflegeeltern mit großer Hochachtung. Das Verhältnis zu seinem Bruder, dem König, gab er ihr zu verstehen, gestalte sich schwieriger. Er verehre seinen Bruder, aber wisse mit dessen abwägender Art nicht allzu viel anzufangen.

Veronica kämpfte mit ihrer Neugier. Zu gern hätte sie ihn nach seiner leiblichen Mutter, jener Barbara Bromberg befragt. Aber sie hielt sich zurück.

„Werte Dame Franco, Euch so frei über Eure Liebe sprechen zu hören, gibt mir den Mut, mich Euch anzuvertrauen. Neben dem Kampf in Schlachten fühle ich das Sehnen nach der Liebe einer Frau. Ich habe Maria de Mendoza vor zwei Jahren kennengelernt. Sie ist von hoher Geburt, stammt aus dem mächtigen Haus der Mendoza, welches mit Ruy Gomez, dem Fürsten von Eboli, verschwägert ist. Ich bin Maria über die Maßen zugetan und liebe sie. Um unsere Liebe zu besiegeln, wollte ich sie ehelichen, sie zur Mutter meiner Söhne machen. Mein Bruder lehnte mir diesen Wunsch ab. Er behauptet, größere Pläne mit mir zu haben, mich gar mit der Königin von England vermählen zu wollen. Er erachtet mich noch zu jung, um mich bereits zu binden. Der Hof hingegen munkelt, er fürchte, dass ihm aus der Verbindung zwischen Maria und mir eine Opposition im eigenen Land erwüchse. Ich muss mich wohl oder übel fügen. Meine Geliebte hat mir eine Tochter geschenkt, Ana. Auch zu ihr darf ich mich nicht bekennen. Eine Vertraute schrieb mir, dass Maria in Schwermut verfallen sei, seit man ihr das Kind weggenommen habe. Sie hat sich in ein Kloster geflüchtet. Ich würde Maria gern schreiben und sie trösten, aber ich fürchte, meine Post wird vom Geheimdienst abgefangen. Gestattet mir eine Bitte. Wäre es vermessen, Euch vorzuschlagen, Maria zu schreiben? Ihr könntet einen Brief von mir beifügen. Ihr würdet mir einen Herzenswunsch erfüllen."

Veronica nickte ergriffen. Das Vertrauen, das ihr der hohe Gast entgegenbrachte, rührte sie. Sicher, sie waren sich in dem Gespräch nahegekommen. Ein Band war zwischen ihnen entstanden, wie es manchmal passierte, wenn man auf jemanden traf, der einem in der Seele verwandt war. Sie griff über den Tisch nach seiner Hand und drückte sie. Anschließend hob sie ihr Glas an den Mund und prostete ihm zu, ehe sie einen Schluck Wein trank. Ihr war feierlich zumute, als sie antwortete:

„Gern verwende ich mich für Euch. So wie Ihr mir versprechen müsst, Euch für die Befreiung Zyperns einzusetzen, soweit es in Eurer Macht steht, um meinem Liebsten das Leben zu retten."

Dunkelheit senkte sich bereits über die Stadt. Veronica hatte die Zeit völlig aus den Augen verloren. Sie besann sich auf ihre Rolle als Kurtisane und meinte lächelnd:

„Solltet Ihr Gefallen an dem Gedanken finden, meine weiblichen Künste ausprobieren zu wollen, so lade ich Euch mit Vergnügen nach dem Salon in mein Haus. Aber jetzt muss ich Euch verlassen. Es ist spät geworden. Wenn ich den Ansprüchen an mich gerecht werden will, sollte ich mich noch in die Venus verwandeln, von der Männer gern träumen“, entschuldigte sie sich und machte Anstalten, sich zu erheben.

Das Feuer im Kamin war erloschen.

„Wartet! Ich entzünde die Kerzen, es ist Nacht geworden. Lasst mich Euch für Eure Einladung danken, edle Dame Franco. Es wird mir eine Ehre sein, Euch in Euren Gemächern zu besuchen. Ich hoffe, der Zweck meiner Anwesenheit erlaubt mir ein solches Vergnügen.“

Veronica erhob sich. Als sie die schützende Wärme des Sitzes verließ, erfasste sie ein Schwindel, sie taumelte. Schwärze breitete sich vor ihren Augen aus. Ihre Hände klammerten sich an die Lehne des Sessels, ehe sie in seinen Polstern Halt fand.

„Bitte reicht mir etwas Wasser, ich …“

Als sie wieder zu sich kam, hörte sie von der Tür her ein Poltern. Ein Windzug fegte in den Raum. Aufgeregte Stimmen schwirrten durcheinander. Bevor Veronica erneut die Sinne schwanden, drang die Stimme ihrer Köchin Agnesia an ihr Ohr.

„Hier, Veronica, oh, oh, Gott, bitte, trinkt.“ Die Köchin flößte ihr Wasser ein.

„Bitte, schließt die Tür“, vernahm sie den Befehl d’ Austrias. Im nächsten Moment stand er an ihrer Seite. „Meine Dame, wenn ich dem Bericht Eurer Köchin vertrauen kann, enthielt der Wein, den ich Euch kredenzte, ein Gift. Zum Glück habt Ihr nur wenig getrunken, sodass es nicht zum Tode führen wird. Ihr werdet vermutlich mit einem Unwohlsein eine Weile das Bett hüten müssen. Man versucht seit geraumer Zeit, mich unauffällig aus dem Weg zu räumen. Ich kenne die Hintermänner, und es macht mich traurig. Normalerweise lasse ich alle Sachen, die ich esse oder trinke vorkosten. In diesem Fall war die Flasche noch verkorkt und mein Diener hat sie, ohne zu prüfen, in die Karaffe gefüllt.“ Agnesia stand mit bleichem Gesicht neben dem Sessel, in dem Veronica mehr lag, als saß.

„Santo cielo, um Himmels Willen, Veronica. Ich konnte ja nicht ahnen, dass so etwas passieren würde. Ernesto ging es heute Morgen schlecht. Ihr wisst, auf ihn können wir uns verlassen und da bot sich ein anderer Schenkmeister an. Wenn ich gewusst hätte, dass der Austausch solche Auswirkungen nach sich ziehen würde. Ich mache mir ungeheure Vorwürfe, ich hätte Euch davon unterrichten müssen.“

Veronica wehrte ab. In ihrem Bauch rumorte es gewaltig und sie bat: „Agnesia, rasch, bringt mir ein Geschirr …“, weiter kam sie nicht. Im nächsten Augenblick ergoss sich der

Schwall auf den Teppich, sie würgte und erneut stülpte sich ihr Magen um. Als nichts mehr folgte, richtete sie sich auf, Agnesia wischte ihr mit einem Tuch den Mund sauber. „Es tut mir leid. Aber bitte, werter Herr. Ihr seid in Gefahr. Agnesia, holt mir Jaspuccio, eilt!“

Juan d’ Austria trat zum Sessel, hob Veronica wie einen verletzten Vogel auf und trug sie zum Bett.

„Gestatten Sie, teure Dame.“ Veronica quälte sich ein Lächeln ab.

„Ihr müsst diesen Ort sofort verlassen. Offensichtlich ist Euer Erscheinen verraten worden. Sicher gibt es in Venedig Menschen, die ein Interesse daran haben, Euch aus dem Feld zu wissen. Meinem Gondoliere kann ich völlig vertrauen, der Familie meiner Magd, seiner Frau, ebenfalls. Sie sind Fischer am Lido. Jaspuccio wird Euch und Eure beiden Begleiter zu ihnen bringen und sie werden Euch unauffällig mit dem Fang in aller Herrgottsfrühe nach Treviso befördern. Dort wird Euch Francesco Martinengo weiterhelfen. Um mich müsst Ihr Euch nicht weiter kümmern. Agnesia wird mich nach Hause bringen. Meine Casa liegt nur wenige Gondelminuten entfernt. Keine Sorge um mich. Lebt wohl. Ich hoffe, Ihr seid der Serenissima wohlgesonnen, trotz allem.“

„Werte Dame Veronica, ich bedauere

zutiefst, Euer warmherziges Angebot nicht wahrnehmen zu können. Vielleicht ein anderes Mal. Auf Wiedersehen.“

Veronica kostete es Mühe, sich nochmals zu konzentrieren. Das Gift schwächte sie, obwohl sie das meiste losgeworden war. Sie schloss für einen Moment erschöpft die Lider, ehe sie Jaspuccio Anweisungen erteilte. Sie sah in seinen schreckgeweiteten Augen die Sorge, nicht nur um sie, sondern auch um seine schwangere Frau.

„Ich werde einen Kollegen von Euch beauftragen, Ancilla zu ihrer Familie zu bringen, morgen, wie versprochen. Ich gebe Euch mein Ehrenwort, ich kümmere mich um Eure Gattin, Jaspuccio.“ Nach dieser Anstrengung fiel sie in die Kissen zurück. „Bitte schickt mir Agnesia, rasch“, konnte sie noch raunen, ehe sie erneut in Ohnmacht sank.

Als sie das nächste Mal die Augen aufschlug, stand Agnesia bereits an ihrem Bett. Sie hielt ein großes Glas mit einer undefinierbaren Flüssigkeit in der Hand und führte es an Veronicas Mund.

„Trinkt Veronika, bitte, es wird Euren Magen leeren und das Gift in ihm ausschwemmen. Wenn alles raus ist, geht es Euch bald besser.“ Veronica versuchte brav, das bittere Zeug runterzuschlucken und gegen den Reiz des Würgens anzukämpfen. Fast hatte sie es geschafft, als es sie erneut übermannte.

Agnesia stand jetzt mit einem Geschirr bereit, und als Veronica merkte, dass auch ihr Darm sich rührte, verdrehte sie nur hilflos die Augen. Aber Agnesia hatte das Unheil aufziehen sehen und eine Bettpfanne unter sie geschoben. Nach einer Weile schien alles vorbei. Die Köchin übergab das unangenehm riechende, grünlich Erbrochene und den ebenso ekelig stinkenden Kot einem Mädchen zur Entsorgung und wischte ihr mit einem Tuch den Mund und das Gesicht sauber. Wenig später schälten weitere Helferinnen Veronica aus den verschmutzen Sachen, hoben sie hoch, während andere das Bett neu bezogen. Als Veronica wieder lag und sich zurücklehnte, sah sie Ludmilla den Raum betreten. Sie winkte sie zu sich.

„Bitte Ludmilla, besorgt für Ancilla eine Gondel oder eine Barke, die Balboni soll Euch Geld dafür geben, damit sie zu ihrer Familie fahren kann."

„Eure Fürsorge für Ancilla in allen Ehren, aber sie kommt zu spät. Ich wollte Euch gerade holen. Es geht los, die Wehen haben eingesetzt."

„Eilt zu Nicola, bittet sie um Hilfe und nehmt ein oder zwei Mädchen von hier mit, macht genügend Wasser warm. Ich werde ..." Veronica versuchte, sich aufzusetzen, und bereute den Versuch sofort. „Es funktioniert nicht, also haltet Euch nicht auf. Agnesia,

Ihr fahrt ebenfalls mit, Ihr kennt Euch aus. Ich benötige im Augenblick keinen Beistand.“ Agnesia protestierte.

„Bitte Veronica, Ihr seid noch nicht über dem Berg. Euer Magen kann sich erneut nach außenstülpen.“

„Ja, ja, Agnesia. Ich danke für Eure Fürsorge, aber die Geburt ist dringlicher. Ich möchte nicht, dass Ancilla etwas zustößt. Lasst mir zwei der Dienerinnen hier, versprecht ihnen ein extra Geld, dann regelt sich das schon und jetzt zögert nicht weiter, nehmt eine Gondel. Ihr ebenfalls Ludmilla, wenn Ihr zu Nicola geht, und bringt sie ohne Widerrede zu Ancilla. Fürchtet Euch nicht vor ihr, sie ist keine Hexe, sie ist eine gute Geburtshelferin. Also eilt Euch.“

Als hätten die Worte die Reste ihres Mageninhalts in die Höhe befördert, ergoss sich erneut ein Schwall aus Veronica Mund. Aber sie fühlte sich bereits kräftiger und konnte sich allein die Lippen abwischen.

„Ach ja, bittet die Balboni, den Salon abzusagen. Sie wird schon wissen, was zu tun ist.“

Veronica musste geschlafen haben, als sie erwachte, registrierte sie erstaunt die ungewohnte Umgebung. Das vertraute Gesicht von Nicola passte dazu so gar nicht. Die alte Kräuterhexe lächelte, ihr zahnloser Kiefer gestaltete das Lächeln nicht besonders kleidsam, ihre leuchtenden Augen sehr wohl. „Bevor Ihr Euch anstrengt. Es ist ein Mädchen. Ancilla ist eine kräftige Frau und alles ist glatt gelaufen. Sie soll Batistella heißen, Ancilla will sich noch mit Euch beraten. Sie lässt Euch grüßen und schimpfte wie ein Rohrspatz, dass sie Euch nicht helfen kann. Wie ich sehe, ist dies nicht mehr nötig. Ihr verfügt über eine robuste Natur und habt zum Glück nicht allzu viel von dem Wein getrunken, sodass das Gift bereits Euren Körper verlassen hat. Agnesia hat das einzig Richtige getan, als sie Euch Brechwurz verabreichte. Aber es ist ebenfalls ein Gift und schwächt den Körper. Ich mache mir Sorge um Euren Umgang und gebe Euch den Rat, vorsichtiger sein. Ich lasse Euch ein Mittel da, welches besser wirkt, falls Ihr nochmals in eine solche Situation geraten solltet. Gebt mir Eure Hand, ich will sehen, was in ihr zu lesen steht.“

Veronica war gerührt. Nicola war ein Stück Kindheit für sie. Oft hatte sie für die Mutter eine Arznei bei ihr holen müssen und sich in ihrem „Pflanzenküche“ herumgetrieben. Nicola zählte inzwischen gut und gerne an die sechzig Lenze. Ihr Haar war grau, ihre Figur erinnerte an einen ausgestopften Sack. An manchen Stellen etwas zu prall an anderen ausgeleiert und hängend. Ihr Gesicht war von Runzeln durchzogen, nur die Augen sprachen noch von der einstigen Pfiffigkeit und glänzten wie gerade aus ihrer Umhüllung gesprungene Kastanien im Sonnenlicht. Nicola nahm Veronicas Hand in die ihre und vertiefte sich in die Linien der Handinnenfläche.

„Vediamo un po'cosa abbiamo, dann schauen wir mal, was wir hier so haben, Vroni", meinte sie versonnen, in das vertraute „du" der Kindheit zurückfallend. „Eine neue Liebe harrt deiner. Sei nicht ungeduldig. Es wird einige Zeit dauern, bis sie sich dir offenbart. Am Anfang wirst du denjenigen als deinen Feind betrachten. Ein Anderer benutzt seine Identität. Zwar wird dieser Mann dir nicht allein gehören, aber sein Herz wirst du voll besitzen. Also gräm dich nicht. Du verfügst über Kraft und dir winken viele Erfolge. Erfolg hat immer eine Kehrseite und fordert Neid heraus. Bedenke dies. Sei vorsichtig. Bewahre dir wache Augen." Sie tätschelte Veronicas Hand und erhob sich.

„Danke, Nicola, für alles. Bleib gesund. Wir brauchen dich."

„Ja, ja Kindchen, ich gebe mir Mühe. Aber glaube mir, das Alter ist eine rechte Plage. Ich weiß nicht, wie lange ich sie noch ertragen möchte. Ruhe dich ein paar Tage aus, lasse dich verwöhnen. Iss kein Fleisch, sondern nur Hirsebrei oder Gemüse, am besten in etwas Hühnerbrühe, damit dein Magen und deine Gedärme sich beruhigen." Als Nicola den Raum verließ, blieb Veronica mit dem traurigen

Gefühl zurück, dass es sich um einen Abschied handelte. Sie schloss die Augen. Erschöpft schlummerte sie ein.

Als Veronica die Augen aufschlug, staunte sie über die Stille. Die Stadt lag im Schlaf und selbst die Vögel waren noch nicht erwacht. Auch die üblichen Morgengeräusche eines Hauses fehlten. Der Tag ließ sich Zeit. Sie reckte den Kopf, schaute sich um, versuchte, sich zu orientieren. Der dünne Lichtschein der Öllampe enthüllte nur einen kleinen Ausschnitt des Zimmers.

„Signora Franco bekommt keinen Schreck. Alles ist in Ordnung“, beruhigte eine fremde Stimme aus dem nicht sichtbaren Teil des Raumes. „Ich bin ein Kollege Eures Gondoliere und halte Wache. Benötigt Ihr Hilfe?“

„Wird es bald dämmern?“ „Noch etwas Geduld, Signora.“ Erst jetzt registrierte Veronica, dass auf der gegenüberliegenden Seite ein Feuer im Kamin flackerte. Die Flammen warfen unruhige Lichter an die hohe Decke. Ihre Mundhöhle brannte, als wäre sie verätzt worden. Sie griff nach dem Wasserglas, drehte es einen Moment in den Händen, ehe sie es an den Mund führte. Das Wasser würde ihr helfen. Die Flüssigkeit war abgestanden und lauwarm, aber jeder Tropfen schmeckte köstlich und linderte das Brennen in ihrem Rachen ein wenig.

Sollte der Anschlag doch ihr gegolten

haben? Hatte sie Ludovicos Befürchtungen zu leichtfertig in den Wind geschlagen? Wenn nun die Gegenseite entdeckt hatte, dass ihr Salon konspirativen Treffen diente? Sie fröstelte trotz der Wärme unter der Decke. Beim Versuch, die Beine aus dem Bett zu strecken, erfasste sie Schwindel. Veronica lehnte sich zurück, schloss die Augen. Die Abwärtsspirale in ihrem Kopf drehte sich langsamer und das Drehen ließ nach. Sie wandte sich an ihren Bewacher.

„Bitte, helft mir, aufzustehen, damit ich das Kabinett besuchen kann“, bat sie. Der Mann trat aus dem Schatten.

„Mein Name ist Pietro. Meine Gondel steht Euch jederzeit zur Verfügung. Agnesia meinte, ich sollte Euch, wenn Ihr es wünscht, nach Hause bringen. Sie wird bald nach Euch sehen. Zwei junge Frauenzimmer schlafen nebenan. Soll ich sie wecken, damit sie Euch frisches Wasser servieren und Euch beim Ankleiden helfen?“

„Nein, bitte weckt niemanden.“ Sie zog sich an seinem Arm hoch. Nach der Anstrengung lehnte sie sich an ihn. Der Gondoliere war nicht älter als neunzehn Jahre. Jaspuccios Dienstantritt stand ihr einen Moment lang vor Augen. Veronica lächelte, als sie die ersten Schritte wagte. Sie verlangten Konzentration. Aber die Bewegung brachte ihren Kreislauf in Gang und bereits nach ein paar Minuten fühlte sie sich besser.

„Danke, gestützt von einem starken Arm geht es“, murmelte sie dankbar. „Begleitet mich bitte zum Fenster.“

Die Öllampen an den Häusern brannten noch. Es nieselte leicht, feine Tröpfchen leuchteten im Schein der Hausbeleuchtung auf. Es war schwer abzuschätzen, wie viele Stunden die Nacht vom Tag trennten.

„Danke für Eure Hilfe. Wenn Ihr mich bis zur Tür des Kabinetts bringen könntet und zur Not nach meinem Besuch auch wieder zurück zum Bett?“

Der junge Mann nickte. „Sicher Signora, wie Ihr wünscht.“ Im angrenzenden Raum brannte eine Öllampe und für die menschlichen Bedürfnisse war alles hergerichtet. Nach dem Abtritt wusch sich Veronica Hände und Gesicht mit dem Wasser in der bereitgestellten Schüssel, nahm eines der frischen Handtücher von der Kommode, um sich abzutrocknen. Sogar einen Standspiegel hatte man nicht vergessen aufzustellen, konstatierte sie mit Genugtuung. Das Gespenst, das ihr entgegen schaute, erinnerte sie nur entfernt an sich selbst. Mit unsicheren Schritten erreichte sie die Tür und war froh, als sie erneut Zuflucht im Bett suchen konnte. Erschöpft schlummerte sie wieder ein.

Veronica hörte leise Stimmen und jemand strich über ihre Wange. Als sie sich umschaute, war es hell im Raum und Elena hockte an der Bettkante.

„Veronica, du jagst mir vielleicht einen Schrecken ein. Meine Zofe wollte einen Brief abgeben und kam mit der Nachricht zurück, dass du in einem erbärmlichen Zustand in der Ca‘ Foscari liegen würdest. Marco hat mich in der Gondel mitgenommen und rasch hier abgesetzt. Was ist passiert? Erzähle. Nein, lass. Du bist noch zu schwach.“

Veronica protestierte. Sie setzte sich auf. Elena richtete ihr einen Berg Kissen in den Rücken. Oktavia erschien aus den Tiefen des Zimmers, knickste und fragte:

„Wünschen die Donne etwas? Agnesia ist dabei, ein Frühstück zu richten für den Gondoliere, der in der Nacht bei der Herrin Wache hielt.“

„Essen und Trinken werden noch schwierig sein, bringt für Signora Venier einen Würzwein und für mich einen Kamillentee, wenn Agnesia Zeit findet.“

„Sehr wohl, Signora“, erwiderte Oktavia und verließ den Raum.

„Nimm dir den Stuhl an das Bett, dann ist es bequemer für dich. Jetzt sind wir ungestört. Was gibt es Neues? Hat dir Marco etwas über Zypern erzählt? Hat er etwas von Famagusta gehört? Sind die Osmanen abgezogen?“

„Interessiert dich Famagusta oder das Schicksal von Andrea? Ich kann dich beruhigen. Die Schiffe unter Andreas Kommando sind aus Zypern zurückgekehrt, liegen in der Nähe von Ragusa und warten. Der spanische König zögert noch, sich der Heiligen Liga anzuschließen. Man hofft, dass Juan d‘ Austria ihn überzeugen kann. Aber, das ist Männersache und die bespricht man nicht mit einem dummen Weib wie mir. Keine Bange. Ich schnappe schon mal hier und da etwas auf.“ Elena plauderte von diesem und jenen. Nach einer Weile hielt sie inne.

„Wie rücksichtlos von mir. Ich rede und rede. Dabei brauchst du Ruhe. Bevor ich mich verabschiede, muss ich dir trotzdem noch eines berichten“, brach es aus ihr heraus. „Als Dichterin bekommst du Konkurrenz. In der nächsten Woche sind alle Herren mit ihren Damen zu einer Lesung geladen. Poetesse scheinen in Mode zu kommen. Die Dichterin Moderata Fonte rief einen Salon ins Leben, man höre. Venedig wird noch berühmt werden für seine dichtenden Frauen. Cousin Maffio unterstützt die Donna in ihrem Vorhaben, will bei ihren Abenden eigene Poeme vortragen und verteilt Einladungen unter den Nobili.

Über Ines, Marcos Ehefrau, die Hochzeit, ihr Aussehen, das Kleid, ihre Verwandten muss ich dir ein anderes Mal ausführlich berichten. Nur eines heute: Sie ist ganz Spanierin, in einem Kloster aufgewachsen und fromm! Vielleicht hätte sie Maffio heiraten sollen, sie bewundert ihn geradezu. Ist natürlich nur ein

Scherz. Jedes zweite Wort bei ihr ist: Mein Beichtvater rät mir …, mein Beichtvater empfiehlt mir …, mein Beichtvater ist begeistert … Die Werke der Signora Fonte wären vortrefflich und überaus ernst zu nehmen, so ihre Überzeugung. Nun, die Fonte stammt aus einer reichen Familie und da sieht man ihr manches nach. Sie hat leichteres Spiel als du, keine Frage.

Aber lass dich von ihrer Konkurrenz nicht entmutigen. Mach weiter, selbst wenn man dich bereits vor dem Beginn der Laufbahn als Poetin, die einen Salon führt, vergiften wollte. Ich bin sicher, du wirst ein weiblicher Aretino. Ich lese deine Gedichte gerne, sie haben viel mehr Esprit als die Sachen von der Fonte. Ich gebe zu, sie ist ehrbar. Vielleicht kannst du die Herren überreden, sich ihrer angestammten Damen zu erinnern, und wir dürfen alle einmal zu einem deiner Abende vorbeischauen. Das wäre ein Vergnügen.“ Sie lachte verschwörerisch. „Die erlauchten Ehefrauen würden zwar schnaufen, aber glaube mir, keine würde sich ein solches Ereignis entgehen lassen. Sie würden jede Kleinigkeit von dir mit der gleichen Intensität wie ihre Stickereien betrachten. Und sei es nur, um später über dich herzufallen.“

„Elena, ich fühle mich in der Tat noch schwach. Ich habe mich gefreut, mit dir zu plaudern, aber jetzt bitte ich dich, mich zu entschuldigen. Du bist mir nicht böse? Bei nächsten Treffen berichtest du mir von Moderata Fonte. Ich habe sie mehrfach zu Domenico eingeladen, sie leider nie kennengelernt."

„Ich schon. Sie ist eine Edeldame, aber langweilig im Gegensatz zu dir. Du bist du eine charmante, witzige Person, deren Unterhaltungswert hundertmal höher einzustufen ist. Leider gönnen ihn sich nur unsere Männer. Veronica, ich werde dir noch heute etwas vom eingelegten Gemüse schicken lassen und ein Huhn, das lässt du dir von deiner Perle von Köchin zubereiten, dann kommst du rasch auf die Beine, du wirst sehen."

„Elena, beinahe hätte ich vergessen, dir von Ancillas Niederkunft zu erzählen. Sie hat ein Mädchen, Batistella. Ich habe es bislang nicht gesehen und freue mich darauf. Ich wünsche mir ebenfalls bald wieder ein Kind."

„Aber nicht von Andrea? Seine Frau besitzt den Vorrang, sonst schickt sie dir Gift oder Schlimmeres." Normalerweise hätte Veronica gelacht, heute konnte sie nur zaghaft die Mundwinkel anheben und abwehren: „Nein, nein, keine Angst, von Ludovico, natürlich. Ich bin froh, dass er mir Enea endlich verziehen hat." Sie besaß nicht die Kraft, Elena von dem Ansinnen einer Adoption ihres Sohnes zu erzählen. Vielleicht später einmal, falls es spruchreif werden würde.

„Ich bin erleichtert, arrivederci, Veronica.“ Elena umarmte die Freundin herzlich. „Nimm zu, das magere Hühnchen steht dir nicht mehr.“

Veronica nahm sich vor, einen Notar konsultieren, um ihr Testament aus dem Jahre 1564 erneuern zu lassen, sobald sie wieder im Vollbesitz ihrer Kräfte war. Ludovicos Fürsorge fehlte ihr. Sie hoffte auf seine baldige Rückkehr von der Inspektionsreise.

Am nächsten Morgen stand sie müde, mit wackligen Beinen auf der Fondamenta und wartete auf Jaspuccio und seine Gondel. Endlich konnte sie in ihr Haus zurückkehren. Sie war gespannt auf die neue kleine Erdenbürgerin und natürlich auch auf den Bericht des Gondolieres. Gleich nach seinem Eintreffen bestürmte sie Jaspuccio: „Erzählt. Habt ihr meinen Gast in Sicherheit gebracht?“

Jaspuccio nickte. „Vom Lido habe ich den Herrn und seinen Diener nach Treviso gerudert. Ein Kollege hat mir einen Sandalo geliehen. Das Ruderboot mit dem Segel war unauffälliger für unseren Zweck. Wir haben Fisch mitgenommen für den Markt. Niemand vermutete die wahre Fracht. In Treviso empfing uns Signor Martinengo und nahm die beiden Herren in Empfang.“

Sie war versucht, Jaspuccio für seine Umsicht zu umarmen, aber das wäre unschicklich. Sie überlegte, welches Geschenk ihm und seiner Frau gefallen könnte.

„Nehmt Euch mit Ancilla ein paar freie Tage. Fahrt zu Euren Familien, um ihnen Euren Nachwuchs zu präsentieren. Am besten gleich heute. Ich benötige Euch zurzeit nicht, ich werde die nächste Zeit das Bett hüten.“ Jaspuccio reichte ihr seinen Arm und half ihr hinunter zum Anleger.

Veronica atmete auf, als die Front ihres Hauses in Sichtweite kam. Es regnete zwar nicht, aber es ging ein kalter Wind.

„Sie ist ja so herzig, deine kleine Batistella. Du kannst stolz sein“, gratulierte sie ihrer treuen Magd etwas später.

„Lieber hätte ich einen Sohn geboren, wir werden weiter daran arbeiten“, lachte Ancilla und in ihren runden Wangen erschien ein schelmisches Grübchen. Gleich darauf schimpfte sie: „Veronica, Ihr gehört ins Bett, Ihr solltet Euch ausruhen. Es macht mir Sorge, Euch in Eurem derzeitigen Zustand allein zu lassen.“

„Ancilla, du hast eine Geburt hinter dir und benötigst selbst Pflege. Dein Töchterchen braucht eine starke Mutter, also lasst dich von deinen Angehörigen feiern und verwöhnen.“ Ancilla stand unschlüssig mit dem Kind im Arm vor ihr. Sie bedachte Veronica mit einem sorgenvollen Blick. Ihre, an Schwarzkirschen mahnenden Augen schimmerten noch einen Tick dunkler. Zwischen ihren Brauen erschien eine Kerbe und die Lippen kniffen sich vorwurfsvoll zusammen.

„Ach Veronica, so viel gefeiert wird bei der Geburt eines Mädchens nicht. Ich danke Euch, dass Ihr mir gestattet, meine kleine Batistella zu behalten. Dass ich nicht gezwungen bin, mein Kind an ein Waisenhaus oder an eine andere Familie abzutreten, wie die meisten Mägde und Ammen. Selbst mit der verflixten Nicola habe ich meinen Frieden geschlossen. Sie versteht etwas davon, die Kindchen auf die Welt zu holen. Aber sie ist alt geworden." Veronica nickte.

Sie strich noch einmal sanft über die schwarzen Härchen auf dem Kopf des Kindes. Friedlich schlafend sah die Kleine aus wie ein Engel. Veronica wurde warm ums Herz.

„Die Madonna möge dich beschützen", sagte sie. „Ich glaube, dein Ehemann kann es kaum erwarten, seine Leute zu besuchen. Packt euch mollige Sachen ein, es ist frisch draußen auf dem Wasser." Sie schob die treue Hilfe, die sich nicht trennen mochte, aus dem Zimmer. Bald darauf beobachtete sie, wie Ancilla, dick vermummt mit Jaspuccios Hilfe die Gondel bestieg. Sie öffnete kurz das Fenster und winkte ihnen von oben zu. Als das Boot aus ihrem Blickfeld verschwand, drehte sich Veronica langsam um und wankte zum Bett.

1571

Veronicas Salonabend

Die langen Winterabende, an denen es durch alle Ritzen zog und die Nacht nicht enden wollte, neigten sich dem Ende zu und der Abschied von der Fastenzeit nahte. Veronica sehnte sich nach der Märzsonne und der Wärme des Frühlings. Schon jetzt schaffte es die Sonne an manchen Tagen, das Grau am Himmel zu durchbrechen. Die Eiszapfen an den Pfosten der Bootsanleger leuchteten dann auf und schufen eine glitzernde Märchenwelt, bevor sich die Pracht nach und nach in Wasser verwandelte und in die Kanäle sickerte.

Auch die Schrecken des Giftanschlages verblassten langsam und Veronicas Frohsinn kehrte zurück. Trotzdem schaute sie dem Boten des Dogenpalastes skeptisch entgegen, als er ihr ein amtliches Schreiben aushändigte. Etwas bang überflog sie die Zeilen nach dem Öffnen und atmete auf. Es wurden keine weiteren konspirativen Leistungen von ihr erwartet. Vielmehr drückte der Doge ihr in wohlgesetzten Worten seinen Dank für die aufopferungsvolle Behandlung des besonderen Gastes aus. Er bat darüber hinaus, die verehrte Signora Franco, möge im Namen der Republik eine festliche Lesung ihrer Werke ausrichten. Man sähe dies als eine Wiedergutmachung für die erlittene Schmach und es sei ein Zeichen der Hochachtung und Anerkennung. Er werde höchstpersönlich mit seiner Gattin den Salon beehren und auch die Erzherzogin von Mantua habe er in Kenntnis gesetzt. Sie habe ihr Entzücken ausgedrückt und zugesagt.

Veronica zweifelte an ihrem Verstand und las den Brief noch einmal. Andrea konnte in diesem Fall nicht dahinterstecken. Sein Kommando hielt ihn seit Monaten in Ragusa fest. Hatte Elena den Plan ausgeheckt und sich etwa über ihren Gatten dafür eingesetzt? Sie nahm sich vor, ein ernstes Wörtchen mit der Freundin zu reden.

Oder hatte Domenico seine Hand im Spiel? Er kannte ihre poetischen Qualitäten am besten. Und hatte sie sich nicht neulich bitter bei ihm beklagt, dass der Salon der Moderata Fonte erfolgreich sei, während ihrer in den Kinderschuhen stecken blieb? Ihre kleinlichen Ängste und ihre Wehklagen um den Wert dessen, was aus ihrer Feder stammte, fielen ihr ein. Wie oft nervte sie Domenico bei ihren täglichen Besuchen mit ihrer Unsicherheit.

Hatte sie ihr egoistisches Jammern

übertrieben? Natürlich wünschte sie sich, ihr dichterisches Werk von Erfolg gekrönt zu sehen. Ein zweites Standbein, für das sie voller Leidenschaft glühte, schwebte ihr vor. Als Kurtisane Erfolg zu haben, war von begrenzter Dauer. Noch buchten sie viele einflussreiche Männer als Gespielin, doch in einigen Jahren? Aber sie sah schon die ehrbaren Gattinnen vor Wut schäumen, wenn sie jetzt mit Absolution von höchster Stelle Lorbeeren und Applaus erntete. Ein Schmunzeln stahl sich in ihre Mundwinkel, es verschwand, als sie an die Feinde und Neider dachte. Halt, ermahnte sie sich. Verliere dich nicht bereits im Vorfeld in kleinlichen Bedenken. Male nicht schon vorher den Teufel an die Wand. Niemand zwingt dich, Moderata Fonte allein das Feld zu überlassen. Beweise Mut und plane nicht bereits vor der Veranstaltung den Rückzug. Was meinte Elena? Venedigs Ruhm heißt es zu mehren, nicht nur den meinen. Denn noch in ferner Zukunft soll man über die Dichterinnen der Stadt sprechen! Sie reckte ihr Kinn in die Höhe. Es galt, die Herausforderung anzunehmen.

Umsichtig und gründlich ging Veronica an die Vorbereitungen, überließ nichts dem Zufall. Ihr Terminbuch füllte sich bis an den Rand. Sie kümmerte sich um die Dekoration, das Kleid, das Essen, die Getränke. Um sicherzugehen, dass nicht erneut ein Anschlag ihren

Salon in letzter Minute vereitelte, prüfte sie mit Sorgfalt die Lieferungen und stellte einen vertrauenswürdigen Wachmann ein. Sie flatterte aufgeregt wie nie zuvor in ihrem Leben zwischen ihrem Haus und der Ca‘ Foscari hin und her. Mit Domenico diskutierte sie die Auswahl des Vortrags, mit Messèr Torino klärte sie die Ausschmückung ab, mit Agnesia die Speisefolge. Sie zählte die Tage, sie zählte die Stunden, sie zählte die Minuten.

Als die entscheidende Stunde endlich eingeläutet wurde, drängten sich an die zweihundert Personen in den Saal. Neben den Mitgliedern des Rates der Zehn gaben sich die meisten Patrizier der Stadt in Begleitung ihrer sonst sorgsam behüteten Ehefrauen die Ehre. Die Erzherzogin von Österreich und Gattin des Herzogs von Mantua mit ihren Hofdamen hatten auf den goldverzierten Stühlen in der ersten Reihe Ehrenplätze bezogen. Veronicas literarischer Salonabend galt als ein gesellschaftliches Ereignis von Rang. Ein absolutes Novum und für ihr Debüt als Poetessa eine besondere Auszeichnung.

Veronica hatte sich die Mitwirkung von so bekannten Dichtern wie Sperone Speroni und Girolama Muzio gesichert. Sie standen ihr als Gastvortragende zur Seite. Das half ihr, das Lampenfieber im Rahmen zu halten. Die Moderation ein Leichtes, aber die Rezitation der eigenen Verse in diesem erlauchten Kreis?

Am Anfang versagte ihr fast die Stimme. Alle Augen schienen sie zu durchbohren. In ihrem Hirn existierte nur noch ein schwarzes Loch. Irgendwo hüstelte jemand, es wurde geflüstert, Seide raschelte, die Fackeln blakten, Stühle wurden gerückt, einige Diener rannten hin und her. Am liebsten hätte sie Reißaus genommen, sich in die letzte Reihe verdrückt oder besser, sich in Luft aufgelöst. Stimmte die Lautstärke, verstanden die Anwesenden auf den hinteren Sitzen sie überhaupt? Die Akustik unterschied sich immens von der des leeren Saales.

Sie beneidete die Männer um ihre, um vieles tragfähigeren Stimmorgane. Verdankten sie dieser Gabe ihre Jahrhunderte währende Herrschaft über das andere Geschlecht? Lag darin der Grund, warum es kaum Frauen gab, die sich der Dichtkunst verschrieben? Ob Moderata Fonte besser vortragen konnte? Der Gedanke bescherte ihr einen Schweißausbruch, erinnerte sie daran, dass die Fonte wie die wenigen anderen Dichterinnen von hoher Geburt und vermögend waren. Eine Kurtisane setzte ihre poetischen Fähigkeiten zur Unterhaltung der Männer ein. Ihr Ehrgeiz schien ihr mit einem Mal vermessen. Man würde sie der Anmaßung bezichtigen. In ihrer höchsten Not schweifte ihr Blick zu Elena. Die Freundin nickte ihr unmerklich zu. Sie schluckte den Frosch im Hals hinunter. Ohne zu stocken und ohne Panne rezitierte sie und, es glich einem Wunder, das Publikum hörte ihr zu. Mit einem Gedicht über Zypern beendete Veronica ihren Vortrag:

„Dieses glückliche, heilige Land
scheint des Himmels Zierde auf Erden,
zum Verweilen geschaffen, ein Paradies.
Lieblich begrenzt eine Hügelkette
die unendliche Schönheit des anmutigen Tals,
in dem Flora und Pomona leben.
Schäfchen weiden das sprießende Gras
und färben die Anhöhen weiß;
scheu und verirrt ruhen sie
wohlig im wenigen Schatten und
ähneln dem Schnee auf den Bergen.
Möge der Winter, der stets so lange währt,
niemals kommen, um das schöne
Land zu überfallen.“

Sie verbeugte sich.

Applaus hüllte sie wohltuend ein, brachte ihre Haut zum Kribbeln, als würde sie in Perlwein baden. Sie schloss die Augen. Als das Klatschen der Hände endete, richtete sie sich auf. Die Prüfung lag hinter ihr, die Schlussworte liefen ihr wie von selbst über die Lippen:

„Möge das göttliche Zypern nicht fallen,
Famagusta nicht das Schicksal
Nikosias erleiden,
möge der Republik Venedig

ein Krieg erspart bleiben."

Sie legte eine kleine Pause ein.

„Verehrte Donne, verehrte Signori, Sie haben mir und den anderen Dichtern ihr Ohr geschenkt. Wir hoffen, zu Ihrer Kurzweil beigetragen zu haben. Bitte gewähren Sie mir einen weiteren Moment Ihre Aufmerksamkeit, bevor sich meine Helfer um Ihr leibliches Wohl kümmern. Eine Sache liegt mir ebenso wie die Dichtkunst am Herzen. Die Gattin des noblen Signor Morosini, Elena Venier, betreut eine Stiftung. Diese bezweckt, armen Mädchen eine Mitgift zu verschaffen, und sie bis zur Heirat in Haushaltsdingen auszubilden. Noch reichen die Mittel nicht, allen Bedürftigen zu helfen. Ein Losverfahren entscheidet über die Vergabe. Je mehr Sie spenden, desto mehr Lose können vergeben werden. Zögern Sie nicht. Öffnen Sie Ihr Herz und Ihren Geldbeutel, sprechen Sie mit Signora Venier.

Jetzt will ich Sie nicht länger auf Ihrem Sitz fesseln, vertreten Sie sich die Beine. Ein Imbiss erwartet Sie. Das Personal sorgt für Getränke.

Ich wünsche Ihnen einen bezaubernden Abend."

Veronica lächelte erleichtert, als sie das Podium verließ und zur Erzherzogin trat, um sich für deren Besuch zu bedanken.

„Signora Franco, Eure Verse sind wahrlich einer Venus würdig. Wir würden Euch gern wieder einmal in unserem Palast in Mantua bei einer Gesellschaft sehen. Das Gemälde mit dem Abbild der wunderschönen Göttin erfreut unser Herz jeden Tag auf das Neue. Wir stehen weiter in Verbindung mit Messèr Tintoretto und seiner Werkstatt. Wir hoffen, dass er uns bald mit seinem Besuch beehrt. Mein Gatte wünscht sich einen Schlachtenzyklus, der den Ruhm derer der Gonzagas verewigt. Ich halte von Schlachten ja weniger viel und fand Eure Worte zum Einfall der Osmanen und Eure Wünsche für einen Frieden mutig für eine Donna. Ebenso wie die Pläne für die Stiftung. Ihr könnt mit meinem Wohlwollen rechnen."

Veronica dankte dem hohen Gast artig und wählte ihre Worte sorgfältig: „Eure Anwesenheit gereicht mir zur Ehre und ein Besuch des Hofes von Mantua würde mich mit Stolz erfüllen. Die Gesellschaft der Dogaressa Moncenigo könnte Euch gefallen. Ich bin hocherfreut, dass sie ihren Gatten heute begleitet, was nicht allzu oft der Fall sein soll. Ihr wisst sicher, dass sie die Studien der Natur beschäftigen. Ich werde sie zu Euch bringen, wenn Ihr es mir erlaubt. Ihr entschuldigt mich einen kurzen Moment?"

Veronica eilte davon, nicht ohne ein Lächeln nach da und dort zu werfen. In ihrer Einladung an die Gattin des Dogen hatte sie das gemeinsame Interesse mit der Erzherzogin für die Katalogisierung von heimischen Pflanzen hervorgehoben und war sicher, die Damen würden sich blendend unterhalten. Sie fand den Dogen in einem Gespräch mit Domenico Venier vertieft und konnte sich, nachdem ihre beiden hohen Gäste sich gefunden hatten, ein wenig Erholung gönnen. Sie steuerte auf ihre Freundin Elena zu.

„Mein Gott, Veronica, du hast dich zur Meisterin entwickelt, Verehrung. Welche berauschenden Worte! Ich hoffe, man gönnt uns des Öfteren den Genuss solch erhabener Verse. Selbst wenn die Erzherzogin und die Gattin unseres Dogen deinen Salon sicher nicht bei jeder Lesung beehren werden. Warte, ich würde dich gern mit Marcos Ehefrau bekannt machen. Du weißt ja, sie ist noch nicht lange in Venedig."

Ehe Veronica protestieren konnte, führte Elena sie zu einer Gruppe. Marco, seine Frau, Maffio und Kardinal Gritti standen zusammen, als Elena in die Runde platzte. „Hier bringe ich Euch die Künstlerin des Abends", verkündete sie begeistert. Marco verbeugte sich galant.

„Veronica, ich gratuliere Euch zu Eurem Erfolg. Ein gelungenes Debüt der Dichterin. Bereits in Kindertagen habt Ihr uns manches Mal mit Eurer Dichtkunst und Eurer Schlagfertigkeit in den Schatten gestellt, erinnere ich mich."

Maffio deutete ebenfalls eine Art Verbeugung an. „Wir haben uns seit Jahren nicht mehr gesehen, Veronica. Das Dichten ist mir neben meiner Profession als Priester in die Wiege gelegt und eine Herzenssache. Signor Sperone verdient meine Bewunderung. Gestattet Ihr mir einige Sentenzen von Poet zu Poeta. Ihr entschuldigt uns?“ Er zog sie lächelnd beiseite. Veronica erwartete eine Bemerkung zu ihren Versen und protestierte:

„Wenn Ihr Euch zu meinen Sonetten äußern möchtet, keine falsche Scham. Ihr könnt dies durchaus vor allen tun. Euer Onkel hält seine Worte nicht hinter dem Berg, wie Ihr Euch denken könnt. Ich bin ihm dankbar für seine Anregungen, stammen sie doch von einem überaus fachkundigen Dichter. Oder befürchtet Ihr, die anderen mit Euren detaillierten Äußerungen zu langweilen?“

Maffio lächelte und Veronica machte Anstalten, zur Gruppe hinüber zu schlendern, besonders, da Elena ihr zuzwinkerte. Maffio hielt sie zurück. Er beugte sich vertraut und noch immer mit einem Lächeln zu ihr. Leise, mit einer schneidenden, alle Höflichkeit vermissenlassenden Stimme, raunte er ihr zu:

„Ihr sonnt Euch in der Gesellschaft unserer bedeutenden Poeten. Glaubt nicht, dass dieses Privileg Euch mehr als einmal erlaubt sein wird. Zudem wagt Ihr es, Euch auf die gleiche Stufe mit den anständigen Frauen zu stellen. Eine Frechheit! Es wird eine Zeit kommen, in der die Inquisition Eure Anmaßung geißelt. Ihr seid ein sündiges Weib, eine käufliche Hure, selbst wenn Ihr Euch ehrbare Kurtisane schimpft. Vergesst nie, wo Euer Platz angesiedelt ist.“

Veronica verschlug es die Sprache. Sie stand wie versteinert, war verblüfft, unverhofft getroffen wie von einem Schwerthieb. Als sie wieder zu sich fand, dachte sie: Eine solche Hinterhältigkeit! Um ihrer Wut Herr zu werden, rang sie mit den Händen, strich mehr als einmal ihr Kleid glatt, zwang sich dann zu lächeln. Sie musste ihre ganze Kraft aufbieten, um den wilden Impuls einfach wegzurennen, zu unterdrücken. Sie fühlte sich wie auf einer Insel. Weder das Geraune der Gespräche, das Scharren der Füße, das Klirren der Gläser noch das Rascheln der Roben drang zu ihr durch. Erst nach und nach konnte sie wieder denken. Und ihre Gedanken wirbelten durcheinander wie ein wilder Strudel und als ihr Verstand sich beruhigte, förderte er die versteckten Äußerungen über Maffios Vater Lorenzo zutage.

Sie dachte an den Schatten, der über das Gesicht ihrer Mutter huschte, immer, wenn Domenicos Bruder erwähnt wurde. Domenico, der abwinkte, wenn der Name Lorenzo fiel. Elenas Bemerkungen über ein Familiengeheimnis. Gerüchte um Lorenzos unehrenhaftes Benehmen. Der Skandal, den Maffios Vater einst verursachte, mit seinen hässlichen

Aktionen gegen die Kurtisane Angela Zaffetta. Sie fragte sich: Kann ein Mensch Hass erben? Wollte Maffio unbedingt in die Fußstapfen seines Vaters treten?

Wie vertrug sich dies mit seiner Berufung in das Priesteramt?

Maffio unterhielt sich ein Stück entfernt angeregt mit einem der Gäste. Sie betrachtete ihn einen Augenblick stumm und verglich ihn mit Marco. Entsprang Maffios Verhalten dem Neid auf seinen Cousin?

Marco überragte ihn um eine Haupteslänge. Sein gewinnendes, offenes Gesicht besaß ein fast klassisches Oval und er verfügte über volles, dunkles Haar. Die Ähnlichkeit mit seinem Onkel Domenico war nicht zu übersehen. Nase und Stirn wiesen auch bei Maffio auf die Familie hin, aber ansonsten? Er war von kleinem Wuchs und schon jetzt lichtete sich sein Haupthaar. Die Eleganz der Veniers war ihm nicht gegeben. Zudem wirkte er verklemmt, schleimig - oder urteilte sie jetzt zu hart? Ihr fielen seine Sticheleien in der Kindheit ein, zu der Zeit, als sie mit den Venier-Kindern zusammen von Domenico unterrichtet worden war. In die Beschlüsse des Rats band man Maffio jedenfalls nicht ein. Sonst wüsste er, dass diese Veranstaltung als Dankeschön für besondere Verdienste zu verstehen war. Diese Überlegung kühlte ihre Wut runter und half ihr, die Contenance wiederzuerlangen. Sie schluckte den Ärger hinunter und tröstete sich mit dem Gedanken, dass dieser unsympathische Zeitgenosse in Kürze nach Rom verschwinden würde. Sie würde diesem unhöflichen Widerling keine Träne nachweinen. Veronica straffte sich, reckte das Kinn in die Höhe und ging ein paar Schritte.

Als sie Maffio im Gespräch mit Kardinal Gritti sah, konnte sie dem kleinen Teufel in ihrem Kopf nicht Einhalt gebieten. Sie wandte sich mit einem liebreizenden Lächeln an den Kardinal.

„Es freut mich, dass Ihr mich auch heute mit Eurer Anwesenheit ehrt, Euer Eminenz." Sie winkte eine Dienerin mit einem Tablett herbei. „Bitte lasst Euch die leckeren Tartes schmecken. Ihr wisst, sie sind die Spezialität meines Hauses."

Der Kardinal schmunzelte. „Gewiss, Signora Franco. Erinnert Euch. Mehr als einmal bat ich Euch, mir Eure Köchin abzutreten." Sie zwinkerte ihm zu.

„Ich weiß. Ihr schätzt die Kochkunst meiner guten Agnesia über alle Maßen. Aber, da ich sichergehen möchte, dass Ihr mich künftig ebenfalls mit Eurem Besuch beehrt, werde ich standhaft bleiben." Gritti lachte lauthals und versicherte: „Ich werde Eurer Dichtkunst stets mein Ohr leihen."

Veronica bemerkte mit Genugtuung, wie Maffios Lippen sich bei den Worten des

Kardinals zu einem schmalen Strich zusammenpressten. Marco war mit seiner Gattin und mit Elena inzwischen dazu getreten und hatte das Geplänkel amüsiert verfolgt. Veronica ergriff die Gelegenheit, um endlich ihr Verhältnis mit ihm wieder geradezurücken.

„Marco, bitte auf ein Wort. Ich gratuliere Euch zu Eurer reizenden Gattin und wünsche Eurer Verbindung viele starke Söhne. Verzeiht mir meine Unhöflichkeit nach dem Ereignis im Arsenale. Wenn Ihr selbst Kinder Euer Eigen nennt, werdet Ihr und noch mehr Eure Gattin, Verständnis für mein schroffes Verhalten aufbringen.“ Während ihrer formellen Entschuldigung ruhten ihre Blicke auf Marcos Gesicht. Kantiger, als in ihrer Erinnerung, kerbten sich zwischen den Brauen zwei steile Falten ein und verliehen ihm Entschlossenheit. In seinen erdbraunen Augen blitzte ein wenig von der ehemaligen Jungenhaftigkeit auf, als er ihr am Ende der Worte dankbar zulächelte. Die Körperhaltung seiner frisch Angetrauten - Ines del Rossano - hingegen, drückte unverhohlene Ablehnung aus.

„Wir wollten uns gerade verabschieden, Signora Franco“, meinte sie herablassend in einem toskanisch gefärbten Venezianisch. „Unser Erscheinen war lediglich der Anwesenheit des Dogen und seiner Gattin und dem der Erzherzogin geschuldet. Außerdem natürlich dem Respekt gegenüber meinem Gatten. Ihr kennt die Poetessa da Fonte? Nun, wir schätzen ihre Werke überaus. Ihr solltet an Eurer Dichtkunst in dieser Richtung noch arbeiten. Ich habe die Donna heute hier vermisst. Habt Ihr versäumt, sie einzuladen? Ach nein, sie sagte mir, dass sie es unter ihrer Würde findet, Lesungen einer Kurtisane mit ihrer Präsenz zu adeln. Ich kann diese Haltung mehr als nachempfinden."

Veronica verzog keine Miene und bedankte sich artig für den Besuch. Marcos Frau war schön, ganz stolze Spanierin, ohne Frage. Eine weiße, fast durchscheinende Haut schimmerte wie Porzellan und verlieh ihr etwas Ätherisches. Pechschwarze Haare, kunstvoll aufgetürmt, harmonierten mit ebensolchen Augen unter geschwungenen Brauen. Eine lange, schmale Nase führte zu einem relativ dünnlippigen Mund, dessen Mundwinkel sich, wenig schmeichelhaft, im Augenblick negativ verzogen. Elenas Worte trafen den Punkt, Marcos Frau litt unter dem Einfluss von Maffio. Armer Marco.

„Signora Venier, meine Verehrung", beeilte sich Veronica, mit einer angedeuteten Verbeugung zu sagen, bevor sie der Gruppe den Rücken kehrte. Etwas später zog Elena sie beiseite.

„Nimm den Hochmut meiner Schwägerin nicht tragisch, sie ist halt Spanierin. Überdies in der Toskana aufgewachsen und mit Rom verbandelt. Wenn sie sich erst an Venedig und uns Venezianer gewöhnt hat, wird sie sich höflicher benehmen. Du hast meinen neuen Sprössling Fausto noch gar nicht begutachtet. Treffen wir uns demnächst in Domenicos Domizil in Cannaregio? Wie in alten Zeiten zum Plaudern, während die Kinder spielen, abgemacht?“

„Gern. Sende mir eine Nachricht, ich werde es einzurichten wissen.“

Als sich das Ehepaar Moncenigo und die Erzherzogin von Österreich verabschiedeten, schlossen sich die meisten Gäste ihnen an und der hochherrschaftliche Saal leerte sich rasch. Veronica bedankte sich bei der Dienerschaft, genehmigte sich ein Glas Perlwein und hielt Ausschau nach Messèr Torino. Ohne seine Umsicht und sein Wirken im Hintergrund wäre die Veranstaltung kaum so reibungslos geglückt. In einer gelungenen Choreografie waren im rechten Moment die Stuhlreihen wie durch Zauberhand verschwunden und Stehtische aus dem Boden gesprossen. Rechtzeitig bevor die Diener die Häppchen und die Getränke servierten. Sie fand Torino im Gespräch mit Ludovico in einer Saalecke und klatschte in die Hände.

„Euch gebührt Applaus, Messèr, nicht nur, dass Ihr für meine Person ein Gewand kreiert habt, um das mich alle Ehefrauen beneidet haben, nein, ihr habt auch ansonsten gezaubert.“ Sie strich den Rock ihres schlicht gehaltenen, hochgeschlossenen Kleides in der Farbe des Maiengrüns mit den Fingern glatt.

„Selbst bei meiner Frisur erwies sich Euer Rat als wertvoll“, lachte sie und zupfte die einzelne Strähne in Form, die sich vorn über der Schulter lockte. Der Rest ihres taillenlangen Haares betonte, züchtig hochgesteckt, ihr schmales Gesicht. „Was hätte ich nur ohne Euch angefangen?“ Er lächelte galant und führte ihre Hand an seine Lippen.

„Es gereicht mir zur Ehre, der begehrenswertesten Frau Venedigs zu noch mehr Schönheit zu verhelfen.“

„Ach kommt, nicht so bescheiden. Ich bewundere Eure Meisterschaft und finde es beneidenswert, wie es Euch gelang, mit wenigen Mitteln eine heitere Frühlingsstimmung heraufzubeschwören. Ihr seid ein Genie.“ Ihre Hände wiesen auf die verschwenderisch positionierten Vasen, in denen zierliche Seidenblüten gemischt mit frischen Zweigen dem Beschauer schon jetzt den Frühling vorgaukelten. Die Stehtische, eingehüllt in bodenlangen cremefarbenen Seidendamast und zusammenhalten von einer hellgrünen Schleife toppten den Eindruck.

„Eine großartige Idee von Euch, zusätzlich Blütenessenzen versprühen zu lassen. Ihr versteht Euch grandios auf das Spiel der Farben und Formen. Mein Kompliment, sogar die Farbtöne Eures Rockes ordnen sich dem Frühlingsspiel unter.“ Sie hob ihr Glas, während ihr Blick amüsiert die Kleider Torinos musterte. Auf die ihm eigene, überaus feminine Weise leuchtete das Wams in einem hellen Gelb, unterbrochen von einer Leibbinde aus elfenbeinfarbener Seide, eine passende Spitze zierte die Ärmel.

„Alla sua salute, auf Euer Wohl, Messèr Torino. Anche al tuo bravo, auch auf deines, Ludovico.“

„Danke, liebste Veronica. Euch gebührt das Kompliment für Euren gelungenen und wundervollen Vortrag. Allerdings“, er lachte, „ich hoffe bei weiteren Salonabenden auf eine weniger steife Atmosphäre. Ihr wisst, was ich meine. Gern kümmere ich mich um die Ausstattung, die in Zukunft auch freizügiger ausfallen darf?“

Ludovico, seit einigen Tagen zurück in Venedig, lachte ebenfalls und meinte: „Ich schließe mich dem Wunsch von Messèr Torino an. Sicher war es eine Ehre für Euch, die Ehefrauen Eurer Kavaliere kennenzulernen. Aber die Anwesenheit der hochwohlgeborenen Donne gestaltete die Lesung ein wenig steif, wenn ich es einmal so ausdrücken darf. Ihr habt Euch vortrefflich geschlagen.

Alle Achtung. Ich befürchtete schon, Ihr würdet unter den Giftpfeilen dahinscheiden. Ich möchte Euch für die Heimfahrt meine Gondel anbieten, oder steht Euch der Sinn nach

Vergnügen in einem der anderen „Salons"?"

Veronica verstand den Seitenhieb sehr wohl. „Ich stimme mit Euch überein. Den noblen Herren behagen die Künste der Venus mehr als die Künste der Poeta. Ihre ehrenwerten Donne hätten gegen die Dichtkunst nichts einzuwenden, stammte sie nicht gerade von jener Dame, die sie der Anwesenheit ihrer Männer oft beraubt. Ich kann es ihnen sogar nachempfinden. Und zugegeben, mir haben eisigen Blicke und das hochmütige Naserümpfen der hochwohlgeborenen Gattinnen einiges an Haltung abverlangt." Sie kicherte, vermutlich hätte sie ähnlich reagiert, wäre sie als Ehefrau geladen gewesen.

„Sicher werden sich die Herren des Rates reiflich überlegen, eine solche Veranstaltung zu wiederholen. Gern würde ich heute in den Schlafzimmern Mäuschen spielen. Ich kann mir ausmalen, was die Nobili sich werden anhören müssen. Eine Herrenrunde, gemischt mit aufregenden Kurtisanen und einigen talentierten Poeten verspricht in der Tat mehr Vergnügen." Und eignet sich überdies für die geplanten konspirativen Treffen besser, fügte sie insgeheim hinzu.

„Kommt Ludovico, lassen wir den Abend bei mir ausklingen. Ein gutes Glas Wein am Feuer des Kamins würde meinen Wünschen entsprechen. Ich fühle mich ein wenig müde."

Schatten nahen

Die Entscheidung des Rates, ob die Prozession zu Ehren der Madonna stattfinden oder ausfallen sollte, stand noch aus. Veronica sorgte sich weniger um die Bootsparade als um Zypern und Giacomo. Sie erhoffte sich vom Treffen mit Elena Informationen und Ablenkung. Wie üblich fand es auf neutralem Terrain in Domenicos Haus in Cannaregio statt.

„Wie hübsch dein Sohn Fausto ist. Mein Gott und Laura! Du bist groß geworden, eine richtige kleine Edeldame“, staunte sie, nachdem sie sich aus der Begrüßungsumarmung der Freundin befreit hatte.

„Comme sta, wie geht es Euch, Signora Franco?“, fragte Laura und knickste. Wie Elena in Kindertagen trug sie die braunen Haare zu einem langen Zopf geflochten.

„Sto benissimo Laura, ti ringrazio. Es geht mir sehr gut, vielen Dank.“ Veronica deutete ebenfalls einen Knicks an. Das Mädchen klammerte sich an den Rockschoß der Mutter. Es schaute mit ernstem Gesicht zu Veronica auf und setzte seine Worte sorgfältig.

„Signora Veronica, Mama hat mir erzählt, dass Giacometto jetzt bei den Engeln weilt, aber wenn er es mag, unsichtbar bei uns sein kann? Stimmt das?“ In Veronicas

Augen stahlen sich sofort Tränen. Sie lächelte gequält, während sie nickte. Bevor sie antworten konnte, musste sie schlucken.

„Sicher Laura, sogar ganz sicher, ist er heute bei uns und schaut, was du mit deinen jüngeren Brüdern so veranstaltest. Jetzt geh, sie warten bereits auf ihre kluge Schwester." Laura knickste erneut artig und stürmte dann hinaus, als wäre der Frühlingswind in sie gefahren. Elenas Kinderfrau wartete an der Tür und rief streng:

„Laura, Ihr solltet Euch wie eine kleine Dame benehmen und nicht rennen wie ein Gassenjunge, das gehört sich nicht." Als die Tür zum Kinderzimmer geschlossen war, prusteten Elena und Veronica gleichzeitig los.

„Oh, je", meinte Veronica, „das Schicksal der Mädchen."

Elena schälte sich aus den Umhängen. Rundlicher als in früheren Jahren, trug sie ihr braunes Haar aufgesteckt. Wertvolle Ohrgehänge schmückten ihre Ohren und in ihrer Haltung drückte sich in jedem Zoll die Edeldame aus. Ihre smaragdgrünen Augen konnten streng schauen oder weich; jetzt schauten sie besorgt.

„Veronica, du siehst blass aus. Was ist los mit dir? Wo ist die stolze Kurtisane, die Poetin, die allen Ehefrauen das Fürchten lehrte? Geht es dir tatsächlich gut? Ich rate dir auf jeden Fall, mehr zu essen." Mit kleinen Schritten durchmaß Elena prüfend den Raum.

„È pazzesco, non è cambiato niente, es ist verrückt, hier ist die Zeit stehen geblieben. Onkel Domenico sollte den Palazzo verkaufen, damit er nicht verfällt. Unbewohnte Gebäude rechnen sich nicht. Aus welchem ausgefallenen Einfall heraus er das Haus behält, wird er mir hoffentlich eines Tages verraten. Vermutlich steckt eine Romanze aus früheren Jahren dahinter. Er hätte dir den Palazzo für deine Salons anbieten können, das wäre um einiges preiswerter für dich als die Anmietung des Palazzo Foscari. Obwohl die Veranstaltung und dein Debüt dort als Poetin waren glanzvoll und ein voller Erfolg. Venedig spricht noch immer davon. Natürlich nur hinter vorgehaltener Hand, als einem Skandal. Nun ja, eine ehrenwerte Kurtisane und dann noch Dichterin." Veronica lachte.

„Elena, du hast dich nicht verändert. Ob sich der Doge und die Erzherzogin hierher nach Cannaregio gewagt hätten? In das Viertel der Künstler und der einfachen Kurtisanen? Wobei, Berührungsängste kennt die Erzherzogin nicht. Messèr Tintoretto wohnt ein paar Gassen entfernt, in der Nähe der Chiesa Madonna dell' orto. Der Herzog hält große Stücke auf den Meister. Aber stimmt, es ist kalt hier im Haus. Mich friert es. Vollständig bin ich noch nicht genesen. Der Winter nimmt mich dieses Jahr mit. Erzähl, wie geht es dir mit deinem Gatten, prickelt es bei Eurem Zusammensein noch?“

„Ach Veronica. Ich kann dir gar nicht genug für deine Ratschläge danken. Der Himmel glänzt toujour rosarot, na ja, nicht mehr jeden Tag.“ Elena lachte. „Allen Ehefrauen wünsche ich eine solche Lehrmeisterin zur Freundin.“ Veronica umarmte Elena gerührt. Als sie sich löste, sagte sie: „Setzen wir uns. Warte, ich lege noch ein paar Scheite auf das Feuer, das triste Wetter ist grausam.“

Sie wickelte sich, wie um ihre Worte zu bestätigen, in ihre kuschelige Wollstola und schaute stumm auf die Flammen.

Der Winter nahm dieses Jahr kein Ende. Tag um Tag füllten sich die Kanäle mit Wasser aus grauen Wolken. Fehlte der Regenvorhang, gaben sich Nebelgeister auf den Kanälen ein Stelldichein. Nur selten verirrten sich Sonnenstrahlen durch die Wolkendecke. Notgedrungen spielte sich in diesem März das Leben, wie schon die Monate zuvor, in den Häusern ab. Das Wetter drückte auf das Gemüt der Menschen. Kein Wunder, dass die Gerüchteküche brodelte. Das Gespenst des Krieges machte die Runde. Man malte sich die Lage von Tag zu Tag bedrohlicher aus: das nicht enden wollende Hochwasser, die steigenden Lebensmittelpreise, ein zu erwartender Angriff der Osmanen auf Venedig.

Elena schien von allem wenig tangiert.

Sie sprudelte vor Lebenskraft. „Es ist dir gelungen, die ehrbaren Ehefrauen mit deiner Veranstaltung gewaltig zu düpieren, Veronica. Heute kann ich es dir ja beichten. Eine Zeit lang schnitten sie mich aufgrund unserer Freundschaft. Ein Skandal, zu einer Kurtisane geladen zu werden! Diese zweifelhaften Damen! Nehmen sich immer mehr heraus! Und so weiter. Nach einer Weile siegte ihre Neugier. Unter einem Vorwand statteten sie mir einen Besuch ab.

Sie fragten mich, woher ein so unehrenhaftes Frauenzimmer wie die Signora Franco über so exzellente Beziehungen zur Herzogin von Mantua und Erzherzogin Eleonore von Österreich verfüge. Keine Einzige erkundigte sich nach deinen Verbindungen zum Dogen und zum Rat der Zehn. Dafür reicht ihre Fantasie. Aber zur Herzogin, einer so erhabenen und über allen Zweifeln stehenden Frau?“

Elena kicherte und auch Veronica lächelte.

„Ich konnte ihnen ja unmöglich berichten, dass der Herzog ein Bild aus der Schule des Messèr Tintoretto erwarb, welches dich völlig unbekleidet als Venus zeigt. Was meinst du? Die moralische Entrüstung hätte kein Ende gefunden. Es war ein Spaß, sie vorzuführen. Ich habe den sittsamen Gattinnen dann beigebracht, dass das Erscheinen der Herzogin, dem Einfluss deines Bruders am Hof von

Mantua zu verdanken sei. Diese Begründung leuchtete ihnen ein. Natürlich sei deine Lyrik bei Weitem gewöhnlicher als die einer Moderata Fonte, meinten sie herablassend und zerrissen sich das Maul. Doch einer deiner Verse kursierte dann doch überall. Von Signora Fonte gelangte bislang keiner in den Umlauf. Schade, dass die Männer uns von deinen künftigen Salonabenden aussperren werden. Welche erfrischende Abwechslung zu den ewigen Stickrunden, Basaren oder zu den offiziellen Einladungen, bei denen es mehr als steif zugeht. Ich hätte es begrüßt, meinem, zwar mit viel Dekoration und Luxus versehenem Heim, samt Schwiegermutter, öfter einmal den Rücken kehren zu können. Unter Umständen erziehe ich Laura zu einer Kurtisane, mal sehen."

Veronica besaß nicht die Kraft, der Freundin auf das hingeworfene vage Vorhaben zu antworten. Es erschreckte sie. Eine kluge Erwiderung war notwendig, ihr diese Flause auszutreiben. Laura, welch ein Unsinn! Laura, eingebettet in zwei angesehene Familien der Stadt, erhielt eine Ausbildung und verfügte an der Zeit über eine großzügige Mitgift! Allein der Gedanke, lächerlich. Aber Elena ließ sich heute nicht bremsen und Veronica gab sich für das Erste geschlagen.

„Weißt du, Veronica, ich bin gläubig, verrichte meine Gebete, halte die Fastentage gewissenhaft ein, besuche regelmäßig den Gottesdienst. Aber langsam reift bei mir die Erkenntnis, dass die Kirche schuld daran ist, dass unsere Männer zu den Kurtisanen gehen. Sage jetzt nichts, ich weiß, sie halten uns unter Verschluss, weil sie fürchten, uns würde ein anderer Mann begehrlich ansehen oder erschütternder, wir ihn. Dann müssten sie sich duellieren, es gäbe Fehden zwischen den Patrizierfamilien. Das alles vermeiden sie, indem sie uns wegschließen. Ach, entschuldige, was rede ich. Immer wieder passieren mir solche Fauxpas. Ich sollte besser aufpassen. Meine Schwiegermutter meint, ich wäre verzogen, weil ich nur mit Jungen zusammen aufgewachsen bin.

Nun, es geht mal wieder um Marco. Das Verhalten seiner Frau Ines regt mich auf. Du hast sie kennengelernt und nicht von der besten Seite. Ich frage mich, ob die Spanier ein anderes Verhältnis zum Glauben besitzen als wir. Oder ob diese Grille bei Ines nur dem Einfluss von Maffio zu verdanken ist. Jedenfalls ist diese Frau in meinen Augen nicht nur gläubig, sondern süchtig nach dem heiligen Sakrament. Sie lebt wie eine Nonne. Ich verstehe nicht, weshalb sie geheiratet hat. Ein Leben im Kloster wäre angebrachter. Und Maffio bestärkt sie. Marcos Frau ist Wachs in seinen Händen. Ich hoffe, alles bessert sich, wenn er nach Rom zurückkehrt. Für Marco ist das fürchterlich, obwohl er sich nicht beklagt. Nicht bei mir, Ich denke, bei Domenico. Ich sehe an dem traurigen Ausdruck in seinen Augen, wo es hapert. Könnte ich ihm doch nur helfen. Es hat ihn übrigens gefreut, dass du ihm verziehen hast. Ich bin froh darüber."

Veronica biss sich auf die Zunge. Was würde Elena sagen, wenn sie sich über Maffios unverschämtes Verhalten bei der Lesung beschweren würde? Nein! Die Freundin durfte sich beklagen. Ihr als Außenstehende standen negative Äußerungen über Mitglieder der Familie Venier nicht zu. Ein Verstoß gegen dieses eherne Gesetz würde Elena zwingen, die Familienehre zu verteidigen. Elena könnte ihr nie mehr etwas anvertrauen. Veronica versuchte, ihre Antwort diplomatisch zu fassen.

„Wir leben in unsicheren Zeiten. Dein Bruder trägt eine immense Verantwortung. Was meint dein Vater? Man trug mir zu, er wird das Oberkommando der Schiffe übernehmen, wenn es gegen die Osmanen geht."

„Ich weiß, aber weder mein Gatte noch mein Vater oder Marco äußern sich. Wie immer heißt es: Männersache. Ich solle mir mein hübsches Köpfchen nicht zerbrechen. Unverzeihlicher männlicher Hochmut! Ich sorge mich endlos: Um meinen Vater, der viel zu alt ist für eine solche Mission. Um meinen Bruder, der zu jung ist, um zu sterben, schließlich besitzt er nicht einmal einen Erben! Und nicht zuletzt um meinen lieben Mann. Was soll ich ohne ihn anfangen? Ich bin wenig begeistert von der Aussicht eines Feldzuges. Aber, dass man mir das Urteilsvermögen abspricht, nein …“ Veronica kapitulierte wie häufig vor dem Temperament der Freundin. Elena angefüllt mit Empörung, erschien ihr wie ein Topf, dessen Deckel bereits klapperte, weil sein Wasser sich kurz vor dem Siedepunkt befand.

Eine Erkältung zwang Veronica kürzer zu treten. In den folgenden Tagen schleppte sie sich nur matt durch das Haus. Ihre Glieder schmerzten. Jede Berührung ihrer Haut fühlte sich an, als würde eine Nagelbürste darüber gezogen.

„Veronica, Ihr solltet die Hühnerbrühe trinken, dann geht es Euch gleich besser“, lamentierte Agnesia. Auch Ancilla verspürte die Notwendigkeit, alle nasenlang bei ihr vorbeizuschauen, obwohl Veronica ihr den Besuch verboten hatte. Schließlich wollte sie die kleine Batistella nicht mit ihrem Fieber, ihrem Schnupfen und Husten anstecken. Also schickte Ancilla Oktavia vor, die ihr stolz jeden Tag berichtete, welche Präsente für Veronica abgegeben worden seien. Ob sie nicht wenigstens die Blumen anschauen wolle, fragte sie bei jedem Besuch.

„Später Oktavia. Der Mohnsaft schenkt

mir etwas Ruhe und Müdigkeit. Lass mich einfach schlafen. Wenn ich mich erholt habe, sehe ich mir alles an. Bitte, ich möchte jetzt nur ausruhen.“

Nach vier Tagen ließ das Fieber nach, der Husten quälte nicht mehr so arg und der Dämmerzustand endete. Folgsam trank sie Agnesias Hühnerbrühe und versuchte, ein wenig Brot zu essen. Sie wanderte einige Schritte im Zimmer umher, bat Oktavia, die Blumen auf ihren Tisch zu stellen. Ein Strauß aus gelben Primeln mit Genesungswünschen von Benetto, löste die Starre in ihrem Inneren.

Tränen traten in ihre Augen, benetzten ihre Wangen, liefen ungehindert über ihr Gesicht. Die Kaurimuschel in der Hand, weinte sie um ihre verlorene Liebe, als hätte sie erst jetzt begriffen, dass sie sich an Luftgespinste klammerte. Sie hielt die Muschel an ihr Ohr, gab sich dem leichten Rauschen hin. Ein Sonnenstrahl stahl sich durch eine Ritze ins abgedunkelte Zimmer, zeichnete seltsame Muster an die Wände.

Ancilla platzte ins Zimmer und stieß die Läden auf.

„Veronica, hier, zieht das über! Der Rat hat kurzfristig beschlossen: Die Prozession findet statt. Die Boote werden bald den Canal bevölkern. Bitte, das werdet Ihr Euch sicher nicht entgehen lassen. Achiletto ist bereits völlig aus dem Häuschen und hat Enea mit seinem Eifer angesteckt. Von der Empore bietet sich eine ausgezeichnete Aussicht.

Außerdem werden euch die wärmenden Strahlen der Frühlingssonne wohltun.“ Veronica schickte sich in die Fürsorge. Wie in Kindertagen ließ sie sich von Ancilla das Kleid überstreifen, die Haare glätten und binden, das Schultertuch umlegen und hinausführen.

In der Tat glitzerte schräg einfallendes Sonnenlicht auf dem Canal und brachte seine Oberfläche zum Funkeln. Ancilla klatschte in die Hände, als sie die Empore betraten. Die versammelten Hausbewohner schauten ihnen entgegen. Agnesia umarmte Veronica, Oktavia strahlte.

„Ihr kommt gerade rechtzeitig, Signora.“

Veronica blickte auf die zur Feier des Tages der Verkündung mit hellem Grün geschmückten Boote und auf die Menschen, die am Rande des Canal Grande standen und jubelten.

„Mama, Mama, schau“, hörte sie Achiletto aufgeregt rufen. Sein kleiner Finger wies auf die bunt bemalten Gondeln, die farbenfrohen Wappen, die Fahnen. Veronica nahm ihn auf dem Arm, drückte ihn an sich.

Nach dem Spektakel bat Veronica, ihr die Post zu bringen.

„Erst vor einigen Minuten ist ein Präsent für Euch abgegeben worden. Ich habe es gleich mitgebracht." Oktavia ordnete einen Stapel Briefe auf den Tisch an und übergab Veronica ein in Leinen eingeschlagenes Päckchen. Veronica wog es in der Hand und betrachtete das fremde Siegel. Als Oktavia knickste und sich anschickte zu gehen, bat Veronica: „Bleibt ruhig. Dieses Mal dürft Ihr beim Auspacken zuschauen."

„Wirklich, Signora? Danke."

Im Inneren schepperte es, als Veronica das Päckchen schüttelte.

„Um ein Buch handelt es sich nicht. Für einen Ring oder ein sonstiges Geschmeide ist das Behältnis zu groß. Enthält es eine Haarbürste, einen Handspiegel, einen Fächer, ein Parfüm? Schauen wir hinein."

Sie brach das Siegel, entfernte den Stoff. Eine Schachtel aus rotem Samt kam zum Vorschein.

„Oh", meinte Oktavia und Veronica lächelte über die Neugier, die in den Augen des Mädchens lag. Sie roch an dem Samt, strich mit den Fingern darüber. Nichts verriet seinen Inhalt. Ein kleines goldenes Scharnier verschloss das anmutige Gebilde. Sie öffnete vorsichtig den Verschluss.

Papierbögen fielen heraus, sie überflog die Zeilen.

„In Dankbarkeit für die überaus mutige Dame Franco, einer Diplomatin im Dienste ihrer Stadt, der wir unsere Bewunderung bezeugen. Ein un-

würdiges Geschenk für so viel Einsatz und Liebreiz. Hoffen wir doch, dass es ihr ein wenig Freude bereitet. Sie erinnert sich an Ihr Versprechen? In Denkbarkeit Euer Euch verehrender, aber leider verhinderter Dichter aus der Stadt Regensburg."

Veronica lächelte, als sie den beigefügten versiegelten Brief beiseitelegte. Noch heute würde sie der Edeldame schreiben. Den Absender vor Augen, wünschte sie sich, ihm ein weiteres Mal unter glücklicheren Umständen zu begegnen. Gespannt wickelte sie den Gegenstand aus, der nochmals in rotes Seidenpapier eingeschlagen war. Ein goldenes Tintenfass kam zum Vorschein mit einem fein in seine Vorderfront eingravierten Regensburger Stadtwappen.

„Oh, Signora, ist das schön. Darf ich es mal halten?" Veronica nickte und reichte Oktavia das Tintenfass. „Ein wundervolles Geschenk. Schade, dass ich nicht schreiben kann." „Möchtest du schreiben lernen?" Veronica schaute das Mädchen an. „Si, Signora."

„Nun gut, ich werde mir überlegen, wie wir dich unterrichten können. Aber jetzt lass mich bitte allein, ich habe noch Verpflichtungen. Komm in einer Viertelstunde erneut zu mir."

Veronica positionierte das Geschenk auf ihren Schreibtisch, füllte Tinte in das Fässchen und tauchte ihre Schreibfeder ein.

Es dauerte eine Weile, bis sie die passenden Worte fand, letztendlich lagen drei dicht beschriebene Seiten vor ihr. Als sie ihre Unterschrift daruntersetzte und den versiegelten Brief beifügte, fühlte sie eine tiefe Freude. Beseelt von der beschwingten Stimmung verfasste sie rasch ein paar Zeilen für Arturo, in denen sie ihn bat, ihr für den heutigen Abend Gesellschaft zu leisten. Als Oktavia erschien, bat sie:

„Bringt bitte diesen Brief auf den Weg und das Billett zu Signor Arturo Loredan. Richtet Ludmilla aus, mir ein Bad zu bereiten. Seid so freundlich, legt mir das rosafarbene Gewand heraus. Ich möchte ausgehen."

Ludmillas Künste und viel Rouge waren nötig, um ihren Wangen etwas Leben einzuhauchen. Heute Abend wollte Veronica lachen, scherzen, lieben und ihre dumme Sehnsucht nach der wahren Liebe vergessen. Der warmherzige Arturo würde sie mit seiner Gesellschaft trösten. Am späten Nachmittag stand er vor ihrer Tür.

„Veronica, welch eine Freude. Wir haben uns Sorgen um Euch gemacht. Ich hoffe, die Feigen, die ich Euch sandte, haben Euch gemundet und der neue Band mit Essais von Montaigne hat Euren Geist erfrischt."

„Ja, mein teurer Arturo. Ich danke Euch. Ich freue mich, dass Ihr mich zum Salon bei Domenico Venier begleitet."

„Nichts lieber als das, Veronica. Doch bitte seid mir nicht gram, dass ich den heutigen Abend im Kreise der Familie verbringen möchte. Ihr wisst, dass morgen die Flotte auslaufen wird? Meine Söhne werden dabei sein."

„Ist es so weit? Die Venezianer ziehen in den Krieg? Ich habe mir so gewünscht, dass es sich nicht bewahrheitet." Die Stimmung im Salon von Domenico erwies sich als bedrückt und die Vortragenden verabschiedeten sich rasch.

„Ich werde mit meiner Zofe noch ein wenig in meiner alten Heimatgegend herumspazieren", meinte Veronica vor dem Haus zu Arturo.

„Danke, dass Ihr Euch trotz Eurer Familienpflichten Zeit für mich genommen habt."

„Mein Gondoliere wird auf Euch warten, wenn Ihr es wünscht."

„Wir nehmen eine Mietgondel. Danke."

Als Veronica mit Ludmilla den Campo Santa Maria di Formosa betrat, herrschte auf dem Platz ein ausgelassenes Treiben. Man hätte meinen können, es sei Karnevalszeit. Junge Burschen, die Gesichter hinter den typischen Masken verborgen, unterhielten die Menschen mit allerlei Schabernack. Ein Lautenspieler und ein Trommler sorgten für Musik. Aus einiger Entfernung beobachtete Veronica die maskierten Mannsbilder, die den Weiberröcken hinterherjagten. Amüsierte sich über das Gekreische, die empörten Aufschreie und das Lachen, wenn eines der Weibsbilder erwischt und herumgeschwenkt oder sogar, trotz Zieren, geküsst wurde.

Unversehens packten starke Arme Veronica, obwohl sie sich wehrte und lautstark protestierte. Sie wurde in die Höhe gestemmt und im Kreis herumgewirbelt, dass ihr fast die Sinne schwanden. Aus den Schlitzen der Maske funkelten übermütige Männeraugen. Wieder festen Boden unter den Füßen, blickte sie sich Hilfe suchend nach ihrer Zofe um. Sie entdeckte Ludmilla auf der improvisierten Tanzfläche. Ihre Rufe verhallten ungehört im Lärm. Der Lautenspieler beendete das Tanzlied, kam auf sie zu und verbeugte sich vor ihr. Er stimmte ein Spottlied an. Die Umherstehenden lachten und klatschten. Ebenfalls lachend zuckte Veronica mit den Schultern um sich dann, wie im Lied gefordert, nach einem Tänzer umzuschauen. Mit dem Zeigefinger winkte sie ihn herbei.

„Ihr wollt einen weiteren Tanz mit mir wagen, schöne Donna?“ Ohne ihre Antwort abzuwarten, nahm der Aufgeforderte ihre Hand und führte sie formvollendet in die Mitte der Zuschauer. Die Menge applaudierte.

Eine Gayard wurde gespielt. Veronica konzentrierte sich auf die Schrittfolge. Ihre Beine hüpften, ihr Rücken beugte sich, ihr Körper wurde hochgehoben, gedreht, ihre Füße fanden wieder zum Boden. Sie entfernte sich zwei Schritte, näherte sich, drehte sich, hob den Arm, senkte ihn. Nach einer Weile blieb sie stehen und winkte ab.

„Haltet ein. Ich bekomme keine Luft mehr, mir fehlt die Übung. Sucht Euch eine andere Donna."

Ihr Tänzer schüttelte den Kopf, beugte sich an ihr Ohr und flüsterte: „Veronica, keine Angst. Ich sichere Euer Geleit. Macht uns die Ehre und begleitet uns." Er lupfte kurz seine Vermummung. Sie erkannte Benetto, einen ihrer Gönner, und lachte aus vollem Hals.

„Wie konntet Ihr mich dermaßen reinlegen. Und die anderen Herren, kenne ich sie ebenfalls?"

Benetto schmunzelte. „Wir sind bei Adriana eingeladen. Vielleicht geht morgen die Welt unter. Carpe diem."

„Va bene, vengo con te, nun gut, ich komme mit und schließe mich dem wilden Haufen an. Aber besorgt für mich und meine Zofe eine Maske." Die Stimmung, die über der Stadt lag, ließ kein Zögern zu. Heute Nacht galt: alles oder nichts.

Benetto nickte, verschwand einen Moment, um kurz darauf mit dem Gewünschten zurückzukehren. Sie hakte sich bei ihm ein und winkte Ludmilla. Die Zofe reagierte hocherfreut auf die Aussicht, das Vergnügen fortzusetzen. Veronica fand es mit einem Mal herrlich, so frei und ungestüm durch die Gassen zu ziehen. Wo sie anhielten, bildete sich ein Kreis. Die Frauenzimmer blieben das Ziel der Avancen. Kichernd versteckten sie sich hinter ihren Fächern, sofern sie nicht maskiert waren, und wagten übermütig ein Tänzchen.

Die Nacht senkte sich bereits über die Stadt, als sie endlich das Haus von Adriana in der Nähe von San Giovanni e Paolo erreichten. Bereits von Weitem schallte Lärm aus den mit Fackeln erleuchteten Fenstern.

Adriana, eine beliebte Kurtisane, etwas älter als Veronica, verfügte über eine schöne Stimme und ihre Feste versprachen Amüsement. Eine Reihe hübscher Mädchen standen in ihrem Haus stets zu Vergnügungen zur Verfügung. Veronica war in Begleitung eines Galans des Öfteren bei ihren lockeren Gesellschaften, bei denen getrunken, gescherzt, gespielt und getanzt wurde, zu Gast gewesen.

„Immer herein", begrüßte die Hausherrin sie, ebenfalls maskiert, aber unschwer an ihrem langen, fuchsroten Haar und ihrem roten, ausgeschnittenen Kleid zu erkennen.

„Oh, Ihr habt eine Dame mitgebracht?" Veronica lüftete kurz ihre Maske. „Welche Ehre in meinem bescheidenen Heim, die Poetessa. Ich hoffe, Ihr verwöhnt uns mit einer Probe Eures Könnens?"

Sie folgten der Gastgeberin in einen

geräumigen Saal im Piano des Hauses. An den um die Tanzfläche arrangierten Tischen und Stühlen ging es bereits fröhlich her. Man lachte, leicht geschürzte Mädchen tanzten, boten ihren Körper den Blicken feil. Die durchweg maskierten Männer klatschten im Takt. Der eine oder andere behielt seine Hände nicht im Zaum. Aber die Tänzerinnen wussten sich charmant zu wehren. Gleiches galt für die Dienerinnen, die sich in weit ausgeschnittem Mieder, den Weg durch die Anwesenden bahnten. Veronica amüsierte sich über die deftigen Scherze, kokettierte mit den Männern, die ihr gefielen. Mit einem Mal trat Ruhe ein. Alle Augen richteten sich zur Tanzfläche. In ihrer Mitte kletterte ein Gast etwas ungelenk auf einen Stuhl und hob die Hand.

„Signori, Madonne, attenzione, prego! Meine Herren, meine Damen, Aufmerksamkeit, bitte!“ Plötzlich schwankte er und die Menge lachte, bis einer der Männer aufstand und ihm die Hand zur Hilfe hinstreckte. Doch der wehrte ab und fing sich von allein. Er begann mit klarer Stimme zu deklamieren:

„Venedig - Perle der adriatischen See.
Venus, die den Wassern entsteigt.
Betörst uns mit Schönheit,
unvergänglicher Edelstein.
Die Welt trachtet nach deinen Schätzen,
will dich, herrliche Göttin, besitzen,

wie ein Freier,
Doch du,
unvergänglicher Edelstein,
lässt dich nicht kaufen,
gehörst nur dir selbst.
Gestattest,
dich anzubeten,
dich zu beschützen,
das Leben für dich hinzugeben.
Venedig - Perle der adriatischen See,
Venus, die den Wassern entsteigt.
Möge der Halbmond nie über den
Löwen herrschen!“

Als wäre ein schwarzes Seidentuch über den Saal geflattert und hätte die Gäste mit seinem unheilvollen Zauber eingehüllt, dehnte sich Schweigen aus. Die ausgelassene Stimmung war mit einem Mal verflogen. Nach einer Weile erhob sich ein Gast und applaudierte. Nach und nach fielen andere in den Applaus ein. Der Ruf: „Lang lebe Venedig! Möge das Banner des Halbmondes niemals Venedig erreichen!“, brandete auf.

Der Redner verließ seine provisorische Bühne. Erneut schwankte er ein wenig. Man umringte ihn, klopfte ihm auf die Schulter, zwang ihn, sich zu setzen, drückte ihm einen Becher in die Hand und prostete ihm zu. Fasziniert beobachtete Veronica den Ablauf. Plötzlich wusste sie, wer sich hinter der Maske verbarg: Marco Venier! Natürlich, die Verse und das Versmaß waren ihr vertraut. Benetto führte sie am Arm nach vorn. „Schaut."

Ein weiterer Redner bestieg den Stuhl, der noch immer in der Mitte der freien Fläche wartete. Seinen Bewegungen nach ebenfalls nicht mehr ganz nüchtern. Wesentlich kleiner als sein Vorredner, klang seine Stimme nicht minder fest. Seinen Versen gelang es, die pathetische Stimmung zu verdrängen und bald zog der Vortragende Lacher auf seine Seite und die Zuhörer applaudierten ihm. Bis er das Thema seines Vortrags wechselte und plötzlich Venedig und die vaterländische Pflicht lächerlich machte. Mit lauten Buhrufen entzog ihm das Publikum die vorher gewährte Gunst und flinke Arme beraubten ihn der erhöhten Position.

Veronica überlegte nicht lange, schlängelte sich zur Tanzfläche durch und kletterte auf den Stuhl. Mit witzigen Versen, denen es nicht an Respekt mangelte, versuchte sie eine Brücke zwischen den Worten von Marco, und wie sie inzwischen erkannt hatte, seinem Cousin Maffio, zu schlagen. Ihre Mühe wurde mit freundlichen Zurufen quittiert. Als sie endete, eilte die Gastgeberin herbei, reichte ihr die Hand, und half ihr galant herunterzusteigen. Adriana flüsterte ihr zu: „Danke, Ihr habt mich gerettet." Auf ihr Zeichen begannen Lautenspieler und Trommler zum Tanz aufzuspielen, der Stuhl verschwand in Nullkommanichts.

Veronica freute sich über ihren Erfolg. Ihre Augen suchten Benetto. Er winkte ihr zu.

Eine Gasse öffnete sich für sie. „Hochachtung“, hörte sie im Vorbeigehen und: „Gut gebrüllt, verehrte Löwin“, und auch: „Habt Ihr noch einen Termin frei?“ Sie lächelte. Plötzlich stellte sich ihr Maffio in den Weg. Er deutete eine Verbeugung an, um ihr dann, völlig unerwartet, nach seinem Aufrichten ins Gesicht zu spucken. Sie blieb wie angewurzelt stehen. Im nächsten Augenblick gesellte sich Marco an ihre Seite und wischte mit einem Tuch die Verunreinigung von ihrer Wange. Er führte sie zu einem freien Stuhl. Maffio saß ein Stück entfernt und grinste. Marco eilte auf ihn zu, packte ihn am Kragen, zog ihn hoch, schleifte ihn zu Veronica, brüllte:

„Entschuldige dich bei der Donna!“

„Den Teufel werde ich tun. Mich bei einer putttana entschuldigen? Dass ich nicht lache.“

„Dann schlag dich! Oder bist du ein elender Feigling?“ Schwankend standen sich die beiden Kontrahenten gegenüber. Veronica, wieder zur Vernunft gelangt, rief: „Haltet ein!“ Benetto schob sie beiseite. „Lass. Er hat eine Abreibung verdient.“ Ein Kreis bildete sich, Anfeuerungsrufe machten die Runde. „Ich wette auf den Kleinen.“ „Ich auf den Großen.

Gib es ihm!" Veronica musste zusehen, wie sich die beiden Cousins prügelten. „Ja, gib es ihm!" „Pass auf die rechte Flanke auf."

Eine Weile verlief der Kampf fair und ausgeglichen. Erst als sich das Blatt wendete und Marco die Oberhand gewann, hielt Maffio plötzlich ein Messer in der Hand. Ein Aufschrei rief die Hausherrin herbei. Flankiert von zwei kräftigen Dienern trat sie auf den Plan, ließ die Kampfhähne separieren und ordnete an: „Es reicht. Hört auf und ihr verlasst sofort mein Haus." Das Messer klirrte zu Boden, einer der Umstehenden hob es auf. Die Diener drängten die Kontrahenten Richtung Ausgang. Marco wehrte ab, beschwichtigte, verbeugte er sich vor der Hausherrin.

„Werte Adriana, ich bitte Euch gnädigst, mein Verhalten zu entschuldigen." Die Kurtisane nickte. Maffio, inzwischen fast am Ausgang, machte ebenfalls Anstalten, umzukehren. Aber man verwehrte ihm den Durchgang und schubste ihn hinaus.

Die Musik spielte auf, ein paar Mädchen tanzten und bald beruhigte sich die Menge. Minuten später feierte man, als wäre nichts vorgefallen. Veronica setzte sich zu Marco, in den hinteren Bereich des Raumes.

„Danke," meinte er müde. Sie nahm seinen Arm.

„Kommt, Ihr solltet gehen, die Gesellschaft schadet Eurem Gemütszustand. Ich begleite Euch, wir können uns eine Gondel teilen." Marco, ziemlich betrunken, tat ihr leid. Sie fühlte sich für ihn verantwortlich. Draußen bat sie Ludmilla, einen der Gondelfahrer zu rufen, die in der Nähe auf Kunden warteten. Um nicht zu verraten, dass sie Marcos Maskerade durchschaut hatte, sagte sie: „Verratet mir Euer Ziel."

Er schüttelte den Kopf. „Ziel? Zuhause? Besitze ich nicht. Nehmt mich mit zu Euch, bitte."

Kaum in der Gondel, nickte er ein. Sie würde ihn im Gästezimmer unterbringen und ihn morgen, sobald er nüchtern sein würde, nach Hause schicken.

Veronica nannte dem Gondoliere ihre Anschrift. Als sie bei ihrem Haus anlegten, stupste sie Marco in die Seite.

„Kommt, wir sind am Ziel. Ich hoffe, Ihr macht mir keinen Ärger." Marco stieg ungeschickt aus.

„Madonna, stets zu Euren Diensten", murmelte er und half ihr trotz seines eigenen Zustandes galant, aber ungelenk aus der Gondel. Sie musste lachen. „Meine Lebensretterin, wohin jetzt?"

Sie führte ihn zu ihrem Geschäftseingang.

„Falls ich etwas brauche, läute ich, Ludmilla. Bitte richtet das Gästezimmer für den Signore her", wies sie ihre Zofe an, die sie fragend ansah, ehe sie im Inneren des Hauses verschwand.

„Wollt Ihr Euch nicht der Maske entledigen?“, bat Veronica kurz darauf im Flur, ohne daran zu denken, dass sich ihr Gesicht ebenfalls hinter einer Maske versteckte. „Mein Gästezimmer steht in einer Viertelstunde zu Eurer Verfügung. Das ermöglicht Euch, noch ein paar Stunden der Nacht die Ruhe zu pflegen. Sicher fällt Euch am Morgen ein, wo normalerweise Euer Bett steht.“ Bei ihren Worten zuckte Marco zusammen. Wie unsensibel von ihr: Morgen würde er in den Krieg ziehen müssen. Mitleid überkam sie.

„Wir können ein Zitronenwasser miteinander trinken. Ich werde meiner Zofe Bescheid sagen. Folgt mir“, lud sie ihn ein. Veronica stieg vor ihm die Stufen hinauf. Sie spürte seinen Atem in ihrem Rücken. Er stapfte folgsam hinter ihr her.

In eine Hausnische gedrückt, beobachtete Maffio die gemeinsame Abfahrt von Marco und Veronica. Er lachte in sich hinein. Die Sache entwickelte sich in seinem Sinne. Marco war dabei, die letzte Chance zu verschenken, um seiner Gattin Ines einen Samen einzupflanzen. Würde er in der Schlacht sein Leben lassen, wäre er ohne Erben. Aber der armen Witwe wäre Gottes Beistand sicher. Als ihr Beichtvater würde er ihr raten: „Liebste Ines, Ihr seid zur Braut Gottes ausersehen, nehmt den Schleier.“ Besitz und Mitgift fielen der Kirche in den Schoß. Der Papst belohnte das Beschaffen reicher Spenden und Erbschaften mit Privilegien. Für den Vermittler könnte ein Sitz als Erzbischof herausschauen. Und Veronica? Meinte diese Edelhure, er würde ihre Maskerade nicht durchschauen? Eine Hexe war sie und musste - wie in Kindertagen - Beifall einheimsen. Auf den Scheiterhaufen gehörte dieses Weibsstück. Er würde seine Chance eines Tages zu nutzen wissen. Sie sollte sich vorsehen. Denn in nicht so fernen Tagen würde er über die Macht der Inquisition verfügen. Der Gedanke heiterte ihn auf.

Maffio verzichtete auf eine Gondel. Mit der Maske vor dem Gesicht fühlte er sich frei. Noch zwei Wochen Langeweile in Venedig, dann winkte Rom und er würde jene geheimnisvolle schlanke Schöne wiedersehen, die ihm nicht aus dem Kopf ging. Plötzlich gut gelaunt schweifte Maffios Blick umher. Ein Junge trat auf ihn zu.

„Messèr, braucht Ihr nicht einen gefügigen Lehrjungen? Ihr dürft mich gern auf die Probe stellen.“ Maffio fasste den Jungen bei der Schulter. Er war schmächtig. Im funzligen Licht eines Hauses erkannte er das abgerissene Wams. Der Junge schaute zu ihm auf. Mein Gott, aus den Augen des Burschen von vielleicht zwölf Jahren sprach die Erfahrung eines ganzen Lebens. Aber, sie versprachen ihm die Abwechslung, die Maffio suchte.

„Folgt mir“, bat Veronica indessen ihren Gast, führte ihn durch den Salon in ihr Schlafzimmer. „Nehmt im Sessel am Kamin Platz. Wartet, ich helfe Euch beim Ausziehen der Stiefel.“ Sie kniete sich vor ihm hin.

„Bitte gönnt mir den Anblick Eures Gesichts, beendet die Maskerade.“ Er schwenkte seine Maske in der Hand. „Seht hier, ich bin folgsam und Ihr, schöne Dame?“

„Einen Moment noch, Marco Venier. Ihr kennt mein Antlitz. Möglicherweise wird es Euch nicht zusagen.“ Marco schien plötzlich hellwach und richtete sich auf.

„Woher ist Euch mein Name bekannt? Wer seid Ihr?“

„Wir sind uns nicht fremd. Die Verse über die Vorzüge der Serenissima. Erinnert Ihr Euch, wann wir sie lernten? Wir waren Kinder, nein, Ihr wart fast erwachsen, ich war noch ein Kind.“ Langsam streifte sie die Maske ab.

„Veronica Franco! Mein Gott, der verdammte Wein. Entschuldigt.“ Veronica achtete nicht auf seine Worte, sondern rezitierte einen Vers aus der Kinderzeit.

„Erinnerst du dich?“ Er lächelte und ergänzte den Reim. So ging es eine Weile hin und her mit Lachen und Scherzen. Übermütig schlugen sie im Spiel die Handflächen aneinander, jeder bemüht, schneller als der andere zu sein. Irgendwann hielten sie inne, ohne die Hände voneinander zu lösen. Ihre Blicke trafen sich.

Das Feuer im Kamin knisterte laut in die Stille, als sie nebeneinanderstanden. Marcos Hand schien mit ihrer zu verschmelzen. Ihre Wärme besaß etwas Vertrautes. Von ihr ging ein Signal aus. Fast bedächtig, noch immer die Hände verstrickt, küssten sie sich. Alles geschah langsam. Erst nach einer Weile wanderten seine Hände über ihre Hüften, ihre Taille, weiter zu ihren Brüsten.

„Du bist sehr schlank, aber kein Kind mehr", raunte er ihr ins Ohr und sie lachte. Einen Moment streifte sie der Gedanke, lieber aufzuhören mit diesem Spiel. Die hochmütige Ines, Marcos Frau, kam ihr in den Sinn.

Aber heiße Wellen der Leidenschaft spülten die Bedenken mit sich fort. Eine intime Zärtlichkeit mischte sich mit ihrem Begehren und entfachte ein loderndes Feuer der Lust. Eines, dass sie trotz sämtlicher Liebesspiele lange nicht gespürt hatte und welches sie wie eine Woge erfasste. Sie wollte ihn, für sich selbst und wenn es auch nur für diesen Moment, diese Stunde, diese Nacht war. Seine Lippen zogen eine glühende Spur ihren Nacken entlang, bis sie die ihren wiederfanden. Unfähig, einen klaren Gedanken zu fassen, spürte sie seine Männlichkeit heiß gegen ihren

Unterleib drängen. Marco begehrte sie mit einer geradezu beängstigenden Leidenschaftlichkeit. Seine Küsse gerieten gieriger, seine Berührungen zwingender, bis er sie aufhob und zum Bett trug. Sie war dem Aufruhr ihrer Sinne ausgeliefert. Zärtlich streiften seine Finger ihre Kleider herunter, rasch wand er sich ebenfalls aus den seinen. Seine Hände wanderten ihre nackten Schenkel entlang. Ein Schrei entfuhr ihr, als er sie sacht öffnete und in sie eindrang. Die Woge der Lust schlug über ihr zusammen. Sie wimmerte nur noch, bis sie den Höhepunkt erreichte. Jetzt konnte sie ihn mit ihrem Körper verwöhnen, taumelte in einen zweiten und dritten Orgasmus, bis auch er satt war. Zufrieden sanken sie Arm in Arm in einen erschöpften Schlummer.

Wenn alle Kirchenglocken läuten …

Am nächsten Morgen läuteten alle Glocken Venedigs Sturm. Marco sprang, wie von einer Tarantel gestochen hoch, griff seine Sachen und zog sich in Windeseile an. Er hauchte ihr einen Kuss auf die Wange und stürmte hinaus. Veronica schlenderte verschlafen zum Fenster und glaubte, ihren Augen nicht zu trauen. Die Sonne hatte den Horizont noch nicht erreicht. Sonst um diese Stunde verirrten sich höchstens einige vorwitzige Möwen auf Nahrungssuche auf dem Canal, heute herrschte hier Hochbetrieb. Sandolos, Gondeln, Barken drängelten sich fast, wie bei der gestrigen Prozession, und wühlten das Grau des Wassers auf. Das frische Grün und die Reste von den Blumen, die Zeugen des vergangenen Tages, schwappten mit den Wellen hoch.

Von einer Minute auf die andere war Veronica hellwach. In ihrem Kabinett wusch sie sich, kämmte sich eher notdürftig die Haare, suchte ein einfaches Gewand heraus und schlüpfte hinein. Sie rief nach Jaspucci und bat Ancilla, sie zu begleiten. Die beiden erschienen verschlafen, beeilten sich jedoch, sich anzuziehen. Während Veronica wartete, läuteten laut und aufdringlich die Glocken.

Etwas später ruderte Jaspuccio sie nach San Zaccaria. Dort reihten sie sich in die Warteschlange der Boote ein, die anlegen wollten.

„Per l'amor di Dio! Um Gottes Willen", seufzte Veronica, erschrocken. Bis weit hinter das Ende des Arsenale ankerte eine Galeere an der anderen. Den Wappen und Farben nach gehörten die meisten Gondeln den einflussreichen Familien. Noch nie hatte Veronica so viele venezianische Schiffe auf einmal in der Lagune liegen sehen. Auf der gesamten Mole und auf dem Uferstreifen herrschte ein heilloses Durcheinander. Menschen schoben sich eilig aneinander vorbei, dazwischen balancierten Karren ihre Lasten.

Einer der Bootsführer beschwerte sich bei seinem Fahrgast.

„Lieber Mann, wenn ich gewusst hätte, dass Ihr mich in ein solches Chaos führt, hätte ich Euch vorher rausgesetzt. Und Ihr? Drängelt Euch nicht vor, Messèr", beschimpfte er Jaspuccio. Veronica erkannte von der Gondel aus Elena und stachelte ihren Gondoliere an, sich mit dem Anlegemanöver zu beeilen.

„Elena, warte", rief sie. Ihre Worte wurden vom Lärm verschluckt. Im nächsten Moment verschwand Elena in der Menschenmenge, die sich Richtung Dogenpalast drängte. Veronicas Gondel hatte inzwischen den Anleger erreicht und sie sprang heraus, bevor das Gefährt sicher vertäut war.

„Komm Ancilla! Rasch, ich versuche, Elena einholen." Ihr Blick schweifte über die versammelten Menschen und entdeckte die Freundin in einiger Entfernung. Sie umarmte ihren Bruder Marco stürmisch und redete auf ihn ein. Neben ihnen stand Marcos Frau. Veronica zögerte weiterzugehen. Plötzlich fielen ihr die anderen Nobili mit ihren Familien ins Auge. Sie verharrte ratlos in der Menge, unschlüssig, wohin sie sich wenden sollte. In einer Tour knuffte ihr jemand in die Seite und schimpfte. .

„Geht bitte weiter, Signora. Ihr haltet den gesamten Verkehr auf!"

„Verschwindet von hier, Veronica

Franco“, zischte ihr eine Frauenstimme zu. Ein Stoß in die Rippen brachte sie zu Fall. Sie rappelte sich in Windeseile auf, um nicht totgetrampelt zu werden. Jeder drängte vorwärts, ohne auf den anderen zu achten. Ancilla schloss zu ihr auf und runzelte die Stirn.

„Ist Euch etwas passiert?“, fragte sie besorgt, als sie sah, dass Veronica am Arm blutete.

„Nein, nein“, wiegelte Veronica ab. „Ich bin nur gestolpert.“ Sie wickelte ein Schnupftuch um die Wunde, strich den Rock glatt. Sinnlos, nach der Verursacherin zu schauen.

„Meine Anwesenheit ist heute nicht gefragt. Ich hätte daheimbleiben sollen. Es war keine gute Idee, zum Markusplatz zu fahren.“ Ancilla nickte.

Veronica vermisste den starken Arm von Ludovico. Er war vor einer Woche erneut abgereist. Die Menge drängte sie bis zur Mitte des Markusplatzes, denn die Menschen sammelten sich vor dem Dogenpalast. In einiger Entfernung erkannte sie wieder Elena. Die Freundin klammerte sich an ihren Ehemann fest wie eine Ertrinkende. Veronica verzichtete, auf sich aufmerksam zu machen. Vielmehr rückte sie ein Stück weiter vor, um aus Elenas Blickfeld zu verschwinden. In diesem Moment erspähte sie ihren Bruder und zwängte sich zu ihm durch.

„Serafino!“, rief sie erleichtert, als es ihr endlich gelang.

„Veronica umarme mich, wünsche mir Glück. Wir ziehen in den Heiligen Krieg.“ Veronica schluckte. Sie schlang die Arme um Serafino.

„Aber gewiss, mein kleiner Bruder. Komm gesund wieder. Ich werde die Jungfrau jeden Tag bitten, dich zu beschützen und eine Kerze für dich anzünden.“

Eine Fanfare ertönte und ein Raunen ging durch die Menge. Alle Augen richteten sich zum Balkon des Palastes. Der Doge erschien und hob die Hand. Der Lärm legte sich. Seine Stimme hallte kräftig über den vollen Platz.

„Bürger Venedigs, viele hundert Jahre hat Venedig den christlichen Glauben in der Levante und auf der ägäischen Inselwelt gegen das kriegerische Osmanenreich verteidigt. Jetzt bedrohen die Türken unsere verbliebenen Bastionen und sind in Zypern eingefallen. Im Herbst des letzten Jahres wurde Nikosia von unseren Feinden eingenommen. Unzählige tapfere Menschen mussten ihren Einsatz mit dem Leben bezahlen. Seit Monaten wird auch Famagusta bedroht. Noch hält die Stadt der Belagerung stand. Mit ihrem Fall ginge Zypern für Venedig für immer verloren. Die nächsten Ziele des Sultans werden Korfu und Kreta sein. Kämpfen wir um unsere Inseln, kämpfen wir um die letzten Wellenbrecher im weiten Ozean der türkischen Weltherrschaft, kämpfen wir um Venedigs Besitz. Retten wir unsere Burgen. Ziehen wir mit Gottes Segen in den Heiligen Krieg. Noch zögert Philipp II. von Spanien, sich anzuschließen. Aber schon bald werden die Spanier einsehen, dass auch ihnen Gefahr droht. Senden wir unsere Schiffe aus! Lassen wir unsere besten Männer in See stechen! Frauen Venedigs, windet ihnen Kränze! Verabschiedet unsere Helden würdig!"

Unheimliche Stille legte sich über den Platz. Ein Windstoß blähte die Fahne mit dem Löwen auf. Eine graue Wolke schob sich vor die Sonne und mit ihr legte sich der Wind. Die Fahne fiel in sich zusammen. Kardinal Gritti trat an die Seite des Dogen. Er bekreuzigte sich.

„Lasst uns beten:
Pater noster, qui es in caelis:
Sanctificetur nomen tuum.
Adveniat regnum tuum.
Fiat voluntas tua,
sicut in caelo, et in terra."

Veronica sank mit den anderen Menschen auf der Piazza auf die Knie und betete mit schwerem Herzen das Vaterunser. Serafino und Oratio werden in die Schlacht ziehen, ihre Familie. Andrea und all ihre Beschützer kamen ihr in den Sinn. Was wird der Krieg mit ihnen anrichten? Werden sie gesund zurückkommen? Was müssen sie an Leid ertragen? Veronica fröstelte es, als sie aufstand und beim erneuten Läuten der Glocken ihren Bruder verabschiedete. „Grüße mir Oratio, bitte." Er strich ihr über das Haar und sie sah, dass ihm Tränen des Abschieds die Wangen hinunterliefen. Auch ihr ging es nicht anders.

Die Männer lösten sich aus den Umarmungen. Sie formierten sich. Plötzlich verwandelten sie sich in Krieger. In ihren Augen glommen Stolz und Wagemut. Sie hoben die Hände und winkten. In Gruppen marschierten sie zu den Schiffen.

Die Frauen standen mit hängenden Armen, sahen ihnen nach. Erst später wischten sie sich die Tränen aus dem Gesicht.

Venedig befand sich endgültig im Krieg.

Eine Stadt ohne Männer

Im Mai 1571 verging kein Tag, an dem Veronica nicht bei Domenico vorbeischaute. Er bot ihrem unruhigen Geist Abwechslung und stillte ihre Neugier, da er stets über die Frontlinie informiert war. Ansonsten las sie den Kindern Märchen vor, wechselte Briefe mit Poeten außerhalb Venedigs, schrieb an einen ihrer entfernten Verehrer oder an ihre Brüder, verfasste Sonette, schmökerte in Büchern.

In den Gassen bewegten sich fast

nur Frauen. Die wenigen verbliebenen Männer fertigten den Nachschub an Waffen, an Bootszubehör und an jenen Sachen, die zur Kriegsführung gebraucht wurden. Zwar kannte die Republik keine Wehrpflicht, aber der eindringliche Appell des Dogen an die Vaterlandsliebe und das Ausmalen des drohenden Gespenstes der Übernahme der Stadt durch die Osmanen, hatte das Herz der Einwohner erreicht. Der Marinedienst konnte mit zahlreichen Freiwilligen die Schiffe bemannen. Und Venedigs Schiffe brauchten jeden Mann, als Schützen, Matrosen, Handlanger, Koch, Tischler, Heiler, Apotheker, Schmied. Nicht eingerechnet die Ruderer, die zum größten Teil in den Gefängnissen rekrutiert worden waren.

Inzwischen verwöhnte der Frühling die Serenissima. Ein laues Lüftchen strich über die Kanäle und der Himmel leuchtete in jenem hellen, unschuldigen Blau, das die Maler stets inspirierte. Seine Schönheit blieb ohne Bewunderer. Die Frauen der Stadt huschten mit gesenkten Köpfen zu ihren Besorgungen. Die vornehmen Damen trafen sich in ihren Palazzi und stickten an endlosen Tüchern, um sie den Kirchen zu spenden.

An jeder Ecke machten sich Prediger aller Couleur wortstark die Ängste der Bewohner zunutze. Einer dieser düsteren Gestalten schwang vor der Kirche der heiligen Maria Formosa seine flammende Rede. Eine Gruppe Frauen, auf dem Weg zum Bittgottesdienst, scharrte sich um den Mann in der Kutte. Er hatte sich auf eine niedrige Mauer geschwungen und verzückt blickten die Frauengesichter zu ihm auf.

„Erkennt die Zeichen Gottes. Sandte er uns im Jänner nicht einen gewaltigen Gewittersturm und lenkte den Blitz in den Glockenturm seiner Kirche Sankt Peter in Rom? Das war sein Zeichen. Und, habt ihr Buße gelobt? Nein! Ihr habt Gottes Hinweis missachtet. Euch undankbar weiter der Sünde verschrieben. Er wird euch strafen! Ihr sollt in der Hölle schmoren und der Satan wird euch holen. Und er taucht euch in siedend heißes Fett, bis euch die Haut in Fetzen herunterhängt. Ein Blitz wird in euer Haupt fahren, wird euren Kopf spalten. Die Schmerzen werden unendlich sein.

Der Höllenqualen sind viele. Malt sie euch aus. Nur die Bußfertigen wird Gott verschonen. Also geht her und tut Buße. Betet! Gott wird euch hören, betet, dass die Ungläubigen keinen Fuß auf unseren Boden setzen."

Veronica ignorierte den Prediger. Eine Entschuldigung murmelnd, versuchte sie, sich am Frauenpulk vorbei zum Seiteneingang zu drängen. Argwöhnische Blicke hefteten sich auf sie. Veronica senkte den Kopf. Plötzlich kreischte eine sich überschlagende Stimme:

„Die reiche Puttana! Spaziert sonst in Begleitung von hohen Herren hier herum. Heute trägt sie nur ein einfaches Kleid! Will nicht auffallen. Meint, mit ihrer Maskerade eine von uns zu werden!“

Als hätte sie eine Beute erspäht, stemmte die Frau die Hände in die Hüften, trat nahe an Veronica heran und baute sich vor ihr auf. Mit einem Rundblick vergewisserte sie sich, dass sich alle Köpfe Veronica zuwandten. Ihre Stimme gellte höhnisch über den Platz: „Sind deine Verehrer dir ausgegangen?“

Der Prediger sah sich gefordert. Beschwörend hob er die Hände zum Himmel und rollte theatralisch mit den Augen. Seine schwarze Kutte blähte sich im Wind. Ihr Schatten traf Veronica.

„Jagt die Hure aus der Stadt, jagt alle Huren fort. Sie treiben Unzucht! Diese Hexen sind mit dem Satan im Bunde und bringen Unheil über die Menschheit. Mit ihrem tadelnswerten Tun erzürnen sie Gott und tragen schuld an den Krankheiten, die euch heimsuchen. Ruchlos sind sie. Und sie tragen auch die Verantwortung dafür, dass der Sensenmann früher als von Gott gewollt an eure Tür klopft. Verwehrt diesen schändlichen Weibern den Zutritt zu den heiligen Häusern. Tretet sie tot, wie Ungeziefer. Sie verunreinigen die Welt!“

Veronica erschrak bis ins Mark und zitterte am ganzen Körper. Gierige Hände rissen ihr Mieder auf, zerrten an ihren Haaren. Sie wurde geschubst, bespuckt. Ancilla kämpfte mit ihrem Korb gegen die Meute an. Plötzlich fiel ein Stein. Veronica duckte sich. Der Wurf verfehlte knapp sein Ziel. Als sie den Kopf hob, hätte sie beinahe Ancillas Korb getroffen.

„Rasch, weg hier“, rief sie ihrer Magd zu und stürmte los, als sich eine Lücke bot. Rufe dicht hinter sich. Sie meinte, den Atem der Verfolgerinnen zu spüren. Ignorierte ihre Angst, bekämpfte den Drang, sich umzudrehen. Lief, lief. Bei der nächsten Brücke schob sich eine Gondel in ihr Blickfeld. Zwei Stufen auf einmal nehmend, stürmte sie zum Wasser. Ohne zu zögern, sprang sie in das Boot. Es schaukelte wild. Sie ließ sich fallen und schrie: „Legt ab, eilt Euch.“

Erst jetzt wagte sie, einen weiteren Blick zu riskieren und stellte erleichtert fest, dass sie sich einen passablen Vorsprung erkämpft hatte. Ihr Stoßgebet galt Ancilla, die sie nirgends entdeckte. Hoffentlich würde man die treue Seele nicht zum Sündenbock machen. Als Ancilla eintraf, kreischte sie dem Gondoliere zu: „Zum Rand, rasch – und dann stoßt ab – rasch, rasch! Man verfolgt uns!“

In der nächsten Minute zog sie Ancilla in die Gondel. Der Gondoliere lenkte das Fahrzeug zur Kanalmitte. Keine Sekunde zu spät. Die Frauen stürmten wie Furien um die Ecke, inzwischen bewaffnet mit Stöcken. Wo sie diese in der kurzen Zeit aufgetrieben hatten, gab Veronica Rätsel auf. Zum Glück erreichten sie eine Stelle, an der sich der Kanal verbreiterte und wenig später in den Canal Grande mündete. Veronica atmete auf, als die Zufahrt zu ihrem Haus in Sicht rückte und sie sich darauf in Sicherheit befanden.

„Signora, im Empfangssalon wartet ein Junge. Wir konnten ihn nicht überzeugen, uns die Nachricht hierzulassen. Selbst als wir meinten, Ihr würdet unter Umständen erst gegen Abend zurück sein. Doch Ihr seid früh. Wie seht Ihr aus? Per l' Amor di Dio! Um Gottes Willen, was ist passiert?“ Oktavias helles Stimmchen überschlug sich fast, sodass Ludmilla den Kopf aus der Küchentür heraussteckte und sofort zum Ort des Geschehens eilte.

„Signora Veronica, kommt. Soll ich Euch ein Bad einlassen?“ Veronica nickte müde, mit einem Mal erschöpft. „Ancilla, du wirkst ebenfalls mitgenommen, folge mir in die Küche und setz dich.“

„Ja, bitte Ancilla – ruh dich aus. Mir bringt bitte meinen Morgenmantel, Ludmilla.“ Die Zofe rannte los und erschien kurze Zeit später mit dem Gewünschten. Veronica hatte sich bereits das zerrissene Gewand vom Leib gewunden und schlüpfte in den Mantel.

„Wo wartet der Bote?“ Oktavia knickste.

„Im Empfangszimmer, Signora."

„Gut." Veronica stieg die Treppe empor, öffnete oben die Verbindungstür zwischen ihren zwei getrennten Wohneinheiten. Der Junge mochte etwa dreizehn Lenze zählen, saß verschüchtert auf der Kante einer der silbernen Stühle. Er sprang auf und verbeugte sich.

„Ihr habt eine Nachricht für mich?" Er nickte und reichte ihr einen versiegelten Briefumschlag. „Danke." Sie drückte ihm ein Trinkgeld in die Hand.

„Ich soll auf Antwort warten", brachte er schüchtern hervor und knetete im Stehen vor Verlegenheit seine Kappe mit den Händen. Veronica setzte sich. Sie öffnete das ihr unbekannte Siegel und entfaltete das schwere und wertvolle Papier. Sie überflog die Zeilen.

„Wartet." Sie trat zu ihrem Schreibsekretär. Erst kürzlich hatte sie einen weiteren in ihren offiziellen Räumen unterbringen lassen. Sie griff nach einem weißen Blatt, schrieb einige Worte, verschloss es zu einem Brief und versiegelte das Schreiben.

„Hier! Bringt dies demjenigen, der die Post begehrte." Der Bursche nahm das Kuvert, verstaute es in seinem Wams, verbeugte sich. Veronica brachte ihn zur Tür. Sie sah, dass eine Gondel auf ihn wartete. Zurück in ihrem Gemach, las sie die Nachricht erneut. Juan d' Austria wurde ein zweites Mal erwartet. Die in einer sicheren Lade ihres Schreibtisches verwahrten Briefe der jungen spanischen Edelfrau würden also bald ihren Empfänger erreichen. Neben der Staatsaufgabe würde sie sich als Postillon d'Amour verdient machen. Veronica schmunzelte bei dem Gedanken. Sie trat zum Kamin. Es dauerte eine Weile, bis das schwere Papier Feuer fing. Mit den Augen verfolgte sie, wie es sich aufbäumte, hell loderte und am Ende ein Häufchen Asche übrig ließ. Die Nachricht verdrängte die Schrecken der Verfolgungsjagd. Erst in der Nacht erwachte sie nach einem Albtraum, in dem der Prediger die Züge Maffios trug und die Frauen von Marcos Frau Ines angeführt wurden und es fiel ihr schwer, wieder Schlaf zu finden. Der Krieg ist schuld, er veränderte die Menschen, versuchte sie, sich einzureden und das hysterische Verhalten der Frauen zu entschuldigen.

Trotz der kurzen Nacht erwachte Veronica am Morgen hinlänglich ausgeruht. Sie konzentrierte sich auf die anstehenden Aufgaben. Sie begann, einen Schlachtplan nach dem anderen zu entwerfen, doch keiner genügte ihren Ansprüchen. Der Ehrgeiz alles perfekt vorzubereiten behinderte ihre Kreativität. Vom Gelingen des Unternehmens hing viel für Venedig ab. Nur Juan konnte seinen Bruder, Philipp II., überzeugen, endlich einzugreifen. Noch immer stand Spaniens Entscheidung für den Heiligen Krieg aus.

Am späten Vormittag machte sie sich

auf den Weg zum Palazzo Foscari. Sollte sie außen einen zusätzlichen Pavillon herrichten lassen? Unter dem hellen Grün der Buchen oder unter einem der blühenden Kirschbäume? Unentschlossen streifte Veronica im Garten umher, bis ihr ein Vogelpaar auffiel, das seinen Nachwuchs in einer der Baumkronen aufzog. Nacheinander flogen entweder la madre oder il padre, einen Wurm im Schnabel, herbei. Das Fiepsen der Jungen zeigte die Fütterung an. Ein sanfter Wind versorgte den Ort mit frischer Luft. Wie friedlich die Welt sein konnte. Nachdenklich setzte sich Veronica auf eine der steinernen Bänke.

Warum musste Zypern immer wieder für einen Krieg herhalten? Aus ihren Büchern wusste sie, dass die Insel, groß und fruchtbar, stets die Begehrlichkeit der mächtigen Reiche geweckt hatte. Dass bereits die Assyrer, die Perser, die Phönizier sich Zypern einverleibten. In seiner langen Herrschaft zwang Byzanz die Bewohner, den orthodoxen Glauben anzunehmen. Dann besetzten Araber über drei Jahrhunderte die Insel. Danach machten Kreuzfahrer Zypern zum Marktplatz und zum Aufmarschplatz für ihre Kriege und ließen gotische Kathedralen zwischen den Palmen erbauen. Die im Inneren liegende Hauptstadt Nikosia entwickelte sich zu einem vielsprachigen Treffpunkt und Famagusta zu einer wohlsituierten Hafenstadt. Die Republik Venedig hisste 1489 das Löwenbanner. Nur wenige Seemeilen vor der türkischen Küste gelegen, war die osmanische Bedrohung jedoch stets präsent. Veronica erinnerte sich an die Worte von Andrea. Danach entrichteten die Venezianer jedes Jahr einen Tribut an den Sultan, zahlten Bestechungsgelder an seine Wesire, um die Neutralität zu wahren. Die pragmatische Beschwichtigungspolitik mithilfe von Gold bedeutete dem neuen Sultan offensichtlich nichts. Obwohl sie vermutlich im Großen und Ganzen billiger kam, als Kriegsflotten zu unterhalten.

Schon heute litt Venedig Mangel. Die Lieferungen von Getreide und Wein fehlten und ebenso mangelte es an Baumwolle für die Stoffherstellung. Salz und Zucker waren knapp oder nur noch zu horrenden Preisen zu erhalten. Veronica seufzte, ihre Gedanken wanderten unweigerlich zu Giacomo. Sie sorgte sich um ihn. Denn im günstigsten Fall würde man die Verbannten und Dissidenten auf eine andere Insel verfrachten oder sie zur Marine verpflichten. Nikosia befand sich seit Monaten in den Händen der Osmanen. Gelang es ihnen, den Hafen Famagusta ebenfalls einzunehmen? Es stimmte traurig, dass die Allianz des Friedens zerbrochen war und Krieg herrschte. Wie alle Kriege, würde er Opfer fordern. Könnte ihr unbedeutender Beitrag die Rückkehr zu einem Frieden beschleunigen? Sie sprach ein kurzes Bittgebet. Sie wünschte sich, ihre Brüder, ihre Galane und besonders Marco mögen bald heil zurückkehren.

Das geheime Treffen

Die Stadt lag gespenstisch ruhig da. Nur eine schmale Mondsichel warf ihren silbrigen Schein auf das Wasser. Die sonst vorgeschrieb-enen Hausbeleuchtungen waren seit Kriegsbeginn verboten worden.

Trotz der eigentlich vorherrschenden Ausgangssperre näherte sich heute Nacht eine Gondel nach der anderen dem Anleger des Palazzo Foscari. Obgleich die Häuser die ges-peicherte Wärme eines Junitages an die Luft abgaben und keinerlei Lüftchen sich regte, waren die Eintreffenden in schwarze Umhänge gehüllt. Goldene Masken verbargen das Gesicht, ließen nicht einmal die untere Partie frei.

Nach langem Nachdenken hatte Veronica zu einem Dichterwettstreit mit besonderen Regeln eingeladen. Er diente zur Tarnung für das konspirative Treffen.

Am Portal erhielt jeder Neuankömmling eine Karte überreicht. Auf ihr befand sich eine Nummer. Ein Diener wies ihn zur Gruppe mit der entsprechenden Zahl. Das Geschehen lief unter völligem Schweigen ab. Sobald die

Teilnehmer vollständig versammelt waren, führte sie der Bedienstete in einen eigens hergerichteten Raum. Auf jedem Tisch warteten Tintenfässer, angespitzte Federn, reichlich Papier und ein verschlossener Umschlag mit der Aufgabe. Die Tür wurde verriegelt.

Selbst um Veronicas zierliche Figur bauschte sich ein schwarzer Überwurf. Ihr Gesicht versteckte sich ebenfalls hinter einer goldenen Maske. Eine eng anliegende Kappe verbarg ihr Haar.

Sie war aufgeregt. Natürlich war der Dichterwettstreit nur ein Vorwand, aber nichtsdestotrotz, bereitete er Veronica ein diebisches Vergnügen. Jeder Gruppe war erlaubt, drei Beiträge am Ende auszuwählen. Nur diese gelangten zur Endausscheidung. Was würde den Dichtern einfallen, die teilweise beschwerliche Wege auf sich genommen hatten, um nach Venedig zu reisen? Welche Auswahl würden sie treffen? Wäre es ein Helden-Sonett, ein Liebesgedicht, eine spannende Geschichte?

Eine Stunde stand zur Verfügung. Selbst beim Vortragen war den Mitwirkenden nicht gestattet, die Identität preiszugeben. Ein Verstoß würde den Ausschluss bedeuten. Der Text solle anonym für sich sprechen. Stammte er von einem renommierten Dichter? Einer hochgestellten Persönlichkeit? Oder von einem Außenseiter? Erst nach der Auszeichnung der Beiträge würde das Geheimnis gelüftet werden.

Nur in einem Raum fielen die Masken, als die Tür sich schloss. Veronica verneigte sich vor Juan d‘ Austria und begrüßte den Dogen.

„Die Herren! Wir lassen Sie jetzt allein. Sie kennen das Klopfzeichen.“ Sie beeilte sich, zu einer in der Wand verborgenen Tür zu gelangen. Ihr geheimer Gast reichte ihr den Arm.

„Dame Veronica?“ Er begleitete sie galant durch den Raum.

„Oh!“, meinte sie, als ihr die Papierrollen, die sie unter dem Arm getragen hatte, herunterrutschten und zu Boden fielen. Sie bückte sich.

„Wartet, ich helfe Euch.“

Unauffällig steckte Veronica ihm die Briefe zu, die sie von Maria de Mendoza erhalten hatte. Sie flüsterte in Deutsch: „Danke für Euer Geschenk, Herr von Regensburg.“ Der Prinz lächelte. Kurz vor der Tür verbeugte er sich.

„Erneut mangelt es mir an Zeit, mich Euren Künsten zu widmen. Verzeiht. Sicher werdet Ihr meine Person auf dem Gebiet der Dichtkunst würdig zu vertreten wissen.“ Veronica schenkte ihm einen verschwörerischen Blick, ehe sie im angrenzenden Raum verschwand und die Tür hinter sich zuzog.

„Der junge Herr scheint Eure Zuneigung erobert zu haben“, meinte Domenico lächelnd.

Natürlich gehörte er mit zum Komplott.

„Er ist überaus galant und höflich, in der Tat. Aber wenden wir uns der Aufgabe zu. Wir haben Zeit gutzumachen.“ Bald kratzte ihre Feder über das Papier. Nach einer Weile hielt sie inne, lächelte. Domenico erwiderte ihr Lächeln etwas gequält und versuchte, sein Bein bequemer zu lagern.

„Euren Einfall für dieses Treffen in allen Ehren, Veronica. Habt Ihr einen Augenblick an einen alten Mann wie mich gedacht, der nicht mehr gewohnt ist, wie eine Katze des Nachts herumzuschleichen? Beim nächsten Mal wählt eine frühere Zeit und angenehmere Sitzmöglichkeiten“, beschwerte sich Domenico. Veronica lachte.

„Certamente terrò conto della vostra richiesta. Sicher werde ich Eure Bitte berücksichtigen und mir Euren Rat zu Herzen nehmen.“ Sie schob ihm die beschriebenen Bögen hinüber. „Ist mein Beitrag wert, ausgewählt zu werden? Ich erwarte Euer Urteil.“

Er vertiefte sich in den Text. Es dauerte eine Weile, bis er aufschaute.

„Veronica, Ihr entwickelt Euch zu einer Meisterin der Poesie. Mir bleibt kaum Raum für Ratschläge und Verbesserungen. Aber, da ich Eure Gesellschaft über alles schätze, werde ich mir nichtsdestotrotz erlauben, eine Kritik anzubringen. Seht hier, dieser Reim. Er fällt etwas plump aus. Für ihn solltet Ihr eine elegantere Formulierung suchen.“ Sein Finger wies auf eine Zeile. Veronica runzelte die Augenbrauen.

„Wenn das so einfach wäre, mein Gehirn ist leer. Zum Heldenthema geisterten immer nur Krieg und Sieg durch meinen Kopf. Sieg wäre schön. Ich wünschte, die Schlacht wäre gewonnen und wir hätten Frieden.“

„Ja, Veronica, das wünsche ich mir ebenfalls, glaubt mir. Ich möchte Euch einen Vorschlag machen. Begleitet mich für die nächsten Wochen auf meinen Landsitz. Nehmt Eure Kinder und Bediensteten mit, das alte Anwesen verfügt über genügend Platz. Ihr werdet Euch dort wohlfühlen.“

Zwar hatte Veronica vor einiger Zeit Ludovicos Angebot, ihn auf seinen Reisen zu begleiten abgelehnt und Venedig nicht verlassen wollen. Jetzt war sie froh, der Angst, die alles lähmte, fliehen zu können.

„Gern. Aber vorher bin ich neugierig, ob mein Wettbewerbsbeitrag unter den Dichtern bestehen kann.“ Sie kaute auf ihrer Feder herum, bis sie sich plötzlich über das Papier beugte und losschrieb. Als sie fertig war, reichte sie das Blatt Domenico.

„Findet Ihr diese Ausführung gelungener?“ Er überflog die Zeilen, ohne dass sein Gesicht eine Regung zeigte. Veronica war aufgestanden und ging unruhig auf und ab. „Ihr seid grausam! Spannt mich so auf die Folter.“

Jetzt lachte Domenico. „Einverstanden. Unsere Gruppe wird ihm den Vorzug für den Vortrag geben.“ Veronicas Blick glitt verstohlen zum Stundenglas. Die Sandkörnchen waren fast durchgelaufen. Ihre hohen Gäste hatten mit dem Condottière unauffällig das Haus verlassen, drei andere Gäste vervollständigten an ihrer Stelle Veronicas Gruppe. Sie hatte alles sorgfältig abgewogen. Die Nacht würde ausklingen, ohne dass jemand vermutete, dass hier Entscheidungen gefallen waren, die, wie sie hoffte, die Weltgeschichte verändern würden.

Bereits einige Tage später - man schrieb den 7. Juni 1571 - läuteten die Glocken Venedigs erneut und der Markusplatz füllte sich mit den daheimgebliebenen Bewohnern der Stadt. Sie lauschten den Worten des Dogen und bewunderten anschließend die Prozession der kirchlichen Würdenträger, die sich mit dem Regenten in ihrer Mitte zum Markusdom bewegte. Sie schöpften Hoffnung.

Nach zehnmonatigem Ringen war endlich der entscheidende Pakt geschlossen worden: Venedig, Spanien und der Papst hatten sich zur Heiligen Liga zusammengeschlossen. Jetzt würde Venedig die Osmanen besiegen, jetzt konnte nichts mehr schiefgehen, jetzt würden die Männer zurückkehren. Das Leben neu beginnen. Veronica lächelte, als sie erfuhr, dass Juan d‘ Austria von seinem Halbbruder König Philipp II. von Spanien zum Oberbefehlshaber der spanischen Streitmacht ernannt worden war.

Am Tag darauf verkündete Veronica den versammelten Hausbewohnern: „Domenico hat uns eingeladen. Er bietet uns einen Flügel seines Landhauses auf der Terra ferma an, ist das nicht wundervoll? Wir können den Sommer dort verbringen. Stellt Euch das vor!“ Ancilla strahlte, drückte Veronicas Arm. Sie flüsterte ihr zu: „Dann brauchen wir den Mob nicht mehr zu fürchten, es wird tatsächlich immer schlimmer.“

„Das Anwesen befindet sich in der Nähe von Oderzo. Es gehören Ländereien mit Gemüseanbau, Fischteichen und Weinfeldern dazu. Wir werden auch genügend zu essen haben. Allerdings werden sich meine Rangen ordentlich benehmen müssen, um Domenico nicht zu stören. Dafür werdet Ihr mir Verantwortung tragen. Und Agnesia, Euch gebührt es, für alle zu kochen.“

Die Köchin nickte glücklich. „Wird der Herr viele Besucher bewirten, werden Feste stattfinden?“

„Nun, Besucher wohl. Der Dichterkreis trifft sich einmal wöchentlich und darüber hinaus wird sich sicher der eine oder andere hochgestellte Herr einfinden, den die Geschäfte oder seine Order in die Gegend führen.

Aber Signor Venier liebt die Ruhe. Abendveranstaltungen werden kaum gegeben. Es wird entspannt zugehen. Ich freue mich darauf, Enea und Achiletto das Landleben zu zeigen. Sie dürfen Pferde kennenlernen und im Freien rumtoben. Die frische Luft wird eine Wohltat für ihre Lungen sein. Signora Elena wird im Landhaus ihres Gatten in der Nähe weilen."

Die Gesichter ihrer Bediensteten strahlten.

„Wir können Andrea besuchen", warf Oktavia ein und eine leichte Röte überzog ihre schmalen Wangen.

„Ich bezweifle, dass wir ihn antreffen. Andrea wird mit Signor Martinengo unterwegs sein. Aber ihr werdet Marisa kennenlernen." Veronica klatschte in die Hände. „Jetzt sputet euch, wir müssen packen, die Möbel abdecken, die Vorräte sichern, die Läden schließen. Es bleibt noch viel zu tun."

Die Versammlung in der Küche löste sich auf. Veronica trat in den Flur, um sich zum Studierzimmer zu begeben. Der Balboni müsste sie eine Nachricht senden und ein Lohnausfallgeld, überlegte sie.

Befehl für die Flotte

„Der Condottière im Sondereinsatz Estore

Martinengo aus Treviso bittet, an Bord antreten zu dürfen, Herr General", meldete der Maat. Inzwischen war es Ende Juni geworden. Die in der nicht sonderlich geräumigen Kapitänskajüte versammelten Offiziere schauten auf. Admiral Sebastiano Venier winkte unwirsch ab.

„Martinengo? Soll warten." Er schaute nicht auf und beugte sich weiter über die auf dem Tisch ausgebreitete Seekarte.

„Martinengo bringt mit Sicherheit Neuigkeiten aus Venedig und vom Dogen. Ihr wisst, er ist ebenso wie sein Bruder in besonderer Mission der Löwenrepublik unterwegs", erlaubte Marco Venier sich anzumerken. Sein Vater nickte.

„Entschuldigt, ich war in meine Planungen versunken. Ihr habt recht. Lasst ihn hereinführen."

Seine Hand fasste in den Rücken, ehe er sich mit einem kleinen Stöhnen aufrichtete. Fast stieß er mit seinem Kopf an die niedrige Decke der Kabine. Seine imposante Erscheinung, mit grauem Bart und Haupthaar konnte nicht verhindern, dass er müde wirkte. Die dem Alter geschuldeten Falten im Gesicht kerbten sich tiefer ein.

Er erinnerte Marco an einen alternden Löwen. Am liebsten hätte Marco seinen Vater gebeten, sich etwas auszuruhen. Aber eine solch vertrauliche Bitte hätte dieser ihm in dieser Runde mehr als übel angekreidet. Der Flottenkommandant war Marcos Vorgesetzter.

„Die Herren."

Martinengo verbeugte sich und trat an den Tisch. Sein Blick heftete sich auf die Karte, ehe er Haltung annahm.

„Admiral Venier. Ich bringe gute Nachrichten. Philipp II. ist bereit, das Bündnis zu zeichnen. Juan d' Austria wird mit dem Einverständnis des Papstes den Oberbefehl übernehmen. Die Flotten der Mittelmeerländer sammeln sich in Messina. Ich überbringe die entsprechenden Befehle." Er überreichte Sebastiano eine mit Siegeln versehene Schriftrolle.

„Endlich ...", meinte Andrea Tron und klopfte Martinengo auf die Schulter. „Gute Arbeit, der Doge ist Euch langsam mehr als einen Orden schuldig." Estore winkte ab.

„Ich könnte ruhiger schlafen, wenn die Schiffe sofort Famagusta ansteuern würden. Ich war vor Ort. Glaubt mir, lange wird sich Famagusta nicht mehr halten können. Bald wird die Stadt das Schicksal Nikosias teilen. Die abgeschnittenen Häupter unserer Notablen werden eher über die Mauern fliegen, als uns lieb ist. Ich höre bereits jetzt den Lärm des türkischen Heerzuges in ganz Zypern."

Sebastiano seufzte. „Ihr sprecht mir aus der Seele, Martinengo. Die zwanzig Kreuzer, die in der Sudabucht bei Kreta vor Anker liegen, werden nichts ausrichten können. Vereint mit unseren hundertvierzig Schlachtschiffen - von Zara nach Zypern würden wir nur wenige Tage benötigen - könnten wir Famagusta zur Hilfe eilen. Aber wir müssen die Übermacht der Osmanen zur See bedenken. Für eine Seeschlacht gegen die Osmanen ist unsere Flotte zu klein. Das haben die Scharmützel der vergangenen Monate deutlich gezeigt. Wir sind auf eine Allianz angewiesen. Allein ist Venedig chancenlos. Ich hätte mir ein rascheres Vorgehen gewünscht. Ich bin froh, dass Philipp II. endlich signalisiert, zu unterzeichnen, denn ich begann zu zweifeln. Anscheinend hat Spanien eingesehen, dass das Mittelmeer nicht nur aus dem westlichen Teil besteht und auch seiner Herrschaft und seinem Land Gefahr droht. Marco, lass uns Wein bringen, wir sollten mit Signor Martinengo auf die gute Nachricht anstoßen. Aber vorher schickt nach dem Kapitän, damit er den Kurs für die Flotte nach Messina festlegt. Es ist keine Zeit zu verlieren."

„Bleibt Ihr bis Messina an Bord, Martinengo?", fragte Andrea Tron.

„Ich werde mich zum Brennpunkt des Geschehens begeben, nach Famagusta. Mein Schiff wartet bereits im Hafen."

„Ihr segelt unter fremder Flagge, nehme ich an?" Estore lachte und bedachte Andrea mit einem kumpelhaften Schlag auf die Schulter.

Als er einige Tage später in Famagusta an Land ging, war es Mitte Juli und die Sonne stach unbarmherzig vom Himmel. Soweit möglich hielt er sich im Schatten der Häuser. Die engen Straßen wirkten nicht wie sonst quirlig und lebendig, sondern lagen dösig und fast ausgestorben im Sonnenlicht. Ein leichter Wind vom Meer wehte wie immer und brachte den Geruch von Salz und Tang mit. Estore stellte fest, dass die kleinen Händler weniger Ware als noch vor einem halben Jahr feilboten, ja, dass viele Läden mit Brettern verrammelt waren. Den gesamten Weg über bestürmte ihn Giacomo, der ihn vom Hafen abgeholt hatte, mit Fragen. Doch, zu beschäftigt mit seinen Beobachtungen, antwortete er nur einsilbig.

„Wenn Ihr mir nicht endlich sagt, wie es Veronica geht, muss ich Euch fordern", meinte Giacomo nach einer Weile gequält.

„Ich dachte, geduldiges Warten gehört zu den Tugenden eines guten Kaufmanns", frotzelte Estore.

„Beabsichtigt Ihr, mich zu ärgern?"

Estore sah ein, dass er das Spiel nicht überspannen sollte.

„Es geht Eurer Veronica gut. Sie strahlt wie ein blühender Magnolienbaum und nicht nur das: Sie ist dabei, sich als Dichterin Rang und Namen zu verschaffen. Macht Euch keine

Sorgen um Eure Schöne. Sagt mir lieber, wie es hier wirklich steht."

„Damit soll ich mich zufriedengeben? Wie lebt sie, in welchem Sestière, unter welchen Bedingungen? Wer kümmert sich um ihre Kinder? Wie geht es ihrer Mutter, ihren Brüdern? Ich will alles wissen. Gab sie Euch keine Nachricht für mich mit? "

„Ich habe Eure Angebetete nur einmal kurz gesehen. Die Zeit war knapp und erlaubte es nicht, private Dinge auszutauschen. Ich tauge nicht zum Briefvermittler. Versteht, ich musste mein Ziel geheim halten. Bitte. Ich benötige umgehend Informationen über den Stand der Belagerung. Alles andere, verzeiht, ist für mich zweitrangig."

Giacomo nickte, ein wenig traurig. „Ja, natürlich." Estore sah, dass sich auf Giacomos Gesicht Enttäuschung ausbreitete und Sorgenfalten auf seiner Stirn erschienen.

„Was meint Ihr, Giacomo? Wie lange wird sich die Stadt gegen den Feind behaupten können?" Giacomo zögerte eine Minute.

„Noch steht der Markuslöwe in Stein gemeißelt am Seetor. Die drei Kilometer messende Festungsanlage in Form eines Rhombus ist robust. Ihre Mauern sind fünfzehn Meter hoch, vier Meter stark, ein tiefer trockener Graben umgibt sie. Gute Bedingungen für das Standhalten der Befestigungen. Die Anlage besitzt keine Schwachstellen aus Torf wie die

Stadtbegrenzung Nikosias. Alle fünf Tore werden scharf bewacht, die fünfzehn Bollwerke ebenso. Seit Ende September halten sie der Belagerung stand. Lala Mustafa versucht, die Stadt zum Aufgeben zu bewegen. Um seine Überlegenheit zu demonstrieren, lässt er seine Leute abgeschlagene und aufgespießte Köpfe vor den Mauern entlangführen oder lebende Gefangene in Sichtweite stunden- und tagelang entlangmarschieren. Bislang hat Commandante Bragadino jedem Ansinnen nach Aufgabe tapfer widerstanden. Er ist ein glühender Patriot. Hoffentlich bringt Ihr ihm die ersehnte Nachricht. Besser, die Segel der venezianischen Schiffe tauchen bald am Horizont auf.“ Estore ignorierte die letzte Bemerkung und ermunterte Giacomo fortzufahren.

„Bragadino agiert geschickter als sein Pendant in Nikosia. Ansonsten wäre Famagusta bereits in den Händen der Osmanen. Es ist kein Geheimnis, dass es Commandante Dandalo an Umsicht mangelte. Seine gesteigerte Sparpolitik trug mit die Schuld, dass die Verteidigung der Stadt Nikosia früher als notwendig zusammenbrach. Hinzu kam noch seine Weigerung, das Schießpulver herauszugeben.“ Giacomo zuckte mit den Schultern. „Ihr wolltet auch den Tratsch hören, entschuldigt. Es ist nicht meine Art, über Tote herzuziehen. Bragadino achtet auf das Einhalten strenger Disziplin. Er bezahlt seine Soldaten, verteilt die Lebensmittel gerecht und regelmäßig. Aber das Heer der Osmanen ist in der Überzahl. Erscheint nicht in Kürze Hilfe, ist die Stadt und damit die Insel für Venedig verloren. Diese Meinung oder eine ähnliche werdet Ihr hier von jedem erhalten. Die des Kommandanten wird unverhohlener ausfallen, wette ich. “

„Die Flotte ist ausgelaufen. Es ist zu hoffen, dass sie bald am Schauplatz eintrifft“, rettete sich Estore in eine Halbwahrheit. Er wechselte das Thema. „Nach meiner Ankunft wurde mir zugetragen, dass Seecommandante Querini im Januar einen entscheidenden Schlag landen konnte.“

„Ja, die Geschichte kennen wir alle. Querini entdeckte, dass die Osmanen ihre Schiffe zu Beginn des Ramadans, - einem Fastenmonat, den der Islam vorschreibt - zurückzogen. Er nutzte seine Chance. Mit einem Dutzend Galeeren und vier hochwandigen Segelschiffen lief er von Kreta aus. 1700 Soldaten an Bord, bis auf die Zähne bewaffnet, heißt es. Als sie sich Zypern näherten, befahl er, mit vier Schiffen auf den Hafen von Famagusta zuzuhalten, die anderen warteten außer Sichtweite. Eine Falle! Und sie funktionierte. Die Osmanen greifen wie erwartet die vier Galeeren an. Kurze Zeit später erscheinen aus dem Nichts die restlichen Galeeren und Galeonen und es gelingt ihnen, drei türkische

Galeeren zu versenken. Es kommt noch besser! Ein weiteres Schiff taucht am Horizont auf und kann gekapert werden. Ein Heldenstück fürwahr, kann man sagen. Unglücklicherweise handelt es sich um ein Schiff mit Pilgern auf ihrer Reise nach Mekka. Also kein geschickter Schachzug, sondern ein Affront. Pilger sind heilig. Ihre Gefangennahme heizt die Wut der Osmanen erst richtig an. Querini schert das nicht. Er lässt die Pilger in Famagusta zurück. Diplomatischer wäre es gewesen, er hätte sie an einen neutralen Ort mitgenommen und ihnen die Weiterreise gestattet. Denn mit der Aufbringung des Pilgerschiffes wurde ein ungeschriebenes Gesetz verletzt und der Sultan brüskiert."

„Das hört sich in der Tat unglücklich an." Estore wiegte nachdenklich den Kopf. „Die Pilger befinden sich hier in Gefangenschaft?"

Giacomo nickte. „Soviel ich weiß, ja. Fragt Signor Bragadino. Ratet ihm, die Leute freizulassen. Noch ist es Zeit, ein Zeichen zu setzen.

Der Sultan hat einen Sieg nötig. Die Pilger liefern mehr als einen Vorwand für jedes Eingreifen. Die Osmanen können grausam sein, aber sie verhalten sich in manchem großzügiger als die Christen. Glaubt mir, ich kenne beide Kulturen. Kürzlich hat Pascha Lala Mustafa fünftausend Bewohner, alte Männer, Frauen und Kinder, durch ein Ausfalltor nach draußen führen lassen. Sie durften unbehelligt ziehen. Wirkt in diesem Sinne auf Signor Bragadino ein, ehe es zu spät ist. Entschuldigt, ich versäume meine Gastgeberpflichten. Ihr wollt Euch sicher ausruhen?“, fragte ihn Giacomo, denn sie waren inzwischen bei Giacomos Haus angekommen.

„Nein, nein, etwas Wasser zur Erfrischung für das Gesicht und die Hände. Anschließend werde ich aufbrechen, um mit Commandante Bragadino zu reden. Es ist keine Zeit zu verlieren. Ich danke für die Informationen und werde mir Eure Worte durch den Kopf gehen lassen, Giacomo.“

Nicht zum ersten Mal fluchte Estore insgeheim über sein Unvermögen. Es hätte ihm gelingen müssen, den Dogen von der Dringlichkeit zu überzeugen, wenigstens einen Konvoi nach Famagusta zu schicken. Die Lage der Stadt erwies sich als weitaus prekärer als erwartet. Die Nachricht über den Abschluss der Heiligen Liga würde Bragadino zwar freuen. Aber der Umstand, dass die Schiffe sich erst in Messina sammelten, um gemeinsam zum Kampf gegen die Osmanen aufzubrechen, bedeutete für Famagusta eine Katastrophe!

Er verabschiedete sich. Giacomo hatte ihm ein Pferd besorgt. Als er zur Villa des Stadtkommandanten ritt, überfiel ihn das Elend in den Straßen mehr noch als auf dem Gang vom Hafen zu Giacomos Heim. Die

Menschen wichen zur Seite. Sie sahen müde, verhärmt und misstrauisch aus. Giacomos Hinweis auf die Pilger arbeitete in ihm. Je länger er darüber nachdachte, desto sinnvoller schien ihm die Idee, die Pilger als Verhandlungsmasse einzusetzen. Von diesem Gedanken beflügelt, stieg er am Ziel vom Pferd. Er wandte sich an den Wachhabenden: „Bitte meldet dem Stadtkommandanten, Estore Martinengo, Condottière im Dienste des Dogen, möchte ihn sprechen. Wenn ein Stallknecht sich des Pferdes annehmen könnte?“

„Wartet hier“, bedeutete man ihm. Kurze Zeit später nahm ihm der Uniformierte das Pferd ab und der Posten ließ ihn passieren. Ein weiterer Soldat führte ihn zum Zimmer des Kommandanten. Als die Tür sich öffnete, eilte ihm Bragadino lachend entgegen.

„Estore, alter Kämpe, Euch schickt der Himmel. Wie habt Ihr es geschafft, durch die Linien des Feindes zu gelangen? Ein Teufelskerl seid Ihr. Ich habe von Euren Abenteuern gehört. Ihr müsst mir später die Geschichte erzählen. Ich bin neugierig zu erfahren, wie ihr es schafftet, als Sklave verkauft zu werden und noch spannender - wieder die Freiheit zu erlangen. Eure Schurkenstücke kursieren in der gesamten Armee. Über Tripolis gelangtet Ihr nach Venedig zurück? Aber als Erstes berichtet mir, welche Nachrichten bringt Ihr aus der Höhle des obersten Löwen mit? Werden sich die Segel der venezianische Flotte bald am Horizont zeigen?“

Estore bereitete es Mühe, seine Augen an den abgedunkelten Raum zu gewöhnen. Hölzerne Läden sperrten das helle Tageslicht weitgehend aus. Nach einer Weile erkannte er in der Mitte einen rechteckigen Tisch von enormen Ausmaßen. Ein Deckenfenster sandte einen kreisrunden Lichtstrahl auf den Hafen von Famagusta im Miniaturformat. Staubkörnchen flirrten in seiner Luft und für Estore entstand der Eindruck, als würde dieser Teil der Stadt in den Himmel gezogen. Er schluckte, ehe er Bragadino folgte. Zu deutlich war ihm für einen Moment der Untergang der Stadt vor Augen gestanden.

Das Hallen der Absätze seiner Stiefel auf dem Steinboden half ihm, seine Beklemmung abzuschütteln. Bragadino, von schlankem hohem Wuchs, mit ebenholzfarbenem, bis auf die Schulter reichendem, glattem Haar, wies auf das Modell.

„Schaut! Die roten Markierungen geben an, wo unsere Feinde Tunnel gegraben haben. Diese verfluchten Heiden. Meine Männer legen ihnen Hinterhalte, werfen Schießpulver in ihre Gräben, vergraben Holzbalken mit vergifteten Nägeln im Sand. Vergebens. Diese Schufte sind in der Übermacht. Ohne Verstärkung von außen sehe ich keine Chance, die Stadt noch lange zu halten.“ Seine Worte gruben tiefe

Sorgenfalten in seine ansonsten glatte Stirn. „Entschuldigt, ich bin ein schlechter Gastgeber. Ich kann Euch nur Zitronenwasser anbieten, der Wein ist bereits zur Neige gegangen.“ Er winkte seinem Bediensteten, einen Krug zu bringen.

„Wann werden die Schiffe hier sein? Spannt mich nicht auf die Folter. Eine Woche oder nur noch wenige Tage?“ Estore wich dem Blick seines Gegenübers aus, beugte sich geflissentlich über das Modell der Stadt, ehe er sagte:

„Die Schiffe der Heiligen Liga versammeln sich in Messina. Ich habe Flottenkommandant Sebastiano Venier den entsprechenden Befehl überbracht.“

„Unsere Flotte segelt nach Messina, statt gleich hier aufzukreuzen? Ich habe mich verhört, oder? Unmöglich!“ Bragadino trat an ihn heran, packte ihn am Kragen, schaute ihm in die Augen. Einen Moment später ließ er von Estore ab. Seine Hand fiel leblos herunter. Seine Gestalt schien sich unter der Last zu beugen. Estore schwieg, als der Commandante begann, unruhig im Raum herumzuwandern. Nach einer Weile hatte sich Bragadino wieder in der Gewalt. Seine Stimme tropfte vor Hohn.

„Die Heilige Liga wird uns von Messina aus zur Hilfe eilen? Dass ich nicht lache. Die Verzögerung ist dem verdammten Spanier eingefallen? Nicht wahr? Sie wollen Venedig untergehen sehen. Das eint sie mit den Genuesern. Passt ihnen in den Kram, wenn wir Zypern abgeben müssen. Schielen schon lange neidisch auf unsere Besitzungen im östlichen Mittelmeer. Und der Papst? Ein Kreuzung? Zypern interessiert ihn nicht die Bohne, sein Ziel ist Jerusalem. Und alle sitzen heil in ihren Palästen und lassen sich von ihren Beratern sonst was einflüstern. Sesselfurzer! Können sich nicht vorstellen, wie es hier an der Front aussieht.“ Bragadinos Stimme verkam vor Enttäuschung zu einem Knurren. Er litt. Estore fühlte mit ihm und schwieg. Nach einiger Zeit kramte er aus seinem Seesack zwei Schläuche Wein hervor, die Giacomo ihm mitgegeben hatte.

„Ich weiß, die Menge reicht nicht, um die Nachricht in Wein zu ersäufen, aber nehmt sie trotzdem.“

„Entschuldigt meinen Ausbruch. Ihr seht mich verzweifelt. Verhandelt Venedig noch immer mit diesem Sokolli? Das ist verschwendete Zeit. Am Hof des Sultans üben andere Fraktionen mehr Einfluss aus. Selim wird nicht ruhen, bis Zypern sein ist.“

„Ja, das denke ich ebenfalls. Glaubt mir, wenn es nach dem alten Venier gegangen wäre, würde unsere Flotte bereits den Hafen ansteuern. Anderes Thema: Querini ließ Euch einige Pilger als Gefangene da, hörte ich. Das brachte mich auf eine Idee. Diese Pilger könnten wir als Geiseln verwenden. Wir bieten sie Sokolli an. Mag sein, dass Sokollis Einfluss abgenommen hat. Aber wenn wir dem Großwesir einen Trumpf in die Hand spielen? Er besitzt noch immer genügend Macht. Aus sicherer Quelle wissen wir, dass ihm an einer friedlichen Lösung gelegen ist. Ich kenne einen Kaufmann, der uns helfen könnte, den Kontakt herzustellen, Giacomo da Baballi. Natürlich muss der Sultan sein Gesicht wahren. Vielleicht gelingt uns die Quadratur des Kreises und wenigstens Famagusta bleibt Venedig."

„Wir wären schon froh, wenn die Belagerung ein Ende hätte. Ihr seid ein Fuchs. Wir haben nichts zu verlieren. Einen Versuch ist es wert. Wenn sich aus den gefangenen Pilgern noch Kapital schlagen lässt. Meinen Segen habt ihr. Erzählt mir mehr über diesen Kaufmann Giacomo da Baballi, können wir ihm vertrauen?"

„Hundertprozentig, dafür gebe ich mein Wort. Giacomo ist in seiner Gefangenschaft zum Islam konvertiert, spricht ihre Sprache und kennt Sokolli persönlich. Wenn er jetzt den Schutz der Osmanen sucht, wird er damit auf Verständnis stoßen. Er kann sich auf seine Beziehungen berufen. Ich werde mich als seinen Sklaven ausgeben, wie schon einmal. Wir sollten mit Großwesir Sokolli verhandeln, was meint Ihr?"

„Ihr seid Euch bewusst, dass Ihr Euer

Leben riskiert? Wenn der Pascha herausfindet, dass Ihr Spione seid, dann wird Euer Kopf bald auf einem Stecken an der Stadtmauer zu finden sein."

„Mmh. Die Idee, zu Sokolli zu reisen, gefällt mir von Minute zu Minute besser."

„Einen Versuch ist es wert. Ich hoffe, es gelingt Euch, Signor da Baballi mit ins Boot zu ziehen."

„Dies lasst meine Sorge sein. Ich darf mich verabschieden. Commandante. Und passt mir gut auf die Pilger auf!"

Estore verbeugte sich. Bragadino spielte in Gedanken versunken mit dem Löwen, der über dem Modell des Seetors angebracht war. Einmal entfernte er das Wappentier, ein anderes Mal steckte er es wieder auf. Estore wartete.

„Seid im Übrigen vorsichtig mit Eurem Pferd, Estore, es könnte Begehrlichkeiten wecken. Die Nahrungsmittel sind knapp geworden", meinte Bragadino nach einer Weile. Dann nahm er Haltung an und rief: „Es lebe die Republik Venedig."

„Es lebe die Republik Venedig", salutierte Estore.

Mit gemischten Gefühlten verließ er die Kommandantur. Würde das riskante Spiel, das ihm vorschwebte, das Steuer herumreißen können? Viel Hoffnung machte er sich nicht. Er führte sein Pferd am Zügel hinaus. Die Mittagssonne brannte unerbittlich auf das Pflaster. Keine Menschenseele rührte sich in den Gassen. Alle Fenster versteckten sich hinter geschlossenen Läden. Krähen flogen von einer Baumkrone auf. Die Vögel umkreisten ihn hungrig. Sie hofften auf die nahrhafte Hinterlassenschaft seines Pferdes. Ihn fröstelte trotz der Hitze. Mit ihrem Gekrächze schien die schwarze Schar Unheil heraufzubeschwören.

Als er Giacomos Haus erreichte, atmete er erleichtert auf. Das ausgedehnte Gebäude umgab eine hohe, weiß gekalkte Mauer. Zurückversetzt in einen Hof, war es wie die anderen Häuser im weiteren Umkreis ebenerdig gebaut. Olivenbäume warfen mit ihrem silbrigen Grün einen dürftigen Schatten auf den Eingangsbereich und erfreuten das Auge. Estore führte das Pferd zum Stall, wo ein Diener es in Empfang nahm. Anschließend wanderte er zum Brunnen, schöpfte Wasser, goss sich eine Kelle von dem frischen Nass über den Kopf. Die friedliche Stimmung ließ ihn für einen Moment die Belagerung vor den Toren der Stadt vergessen.

„Wie ich sehe, habt Ihr mir meinen Rappen sicher nach Hause gebracht. Ich reite nur noch selten mit ihm aus. Beruhigend zu wissen, dass das treue Tier mir helfen kann, rasch zu verschwinden. Meine Vorräte sind besser bestückt als die der meisten Menschen hier. Natürlich könnte ich alles für horrende

Preise verkaufen, aber Gold ist schwer und in diesen Zeiten eher lästig“, begrüßte ihn Giacomo, als er den Wohnraum betrat. „Bestimmt habt Ihr nichts gegen ein gutes Essen und ein Glas Wein einzuwenden. Ich habe meiner Köchin bereits Weisung erteilt, heute einmal ein Gastmahl aufzutischen. Setzt Euch, es wird in Kürze serviert. Konntet Ihr Eure Nachrichten überbringen?“

„Ich habe meine Aufgabe hinter mich gebracht. Erschreckt haben mich die verhärmten Menschen und später noch mehr die menschenleeren Gassen. Ich wünschte, ich könnte der Stadt helfen.“

„Oh, dieser Satz aus Eurem Munde verheißt ein Abenteuer. Ich hoffe nicht, dass Ihr erneut auf mich baut. Einmal konnte es gelingen, Euch als Sklave bei den Osmanen einzuschleusen, ein weiteres Mal dürften wir nicht so viel Glück haben. Die Lage ist angespannter. Die Fronten sind verhärtet.“

„Das Essen ist fertig, Herr“, störte eine Magd die beiden Männer aus ihren gemütlichen Korbstühlen auf. „Darf ich Euch bitten, Platz zu nehmen.“

„Bereits der Geruch erinnert mich an zu Hause und an meine Mutter. Habe ich Euch erzählt, dass sie eine begnadete Köchin ist?“ Giacomo nickte, als er Estore einen Platz am Tisch zuwies. „Aber nicht, dass Marisa bei ihr in die Lehre geht.“

„Nein, allerdings nicht. Dann wird sie für jeden Mann, der sie einmal erobert, eine Freude sein."

„Marisa ist eine erblühende Schönheit. Wenn ich in einem anderen Beruf tätig wäre, würde ich um ihre Hand anhalten. Aber so ein Haudegen wie ich ist eine Plage für eine Ehefrau, deshalb bleibe ich lieber ohne Anhang. Mein Bruder denkt ebenso. Ich glaube, er verehrt Eure Veronica. Aber ich rühre an Euren wunden Punkt, verzeiht."

Estore langte nach dem Holzlöffel und schaufelte den Reis zusammen mit dem Fleisch-Gemüseragout in sich hinein. Für eine Weile versiegte das Gespräch. Erst als Giacomo zum Weinglas griff und sagte: „Salute. Trinken wir auf die schönen Frauen", fand er seine Sprache wieder.

„Ich würde sagen, stoßen wir auf das ausgezeichnete Mahl an. Ein Genuss nach der langen Abstinenz. Ihr vermisst Eure Dame noch immer?"

Estore lächelte, weil sein Gastgeber sich verschluckte, ob der unerwarteten Frage. Es dauerte eine Minute, ehe Giacomo sich wieder unter Kontrolle hatte und antwortete.

„Ja, obwohl ich weiß, dass ich in ihrem jetzigen Leben wenig Platz hätte, ändert das nichts an meiner Sehnsucht. Das Schicksal hat es nicht gewollt."

„Was würdet Ihr riskieren, um in Venedig leben zu können? Sagen wir unter einem anderen Namen und mit einer neuen Identität?“ Estore blickte seinem Gegenüber forschend ins Gesicht. Giacomo war bei den Worten zusammengezuckt, seine Erregung spürbar.

„Ihr seht eine Möglichkeit? Wie lauten die Bedingungen?“

Estore verkniff sich ein Lächeln. Der Köder war geschluckt. Er hatte sich nicht verkalkuliert. Bevor er das Wort ergriff, nahm er einen Schluck vom Rotwein, anschließend hielt er sein Glas gegen das Licht.

„Seht Ihr das Funkeln in diesem Glas? Wenn Ihr Euer Ziel erreichen wollt, müsst Ihr lange Zeit auf die irdischen Freuden verzichten. Ja, Ihr werdet Euer Leben riskieren müssen.“

„Redet nicht um den heißen Brei herum, legt die Fakten auf den Tisch. Ich werde das Risiko abzuwägen wissen.“

In diesem Moment trat die Magd ins Zimmer. „Haben die Herren alles, was sie wünschen?“ Giacomo gab ihr ein Zeichen, den Raum zu verlassen. Gespannt beugte er sich vornüber.

„Raus mit der Sprache.“

Estore lehnte sich entspannt zurück. „Geduld! Lasst uns einen Ort aufsuchen, der keine Ohren hat.“

Giacomo gab sich geschlagen. „Ihr tut

gut daran, mich in die Schranken zu verweisen. Vollenden wir das Mahl und gönnen uns danach einen Spaziergang um das Anwesen.“

Die Magd räumte ab. Giacomo orderte einen Anisschnaps. Er brannte die Kehle hinunter und verbreitete eine wohlige Wärme. „Gehen wir ins Freie“, bat Estore.

Die Abenddämmerung hatte inzwischen eingesetzt, der Himmel glänzte rotgolden. Giacomo führte Estore zu einem Olivenhain, dessen Bäume hinter dem Haus ihre Zweige gen Himmel streckten. Estore bewunderte, mit welchem Geschick dieser Mann sich in kurzer Zeit ein solches Heim geschaffen hatte. Unter Umständen hatte Giacomo nichts zu befürchten, sollte eine neue Flagge über der Insel wehen. Als Kaufmann wäre es für ihn zum Vorteil. Er war Moslem, verstand die Sprache und würde Handel treiben. War es richtig, ihn mit einer vagen Zukunft in Venedig zu locken? Seine Veronica war eine der begehrtesten Kurtisanen. Würde sie überhaupt ein Leben als Kaufmannsfrau führen wollen? Zeit ließ sich nicht zurückdrehen. Unter Umständen war es besser, nicht Schicksal zu spielen. Aber das Wohl Venedigs stand über privaten Befindlichkeiten. Veronica diente als Köder. Und Signora Franco war nicht sein Problem, eher die Gefahren, die bei den Osmanen lauerten.

Er begann, Giacomo seinen Plan zu

erläutern: „Ich habe Euch selbst auf diese Idee gebracht, Estore. Begeistert bin ich nicht. Hoffen wir, dass am osmanischen Hof ein Interesse besteht, die Pilger zu befreien. Um nach Konstantinopel zu segeln, benötigen wir Euer Schiff. In Anbetracht der kriegerischen Lage könnte es gekapert werden. Oder man wird uns nicht mehr abreisen lassen und nimmt uns als Geiseln. Mit Lala Mustafa zu verhandeln, macht wenig Sinn. Ich befürchte, er besitzt nicht das Recht, die Belagerung abzubrechen. Dazu benötigt er die Einwilligung des Sultans. Wird uns die Zeit nicht durch die Finger rinnen? Es könnte schwierig werden, zu Sokolli vorzudringen. Die Gefahr besteht, dass man uns als Geiseln festhält, bis die Gefangenen übergeben sind. Ihr spracht davon, dass eine heilige Liga abgeschlossen wurde. Ist Venedig nicht verpflichtet, den Kampf mit den Osmanen in jedem Fall aufzunehmen, um die Machtpositionen im Mittelmeer zu entscheiden?“

„Ihr seid ein kluger Kopf. Eure Bedenken besitzen Hand und Fuß. Doch dieses Abwägen, dieses vorsichtige Taktieren, wenn dies, dann das, wenn nicht dies, dann nicht das, zieht unweigerlich eine Schlacht nach sich. Viele Männer werden sterben, und Zypern wird trotzdem für die Republik abzuschreiben sein.“

Giacomo lachte, es war ein bitteres Lachen. „Wie recht Ihr habt! Ein Rückblick auf den Lauf der Geschichte sollte die Menschen klüger werden lassen. Aber sie laufen stets in die gleichen Fallen.

Die einen wollen erobern, die anderen ihren Besitz erhalten. Von den Mächtigen wird der Glaube ins Spiel gebracht, wo es in Wahrheit um Macht geht. Schon ist an Frieden nicht mehr zu denken. Ich wundere mich. Ihr als Soldat wollt eine Schlacht verhindern? Sicher, der Handel profitiert oft vom Krieg, weil plötzlich alles knapper und somit teurer wird. Stoffe für Uniformen und Waffen werden benötigt. Vieles wird im Kampf vernichtet und zerstört. Man braucht Baumaterial und so weiter. Und doch verlieren wir alle. Wir verlieren wertvolle Menschen und fangen an, das Rad neu zu erfinden. Ich wünschte mir, es gäbe keine Kriege."

„Giacomo, aus Euren Worten spricht Weisheit und Klugheit. Wüsste ich nicht, dass Ihr das dreißigste Lebensjahr erst vor Kurzem erreicht habt, ich würde sagen, Ihr sprecht wie ein Greis."

„So, so. Ihr haltet mich für einen alten Mann. Nur weil ich mich nicht kopfüber in ein Abenteuer stürze wie ihr. Die in Aussicht gestellten Möglichkeiten reizen mich sehr wohl. Aber werde ich diese überhaupt genießen können? Egal, zögern wir nicht länger. Euer Schiff liegt irgendwo da draußen? Lasst uns nach Konstantinopel segeln und bei

Signor Sokolli vorstellig werden. Ich denke, Ihr habt sichergestellt, dass die Gefangenen gut behandelt werden? Am besten wäre natürlich, wir würden sie an Bord mit uns führen, aber das ließ Bragadino nicht zu?“

Estore nickte. „Ich konnte ihn nicht überzeugen, uns die Pilger sofort zu überlassen. Aus seiner Sicht verständlich. Nachdem ich ihn auf die Wichtigkeit dieser Personen hingewiesen habe, will er sie selbst als Unterpfand behalten. Wenn wir zurückkehren und gute Nachrichten bringen, wird er sie großzügig gehen lassen. Aber dann ist es seine Gnade. Versteht doch.“

Giacomo klopfte seinem Partner auf die Schulter. „Ihr seid nicht zu beneiden um Eure Missionen. Ich werde Euch helfen. Hier sitze ich eh auf einem Pulverfass. Mir geht es besser als der üblichen Bevölkerung und ich teile schon jetzt meine Vorräte mit meinen Bediensteten und ihren Familien. Wann geht das Abenteuer los? Morgen früh?“

„Je eher, desto lieber. Die Bestimmung der Gezeiten müssen wir dem Bootsmann überlassen. Noch vor Sonnenaufgang brechen wir auf zum Schiff. Bis wir es erreichen, werden wir einige Hürden zu umgehen haben, aber zwei gute Männer werden uns rudern. Zum Glück kennt mein Kapitän diese Gewässer wie seine Westentasche.“ Er streckte Giacomo die Hand hin und dieser schlug ein.

„Leeren wir den Rest des Weinkruges. Wer weiß, wann wir wieder einen so edlen Tropfen trinken dürfen.“ Sie schlenderten zum Haus zurück. Dunkelheit hatte sich über die Insel gelegt. Nur schüchterne Strahlen eines zunehmenden Mondes beleuchteten sanft den Weg.

Eine Woche später erreichte das Schiff mit Giacomo und Estore Konstantinopel.

„Ich hätte nicht vermutet, dass Ihr einen dermaßen empfindlichen Magen besitzt, Giacomo. Ich nahm an, Ihr seid bereits als Junge mit den Schiffen Eures Vaters unterwegs gewesen. Aber ich kann Euch trösten, der rettende Hafen ist in Sicht“, scherzte Estore, das Fernrohr in der Hand.

„Und ich wusste nicht, dass Ihr wagt, einen solchen Seelenverkäufer ein Schiff zu nennen und ihm Euer und vor allen Dingen mein Leben anvertraut. Ich sage dies lieber nicht laut, sonst sinken wir noch auf der Stelle“, antwortete Giacomo und strich sich über sein Gewand. Er sah blass und grün im Gesicht aus. Estore schmunzelte.

„Wenn wir mit einem stolzen Armadaschiff die Meere vor dem Feind kreuzen, wären wir bereits Fischfutter, wie Euer Mageninhalt. Dieser stinkende Fischkutter unter der Flagge eines unabhängigen Korsaren macht es möglich, unbemerkt an unseren Bestimmungsort zu gelangen." Giacomo nickte ergeben.

„Ja, ja, natürlich habt Ihr Recht. Aber als reicher Kaufmann mit einem Sklaven gehe ich nicht durch, wenn ich von Bord dieser Nussschale komme."

„Wir werden uns eine andere Tarnung einfallen lassen müssen. Strengt Euren Kopf an, Ihr seid der Mann mit der Ortskenntnis."
Giacomo stieß einen Stoßseufzer aus.

„Wenn mein Magen mein Gehirn wieder arbeiten lässt, gerne." Er entfernte sich ein Stück weit von der Reling, setzte sich auf eine Rolle Taue. Das Schlingern des Schiffes hatte nachgelassen.

Das Meer schimmerte glatt und schwarz, sie näherten sich eindeutig dem Hafen. Die Türme der Hagia Sofia und die des Palastes schimmerten am Horizont im Blau des Himmels auf. Einige Zeit später ankerten sie in einem der Hafenbecken. Abfälle schwammen im Wasser und es stank erbärmlich. Giacomo hatte ein einheimisches Gewand angelegt und Estore sich ebenfalls in einen Osmanen verwandelt. Als sie festen Boden unter den Füßen spürten, ertönte der Ruf des Muezzins. Giacomo zögerte nicht, er breitete einen Gebetsteppich aus, kniete nieder, verbeugte sich gen Mekka. Estore folgte seinem Beispiel nach einem belustigten Seitenblick.

„Dank an Allah, dass er mich die Fahrt mit diesem Seelenverkäufer hat überleben lassen“, bemerkte Giacomo, mit einem Blick zum Himmel. Er hob den Arm, um einen Karren heranzuwinken.

„Euer Landgefährt entpuppt sich nicht gerade als Luxuskarosse“, erwiderte Estore, als ein Eselskarren neben ihnen anhielt.

Giacomo lachte. „Wir haben keine Zeit zu verlieren, dachte ich.“ Und an den Karrenbesitzer gewandt: „Bringt uns zum Tor des Palastes des großen Sultans Selim, werter Herr.“ Sie handelten einen Preis aus und setzten sich hinten auf die Ladefläche.

Bis sie das Gewühl der Souks erreichten, ging es zügig voran. Im Gewirr der engen Gassen überfiel sie das quirlige Leben mit kehligen Rufen und dem herben Geruch von Gewürzen und Leder. Giacomo wies auf die Läden, die sich zur Straße hin öffneten. Die angebotenen Waren hingen wie dicke Trauben an den Eingängen oder stapelten sich sorgsam auf Tischen. Gefäße aus Ton warteten auf Käufer, anderswo glänzten Messingkrüge und -töpfe gelb wie Gold. Trotz des Schummerlichtes, Sonne fiel nicht in die Gasse, leuchteten die Farben der Stoffe. Bei der Teppichhändlergasse bat Giacomo, das Gefährt anzuhalten. Er führte Estore ein Stück weit in einen kleinen Seitenarm, blieb dann bei einem Laden stehen. Giacomo rief einen Namen.

„Giacomo, bei Allah, Ihr seid es. Welches Vergnügen, Euch wiederzusehen. Trink mit Eurem Freund einen Chai. Wartet, ich will Euch meine Söhne vorstellen."

„Ich suche dich ein anderes Mal mit mehr Zeit auf, Pascha Sehmet. Jetzt wünsche ich von Euch den schönsten Wandteppich, den Euer Geschäft bietet. Er wird ein Geschenk für den Großwesir."

„Einen Moment." Der Inhaber des Ladens verschwand. Einige Minuten später erschien er beladen mit mehreren Bündeln. Er breitete die Brücken vor Giacomo aus. Giacomo strich mit den Händen über den Flor, prüfte die Anzahl der Knoten auf der Rückseite. „Ihr wisst, wer sie fertigte?", fragte der Händler. Giacomo nickte.

„Es sind kleine Wunderwerke. Ich nehme diesen für den Großwesir und diesen für seine Frau, die Tochter des Sultans, und diese Vier für seine anderen Frauen."

„Eine weise Auswahl, Giacomo. Wollt Ihr die Stücke gleich mitnehmen oder soll ich sie anliefern lassen?"

„Ihr könnt sie in unser Gefährt draußen laden lassen." Sie feilschten eine Weile um den Preis, während die Rollen bereits verpackt wurden, bis Giacomo die Hand hob.

„Genug, werter Freund. Ich werde Euch den Preis bezahlen, den Ihr verlangt, macht mir die Ehre und nehmt diese Ehrerbietung meinerseits an." Der Mann nickte und strahlte. „Gewiss, Giacomo, zahlt mir", und nannte eine Summe, die wesentlich unter dem zuerst genannten Wert lag. Giacomo entrichtete den Obolus und umarmte den Händler. „Ich hoffe sehr, Eure Söhne bei meinem nächsten Besuch kennenzulernen."

„Seid Ihr noch immer unverheiratet, verehrter Giacomo? Ich besitze überaus hübsche Töchter, sicher gefällt Euch eine zur Frau und für Euren Partner hier hätte ich ebenfalls eine übrig." Estore schmunzelte bei den Worten. Der Karrenführer half beim Verladen und sie setzten die Fahrt fort.

„Berichtet mir über Signor Sokolli. Ich hatte nicht die Ehre, ihn persönlich kennenzulernen", bat Estore Giacomo.

„Sultan Selim II ist bereits der dritte Herrscher, dem der Großwesir mit Umsicht dient. Sokolli ist ein überaus gut informierter und kluger Mann. Er verstand es in früheren Jahren, die Aufstände im Jemen zu befrieden. Istanbul litt vor Jahren infolge von Hungersnöten an der Pest. Er entwarf Hilfsprojekte. Ihr solltet wissen, dass Sokolli ein Visionär ist. Er befahl zum Beispiel den Bau eines Kanals durch den Suez, der den osmanischen Schiffen einen neuen Seeweg nach Westindien erschließen sollte. Leider wurde dieser wegen vieler Schwierigkeiten ebenso wenig in Arbeit genommen wie ein anderer aufregender Plan von seiner Seite. Ein zweiter Kanal sollte das Schwarze Meer mit dem Kaspischen Meer verbinden. Ein Angriff auf Persien wäre unter diesen Umständen von der Seeseite her möglich gewesen. Allerdings viel Einfluss gebiert auch viele Feinde." Sie näherten sich inzwischen der Palastmauer. Der Weg führte ein Stück weit daran entlang, ehe sie das Eingangsportal erreichten.

„Jetzt wird es schwierig", raunte Giacomo Estore zu. Giacomo wappnete sich mit entsprechendem Bakschisch und mit Geduld und hoffte, dass einer der ihm bekannten Beamten an der Eingangspforte Dienst versehen würde.

„Bitte, führt mich zu Ali Günner", bat er, in seinem Hirn nach weiteren Namen suchend. Das Glück war ihnen hold. Ali Günner hockte wie vor Zeiten in seinem Amtsraum, fünf Gänge und mehrere Türen entfernt.

„Effendi Giacomo, es freut mich, Euch zu sehen", verbeugte sich der Beamte. „Wie kann ich Euch helfen?" Giacomo reichte ihm einen Umschlag, ehe er sein Begehren vorbrachte. Der Beamte wiegte bedenklich den Kopf. Ein weiterer Umschlag wechselte den Besitzer.

„Wartet hier", bat Ali Günner und verschwand einige Zeit. Als er wieder auftauchte, strahlte er. „Ihr seid unter Allahs Gnade. Der Großwesir wird Euch empfangen. Wenn

Ihr vorher noch das Bad aufsuchen möchtet, frische Gewänder wird man Euch ebenfalls aushändigen. Man merkt, dass Ihr von einem Schiff kommt. Ihr stinkt, mit Verlaub gesagt.“

Giacomo lachte. „Eure Nase trügt Euch nicht, wir danken Euch für Euer Angebot. Könntet Ihr Sorge tragen, dass die Geschenke für den Großwesir an der richtigen Stelle deponiert werden?“ Günner nickte und winkte einen Diener heran, der sie auf einen Hof führte, durch ein imposantes Tor in einen weiteren Hof, umgeben von mehreren Gebäuden. Eine mit Messing verzierte Tür öffnete sich und sie betraten einen hohen, mit blauen und grünen Mosaiken reich geschmückten Gang, an dessen Ende sie die Bäder fanden.

Als sie auf dem heißen Stein lagen und eingeseift wurden, schloss Giacomo die Augen und genoss die Wonnen des türkischen Bades. Er träumte, alles hinter sich zu lassen, eine der schönen Töchter des Teppichhändlers zu ehelichen und viele Kinder zu zeugen. Seine Träume wurden unterbrochen. Ein Diener erschien und bat, ihm nach dem Ankleiden zu folgen.

Giacomo erinnerte sich an die langen Gänge. Vor einem Wandteppich blieb er stehen. Erinnerungen strichen durch seinen Kopf wie der Fallwind von den Bergen, der das Anwesen von Ismail Kemal jeden Nachmittag vor der Dämmerung erreichte. Marisas schmaler

Körper beugte sich über den Rahmen. Vor Anstrengung befeuchtete sie die Lippen mehr als einmal, ehe sie die passenden Fäden griff, um sie der Lehrmeisterin zu reichen. Ein Lächeln der Frau löste ihre Anspannung und Sonnenschein zog über ihr Gesichtchen.

Ewigkeiten lagen zwischen dem Gestern und dem Heute. Obwohl unfrei, hatte ihn Hoffnung erfüllt. Jetzt war er ein freier Mann und doch, ohne ein Ziel vor Augen zu haben. Bei genauerem Hinsehen entpuppte sich der Wunsch, mit Veronica in Venedig zu leben als Fata Morgana. Ein Wunschtraum, der keine Nacht der Realität standhielt.

„Giacomo, bitte, kommt!“ Estore fasste ihn am Arm. Sie eilten hinter dem Diener her. Bald standen sie vor einer imposanten Tür. Als sie eintraten, schritt ihnen Großwesir Sokolli Mehmet Pascha entgegen. Noch dünner als in früheren Tagen, ragte seine Gestalt wie ein Finger gegen die hohe Decke des großzügigen, saalartigen Raumes.

„Seid gegrüßt im Palast des Sultans, Giacomo da Baballi. Ihr seid mir stets willkommen.“

Giacomo verbeugte sich. „Darf ich Euch Estore Martinengo vorstellen, verehrter Großwesir?“

„Ich freue mich, Signor Martinengo persönlich kennenzulernen. Erinnert Euch, dass es Signor Martinengo war, der Euch nach

Venedig brachte?“

„Wie geht es Euren Söhnen und Eurer Familie, werter Großwesir? Wir hoffen gut.“

„Danke für die Nachfrage, ich weiß Eure Höflichkeit zu schätzen. Ihr kommt aus Famagusta? Welche Nachrichten bringt Ihr mir?“

„In der Stadt steht es nicht zum Besten, aber das wird dem verehrten Großwesir bekannt sein. Wir wissen, er ist ein Mann, der weiteres Blutvergießen vermeiden möchte. Und genau dies ist unser Anliegen“, mischte sich Estore in das Gespräch ein.

„Seid Ihr im Auftrag des Dogen befugt, eine Kapitulation zu unterbreiten? Es würde mich freuen, unsere Ziele würden sich gleichen.“

Estore räusperte sich. „Nicht ganz, werter Großwesir. Uns führt die Hoffnung her, in Euch einen Verbündeten zu finden, um eine Schlacht zu vermeiden. Eine Freilassung der gefangen genommenen Pilger sollte den Sultan gnädig stimmen, sodass er einwilligt, die Belagerung aufzugeben. Eine Aufteilung Zypern in einen türkischen und einen venezianischen Teil wäre vorstellbar.“

„Ihr als Condottière, Martinengo, macht Euch für den Frieden stark? So schlimm steht es also um Famagusta?“

Sokolli wanderte ein paar Schritte im Raum umher, trat zum Fenster, schaute in den

Garten. Als er ihnen erneut seine Aufmerksamkeit schenkte, lächelte er.

„Ich vergaß meine Pflichten. Die Wiedersehensfreude trübt meinen Verstand. Meine Diener werden Euch Tee und Datteln bringen. Gelüstet es Euch nach Zerstreuung? Soll ich nach einigen Tänzerinnen rufen lassen? Bitte nehmt Platz."

Giacomo schüttelte den Kopf. Er kannte Sokolli gut genug, um zu wissen, dass die Audienz beendet war. Sie hatten sich lächerlich gemacht. Es gab nichts mehr zu verhandeln. Estore hatte den sachten Hinweis bedauerlicherweise nicht verstanden.

„Ein Tee und Datteln würden unser Herz und unseren Magen überaus erfreuen. Giacomo hier, verspürt sicher Hunger. Er hat in den letzten Tagen alles Essbare dem Meeresgott Poseidon geopfert."

Sokolli klatschte in die Hände und wenig später standen Chaigläser, Datteln und Oliven vor ihnen. Estore nippte an seinem Chai.

Der Großwesir verbeugte sich. „Meine Herren." Bevor er sich abwandte, meinte er: „Signor Martinengo. Die Pilger, die Euer Commandante Querini im Februar gefangen nahm, bilden in der Tat einen Stein des Anstoßes. Sie liegen uns allen sehr am Herzen. Ihre Gefangennahme führt uns vor Augen, dass die Pilgerroute erst sicher sein wird, wenn die Insel zu unserem Herrschaftsbereich gehört. Könnten sich die Venezianer vorstellen, dass die Inseln Murano und Burano türkisch wären? Lala Mustafa Pascha ist ein Lehrer des Sultans aus Kindertagen und ein erfahrener Mann. Die Belagerung Famagustas brachte ihm viele Verluste. Ein Abzug ohne Kapitulation ist unmöglich.".

„Jeden Tag können die Segel der Mitglieder der Heiligen Liga vor Euren Küsten aufkreuzen und es wird einen Glaubenskrieg geben, Orient gegen Okzident", mühte sich Giacomo, trotz der Hoffnungslosigkeit einzuwerfen. „Es werden auf allen Seiten viele Menschen sterben müssen. Liegt dies in der Absicht des Sultans?"

„Lieber Giacomo, ich dachte, Ihr hättet unsere Wesensart verinnerlicht und wüsstet, dass die Idee der Eroberung der Grundgedanke des Sultanats ist. Krieg ist nicht abhängig von der persönlichen Neigung. Er ist ein dauerhaftes, imperiales Projekt, das vom Islam verlangt und abgesegnet wird. Der Islam wird sich ausdehnen wie das Meer. Bedenkt, das Meer steht nicht still, sondern ist ständig in Bewegung."

Sokolli winkte dem Diener, nahm ein Glas mit Chai vom Tablett, trank einen Schluck, ehe er fortfuhr.

„Folgenden Vorschlag könnte ich dem

Sultan unterbreiten: Venedig kapituliert und überlässt Zypern den Osmanen. Die gefangenen Pilger werden frei gelassen und unversehrt übergeben. Nach dem Erfüllen dieser Bedingungen wird Lala Mustafa alle Venezianer unbehelligt ziehen lassen. Ein großzügiges Angebot, denn lange ist Famagusta nicht mehr zu halten. Inzwischen sollen die Lebensmittel so knapp sein, dass bereits Katzen und Hunde daran glauben müssen, berichtete mir ein Augenzeuge."

„Entschuldigt. So weit, Euch bereits hier auf dem Papier Zypern zu überreichen, gehen meine Vollmachten nicht." Als Estore nach diesen Worten aufstand, atmete Giacomo erleichtert auf.

„Beenden wir das Gespräch. Es ehrt Euch Signor Martinengo, dass Ihr nichts unversucht lasst, um Eurem Heimatland zu helfen. Wir wissen solchen Patriotismus zu schätzen. Sicher gelingt es Euch mit der gleichen Intention, Commandante Bragadino zur Kapitulation zu bewegen. Erlaubt mir als Zeichen unserer Wertschätzung, Euch ein türkisches Schiff zur Verfügung zu stellen, damit die Fahrt etwas rascher vonstattengeht. Ihr wäret nicht genötigt, so viele Umwege zu machen wie auf Eurer Hinreise. Die Bucht, die Euer Kapitän angefahren hat, wird häufig von Piraten heimgesucht. War Euch dies nicht bekannt? Man wird Euch Zimmer herrichten. Ich nehme an, Ihr wünscht, im Morgengrauen abzureisen? Ich werde Anweisung erteilen. Und, Giacomo, überlegt Euch, ob Ihr nicht hier bei uns bleiben möchtet. Eure Geschenke haben uns sehr erfreut und Ihr wisst, Ihr seid ein gern gesehener Gast. Noch bietet sich Euch die Seite des Siegers. Ein offenes Buch kann rasch geschlossen werden, bedenkt dies."

„Wir danken Euch für Euren Großmut, Signor Sokolli." Giacomo verbeugte sich tief. „Ich danke Euch, Großwesir." Der Diener erschien und führte sie hinaus. Auf dem Flur bemerkte Estore: „Einen Versuch war es wert."

Giacomo schwieg. Für eine Diskussion war er zu müde und erschöpft. Als er sich später auf dem Bett ausstreckte, schlief er sofort ein.

Am nächsten Morgen weckte ihn der Ruf des Muezzins. Von Osten breitete sich Morgenröte aus. Palmen wiegten sich leise im Wind. Trauer bemächtigte sich seiner, als vertraute Alltagsgeräusche aus anderen Zeiten an sein Ohr drangen: Gesang mischte sich mit Klappern von Töpfen, dem Kreischen der Möwen, dem Fiepsen von Jungvögeln. Genau so hatte jeder Tag im Palast begonnen.
Estore steckte seinen Kopf zur Tür hinein.

„Wir müssen zurück, retten, was noch zu retten ist. Hoffentlich gelingt es mir, Bragadino zu überzeugen. Er muss die weiße Fahne hissen. Im Hof steht eine Kutsche, die uns zum Schiff bringt. Eilt Euch."

Die Agentin

Zu etwa der gleichen Zeit sprang Veronica in Treviso vom Pferd, hielt dem Stallknecht die Zügel hin, rannte zum Haus. Ihre Wangen glühten vom scharfen Ritt über die Felder. Vorwitzige Strähnen ihres Haares kringelten sich um ihr erhitztes Gesicht. Nach dem Eintreten klopfte sie den Staub aus ihrem Reitkleid.

Der Brief von Signora Martinengo gab Veronica Rätsel auf und beunruhigte sie. *„Verehrte Signora Franco, bitte schauen Sie morgen bei uns vorbei. Es ist wichtig!*" Ohne zu zögern, hatte Veronica sich auf den Weg gemacht.

„Bitte, meldet mich der Signora", brachte sie noch atemlos vom Ritt hervor.

„Sehr wohl, Donna! Die Signora weilt mit Signorina Marisa in der Küche. Aber der Herr ist überraschend eingetroffen, wenn Ihr mir in die Halle folgen wollt."

„Welcher der Herren, Estore oder Francesco?", fragte Veronica. Unsicher, ob sie sich wünschte, Estore zu sehen, weil er Nachrichten von Giacomo brachte oder Francesco, weil er ihr stets ein kleines Kribbeln in ihrem

Magen bescherte. Besonders, wenn er sie mit seinen moorbraunen Augen spöttisch betrachtete.

War der Grund die Nachricht dem Eintreffen einer der Söhne von Signora Martinengo geschuldet? Oder gab es Ärger mit Marisa? Hatte ihr Pflegesohn Andrea etwas angestellt? Wollte die Signora eine Gesellschaft geben und sie um Hilfe bitten? Letzteres wäre nach Veronicas Geschmack.

Seit Wochen umgaben sie außer Domenico und seinem Diener nur noch Frauen! Ludovico schwirrte in der Weltgeschichte herum. Andrea und ihre anderen Gönner schipperten kriegsbedingt über die Meere. Das Landleben verlor langsam an Attraktivität, ohne Männer gestaltete es sich fade. Gut, Elena würde nächste Woche mit ihren Kindern auf dem Landsitz der Morosinis eintreffen, das versprach ein wenig Abwechslung. Sie würde Nachrichten aus Venedig mitbringen und die Essais, die Arturo ihr versprochen hatte. Wenn jetzt einer der Martinengo Brüder im Haus weilte, würde sich natürlich sofort eine Gelegenheit bieten, das Neueste über die Lage zu erfahren.

Veronica hielt es vor Spannung kaum aus, am liebsten hätte sie sich am Diener vorbeigedrängt, der die Langsamkeit gepachtet zu haben schien. Aber das würde sich für eine Dame nicht geziemen und sie zügelte ihr Temperament.

„Signor Martinengo, Signora Franco beehrt das Haus mit ihrem Besuch“, verkündete er mit steifen Rücken. Veronicas Blicken bot sich lediglich die Kehrseite des großen Sessels. Das gute Stück stand jetzt im Sommer vor dem Fenster mit Blick in den Park.

Sie hielt die Luft an, als sich eine Gestalt aus seinen Tiefen löste, auf sie zueilte und sie herzlich umarmte. Ein wenig atemlos stammelte sie: „Ihr Francesco? Habt Ihr Eure Missionen unterbrechen können? Wie angenehm Euch zu sehen. Ihr glaubt gar nicht, wie einsam es hier auf dem Lande ist.“

„Ihr seid schöner denn je, Veronica. Das Landleben bekommt Euch, Ihr seid voller geworden. Ich freue mich, Euch zu begrüßen. Ich nahm an, die Dichterin fröne der Einsamkeit, um Verse zu schmieden. Habt Ihr nicht stets von einer ungestörten Zeit für Eure Dichtkunst geträumt?“

Veronica lachte. „Ja sicher, aber Traum und Wirklichkeit entsprechen sich nicht immer. Überdies tut zu viel von allem nie gut. Ich werde klüger. Erlöst mich von meiner Neugier. Was gibt es Neues? Ist die Schlacht geschlagen? Wer war siegreich? Unser Banner?“

„Macht es Euch behaglich. Meine Mutter frönt ihrer Leidenschaft und kocht. Ihr bleibt zum Essen? Ich lasse ihr Bescheid sagen.“ Veronica nickte. „Gern. Aber bitte, erzählt, berichtet. Stellt meine Geduld nicht weiter auf die Probe.“ Francesco schmunzelte.

„Ich nahm an, Ihr hättet ein Alter erreicht, in dem eine gesetztere Gangart das Ungestüm der Jugend ablöst?“ Während er dies sagte, winkte er dem Diener. „Tomaso, bitte, gebt der Hausherrin bekannt, dass wir noch einen Gast beherbergen. Danke.“

„Wie überaus galant, Francesco, mich zu erinnern, dass ich bald Mitte zwanzig sein werde. Keine Angst, so rasch entwickele ich mich nicht zu einer Matrone. Aber zu Wesentlichem: Was gibt es von der Front zu berichten?“ Sie machte es sich im zweiten Sessel behaglich, während sie erwartungsvoll zu ihm hinüberblickte.

„Die Schiffe warten in Messina auf das Eintreffen der Real und auf Juan d‘ Austria. Jede Stadt, die er anläuft, hat sich geschworen, ihn wie einen Helden zu empfangen und zu feiern. Er kann weder die Bürger, noch die Honoratioren düpieren und befindet sich in einer Zwickmühle. Philipp hat ihm zwei Edelleute zur Seite gestellt, deren Rat er vor einer Entscheidung einholen muss. Eine problematische Sache. Für Famagusta läuft die Zeit.“

„Der Prinz ist ein Edelmann und überaus höflich, das kann ich nur bestätigen. Er bedeutete mir, dass er die Meinung erfahrener Männer zu schätzen wisse.“

„Ich pflichte Euch bei. Doch die Art

und Weise, wie ihn sein Bruder behandelt, kompromittiert ihn. Der König erteilt seine Befehle nicht direkt, sondern lässt sie Juan durch Dritte zukommen. Beschämend für den Prinzen. Außerdem verweigert ihm Philipp den Titel „Hoheit“. Juan darf nur mit „Exzellenz“ angeredet werden. Der Prinz ist ehrgeizig, strebt nach Ruhm, vermutlich nach einer eigenen Krone? Ich mag ihn. Ob seine Ernennung zum Oberbefehlshaber der gesamten Flotte Venedig zum Vorteil gereichen wird, bleibt abzuwarten.“

Veronica wusste, wie richtig Francesco mit seiner Einschätzung lag. Von den spanischen Gewohnheiten am Hof konnte sie sich aufgrund der Briefe von Maria de Mendoza ein ausgezeichnetes Bild machen. Nach Marias Zeilen fürchtete Philipp II. Juans unbekümmerte, herzliche Art und die daraus resultierende Beliebtheit des jüngeren Bruders. Die Edeldame beklagte sich bitter und bemängelte Philipps harte Haltung. Der König stellte sich gegen ihre Ehe mit Juan, obwohl sie erneut schwanger war. Veronica überlegte.

Sollte sie Francesco informieren? Ihm mitteilen, dass Maria de Mendoza auf dem Weg nach Rom war, um Juan dort zu treffen? Das käme einem Vertrauensbruch gleich. Sie lenkte die Sprache auf das Thema, das ihr am Herzen lag.

„Was besagen die Meldungen aus

Zypern? Habt Ihr Post von Eurem Bruder Estore? Wie steht es um die Stadt Famagusta?“

„Liebste Veronica, ich weiß, Ihr macht Euch Sorgen um Euren Giacomo. Ich habe keine Nachricht von Estore. Giacomo hat Famagusta bestimmt verlassen. Wo sich Estore rumtreibt, wissen die Götter.“

„Wie schön, Euch zu sehen, Signora Veronica“, hörte sie eine weibliche Stimme von der Tür rufen. „Ich freue mich, dass Ihr meiner Einladung so prompt gefolgt seid. Ich denke, wir können Euch als zusätzlichen Gast bei Tisch begrüßen? Es ist bereits angerichtet.“

„Signora Veronica, Signora Veronica!“, rief Marisa aus, als Veronica mit Francesco das Speisezimmer betrat. „Die Suppe habe ich ganz allein gekocht.“

„Ja, Marisa ist ein Schatz. Sie besitzt eine rasche Auffassungsgabe und stellt sich außerordentlich geschickt an. Glücklich der Mann, der sie einmal vor den Altar führt.“ Die Blicke von Signora Martinengo gingen zu ihrem Sohn und Veronica sah, dass Marisa errötete.

War Francesco bewusst, dass das Mädchen sich in ihn verliebt hatte? Hegte er für sie ebenfalls Gefühle? Er wäre eine gute Partie. Die Mama wünschte sich Enkelkinder und er sich Söhne? Das Herrenhaus, der Titel.

Wobei, Erbe wäre in erster Linie der Ältere, also Estore. Ein weitaus größerer Draufgänger als Francesco. Beide liebten die Gefahr.

Schlechte Aussichten für Enkelkinder und die Hoffnungen der Frau Mama. Suchte sie in ihr eine Verbündete für ihr Vorhaben? Veronica würde es bald erfahren.

„Ich bin sicher, Marisa wird dank deines Unterrichts eine begehrenswerte Partie auf dem Heiratsmarkt werden. Ihr Frauen wisst bestimmt, wann die Zeit reif ist. Aber nicht wahr, Marisa, Ihr seid noch zu jung? Oder denkt Ihr bereits daran, Euch nach einem Mann umzusehen?“ Marisa senkte den Kopf.

„Entschuldigt mich bitte, ich hole die Suppe und ich denke, ich habe noch ein Würzkraut vergessen.“ Sie verschwand eilig. Nach einiger Zeit erschien sie mit der Schüssel in der Hand. Ohne ein Wort über Francescos Bemerkungen zu verlieren, schenkte sie jedem eine Schöpfkelle voll Suppe auf den Teller und wünschte: „Guten Appetit“. Veronica amüsierte sich insgeheim.

Typisch Mann, keinen blassen Schimmer! Offenbar ahnte er nicht, dass das Mädchen ihn angehimmelte. Sollte sie Francesco auf die Schwärmerei hinweisen? Besser nicht. Das war Aufgabe seiner Mutter. Marisa bewegte sich in der Tat auf ein Alter zu, in dem eine Heirat anstand. Marietta, die Tochter des Tintoretto, fiel ihr ein. Die beiden jungen Frauen trennten nur wenige Jahre. Hatte Marietta ihr nicht erzählt, sie würde mit ihrem Vater in der nächsten Zeit ganz in der Nähe weilen? Soweit sich Veronica erinnerte, arbeiteten der Meister und sein Sohn auf einem der Adelssitze. Die Mädchen miteinander bekannt zu machen, wäre eine gute Idee. Unter Umständen könnte Marisa bei Marietta Unterricht nehmen, zum Beispiel in Gesang oder ein wenig im Zeichnen. Wer weiß, welche Talente noch in Marisa schlummerten. Die Fertigkeiten würden ihren Marktwert steigern.

„Das Essen schmeckt wie immer vorzüglich, ich danke Euch, Signora Martinengo. Auch dir, Marisa, die Suppe ist hervorragend gelungen. Besuch mich an einem der nächsten Nachmittage. Es würde mich freuen."

„Liebste Signora Franco, entschuldigt, dass ich Euch hergebeten habe. Aber da mein Sohn uns mit seiner Anwesenheit beehrt, möchte ich die Angelegenheit, die mir am Herzen liegt, lieber ein anderes Mal besprechen."

Veronica nickte, als sie sich verabschiedete.

„Ich begleite Euch hinaus", beeilte sich Francesco zu sagen, und reichte ihr den Arm.

„Weilt Ihr länger in Treviso? Oder handelt es sich nur um eine Stippvisite?", fragte Veronica auf dem Hof.

„Morgen in der Früh breche ich auf. Bitte gönnt mir noch eine halbe Stunde. Vielleicht ist dieser Tag mein letzter???" Er lachte über seinen Scherz. Veronica bekreuzigte sich.

„Ihr solltet das Schicksal nicht herausfordern."

Veronica folgte Francesco zum Stallgebäude und den Gang hinunter zur Quelle.

Sie gingen schweigsam hintereinanderher. Veronica fühlte Francescos Zerrissenheit wie einen körperlichen Schmerz. Beim Wasserbecken eingetroffen, setzte sie sich auf einen Felsen und sah ihn an. Wollte er ihr schonend beibringen, dass er Marisa zu heiraten beabsichtigte? Oder suchte er eine Gelegenheit, sich ihr zu nähern? Sie wurde aus dem Ausdruck in seinen Augen nicht schlau.

„Veronica, es fällt mir schwer …" Sie rutschte unruhig auf ihrem Sitz hin und her, runzelte die Stirn. Etwas Unangenehmes also. Er setzte erneut an. „Die Briefe von Doña Maria de Mendoza wurden abgefangen, geöffnet und gelesen. Wir wissen, dass die Geliebte des Juan d' Austria auf dem Weg nach Rom ist, um Juan in Kenntnis zu setzen, dass sie ein Kind erwartet. Venedig ist daran interessiert, Juans Anreise zu beschleunigen."

Veronica hüstelte verlegen. Eine politische Angelegenheit. Damit hatte sie nicht gerechnet. Offensichtlich war bei der Weiberwirtschaft der letzten Monate ihr Gespür verloren gegangen.

„Und weiter?"

„Wir möchten, dass Ihr Doña Mendoza überzeugt, nach Messina zu reisen. Rom ist unüberschaubar und gefährlich. Wir würden Euch nach Messina bringen. Ihr könntet die Dame als Eure Kammerzone oder Gefährtin ausgeben Wir vertrauen auf Euren Einfallsreichtum und würden das Treffen arrangieren."

„Oh", meinte Veronica nur, froh, dass sie saß. Ein solches Ansinnen kam in der Tat unvermittelt.

„Ein Handelsschiff wartet im Hafen von Venedig auf Euch. Brieftauben bringen die Nachricht an Doña Mendoza heute auf den Weg. Mein Arbeitszimmer steht zu Eurer Verfügung."

„Ich bin noch nie so weit gereist. Meine Verpflichtungen erlauben mir keine lange Abwesenheit. Außerdem bin ich meinen Kindern verpflichtet."

Und meine erneute Schwangerschaft ist ebenfalls ein Hinderungsgrund, dachte sie. Erst hatte sie es gar nicht glauben wollen. Ihre Übelkeit auf alles Mögliche geschoben: den noch immer empfindlichen Magen, die Aufregungen. Ihre Regel war in den Monaten nach ihrer Vergiftung teilweise ausgeblieben und so hatte sie diesem Hinweis keine Beachtung geschenkt. Die Gewichtszunahme der herzhaften, guten Kost, der frischen Luft, dem gesunden Schlaf zugeschrieben. Alles schien ihr normal, bis sie vor zwei Tagen die Bewegung des neuen Lebens in sich gespürt hatte.

Insofern befand sie sich in der gleichen Lage wie Maria de Mendoza. Nur würde sie den Vater ihres Kindes nie heiraten können, weil er bereits verheiratet war. Es war Marco. Bislang hatte sie niemanden ihre Schwangerschaft gestanden, nicht einmal Ancilla. Obwohl die Vertraute sie hin und wieder merkwürdig ansah. Francesco griff nach ihrer Hand. „Ich bin nicht begeistert von diesem Auftrag, das müsst Ihr mir glauben." Er deutete einen Handkuss an, schaute zu ihr auf, drehte die Hand und küsste die Stelle, an der ihr Blut pulsierte.

Einige Tage später befand sich Veronica an Bord. Man hatte sie mit einem kleinen Boot bis nach Ferrara gebracht und nach Anbruch der Nacht an Deck. Am nächsten Morgen, bereits auf See, stellte sie fest, dass es sich nicht um ein gewöhnliches Schiff, sondern um ein fürstliches handelte. Zwei Stunden später küsste ihr der Herzog von Ferrara, Alfonso d' Este, höflich die Hand.

„Es gereicht mir zur Ehre, der Poetessa, von der die Schwester meiner Gattin so unverschämt schwärmt, eine Schiffspassage nach Messina anbieten zu können. Ich hatte schon gedacht, ich müsste mich die Tage auf See langweilen. Einer der Herren in Messina hat offensichtlich Sehnsucht. Ihm bekommt das Warten nicht?" Veronica errötete ungewollt, da sie einen Moment lang an Marco dachte.

Dann begriff sie. Ihre Tarnung! Er glaubte, einer der Nobili hätte sie angefordert. Sie lächelte. „Ich besitze keine Erfahrung im Reisen zur See. Ich hoffe, die Seekrankheit verschont mich."

Zum Glück bekam ihr die Seeluft. Sie steigerte ihren Appetit und rötete ihre Wangen. Die Gesellschaft des Herzogs erwies sich als überaus angenehm. Er war ein Liebhaber der Literatur und der Künste, ihre gemeinsamen Themen waren unerschöpflich. Die Tage auf See verliefen kurzweilig. Sie genoss jede Minute. Francesco und seine Männer hielten sich im Hintergrund. Und sie hatten Glück, sie begegneten keinem Piraten. Obwohl die Leute des Hodscha, vor denen Venedig seit Beginn des Krieges zitterte, verbündet mit den Osmanen, mit ihren Schiffen die adriatische See unsicher machten. Zypern und der Heilige Krieg blieben für eine Weile ausgeklammert.

Ihr Auftrag in Messina

Am einundzwanzigsten August liefen sie in Messina ein. Veronica sah die Masten unzähliger Galeeren im Hafen dümpeln. Alfonso d' Este zwinkerte ihr zum Abschied zu: „Ich wünsche der schönen Venus von Venedig einen angenehmen Aufenthalt und danke für Ihre kurzweilige Gesellschaft." Er beugte sich über ihr

Handgelenk. „Meine Verehrung, Donna."

Francesco und seine Helfer warteten mit einer abgedichteten Kutsche. Durch einen schmalen Ritz konnte sie im Laufe der Fahrt einen gewaltigen Dom erkennen, sonst blieb die Stadt Messina eine Unbekannte.

Eine weitere Unbekannte, Doña Maria de Mendoza, erwartete sie in der verschwiegenen Villa außerhalb der Stadtmauern.

„Ihr seid Veronica Franco? Enchantez, Madame", wurde sie im Salon begrüßt. Eine herzliche Umarmung folgte. Veronica fand sich am Busen einer hochschwangeren Frau in ihrem Alter wieder. Schwarzbraune, kluge Augen musterten sie mit einem Lächeln.

„Eine Schönheit, fürwahr. Juan hat nicht übertrieben. Offensichtlich erwartet Ihr ebenfalls ein Kind?"

Veronica legte den Finger an den Mund und flüsterte: „Weder der Vater noch die Herren sind davon in Kenntnis gesetzt", ihr Kopf wies kurz auf Francesco, der den Dienern Weisung erteilte. „Also, psst." Maria lächelte und drückte ihre Hand.

Das Eingeständnis festigte das in Briefen bereits geknüpfte Band. Nach dem Abendessen zogen die Frauen sich in Marias Schlafzimmer zurück. Die junge Doña lagerte sich bequem auf das Bett.

„Bis zum siebenten Monat ist eine Schwangerschaft ein Jungbrunnen, danach beschwerlich. Dies ist meine zweite Niederkunft. Es wäre wundervoll, Juan einen Erben zu schenken. Wenn er als Sieger aus dem Kampf zurückkehrt, hoffe ich auf das Einsehen des Königs. Erteilt er unserer Verbindung den Segen, können wir unsere Tochter Ana zu uns nehmen. Ich liebe Juan, glaubt mir, mehr als mein Leben."

Veronica wagte nicht, den Redefluss der Spanierin zu unterbrechen, amüsierte sich über Marias Temperament. Den Schilderungen nach verlief das Leben in Spanien strenger als in Venedig. Das Hofzeremoniell, Veronica hatte es am Hof von Mantua bereits als reinsten Horror und furchtbar steif empfunden, regelte alles und jedes auf wahrhaft einengende Weise. Hinzu kam der Einfluss der Kirche. Veronica fröstelte, als Maria das düstere Innere des Domes von Toledo beschrieb und dankte der Jungfrau, dass die venezianischen Gotteshäuser einen weniger ehrfürchtigen Glauben zuließen.

„Wenn Juan siegt und ich gehe davon aus, verleiht ihm sein Bruder sicher die Königswürde von Neapel. Es wäre ein Traum, dort zu leben. Alles ist heiter und freundlich." Veronica lächelte. Maria hielt sich die Hand vor den Mund und schaute zerknirscht. „Entschuldigt meine Unhöflichkeit, ich rede und rede wie ein Wasserfall ohne Pause. Morgen müsst Ihr mir unbedingt von Euch und Euren Versen erzählen und ich höre nur zu, versprochen."

Einen Tag nachdem Veronica in Messina eingetroffen war, erlöste der Ruf: „Schiffe in Sicht", die Besatzungen der venezianischen, maltesischen und päpstlichen Flotte aus ihrer Lethargie.
Am Horizont tauchten endlich die lang erwarteten Masten der spanischen und genuesischen Galeonen auf. Erleichterung machte sich breit.

Die letzten Wochen hatte die venezianische Flotte im Hafen von Messina vor sich hingedümpelt. Heiße Sommersonne hatte auf die Schiffsdecks gebrannt und das Holz der Planken gebleicht und sich Tag für Tag hatte sich das gleiche Schauspiel wiederholt: Die Matrosen hatten die die Decks geschrubbt, die Segel gehisst und sie wieder eingeholt, ansonsten hatten alle Karten gespielt, getrunken und gerauft. Oder sich beim Landurlaub in den Spelunken rumgetrieben oder sie hatten die Huren besucht. Zwischendurch riefen sie die Jungfrau Maria an und baten die göttliche Jungfrau sie von Krankheiten zu verschonen. Doch Maria hörte sie nicht und die Typhusseuche grassierte und dezimierte die Mannschaften. Aus Angst vor der Krankheit machte sich der eine oder andere Ruderer, sofern er nicht zu den Gefangenen zählte und angekettet seine Zeit verbrachte, aus dem Staub.

Die Offiziere suchten händeringend Ersatz für die Erkrankten und für die Verschwundenen. Werber versuchten an Land ihr Bestes. Die Gefängnisse im Umkreis leerten sich, alle Insassen wanderten auf die Ruderbänke. In den Armenvierteln heuerten die Werber jeden Mann als Seemann an, den sie fanden, oft mit illegalen Mitteln. Das Treiben der hohen Offiziere unterschied sich von dem der Mannschaft nicht wesentlich. Morgen für Morgen versammelten sie sich zum Appell und später beim Oberbefehlshaber und beugten sich in der Kombüse über die Seekarte.

Als sich jetzt die spanische Flotte näherte, mit der Real, ihrem Flaggschiff, an der Spitze, lachten alle erleichtert. Hurrarufe schallten durch die Luft.

Die Ankunft der Schiffe lockte die Menschen aus ihren Häusern. Die Gerüchte über den hellhäutigen Spanier mit den blonden Haaren, der in Rom und Neapel wie ein König empfangen worden sei, hatten im Vorfeld die Runde gemacht. Die Einwohner der Stadt Messina konnten es kaum erwarten, Don Juan de Austria zu sehen.

Am Tag nach dem Einlaufen versammelten sie sich zahlreich am Straßenrand, um den Einzug des Prinzen mitzuerleben. Zu seinen Ehren richteten die Stadtoberen einen Empfang mit Feuerwerk aus. Für die Bürger spendierten sie aus diesem Anlass Wein und Brot und regelrechte Volksfestlaune verbreitete sich rasch. Von jedem Hausdach, aus jedem Hausfenster grüßten Fahnen und Fähnlein mit dem Abbild des Gottessohns, der die Schwerter der Heiligen Liga segnete. Niemand zweifelte am Erfolg der Mission. Man feierte bereits jetzt den Sieg der gerechten Sache Gottes. Die Leute flüsterten, tuschelten und sonnten sich in dem Wissen, dass der unehelich geborene Prinz, Sohn einer Gastwirtstochter, ja einer von ihnen war. Alle Väter wünschten sich, ihre Töchter hätten dem Kaiser beigewohnt und jede Maid ersehnte sich einen außerehelichen Sohn von diesem herrlichen Prinzen.

Als Juan de Austria in einer offenen Kutsche mit Monsignore Colonna, dem Kardinal und General des Papstes, an der Seite durch die Straßen fuhr und winkte, kam ihr Jubel aus dem Herzen. Purpur und Gold glänzten prächtig in der Abendsonne. Mehrere Männer trugen das sechs Meter hohe blaue Banner in der Farbe des Himmels als Reliquie voran. Der Heilige Vater höchstpersönlich hatte es gesegnet und dem Prinzen feierlich anvertraut. Man bekreuzigte sich. Hinter ihm stolzierten die Adligen in ihren Festgewändern. Die Prozession bewegte sich gemessenen Schrittes durch den eigens aufgestellten und mit Wappen geschmückten Triumphbogen.

Veronica hielt den Atem an. Gekleidet wie Kaufmannsfrauen standen Maria und sie eingequetscht in der Menge. Mit Hinweis auf ihre Leibesfülle lehnte Maria die angebotenen Weinschläuche dankend ab. Veronica wusste, hinter ihnen wachten Francesco und seine Männer über sie. Ihre Begleiterin stieß einen spitzen Schrei aus und war einer Ohnmacht nahe, als der Zug vor ihren Augen hielt.

Der Prinz verließ die Kutsche. Böllerschüsse wurden abgefeuert. Sein Blick schweifte kurz über die Menge. Maria de Mendoza hob den Arm und winkte mit ihrem Spitzentaschentuch. Doch das Protokoll erlaubte keine Abweichung und sie blieben Zaungäste, als der Bürgermeister dem hohen Gast einen mit Silberschmuck geschmückten Hengst zuführte und ihm feierlich als Geschenk der Stadt übergab. Sie konnten nur beobachten, wie sich Juan d' Austria höflich bedankte, ehe er sich gesammelt und ernst in den Sattel schwang. Nach dem Schenkungsakt setzte sich der Zug wieder in Bewegung und verschwand aus ihrem Blickfeld.

„Hat er mich gesehen? Mein Gott, ich bin nicht sicher. Weiß er denn tatsächlich, dass ich ihn erwarte? Ich sterbe vor Aufregung. Sieht er nicht gut aus? Diese glänzende Uniform! Jeder Zoll ein Edelmann. Aber ich kann kaum noch stehen. Meine Beine sind große Fässer, schwer wie Anker. Das Mieder schnürt mir den Atem ab. Bitte, lasst uns gehen.“ Leichter gesagt, als getan. Veronica gab Francesco ein Zeichen. Sie nahm Maria bei der Hand und bahnte ihnen einen Weg durch die Zuschauer. Eine Kutsche wartete zwei Straßen weiter und brachte sie zur Villa zurück.

„Wann werden wir Juan treffen?“ Maria stöhnte, als sie Treppen zum Schlafgemach hinaufstieg.

„Kalte Umschläge um die Beine helfen, die Schwellung zu lindern. Ich werde Arnika besorgen lassen. Ihr werdet sehen, Eure Pein vom langen Stehen ist bald vergessen. Juan wird nach dem Empfang hier erwartet. Ihr könnt Euch noch ausruhen.“

Unterdessen näherte sich der Zug dem Rathaus. Zur Feier des Staatsempfangs brannten draußen und drinnen unzählige Fackeln. Sie verbreiteten zusätzlich Hitze. Die Luft stand. Im Saal warteten die Kommandanten der Schiffe in viel zu warmen Festtagsuniformen. Man wedelte sich Kühlung zu. Der Jubel der Menge verzögerte die Ankunft des Zuges. Als die Sonne unterging, strich endlich ein leichter erfrischender Wind durch die offenen Fenster.

Neben Sebastiano Venier stand der Genueser Giovanni Andrea Doria, den prächtigen Kopfschmuck zu seiner Paradeuniform unter dem Arm. Andrea Tron ordnete sich in die zweite Reihe ein, neben ihm bezog sein Freund und Galeerenkommandant Benetto Platz. Er wies auf Doria und flüsterte seinem Landsmann zu:

„Ich bezweifle, ob dieser Genueser eine gute Wahl ist. Zwar ist er ein Abkömmling des großen Helden Andrea Doria, aber dies ist auch schon sein einziger Verdienst."

Benetto lästerte: „Der Kopfschmuck ist in der Tat eindrucksvoll. Schade, dass er ihn nur in der Hand trägt. Staffage, wie seine Siege. Nimm nur die Eroberung Djerbas. Wie lange konnte er die Insel halten?

Spielte den Bezwinger und in Wahrheit besaß er nicht die geringste Chance gegen den geschickten Osmanen Turgut Reis. Seine Großmannssucht kostete ihn sechzig Galeeren. Zwei Drittel seiner Seeleute büßten mit dem Leben. Und er? Setzte sich am Ende feige ab. Ein gutes Omen für einen Erfolg? Kaum."

Andrea nickte. „Ich verstehe nicht, warum ihre Heiligkeit ihn unbedingt beteiligen will."

„Er bringt hundert Schiffe. Ob er auch gewillt ist, sie einzusetzen? Er wird sich drücken, wollen wir wetten? Auf jeden Fall ist Misstrauen angebracht. Dafür brennt Juan de Austria darauf, sich in einer Schlacht zu beweisen. Hoffen wir, dass er von seinem Bruder nicht zu sehr ausgebremst wird. Immerhin ist es seinem Einfluss zu verdanken, dass Spanien überhaupt an unserer Seite kämpft", erwiderte Benetto. „Unsere schöne Veronica soll daran einen nicht unerheblichen Anteil haben, munkelt man."

Andrea lachte. „Veronica ist ein Schätzchen. Charmant, geistreich und mit den Vorzügen einer echten Venus ausgestattet. Welcher Mann kann ihr schon widerstehen?"

„Wie recht Ihr habt, Andrea. Mir juckt es zwischen den Schenkeln. Am letzten Abend, bevor wir in See stachen, haben wir uns maskiert und uns auf den Plätzen vergnügt. Als ich Veronica vor Domenicos Haus traf, habe ich sie überredet, sich uns anzuschließen. Später sind wir bei Adriana gelandet. Marco hat sich, bereits alkoholisiert, mit seinem Cousin, diesem schleimigen Paffen, einen dichterischen Schlagabtausch geliefert. Und Veronica geriet mit ihrer Schlagfertigkeit zwischen die beiden. Am Ende gab es eine Rauferei. Der verletzte Held weckte ihr Mitleid und sie hat ihn zu sich mitgenommen. Nachdem seine spanische Angetraute ihn nicht ins Ehebett lässt und sich wie eine Nonne aufführt, wird unsere Veronica ihm sicher gutgetan haben."

„Armer Marco. Aber ich bin entsetzt. Kaum hat der Herr des Hauses auswärts zu tun, vergnügt sich seine Kurtisane an fremden Töpfen."

„Andrea, Ihr übertreibt, Ihr habt nie einen Alleinanspruch geltend gemacht."

Andrea zog eine Grimasse, ehe er schmunzelnd antwortete: „Gott bewahre, das könnte ich mir nicht leisten. Obwohl Veronica keine der Kurtisanen ist, die Männer bis aufs Hemd auszieht. Sie kennt ihren Preis, aber ist weder geldgierig noch hinterhältig wie so manche andere. Sie besitzt Herz und Gefühl."

„Ja, lieben wir sie nicht deshalb alle? Achtung, es geht los!"

Juan d' Austria traf ein. Die Lobreden begannen und die Männer mussten sie wohl oder übel über sich ergehen lassen.

„Was soll der ganze gesellschaftliche Unsinn?", schimpfte der alte Venier, als der letzte Beitrag verklungen war und ein Imbiss gereicht wurde. „Als ob ich Zeit hätte, mir die alten Beine in den Bauch zu stehen, um von irgendwelchen Wichtigtuern unwichtigen Leuten vorgestellt zu werden. Mir wäre lieber, wir würden die Flotte Richtung Zypern in Bewegung setzen. Wir befinden uns bereits mehr als im Verzug. Wenn wir uns nicht beeilen, beginnen die Herbststürme und zwingen uns, umzukehren."

Juan d' Austria, der die letzten Worte vernommen hatte, trat zu ihm. „Ich pflichte Euch in vollem Umfang bei, Admiral Venier. Mir sind die Hände gebunden. Ich bin gezwungen, die Weisung des Königs abzuwarten. Erst nach ihrem Eintreffen kann ich die Order zum Auslaufen erteilen."

„Verzeiht, verehrter Juan. Eurem Bruder scheint wenig am Schicksal Zyperns gelegen. Der Vertrag über die Heilige Liga wurde bereits im Mai ratifiziert und im Juni verkündet. Zeit genug, einen Befehl auf den Weg zu bringen. Venedig gewinnt den Eindruck, Spaniens Beteiligung an der Liga bestehe nur auf dem Papier. Es ist nicht an mir, Euren Herrscher zu kritisieren. Bitte versteht meine Sorge. Durch den Verlust des östlichen Mittelmeerraumes wird sich eine immense Machtverschiebung ergeben. Nicht nur Venedig wird Schaden nehmen. Noch können wir handeln und verhindern, dass die Osmanen bald vor unserer Tür stehen. Einmal im Besitz Zypern werden sie Anlauf nehmen, um den Rest ebenfalls zu erobern. Die Zeit läuft."

Sebastiano Venier verbeugte sich pflichtschuldig, setzte sein Barett auf die noch vollen, bereits weißen Haare und verließ mit mürrischer Miene den Festsaal des Rathauses. Seine Männer folgten ihm.

„Typisch für die venezianischen Nobili, sie halten sich nie an die Konventionen. Sie sind und bleiben Kaufleute, selbst wenn sie sich in Uniformen hüllen", kommentierte der Genueser Doria den Abgang der venezianischen Offiziere.

Er richtete seine Worte an Juan d' Austria. Der Regensburger reagierte nicht auf die abfällige Bemerkung Dorias. Er wandte sich an die Honoratioren der Stadt.

„Wir danken Euch für den großartigen Empfang, Herr Bürgermeister. Leider zwingen uns die Pflichten, Euer gastliches Haus zu verlassen. Ihr entschuldigt uns?“ Juan verbeugte sich höflich. Bevor er auf die Straße trat, bat er seine Begleiter näher zu sich. „Ich bitte, meinem Bruder, dem König, umgehend eine Depesche zu senden. Sein Befehl zum Auslaufen wird dringend erwartet. Verzeiht mir. Ich werde diese Nacht an Land verbringen. Don Rudolfo wird mir zur Seite stehen. Ihr seid entlassen.“ Er winkte seinen persönlichen Bewacher zu sich und verließ das Gebäude, ohne die Proteste seiner Offiziere abzuwarten. Eine Kutsche stand bereit. Während der Fahrt tauschte Juan die Jacke der Paradeuniform gegen einen schlichten, schwarzen Rock. Sein helles Haar verschwand unter einer Kappe.

Zur gleichen Zeit ließ sich Sebastiano an Bord der Capitana von seinem Sohn Marco die Stiefel von den Füßen winden.

„Euer Ton fiel rau aus, Vater. Ich hoffe, Ihr habt den jungen Prinzen nicht vor den Kopf gestoßen. Ich habe ihn beobachtet. Die Spielchen Philipps liegen ihm ebenso quer wie uns.

Sein Bruder führt ihn an der kurzen Leine. Noch ist er uns gewogen, aber das kann sich ändern. Wir benötigen ihn an unserer Seite.“

„Ja, ich weiß. Doch das Warten kostet Unsummen. Famagusta ist vermutlich bereits eingenommen, während sich an den Rümpfen unserer Schiffe Muscheln breitmachen. Die Untätigkeit bringt mich um. Mein Magen rebelliert. Wir sollten den Spaniern ein Ultimatum setzen. Wenn uns die Typhusepidemie nicht in die Quere gekommen wäre, würde ich sofort befehlen, die Segel zu hissen. Ich weiß, ich weiß. Sag mir einmal mehr, dass mit unseren hundertvierzig Schiffen keine Seeschlacht zu gewinnen ist. Zwar bin ich ein alter Kämpfer, aber langsam glaube ich, Venedig hätte wie stets verhandeln sollen.

Dieses ganze Brimborium um die Heilige Liga! Einfach zu viele und zu unterschiedliche Interessen! Dem Papst schwebt die Rückeroberung des Heiligen Landes vor. Spanien will den westlichen Mittelmeerraum sichern. Die Johanniter hingegen wollen sich für die Schmach in Malta rächen. Wir wollen Zypern zurück und die Genueser von allem profitieren. Und weil jeder sein Spielchen spielt, stagniert der Angriff. Die Osmanen lachen sich ins Fäustchen. Mit unserer Uneinigkeit servieren wir ihnen Famagusta auf dem Silbertablett. Meine Worte waren nicht nur so dahingesagt. In Anbetracht der leichten Beute wird ihr Appetit wachsen. Machen wir endlich Schluss mit Feiern und Beten. Setzen wir die Flotte in Bewegung! Andernfalls bleibt uns nur noch das Beten.

Oder wir werden bald gezwungen

sein, unser Haupt gen Mekka zu verneigen. Und unser herrlicher Markusdom wird zur Moschee umfunktioniert, wie schon die Hagia Sofia in Konstantinopel. Verdammte Zauderer!“

„Ich verstehe Euch, Vater. Unsere Leute denken wie Ihr. Trotzdem, es wäre geschickter, Ihr würdet Euren Unmut nicht allzu laut äußern. Leicht könnte dies zur Unzufriedenheit führen und unsere Schlagkraft zersetzen.“ Marco stellte die Stiefel seines Vaters unter den Tisch und schenkte aus der Karaffe Wein in zwei Gläser.

„Ihr seid besonnener als ich, mein Sohn. Ich danke Euch für Eure Worte. Habt Ihr Nachricht von Eurer Gattin? Ich hoffe bald auf einen weiteren Enkel, nehmt Euch ein Beispiel an Eurer Schwester. Denkt daran, der Name Venier muss fortbestehen.“ Über Marcos Gesicht huschte ein Schatten. Statt einer Antwort hob er sein Glas. „Salute, Vater.“ Er trank einige Schlucke und erhob sich.

„Ich bin bei der Mannschaft. Wie es aussieht, konnten die Werber an die hundert Matrosen anheuern. Die Ankunft des Prinzen befeuert den Enthusiasmus der Menschen. Ich schau mir die Männer lieber selbst an, ehe wir uns faule Eier ins Nest holen. Trotzdem bleiben noch Lücken. Wir werden nicht vermeiden können, die Galeere „Bewaffneter Mann“ einer spanischen Besatzung anzuvertrauen und müssen überdies für Juans großherziges Angebot dankbar sein."

„Der Gedanke, eine spanische Besatzung auf einem unserer Schiffe unter Befehl zu nehmen, behagt mir ganz und gar nicht.

Ich sehe Ärger auf uns zukommen. Besprich die Angelegenheit mit Andrea Tron. Er ist ein erfahrener Kommandant und überzeugt zusammen Capitano Versilio von der Notwendigkeit der Maßnahme. Ich bin müde vom langen Stehen und gehe zu Bett. Wecke mich, wenn wichtige Dinge anstehen, selbst nach Mitternacht noch."

Marco trat an Deck. Die Sterne funkelten, Stimmen grölten vom Hafen her durch die Nacht. Ihre laue Luft ließ das Blut rascher in den Adern pulsieren. Eine Gestalt löste sich aus dem Dunkel und salutierte vor Marco.

„Eure Wachen hießen mich, hier auf Euch zu warten."

„Francesco Martinengo? Kommt Ihr direkt aus Venedig? Welche Nachrichten bringt Ihr uns?" Er klopfte dem Condottière auf die Schulter. „Erfreut, Euch zu sehen. Habt Ihr Neuigkeiten aus Famagusta? Was berichtet Euer Bruder? Kann die Stadt sich noch eine Weile halten?"

„Wir hoffen es. Ich komme in einer besonderen Mission. Bitte folgt mir, ohne weiter zu fragen." Marco runzelte die Stirn und musterte Francesco für einen Augenblick zweifelnd, ehe er nickte.

Veronica hatte die letzte Stunde damit zugebracht, Maria de Mendoza das Händchen zu halten und die Zweifel der aufgeregten Geliebten des Prinzen zu beruhigen.

„Wie kann sich Juan unauffällig entfernen? Wird sein Stab ihn nicht zurückhalten?" „Vielleicht will er mich gar nicht empfangen?" „Ich sehe unmöglich aus, wie eine trächtige Kuh." „Bitte helft mir, mein Haar zu richten." „Warum habe ich eingewilligt, meine Kammerzofe wegzuschicken. Ich bin es nicht gewohnt, mich allein anzukleiden." „Das Gewand ist schäbig, es passt mir nicht mehr, ich verzweifle." „Wird er mich tatsächlich besuchen? Was wird er sagen?" „Wird er glücklich sein, wenn ich ihm einen Sohn schenke? Was, wenn es wieder eine Tochter wird?" „Hat er überhaupt Ohren für eine Frau, so kurz vor einer bedeutenden Schlacht?" „Mein Gott, alle Welt verehrt ihn. Sicher hat man ihm eine Schöne zugeführt und er liegt längst in deren Armen."

Veronica beruhigte, glättete, kämmte und frisierte, beriet und beruhigte erneut. Eigene Gedanken in diesem Gewitter der Unsicherheiten zu fassen? Unmöglich.

Die schwüle, schwere Nachtluft drängte sich ins Zimmer und schien von den Sehnsüchten der Frauen gesättigt. Veronica nötigte

Doña Maria, nicht unnötig umherzuwandern, sondern zwang die Aufgeregte, sich zu setzen und die Beine hoch zu lagern.

„Beruhigt Euch. Dem Stundenglas nach ist die Mitte der Nacht gleich vorüber. Wartet, ich höre eine Kutsche." Die Aufregung ihrer Gefährtin steckte Veronica an, obwohl ihre Rolle nach dem Eintreffen des Prinzen enden würde. Sie würde sich unbemerkt in die Kulissen zurückziehen.

Eine Tür schlug zu, Stimmen drangen hinauf. Veronica half Doña Maria aufzustehen, strich ihr die Kleider glatt und schenkte ihr ein aufmunterndes Lächeln. Eine Minute später wurde die Tür aufgerissen. Juan stand im Türrahmen, das Licht einer Fackel im Gang leuchtete seine Gestalt aus und das Licht umgab ihn wie eine Gloriole.

„Maria!" Mit zwei Schritten eilte er zu ihr und umarmte sie. Veronica versuchte, sich unbemerkt davonzuschleichen. Er löste sich und hielt sie zurück. „Meine Dame, bemerkenswert, welch Geschick Ihr an den Tag legt, meine Herzensdinge zu den Euren zu machen. Wisst, dass ich die Euren, soweit mir möglich, ebenfalls nicht vergessen werde."

„Exzellenz." Veronica knickste und sie schauten sich einen Moment lang wie zwei Verschwörer in die Augen.

Als sie die Tür von außen schloss, lächelte sie. Vom Treppenabsatz aus sah sie

Francesco in der Halle stehen. Sie rief: „Buona notte, Francesco!“ Er winkte ihr, hinunterzukommen. Müde folgte sie seiner Aufforderung. Die Frage: „Was gibt es?“, blieb ihr im Hals stecken, als sie neben Francesco Marco entdeckte. Zum Glück verdeckte das schummerige Licht ihr Erröten.

„Marco Venier? Hat man Euch zum Begleiter des Prinzen erwählt? Den Sohn des venezianischen Admirals? Als Sicherheitsgarant? Ihr werdet heute hoffentlich keine Schlägerei anfangen?“, stichelte sie, auch um ihrer Beklemmung Herr zu werden. Sie konnte nicht verhindern, dass ihr Unterleib sich gleichzeitig in einem süßen Verlangen zusammenzog und sie sich seine Lippen auf den ihren wünschte. Sie verfluchte diesen Wunsch. Schlagartig wurde ihr bewusst, dass sie ihn nicht nur begehrte. Sie liebte ihn, wie sie Giacomo geliebt hatte. Die Erkenntnis traf sie wie ein Hieb und raubte ihr für einen Moment den Atem. Ihre vorher zur Schau gestellte Selbstsicherheit schmolz dahin. Er durfte nicht einmal ein Fitzelchen von ihren wahren Gefühlen ahnen und keinesfalls durfte er erfahren, dass das Kind in ihrem Leib seines war.

„Veronica Franco?“

„Alfonso d‘ Este war so liebenswürdig, die Signora auf seiner Galeere mitzunehmen“, beeilte sich Francesco einzuwerfen.

Täuschte sie sich oder verdunkelten

sich seine Augen? Sein Tonfall konnte es mit dem ihren vorhin aufnehmen - er tropfte vor Hohn.

„Eine Kurtisane, die stets zu Diensten ist, wie angenehm für beide Seiten."

Von dem Retter und dem Kavalier bei ihrem letzten Zusammentreffen war nicht viel übrig. War er nur höflich, wenn er zu viel gebechert hatte und ansonsten ebenso ignorant wie sein Cousin Maffio? Was bildete Marco sich ein? War er einer jener Männer, die eine Kurtisane besuchten, bezahlten und sie hinterher für die Dienste verachteten? Das würde das Verhalten seiner Ehegattin erklären. Was scherte es sie. Sie würde sich alle Sehnsüchte ab sofort verbieten. „Werte Herren, erlaubt, dass ich mich zurückziehe."

„Wir wünschen Euch eine erfolgreiche Nacht", meinte Francesco und zwinkerte ihr zu. Veronica schenkte Francesco ein charmantes Lächeln.

„Bei so hohem Besuch sollte es eine aufregende Nacht werden."
Francesco schmunzelte, als er sich galant über ihre Hand beugte. Marco sagte nur steif: „Veronica."

Er nahm offensichtlich an, sie würde für Juan d' Austria als Gespielin herhalten. Es freute sie insgeheim, dass er sich daran offensichtlich störte.

„Soll ich dem Prinzen Bescheid geben,

dass ihn Staatsgeschäfte erwarten?“, setzte sie eins drauf.

Francesco antwortete: „Wir bitten darum.“

Sie drehte sich um und wandte sich zur Treppe.

Offensichtlich hatte man Marco zwar zu einem Treffen hergebeten, ihn jedoch nicht eingeweiht. Sonst wäre das Geplänkel anders verlaufen. Sie klopfte oben an die Tür. Juan steckte den Kopf heraus, nickte und in der nächsten Minute stand er neben ihr. Sie zeigte nach unten, aber das erwies sich als unnötig. Er war informiert.

Sie ging zu ihrem Schlafzimmer und plötzlich fühlte sie sich ausgebrannt und leer. Ein Pülverchen, in einem Glas Wasser aufgelöst, schenkte ihr einen unruhigen Schlaf und wilde Träume.

In allen spielte Marco eine Rolle. Mal nahm er sie in den Arm, mal küsste er sie, dann wies er mit dem Finger auf sie, bespuckte sie. Seine Frau stand daneben und lachte diabolisch. Veronica war froh, als der Morgen dämmerte.

In wenigen Tagen würde sie Messina hinter sich lassen, von dem sie nicht mehr als einige Straßen, geschmückt mit Wimpeln und Fahnen, jubelnde Menschen und den prächtigen Zug in Erinnerung behalten würde. Dazu eine Villa, die überall gestanden haben könnte.

Bemerkenswert nur die Begegnung mit der hochschwangeren Maria de Mendoza.

Veronica erfrischte das Gesicht mit kaltem Wasser und suchte nach ihren Kleidern. Ein bis zwei Morgenstunden blieben ihr zum Dichten, ehe sie die Pflicht als Marias Gesellschafterin rief. Sie zwang sich, Marco aus ihren Gedanken zu verbannen. Reichten nicht die Ängste, die der Krieg auslöste?

Tödlicher Stolz

In Kreta verhandelte Estore zur gleichen Zeit mit dem Kapitän eines Handelsschiffes. „Ich zahle Euch jeden Preis, wenn Ihr mich nach Messina bringt."

„Guter Mann, ich bin kein Seelenverkäufer. So viele Goldstücke könnt Ihr mir gar nicht hinlegen, als dass ich mich direkt in die Arme der Osmanen oder der Korsaren begebe. Kein normaler Kapitän wagt sich zurzeit aus dem Hafen. Hat man Euch nicht zugetragen, was in Famagusta geschehen ist?" Er ahmte mit der Hand die Bewegung eines Messers an der Kehle nach. „Die Muselmanen sind mit ihren Schiffen überall. Die Schlacht soll bald losgehen, munkelt man." Estore schluckte. Er verzichtete darauf, dem vor ihm stehenden Handelsschiffer einen Augenzeugenbericht über die genauen Umstände vom Fall Famagustas zu liefern.

Dabei hatte sich alles gut angelassen. Nach ihrer Rückkehr aus Konstantinopel gelang es Estore, Commandante Bragadino von den Vorteilen einer Kapitulation zu überzeugen. Giacomo seinerseits, mit einer entsprechenden Weisung des Großwesirs ausgestattet, verhandelte mit Pascha Mustafa. Man einigte sich. Der türkische Befehlshaber garantierte den Venezianern einen friedlichen Abzug, sobald die Pilger frei gelassen waren. Die ausgehandelten Bedingungen konnten sich sehen lassen:

Freier Abzug aller venezianischen Galeeren unter Mitnahme von fünf Geschützen. Soweit die Platzkapazität auf den venezianischen Schiffen nicht reichte, galt das Angebot, jene Personen mit osmanischen Schiffen nach Kreta zu bringen. Den griechischen Einwohnern stellte man frei, zu bleiben oder abziehen. Man erlaubte ihnen, Freiheit und Eigentum zu behalten. Eine wahrhaft großzügige Regelung, zog man die Höhe der osmanischen Verluste bei der Belagerung ins Kalkül.

Der 5. August 1571 war als Übergabetermin festgesetzt worden. An diesem Tag kam es zwar in der Stadt vereinzelt zu Plünderungen, aber ansonsten verlief der Abzug friedlich. Zur Vesper waren die venezianischen Schiffe bereits voll beladen. Auf den türkischen Schiffen empfing man die bisherigen Feinde höflich.

Der Zeitpunkt, den Schlüssel der Stadt auszuliefern, nahte. Estore überfiel eine Gänsehaut, als er die Szene erinnerte: Commandante Bragadino, offenbar verzweifelt, enttäuscht und nicht mehr Herr seiner selbst - anders konnte sich Estore sein Handeln nicht erklären - erschien hoch zu Ross. Vollständig in Purpur gewandet, schirmte ein neben ihm reitender Diener sein Haupt mit einem rubinroten, mit Samt bespannten Schirm gegen die Sonne ab. Vor den beiden Reitern liefen Soldaten in ihren Festtagsuniformen mit Trompeten. Hinter Bragadino formierten sich die Offiziere, ebenfalls in ihren besten Uniformen. Unter ihnen befand sich auch Baglione, Pascha Mustafas Feind Nr. 1, dessen Bataillon den Belagerern die empfindlichsten Verluste beigebracht hatte.

Insgesamt umfasste der Zug rund dreihundert Männer. Hoch erhobenen Kopfes marschierten sie wie Sieger durch die Gasse der osmanischen Soldaten. Eine Zurschaustellung der Macht.

Vereinbarungsgemäß legten sie zwar ihre Schwerter an der Schwelle des Zeltes ab, küssten pflichtgemäß die Hand des Paschas, aber der Affront war nicht zu übersehen. Trotzdem passierte erstaunlicherweise - nichts.

Der Pascha hörte sich ruhig Bragadinos Kapitulationserklärung an. Am Ende bat er den Kommandanten, nun den vereinbarten Teil der Abmachungen zu erfüllen.

„Signor Bragadino, es ist an der Zeit, die osmanischen Pilger zu übergeben.

Wir hatten erwartet, sie in Eurem Zug zu sehen!" Bragadino reckte das Kinn hoch, schaute dem Pascha kühl entgegen, schwieg einen Moment, ehe er den Satz mehr ausspuckte, als ihn sprach: „Eure Heiden? Sie wurden einen Kopf kürzer gemacht."

Estore glaubte, sich verhört zu haben. Als er in Giacomos Gesicht die Fassungslosigkeit sah, wusste er, die Worte: „Eure Heiden wurden um einen Kopf kürzer gemacht!", waren gefallen.

Stille und Entsetzen breiteten sich aus. Alle Blicke richteten sich auf den Pascha. Wie würde er auf diese Kriegserklärung reagieren, fragte sich Estore entgeistert. Der Pascha verharrte unbeweglich mit ausdrucklosem Gesicht. Erst nach einer gefühlten Ewigkeit bewegte er sich langsam und begann, unruhig auf und ab zu wandern. Kein Wort fiel. Der Pascha drehte ihnen den Rücken zu. Seine Schultern zuckten. Als er sich umwandte, erschrak Estore. Verachtung und Trauer spiegelten sich in seinem Antlitz. Die Worte des Paschas kamen leise, aber mit der Schärfe einer Klinge.

„Im Gegensatz zu den Venezianern sind

wir Osmanen Ehrenleute. Wir halten unsere Vereinbarungen ein. Unter einer Bedingung lassen wir Euch trotz dieses schweren Verstoßes abziehen, obwohl wir Euch nicht trauen können. Damit unsere Schiffe wohlbehalten zurückkehren, verlangen wir, dass einer Eurer adligen Herren als unsere Geisel bis zur Rückkehr in unserem Gewahrsam bleibt.“ Alle Augen richteten sich jetzt auf Bragadino. Der reagierte nicht, schaute zu Boden, als würde ihn das alles nicht betreffen. Die Offiziere begannen, miteinander zu flüstern.

Nach einigen Minuten trat Bragadinos Adjutant vor.

„Signor Bragadino, ich bin bereit, als Geisel zu dienen“, und salutierte.

Estore war sicher, der Kommandant würde sich selbst anbieten. Gespannt warteten alle, bis der Commandante den Kopf hob. Seinen Blick zum Himmel gerichtet, zögerte er einen Moment, ehe er sich an den Pascha wandte. Estore hielt die Luft an. Die Spannung war unerträglich und förmlich spürbar. Aber statt eine Entschuldigung vorzubringen und das großzügige Angebot anzunehmen, schleuderte Bragadino dem Pascha unvermittelt folgenden Satz entgegen:

„Wir erachten das Ansinnen als unverschämt, Pascha und weisen es entschieden zurück.“

Fassungslos schauten ihn seine Offiziere

an. Estore hätte ihn am liebsten gepackt und aus dem Zelt geschleift. Mit welchem Hochmut setzte er das Schicksal seiner Untergebenen aufs Spiel? Bragadino schien den Verstand verloren zu haben!

„Commandante“, wagte sein Adjutant einzuwerfen. Aber es war zu spät für eine Umkehr. Der Pascha hob die Hand, gebot zu schweigen.

„Ihr habt es nicht anders gewollt. Mein Befehl lautet: Tod allen venezianischen Offizieren.“ Estore sah sein letztes Stündchen nahen und auch Giacomo war bleich geworden.

„Diese beiden“, der Pascha wies auf Giacomo und Estore, „werden verschont. Sie sind auserkoren, Zeugnis abzulegen. Ihr, Commandante Bragadino, werdet nicht sofort getötet, sondern werdet verpflichtet, den Tod Eurer Männer mit anzusehen. Ihr schimpft uns Heiden? Wie verantwortet Ihr es vor Eurem Gott, dass dreihundert Männer aufgrund Eures Stolzes sterben müssen? Wenn Ihr vor Euren Schöpfer tretet, werdet Ihr den Tod von weiteren 80 000 Männern beichten müssen. Hättet ihr Euch bereits vor einem Monat ergeben, könnten sie noch leben.“

Bragadino wurde gefesselt. Die Männer des Paschas führten ihn vor das prunkvolle Zelt. Der Pascha folgte. Ein Soldat gab Estore und Giacomo zu verstehen, sich anzuschließen. Fünf Klötze wurden herbeigeschafft. Ein Venezianer nach dem anderen musste den Hals entblößen, sich niederknien. Das Schwert fiel und trennte den Kopf vom Leib. Ein furchtbares Gemetzel. Estore und Giacomo durften ihren Platz nicht verlassen, wurden gezwungen, den Hinrichtungen beizuwohnen und stand bald knietief im Blut. Erst nachdem dreihundert Köpfe sich zu einem Berg schichteten, endete das Schlachten.

Die Dämmerung senkte sich bereits über Famagusta, als man Bragadino zum Henkerblock führte. Estore schloss erschöpft die Augen. Erleichtert darüber, dass das elende Schauspiel gleich vorüber sein würde. Ein Schrei ließ ihn auffahren. Mit namenlosem Entsetzen sah er, dass man Bragadino die Ohren abgeschlagen hatte. Mit Heft und Knauf eines Schwertes forderte man den Kommandanten auf, sich zu erheben.

An den nächsten Tagen zwang man Bragadino, Säcke mit Erde zu füllen und zur Stadtmauer zu tragen. Er schleppte sich mehr, als er ging. Jedes Mal, wenn er am Zelt des Paschas vorkam, musste er den Boden küssen. Zehn Tage lang. Am elften Tag beendete ein Befehl das Schauspiel. Jedoch nur, um seine Behandlung weit grausamer fortzusetzen.

Mehr tot als lebendig band man Bragadino an Bord einer Galeere auf einem Stuhl fest, den man dann ins Wasser hinuntergleiten ließ. Wieder und wieder zerrte man den Sitz hoch, seilte ihn ab, um den Sitz mit Bragadino unter Wasser abzutauchen, zog ihn hoch, tauchte ihn … Das Spiel dauerte, bis der Gepeinigte wie eine Stoffpuppe im Sitz baumelte.

Estore zählte sich nicht zu den überaus gläubigen Menschen, aber in dieser Situation betete er zu Gott und rief alle Heiligen an, die ihm einfielen und bat diese, Bragadino zu erlösen. Aber weder der Herrgott noch die Heiligen erhörten ihn. Unter Gejohle schleifte man den immer noch lebenden Bragadino zur Säule des Sálamis. Es folgte ein noch furchterregenderes Spektakel, das alles überbot, was Estore jemals an Schrecklichem erlebt und gesehen hatte. Er wünschte sich seit jenem Tag nicht sehnlicher, als die Bilder zu vergessen. Aber sie quälten ihn in seinen Albträumen, selbst, wenn er die Augen nur für einen Moment schloss, verschonten sie ihn nicht.

Bragadino wurde auf Befehl des Paschas die Haut bei lebendigem Leib abgezogen! Ein Schauspiel, das einem den Magen leerte. Nur aufgrund seiner Erfahrung als Condottière war er nicht ohnmächtig geworden wie Giacomo. Erst als der Henker sich bis zur Hüfte vorgearbeitet hatte, starb der Commandante.

„Ist endlich Schluss mit der Qual?“, stammelte Giacomo, wieder bei Bewusstsein. Aber auch nach dem Tod Bragadinos endete die Tortur nicht. Man schaffte Stroh herbei, stopfte die Haut des Kommandanten aus, streifte der Gestalt die purpurnen Gewänder über, drückte dem leblosen Arm den Schirm in die Hand und setzte die Puppe so ausstaffiert auf eine Kuh. Das Tier mit dem verkleideten Leichnam zog man durch die Straßen.

Als er und Giacomo endlich den Schauplatz für einige Stunden verlassen durften, schleppten sie sich zu Giacomos Haus. Sie fanden eine brennende Ruine. Als sie zwei Flaschen Wein unversehrt entdeckten, hockten sie sich auf einen Stein und tranken. Worte fielen nicht. Am Morgen holte man sie, brachte sie auf ein Schiff.

„Ihr werdet Euren Kommandanten", der Pascha zeigte auf Bragadinos Torso, der am Hauptmast baumelte, „zum Sultan begleiten. In Konstantinopel soll man sehen, dass der Feind besiegt ist. Sagt Großwesir Sokolli, seine Friedensbemühungen erwiesen sich als Desaster."

Während der Überfahrt zwang die Mannschaft sie, unter dem Mast mit dem baumelnden Körper Platz zu nehmen. Zwar trafen sie hasserfüllte Blicke und einige Male wurde vor ihnen ausgespuckt, ansonsten blieben sie unbehelligt. Giacomo schwieg die gesamte Fahrt. Ab und zu stürzte er zur Reling, um sich zu übergeben.

An einem Morgen erwachte Estore von einem Stoß in die Seite. Giacomo stand vor ihm, in der Hand ein gefaltetes und gewachstes Papier. Die Sonne verbarg sich noch hinter dem Horizont. Verschlafen und nicht bei wachen Verstand, reagierte er nur zögerlich. Er nahm den Brief, ohne sich zu wundern und ohne zu fragen.

Giacomos sprach auf ihn ein: „Händigt Veronica diese Zeilen aus, falls Ihr das Glück besitzt, nach Venedig zurückzukehren. Nötigt mich nicht zu weiteren Erklärungen. Ich kann und will in keiner der Welten mehr leben, nicht in der christlichen und nicht in der muslimischen. Sagt, ich wäre über Bord gegangen." Estore hatte genickt, obwohl er die Tragweite des Gesagten nicht begriff. Er sah - ohne zu reagieren - wie Giacomo zur Reling trat, dort verharrte, um sich im nächsten Moment über das Holz zu schwingen.

Erst jetzt schlug sein Kopf Alarm. Plötzlich hellwach lief er zu der fraglichen Stelle und schaute hinunter. Giacomos Haarschopf erschien kurz in den Wellen, ehe er verschwand. Estore blieb nur, sich zu bekreuzigen. Nach dem Einlaufen in Konstantinopel brachte man ihn zu Sokolli. Der Großwesir bedachte ihn mit einem traurigen Blick, ehe er Befehl erteilte, ihn auf ein Schiff mit Ziel Kreta zu schaffen.

Was geschehen war, war geschehen. Es ließ sich nicht ändern. Er war Soldat. Für ihn zählte im Augenblick nur eines: Er musste nach Messina, um die Heilige Liga vom Ende Famagustas zu unterrichten. Venedig durfte nicht an die Osmanen fallen!

„Ihr sucht ein Schiff? Was seid Ihr bereit zu zahlen“, hörte er und drehte sich zu dem Sprecher um.

Die Flotte läuft aus

Die ersten Septembertage des Jahres 1571 brachen an. Noch immer lag die Flotte im Hafen von Messina. Wenn Veronica sich nach dem Zeitpunkt des Auslaufens der Flotte erkundigte, zuckte Francesco mit den Achseln. Sie konnte nicht verstehen, warum die Admiralität zögerte. Zwar fiel ihr die Rolle der beruhigenden Freundin für die spanische Doña von Tag zu Tag leichter, aber sie litt unter Heimweh, sorgte sich um ihre Kinder und um das Ungeborene in ihrem Leib.

Nach den Nächten, in denen Juan seine Geliebte besuchte, schwebte Doña Maria im siebenten Himmel. Vergingen ein oder zwei Abende ohne sein Erscheinen, brachte sie sein Ausbleiben an den Rand der Verzweiflung. Stets war der Besuch des Prinzen mit geheimen Treffen verbunden. Während dieser Zeit hielten sich die Frauen in ihren Gemächern auf. Veronica erkannte hin und wieder eine der Stimmen, wenn die Unterhaltung unten in der Halle etwas lauter zuging. Bei manchen Gelegenheiten gestattete man ihr, sich zu zeigen. Eine flüchtige Begrüßung des ihr Unbekannten gehörte zum Spiel ihrer Alibirolle.

Die Isolation machte Veronica zu schaffen. Sie konnte sich zwar im Park der Villa die Beine vertreten, ein Mehr an Außenwelt erlaubte die delikate Situation aber nicht. Maria klagte nicht über die Abgeschiedenheit. Sie lachte und meinte: „Im Kloster ging es strenger zu." Die Spanierin schilderte Veronica die Zeit ihrer ersten Schwangerschaft. Veronica beneidete die Edeldame nicht um ihr Los. Sie empfand Mitleid. Nachts schlief sie unruhig und Träume plagten sie. Tags kämpfte sie mit ihrer Sehnsucht, geschuldet der Langeweile und Isolation. Ihre Gedanken drehten sich, ob sie es wollte oder nicht, um Marco.

„Sollte Marco Venier nochmals zu den Besuchern zählen, erspart mir bitte einen weiteren Auftritt", bat sie Francesco. Ein fragender Blick streifte sie.

Juan verbeugte sich stets höflich, machte artige Komplimente. Am Abend des neunten Septembers hielt er Veronicas Hand ein wenig länger als sonst fest.

„Für morgen früh habe ich den Kriegsrat auf der Real einberufen. Dies wird mein letzter Besuch bei Maria sein. Bitte tröstet sie. Ich werde mit Gottes Hilfe kämpfen und zu ihr zurückkehren. Richtet Ihr meine Worte nach unserer Abreise aus. Ich liebe Maria.“ Er deutete einen Handkuss an, neigte sein Haupt. „Dame Veronica“, ehe er die Treppen hinaufstieg und in Marias Räumen verschwand.

Die Luft füllte sich in den Abend- und Morgenstunden bereits mit Vorahnung von Herbst, obwohl sie in der Mittagszeit noch vor Hitze flirrte. In der Früh vermisste Veronica Francesco beim Frühstückstisch. Zwei zusätzliche Männer hielten Wache. Die folgenden Tage blieb er verschwunden. Veronica begann, sich zu sorgen. Maria lag weinend im abgedunkelten Zimmer und wünschte, niemanden zu sehen und zu sprechen, ließ ihr Essen unberührt.

Am Morgen des sechzehnten Septembers weckten Böllerschüsse die Bewohner der Villa. Veronica rannte zum Fenster. In der Ferne stieg Rauch zum Himmel. Die Flotte lief aus!

In Gedanken begleitete sie die Schiffe. Läge das Haus näher am Hafen, wäre sie hingelaufen, um zu winken. So blieb ihr nichts weiter, als auf Francesco zu warten. Nach Sonnenuntergang traf er ein.

„Juan setzte sich über den Befehl seines Bruders hinweg, entschied sich zum Auslaufen. Gestern Abend verließen die schweren Galeassen den Hafen, heute nach einem Segen des Hafennuntius die restliche Flotte. Schade, dass Ihr nicht am Hafen sein konntet. Ein beeindruckendes Schauspiel! An der Spitze die Real, mit neunzig Galeeren, vierundzwanzig Lastschiffen, fünfzig Fregatten und Brigantinen. Dahinter, unter päpstlicher Flagge, zwölf Galeeren und am Schluss die venezianischen Schiffe unter dem Löwenbanner. Das Flaggschiff, die Capitana lief vornweg. Ihr folgten einhundertfünf Galeeren und zwanzig Fregatten. Alle bestens zum Kampf gerüstet. Auf jeder Galeere fünfzig Seeleute neben den Ruderern, hundertfünfzig Soldaten, ein Geistlicher und ein Medikus. Achtzigtausend Menschen! Das muss man sich vorstellen. Der Genueser Doria versuchte im letzten Moment, das Auslaufen zu verhindern. Wäre es nach ihm gegangen, hätte die Flotte bis zum Frühjahr abwarten sollen. Beten wir, dass das Wetter gnädig ist und Gott der Heiligen Liga den Sieg beschert."

Francesco wischte sich die Schweißperlen von der Stirn, bevor er sich an Veronica wandte.

„Aber, keine Zeit, sentimental zu sein. Pakt bitte Eure Sachen Veronica, wir brechen morgen auf. In der Nähe von Neapel werde ich Doña Maria in ein Kloster bringen."

„Francesco hört auf meinen Rat. Sucht ein Kloster in der Nähe zu finden. Marias Zustand verbietet weite Reisen. Der Schmerz des Abschieds und die Angst, dass Juan im Kampf fallen könnte, kommt erschwerend hinzu. Wir würden uns ewig Vorwürfe machen, wenn ihr oder dem Kind etwas zustieße."

„In Frauendingen besitzt Ihr mehr Erfahrung. Ich werde Euren Rat beherzigen."

So querten sie, statt nach Neapel zu segeln, die Straße von Messina und setzten nach Kalabrien über.

In Reggio bestiegen sie eine Kutsche und erreichten nach einer Zwischenübernachtung - Maria ging es schlecht - nördlich auf dem Capo Vaticano den kleinen Ort Tropea. Seine Bewohner lebten vom Fischfang und vom Gemüseanbau. Hoch auf dem Felsen thronte das Städtchen über dem Meer, der Dom aus der Normannenherrschaft zwang ihm den Stempel auf. Das Kloster befand sich in unmittelbarer Nähe.

Die Äbtissin empfing sie überschwänglich. Kurz darauf wussten sie, weshalb. Sie führte den kleinen Trupp direkt in die Arme der spanischen Hofarmee. Spione und Kuriere hatten rasche Arbeit geleistet.

Maria flüsterte Veronica zu: „Ich kenne euch nicht, lasst mich machen." Überaus herablassend, Veronica verschlug es fast den Atem, wandte sich Maria an den spanischen Oberst.

„Belohnt diese braven Leute. Sie haben mich aufgelesen, mir Begleitschutz gegeben, nachdem wir überfallen und meine Zofe entführt wurde. Konntet ihr sie retten? Habt ihr eine Spur von ihr? Ihr glaubt nicht, welche Angst ich ausstand und wie erleichtert ich bin, unter spanischer Bewachung meinen Weg fortsetzen zu können. Meine Schwangerschaft dürfte die Weiterreise allerdings etwas verzögern."

Sie zwinkerte Veronica, Francesco und den drei Männern seiner Begleitung zu.

„Werte Dame, Ihr habt meinen Anstand gerettet, Euch danke ich besonders." Sie umarmte Veronica. „Ich schreibe Euch", flüsterte, ehe sie sich an die Äbtissin wandte. „Ich werde in Kürze niederkommen, könntet Ihr alles für die Geburt vorbereiten? Ich wäre Euch sehr dankbar." Maria verschwand hinter den Mauern.

Veronica blieb einen Moment stehen. Versonnen richtete sich ihr Blick auf drei frech blickende Engel, die den Besuchern oberhalb des Tors entgegen feixten. Glücklich machte sie das Verschwinden Marias im Kloster nicht. Sie ging weiter bis zu Kutsche, in der Francesco auf sie wartete.

Es galt, den Hafen von Bari zu erreichen. Die Kutsche rumpelte und schaukelte, als wäre sie ein Schiff auf hoher See. Die Straße von Westen nach Osten glich einem Ackerpfad. Sie passierten einen finsteren Eichenwald, fuhren Berg hoch und Berg runter. An einem See pausierten sie. Veronicas Unterleib schmerzte, sie hielt sich den Bauch. Francesco beobachtete sie mit wachen Augen, ehe er nach Weile sagte:

„Ich wusste nicht, dass Ihr schwanger seid. Ich nahm an, Ihr hättet nur etwas an Gewicht zugelegt. Was Euch ausgezeichnet steht. Meint Ihr, Ihr haltet die Strapazen weiter durch? Wir sind gezwungen, unauffällig zu reisen. Das bedeutet Verzicht auf Komfort. Euch ist bewusst, was passiert, sollten wir in falsche Hände fallen?“

Sie nickte tapfer. Bei einer der Ortschaften besorgte er ihr Berge von Kissen. Die ausgepolsterten Sitze erleichterten ihr die Fahrt in der Kutsche.

Eine weitere Barriere tat sich auf, als sie in Bari versuchten, eine Schiffspassage nach Venedig zu finden. Veronica wartete oft Stunden, bis Francesco zurückkehrte. Der bevorstehende Seekrieg hatte die Handelsschifffahrt lahmgelegt. Untergekrochen in einer einfachen Hafenspelunke gaukelte ihr die Fantasie Schreckensszenarien vor. In einer besonders drastischen sah sie sich als Hafendirne in einer Ecke eine Fehlgeburt erleiden und verbluten. Erleichtert schloss sie Francesco in die Arme, sobald er den Raum betrat. Am Ende fand sich ein Fischer bereit, sie bis in die Lagune zu bringen. Veronica fragte nicht, wie viele Goldstücke den Besitzer gewechselt hatten.

Auf dem Schiff stank es erbärmlich. Eine Kajüte existierte nicht. Sie schliefen in ihren Kleidern an Deck. Die ersten Herbstwinde tobten über das Wasser und eine Welle nach der anderen nässte sie durch bis auf die Knochen. Stoisch klammerte sich Veronica an einen Ballen Taue, um nicht von Bord gespült zu werden. Francesco legte den Arm um ihre Schultern, wärmte sie. Die Hoch- und Runterbewegung setzte ihrem Magen zu. Aber ehe die Seekrankheit Veronica erwischen konnte, liefen sie zum Glück einen der kleinen Häfen an der Adriaküste an. Sie atmete auf. Francesco besorgte ihr trockene Sachen, bevor die Hölle sie erneut in Empfang nahm.

Als endlich die Inseln der Republik in Sichtweite rückten und sie sich erleichtert zurücklehnen wollten, weckte sie ein Schrei: „Schiffe in Sicht." Mehrere Galeonen segelten ihnen entgegen. Veronica sah, dass Francesco bleich wurde. Veronica bekreuzigte sich, als sie das Banner mit dem Halbmond erblickte.

„Der berüchtigte Pirat Hodscha", flüsterte ihr Francesco zu. Würde er ihr Boot unbeachtet lassen? Die Gedanken in ihrem Kopf schlugen Purzelbäume. War Venedig bereits von den Osmanen eingenommen worden? Francesco drückte ihre Hand. Sein Gesicht war noch immer blass und er biss sich auf die Lippen. Dermaßen außer Fassung hatte sie ihn nie gesehen.

Ängstlich lauschten sie den Ruderschlägen. Würde ihr Takt sich verändern? Bange Minuten verstrichen. Aufatmen, als die Bugwellen der vorbeifahrenden Schiffe das Fischerboot tanzen ließen. Die Piraten fuhren weiter. Sie waren gerettet!

Kurze Zeit später wurde ein Ruderboot zu Wasser gelassen.

„Die Insel Burano liegt in gerader Linie voraus“, verabschiedete sie der Kapitän, als sie die Nussschale bestiegen. Veronica musste den Männern vertrauen.

Ärger mit den Spaniern

Die Flotte versammelte sich in Gomenizza. Inzwischen schrieb man den 2. Oktober 1571.

Der Wachhabende der Capitana meldete Marco ein sich näherndes Boot. Kurze Zeit später legte es bei. Ein Marinesoldat kletterte über den Einstieg und salutierte vor Marco. „Melde mich bei Admiral Veniero. Zweiter Maat beim Schiff: „Bewaffneter Mann von Rethimno.“

Marco führte den Maat zur Stabskajüte. Der Soldat blutete aus verschiedenen Wunden. Seine Augen verschwanden unter einer Schwellung. Er schwankte.

Der Zustand des Mannes verhieß Ärger!

Marcos Stirnfalten vertieften sich. Die Bedenken seines Vaters fielen ihm ein. Als ein Großteil der venezianischen Seeleute des Schiffes an Typhus erkrankte und ausfiel, mussten sie notgedrungen für die Galeere „Bewaffneter Mann von Rethimno“ eine spanische Besatzung akzeptieren. Sonst hätte das Schiff nicht ablegen können.

Kurz nach dem Einschiffen hatten die Unstimmigkeiten angefangen. Die Spanier weigerten sich, die Befehlsgewalt der venezianischen Offiziere anzuerkennen. Der Streit spitzte sich zu. Juan d‘ Austria musste schlichten. Unglücklicherweise beauftragte der Prinz Admiral Doria, die Mannschaft an ihre Pflichten zu erinnern. Ausgerechnet den Genueser Doria! Unbeliebt wie kein Zweiter im Lager der Venezianer. Einmal geschuldet einer alten Feindschaft zwischen den Konkurrenten Genua und Venedig, und zum zweiten begründet in Dorias Hinhaltetaktik in den letzten Wochen und Monaten. Die Wahl Dorias erwies sich sofort als Fehler.

Statt die spanische Besatzung zur Räson zu bringen, bemängelte er den Zustand der Galeere und trug dies dem Prinzen vor. Mit der Folge, dass Admiral Viniero sich vor dem gesamten Stab zu verantworten hatte. Wie nicht anders zu erwarten, eskalierte der Streit zwischen Doria und Veniero.

„Ihr tragt die Schuld, dass wir ewig

im Hafen von Messina dümpelten“, schrie sein Vater. Er taugte nicht zum Diplomaten. Kurzerhand übernahm Juan die Befehlshoheit über das Schiff.

Diese Geschichte im Hinterkopf führte Marco den Verletzten zu seinem Vater. Gleichzeitig erteilte er Befehl, den Medikus zu rufen.

„Admiral Veniero. Ich bitte, Meldung machen zu dürfen. Kapitän Versilio wurde von den Spaniern gefangen genommen. Die Spanier meuchelten die gesamte venezianische Besatzung nieder! Nur ich konnte fliehen.“

Marco bat den Mann, Platz zu nehmen, setzte sich vor Schreck und sagte: „Con la Vergine Maria, bei der Jungfrau Maria! Das ist Meuterei! Auf Meuterei steht der Tod!“

„Diese gottverdammten Spanier! Erst halten sie uns monatelang hin, gehorchen keinen Befehlen und jetzt meutern sie. Das Vergehen verlangt eine harte Hand. Und da lasse ich mir von diesem Jüngelchen Juan nicht reinreden.“ Sebastianos Faust schlug auf den Tisch.

Marco bat: „Vater, setzt Euch. Hören wir den genauen Bericht an. Bitte.“

„Nachdem Admiral Doria das Schiff verlassen hatte, zogen uns die Spanier voller Häme auf. Eine anfangs harmlose Rauferei begann. Mehr und mehr artete sie zu einem erbitterten Kampf aus, der auf beiden Seiten

Tote und Verletzte forderte. Kapitän Versilio befahl aufzuhören. Niemand beachtete seinen Befehl. Der Kampf ging weiter. Versilio feuerte einen Warnschuss ab, drohte, alle Beteiligten vor ein Kriegsgericht zu bringen. Die Spanier lachten nur, warfen sich auf ihn und metzelten ihn regelrecht nieder. Er war chancenlos. Es war schrecklich. Sie waren in der Überzahl. Wie im Blutrausch fielen sie über uns her, töteten einen Mann nach dem anderen. Ich lag zwischen den Leichen. Man wähnte mich tot. Erst als die Spanier feierten, wagte ich, fortzuschleichen, und entkam mit einem Beiboot."

„Bringt einen Wein und schaut, wo der Medikus bleibt", bat Marco den Adjutanten. Sein Vater hatte sich erhoben und ging mit gesenktem Haupt auf und ab, soweit die Enge der Kajüte dies zuließ. Seine Wut schien den Raum zu füllen. Zornesröte überzog das Gesicht.

„Bitte, Vater. Wir sollten sofort den Prinzen verständigen. Ihm kommt die Befehlsgewalt zu. Lasst Euch nicht zu unüberlegten Aktionen hinreißen."

„Die Spanier sind Meuterer. Ruf Leutnant Orsini. Kein Spanier oder Genueser nimmt mir den Befehl über ein venezianisches Schiff ab, auf dem sich spanische Meuterer befinden." Marco zuckte mit den Achseln. Er wusste, Appelle an die Vernunft seines Vaters waren zwecklos. Als Orsini eintrat und salutierte, befahl der Admiral:

„Leutnant, Ihr nehmt Euch Bellini, Ortanto, Dandalo und Minelli sowie einen Trupp Arkebusière und besetzt die Galeere „Bewaffneter Mann von Rethimno“. Bringt die spanischen Hunde zur Raison! Diesen räudigen Hauptmann Alticozziin setzt in Gewahrsam! Ich werde ein Kriegsgericht abhalten.“ Als Orsini die Kajüte verlassen hatte und der Maat sich in der Fürsorge des Medikus befand, wagte Marco einzuwenden: „Lasst Juan d‘ Austria über die Meuterer richten. Es sind Spanier. Wir sollten keinen Eklat heraufbeschwören.“

„Ich wünsche keine Diskussion. Schweig“, lautete die knappe Antwort.

Als das Boot zurückkehrte, erkannte Marco sofort, dass etwas schiefgegangen war. Unter einer Plane zeichnete sich ein Körper ab und Leutnant Orsini fehlte.

Admiral Veniero schäumte vor Wut und in seiner Rage befahl er, die Meuterer auf der Stelle hinzurichten. Am Morgen baumelten die Leichen der Spanier am Mast der Capitana.

„Den verdammten Spaniern muss man zeigen, was ihnen blüht, wenn sie es wagen, sich den Venezianern zu widersetzen!“, war Sebastianos Kommentar. „Ich möchte die nächsten vier Stunden nicht geweckt werden. Das ist ein Befehl.“

Kurze Zeit später bat ein Offizier der Real, im Namen von Juan d‘ Austria an Bord kommen zu dürfen.

„Admiral Veniero darf nicht gestört werden. Ich bedauere. Meine Order ist eindeutig.“ Der Abgesandte nickte.

„Das erleichtert mir den Auftrag. Ich denke, ich kann mit Euch frei reden?“ Marco bejahte und wappnete sich.

„Juan d‘ Austria bedauert die Meuterei der spanischen Besatzung. Doch er ist außer sich vor Zorn über das eigenmächtige Handeln Eures Vaters. Das Schiff unterstand seinem Befehl und damit seiner Gerichtsbarkeit. Mit der Hinrichtung hat Admiral Veniero gegen spanisches Recht verstoßen und der Prinz könnte ihn zum Tode verurteilten. Doria forderte die Rückkehr der spanischen Schiffe nach Messina. Zu Eurem Glück ist der Prinz Euch gewogen. Allerdings ist er nicht bereit, weiter mit Eurem Vater zusammenzuarbeiten. Die gesamte Kommunikation wird ab sofort über Euch oder über den Stellvertreter Eures Vaters, Signor Agustino Barbarigo, laufen. Setzt Euren Vater davon in Kenntnis. Der weitere Befehl lautet: Die Flotte bewegt sich nach Süden. Bei Kap Bianco wird Don Juan die Schlachtformation überprüfen. Dazu werden sich die Geschwader entlang einer acht Kilometer langen Schlachtlinie aufstellen. Jede Gruppe wird durch eine andersfarbige Fahne kenntlich gemacht. Signor Venier." Der Mann verneigte sich kurz. Marco seufzte, als er den Offizier zur Leiter begleitete. Es würde ihn viel Arbeit kosten, dies seinem Vater beizubringen. Noch bevor der Spanier die Capitana verlassen konnte, meldete der Ausguck:

„Ein einzelnes Schiff nähert sich! Ein venezianischer Kauffahrer."

Marco tauschte mit dem spanischen Offizier einen Blick.

„Gebt Zeichen, dass es beilegen soll. Ich werde warten. Es muss einen besonderen Grund für sein Erscheinen geben", bat der Spanier.

Marco schrie einen Befehl nach oben.

Kurze Zeit später legte ein Beiboot an. Die Strickleiter wurde heruntergelassen und ein Mann kletterte hinauf. Als sein Kopf an der Reling erschien, stockte Marco der Atem.

„Estore, Ihr?", stieß er heiser hervor. „Signor Martinengo bringt Nachricht aus Famagusta", erklärte Marco mechanisch auf Spanisch. Estores Gesicht wirkte eingefallen und grau. Kein Lächeln spielte wie üblich um seine Mundwinkel.

„Famagusta ist gefallen!" Anschließend berichtete er. Marcos Hände krampften sich um das Holz der Reling. Er war froh, den Bericht nicht in seiner Muttersprache, sondern in Spanisch zu hören. Selbst der spanische Offizier rang um Fassung, als Estore schilderte, wie

Bragadino bei lebendigem Leib die Haut vom Körper gezogen wurde.

„Diese elenden Heiden“, murmelte er. Einen Moment schwiegen die Männer in Gedanken versunken. Dann salutierte der spanische Offizier, ehe er sagte: „Signor Venier, Signor Martinengo. Ich werde seine Exzellenz Juan d‘ Austria von den Ereignissen in Kenntnis setzen. Wir werden einen Kriegsrat einberufen müssen. Haltet Euch bereit.“

„Mein Gott“, stammelte Marco, nachdem der Spanier das Schiff verlassen hatte.

„Ich werde meinen Vater wecken. Ihr werdet Euren Bericht wiederholen müssen, Estore.“

Nach dem Anhören fasste sich der Admiral ans Herz, um dann den Kopf in beide Hände zu legen und zu weinen. Als er aufschaute, sah Marco Trauer in seinen Augen. Mit belegter Stimme befahl Veniero: „Lass Blickzeichen geben und die venezianischen Offiziere aller Schiffe zusammenrufen.“

Eine Stunde später erschienen Andrea Tron und die anderen Galeerenkommandanten an Bord und zum dritten Mal musste Estore das Geschehen darlegen. Fassungslosigkeit zeichnete sich auf den Gesichtern ab.

„Nel Suo nome, in Gottes Namen, Bragadino hätte sich geschickter verhalten sollen, aber dieser Tod?“, wandte Andrea ein.

„Er musste Zypern abgeben, das hat ihn um den Verstand gebracht“, gab Benetto zu bedenken.

„Die Osmanen haben uns überfallen und die Männer auf dem Gewissen. Ihre vermeintliche Großmut musste Bragadino als Hohn erscheinen“, beendete Sebastiano die Einwände. „Rache für Bragadino. Nieder mit den Osmanen! Lang lebe die Republik Venedig!“

Die Offiziere fielen ein: „Lang lebe die Republik Venedig.“

Kurze Zeit später signalisierte die Real: „Kriegsrat!“ Entgegen seiner sonstigen Art schwieg sein Vater die gesamte Zeit. Selbst als Doria und einige Spanier forderten, die Flotte sofort nach Messina zurückzuführen, blieb er stumm. Seine sonst stolze Haltung war einer gebeugten gewichen. Er schien um Jahre gealtert. Statt seiner meldete sich Barbarigo zu Wort.

„Prinz, ich bitte Euch im Namen meines in Famagusta getöteten Onkels untertänigst, die Mission nicht abzubrechen. Der grausame Tod von Signor Bragadino und der Tod der in Famagusta hingerichteten Offiziere und Soldaten, dürfen nicht umsonst gewesen sein. Wir müssen den Osmanen zeigen, dass Christen kämpfen können. Zwar fordert Christus uns auf, die andere Wange hinzuhalten, aber Christus würde nicht wollen, dass der Glaube an ihn von der Weltkarte verschwindet. Wir müssen den Heiligen Krieg führen."

Juan d' Austria erhob sich und legte die Hand auf die Schulter des Venezianers.

„Signor Barbarigo, wir verstehen Eure Verzweiflung. Wir bedauern den Fall Famagustas. Glaubt uns, wir sind entsetzt und versichern Euch unseres Mitgefühls zum Tod Eures Onkels. Ich frage die Herren, die wie ich von dem grausamen Ende des Oberkommandanten erfahren mussten, von seiner Verhöhnung und seinem Leiden, die unterrichtet wurden vom Verlust Zypern für die christliche Welt, wollen wir die Schmach einfach so hinnehmen? Ich für meinen Teil pflichte Commandante Barbarigo bei. Wenn wir uns von den Osmanen alles gefallen lassen, werden sich unsere Feinde bald vor den Toren unserer Städte aufreihen. Wir müssen kämpfen."

„Ich bin an Eurer Seite, Generalissimo!", rief Viniero aus und kniete vor dem Prinzen nieder. Marco glaubte, weder seinen Augen, noch seinen Ohren zu trauen, als sein Vater das Wort an den Prinzen richtete.

„Euer Exzellenz. Bitte gewährt mir Eure Gnade und nehmt meine Entschuldigung untertänigst an. Ich habe gefehlt und meine Kompetenzen überschritten. Bitte, verzeiht mein ungebührliches Benehmen. Ich gelobe, Euren Anordnungen künftig meinen gehorsamen Respekt zu schulden."

Marco hielt den Atem an. Alle Augen wandten sich Don Juan zu.

„Wenn wir siegen wollen, müssen wir an einem Strang ziehen. Wir werden die Feinde verjagen. Ich akzeptierte Eure Entschuldigung, Admiral Viniero. Ihr werdet Euch mit der Capitana dicht bei der Real halten. Signor Barbarigo wird den linken Flügel befehligen. Wir steuern den Golf von Patras an." Kurz vor Sonnenuntergang erreichten die Schiffe ihr Ziel und ankerten in der Nähe des Golfes. Man schrieb den sechsten Oktober. Der rote Feuerball der untergehenden Sonne versprach klares Wetter für den folgenden Tag.

Die Schlacht von Lepanto

am 7. Oktober 1571

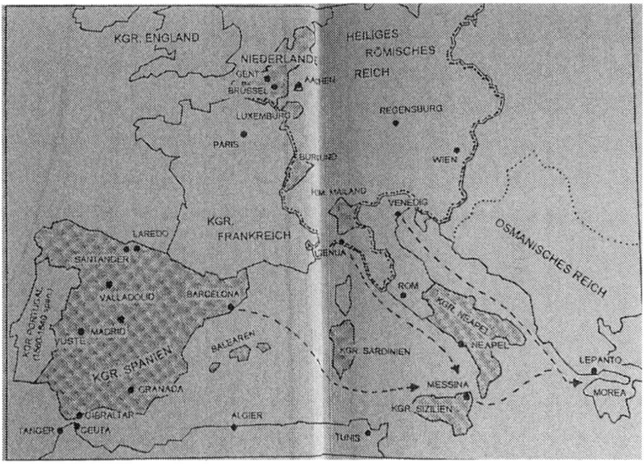

Erste Stunde

Kurz vor Morgengrauen hatte das Warten ein Ende. Das Flaggschiff des Prinzen, die Real, signalisierte:

„Wir suchen den Feind!"

Die Entscheidung war gefallen. Noch ankerte die gesamte Flotte im Schatten der Curzolari – Inseln, einer kleinen Inselgruppe, die dem Golf von Patras vorgelagert war und von der man die Straße nach Lepanto kontrollieren konnte.

Die Capitana schaukelte beschaulich im

öligen, glatten Wasser. Marcos Blick suchte den Horizont ab und streifte unruhig über die Wasseroberfläche. Seiner Berechnung nach müsste der Stoßtrupp unter Leitung von Estore Martinengo innerhalb der nächsten Stunde zurückkehren. Eine Handvoll Männer waren vor Tagesanbruch an Land geschickt worden, um festzustellen, ob die osmanische Flotte den schützenden Hafen verlassen hatte. Niemand wusste zu dieser Zeit, über welche Anzahl von Schiffen die Türken wirklich verfügten. Die Admiralität erhoffte sich durch die Spähaktion ein realistisches Bild von der Stärke des Feindes zu verschaffen.

Gerade schob sich die Sonne fahl über den Horizont. Die Luft schmeckte mild wie an einem Frühlingstag und nicht, als würden Herbststürme und Winter kurz vor der Tür stehen. Dunst erschwerte die Sicht. Noch ehe die Umrisse des Bootes sichtbar waren, kündigte das Geräusch gleichmäßiger Ruderschläge sein Nahen an. Marco begab sich zum Einstieg und wartete. Einige Zeit verstrich, ehe Estores Kopf an der Reling erschien. Die Frage nach dem Auslaufen des Feindes erübrigte sich, die Antwort stand Estore im Gesicht geschrieben.

„Sie sind ausgelaufen“, stellte Marco fest. Estore nickte.

„Die Osmanen beziehen Schlachtposition. Gnade uns Gott. Sie besitzen die gewaltigste Armada, die je ein Mensch gesehen hat. Ihre Flotte ist groß wie ein Wald! Alle Informationen erwiesen sich als Trugschluss. Nicht ein einziges türkisches Schiff ist verloren gegangen! Ihr wisst, es nicht meine Art zu unken."

Admiral Veniero trat zu ihnen. Estore wiederholte seine Worte nach dem Salutieren. „Admiral! Entschuldigt die Verzögerung. Mein Befehl lautete, den rasch einberufenen Kriegsrat auf der Real abzuwarten. Es gab einen erneuten Disput um den Einsatz."

Veniero unterbrach ihn: „Ihr seid auf dem Flaggschiff der Venezianer. Redet frei heraus. Die feigen Genueser wollen noch im letzten Moment kneifen? Und der Prinz? Haben sich die Spanier angeschlossen? Lassen wir uns von den Osmanen verjagen wie Hunde?"

„Vater", wagte Marco einzuwerfen. Ein vernichtender Blick von Sebastiano war die Folge. Marco biss sich auf die Zunge und salutierte. „Admiral." Estore beeilte sich, die Disharmonie zu entschärfen.

„Der Prinz bewegt sich auf Eurer Linie, Admiral Veniero. Juans Berater, Signor Romegas, hat mit seinen mutigen Worten den Ausschlag gegeben. Der Malteser ist ein erfahrener Schiffskommandant und ein kluger Kopf. Alle Achtung. Er zeigte auf die Schiffe der Heiligen Liga und meinte: „Majestät, wenn der Kaiser, Euer Vater, jemals eine Flotte wie diese gesehen hätte, hätte er nicht eher aufgehört, als bis er Kaiser von Konstantinopel geworden wäre - und das wäre ihm ohne Schwierigkeiten gelungen. Zögert nicht länger."

Darauf der Prinz: „Der Startschuss zur Formation wird fallen, wenn das Stundenglas durchgelaufen sein wird. Uns erwartet eine harte Schlacht!"

„Ja, in der Tat. Möge der Herr uns gewogen sein!"

Zweite Stunde

Ein Schuss aus den Kanonen der Real zerschnitt die Stille des Morgens. Alle Köpfe auf der Capitana drehten sich Richtung Flaggschiff. Zum Zeichen des Beginns der Schlacht wurde die grüne Fahne aufgezogen und flatterte kurze Zeit später am Mast. Admiral Veniero riss seine Kappe vom Haupt und führte die rechte Hand zum Herzen. Andächtige Ruhe breitete sich auf dem noch wenige Minuten vorher von Lärm und Rufen erfüllten Bootsdeck aus. Veniero fiel auf die Knie, die Besatzung folgte seinem Beispiel. Der Priester an Bord, Monsignore Alberti, hob die Arme.

„Lasst uns den Segen Gottes erflehen." Er begann zu beten: „Gloria Patri et Filio et Spiritui Sancto ..."

Die Männer drehten in ihren Händen die

vom Papst geweihten Rosenkränze, ehe sie einfielen: „Ehre sei dem Vater und dem Sohn und dem Heiligen Geist, wie im Anfang, so auch jetzt und alle Zeit und in Ewigkeit. Amen."

Auch auf den anderen Galeeren erflehte man in diesen Minuten Gottes Beistand. Die Gebete aus tausenden von Kehlen vereinten sich zu einem beeindruckenden Chor. Nach dem letzten Amen erteilte Monsignore Alberti den Seeleuten und Soldaten auf der Capitana Absolution. Ab sofort saß der Tod mit im Beiboot. Niemand wagte ein Wort, bis auf der Real die Fanfaren erklangen. Wenig später gesellten sich die Kesselpauken mit ihrem Dröhnen dazu, als wollten sie die Todesahnungen vertreiben.

„Sieg und lang lebe Jesus Christus", erscholl es aus tausenden von Stimmen. Der Bann war gebrochen.

Befehle wurden erteilt, eine emsige Tätigkeit setzte ein. Jedes Besatzungsmitglied war gefordert und kannte seine Position.

„Marco, schau auf die Klinge meines Degens! Beim Herrgott, mit ihr werde ich die Heiden aufschlitzen und ihre Teile in die See stoßen." Marco erwiderte: „Nur zu, Serafino! Jagen wir sie zum Teufel, bereiten wir ihnen einen Ritt in die Hölle." Serafino strich mit dem Daumen über die scharfe Klinge und etwas Blut tropfte auf den Boden. „Ihr Blut soll das Wasser tränken. Ich schwöre es bei meinem

Blut.“

Nacheinander ruderten die Schiffe der Flotte der Heiligen Liga zwischen den kleinen Inseln hindurch und hinaus in den Golf. Die Flotten begannen, die Schlachtordnung einzunehmen. Nach den vom Prinzen und seinen Beratern ausgearbeiteten Plänen begab sich jedes Schiff an seinen vorbezeichneten Platz. Auf dem rechten Flügel formierte sich mit dreiundfünfzig Schiffen der Genueser Doria und auf dem linken Flügel der Venezianer Agustino Barbarigo mit der gleichen Anzahl von Galeeren. Den Kern bildete die Real mit ihren zweiundsechzig Galeeren, die dem direkten Kommando des Prinzen unterstanden. Admiral Veniero bezog mit dem venezianischen Flaggschiff Capitana wie befohlen Position neben der Real.

Die sechs Galeassen wurden vor die Kampflinie beordert. Diese schweren, umgebauten alten Handelsschiffe, siebenundvierzig Meter lang und acht Meter breit, verdankte man einer Idee der venezianischen Schiffsbauer. Sie bildeten ein Novum. An ihrem Bug befanden sich auf einem Holzturm große Geschütze. An ihren Seiten versteckten sich weitere Kanonen kleineren Kalibers.

Ein einziger Koloss konnte es mit bis zu zehn herkömmlichen Galeeren aufnehmen. Allerdings mussten diese ungelenken Schiffe von leichteren Booten in Position gebracht werden. Befehligt wurden die Galeassen von Ambrosio und Antonio Bragadino, zwei Männern, die auf Rache brannten. Sie würden es den Osmanen zeigen. Niemand zog ungesühnt einem Mitglied ihrer Familie lebendig die Haut vom Leib.

Hinter den Kolossen kreuzten Fusten und Brigantinen. Ohne Unterbrechung brachten diese schnellen Fahrzeuge Material und Männer von einem Schiff zum anderen. Im Schlachtgetümmel würden sie jene Schiffe mit Bewaffneten versorgen, die in Schwierigkeiten gerieten.

Auf Anraten von Doria hatte Juan d' Austria befohlen, die Rammsporne von den Galeeren zu entfernen. Eine Neuheit, die erstmals erprobt wurde und den im Bug befindlichen fünf Kanonen eine freiere Schusslinie zusicherte. Zusätzlich hatte man drei weitere Geschütze verankern lassen und die Schanzverkleidungen an den Seiten verstärkt. Die Ruderbänke waren überdacht worden, um auf dem Deck Soldaten mit Arkebusen zu postieren.

Die Frontlinie maß sechs Kilometer. Auf diesen sechs Kilometern würden sich in Kürze die zwei gewaltigen Kriegsflotten gegenüberstehen. 140.000 Männer! 600 Schiffe! Mehr als 70 Prozent der gesamten Rudergaleeren des Mittelmeerraumes traten im Golf von Lepanto, einem geschlossenen Seegebiet, ge-

geneinander an.

Die Galeeren waren gezwungen, einen Abstand von hundert Schritt einhalten, damit ihre Ruder nicht zusammenstießen. Aber sie durften keine Lücke für das Eindringen des Feindes lassen. Für den Sieg entscheidend war, dass die vorderste Linie intakt blieb. Es erforderte hohes seemännisches Können, die Schlachtformation zu halten. Die Galeeren der Heiligen Liga insgesamt schwerer, ließen sich schlechter manövrieren als die osmanischen. Sie waren jedoch besser bewaffnet.

Dritte Stunde

Auf der Capitana kontrollierte Marco die Gefechtsvorbereitungen. Beim Wundarzt verharrte er einen Moment und ordnete an: „Lasst Euch Branntwein aus dem Magazin zuteilen." Er warf einen kurzen Blick auf die Instrumente und Bandagen, die der Medikus im Zwischendeck des Bootes ausbreitete. Auf sauberem Linnen lagen eine Säge und ein scharfes Messer, neben einigen anderen Geräten. Marco versagte seiner Fantasie, sich auszumalen, wozu die Gerätschaften gebraucht wurden.

Niemand wusste, wie lange der Kampf dauern würde. Auf der Luvseite stellten der Koch und seine Gehilfen Brot und Wein für die

Schlacht bereit, damit die Soldaten sich später stärken konnten. Eine Gruppe von Soldaten ließ sich sofort einen Becher Wein ausschenken, stürzte ihn hinunter und schrie: „Der Sieg sei unser", bevor sie ihren Platz wieder einnahmen.

„Kampfposition wird bezogen", meldete der Hauptmann der Arkebusière. „Pulver und Zündschnüre sind präpariert." Marco salutierte.

„Eure Rüstung liegt bereit", empfing ihn wenig später sein Bursche in der Kombüse und half ihm beim Anlegen des Brustharnisches. Marco griff nach dem Kampfschwert, schnallte es um und setzte den Helm auf. Mit hochgeklapptem Visier trat er hinaus an Deck. Noch konnte er den Wind spüren und die salzige Luft der See riechen.

Marco sah seinen Vater am Achterdeck stehen. Ein Ruf lenkte seinen Blick auf eine Fregatte. Sie näherte sich rasch. Aufrecht an ihrem Bug stand Prinz Juan d' Austria. In seiner prächtigen Rüstung fing sich das inzwischen klare Sonnenlicht. Marco hielt den Atem an. Gespannt wartete er auf die Reaktion seines Vaters. War es Sebastiano mit dem Kniefall gestern Abend ernst gewesen? Bange Minuten verstrichen, bis sich seine Anspannung löste.

Admiral Veniero salutierte. Seine Männer und auch Marco folgten dem Beispiel. Der Prinz nahm die Ehrerbietung hoch erhobenen

Hauptes entgegen. Marco ließ erleichtert die Hand sinken. Der alte Hitzkopf, endlich hatte er begriffen.

Juan schwenkte ein silbernes Kreuz über seinem Kopf. Jubelschreie brandeten auf.

„Sieg der Heiligen Liga, lang lebe der Prinz!"

Als die Fregatte ihre Runde beendet hatte, wurde das Signal zum Einordnen in die Gefechtspositionen gegeben.

„Mein Gott, Estore hat nicht übertrieben, es ist ein Wald von Schiffen", stöhnte Marco, als sie zur türkischen Flotte auf Sichtweite vorrückten. Sein Vater, der neben ihm stand, wurde blass, schwieg aber.

Als das Stundenglas auf die zehnte Stunde rückte, konnte Marco die Befehle und das Klirren der Säbel von den osmanischen Schiffen hören. Die gegnerische Flotte hatte sich inzwischen halbmondförmig aufgestellt. Die Gefechtslinie erstreckte sich fast über den gesamten Golf von Lepanto.

Die Sultana, das Flaggschiff der Osmanen, unter ihrem Oberbefehlshaber Ali Pascha, positionierte sich in der Mitte. Die Flotte des Vizekönigs von Algier, Uluch Ali, deckte die linke Flanke. Zur Rechten hielten sich die Schiffe des Mehmet Suluk.

Die Sonne lüftete die letzten Dunstschleier. Die Luft verwöhnte die Haut wie Seide und roch nach feuchtem Gras. Der Wind wehte den Venezianern aus Osten entgegen und begünstigte den Gegner.

Als die Capitana Gefechtsposition bezogen hatte, erteilte Marco Befehl, die Segel zu raffen. Anschließend kletterte er mit seinem Vater hinunter zu den Ruderbänken. Selbst ohne Hitze empfing sie unter Deck stickige Luft. Angstschweiß mischte sich mit den Ausdünstungen der Angeketteten zu einem bestialischen Gestank. Admiral Veniero gab dem Aufseher Zeichen, die Fahrt zu stoppen. Der Rhythmus der Schläge lief langsam aus. Marco konnte nicht umhin, das Muskelspiel der Ruderer beim Aufstehen, Durchziehen und Setzen, das sich in einer gleitenden, fast eleganten Bewegung vollzog, zu bewundern. Schweiß ließ die nackten Leiber glänzen. Nach einer Weile kehrte Stille ein. Admiral Veniero hob die Hand.

„Männer, die Schlacht beginnt. Wir verteidigen die Republik Venedig, schlagen uns im Namen Gottes. Jeder von Euch besitzt das Recht, für sein Leben und seine Freiheit zu kämpfen. Gebt Euer Bestes! Bei einem Sieg seid ihr freie Bürger. Wir werden Euch die Fesseln abnehmen."

Misstrauische Augenpaare richteten sich im Halbdunkel auf den Admiral. Das Auftauchen der Offiziere in den Katakomben versprach nichts Gutes. Auch hier standen Wein und Brot auf jeder Bank bereit. Nach einer

Weile quittierte verhaltenes Murren die Rede.

Erst als die Ketten der ersten Reihe fielen, stimmte jemand ein „Hoch, wir kämpfen für Gott und für unsere Freiheit!“ an. Die Männer der hinteren Reihen spuckten verächtlich aus, als die Befreiungsaktion bei ihnen endete und ihnen stattdessen zusätzliche Fesseln angelegt wurden.

„Allahs Wille geschehe!“, riefen sie. Bei diesen Rudersklaven handelte es sich um gefangene Osmanen. Sie wussten, bei einem Untergang des Schiffes erwartete sie der sichere Tod. Marco schluckte bei dem Gedanken.

Vierte Stunde

Ein Kononenschuß zerstörte die bisherige Stille. Eine Rauchfahne stieg von der Real zum Blau des Himmels auf. Die Männer zogen das vom Papst geweihte, blaue Banner auf. Es entfaltete sich majestätisch am Mast. In kompletter Rüstung stand der Prinz am Vorderaufbau und salutierte. Anschließend kniete er nieder und reckte das silberne Kreuz gen Himmel. Ein Sonnenstrahl fing sich in seinem Silber und es blitzte wie zum Zeichen auf.

Auf dem Deck der Capitana rief die Besatzung wie aus einer Kehle: „San Marco! Lang lebe Venedig! Victoria! Victoria!“

Marco stimmte aus vollem Herzen ein. Nochmals legte sich ein Moment der Stille über die Flotte. Mit gesenkten Köpfen hielten die Männer inne.

Bevor Marco die Kampfhandschuhe überstreifte, strichen seine Finger über das Holz der Reling. Es fühlte sich glatt und seidig an. Vorwitzig drängte sich der Gedanke an Veronica in sein Bewusstsein. Die glatte, warme Haut ihres Nackens, die er mit sanften Küssen ebenso wie die winzige Kuhle zwischen ihrer Schulter und ihrem Hals erforscht hatte. Fast meinte er, den Geschmack von Salz und Rosen auf seiner Zunge zu spüren. Er erinnerte ihr Zittern. An das Vibrieren der Saite einer Leier hatte es ihn gemahnt. Der Aufschrei, der ihm ihre Erfüllung anzeigte, schien sich tief aus ihrem Inneren zu lösen. Er würde ihn nie vergessen. In ihren bernsteinfarbenen Augen hatte er Verwunderung lesen können. Gerade so, als würde sie nicht glauben wollen, was ihr geschehen war. Marco deklamierte einen ihrer frechen Verse. Sehnsucht engte ihm die Kehle. Welche Rolle spielte es, dass sie eine Kurtisane und die Geliebte des Prinzen war?

Die hüpfenden Töne einer Querpfeife rissen ihn aus seinen Emotionen. Sein Blick glitt zur Real. Zu den Klängen einer Gaillarde vollführte Juan d‘ Austria einen anmutigen Tanz. Marco schmunzelte ungewollt. Die Augenhöhe mit Gevatter Tod trieb seltsame

Streiche mit den Menschen. Die Musik endete jäh. Im gleichen Moment fuhr ein Windstoß über das Deck und erfasste die blaugoldene Flagge der Heiligen Liga. Sie blähte sich auf. Der Wind hatte auf West gedreht.

Ein Zeichen Gottes!

Noch glänzte die Wasserfläche vor ihnen wie poliertes Holz. Sonnenlicht verfing sich harmlos in Brustharnischen, Helmen und Schwertern und das Metall funkelte und blitzte wie geschliffenes Glas. Marco machte sich zu einem letzten Rundgang durch die Reihen der Soldaten auf.

„Bitte, falls mir etwas zustößt, verständigt meine Frau und meine Kinder, Signor Venier“, raunte ihm der eine oder andere zu und er nickte.

„Richtet Veronica aus, dass ich wie ein Held gestorben bin, wenn ich falle.“ Serafinos Jungengesicht lachte ihm entgegen. „Aber ich werde nicht sterben, das weiß ich, ich werde als Held heimkehren.“ Marco klopfte ihm auf die Schulter.

„Ich bestehe darauf, Soldat Franco.“ Nicht auszudenken, Veronica erneut eine Todesnachricht überbringen zu müssen. Marco verdrängte den schwarzen Gedanken. Es war keine Zeit für Furcht. Er streifte die Handschuhe über, prüfte den korrekten Sitz seines Schwertes und klappte das Visier vor das Gesicht.

Die roten Schiffswände der Sultana glänzten in der Sonne, als sie ebenfalls einen Signalschuss abfeuerte.

Die Schlacht war eröffnet.

Die Schiffe bewegten sich im Schritttempo aufeinander zu.

Fünfte Stunde

Zur Mittagszeit schoben sich die Galeassen an die Linie des Feindes. Schwerfällig und plump agierten die Ungetüme gegen die leichten osmanischen Galeeren, die ihnen entgegen zu schweben schienen. Mit quer gestelltem Latinersegel, ein wenig vor die Linie, näherte sich Admiral Ali Paschas Flaggschiff der gegnerischen Seite. Der vor kurzem gedrehte Wind drückte die grüne Fahne des Islams nach hinten. Sonne verfing sich in den Goldfäden ihrer Inschrift. Noch fiel kein Schuss. Das Bild wirkte friedlich und harmonisch.

Einen Moment später zerstörte donnernder Lärm die Idylle.

Die Schlacht um das Mittelmeer war eröffnet.

Die erste Geschützladung der Galeassen flog über das Wasser. Die Kanonenkugeln suchten sich den Weg zu den herannahenden Schiffen des Feindes. Blitze bezeugten ihren

Einschlag. Die schweren Eisenkugeln bohrten sich in das Holz der Galeeren, es splitterte. Schreie gellten durch die Luft. Rauch breitete sich aus.

Beißender Qualm behinderte die Sicht.

Die Capitana befand sich in der zweiten Linie. Beobachtete das Geschehen. Würde der Einsatz der Galeassen erfolgreich sein? Drei der Schiffe neben der Sultana wurden getroffen und versanken. Das Meer wölbte sich zur Flutwelle. Jubel brandete auf. Die Kanonen der Galeassen schwiegen eine Weile. Die Besatzung benötigte Zeit zum Nachladen. Eine erste Lücke in der türkischen Schlachtlinie klaffte auf.

Die Sultana nutzte die Feuerpause, um sich nach vorn und an den Galeassen vorbei zu schieben. Es gelang ihr, indem sie die Ruderschlagzahl verdoppelte. Sie hielt auf die Real zu.

Der Einsatz der Capitana war gefragt, um die Sultana aufzuhalten.

Marco hob den Arm.

Zündschnüre wurden in Brand gesetzt.

„Feuer!", schrie er.

Eine Salve erwischte die Breitseite des türkischen Schlachtschiffes. Treffer!

Die Männer jubelten: „Tod den Osmanen!"

Inzwischen hatten die Galeassen eine Vierteldrehung vollzogen, feuerten erneut ihre Kanonen ab. Ihre Ladung flog über das Wasser, traf, Galeeren zerbarsten und versanken samt Besatzung. Feuer breitete sich aus, schwarzer Qualm stieg zum Himmel, verhinderte die Sicht. Trotz des Treffers blieb die Sultana auf Kurs. Schob sich näher an die Real heran. Ihre Kanonen spuckten und Sekunden später hüllte Rauch beide Flaggschiffe ein. Jetzt wendete sich das Blatt. Eine türkische Galeere näherte sich bedrohlich der Capitana und Pfeile schwirrten über Deck. Bald darauf glitten Enterhaken über die Reling.

Sechste Stunde

Der Kampf Mann gegen Mann begann.
Marco hob sein Schwert, stürmte vor.
Metall klirrte auf Metall, Schreie ertönten.
Rauch behinderte das Atmen und die Sicht.
Marco war nur noch Arm, nur noch Schwert.
Der Feind oder ich, lautete die Devise.
Jedes Gefühl, jeder Gedanke ausblendet.
Blut floss wie roter Wein über das Deck.

Er sprang über tote Kameraden, als wären ihre Leiber Säcke, die den Weg erschwerten. Verfolgte Feinde, wurde verfolgt, hob sein Schwert, haute auf den Mann ein, stellte sich dem nächsten, bis der Spuk endete.

Erschöpft ließ er seine Waffe sinken,

stand einen Moment regungslos an Deck, ohne zu wissen, wer er war und wo er war. Sein Atem ging stoßweise, der Helm engte seinen Kopf, schien ihn zusammenzupressen. Er öffnete das Visier, schnaufte durch. Unsagbares Krachen erfüllte die Luft. Er duckte sich. Vorsichtig schob er seinen Kopf über die Reling. Der Capitana war nichts passiert. Sein Blick wanderte hinüber zur Real.

Der schnabelförmige Bug der Sultana rammte sich wie das Horn eines Seeungeheuers in den Leib des spanischen Flaggschiffes. Zermalmte alle Männer, die ihm in die Quere kamen. Ihre Todesschreie trafen Marco wie Hiebe. Verkeilt in einem Gewirr aus Tauwerk und Sparren blieben die beiden Galeeren liegen. Marco erwachte aus seiner Erstarrung, rannte zur Brücke, suchte seinen Vater. Als er ihn entdeckte, schrie er gegen den Lärm an:

„Wir müssen der Real zur Hilfe eilen!"

Der Admiral nickte. Auch ihn hatte das Schauspiel gefangen genommen.

„Vorrücken zur Real!", brüllte er.

Der Befehl lief über das Deck und die Ruder glitten ins Wasser. Langsam schlängelte sich die Capitana quer durch das Gewühl der kollidierten Galeeren. Auf dem Meer loderten Flammen, verursacht durch Einschüsse, Feuerkessel, Feuertrompeten, Brandwaffen. Rauch hüllte alles ein. Schwärzte die Luft. Wie aus dem Nichts tauchten Schiffe auf. Rammten sich gegenseitig. Auf anderen schlugen sich die Männer verbissen mit dem, was ihnen in die Hände fiel, wenn sie ihrer Schwerter verlustig gegangen waren. Sie griffen nach Äxten, Tauen, Hämmern, Stöcken. Tote stürzten ins Wasser. Lebende kämpften sich durch die Fluten, die rot vom Blut waren.

Siebte Stunde

Es dauerte, bis die Capitana sich neben die Real schieben konnte. Marco wählte eine Gruppe Soldaten aus, um den auf der Real kämpfenden Männern zur Hilfe zu eilen. Wieder ging es Mann gegen Mann, entschied der Kampf. Marco sah aus den Augenwinkeln, wie Don Juan sein zweihändiges Schwert wie ein Berserker schwang, es dann gegen seinen Degen tauschte. Mit ihm in der Hand lieferte er sich mit seinem Gegner ein Duell. Sein Gegner war kein Geringerer als der Oberbefehlshaber der Osmanen, Ali Pascha.

Fast hätte Marco dieser Seitenblick das Leben gekostet, wäre sein Widersacher nicht in diesem Moment von einem Pfeil niedergestreckt worden. Plötzlich der Ruf.

„Ali Pascha ist gefallen!“

„Die Schlacht ist gewonnen!“

Jubel brach aus.

„Der Sieg ist unser! Lang lebe Don Juan!"

Marco und seine Männer ließen erschöpft die Waffen sinken.

Die Spanier tanzten, lachten, schrien, trugen den Kopf des Ali Pascha als Fetisch auf einer Stange herum.

„Mein Gott, Marco! Don Juan hat ihn tatsächlich geschlagen!", murmelte Marcos Begleitoffizier und bekreuzigte sich.

D' Austria erschien, bot dem Treiben seiner Mannschaft Einhalt. Auf seinen Befehl nahmen die Männer den Kopf herunter. Eine Leinwand wurde gebracht. Das Haupt des türkischen Flottenführers wurde darin zusammen mit seinem Leib eingewickelt. Man erlaubte den Offizieren des Paschas, ein Gebet zu sprechen und eine Andacht abzuhalten, ehe Juans Seeleute den Leichnam feierlich dem Meer übergaben. Der Prinz umarmte die Söhne des Paschas und ließ sie in seine Kabine führen. Anschließend holten seine Offiziere auf der Sultana das Admiralitätsbanner mit der goldenen Schrift Allahs ein. Es glitt langsam herunter. An seine Stelle trat die Flagge der Heiligen Liga. Die Besatzung schrie.

„Victoria, Victoria. Ein Hoch dem Prinzen. Lang lebe Juan d' Austria."

Marco und seine Soldaten salutierten. Erschöpft verließen sie die Real. Im Mittelfeld war die Schlacht geschlagen.

Auf der Capitana säuberten die Männer das Deck. Trugen die Leichname zusammen, beförderten die Leichen der Feinde über Bord, schrubbten Blut vom Deck. Marco und sein Vater erwiesen den im Kampf getöteten Kameraden die Ehre. Monsignore Alberti hielt eine Totenmesse. Die Leiber der eigenen Toten wurden dem feuchten Grab übergeben.

Die Hälfte der Besatzung war gefallen. Veronicas Bruder befand sich nicht unter den Gefallenen, wohl aber Estore Martinengo. Der Sieg schmeckte schal.

Die Real hatte die Sultana inzwischen aus der Verkeilung gelöst, ins Schlepptau genommen und gab Signal, dem rechten Flügel zur Hilfe zu eilen. Offensichtlich waren beide Schiffe trotz der Beschädigungen noch seetauglich.

Achte Stunde

Inzwischen war es Nachmittag. Die Sonne versteckte sich hinter Rauch und Qualm.

Auf der linken Gefechtslinie, auf der Barbarigo die venezianischen Schiffe befehligt, nähert sich die türkische Flotte unter Mehmet Schirokko der ihm wohlbekannten Küste und umgeht die Flanke der Venezianer. Es gelingt ihm, acht venezianische Galeeren zu versen-

ken. Kommandant Barbarigo wird im Gefecht von einem Pfeil im Auge getroffen. Seine Männer kämpfen wie die Löwen. Die Kunde von Ali Paschas Tod scheint den Türken die Kraft zu rauben. Den Venezianern gelingt es, Mehmets Schiffe in seichte Gewässer abzudrängen.
Der Gefechtslärm verstummt.

Auf der rechten Seite zeigte Geschützdonner an, dass der Kampf noch tobte.

Die Capitana erhielt den Befehl, der Real zu folgen.

Das Schlachtfeld bot einen grauenhaften Anblick. Erst jetzt wurde sich Marco des gesamten Ausmaßes bewusst. Brennende Galeeren glitten wie Geisterschiffe umher. Männer rangen im Wasser miteinander. Andere umklammerten Holzbalken, wieder andere ertranken vor ihren Augen. Im blutroten Meer trieben gelbe, blaue, grüne Turbane, trieben Köcher und Bogen. Zwischen Toten blitzten versilberte Holzschilde auf. Marco fluchte. Grölende Soldaten fledderten Leichen. Der Krieg zeigte seine hässliche Fratze. Die Hölle konnte nicht ärger sein.

Neunte Stunde

Auf dem rechten Flügel kämpft die Flotte des Genueser Doria mit den Maltesern gegen die Schiffe des Korsaren Uluch Ali. Mit einem geschickten Manöver versteht es Uluch Ali, den Genueser einzukreisen und sich tieferes Wasser unter dem Rumpf zu sichern. Doria befiehlt, die Buge gegen den Angreifer zu drehen und isoliert sich vom Zentrum. Er versucht auszubrechen und sich abzusetzen.

Beim Eintreffen der Capitana und der Real wurde nicht mehr gekämpft. Dorias Linie war von den Piratenschiffen durchbrochen worden, seine Schiffe, soweit nicht versenkt, gekapert. Zusammen mit dem Malteser Flaggschiff befanden die gekaperten Schiffe sich im Schlepptau des Feindes. Unzählige venezianische Galeeren, die Doria zur Hilfe geeilt waren, dümpelten zerstört und besiegt auf dem Meer.

Erneut hieß es laden, feuern, laden, feuern. Als sich endlich eine Lücke auftat, rückten die Capitana und die Real vor und nahmen den Korsaren in die Zange. Dermaßen bedroht, kappte er die Leinen seiner Prise und flüchtete.

Zehnte Stunde

Die Türkenflotte war endlich besiegt. Die Heilige Liga hatte den Sieg über die Osmanen davongetragen.

Die Abenddämmerung setzte ein, als die

Schiffe in den Hafen zurückkehrten. Der Wind frischte auf. Das Frühlingsintermezzo war vorüber. Erste Vorboten eines Herbststurms peitschten die gequälte See.

Marcos Albtraum

Am folgenden Tag wickelten sich bleiche Arme wie Schlangen um Marco. Augenhöhlen, aus denen Blut rann und schreiende Münder, aus denen kein Laut kam. Alle zerrten an ihm und der schwere Brustpanzer drückte ihn unter die Oberfläche des Wassers. Einen Moment wollte er erleichtert aufatmen, aber nach Blut schmeckendes Wasser behinderte ihn. Er bekam keine Luft in die Lungen und kämpfte, ruderte, versuchte, nach oben zu gelangen. Es war anstrengend und immer wieder schluckte er Wasser, hustete, noch mehr Wasser gelangte in die Lungen. Bis er nicht mehr konnte und aufgab.

Wie friedlich das Aufgeben war. Herrlicher Gesang aus Mädchenstimmen lullte ihn ein. Er lächelte und Nixen fassten ihn bei der Hand. Die Sultana lief auf ihn zu, ihre roten Positionslaternen schaukelten wie Lampions. Auf dem Deck drehten sich Bauchtänzerinnen zu klagenden, orientalischen Weisen. Die kleinen, goldenen Münzen ihrer Schleier klirrten leise und sanft. Sie winkten.

„Komm, komm“, schienen sie zu sagen. Er ließ sich von den Nixen forttragen. Auf dem weißen Meeresgrund erblickte er eine Muschel und löste sich aus ihrer Mitte. Es spülte ihn weiter hinunter und jetzt sah er sie: Veronica, die Venus. Ihr langes Haar umflutete sie wie eine Wasserpflanze, mit den Händen bedeckte sie ihre Scham. Als sie ihn sah, lächelte sie.

Ihm wurde warm ums Herz. Es drängte ihn näher zu ihr, bis ihm einfiel, was er ihr sagen musste: „Dein Bruder Serafino wird vermisst, wir wissen nicht, ob er getötet wurde oder ob die Osmanen ihn gefangen nahmen.“ Obwohl er die Worte nicht aussprach, musste Veronica sie gleichwohl vernommen haben.

Ihre Arme streckten sich abwehrend ihm entgegen und ihr Mund schrie: „Jetzt habt Ihr auch meinen Bruder umgebracht, so wie ihr schon Giacometto, meinen Sohn, ermordet habt. Nie mehr will ich Euer Angesicht sehen, nie. Schert Euch zum Teufel.“

Eine Explosion erschütterte das Wasser. Die Wirbel rissen ihn fort, schüttelten ihn und rüttelten an ihm. Die Luft wurde ihm knapp, es würgte ihn. Er brüllte vor Angst und er wusste, er war direkt auf dem Weg zu Hölle.

Barbarigo segelte mit offenem Visier und mit blutendem Auge an ihm vorbei. Estore rief ihm zu: „Es ist ein Abenteuer, Freund. Segelt mit mir zum Höllenschlund.“ Aus dem armlangen Schnitt unterhalb seiner Kehle sprudelte unablässig Blut wie aus einer Fontäne. Es schien ihn nicht zu stören, denn er lächelte in einem fort und seine Arme bewegten sich wie Flügel auf und ab.

„Schaut, wer alles unterwegs ist. Wir werden viel Spaß haben, der Wein wird fließen und wir werden alle Huren auftanzen lassen, die es gibt.“ Sein ausgestreckter Finger wies auf Francesco Loredan, auf Luigi Maipeiro, auf Ernesto Cornaro, auf Girolamo Foscari und Hieronymus Balbi. Auch aus ihren Wunden floss unablässig ein roter Strom. Er vereinigte sich unter ihren Füßen zu einer Insel, auf der alle schwebten. Die bunten Turbane schossen sie wie Bälle von sich.

„Wir amüsieren uns, schließ dich uns an. Sei mit uns Held, denn wir sind Helden. Helden, Helden.“ Dann lachten sie. Das Lachen klang wie Geschützdonner.

Marco hielt sich die Ohren zu und schloss die Lider. Wieder hob ihn eine Welle hoch und schleuderte ihn durch das Wasser. Eine riesige Tafel baute sich auf, an ihr saßen die Sieger. In der Mitte Juan d‘ Austria, neben ihm die Admiräle Colonna, Romegas und Doria. Sie hoben die Krüge und feierten.

Sein Vater erschien plötzlich vor der Tafel, mit zerzaustem Haar, den Arm verbunden und in einer Schlinge. Seine Augen schienen Blitze zu versprühen. Er schrie:

„Doria, Ihr wagt es, einen Sieg zu feiern? Wären meine Männer Euch nicht zur Hilfe geeilt, würde Euer Leib im Wasser verwesen. Für einen Genuesen wie Euch, der sich feige aus dem Staub machen wollte, sind viele unserer besten Leute gefallen. Feiern? Mir ist nicht zum Feiern zumute. San Marco hat seine letzte Schlacht geschlagen und hat ein Reich verloren. Zehntausend Venezianer haben ihr Leben gelassen. Glanzvolle Geschlechter sind mit diesem Tag erloschen.“ Er nahm einen Becher Wein, stürzte seinen Inhalt hinunter, drehte sich um und Marco sah ihn gebeugt davongehen.

„Vater“, rief er. „Bleibt. Ihr wolltet den Kampf.“ „Ja, Sohn, ich wollte ihn und wünschte, ich hätte ihn nicht gewollt.“

Sirenen forderten Marco auf, sich ihnen anzuschließen. Noch immer hielt er sich die Ohren zu und sie konnten ihn mit ihrem Gesang nicht locken. Er schüttelte den Kopf. Als sie aus seiner Sicht verschwanden versuchte er, Schwimmbewegungen zu machen. Seine Lungen füllten sich mit Luft. Er hörte ein

Kind schreien, spürte eine sanfte Bewegung an seiner Wange, öffnete den Mund. Seine Zunge fuhr vorsichtig über die Lippen. Nein, er war nicht in der Hölle gelandet, sondern im Paradies. Seine Zunge fing den Geschmack von Salz und Rosen ein.

Marco schlug die Augen auf.

„Hallo, Marco, endlich." Weiche Lippen drückten sich auf seine.

Er schloss rasch die Lider. Ja, er war im Paradies. Seine Wunschvorstellung hatte Gestalt angenommen. Jetzt erinnerte er sich. Mit seinem Vater hatte er das Siegerbankett besucht und, als dieser verärgert vorzeitig den Saal verließ, war er ihm gefolgt. Draußen hatte er sich mit Sebastiano wegen dessen Verhalten gestritten. Dann? Er war auf dem Weg zum Schiff, hatte unterwegs einen Wein in einer der Hafenspelunken getrunken und war bei seinem Aufbruch plötzlich attackiert worden. Hinterrücks hatte man auf ihn eingeprügelt. Er hatte sich gewehrt. Aber ohne Waffe keine Chance besessen. Irgendwann umfing ihn nur noch Schwärze.

Also war er tot. Nicht bei der Schlacht gefallen. Sondern von Meuchelmördern in einem stinkigen Hafen niedergestreckt worden. Kein Held. Ein Opfer. Aha, daher der Himmel. Aber sollten die Helden nicht in das Paradies kommen? Was war mit den großmundigen Versprechen der Pfaffen? Des Papstes?

Der Absolution? Sie wurden also betrogen. Da hatte er ja richtig Glück, dass er es etwas länger ausgehalten hatte. Oder war dies die Hölle, die ihm das Paradies nur vorgaukelte, damit er wusste, wie schlimm die Hölle sein würde?

Burano

Veronica faltete die Seiten des Briefes auseinander. Die Zeilen ihres Bruders bildeten die einzige Brücke zur Außenwelt, seit sie vor mehr als einem Monat mit der wackligen Nussschale von Boot auf der Insel Burano gelandet war. Francesco hatte die Nachricht aus Mantua mitgebracht. Der Gedanke, dass jene andere Welt noch existierte, tröstete. Hieronymus schrieb:

Liebste Schwester,

Ringrazio Dio, ich danke Gott für den Sieg der Heiligen Liga. Der Herzog und die Erzherzogin haben sogleich ein Fest anberaumt. Wir sind alle neugierig, wann die Schiffe einlaufen werden und sind gespannt, Genaueres zu erfahren. Es heißt, die Schlacht hätte viele Opfer gefordert. Hoffen wir, dass unsere Brüder zurückkehren.

Der Hof schwärmt von den Heldentaten des Prinzen. Jeder am Hof möchte Juan d' Austria einmal aus der Nähe betrachten. Er soll ein gut aussehender, feiner Mensch sein, gebildet und großher-

zig. Man behauptet, er hätte die Söhne des osmanischen Oberbefehlshabers Ali Pascha zu sich genommen. Ein Zeichen, welch edles Gemüt in ihm wohnt. Wenn Andrea Tron zurückkehrt, frage ihn nach allen Einzelheiten. Sicher hat er den Prinzen kennengelernt.
Ich hoffe, dich in der nächsten Zeit besuchen zu können, und freue mich, mit dir zu plaudern. Entschuldige meine übermäßige Neugier. Als Venezianer werde ich natürlich befragt und würde gern stolz berichten.
Sicher wird Ludovico bald von seinen Reisen zurückkehren. Das normale Leben wird für dich wieder einkehren.
Einige deiner Verse machen hier die Runde und ich freue mich für dich, wenn du sie veröffentlichen kannst. Aber sei vorsichtig und bedenke deinen Ruf. Nimm nur die, die deinen Ruhm mehren. Vielleicht verfasst du noch eines über die Heldentaten des Prinzen? Domenico wird dich sicher beraten.
Schwesterherz - ich wollte es dir schon länger schreiben, ich werde mich erneut verheiraten. Petronella ist eine Witwe aus der besseren Gesellschaft und nicht unvermögend. Wir planen eine Vermählung in aller Stille.Wenn du meine Hilfe benötigst, zögere nicht, mich zu bitten.
Herzlichst dein Bruder Hieronymus

Veronica ließ das Papier in ihren Schoß sinken. Der liebe Hieronymus, pflichtbewusst und auf Formen bedacht. Er meinte es gut. Wie gern würde sie ihn in die Ereignisse einweihen.

Ihn ins Vertrauen ziehen, seinen Rat einholen, ihm alles erzählen, ihm ihr Geheimnis anvertrauen, aber sie war zum Schweigen verurteilt.

Wie stolz könnte Hieronymus sein, würde er die Rolle seiner Schwester beim Zustandekommen der Heiligen Liga kennen. Welche Freude würde es ihr bereiten, mit ihm über Juan de Austria zu plaudern. Ihm die liebenswürdigen Seiten des bedeutenden Mannes zu schildern. Oder ihm den farbenprächtigen Einzug in Messina zu beschreiben, ebenso wie das wundervolle Banner, das der gerechten Sache zum Sieg verholfen hatte.

Bei der Gelegenheit könnte Veronica ihm zu seinem weiteren Neffen gratulieren. Sie sah ihn, mit der ernsten Miene des älteren und besorgten Bruders, den Kopf schütteln.

„Veronica, wie konntest du dich mit Marco einlassen. Einem Venier, noch dazu verheiratet! Ich hätte dir mehr Feingefühl zugetraut.“ Und wenn sie ihm gestehen würde, dass dieser Venier nichts von seinem Glück wusste, würde er seine Stirn krausziehen, die Lippen schürzen und „Tzz, tzz“, machen. „Veronica, ich dachte, du seiest inzwischen erwachsen geworden.“

Er hätte mit seinen Einwänden recht. Die Situation, in die sie sich hineinmanövriert hatte, war delikat. Nicht nur, dass Francesco als einziger Kenntnis von der Geburt besaß, er glaubte darüber hinaus, der Vater zu sein.

Versäumt der Zeitpunkt, ihn vom Gegenteil zu überzeugen. Eine Wahrscheinlichkeit bestand, in einer schwachen Stunde hatten sie an ihre alten Abenteuer angeknüpft. Nur Veronica wusste, dass ihr Kind aufgrund der Wirren zwei Monate zu früh das Licht der Welt erblickt hatte. Sie entschuldigte ihr Vorgehen mit der Sorge um das kleine Wesen. Es würde Unterstützung nötig haben und sie nicht erhalten, wenn sie den Vater nicht nannte.

Wenn sich ihr schlechtes Gewissen trotzdem regte, tröstete sie sich mit dem Gedanken, nicht so weit gegangen zu sein, zu lügen. Sie ließ Francesco einfach seine Annahme. Der Herrgott würde ihr verzeihen oder wenigstens die Jungfrau Maria. Sie schickte ein Gebet zum Himmel.

„Bitte, schenke Marco das Leben und lass ihn zurückkehren. Unter Umständen mit einem kaputten Bein oder Arm, aber lebendig.“ Ganz für sich im Stillen fügte sie hinzu. „Nur du weißt, dass ich ihn liebe.“

Was würde er sagen, wenn er wüsste, dass sie die Geburt seines Sohnes fast getötet hätte? Nur ungern erinnerte sie jene schweren Stunden.

Der Fischkutter hatte sie mit dieser Nussschale ausgesetzt und sie sich selbst überlassen. Sicher, Francescos Männer waren richtige Haudegen und nicht zimperlich. Aber es stürmte und die Wellen türmten sich mannshoch auf. Sie hoben das kleine Boot hoch auf den Wellenkamm und schleuderten es dann in ihr Tal. Wasser schlug ins Innere und jeder, der nicht ruderte, schöpfte. Veronica benötigte alle Kraft, sich festzuklammern. Mehr als einmal meinte sie, über Bord zu gehen. Ihre Finger waren steif vom Festhalten am Sitz. Ohne Francescos Beistand wäre sie nicht mehr am Leben, da war sie sicher. Plötzlich hatten die Wehen eingesetzt, sie geschwächt. Halb bewusstlos war sie zusammengesackt, während das Blut der Vorgeburt bereits ihre Beine hinunterlief. Die Männer ruderten, als wäre der Teufel hinter ihnen her. Nicht nur die See, sondern auch noch ein Weib, dass ein Kind gebiert und dies direkt vor ihren Augen. Diese Helden, die keinen Kampf scheuten, hatten Angst vor dem natürlichsten der Welt, gestanden sie ihr später.

Veronica litt in jenem Augenblick ebenfalls unter einer schrecklichen Angst. Wusste sie doch, dass sie erst im siebenten Monat war. Würde ihr Sohn oder ihre Tochter tot zur Welt kommen? Würde das Kleine sterben müssen oder sie? Hatte sie nicht mit angesehen, wie die Frau damals bei der Geburt starb? Die Wehen folgten in Wellen immer schneller und bald konkurrierten sie mit den Ruderschlägen.

Als sie endlich auf das Ufer zuhielten und das Boot auf Sand lief, atmete Veronica erleichtert auf. Die vielen Gesichter, die ihnen entgegen schauten, nahm sie nur verschwommen wahr. Sie hörte die Männer schreien, Frauen rannten herbei, man trug sie fort. Es roch nach Fisch, sie würgte und erbrach das geschluckte Salzwasser. Einen Moment später versank alles in barmherziger Schwärze.

Eine Hand klatschte auf ihre Wange.

„Nichts da, wach bleiben, hierbleiben, pressen, pressen." Die Worte klangen wie Peitschenhiebe und unwillkürlich gehorchte sie. Bis ein dünnes, hohes Stimmchen ertönte.

„Es ist ein Junge, klein, aber normal", vernahm sie durch den Nebel zwischen Bewusstsein und Ohnmacht. Die Nachricht wirkte wie Balsam, wie ein Stärkungsmittel. Sie lachte und lachte, bis man ihr ein Glas Wein zum Trinken eintrichterte, und sie erschöpft einschlief.

Im Morgengrauen des nächsten Tages war sie in einem einfachen Raum erwacht. Draußen schlugen die Wellen an. Vorsichtig hatte sie die Füße auf den Boden gesetzt, sich hochgezogen, sich langsam vom Bett zum Stuhl gehangelt, vom Stuhl zum Tisch, bis sie in das Körbchen sehen konnte, das auf einer Holzbank stand. Das Kind lag in einer Art Krippe. Getrocknete Algen und Entendaunen, darüber ein Katzenfell kleideten die Mulde aus, in der ein winziges Etwas lag, in Linnen eingehüllt. Ein weißes Gesichtchen mit geschlossenen Lidern, das sich nicht rührte.

Atmete das Kind? Es sah aus, als wäre es tot. Veronica streichelte seine Wange. Sie fühlte sich warm an. Ein Wunder geschah. Der Winzling schlug die Augen auf. Überschäumend vor Glück redete sie auf ihn ein: „Alles wird gut, mein Kleiner, dein Vater wird überleben, ich fühle es."

Am nächsten Morgen nahm sie ihren Sohn näher in Augenschein. Ähnelte er etwa Domenico? Sie lachte, weil dieser neue Erdenbürger wie ein Greis aussah. Sie strich über seinen Mund. Sofort saugte er sich an ihrem Finger fest. Sie befühlte ihre Brüste. Von Milch keine Spur, sie waren hart wie Stein.

„Entschuldige mein süßer Bub, deine Mutter kann dich nicht stillen." Sie wiegte ihn in ihren Armen. Erneut hatte ihr Gott einen Sohn geschenkt, Marcos Sohn. Veronica lächelte. Gott hatte sie für die Geburt von Söhnen ausersehen.

In der nächsten Zeit, in der sie das Bett hüten musste, sah sie den Strand, die Wellen, die Boote und die Fischer. An dem Tag, an dem die siegreiche Armada zurückkehrte, war Francesco bei ihr. Sie hörten die Rufe: „Schiffe, Schiffe."

Obwohl sie noch ruhen sollte, erhob sie sich von ihrem Lager. Von Francescos Arm gestützt, lief sie zum Stand. Die Umrisse vieler Schiffe schoben sich über den Horizont, wurden größer.

Ein entsetzter Aufschrei aus sämtlichen Kehlen: „Der Feind! Wir sind verloren!“ Niemand rührte sich, Stille. Eine osmanische Galeere näherte sich an vorderster Front. Veronica fröstelte. Erwies sich die Kunde vom Sieg als Fehlinformation? Schlugen die Osmanen zurück und griffen Venedig an? Wie alle anderen bekreuzigte sich Veronica. Francesco war der Schrecken vom Gesicht abzulesen. Kein Wort fiel, als die osmanische Galeere in Sichtweite vorüberglitt. Gleich würde der Halbmond am Mast zu erkennen sein. Veronica hielt die Luft an.

„Der Markuslöwe! Der Markuslöwe!“, schrie Francesco. Die Männer rissen sich die Kopfbedeckungen herunter und schwenkten die Hüte. Die nächsten Schiffe fuhren vorüber. Ihre Besatzungen standen an Bord und winkten. Sie schrien: „Wir haben gesiegt, lang lebe Venedig, lang lebe unsere Heimat!“

Francesco umarmte Veronica und murmelte: „Sie führen das osmanische Schiff als Beute mit. Einen Augenblick überfiel mich die Angst, die Türken würden sich rächen.“

Als die Schiffe am Horizont verschwanden, hob er sie auf und trug sie zu ihrem Lager zurück.

„Ich muss fort, es tut mir leid. Aber ich komme bald, um dich zu holen.“

Ihre Geduld wurde auf eine harte Probe gestellt. Einige Zeit verging. Sie konnte inzwischen ein wenig spazieren gehen, besuchte die Amme, schaute ihr zu, wie sie den Kleinen stillte. Noch immer hatte sie keinen Namen für ihn. Um sich zu beschäftigen, ließ sie sich von den Frauen zeigen, wie sie Spitze klöppelten. Aber ihr fehlte die Ruhe für die Handarbeit. Zum Glück hatte ihr Francesco Feder, Tinte und Papier dagelassen. Das Schreiben lenkte sie ab.

In den Morgenstunden klirrte die Luft bereits vor Kälte. Nebel zogen über das Wasser. Veronica wickelte das grobe Schultertuch, das ihr eine der Frauen gegeben hatte, fester um sich. Wie jeden Morgen ging sie unruhig auf und ab, die Augen auf die einlaufenden Boote gerichtet. Heute wartete sie nicht umsonst. Neben den Fischerbooten vertäute eine Barke. Sie lief hinunter zum Strand.

„Francesco, Francesco", rief sie erleichtert und fiel ihm stürmisch in die Arme, nachdem er festes Land unter den Füßen hatte.

„Entschuldige, Veronica. Es hat länger gedauert als erwartet."

„Ja, ja, ich entschuldige. Das Warten und die Ungewissheit zehrten an meinen Nerven. Ich sterbe vor Neugier. Was gibt es Neues?" Ein Schatten zog über sein Gesicht. „Nur schlechte Nachrichten?"

„Komm ins Haus und setz dich." In der Hütte schürte er das Feuer, ehe er sich zu ihr umwandte. „Wir haben gesiegt, aber der Sieg ist hart erkämpft. Unzählige Männer mussten ihn mit dem Leben bezahlen und sind im Kampf gefallen. Viele sind verletzt, sind ohne Arme und Beine wiedergekehrt. Die erste Freude über den Sieg ist verflogen. Ganz Venedig trauert. Ich muss dir eine schlechte Nachricht überbringen. Zwar ist dein Bruder Serafino nicht unter den Toten, aber er wird vermisst. Man weiß nicht, ob er noch lebt. Mag sein, dass er gefangen genommen und von den Osmanen versklavt wurde. Vielleicht gibt es noch Hoffnung."

Francesco kämpfte mit der Fassung. „Estore fand den Tod. Unsere Familie weint um ihn. Er fiel wie ein Held, versicherte man meiner Mutter. Wie viele Mütter der Nobili hat sie ihren Ältesten verloren. Die Schlacht verlief grausam. Die zurückgekehrten Männer sprechen ungern über ihre Erlebnisse. Man verdrängt das Grauen. Die tapfere Rolle des Admirals wird hochgespielt und der Sieg gelobt. Sebastiano Venier wird überall als der Held der Schlacht verehrt."

„Sera, mein lieber Bruder. Er war noch so jung. Ich kann nicht glauben, dass er tot sein soll. Und Oratio? Ist er verletzt, habt ihr mit ihm gesprochen? War er nicht an der Seite seines Bruders?"

„Offensichtlich war er auf einem anderen Schiff eingesetzt. Er ist unversehrt." Veronica schnürte es fast die Luft ab, leise und zögernd fragte sie: „Ist Marco Venier am Leben?“ Francesco schickte ihr einen verwunderten Seitenblick. „Ihr wisst, ich bin mit ihm aufgewachsen und er ist der Bruder meiner besten Freundin“, beeilte sie, mit niedergeschlagenen Augen zu erklären.

„Marco wurde schwer verletzt. Sein Vater traute sich nicht, ihn nach Venedig mitzunehmen. Er hat ihn auf Korfu gelassen und für seine Pflege gesorgt. Hoffen wir, dass es ihm bereits besser geht.“

Veronicas Herzschlag setzte aus. Mein Gott! Musste sie alles nochmals durchmachen? Warum prüfte sie der Herrgott dermaßen. Rasch schnitt sie ein anderes Thema an. „Was ist mit Andrea, mit Benetto?“ Veronica zählte die Namen ihrer Verehrer auf.

„Andrea Tron ist wohlbehalten zurückgekehrt, ich kann dich beruhigen. Seine Gattin schloß ihn überglücklich in die Arme.“ Veronica rief sich für einen Moment das Gespräch mit Beatrice da Lezze ins Gedächtnis. Sie wünschte ihr das Glück, bald einen Sohn zur Welt zu bringen.

Veronica besann sich auf den Brief in ihrer Tasche, den sie an Giacomo geschrieben und gehofft hatte, Estore anvertrauen zu können. Sicher hätte er gewusst, wie er Giacomo erreichen könnte. Sie würde einen anderen Weg finden müssen.

Der Aufschub gab ihr Gelegenheit, noch

ein Blatt hinzufügen. Möglicherweise konnte Giacomo etwas über Seras Aufenthalt herausfinden, falls er von den Osmanen gefangen genommen worden war. Schließlich besaß er ausgezeichnete Beziehungen zum osmanischen Großwesir. Selbst unter der Prämisse, dass es sich bei ihrem Brief um einen Abschiedsbrief handelte.

Er würde verstehen, dass die lange Trennung die Leidenschaft verblassen ließ und sie sich nur noch in Freundschaft zu ihm hingezogen fühlte. Sie wünschte ihm eine neue Liebe, ein glückliches Leben und eine Familie. Völlig in ihren Gedanken versunken schrak sie zusammen, als Francesco ihre Hand in die seine nahm.

„Es nicht einfach, ich weiß. Eine weitere Nachricht harrt deiner." Sie schaute ihn zweifelnd an. „War das nicht genug? Mein Jugendfreund und der Bruder meiner besten Freundin sind verletzt. Mein eigener Bruder verschollen und vielleicht ebenso tot wie der liebe Estore. Der Krieg hat die Hälfte meiner Verehrer gefordert, reicht das nicht?"

„In Estores Sachen, die uns ausgehändigt wurden, befand sich dieser Umschlag. Er ist an dich adressiert." Veronicas Hände griffen nach dem Päckchen. Als sie es öffnete, wich jede Farbe aus ihrem Gesicht, und sie musste sich an der Tischkante festhalten.

Eine Muschel fiel heraus und ein kurzer

Brief.

„Mein Liebes, ich weiß keinen anderen Weg. Ich bin zwischen die Fronten geraten. Nie mehr werde ich dich wiedersehen können. Die Wellen und das Meer werden mich davon tragen in eine friedvollere Sphäre.

Denke manchmal an mich. Aber lebe dein Leben. Ich liebe dich. Giacomo."

Er war ihr zuvorgekommen. Hatte er gespürt, dass sie ihn nicht mehr liebte? Tränen rannen über ihre Wangen, während ihre Finger über die Muschel strichen.

Francesco war hinausgegangen. Sie hörte ihn Anweisungen für die gemeinsame Abreise erteilen.

Woher sollte sie bei all den schlechten Nachrichten die Kraft für ihr weiteres Leben finden? Für einen Neubeginn? Warum verlangte das Schicksal immer wieder einen Abschied? Es nahm ihr erst Giacometto, dann ihren Bruder und jetzt Giacomo. Würde es ihr auch Marco nehmen? Sicher war das Sterben ein Teil des Lebens; alles war vergänglich. In ein paar Stunden würde sie sich dann auch noch von ihrem neugeborenen Sohn trennen müssen.

Sollte sie ihren Entschluss revidieren? War es wirklich eine gute Lösung, das neugeborene Kind in Francesco Obhut zu geben und Francescos Mutter den kleinen Emilio anzuvertrauen?

Emilio - auf diesen Namen hatten sie sich geeinigt. Es war der Name von Francescos Vater. Zweifel regten sich trotzdem. Nicht nur, dass sie ihren Sohn hergeben sollte. Sie verriet Marco, den richtigen Vater und belog Francesco, in dem sie ihn im Glauben ließ, es sei sein Kind. Aber durfte sie sich von Emotionen leiten lassen? Der Gedanke, dass Emilio als Landedelmann aufwachsen würde, linderte ihre Gewissensbisse. Es würde ihm gut gehen. Basta. Müde und ausgelaugt, wie sie war, sollte sie, statt Skrupel zu hegen, lieber über Francescos Antrag nochmals nachdenken.

„Schau Veronica, ich bin kein Mann zum Heiraten und du, als Kurtisane ebenfalls keine Frau, die ein Edelmann, selbst einer vom Lande, ehelichen sollte. Außerdem bist du noch verheiratet und eine Scheidung ist nicht möglich. Eine Annullierung der Ehe fraglich. Ich liebe dich. Meine Tätigkeit wird weiterhin gefährlich sein. Selbst wenn der Krieg vorüber ist, kann mich leicht eine tödliche Kugel treffen, ein versteckter Dolch mich niederstrecken. Ich biete dir an, als Gast bei uns zu leben, und zusammen mit meiner Mutter Emilio großzuziehen. Deine andere Familie hätte auf unserem Landgut ebenfalls Platz. Überlege und gib mir Bescheid." Sie hatte ihm einen Kuss auf die Wange gehaucht und genickt. Ein wenig romantischer Antrag, aber ein ehrlicher.

Francescos Ruf: „Die Amme sitzt bereits im Boot, wir können ablegen“, erlöste sie aus dem Wirrwarr der Gedanken. Sie raffte das Bündel. Es enthielt nur ihre silberne Haarbürste, einige Haarspangen, eine Puderdose mit einer Miniatur ihrer Mutter und Giacomos Muschel.

Ihre anderen Sachen hatte sie verschenkt, um sich bei den Leuten erkenntlich zu zeigen, die sie aufgenommen und aufopfernd gepflegt hatten. Zum Abschied umarmte sie Lucia, deren Haus sie geteilt hatte, und murmelte: „Dank für alles.“

Heimkehr

Als das Boot in den Canal Grande einbog, überwältigten sie Tränen. Glück und Schmerz hielten sich die Waage. Veronica freute sich auf ihr Zuhause und sie musste sich verabschieden. Zärtlich strich sie über Emilios Wange, spielte mit seinen winzigen Fingerchen. Er schlief im Arm der Amme.

„Ich komme dich bald besuchen, mein Schatz“, murmelte sie und stieg rasch aus. Vom Anleger aus winkte sie dem Boot nach, bis es sich nur noch als kleiner Punkt zeigte. Sie schluckte und wischte sich die Tränen aus dem Gesicht, bevor sie den Kopf hob und auf die

Eingangstür zusteuerte. Ehe sie den Klopfer betätigen konnte, öffnete Ancilla die Tür. Veronica versank in einer stürmischen Umarmung.

„Halt, halt, du erdrückst mich ja.“

„Veronica, Veronica, wir dachten, Ihr bleibt für immer am Hof des Fürsten d‘ Este. Sicher ist es dort angenehm gewesen und Ihr habt es sicher genossen. Domenico hat Euch vermisst, aber er war stolz über die Ehre, die Euch widerfuhr.“ Veronica stutzte einen Moment, ehe sie sich ihrer Tarnung entsann.

„Ja, am Hof ging es ungeheuer luxuriös zu. Jeden Tag musste ich Festgewänder anlegen und mich wie eine Dame benehmen. Überaus anstrengend auf Dauer. Du kennst mich ja. Außerdem habt ihr mir alle schrecklich gefehlt. Ich freue mich, die Kleinen wiederzusehen.“

Ancilla lachte. „Ihr werdet staunen. Achiletto ist ordentlich gewachsen, Enea ebenfalls. Beide durften auf einem Pony reiten und sind Pferdenarren. Überhaupt, die Tiere! Als es hieß, wir fahren in die Stadt zurück, gab es ein großes Lamento!“

„Wie geht es deiner kleinen Batistella? Ach, reden wir nicht lange. Lass uns zu den Kindern gehen.“

„Signor Ramberti hat heute Morgen vorbeigeschaut und sofort nach Achiletto und Enea gefragt. Er erwartet Euch zum

Abendessen. Agnesia ist bereits am Vorbereiten. Er brachte eine Menge Lebensmittel mit. Die Sachen sind ja immer noch überaus teuer. Hoffen wir, dass die Preise sinken, jetzt wo der Krieg gewonnen wurde. Signora Elena hat sich mehrfach nach Euch erkundigt. Sie war ein wenig verschnupft, dass Ihr so Hals über Kopf abgereist seid. Aber sie meint, sie wird Euch selbst die Leviten lesen."

Im Obergeschoss empfing Veronica lautes Kindergeschrei. Veronica blieb nach dem Öffnen der Tür einen Moment im Rahmen stehen und beobachtete die Jungen.

Ins Spiel vertieft jagten sie einander durch den Raum. Die Landluft hatte ihnen stämmige Arme, eine gesunde Gesichtsfarbe und eine kräftige Stimme beschert. Sollte sie vielleicht doch nach Treviso übersiedeln? Sie schob den Gedanken beiseite und rief in das Chaos: „Achiletto, Enea, kennt Ihr Eure Mama noch?"

Ein „M A M A", war die Antwort, bevor sie auf ihre Mutter zustürmten. Veronica war in die Hocke gegangen und breitete die Arme aus. In ihren Armen angekommen, überboten sich beide gegenseitig im Erzählen ihrer Abenteuer.

Als Ancilla später hereinschaute, saßen sie auf dem Boden und lachten. Veronica fragte, umarmte, herzte und nur widerwillig löste sie sich.

„Ludmilla wartet auf Euch mit dem Bad, um Euch für den Abend zurechtzumachen. Unter uns, Ihr verströmt einen unguten Geruch."

„Ja, Mama stinkt nach Fisch!", rief Achiletto und hielt sich lachend die Nase zu.

„So riecht man, wenn man auf einem Fischkutter reist. Aber davon erzähle ich euch ein anderes Mal."

Ancillas Seitenblick verriet Zweifel.

„Aus Angst, in die Hand von Piraten zu geraten, mussten wir uns einem Fischerkahn anvertrauen. Daher habe ich keine Sachen mitgebracht, sondern alles verschenkt", meinte Veronica, aufklären zu müssen. Ludmilla rümpfte ebenfalls ihre Nase. „Aus Rücksicht auf eure empfindlichen Geruchsorgane hätte ich lieber die Route über Land nehmen sollen."

Veronica hasste es zu lügen und schaute zu Boden. Aber hatte sie denn gelogen? Keineswegs. Allerdings wurde ihr das Weglassen von Tatsachen langsam zur Passion.

Im nächsten Augenblick vergaß sie Lüge, Wahrheit, Krieg, Frieden, Fremde, Heimat. Aus dem Badezuber stieg Dampf. Seine dicken Schwaden verströmten einen köstlichen Duft nach Rosen, Patschuli und Rosmarin. Der herrliche Geruch raubte ihr fast die Sinne.

Hastig kletterte sie in das heiße Wasser. Die Wärme empfing sie wie ein schützender Mantel. Ihre Haut kribbelte nach kurzer Zeit und das Wohlgefühl kroch in alle Poren. Tausend zärtliche Hände schienen zu streicheln. Sie konnte nicht anders, als die Augen zu schließen und sich dem Genuss hinzugeben. Lang vermisste Wonne. Luxus.

„Eure Haut bedarf einiger Behandlung, um sie wieder wie Samt wirken zu lassen. Man hat Euch am Hof sträflich behandelt. Die höfischen Zofen verstehen ihr Handwerk nicht. Ihr hättet mich mitnehmen sollen. Und Euer Haar, es hängt spröde herunter. Wir werden ihm Olivenöl gönnen“, rief Ludmilla sie in die Realität zurück und begann mit einem Seidenhandschuh ihre Haut abzuschrubben.

„Ludmilla, gebt Ruhe. Ich verspreche, das nächste Mal bestehe ich darauf, Euch mitzunehmen.“

„Ja, ja, ich halte meinen Mund, wenn Ihr es wünscht.“ Nach dem Bad, in ihren Morgenmantel gehüllt, das Haar noch feucht, nahm Veronica ihr Haus in Besitz. Sie wanderte von einem Möbelstück zum anderen. Ihre Hände streichelten das Holz des Sekretärs und strichen über das Tintenfass von Juan d‘ Austria. Sein Bild erstand vor ihren Augen. Sie griff nach dem Buch von Aretino und blätterte in ihm. Schließlich blies sie den Staub vom Buchrücken und stellte es wieder an seinen

Platz.

Im Boudoir knisterten bereits Holzscheite im Kamin. Der Tisch war mit weißem Linnen eingedeckt und eine gefüllte Weinkaraffe wartete. Das Rot des Weins funkelte im Schein der Flammen verheißungsvoll. Zwei gelbe, etwas verdrückte Seidenrosen fanden sich in einer Schublade und Veronica schmückte mit ihnen die Teller. Das Bett in seiner erhöhten Position war frisch bezogen worden und aufgedeckt. Es erinnerte sie an die Bestimmung des Raumes. Sehnsucht paarte sich mit Wehmut und schlich sich in ihr Gemüt. Sie richtete ihren Blick zum Fenster und die Aussicht auf den Canal. Das Wasser dümpelte heute grau im Spiegel des Himmels vor sich hin. Eine Gondel glitt vorüber, der Gondoliere sang wie stets von Frühling und Liebe. Sie lächelte.

Bei Einbruch der Dunkelheit traf Ludovico ein. Als Veronica ihm die Wange zur Begrüßung hinhielt, erschrak sie über seine gebückte Haltung und sein völlig ergrautes Haar. Die erste Stunde ihrer Begegnung ließ sich seltsam zäh an. Artig tauschten sie Belanglosigkeiten aus und erörterten das Wetter sowie die gestiegenen Lebensmittelpreise. Über den Sieg der Heiligen Liga sprachen sie als etwas Abstraktem, Fernem und klammerten Tod und Elend aus. Selbst das Schicksal ihres Bruders wagte Veronica nicht anzusprechen.

Schweigen breitete sich nach einer Weile aus. Veronica begann zu rätseln.

Machte ihm seine nachlassende Manneskraft zu schaffen? Bislang war es ihr noch immer gelungen, dem nachzuhelfen. Schließlich war dies eines der Gebiete, in denen sie Meisterin war.

Viele ihrer Kunden zählten nicht mehr zu den Jüngsten und so verfügte sie über eine breite Palette von Fertigkeiten. Reichte bei dem einen eine kräftige Zungenbearbeitung oder der Handbetrieb aus, benutzte sie bei anderen vielleicht Penisringe oder Hilfspenisse zum Aufsetzen aus Leder. Außerdem hatte sie die Muskeln ihrer Scheide gut im Griff. Die Übungen versäumte sie keinen Tag. Sie waren ja so unauffällig zu absolvieren. Dank ihnen war es ihr möglich, dem Kavalier ein Gefühl der Standfestigkeit zu vermitteln. Für einige inszenierte sie Rollenspiele, stachelte ihre Lust an. Stets fragte sie sich, was ihren Gast antörnte und noch immer gelang es ihr, ihre Gönner zufriedenzustellen.

Sicher war Ludovico weit mehr als nur ein Galan, er war Vertrauter, Freund, ein Lebensgefährte. Es stimmte Veronica traurig, dass dieses Vertrauensverhältnis einen Riss erhalten hatte. Sie verdammte den Krieg ebenso wie die aufgezwungene Rolle einer Agentin. Aber trug diese tatsächlich an dem Verlust Schuld? War nicht vielmehr der vermaledeite

Abend mit Marco die Wurzel allen Übels?

Warum nur musste sie an ihn ihren Kopf verlieren. Warnte nicht ihre Mutter sie eindrücklich davor, sich zu verlieben?

„Wenn du als Kurtisane deinen Unterhalt verdienen willst, verliebe dich nie. Die Liebe bringt Unglück. Nur mit einem kühlen Verstand kannst du die Dienerin mehrerer Herren sein. Bedenke dies. Hat nicht deine Liebe zu Giacomo dich in diese Lage gebracht? Aber lassen wir das. Ich kann dich nur warnen, handeln musst du selbst."

Vorsichtig fragte Veronica nach Ludovicos Reisen und wunderte sich, als er sofort auf ein unverfänglicheres Thema überleitete. Offensichtlich war sein Auftrag wie der ihre in den vergangenen Monaten mit einem Geheimnis verknüpft. Das Gespräch versandete stets nach kurzer Zeit. Erleichtert atmete Veronica auf, als Oktavia endlich das Essen auftrug und sie gemeinsam die Kochkunst Agnesias würdigen konnten. Dies gönnte ihnen eine Pause vom zähen Fremdsein. Nach dem zweiten Glas Wein fasste Veronica sich ein Herz.

„Hindert dich ein Verbot, über die vergangene Zeit zu reden?" Sie schaute ihn an, er senkte den Blick. Sie schwiegen einen Moment.

„Dann geht es dir ähnlich wie mir, Ludovico. Auch ich muss ein Geheimnis vor dir verbergen und bitte dich, nicht in mich zu dringen. Ich schlage vor, wir klammern die Erlebnisse der letzten Monate einfach aus. Stoßen wir auf das hier und heute an. Salute." Sie merkte, dass Ludovico erleichtert aufatmete. Ein zärtliches Gefühl für ihn überflutete sie, als sie den klaren Blick seiner Augen sah.

„Ich werde dich mit einigen meiner Verse erfreuen. Und, wenn du einverstanden bist, lass uns zusammen zu Bett gehen. Ich hoffe, unsere Körper finden ohne Worte zueinander."

Sie erhob sich, trat hinter ihn, flüsterte ihm zärtliche Worte ins Ohr, bevor sie ihn aus seinem Wams schälte, und begann ihn zu streicheln. Sie schloss die Augen und ihre Hände entdeckten die vertraute Biegung seines Rückens, den kleinen Leberfleck unterhalb der Schulter.

Am nächsten Morgen fand sie einen Brief von ihm vor. *Mia cara, meine Liebste, ich werde nochmals für einige Wochen unterwegs sein müssen. Aber ich vermisse dich bereits seit der Sekunde, in der ich das Haus verließ.*

Veronica lächelte, als sie gähnend nach Ludmilla läutete. Sie würde Andrea schreiben. Bange fragte sie sich, ob ihn die Schrecken des Krieges verändert hatten und ob er ihre Dienste auch in Zukunft in Anspruch nehmen würde. Sie verdrängte alle Zweifel und konzentrierte sich auf die Alltagsdinge. Viele Hausbelange warteten auf Klärung. Sie musste die Vorräte prüfen und ihr Konto in Augenschein nehmen. Ancilla hatte sie bereits gestern Abend mit ihren Klagen zu den Engpässen bei der Versorgung überfallen. Weizen sei kaum zu erhalten, eingelegtes Gemüse ebenfalls nicht mehr, Feuerholz wäre unbezahlbar geworden. Die Verantwortung für ihren Haushalt holte sie ein.

Später am Tag würde sie sich zu Domenico rudern zu lassen, im Hinterkopf den Gedanken, ihn nach Marcos Schicksal zu fragen. Ebenso gespannt wartete sie auf sein Urteil zu den Sonetten, Briefen und Gedichten, die in den langen einsamen Stunden entstanden waren. Sie betrachtete den Stapel Papier, der sich auf ihrem Schreibtisch breitmachte. Domenico war der Einzige, der ihre Leidenschaft für das Schreiben ungeschmälert teilte.

Ludovico verstand nicht viel von ihren Reimen, die sie ihm zur Zerstreuung vortrug. Andrea gefielen sie nur, sofern sie anzüglich und frech ausfielen. In Arturo fand sie einen geduldigen Zuhörer. Ihren sonstigen Galanen schmeichelte es, falls sie mit ihnen bei einer der lockeren Gesellschaften glänzte, zu denen sie Veronica mitnahmen. Domenico hingegen wies sie auf jede ungerade Stelle hin, zeigte ihr einen Weg auf, lieferte ihr Beispiele anderer Dichter. Er war einfach ein Schatz.

Durch einen Brief von Elena wusste

sie, dass Morosini bei der Schlacht verletzt worden war. Ein Pfeil traf seinen Oberschenkel. Elenas Vater Sebastiano, der gefeierte Held, litt an den Folgen eines Schwerthiebes in den Oberarm. Elena pflegte beide aufopfernd. Veronica klingelte nach Ludmilla.

„Bitte, bringt mir Waschwasser und sucht mir ein einfaches Gewand heraus. Ich werde Ancilla zur Erbaria begleiten."

„Sehr wohl, Signora Veronica. Am Morgen ist eine Nachricht von Signora Venier abgeben worden. Ich habe sie zu Eurem Frühstücksgedeck gelegt."

Veronica wartete die weiteren Worte ihre Zofe nicht ab, griff nach dem Brief.

Liebste Veronica, ich bedauere, dass wir uns zurzeit nicht treffen können. Die Pflichten! Die Sorge um Marco hat die Familie wieder stärker zusammenrücken lassen. Umso mehr freuen wir uns, dass er weitgehend genesen ist und bald nach Hause zurückkehrt. Es ist noch so viel für seine Heimkehr vorzubereiten. Entschuldige. Liebe Grüße deine Elena. "

„Bitte sagt Jaspucci, dass er mich zu Signor Venier bringt. Es ist dringend. Oktavia kann mich begleiten. Die Erbaria muss warten. Ach, vergesst die Gondel, wir werden laufen."

Ungeduldig trat Veronica von einem Fuß auf den anderen, bis Oktavia mit einer Haube auf dem Kopf und mit einem Tuch um die Schultern erschien. Sie rannte mehr, als sie ging und die Kleine hatte Mühe, ihr zu folgen.

„Ist etwas Schlimmes passiert, Signora", wagte das Mädchen, zu fragen. Veronica schüttelte den Kopf.

„Eine gute Nachricht. Komm, eil dich."

Nachdem der Diener sie ins Haus geführt hatte und Veronica endlich vor Domenico stand, hielt sie sich nicht mit Begrüßungsformeln auf. Stattdessen überfiel sie den väterlichen Freund regelrecht mit ihrer Neugier.

„Domenico, ist es wahr, Marco ist genesen und kehrt zurück? Ich freue mich mit der Familie Venier." Domenico lächelte.

„Schön, Euch nach langer Zeit begrüßen zu können. Ich freue mich, Euch wohlbehalten zu wissen. Ich weiß, es ist geheim, aber Ihr müsst mir alles über Juan erzählen. Und danke, meine Teure, für Eure Anteilnahme an Marcos Schicksal. Ich bin unendlich dankbar, dass er nicht zu den Opfern des Krieges zählt. Man hat mir berichtet, dass Euer Bruder vermisst wird. Am späten Nachmittag werde ich mich zu Sebastiano bringen lassen. Mein Bruder schreibt, dass sie Maffio ebenfalls erwarten. Er wird in Kürze ein Amt in Venedig antreten. Seit Sebastianos Erfolg bei der Schlacht genießt der Name Venier in Rom offensichtlich Achtung." Die letzten Sätze rauschten an Veronicas Ohren vorbei. Für sie zählte nur Marcos

Wiederkehr und brachte sie durcheinander.

„Lasst mich nach Euren Beinen schauen, Domenico." Sie musste sich zügeln, durfte ihr Interesse für Marco nicht zu offen zeigen. Sie begann, den Verband anzulegen, ohne die Salbe wie sonst einwirken zu lassen. Mehr als einmal glitt ihr die Binde aus der Hand und sie krabbelte über den Boden, um hektisch die Rolle zu suchen. Nachdem sie ihr Werk vollbracht hatte, atmete sie erleichtert auf. Beim Aufstehen fühlte sie sich von Domenicos amüsiertem Blick ertappt und errötete. Hatte er sie durchschaut? Ahnte er, dass sie in Gedanken unterwegs zur Anlegestelle der Galeeren war, um Marco in die Arme zu fallen? Weil sie in ihrer Freude einen Wimpernschlag lang wagte, zu träumen, Marco würde ihre Sehnsucht teilen? Und bei seinem Eintreffen Ausschau nach ihr halten? Sie zwang sich zur Vernunft. Marco war verheiratet, Mitglied einer der angesehensten Familien. Falls er sich ihrer erinnerte und Lust auf eine Fortsetzung seine Lenden durchströmte, würde er sie als Kurtisane buchen. Liebe? Hatte in ihrem Geschäft keinen Platz. Sie würde sich lächerlich machen, sollte sie mehr erwarten. Seine Vaterschaft für Emilio musste sowieso ihr Geheimnis bleiben.

„Maffio wird ein Amt in Venedig übernehmen? Wisst Ihr Näheres, Domenico?"

„Ich bin über die Einzelheiten nicht im Bilde. Ich hoffe nur, seine Position fordert ihn und ihm fehlt die Zeit, Marcos Gattin wie vor dem Krieg zu beeinflussen. Marco soll endlich für einen Erben sorgen."

Veronica schluckte. Das hochmütige Verhalten von Marcos Frau Ines und Maffios Demütigungen schienen ihr auf einem Mal mehr als präsent. Angst beschlich sie. Was würde den beiden einfallen, wenn sie wüssten, dass Marco bereits einen Sohn besaß? Sie fror bei dem Gedanken und verabschiedete sich rasch.

In den nächsten Tagen wuchs ihre Unruhe ständig. Wie sollte sie sich verhalten, stünde Marco plötzlich vor ihr? Selbst die Vorstellung ließ sie hilflos schaudern. Aber weder traf sie ihn noch sah ihn. Elena blieb ebenfalls wie vom Erdboden verschluckt. Domenico hatte ihr ausrichten lassen, er weile außer Haus und gäbe ihr Bescheid, so er ihre Samariterdienste wieder benötigte.

Nach und nach häuften sich ihre Sorgen. Ihre Gunst schien nicht mehr gefragt. Unsicher zweifelte sie: Bin ich zu teuer? Sie wusste, jeder war angehalten zu sparen. Die Lebenshaltungskosten stiegen von Tag zu Tag. Hatten sich ihre Verehrer jüngeren Kurtisanen zugewandt? Stand bei allen doch nur die Fleischeslust im Vordergrund und nicht die Verbindung der Liebeskunst mit dem Geist? Eines Abends beschloss sie, den Dingen auf den Grund zu gehen. Sie kleidete sich sorgfältig an und ließ sich in

Begleitung von Ludmilla zu Adriana bringen.

„Hier, nimm, nicht jeder soll gleich erkennen, dass wir es sind", mit diesen Worten reichte sie Ludmilla eine Maske, als sie die Gondel verließen und auf das Haus der Kurtisane zueilten. Es dauerte eine Weile, bis nach ihrem Klopfen die Tür geöffnet wurde. Veronica war froh, dass Adriana in Person vor ihr stand. Das erleichterte die Aufgabe.

„Wir geben heute keine Gesellschaft", meinte Adriana kurz angebunden, „Damen ohne Herrenbegleitung empfangen wir überdies nicht." Veronica lüftete rasch ihre Maske.

„Bitte, Adriana, erlaubt mir einzutreten. Ich suche Marco Venier. Ich muss ihn sehen. Keine Angst, ich werde ihn Euren Damen nicht wegnehmen."

„Bitte, tretet ein." Adriana schaute nach allen Seiten, ehe sie Veronica hereinführte.

Veronica wunderte sich. Sie hörte weder Musik noch Stimmen. Adriana führte sie nicht in den Veronica bekannten Saal im ersten Stock, sondern dirigierte sie zu einem kleinen Zimmer im Eingangsbereich. Erst jetzt fiel Veronica auf, dass die Kurtisane keines ihrer prunkvollen, roten Kleider trug, weder ihre Haare kunstvoll frisiert und noch ihre Wangen mit Rouge versehen waren.

„Mein Salon ist geschlossen, man verfolgt mich, Veronica. Ihr habt Glück, dass Ihr mich antrefft. Meine Vorbereitungen sind nahezu abgeschlossen. In den nächsten Tagen reise ich ab. Ich übersiedele in die Nähe von Florenz. Ich befürchte, dass die Kurtisanen in Venedig bald nicht mehr sicher sein werden. Noch trifft es nur wenige, aber ich mache mich lieber früher als später aus dem Staub. Ich habe genug verdient. Und ziehe mich zurück an einen kleinen Ort, wo mich niemand als Kurtisane kennt." Veronica umarmte Adriana.

„Ihr werdet mir, wie bestimmt vielen Verehrern, fehlen. Eure Feste waren überaus gefragt."

„Danke. Ich habe Euch sehr geschätzt, Veronica. Selbst wenn Ihr nicht allzu oft mein Gast wart. Gern würde ich Euch helfen. Das Geschäft stagniert, nehme ich an? Tröstet Euch, im Augenblick sind die Helden bei ihren Ehefrauen, sicher der von Euch gesuchte Marco Venier ebenfalls. Zwar kann er der stolzen Spanierin nicht viel Liebe abgewinnen, aber er muss einen Erben zeugen, dies wisst Ihr besser als ich. Und glaubt mir, Euren weiteren Verehrern ergeht es nicht anders. Wenn sie ihren Samen eingepflanzt haben, stehen sie wieder bei Euch vor der Tür. Sie werden sich von den Reden der Priester nicht abhalten lassen. Sie sind froh, überlebt zu haben. Aber ich fürchte, die Macht der Kirche wird zunehmen. Die Priester werden uns verteufeln, uns schuldig sprechen und uns als Hexen verbrennen. Meine Mutter war Kurtisane und ich habe mit ansehen müssen, wie unter ihr der Holzstoß entzündet wurde. Ich bin für die Anzeichen sensibilisiert."

„Ich wünsche Euch eine gute Reise", verabschiedete sich Veronica.

Beunruhigt begab sich auf die Heimfahrt. Hätte sie Francescos Angebot annehmen sollen? Am liebsten wäre sie gleich am nächsten Tag nach Treviso aufgebrochen. Die Sehnsucht nach dem kleinen Emilio übermannte sie. Sie wusste, sie sollte sich keine Sorgen zu machen. Es ging ihm bestimmt gut. Aber fehlte ihm nicht die Mutter? Sie zerstreute ihre Bedenken. Emilio konnte sich an der Brust der Amme vollsaugen und Francesco Mutter herzte ihn. Francesco würde ihn später das Reiten und die Kampfkunst lehren und Marisa?

Hatte sie mit ihrer Notlüge Marisa die Chancen auf eine Ehe mit Francesco genommen? Ihr schlechtes Gewissen regte sich. Veronica schüttelte die Bedenken ab.

Als die Gondel die Nähe des Campo Maria di Formosa erreichte, überlegte Veronica, Jaspuccio zu bitten anzuhalten, um einen kurzen Rundgang zu wagen. Vielleicht würde Marco zufällig das Haus von Domenico verlassen? Sie verwarf den absurden Gedanken. Domenico war nicht daheim und wenn, dann pflegte er, sich früh zu Bett zu begeben. Sie würde sich beim Fehlen der Beleuchtung der Willkür des Gesindes ausliefern, das sie unter Umständen für eine Straßendirne halten würde. Ein kalter Wind blies zudem unbarmherzig um die Ecken. Ludmilla saß zusammengesunken in ihrem Sitz, offensichtlich war sie eingeschlafen.

„Aussteigen“, weckte Veronica ihre Zofe, als sie vor ihrem Haus anlegten.

„Entschuldigt, Veronica. Ich bin nicht mehr gewohnt, lange aufzubleiben und es war so dunkel.“

Jaspuccio hatte den letzten Satz aufgeschnappt und beeilte sich hinzuzufügen: „Seit der nächtlichen Beleuchtungssperre durch den Rat traut sich kaum jemand, nachts auszugehen. Hoffen wir, dass sie bald aufgehoben wird.“ Veronica nickte müde.

„Gute Nacht, Jaspuccio, danke. Schlaft gut, Ludmilla.“

Veronica stieg hinauf in ihre Bibliothek. Adrianas düstere Ahnungen geisterten durch ihren Kopf. Unruhig wanderte sie im Raum auf und ab. Schließlich gönnte sie sich zwei zusätzliche Kerzen und griff zur Feder.

Worte fügten sich, ordneten sich, reimten sich, ketteten sich aneinander, trieben auseinander und fassten sich erneut bei der Hand. Sätze malten Erde, Gras, Bäume, Hecken, Blumen. Erfanden einen Himmel, über den Wolken zogen, erst helle, liebliche Schäfchenwolken, die sich dann in drohende Gebirge, aus denen Blitze krachten, verwandelten.

Menschen lachten, weinten, lebten, liebten, starben, waren jung oder alt, hübsch oder hässlich, männlich oder weiblich. Begehrten, sehnten, träumten, bangten, sorgten, küssten und vereinten sich, in einem Auf und Ab, vergleichbar den Gezeiten der Lagune.

Wasser rauschte, floss, kräuselte sich, roch nach Salz, nach Fisch, nach Abfällen, bot sich als Spiegel an, glänzte, leuchtete, dräute, fror, fauchte, säuselte, raunte.

Irgendwann, als die Kerzen heruntergebrannt waren, stand es auf dem Papier, das Gespinst, das Bild, das Gemälde aus Worten. Veronica legte die Feder zur Seite, entkleidete sich im Mondlicht. Vom Dichten berauscht, als hätte sie starken Wein getrunken, drehte sie sich zum unsichtbaren Klang einer Querflöte. Sie warf dem Mond eine Kusshand zu und flüsterte: „Nimm mich mit, du milchiges Licht, zu deinem Tanz auf dem Canal."

In den nächsten Wochen verflüchtigten sich die Grauschleier aus ihren Gedanken und wohl auch aus denen der anderen Menschen. Siegesfeste wurden gefeiert. Die Stadt schmückte sich mit Girlanden und Licht. Veronicas Gönner kehrten zurück. Die Balboni hatte alle Hände voll zu tun. Veronica vermisste mehrere Namen auf der Liste. Besonders fehlte ihr der lustige und Apoll gleiche Benetto, aber auch einige weitere Herren, die zu ihrer Stammklientel gehört hatten. Die Lücken füllten deutsche und französische Künstler oder Adlige mit entsprechenden Vermögen, welche die Stadt und ihr Boudoir besuchten oder mit ihr ausgingen.

Sie konnte sich erlauben, die Preise aufzustocken. „Euer Ruf ist legendär, chèr Madame. Man munkelt, Ihr seid die Geliebte eines Prinzen gewesen, quelle sensation."

Die Faschingswoche stand vor der Tür, als Andrea hereinschneite. „Meine Venus, ich stehe auch bei Euch wieder meinen Mann. Ein Erbe für die Trons ist unterwegs", scherzte er bei seiner Rückkehr. Selbst Ludovico weilte endlich in der Stadt, umsorgte sie und seinen Sohn mit der ihm eigenen Fürsorge.

Veronica hätte mit dem glücklichen Verlauf der Dinge mehr als zufrieden sein können, würde sie nicht darauf warten, dass ihr Marco endlich sein Herz zu Füßen legte. Erst als Domenico ihr stolz berichtete, dass Marco in den diplomatischen Dienst berufen und nach Konstantinopel entsandt worden sei, kehrte Ruhe in sie ein.

Sie dehnte den Rückweg ein wenig aus. Der Vorplatz der wiederaufgebauten Kirche Francesca della Vigna erlaubte den freien Blick auf die Lagune.

Das Wasser glänzte heute in einem dunkleren Blau als der Himmel und ein paar dicke Wolken eilten, von einem trockenen, tönernen Wind gejagt, rasch vorbei.

Veronica schaute lange in die Ferne. Das Gefühl am Gestade des Mittelmeers zu stehen und Marco, nur durch die weite See getrennt, ebenfalls an den gleichen Gestaden zu wissen, tröstete und ließ sie hoffen. Irgendwann würden sie zueinanderfinden.

Nachwort

Der zweite Band der Trilogie **Die Kurtisane von Venedig – Veronica Franco** beleuchtet die Zeit von 1569 bis 1571 im Leben von Veronica. Im Jahr 1569 ist sie dreiundzwanzig Jahre alt, seit fünf Jahren im Katalog der Kurtisanen eingetragen und in ihrer Profession erfolgreich. Viele einflussreiche Patrizier darf sie zu ihren Galanen zählen. Es ist ihr gelungen, darüber hinaus ihren Ruf als Dichterin zu festigen. Im Jahr zuvor – 1568 - lud sie sogar der Herzog von Mantua, neben anderen Künstlern, als Gast an seinem Hof ein.

Die Zeit der Renaissance hat in Veronicas Heimatstadt Venedig Kultur und Kunst aufblühen lassen. Die Schiffsbaumeister der Serenissima sind in der Lage, eine Galeere in einem Tag fertigzustellen und das Handelsnetz der Republik umspannt die ganze Welt. Aber Venedig muss kämpfen. Spanien versucht seit der Entdeckung des Seeweges nach Indien, Venedig den Rang streitig zu machen. England ist auf dem Weg, Segelschiffe zu bauen, die eine größere Reichweite besitzen als die venezianischen Galeeren. Die Mittelmeerländer gewinnen zwar die Schlacht bei Lepanto am 7. Oktober 1571, aber die Bedeutung des Mittelmeers für den Handel schrumpft. Venedig verliert seine Zuckerinsel Zypern und muss sich neue Verbündete suchen. Es ist eine spannende Zeit, eine Zeit des Umbruchs.

Überliefert ist, dass Cervantes an der Schlacht von Lepanto teilgenommen hat und verletzt wurde. Einen vagen Hinweis auf Veronicas Rolle als Agentin habe ich einer italienischen Biografie entnommen. Verzeihen mir also, wenn ich die Lücken mit meiner Fantasie ausgefüllt habe, um Ihnen, liebe Leserin und lieber Leser, das Schicksal Veronica Francos nahezubringen. Sie haben kein wissenschaftliches Werk vor sich, sondern einen Roman. Veronica ist eine mutige Frau, die ihr Leben in die Hand nimmt. Eine Frau, die auch heute leben könnte. Eine, die sich um ihre Kinder sorgt und sie durchbringt. Eine, die ihre Liebe zur Dichtung nicht aus den Augen verliert und auch die Liebe nicht.
Viel Spaß beim Lesen.
Oder sind Sie schon am Ende des Romans angekommen? Und, sind Sie ebenso begeistert wie ich von der Heldin?
Schauen Sie einmal auf die Website:
https://veronicafrancosunedition.eu

Arrivederci a Venezia, cara lettrice e caro lettore.

Auf Wiedersehen in Venedig, werte Leserin und werter Leser.

Ihre Cara Ludovica

Über eine positive Beurteilung freue ich mich. Danke.

Die Autorin

Cara Ludovica interessiert sich für Geschichte und ist verliebt in die Stadt Venedig. Als sie in einem Buch über bemerkenswerte Frauen der Renaissance einen Beitrag über Veronica Franco entdeckt, beginnt sie zu recherchieren. Sie begeistert sich für den Film „Dangerous Beauty - Gefährliche Schönheit“ und beschließt, das Schicksal Veronicas festzuhalten. In ihrem dreiteiligen Roman verbindet sie geschichtlich Überliefertes mit Fiktion.

Dank

Ich danke allen, die mir bei der Entstehung des Schicksalsromans zur Seite standen. Besonders meinem lieben Mann, der nicht nur mit mir, sondern auch mit Veronica einige Jahre lebte.

Band 3 - Leseprobe

Haben Ihnen die ersten beiden Bände gefallen? Und Sie wollen wissen, wie es weitergeht? Hier schon einmal die ersten Seiten:

Venedig, März 1574

Vor dem Ankleideraum vernahm Veronica ein Poltern. Laute Stimmen klangen nach Streit.

„Was soll der Lärm draußen? Bin ich zu spät dran? Schaut bitte, Ludmilla“, wandte sie sich an ihre Zofe. In diesem Moment wurde die Tür mit einem Ruck geöffnet, ein kalter Windhauch erfasste Veronica.

„Was fällt Euch ein, unangemeldet in das Ankleidezimmer einer Dame einzubrechen, mein Herr!“, entrüstete sich Ludmilla und eilte zu dem Eindringling. Veronica konnte ein amüsiertes Lächeln kaum unterdrücken. Das Treiben sah allzu komisch aus. Ludmilla zerrte an dem Mann und mühte sich, ihn durch die offene Tür in den Korridor zurück zu bugsieren. Jetzt erschien noch die Balboni mit erbostem Blick, einem Racheengel gleich, im Türrahmen und schimpfte.

„Signor Venier, mir ist es verwehrt, Euch

einen Termin bei Signora Franco einzuräumen. Aber das gibt Euch noch lange nicht das Recht, hier gewaltsam einzudringen. Außerdem seid Ihr nicht nüchtern. Dieser Umstand scheint Euch die guten Manieren zu rauben."

Veronica erhob sich, um das Theater zu beenden.

„Haltet ein, Ludmilla. Danke, Signora Balboni. Ich werde mit Signor Venier sprechen. Bitte lasst uns allein."

Ihr wurde bewusst, dass sie lediglich eine seidene Untertaille trug, unter der sich die Umrisse ihres Körpers nur allzu deutlich abzeichneten. Einen Moment lang erwog sie, den Eindringling zu bitten, sich abzuwenden, wollte nach ihrem Morgenmantel greifen. Stattdessen hob sie ihr Kinn, setzte ihr gereiztes Gesicht auf und ließ die Worte hochmütig auf ihn niederprasseln.

„Benötigt Ihr stets die Hilfe des Weines, um mir gegenüberzutreten, Marco Vernier? Aber ich freue mich, Euch zu sehen. Bitte vergebt. Ich versäumte, Signora Balboni in Kenntnis zu setzen, dass mir Eure Aufwartung ebenso genehm ist, wie die der anderen Nobili. Wie ich hörte, seid Ihr erst seit Kurzem aus Konstantinopel zurück. Gelang es Euch, einen Friedensabschluss mit dem Sultan aushandeln?"

Keinesfalls wollte sie sich erneut diesen schrecklichen Momenten des Wartens ausliefern. Den schlaflosen Nächten, in denen sie von seinen Umarmungen geträumt hatte, von seinen Liebkosungen, seinen stürmischen Küssen, seinen hungrigen Händen. Nie wieder wollte sie so leiden wie nach seiner Abreise.

Was bildete er sich ein? Er polterte in ihr Haus, als wäre jene Liebesnacht am Tag vor dem Auslaufen der Kriegsflotte im März des Jahres 1571 gestern gewesen. Als könnte er einfach anknüpfen an damals. Ohne sich die Mühe zu machen, um ihre Gunst zu werben. Wenigstens hätte er ihr einen Brief oder eine kleine Botschaft senden können! Stattdessen wagte er, im angetrunkenen Zustand vor ihr zu erscheinen. Meinte er, sie würde ihm so mir nichts dir nichts um den Hals fallen, nur, weil er Marco Venier hieß?

Wut bemächtigte sich ihrer. Nein, so leicht, war sie nicht zu haben. Plötzlich wollte sie ihm keine Sekunde länger ihren halb bekleideten Anblick gönnen. Als Marco die Finger ausstreckte, um ihren Arm zu berühren, wich sie aus, verschwand im Nebenraum, griff nach ihrem Morgenmantel, streifte ihn über. Sicher würde er den Anstand besitzen und verschwinden, hoffte sie. Aber nach ihrer Rückkehr fand sie ihn vor, unschlüssig in der Mitte des Zimmers stehend. Sie legte die wenigen Schritte im Sturmschritt zurück, baute sich vor ihm auf. Das Brodeln in ihrem Inneren hätte sie fast die Hände in die Hüfte stemmen lassen. Stattdessen wedelte sie mit ihrem Fächer und versuchte, hochmütig zu schauen. Wie zwei Kontrahenten standen sie voreinander. Ihre Blicke kreuzten sich.

Sie hatte das satte Braun seiner Augen, die sie an fruchtbare Erde erinnerte, fast vergessen. Allerdings fehlte im Augenblick die Wärme in ihnen, das Lächeln. Diese kleine Falte, schon damals deutete sie sich an, wenn er die Brauen zusammenzog, weil ihm etwas nicht passte. Sie verlieh seinem Gesicht eine gewisse Skepsis und schien ihr seit der letzten Begegnung ausgeprägter. Er trug jetzt einen Bart, der die obere Hälfte seines schön geschwungenen Mundes verdeckte, was Veronica bedauerte. An den Schläfen entdeckte sie ein paar vorwitzige graue Haare. Er wurde Domenico immer ähnlicher. Ihr Widerstand erlahmte. Sie wusste, würde er ihr jetzt zuzwinkern wie in Jugendjahren, zum Zeichen, dass er ihre Bemerkung als Witz betrachtete oder ihr einfach entwaffnend zulächeln, würde sie ihm tatsächlich in die Arme fallen. Aber nichts dergleichen geschah. Sein Blick ruhte kalt auf ihr, ehe er sich vor ihr verneigte.

„Verehrte Veronica, entschuldigt mein unverschämtes Verhalten. Es wäre mir eine Ehre, mich in die Schlange der Nobili, die um Eure Gunst buhlen, einzuordnen.“ Sein Tonfall tropfte vor Hohn. Die Worte fühlten sich für Veronica an, als würde eine Degenklinge vor ihr aufblitzen. Sie hob den Kopf, gab sich einen Ruck und parierte in gleicher Weise: „Die Entschuldigung sei Euch gewährt. Wie ich hörte, werdet Ihr bald einen Senatorenposten bekleiden, sodass Eure Mittel es Euch erlauben, meine Dienste in Anspruch zu nehmen. Ich werde sehen, ob wir noch eine Lücke finden. Schließlich bin ich der Familie Venier zu großem Dank verpflichtet und diese Dankbarkeit schließt Euch natürlich mit ein. Möchtet Ihr mich für gewisse Stunden buchen oder schwebt Euch eine ganze Nacht vor. Wollt Ihr, dass ich Euch als Begleitung diene oder …?“

„Ich werde es mir überlegen. Wenn Ihr Eurem Zerberus überzeugt, meine Vormerkung entgegenzunehmen?“ Er verbeugte sich nochmals tief, ehe er mit raschen Schritten aus dem Zimmer eilte. Nachdem die Tür ins Schloss gefallen war, verharrte sie einen Moment ratlos mitten im Raum. Leere breitete sich in ihr aus.

Als Ludmilla wenig später Veronicas treuesten Galan Andrea Tron ankündigte, hatte Veronica sich wieder in der Gewalt. Sie eilte ihm mit einem strahlenden Lächeln entgegen. Er verbeugte sich galant, deutete einen Handkuss an, ehe er sie an seinem Arm eine Drehung vollführen ließ, um ihren Aufzug einer ausgiebigen Musterung zu unterziehen.

„Respekt, liebste Veronica, Ihr übertrefft Euch heute als Venedigs schönste Venus. Dieses Kleid! Pomposo, pompös! Das passende Ohrgehänge stammt von wem? Es ist sicher ein Vermögen wert. Wie glücklich ich mich schätzen kann, dass ich weder Schmuck noch Kleid aus meinem Portfolio zu begleichen habe. Eure Beliebtheit sorgt dafür, dass für meinen Erben noch einiges an Mitteln übrig bleibt."

„Ja, nicht wahr, Andrea, wie gut ich Euch kenne. Eure Sorgen sind auch die meinen. Ich versuche stets, Eure Lasten zu minimieren. Sollte es mir heute erneut gelingen, den Dichterwettstreit zu gewinnen, beteilige ich Euch mit zehn Prozent am Preisgeld. Versprochen. Schließlich führt Ihr mich aus. Ist dies in Eurem Sinne?"

Nach dem Taumel des Sieges über die Osmanen waren in Venedig überall Spielsalons aus dem Boden geschossen. Neben dem Glücksspiel war es in der letzten Zeit en vogue geworden, an diesen Orten Dichterwettstreite zu veranstalten. Natürlich liefen Wetten in diesen Etablissements. Der Rat nahm es mit den Kontrollen nicht so genau. Beim Kartenspiel verlor Veronica ab und an, so sie überhaupt spielte. Beim Wettstreit der Dichter – und sie ließ kaum einen aus – gewann sie meistens. Die Dukaten, die für den Sieg ausgelobt wurden, konnten sich sehen lassen. Ein schönes Zubrot, das gleichzeitig den Preis für ihre Gesellschaft in die Höhe trieb.

„Liebste Freundin, Traum meiner sinnlichen Begierden, dann wünschen wir uns, dass Euer loses und gescheites Mundwerk am heutigen Abend ebenso großartig sein wird, wie Eure Verführungskünste. Bereits jetzt ist halb Venedig verrückt nach Euren Versen. Es gereicht mir zur Ehre, Euch entdeckt zu haben.“

Tauchen Sie ein

in das Venedig der Renaissance

Band 3 – 1574 – 1580

Veronica Francos Träume vom Erfolg als Kurtisane und Poetin erfüllen sich nach dem Sieg der Heiligen Liga in Lepanto. Sie spielt eine bedeutsame Rolle beim Besuch König Henri III. in Venedig, und Graf d'Este lädt sie an seinen Hof in Ferrara ein, um ihr erstes Buch zu präsentieren. Doch das Glück währt nur kurz. Die Pest wütet in Venedig und die Liebesnacht mit dem Mann, den sie seit Jahren liebt, fällt in der dunklen, heimgesuchten Stadt, anders aus, als sie es sich ausgemalt hat. Sie muss fliehen, denn die Kurtisanen werden als Schuldige an der Epidemie verfolgt. In Fumane, in der Nähe des Gardasees, lebt sie eine Zeit im Exil. Zurück in Venedig verfolgt sie der Hass erneut und sie muss sich vor einem Inquisitionsgericht verantworten. Wird es ihr gelingen, mithilfe ihrer Freunde freizukommen?

ISBN 978-3-9822632-5-0 Taschenbuch
und ISBN 978-3-9822632 - 4-3 E-book

Band 1

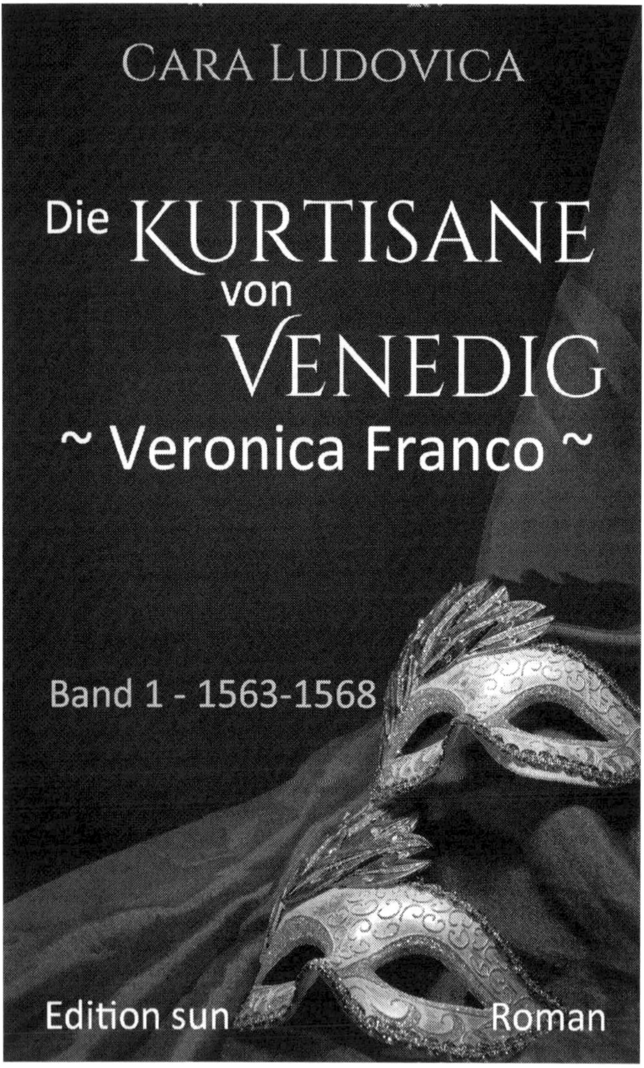
CARA LUDOVICA
Die KURTISANE von VENEDIG
~ Veronica Franco ~
Band 1 - 1563-1568
Edition sun
Roman

Schauen Sie auf die Website:

https://veronicafrancosunedition.eu

Printed in Poland
by Amazon Fulfillment
Poland Sp. z o.o., Wrocław

92904113R00359